HEYNE BÜCHER

Von Peter Straub
sind als Heyne-Taschenbücher erschienen:

Schattenland · Band 01/6713
Der Talismann · Band 01/7662
Koko · Band 01/8223
Mystery · Band 01/8603
Der Schlund · Band 01/9441
Haus ohne Türen · Band 01/9099
Geisterstunde · Band 01/9663

PETER STRAUB

DER HAUCH DES DRACHEN

Roman

Aus dem Amerikanischen
von Harro Christensen

WILHELM HEYNE VERLAG
MÜNCHEN

HEYNE ALLGEMEINE REIHE
Nr. 01/9751

Titel der Originalausgabe
FLOATING DRAGON

Umwelthinweis:
Dieses Buch wurde auf
chlor- und säurefreiem Papier gedruckt.

Printed in Germany: 1996
Umschlagillustration: Oliviero Berni / Agentur Schlück
Umschlaggestaltung: Atelier Ingrid Schütz, München
Gesamtherstellung: Elsnerdruck, Berlin

ISBN 3-453-09274-0

Für
Emma Sydney Valli Staub

Die Zeit und das Land sind
jetzt identisch,

Auf ewig verbunden.
– John Ashbery, *Haunted Landscape*

Der Teufel ist ein dummer Geist. Alles, was
der Teufel weiß, ist das, was du ihm mit deinem
eigenen großen ſetten Maul sagst.
– Frederick K. Price

Inhalt

Einleitung

Stony Friedgoods Tod

1

1962–1963
Für Stony Friedgood waren ihre nicht sehr häufigen Ehebrüche reine Abenteuer – einen Mann aufzureißen, der glaubte, er risse sie auf, setzte ihrem Leben genau die dramatischen Akzente, die sie vermißte, seit sie zwanzig und Studentin in Scripps-Claremont war. Nicht nur Abenteuer, waren sie zugleich die Rettung ihrer Ehe. Im College hatte sie mit vier Freunden jongliert, und nur einer von ihnen, ein Mathematikstudent namens Leo Friedgood, hatte von der Existenz der anderen gewußt. Leo hatte sich über ihre Heimlichtuerei amüsiert und auch über ihren Spitznamen, der ihr noch von der Schule her anhaftete. Erst nach Monaten merkte sie, daß seine Amüsiertheit nur Maske war: Er war scharf auf sie.

Sie heiratete ihn gleich nach dem ersten Examen – damit war für Stony das Studium beendet, und auch für Leo, der sich den Bart abnehmen ließ, einen Anzug kaufte und einen Job bei der Telpro Corporation fand, die in Santa Monica ein Büro unterhielt.

2

1969

Tabby Smithfield wuchs in einem riesigen Steinhaus in Hampstead, Connecticut, bis zum Alter von fünf Jahren heran. Das Haus stand auf einem gepflegten vier Hektar großen Grundstück und war durch eine Alarmeinrichtung gegen Einbruch gesichert. Eine beeindruckende Wohnlage. Am Long Island Sound standen sechzehn ähnliche Häuser, die beeindruckend genug wirkten, um Touristen anzulocken. Täglich rollten etwa sechs Wagen die Mount Avenue entlang, und Fahrer und Passagiere verrenkten sich die Hälse, um einen Blick auf die pompösen Villen hinter den breiten Einfahrten zu erhaschen. Die Einheimischen nannten die Mount Avenue »Die Goldene Meile«, obwohl sie doppelt so lang wie die eigentliche »Goldene Meile« war. Sie verband Hillhaven, den viktorianischen Vorort der Stadt Patchin, mit Hampstead. Die Mount Avenue, an der die ersten Farmen von Hampstead und Hillhaven gelegen hatten, war früher die wichtigste Postkutschenverbindung in Richtung Norden nach Newhaven gewesen. Aber diese Zeiten waren lange vorbei. In den schönen Häusern wohnten jetzt Fabrikanten, die ihre Fabriken in Bridgeport oder Woodville hatten, ein Arzt, der Prinzipal der bedeutendsten Anwaltskanzlei von Patchin County und andere ihresgleichen, ältere Leute zumeist, die ihr Privatleben führten und nicht gestört werden wollten. Die Gaffer, die die Goldene Meile entlangfuhren, bekamen die Bewohner der Häuser selten zu Gesicht – gelegentlich besuchte der eine oder andere Filmstar die Gegend, um die angenehme Seeluft entlang der Küstenstraße zu genießen, oder irgendein College-Präsident ruhte sich hier eine Weile aus, bevor er den Kampf um weitere finanzielle Mittel fortsetzte, aber die Bewohner der Häuser blieben unsichtbar.

Wenn allerdings 1969 jemand durch das offene Tor einen raschen Blick auf das Grundstück um das graue Steinhaus geworfen hätte, wäre ihm vielleicht ein großer dunkelhaariger Mann im Tennisdreß aufgefallen, der mit einem kleinen

Jungen spielte. Und auf den Stufen vor der Vordertür hätte er vielleicht ein Kindermädchen in ihrer Tracht sitzen sehen. Sie hätte in einem Zustand höchster Anspannung dagesessen. Und die gleiche Anspannung hätte man vielleicht auch dem kleinen Tabby Smithfield angemerkt, als wüßte er irgendwie, daß er eigentlich mit seinem Vater nicht spielen dürfte. Sie stellen eine seltsam statische und unvollständige Szene dar, Vater, Sohn und Kindermädchen. Das Arrangement ist unvollständig: eine Person fehlt.

3

1964
Stony Friedgood hatte nach ihrer Heirat ihr erstes Verhältnis im Jahr 1964 mit dem Mann einer Freundin, einem Nachbarn in einem der hübschen Reihenhäuser. Er war anders als Leo, ein blonder, freundlicher und unbekümmerter noch sehr junger Bankangestellter, über den Leo nur mit Verachtung sprach. Dieses Verhältnis dauerte nur zwei Monate.

Stonys schmales Gesicht, scharfgeschnitten und von glänzendem braunen Haar eingerahmt, wurde in Galerien und Kunstausstellungen bekannt und, zu gewissen Zeiten, auch in gewissen Bars. Vom Nützlichkeitsstandpunkt aus gesehen, den weder Stonys noch Leos Eltern verstanden hätten, führten die Friedgoods eine gute Ehe. Als Leo nach zwei Beförderungen an die New Yorker Filiale der Telpro versetzt wurde, hatte sich ihr Einkommen verdoppelt, und Stony wog nur ein Pfund mehr als während ihrer Studentenzeit in Scripps. Sie ließ ihren Yoga-Unterricht zurück, einen zur Hälfte absolvierten Kochkursus für Feinschmecker, vier unbenutzte Karten für eine Konzertreihe und die halbverdauten und schon verblaßten Erinnerungen an sechs oder sieben Männer. Leo ließ überhaupt nichts zurück – die Firma übernahm die Kosten für den Transport seines Segelboots und der acht Kisten, die er seinen »Keller« nannte.

4

1968

Monty Smithfield, Leos Großvater, war die beherrschende Gestalt in Tabbys früher Kindheit. Es war Monty, der ihn als erster küßte, wenn er aus dem Kindergarten nach Hause kam, und Monty brachte Tabby zusammen mit dessen Mutter zum ersten Mal zum Friseur. An seinen Geburtstagen und zu Weihnachten machte Monty ihm enorme Geschenke: Spielzeugeisenbahnen mit allem Drum und Dran und alle möglichen Fahrzeuge vom Roller bis zum Tretauto, sogar ein Zwergpony, das seinen Stall in der Reitschule hatte. Tabby bekam es unter großem Trara zu seinem dritten Geburtstag im August 1968. Monty hatte eine Party für zwanzig Kinder arrangiert, komplett mit einer Band, die Musik aus Disney-Filmen und Lieder von den Beatles spielte, und einem aus Eiscreme modellierten Brontosaurus. Tabby interessierte sich damals für Dinosaurier, und nur der Stand der Evolution hinderte Monty Smithfield daran, seinem Enkel ein Baby-Monster zu kaufen. »Komm, Clark«, rief der alte Mann vergnügt, als der Gärtner das zottige kleine Pony herausführte. »Setz deinen Sohn auf dieses Riesenvieh.« Aber Clark Smithfield war in das Haus und in sein Schlafzimmer gegangen, wo er in diesem Augenblick mit einem abgenutzten Spaulding-Schläger einen Tennisball gegen das Kopfbrett drosch und versuchte, die Farbe von einer Holzverzierung abzuschlagen.

Wie andere Kinder hatte Tabby keine Ahnung, womit sein Vater seinen Lebensunterhalt verdiente. Ihm war nicht einmal bewußt, daß überhaupt Geld verdient werden mußte. Clark Smithfield war an vier oder fünf Tagen in der Woche zu Hause, wo er im Wohnzimmer ihrer Hälfte des großen Hauses seine Rockplatten laufen ließ. So oft sich die Gelegenheit bot, spielte er Tennis. Wenn man Tabby, als er drei oder vier war, gefragt hätte, womit sein Vater sich beschäftigte, hätte er geantwortet: mit Spielen. Clark nahm den Jungen nie in die Firma mit, deren nomineller Vizepräsident er war; aber sein Großvater tat es und führte ihn den Sekretärinnen vor. Dies sei der künftige Vorstandsvorsitzende der Smithfield

Systems, Incorporated, pflegte er dabei zu sagen. Bevor er Tabby das Rechenzentrum zeigte, öffnete der alte Mann eine Tür und sagte: »Damit du es weißt, dies ist das Büro deines Vaters.« Es war ein kleiner, verstaubter Raum mit einem fast leeren Schreibtisch und vielen Photos von Tabbys Vater aus der Zeit, als er am College noch Tennistourniere gewann. An der Wand hing ein Dartboard mit einem Bild Richard Nixons als Zielscheibe, das genauso verstaubt war wie alles andere. »Hier arbeitet mein Daddy?« fragte Tabby unschuldig, und eine der Sekretärinnen kicherte. »Ich *weiß*, daß er hier arbeitet«, sagte Tabby mutig. »Er spielt hier Tennis! Das sieht man doch!« Monty Smithfields gepflegte Züge verzerrten sich zu einem Ausdruck des Mißfallens, und auf der Heimfahrt lächelte der Mann nicht ein einziges Mal.

Immer wenn sein Vater und sein Großvater sich gleichzeitig in einem Zimmer aufhielten – bei den gemeinsamen Mahlzeiten, die unvermeidlich waren, oder wenn Monty aus irgendeinem Anlaß die Wohnung seines Sohnes betrat – entstand eine eisige Atmosphäre. Die gegenseitige Abneigung war mit Händen zu greifen. Bei solchen Gelegenheiten sah Tabby seinen Vater zur Größe eines Kindes schrumpfen, das wenig älter war als er selbst. »Warum magst du Opa nicht?« fragte er einmal seinen Vater, als Clark ihm eine Gutenachtgeschichte vorlas. »Oh, das ist zu kompliziert für dich«, seufzte Clark.

Manchmal und häufiger, je mehr er sich seinem fünften Lebensjahr näherte, hörte Tabby die beiden miteinander streiten.

Clark und sein Vater stritten sich über Clarks Haarlänge, über seine Ambitionen als Tennisspieler (die sein Vater verachtete), über Clarks Einstellung. Clark und Monty Smithfield hielten normalerweise kühle Distanz zueinander, aber wenn Monty wieder einmal beschloß, seinen Sohn zu beschimpfen, schrien sie sich an – im Eßzimmer, in beiden Wohnzimmern, in der Eingangshalle, draußen auf dem Rasen. Diese Auseinandersetzungen endeten regelmäßig damit, daß Clark vor seinem Vater davonlief.

»Was willst du denn tun?« schrie Monty seinen Sohn nach einer lautstarken Debatte an, bei der Tabby Zeuge war.

»Von hier wegziehen? Das kannst du dir doch gar nicht leisten. Du würdest nie einen anderen Job finden.«

Tabby wurde blaß – er verstand die Worte nicht, aber er hörte die Verachtung, mit der sie gesprochen wurden. An jenem Tag sagte er bis zum Abendessen kein Wort mehr.

Clarks Frau und seine Mutter waren es, die die beiden Familien in ihrer gestörten Harmonie zusammenhielten: Monty empfand für Tabbys Mutter Jean ungeteilte Sympathie, und Jean und ihre Schwiegermutter sorgten dafür, daß Clark seinen Job behielt. Wenn Clark Smithfield ein um zwanzig Prozent besserer Tennisspieler gewesen wäre – oder ein um zwanzig Prozent schlechterer –, hätte das ganze Elend in dem alten Haus an der Mount Avenue sich vielleicht in Luft aufgelöst. Oder wenn er nicht so unversöhnlich und sein Vater nachgiebiger gewesen wäre. Aber Jean und ihre Schwiegermutter hielten die Familien zusammen. Die beiden hofften, daß Clark sich mit seinem Job anfreunden und Monty sich mit seinem Sohn aussöhnen würde. Und so verblieben sie in ihrer immerhin noch erträglichen gegenseitigen Feindschaft. Bis Tabby und seiner Familie zum ersten Mal etwas wirklich Entsetzliches passierte.

5

1975

Die Friedgoods, die eine vorbildliche Ehe zu führen schienen, zogen 1975 in ein Haus im Kolonialstil nach Hampstead. Um diese Zeit war Tabby Smithfield zehn Jahre alt und lebte mit seinem Vater und seiner Stiefmutter im südlichen Florida. Während Leo Friedgood in der Welt, die ihm vorschwebte, aufstieg, hatte Clark Smithfield, wie es schien, immer weniger Glück: er hatte einen Job als Barmixer, den er aufgab, um als Handelsvertreter für Hollinsworth Vitreous zu arbeiten. Dort wurde er gefeuert, weil er sich auf der Jacht des Präsidenten der Companie besoffen und Robert Hollinsworth auf den Teppich gekotzt hatte. Anschließend arbeitete er wieder eine Zeitlang in einer Bar und nahm dann einen Job als Wachmann an. Er arbeitete nachts, und jedesmal wenn er nach seiner Runde wieder den Aufenthaltsraum erreichte, nahm er einen Schluck aus der Flasche. Wie seine erste Frau war auch seine Mutter gestorben – Agnes Smithfield hatte an einem heißen Maimorgen, als sie mit dem Gärtner die Anlage eines Steingartens diskutierte, eine Gehirnblutung erlitten und war schon tot gewesen, bevor sie auf dem Boden aufschlug. Monty Smithfield hatte sein großes Haus an der Mount Avenue verkauft und war mit Haushälterin und Köchin in ein Haus namens »Four Hearths« gezogen. Es lag fünf Minuten landeinwärts an der Hermitage Road. Das Anwesen, das die Friedgoods gekauft hatten, lag nur zwei baumbestandene Grundstücke entfernt hinter einem Hügel.

Leo war inzwischen Vizepräsident einer Tochterfirma der Telpro geworden und verdiente fast fünfzigtausend Dollar im Jahr. Er kaufte seine Anzüge bei Tripler, ließ sich einen dichten, aggressiv wirkenden Schnauzbart stehen und trug seine Haare wieder so lang, daß sie ihm über den Kragen hingen. Schon immer korpulent, hatte er noch einmal zwanzig Pfund zugelegt, obwohl er jeden Tag eine Meile joggte. Mit seinen arroganten Augen, dem dunklen Schnauzbart und den wirren Haaren machte er den leicht verruchten und zügellosen Eindruck so manches Jungmanagers, der sich als Raubtier in einem Dschungel voller Raubtiere sieht.

1975, während ihres ersten Jahres in der Cannon Road in Hampstead, schloß Stony sich den »Neuen Nachbarn« und den »Feingeistigen« – einem literarischen Zirkel – an und trat dem Verein der weiblichen Wähler bei. Sie belegte einen Kochkursus, wurde Mitglied des YMCA und meldete sich bei der Bücherei an. Sie hätte sich nach einem guten Job umgesehen, aber Leo wollte nicht, daß sie arbeitete. Sie hätte versucht, schwanger zu werden, aber Leo, dessen eigene Kindheit ein Epos mütterlicher Tyrannei gewesen war, reagierte schon unsachlich, wenn sie nur darüber sprach. In der *Hampstead Gazette* las sie die Anzeige einer Yoga-Schule und ging nicht mehr zu den »Neuen Nachbarn«. Bald darauf trennte sie sich auch von den »Feingeistigen« und dem Verein weiblicher Wähler.

Die *Hampstead Gazette* erschien zweimal wöchentlich. Das kleinformatige Boulevardblatt war Stonys Hauptinformationsquelle über ihren neuen Wohnort. Aus ihm erfuhr sie auch über den Frauenkunstverein, dem sie beitrat, denn sie hoffte, Maler kennenzulernen – einer ihrer Freunde in Kalifornien war Maler gewesen. Und weil sie es sich so sehr wünschte, gelang es ihr natürlich auch. Pat Dobbin war eine örtliche Berühmtheit und weder besonders gut noch besonders schlecht. Er lebte allein in einem kleinen Haus im Wald. Er verdiente seinen Lebensunterhalt mit Illustrationen, und diese waren erheblich besser als seine Gemälde. Als Leo einmal auf Geschäftsreise war, nahm sie zusammen mit dem Maler an einem Essen des Frauenkunstvereins teil. Sie wußte, daß die zwergwüchsige Dame mit dem Notizbuch Sarah Spry war, die für die *Gazette* die Gesellschaftskolumne »Was Sarah sah« schrieb, aber sie hatte nicht damit gerechnet, eine Woche später in der Zeitung Folgendes zu lesen:

> *Sarah sah*: Im Frauenkunstverein den in unserer Stadt lebenden brillanten Maler und Illustrator PAT DOBBIN. (Man kann den Jungen nicht genug loben! Haben Sie etwa seine phantastischen abstrakten Seestücke in der GALERIE PALMER noch nicht gesehen?) Er trug eine elegante schwarze Krawatte und war in Begleitung einer hübschen geheimnisvollen Frau. Wer ist die unbekannte Schönheit, Pat? Gestehen Sie es Sarah.

Als Leo von seiner Reise zurückkam, las er den Absatz und fragte: »Hat dir diese Veranstaltung des Kunstvereins am Freitagabend gefallen? Zu schade, daß ich dich nicht begleiten konnte.« Dabei glänzten seine Augen ironisch.

6

November 1970
Im Gegensatz zu ihrem Mann fuhr Jean Smithfield immer sehr vorsichtig. Wenn sie und Clark ihren Sohn für die

Nacht bei seinen Großeltern ließen und Clark mehr als sein übliches Quantum von zwei Drinks vor dem Dinner und ein paar Gläsern Wein während des Essens getrunken hatte, bestand sie darauf, selbst zu fahren. An Abenden, an denen sich Clark noch mehr als sonst über seinen Vater beschwerte oder in Erinnerungen an längst vergangene Tennisbegegnungen schwelgte, fuhr sie ebenfalls selbst, auch wenn sie sich dabei seine Lästereien über ihr Verhältnis zu seinem Vater anhören mußte. »Du *liebst* den alten Geier ja geradezu!« pflegte er zu sagen. »Weißt du, was du mir damit antust? Mein Gott, manchmal könnte man meinen, du hast dich in ihn verliebt. Seine ewigen Nadelstreifenanzüge gefallen dir wohl, was? Oder du bewunderst sein weißes Haar. Mir gegenüber bist du so wenig loyal, daß der Alte dich mit seinem falschen Charme einwickeln kann.« Wenn Clark einen besonders schlimmen Tag erwischt hatte, sank er schon lange bevor sie die Einfahrt zu ihrem Grundstück erreichten völlig in sich zusammen. »Tabby kriegt er nie«, murmelte er dann. »Niemals wird er Tabby zu seinem eigenen Sohn machen. Nie und nimmer schafft er das. Er wird schon merken, daß ich noch da bin.« Jean überhörte seine Wutausbrüche so gut es ging.

Sie aßen gewöhnlich in einem französischen Restaurant an der Post Road in Richtung Patchin. Eines Abends Ende November 1970 nahm Jean einen Dollar aus der Handtasche, als sie nach draußen gingen, und stellte sich so hin, daß der Diener sie sehen mußte. »Ich kann fahren«, sagte Clark mürrisch. »Heute abend nicht«, antwortete sie kurz und gab dem Jungen den Schein, als er aus dem Wagen stieg. »Wir müßten einen verdammten Mercedes haben«, sagte Clark, als er sich in den Beifahrersitz fallen ließ. »Dazu braucht man allerdings Geld«, informierte sie ihn.

Jean fuhr auf die Straße hinaus und bog in Richtung Pigeon Lane ab, wo die erste Verkehrsampel hing.

»Es geht schon wieder los mit ihm«, murmelte Clark. »Er will Tabby auf die Akademie schicken – eine öffentliche Schule ist für seinen Enkelsohn nicht gut genug.«

»Du hast doch auch die Akademie besucht«, sagte Jean.

»Weil mein Vater es sich *leisten* konnte!« schrie Clark. »Begreifst du denn nicht, verdammt? Ich bin Tabbys Vater, verdammt nochmal und ...«

Jean sah ihn an und merkte, daß sein Gesicht erschlaffte, als seine Worte leiser wurden. Clark wirkte nicht mehr wütend oder betrunken. Er sah besorgt aus.

Sie riß das Gesicht nach vorn und sah einen entgegenkommenden Kombi über die Mittellinie schleudern. *Glatteis,* dachte sie noch, *ein Stück vereiste ...*

»Rechts ran!« brüllte Clark, und sie riß das Steuer nach rechts. Ein Wagen, der hinter ihnen gerade vom Parkplatz des Restaurants fuhr, traf ihre hintere Stoßstange so hart, daß Jeans Hände vom Steuer flogen.

Der Kombi, der etwa achtzig gefahren war, bevor er das vereiste Straßenstück erreichte, raste direkt in die Tür. Jean Smithfield wollte »Tabby« sagen, bevor sie starb, aber dazu blieb ihr keine Zeit. Die Tür hatte ihr den Brustkorb eingedrückt.

In dem großen Haus an der Mount Avenue wachte ihr Sohn schreiend auf.

Der neunzehnjährige Fahrer des Kombi wurde aus seinem Wagen geschleudert und versuchte, über die vereiste Straße davonzukriechen. Er blutete am Kopf. Clark Smithfield war völlig unverletzt. Er warf einen Blick zu seiner Frau hinüber und erbrach sich in seinen Schoß. Dann stieg er aus dem Wagen und sank in die Knie. Clark sah den Jungen, der seine Frau getötet hatte. »Halt!« schrie er ihm zu und stand mühsam auf. Der Junge hockte sechs Meter vom Wrack seines Wagens entfernt. Er war von Schnee bedeckt und von einem schwarzen Matsch, der Schnee gewesen war. Von Kinn und Nase lief Blut. Clark erkannte sofort den betrunkenen Genossen. »*Du Tier!*« brüllte er.

Tabby rannte immer noch schreiend in seinem Schlafzimmer hin und her und tastete blind nach dem Lichtschalter. In seiner Welt war das Innere nach außen gekehrt. Er rannte zu seinem Bett zurück, glitt auf einem Läufer aus, und sein Geschrei stieg um eine Oktave an. Innerhalb von Sekunden standen sein Großvater und das Kindermädchen in der Tür.

Die Polizei brauchte zehn Minuten, um die in der Post Road ineinander verkeilten Fahrzeuge zu erreichen.

7

17. Mai 1980

Am 17. Mai 1980 kam der Drache nach Patchin County – nein, er kam nicht, denn er war die ganze Zeit schon dagewesen, aber er beschloß, sich zu zeigen. Nach zwölfjährigem Aufenthalt in London waren Richard und Laura Allbee gegen Mittag gerade in ihrem Mietshaus an der Fairytale Lane in Hampstead angekommen. Sie waren müde und verwirrt und nach zwei Tagen New York ziemlich desorientiert. Diese Desorientierung wurde noch dadurch verschlimmert, daß sie sich plötzlich in der Situation fanden, in die sie sich seit Monaten hineingesteigert hatten. Nur zwei Wochen vorher war Clark Smithfield mit Frau und Sohn in die »Four Hearths« eingezogen, jenes alte Haus im Kolonialstil, das an der Hermitage Road lag, und er praktizierte schon den Betrug, der ihn um das Vertrauen seines Sohnes bringen sollte. Eine kleine hübsche Frau namens Patsy McCloud verbrachte den größten Teil des Tages mit der Lektüre von *War and Rememberance*. Und was tat Graham Williams, der sterbliche Überrest eines einst bekannten Autors? Er tat das, was er im Mai 1980 jeden Tag tat. Er war um sieben aus seinem übelriechenden Bett aufgestanden, hatte sich seine Kleidung über den Pyjama gezogen, ein wenig Wasser in Richtung auf sein Gesicht gespritzt und saß jetzt mit in die Hände gestütztem Kopf an seinem Schreibtisch. Als er draußen das Postauto hörte, ignorierte er es. Er erwartete keine Post. Nach dreißig Minuten stummen Gebets, ha-ha, schrieb er einen Satz. Fünfzehn Minuten später fand er ihn banal und strich ihn durch. So verbrachte Graham Williams gewöhnlich seine wachen Stunden.

Die Allbees taten so, als seien sie glücklich. Leider stimmte das nicht ganz mit ihren wahren Gefühlen überein. Der alte Williams tat sich selbst gegenüber so, als könnte sein Buch immer noch ein Erfolg werden. Patsy McCloud tat so, als wollte sie jeden Moment aufstehen und arbeiten, und Clark Smithfields Heuchelei war besonders sorgfältig durchdacht. Leo Friedgoods Täuschung war einfacher als alledies, denn er war überhaupt nicht in New York, sondern zwanzig Autominuten auf der Interstate 95 von Hampstead entfernt in einem Werk der Telpro in der kleinen Stadt Woodville. Seine Frau hatte sich soeben zu einem neuen Abenteuer entschlossen.

Stony fand einen Parkplatz vor dem Bahnhof, ging in eine belebte Bar namens Franco's, setzte sich in die Nähe des Tresens und schlug ein Buch auf. Noch keine fünfzehn Minuten waren vergangen, als auch schon ein Mann sagte: »Gestatten Sie?« und sich neben sie setzte. Sie kannte den Mann, aber obwohl er in Hampstead angesehen war, konnten ihn die anwesenden Männer kaum kennen. Sein Beruf hielt ihn vom Umgang mit Männern fern. Auf eine verwitterte Weise gutaussehend und schon vom Beruf her diskret, war dieser Mann für Stony genau der richtige. Sie verließen die Bar sehr bald, Stony fuhr mit ihrem laubfarbenen Toyota voraus. Sie überquerten die Brücke über den Nowhatan River und fuhren durch grüne, schon sommerliche Straßen.

8

Weihnachten 1970

Nach Jean Smithfields Beerdigung am letzten Novembertag des Jahres 1970 blieb Clark mit Tabby eine ganze Woche lang zu Hause, und ausnahmsweise bestand Monty nicht darauf, daß Clark ins Büro ging. Er machte seinem Sohn auch keine Vorwürfe darüber, daß er sich zu sehr besoffen hatte, um an der Beerdigung teilzunehmen. »Ich hätte fahren sollen«, sagte Clark immer wieder. »Ich wollte fahren, aber sie hatte Angst um mich. Hältst du das aus? Mir sollte nichts zustoßen.« Vom Tag nach der Beerdigung an trank er bis Weihnachten keinen Tropfen.

Für Tabby war die Welt so geworden wie sie an dem

Abend war, als seine Mutter starb: das Innere nach außen gekehrt, unbekannt und dunkel. Sein Großvater war mit ihm in die Leichenhalle gegangen und hatte ihn den Sarg berühren lassen, und als er es tat, direkt vor Monty und den Nachbarn und seinen erwachsenen Verwandten, ging etwas mit ihm vor. Er *sah*. Er sah nur Dunkelheit um sich herum. Er wußte, daß er in diesem Kasten bei seiner Mutter war. In blindem Entsetzen schrie er laut auf, und sein Großvater nahm ihn auf den Arm. »Du bist ein lieber guter Junge«, säuselte der alte Mann und drückte ihn gegen das weiche blaue Tuch seines Anzugs. »Es wird alles wieder gut.« Tabby schloß die Augen und wandte sein Gesicht vom Sarg ab. Während der ganzen Zeremonie sagte er keinen Ton, und als sie nach Hause kamen, fanden sie Clark zusammengesunken in einem Sessel vor dem Fernseher. Tabby rollte sich auf dem Schoß seines Vaters zusammen und blieb dort reglos und stumm liegen.

Nach diesen ersten Tagen ging Clark Smithfield bis Weihnachten fünf Tage in der Woche mit seinem Vater in die Firma. Er saß in seinem Büro und unterschrieb Papiere und las Berichte. Er verfaßte Aktennotizen und nahm an Konferenzen teil. Samstags und sonntags ging er mit Tabby nach unten und schlug ihm auf dem Betonfußboden Tennisbälle zu. Tabby versuchte, sie mit seinem kleinen Schläger zurückzuschlagen. Nachmittags gingen sie in der kalten Mount Avenue spazieren. »Mommy ist tot«, sagte Tabby mit seiner piepsigen Kinderstimme. »Mommy ist tot, und sie kommt nie wieder zurück, denn sie ist jetzt im Himmel.« Er zeigte mit der Hand nach oben. Clark fing wieder an zu weinen, aber diesmal weinte er um seinen Sohn – um diesen tapferen kleinen Jungen im blauen Parka, der mit seinen Snoopy-Stiefeln im verharschten Schnee stand, die behandschuhten Finger in die Luft gereckt.

Am Weihnachtstag verkündete Monty beim Dinner, daß er noch ein Geschenk für Tabby habe, das beste von allen. Er saß oben am Tisch und wirkte sanft und distinguiert und stolz auf sich. »Es gibt nichts Besseres als eine gute Schulbildung«, sagte er. Er nahm einen Schluck von seinem Burgunder. »Und deshalb freut es mich sehr, euch mitteilen zu können, daß Mr. Cathcart, der Direktor der Greenbank-Akademie, bereit ist, unseren Tabby dort einzuschulen, sobald der Unterricht im Januar wieder beginnt.«

»Bravo«, rief seine Frau. Clark wollte etwas sagen, aber er schloß den Mund wieder. Tabby war ganz durcheinander.

»Die Schule liegt direkt gegenüber«, sagte Monty. »Wie gefällt dir das, mein Kleiner? Und es ist dieselbe Schule, die dein Vater und ich besucht haben.«

»Fein«, sagte Tabby und schaute von seinem Großvater zu seinem Vater hinüber.

»Ich bin froh, daß diese Angelegenheit jetzt geklärt ist«, sagte Clarks Mutter.

»Ich wollte dich nicht kränken, Clark«, sagte Monty. »Ich mische mich zwar in seine Erziehung ein, aber ich bin es dem Jungen schuldig, ihm nur das Beste zukommen zu lassen.«

»Das tust du doch immer«, murmelte Clark. Nach dem Essen machte er sich zum ersten Mal seit der Beerdigung seiner Frau einen Drink.

9

17. Mai 1980

Stony wartete an der Auffahrt, bis der Mann aus seinem Wagen stieg. Es war eine Minute vor sechs, und wenn Leo zu Hause gewesen wäre, hätte er jetzt vor dem Fernseher gesessen, die Zeitung auf dem Schoß, einen Drink auf dem Tisch neben sich, und gespannt die New Yorker Lokalnachrichten erwartet.

Der Mann stieg aus seinem Wagen und sah zum Haus hinüber. »Hübsch«, sagte er. Sein Haar hob sich im leichten Wind, der vom Long Island Sound herüberstrich. Er hatte freundliche und leere Augen. Er knöpfte sich den Regenmantel zu, obwohl es weder regnete noch kalt war. »Niemand zu Hause«, sagte er. Er ging über den Kiesweg auf Stony zu und berührte ihre Hand. Sie küßten sich.

10

6. Januar 1971

Am 6. Januar 1971 um elf Uhr – am Tage darauf sollte für Tabby der Unterricht in der neuen Schule beginnen – fuhr Clark Smithfield den Wagen seines Vaters durch das Tor und parkte vor dem Haus, anstatt in die Garage zu fahren. Er schaute nach links und rechts, eilte ins Haus, und als er die Treppe hinaufrannte, nahm er zwei Stufen auf einmal.

Er hörte Tabby in seinem Zimmer mit dem Kindermädchen sprechen und öffnete leise die Tür. Sein Sohn lächelte ihn strahlend an. »Daddy, Daddy, Daddy«, krähte er. »Ein Mann und eine Frau haben sich *geküßt*!«

»Was?« fragte Clark und sah das Mädchen an.

»Ich weiß nicht, Sir. Mir hat er es auch schon erzählt.«

»Sie haben sich *geküßt,* Daddy! So!« Tabby spitzte die Lippen und bewegte seinen blonden Kopf hin und her. Dann lachte er fröhlich.

»Ja«, sagte Clark. »Emily, Sie können uns eine Weile alleinlassen. Ich gehe mit Tabby ein bißchen nach draußen.«

»Soll ich gehen?« fragte sie und stand von dem mit Spielzeug übersäten Fußboden auf.

»Ja, gehen Sie nur«, sagte Clark. »Wir werden ein paar Stunden fort sein. Sie brauchen sich um nichts zu kümmern.«

»Gut«, sagte das Mädchen. »Gib Emily einen Kuß, Tabby.« Sie beugte sich zu dem Jungen herab.

»*Küssen,* Daddy«, rief Tabby und legte den Kopf schief, um Emilys Lippen zu erreichen. Als das Kindermädchen gegangen war, nahm Clark eine grüne Büchertasche – Tabbys Behälter für alles Mögliche – vom Regal und stopfte wahllos Spielzeug und Bücher hinein.

»Laß das, Daddy!« sagte Tabby.

»Wir machen eine kleine Reise«, sagte Clark. »In einem Flugzeug. Hast du nicht Lust? Es soll eine Überraschung sein.«

»Eine Überraschung für Grandpa?«

»Eine Überraschung für uns.« Er nahm einen kleinen blauen Koffer aus Tabbys Schrank und warf Unterwäsche, Socken,

Hemden und Hosen hinein. »Wir brauchen etwas zum Anziehen für dich, und dann können wir gehen.«

Zehn Minuten lang überwachte Tabby das Packen und achtete darauf, daß sein Vater seine Lieblings-T-Shirts in den Koffer tat. Tabby zog sich Mantel und Handschuhe an und setzte seine Pudelmütze auf. Clark holte seinen eigenen Koffer unter dem Bett hervor. »Okay, Tabby«, sagte Clark, als er vor seinem Sohn kniete. »Wir gehen jetzt schnell die Treppen runter und aus der Tür. Dann steigen wir in den Wagen. Dieses eine Mal werden wir uns nicht von Emily verabschieden. Hast du verstanden?«

»Ich habe mich schon von Emily verabschiedet«, sagte Tabby.

»Gut. Aber nun sei schön ruhig.«

»Schön *ruhig*«, rief Tabby, und sie gingen die Treppe hinunter und zur Vordertür. Leise hörten sie Emilys Stimme und die der Haushälterin von der Küche her.

Clark öffnete die Tür. Die schneidende Januarkälte kam ihnen entgegen. Auf dem Boden lag eine dünne Schneeschicht, in der hier und da die Spuren von Eichhörnchen und Waschbären zu sehen waren. »Daddy«, flüsterte Tabby. Clark schaute noch einmal in das Innere des Hauses. Er warf einen Blick auf die marmorverkleidete Halle mit den dicken Teppichen, den Plüschmöbeln und den Schiffsgemälden. »Daddy.«

»Was ist denn?« Er schloß die Tür hinter sich.

»Das war ein böser Mann.«

»Welcher Mann, Tabby?«

Tabby wirkte einen Augenblick wie verloren – ein Ausdruck im Gesicht seines Sohnes, der Clark seit einiger Zeit sehr vertraut war. »Das macht nichts, Tabby«, sagte er. »Es gibt keine bösen Männer.«

Er warf die Koffer auf den Rücksitz und fuhr durch das offene Tor.

Als sie die Durchgangsstraße erreicht hatten und Clark in westliche Richtung fuhr, rief Tabby: »Wir fahren nach Ju Nork!«

»Wir fahren zum Flughafen, weißt du das nicht mehr?«

»Oh ja, zum Flughafen. Mit dem Flugzeug fliegen. Eine Überraschung.«

»Ja«, sagte Clark und beschleunigte auf siebzig.

11

17. Mai 1980

Als Stony mit der Hüfte die Schlafzimmertür aufstieß, sah sie, daß der Mann schon im Bett lag. Er hatte sich zwei Kissen in den Rücken geschoben. Seine Haut war sehr weiß – gegen die rosa Bettwäsche hatten sein Gesicht und seine unbehaarte Brust die Farbe von Hüttenkäse. Sein ganzes Gesicht sah glasig aus. »Sie haben es aber eilig«, sagte sie.

»Eilig«, sagte der Mann. »Immer.«

Seine Kleidung lag vor dem Bett verstreut. »Fühlen Sie sich nicht wohl?« fragte Stony und reichte ihm seinen Drink, aber der Mann schien es nicht zu bemerken – er starrte sie aus glasigen Augen an –, und sie stellte das Glas auf den Nachttisch.

»Mir fehlt nichts.«

Stony zuckte die Achseln, setzte sich und zog die Schuhe aus.

»Ich war hier schon einmal«, sagte der Mann.

Stony schob sich den Rock von den Hüften. »Sie meinen, in diesem Haus? Bevor wir einzogen? Kannten Sie denn die Allenbys?«

Er schüttelte den Kopf. »Ich war schon einmal *hier*.«

»Oh, wir waren alle schon einmal *hier*«, sagte Stony. »Dies ist mehr als nur ein Football-Match.«

12

17. Mai 1980

Du hast lange Zeit geträumt, und doch hast du nicht geträumt. Du hast an einem Ort geschlafen, den du nicht kanntest, und als du aufwachtest, warst du jemand anders. Du hattest ein Glas in der Hand, und eine Frau schaute dich an, und, Drache, die Welt gehörte wieder dir.

13

6. Januar 1971
»Flugzeug«, sagte Tabby nur noch erstaunt. Dann schwieg er, und Monty Smithfields Wagen hatte Hampstead verlassen und rollte an Feldern und Häusern vorbei, vorbei an Norrington, vorbei an den Bürogebäuden und großen Motels von Woodville, vorbei an Kingsport und dann nach Westchester County, wo die Straße schmierig war und Schlaglöcher hatte, schließlich nach Queens.

»Was ist los?« fragte sein Vater plötzlich, als sie in die Abzweigung nach Long Island einbogen. Von der Gegend, die sie passierten, schien eine kalte Drohung auszugehen. Von den anmutigen Hügeln und der strahlenden Landschaft von Patchin County waren sie in ein anderes Land geraten. Tabby empfand deutlich, daß dies die Welt sein mußte, die seine Mutter umgebracht hatte. »Möchtest du denn nicht verreisen?«

»Nein.«

Sein Vater fluchte. Ein paar schmutzbedeckte Wagen hatten gehupt.

»Ich will nach Hause«, sagte Tabby.

»Ab jetzt werden wir ein neues Zuhause haben. Alles wird anders sein, Tabby.«

»Alles ist schon jetzt anders.«

»Ich habe keine Wahl, Tabs – ich habe einen neuen Job.« Es war das erste Mal, daß er so log; es sollte zur Gewohnheit werden.

Clark ließ den Wagen in der Parkanlage für Dauerparker. Wie die Wände einer Gruft erhoben sich an allen Seiten graue Betonwände, und auch die Luft war grau und roch nach Staub und Schmieröl. Als Tabby die Tür öffnete und ausstieg, sah er neben sich einen ausgedehnten Fleck auf dem Beton und hielt ihn für etwas Lebendiges. Vom unteren Deck kam ein heiserer Schrei. Zeichen einer gnadenlosen Welt ohne Liebe.

»Beeil dich, Tabby. Ich kann's nicht ändern, aber ich bin nervös.«

Tabby beeilte sich. Er trabte neben seinem Vater her zum Fahrstuhl und suchte hinter seinen Beinen Schutz.

Der Fahrstuhl fuhr abwärts. Inspiziert durch. Genehmigt von. Im Notfall Telefon benutzen. »Der Notfall kommt zum Flughafen«, sagte ein Mann in Cowboystiefeln und Lederjacke. Eine Frau mit einer Löwenmähne lachte und zeigte scheußliche, mit Lippenstift beschmierte Zähne. Als sie merkte, daß Tabby sie anstarrte, strich sie ihm über das Haar und sagte: »Wie niedlich.«

»Träum nicht«, sagte Clark. Zischend öffnete sich die Tür, und sie traten in die Kälte hinaus. Clark hob den Koffer auf die Waage und holte eine kleine Mappe aus der Tasche. »Nichtraucher«, sagte er.

»Daddy«, sagte Tabby. »Bitte, Daddy.«

»Was, zum Teufel, ist denn jetzt wieder?«

»Wir haben Spiderman nicht mitgenommen.«

»Wir besorgen einen neuen.«

»Ich will keinen –«

Clark packte seine Hand und zerrte ihn zur Rolltreppe. Tabby schrie auf vor Angst und Verzweiflung, denn in dieser Sekunde sah er die große, belebte Halle voll toter Menschen – überall lagen Leichen. Er sah einen nackten Mann mit weißen Schwären, in denen es von Maden wimmelte. Die Vision dauerte nur einen Moment, nicht einmal eine Sekunde, und als alles vorbei war, schrie er noch immer. »Tabby«, sagte sein Vater ein wenig freundlicher, »du bekommst einen neuen.«

Tabby schluchzte. Er wußte nicht, was mit ihm geschehen war, aber er wußte, daß er auch einen Jungen mit brennenden Kleidern gesehen hatte, und daß der Junge das wichtigste von dem war, was er gesehen hatte. Denn er selbst war dieser Junge. Grelles rotes und gelbes Licht stand ihm vor Augen, und er schwankte. Die kleinen Lichtpunkte stoben auseinander.

Sein Vater kniete neben ihm und hielt ihn fest. Sie waren nicht mehr auf der Rolltreppe, und die Leute hasteten an ihnen vorüber. »Heh, Tabs«, sagte sein Vater. »Alles in Ordnung? Soll ich dir Wasser holen?«

»Nein. Alles in Ordnung.«

»Bald sitzen wir im Flugzeug. Wir fliegen nach Florida. Da ist es schön warm. Da gibt es Sonne und Palmen, und da können wir schwimmen. Und dann die Tennisplätze. Da können wir spielen. Wir werden viel Spaß haben.«

Tabby schaute an der Schulter seines Vaters vorbei und sah einen endlosen Korridor, durch den Menschen eilten. Andere benutzten das Laufband. »Schön«, flüsterte er.

»Es geht nicht anders, Tabby.«

Der Junge nickte.

»Hast du schon mal die Wolken von oben gesehen? Wir können von oben sehen, was über den Wolken ist.«

Tabby sah seinen Vater an. Sein Interesse schien geweckt.

Clark stand auf, und sie betraten das Laufband. Tabby dachte an die Wolken, die man von oben sehen konnte. An eine verkehrte Welt.

Und dann standen sie vor einer Lichterwand – einer Fensterfront, durch die hell die Sonne hereinfiel und vor der riesige Ziffern aufleuchteten. 43, 44, 45. An den sonnenüberfluteten Schaltern drängten sich die Menschen, und auf den Stühlen unter den Fenstern standen schwere Reisetaschen. Uniformierte schritten auf und ab.

Tabby sah eine vertraute Gestalt, flammendes Silberhaar. ›*Grandpa!*‹«

14

17. Mai 1980
Achtlos stelltest du das Glas ab und hast dabei den Inhalt verschüttet. Du sahst, wie sich das Gesicht der Frau veränderte, und du faßtest sie nicht ohne Zärtlichkeit am Handgelenk.

15

6. Januar 1971

»Ich dachte mir schon, daß du diesen dummen Trick versuchen würdest«, sagte der alte Mann. »Hast du wirklich geglaubt, daß er dir gelingt?«

Wie angewurzelt stand Tabby zwischen den beiden Männern.

»Komm her, Tabby«, sagte sein Großvater und streckte die Hand aus. »Wir gehen alle nach Hause und vergessen diesen ganzen Unfug.«

»Zur Hölle mit dir«, sagte Tabbys Vater. »Du bleibst hier, Tabby. Nein – du setzt dich da hinten auf einen Stuhl.«

»Du bleibst hier, Tabby«, sagte sein Großvater. »Clark, du tust mir leid. Wie hätte dieser Trick wohl funktionieren sollen?«

»Hör endlich auf, von einem Trick zu reden«, sagte Clark.

Der Alte zuckte die Achseln. »Nenn es, wie du willst. Der Junge bleibt hier. Daran ist nichts zu ändern.«

»Setz dich drüben hin, Tabby«, befahl Clark. Tabby blieb stehen. »Woher wußtest du, daß ich hier bin?«

»Du redest wie ein Kind. Ich wußte genau, was du vorhast. Wie ist es, Clark? Möchtest du diesen lächerlichen Plan nicht aufgeben?«

»Fahr zur Hölle. Du kriegst meinen Sohn nicht.«

»Komm zu mir, Tabby. Dein Vater muß selbst entscheiden, wie verrückt er sich aufführen will.«

Tabby traf seine eigene Entscheidung; er entschied sich für die tröstende Stimme, den weichen Kaschmirmantel und den Anzug mit den Nadelstreifen.

So glaubte er, sich für beide entschieden zu haben, für eine Gegenwart, die genauso war wie die Vergangenheit. Mehr erwartete er nicht.

Er trat auf Monty Smithfield zu und hörte seinen Vater brüllen: »*Tabby!*« Sein Großvater beugte sich zu ihm herab und nahm seine Hand.

»*Laß meinen Sohn los!*« schrie sein Vater.

Tabby spürte, wie seine Welt zerriß – »*Laß ihn in Ruhe, du*

Nichtsnutz!« bellte sein Großvater – und Tabbys Seele oder was als seine Seele erschien, wurde in zwei Teile geschnitten wie mit einem Hackmesser. Montys Hand schloß sich so hart um seine, daß er aufschrie.

»Laß meinen Sohn los, du alter Scheißkerl«, knurrte Clark. Er packte Tabbys andere Hand und wollte ihn an sich ziehen.

Eine Ewigkeit lang wollte keiner der beiden loslassen. Tabby war so entsetzt und schockiert, daß er nichts sagen konnte. Sein Vater und sein Großvater zerrten an seinen Armen, als wollten sie ihn auseinanderreißen. Er merkte nur verschwommen, daß andere Leute herbeirannten. »Loslassen«, brüllte sein Großvater mit einer Stimme, die nicht mehr seine eigene war. »Du kriegst ihn nicht, du kriegst ihn nicht«, sagte sein Vater. An ihren Stimmen hörte er, daß sie ihn tatsächlich auseinanderreißen wollten.

»Daddy, ich sehe etwas!« schrie er.

Das stimmte. Er sah etwas, das erst nach neun Jahren, vier Monaten und elf Tagen geschehen sollte.

16

17. Mai 1980
Für einen Augenblick hieltest du in deiner Beschäftigung inne; du hattest einen Zeugen.

Stony Baxter Friedgood hauchte ihr Leben aus.

17

6. Januar 1971
»Ich sehe etwas, Daddy!« schluchzte Tabby. Mehr brachte er nicht heraus.

Er merkte, daß sein Großvater ihn losgelassen hatte, und öffnete die Augen. Ein großer Mann in blauer Uniform hielt seinen Großvater an der Schulter fest. Tabby lag auf den

Knien und schaute benommen auf seinen Großvater und den wütenden Piloten. Er sah auch die anderen Leute, die stehengeblieben waren. Hinter ihm stand sein Vater. Sein Großvater war sehr rot im Gesicht.

»Sind Sie fertig, oder muß ich die Polizei rufen?« fragte der Pilot.

Tabby stand langsam auf.

»Ich habe genug von dir«, sagte sein Großvater. »Du hast keinen Funken Verantwortungsgefühl. Verschwinde! Geh mir aus den Augen.«

»Genau das hatte ich vor«, sagte sein Vater mit brüchiger Stimme.

»Wenn es dir jetzt dreckig gehen wird, hast du dir das selbst zuzuschreiben. Aber mein Enkel nicht. Das Kind wird für deine Dummheit zahlen müssen.«

»Endlich mal etwas, das du nicht bezahlst.«

Der alte Mann schüttelte die Hand des Piloten ab. »Wenn das deine einzige Antwort ist, tust du mir leid.«

»Okay?« fragte der Pilot.

»Nein«, sagte Monty Smithfield.

»Wenn er den Flugplatz verläßt, ist es in Ordnung«, sagte Clark mit Triumph in der Stimme.

Tabby trat ein paar Schritte zurück und lehnte sich gegen einen riesigen sandgefüllten Aschenbecher. Er sah, wie sein Großvater sich die Manschetten aus den Ärmeln schüttelte, sich umdrehte und den langen Korridor hinunterging. »Emily muß ihn gerufen haben«, sagte sein Vater. »Dieses verdammte Miststück.«

Tabbys Knie zitterten.

»Du hast etwas gesehen, Tabby? Was denn?« fragte sein Vater. Die beiden sahen dem alten Mann nach, der hochaufgerichtet auf das Laufband zuging.

»Ich weiß nicht.«

Sie setzten sich in eine Ecke des Warteraums und sprachen kein Wort. Zwanzig Minuten lang. Die Uniformierten warfen ihnen gelegentlich besorgte Blicke zu. Einige mochten den Verdacht haben, daß es vielleicht doch besser gewesen wäre, die Polizei zu rufen.

Als die 727 der Eastern in der Luft war, löste Clark Smithfield den Sicherheitsgurt und grinste seinen Sohn an. »Von nun an sind wir zwei arme Kerle.«

Teil Eins

Auftritt

Gab es die Dinge, über die wir reden?
– William Shakespeare, *Macbeth*

Eins

Was Sarah nicht sah

1

17. Mai 1980; ein herrlicher Tag, sagten die Leute in Patchin County. Der Himmel war strahlend blau und der Boden trocken. Der ideale Tag für ein Picknick, dieser Samstag – es würde eine Dürre geben, aber noch war das Gras saftig und grün. In Francos Kneipe am Bahnhof saßen Pat Dobbin und seine Freunde und tranken vor dem Essen noch ein paar Bier. Sie schauten aus dem Fenster zum Bahnhof hinüber und rissen Witze über die Leute, die an einem Samstag wie diesem verbissen nach New York zur Arbeit fuhren. (Dobbin verließ die Kneipe, bevor Stony Friedgood hereinkam – er illustrierte ein Kinderbuch mit dem Titel *Geschichten vom Adler-Bären* und wollte daran weiterarbeiten). Bobby Fritz, der von den meisten Villenbesitzern oberhalb Gravesend Beach als Gärtner beschäftigt wurde, fuhr auf seinem gigantischen Rasenmäher hin und her und hatte schon einen Anflug von Sommerbräune. Graham Williams strich einen Satz, schrieb ihn umgedreht wieder hin und lächelte. Patsy McCloud schob ihren Liegestuhl in die Sonne und las in einem Roman von Herman Wouk. Als ihr Ehemann Les in seinem roten Jogging-Dress vorbeilief, steckte sie ihre Nase noch tiefer in das Buch. Als Les sie in ihrem Stuhl sitzen sah, den Hals schräg wie ein Vogel, brüllte er: »Lunch, Mädchen! Lunch! Beweg dich!« Patsy las das Kapitel zu Ende. Les würde erst in einer halben Stunde wieder in die Charleston

Road einbiegen. Dann ging sie ins Haus, aber nicht, um ihm ein Roastbeef-Sandwich mit Zwiebeln zu machen, sondern um in ihrem Tagebuch zu schreiben.

Denn wir befinden uns hier in einer Gesellschaft von Tagebuchschreibern. Graham Williams führte ein Tagebuch, und Richard Allbee hatte schon als berühmter Zwölfjähriger damit angefangen, als einer der Stars in *»Daddy's Here«*. Diese von der National Broadcasting Company, Ivory Soap, Ipana Zahnpasta und der Ford Motor Company finanzierte Serie war in einige Millionen amerikanische Haushalte ausgestrahlt worden. Erst nach zehn Uhr abends schlug Richard sein Tagebuch auf. Erschöpft vom Packen, war Laura schon eingeschlafen, als er schrieb: Zu *Hause. Es ist kein Zuhause. Hoffentlich wird es eins.* Er blickte auf und sah einen Augenblick durch das Fenster in die Nacht hinaus. Dann schrieb er weiter. *Aber es ist schön hier. Casa nueva, vida nueva.*

Wer an diesem Tag, der für die Allbees der erste war und für Stony Friedgood der letzte in Patchin County werden sollte, Gelegenheit hatte, Hampstead, Connecticut, aus der Vogelperspektive zu sehen, dem mußten zuerst die vielen Bäume auffallen. Besonders in Greenbank, wo das Haus der Allbees stand, gab es viel Wald. Im Osten erstreckte sich die Stadt bis an den Long Island Sound, und hier sieht man zwei goldene Streifen: nach Sawtell Beach, in der Nähe des Country Club gehen die Leute schwimmen und sonnenbaden. Gravesend Beach ist kleiner und etwas felsiger. Hierher fahren von Juni bis September um sechs Uhr morgens die Fischer, um Goldmakrelen zu fangen. Dieser Strand gehört zu Greenbank. Darüber steht auf einem Steilhang das alte Haus der Van Hornes. Der Nowhatan River, der fünfzehn Meter breit an den Parkplätzen von Hampsteads Geschäftsviertel vorbeifließt, wo er allmählich schmaler wird, sollte eigentlich die südliche Grenze der Stadt bilden, aber sie erstreckt sich noch eine oder zwei Meilen weiter nach Süden. Dem Country Club gegenüber liegt an der Biegung der Flußmündung der Yacht-Club, eine riesige Ansammlung von vertäuten Booten. Aus der Luft sehen alle diese Boote wie kleine flatternde Briefmarken aus – braun, rot, blau und weiß. Hampstead, das ungefähr die Form eines Trapezoiden hat, wird von drei Hauptverkehrsadern durchzogen: der Gleisstrecke der Conrail, dem Highway I-95 und der Post Road. Alle drei führen auf ihrem Weg nach New York auch durch Hillhaven und Patchin und Norrington und Woodville. Aber wenn man Hampstead so sieht, kann man sich kaum vorstellen, daß New York überhaupt existiert. Am nordwestlichen Rand der Stadt liegen kleine künstliche Teiche und Wasserbecken. Die dichten Kronen der Bäume verdecken fast die Häuser und Straßen und auch die Mercedeslimousinen und die Volvos, die Datsuns, Toyotas und Volkswagen, die auf ihnen entlanggleiten. Wo die Post Road sich anschickt, das Geschäftsviertel zu durchqueren, sieht man, wenn die Lichter angehen, die imposante Frontseite der Congregational Church mit ihren weißen Säulenreihen. An beiden Seiten ihrer ausgedehnten Rasenfläche wird sie von Bankgebäuden flankiert, die ihren Stil kopiert haben. Dann folgt ein Einkaufszentrum mit Mansardendach. Zu ihm gehören ein Schallplattengeschäft, ein Theater, eine Eisdiele, ein Reformhaus, ein Kunstgewerbeladen mit Topflappen und riesigen Snoopyfiguren und ein Laden, in dem man für Strickjacken und Wollmützen das Doppelte von dem ausgeben kann, was sie in Norrington oder Woodville kosten.

Sehr spät an diesem Abend, als Richard Allbee gerade *Gott helfe uns* in sein anspruchsloses kleines Buch schrieb, jagten zwei Streifenwagen mit Blaulicht die Post Road entlang, bogen in die von Bäumen bestandene Sawtell Road ein und fuhren durch die Greenbank Road zum Haus der Friedgoods, wo aus allen Fenstern Licht strahlte.

Sekunden bevor die Beamten das Haus erreichten, ging in den Büros der *Hampstead* Gazette, direkt gegenüber dem Buchladen, das Licht aus. Sarah Spry hatte ihren Feuilleton-Artikel für die Mittwochausgabe fertig und ging nach Hause. Wieder einmal waren Hampsteads Berühmtheiten, Halbberühmtheiten und Obskuritäten in der *Gazette* verewigt worden.

2

Hier eine Kostprobe von dem, was Sarah für das Mittwochsfeuilleton schrieb

WAS SARAH SAH

Unsere Stadt ist ein schillerndes Kaleidoskop von Stimmungen und Impressionen. Sie schenkt uns Freuden und Erinnerungen und ständig wechselnde Schönheit. Unsere großartigen Maler und Schriftsteller und Musiker geben dem Leben hier die Würze ... Vielleicht wissen einige meiner Leser, daß der gefeierte F. SCOTT FITZGERALD (der Gatsby-Mann) und seine Familie in den zwanziger Jahren hier lebten. Sie wohnten in dem Haus von Mr. und Mrs. Irving Fisher am Bluefish Hill, nur einen Steinwurf vom Sawtell Beach entfernt. Vielleicht erinnert sich der eine oder andere auch, daß EUGENE O'NEIL und JOHN BARRYMORE und GEORGE F. KAUFMAN eine Zeitlang in den Mauern dieser Stadt am Long Island Sound unter uns weilten. Wenn Sie Ida Hoff in ihrer Buchhandlung, dieser großen alten Institution in der Main Street, direkt gegenüber den Räumen dieser bedeutenden Zeitung (ha-ha) besuchen, könnte sie Ihnen erzählen, daß eines Tages der Dichter W. H. AUDEN ihren Laden betrat, um ein Kochbuch zu kaufen. Ein Kochbuch von TOMMY BIGELOW, einem Sohn unserer Stadt – gut gemacht, Tommy!

Ach, ihr Lieben, diese Woche hat mir so recht gezeigt, wie schön unsere Stadt ist: unsere schöne alte Main Street, unsere großartigen Kirchen aller Konfessionen, unser herrlicher Strand und die schönen alten Häuser aus der Kolonialzeit. In einer solchen Woche bekomme ich alte Schreiberin wahrhaftig Zweihundertjahrfeier-Gefühle. Sagte doch neulich dieser feurige junge Drachentöter, der Rechtsanwalt ULICK BYRNE, zu mir: Ist es nicht herrlich, an einem Ort zu leben, wo mindestens zweimal die Woche absolut nichts passiert?

Wie bitte? Sie wollen wissen, *was* passiert?
Sarah sah: Daß Richard Allbee, Publikumsliebling aus *Daddy's Here* (sehen Sie sich den kleinen Schlaumeier in der Wiederholung im Nachtprogramm an) mit seiner jungen Frau Laura in unsere Stadt gezogen ist. Laura ist übrigens mein Lieblingsname. Werden wir Sie in unserem Theater zu sehen bekommen, Richard? (Aber es geht das Gerücht, daß er nicht mehr auftreten will. Schade ...)
Sarah sah: einen langen Brief aus Los Claros, Kalifornien, von unseren ehemaligen Nachbarn Bunny und Thaxter Bainbridge, die dort alte Bekannte trafen: Jix und Pete Peters, zu Besuch bei ihren Enkeln ...

Eine langweilige Woche für Sarah.

3

Für Leo Friedgood sollte es nie wieder langweilige Wochen geben. Allerdings wußte er das noch nicht, als er an jenem schönen Samstagmorgen im Yacht-Club ans Telefon gerufen wurde. Er beschäftigte sich mit seinem Boot, wie an den meisten schönen Wochenenden. Seine sechs Meter lange Lightning, die *Juicy Lucy,* war erst seit einer Woche im Wasser, und sie brauchte innen noch etwas frische Farbe. Als oben auf dem Anleger das Telefon klingelte, nahm Bill Terry, dessen Boot direkt neben der *Juicy Lucy* vertäut war, den Hörer ab. »Für dich, Leo«, rief er. »Scheiße«, sagte Leo, legte den Pinsel weg und ging über den leicht schwankenden Steg. Er schwitzte, und der rechte Arm tat ihm weh. Obwohl Leo Friedgood aussah, als könnte er Bäume ausreißen, war er kein Freund von körperlicher Anstrengung. Sein altes KEEP ON TRUCKIN' Sweatshirt umspannte einen respektablen Bauch, auf seinen Jeans prangte eine Konstellation von weißen Flecken. Was er jetzt brauchte, war eine weitere Flasche aus der Sechserpackung Coors an Deck seiner Schaluppe. Er nahm den Hörer auf und sagte »Ja«. Die Sprechmuschel stank nach Zigarettenqualm.

»Mr. Friedgood?« fragte eine ihm unbekannte weibliche Stimme.

»Ja.«

»Hier spricht Mrs. Winthrop, General Haugejas' Sekretärin«, sagte die Frau, und Leo spürte einen Eisklumpen im Magen. General Henry Haugejas – Leo hatte ihn erst einmal gesehen. Bei einer Hauptversammlung der Telpro. Ein Riese in grauem Flanell mit einem Gesicht in der Farbe von abkühlendem Eisen. Er hatte im Koreakrieg Heldentaten vollbracht, aber er sah aus, als ob ihn das genauso wenig freute wie alles andere auch. Sein unbewegtes rotes Gesicht und seine Rüstung aus grauem Flanell ließen Kraft und Anstand, Strenge und Mißmut bei ihm ahnen.

»Oh, ja«, sagte Leo und bedauerte, daß er nicht schon auf dem immer noch kühlen Wasser war.

»General Haugejas bittet Sie, sofort unser Werk in Woodville aufzusuchen.«

»Wir haben kein Werk in Woodville«, sagte Leo.

Mrs. Winthrops Stimme war glatt wie Seide: »Wenn der General es sagt, haben wir dort eins. Es mag Ihnen noch nicht bekannt sein. Ich sage Ihnen, wie Sie das Werk erreichen.« Sie nannte ihm eine Ausfahrt-Nummer für die I-95 und eine so komplizierte Wegbeschreibung, daß sie eher der Verwirrung als der Aufhellung zu dienen schien. »Der General wünscht Sie in dreißig Minuten zu sprechen«, sagte sie abschließend.

»He, einen Augenblick«, jammerte Leo. »Das schaffe ich nicht. Ich muß mich umziehen. Ich habe nicht einmal meine Papiere bei mir. Ich kann doch nicht –«

»Man hat Ihren Namen am Tor«, sagte sie, und Leo hätte schwören mögen, daß sie dabei lachte. »Der General wünscht, daß Sie sofort nach Ihrer Ankunft diese Nummer anrufen.« Sie rasselte eine 212er-Telefonnummer herunter, die er nicht kannte. Er wiederholte sie, und die Sekretärin legte auf.

In Woodville verfuhr Leo sich. Er hielt sich an die Anweisungen der Sekretärin und landete in den ausgedehnten

Slums der Stadt. Überall verfallende Häuser, verlassene Tankstellen und winzige Kneipen, vor denen Schwarze sich zusammendrängten. Leo hatte das Gefühl, daß sie ihn alle anstarrten. In seinem teuren Wagen mußte er als Weißer hier auffallen. Er fuhr im Kreis herum, und die Wegbeschreibung der Sekretärin (links, rechts, rechts und dann wieder links) war in seinem Kopf hoffnungslos durcheinander geraten. Er fing wieder an zu schwitzen. Er wußte, daß die dreißig Minuten, die der General ihm eingeräumt hatte, vergangen waren. Eine Zeitlang schien es ihm, daß er, ganz gleich wo er abbog, ständig zwischen zwei Polen hin und herfuhr, der Durchgangsstraße und der Red Devil Lounge, vor der sich betrunkene Schwarze lümmelten.

Als er zum dritten Mal eine dreckige Gasse entlangfuhr, bemerkte er eine Einfahrt zwischen zwei Häusern, die er vorher für eine schmale Straße gehalten hatte – diesmal schaute er genauer hin und sah ein Eisengitter vor einer hohen grauen Wand. Als er langsam daran vorbeifuhr, erkannte er hinter dem Gitter eine Art Pförtnerloge. Leo fuhr rückwärts in die Einfahrt und kam sich wie ein Eindringling vor.

Eine Sekunde lang dachte er, er sei wieder falsch, und ohnmächtige Wut stieg in ihm auf. Auf einem Schild las er WOODVILLE SOLVENT. Ein Uniformierter sprang aus dem Pförtnerhaus und öffnete das Tor. Als er auf den Wagen zuging, drehte Leo die Scheibe herunter und fragte: »He, wissen Sie, wo das Telpro-Werk –«

»Mr. Friedgood?« fragte der Wachmann und betrachtete mißtrauisch Leos beschmutzte Kleidung.

»Ja«, sagte Leo.

»Sie werden in der Forschungsabteilung erwartet. Sie kommen zu spät.«

»Wo ist die Forschungsabteilung?« Leo unterdrückte den Impuls, dem Mann zu sagen, er solle sich zur Hölle scheren.

Der mondgesichtige Wachmann, dessen Bauch ebenfalls der Form eines Mondes angenähert war, zeigte über einen riesigen, fast leeren Parkplatz. Sein Bauch wabbelte, als er den Arm hob. Die einzigen Wagen auf dem Platz standen in der Nähe einer fensterlosen Metalltür in der hohen grauen Fassade. »Gehen Sie dort rein.«

Leo fuhr hin und parkte seinen Wagen quer auf zwei Stellplätzen.

4

Ein Mann im weißen Kittel, mit sandfarbenem Haar und Kaninchenzähnen, schoß auf ihn zu, als er die Eisentreppe hochgestiegen war. »Sind Sie der Mann von Telpro? Mr. Friedgood?«

Leo nickte. Er schaute zu der kleinen Gruppe von Männern und Frauen hinüber, aus der sich der Mann gelöst hatte, um ihn in Empfang zu nehmen. Auch sie trugen, wie Ärzte, weiße Kittel. Sein Blick fiel auf eine Reihe von Fernsehmonitoren. »Wer sind Sie denn?« fragte er, ohne den Mann anzusehen.

»Ted Wise, Direktor der Forschungsabteilung. Hat irgend jemand Sie schon näher informiert?«

Sein Sweatshirt und seine farbbespritzten Jeans machten Leo verlegen. In einem der Monitoren sah er sich selbst. Er hatte wirres Haar, und sein Sweatshirt hatte sich hinten hochgeschoben und ließ den dicken Fleischwulst an seinen Hüften erkennen. Seine Verlegenheit vergrößerte noch seine Wut darüber, daß man ihn in ein Werk zitiert hatte, dessen Existenz Telpro ihm erst anvertraute, als eine Katastrophe eingetreten war. Er riß sich das Hemd über den Gürtel nach unten. Ihm fiel ein, daß General Haugejas ihn in dieses Werk geschickt hatte, wie er einen Leutnant über den nächsten Hügel schicken würde – er war entbehrlich.

»Hören Sie zu, ich soll mich beim General melden«, sagte Leo. »Wie wär's, wenn Sie aufhörten, sich darüber Sorgen zu machen, was ich weiß oder nicht weiß, und mich statt dessen sofort informierten?« Er sah sich immer noch im Raum um; weiße Wände, schwarzweiße Schachbrettfliesen auf dem Fußboden. Die Fernsehmonitoren hingen über einem Schreibtisch, auf dem neben einem Telefon eine Kontrolliste und ein Bleistift lagen. Am Schreibtisch saß ein nervös wirkendes Mädchen. Sie schluckte, als er sie ansah.

Überhaupt waren alle in der Gruppe, die sich hier im Vorraum zum zweiten Stock versammelt hatten, nervös wie Katzen – mehr als nervös. Das erkannte Leo sofort. Während Ted Wise nach Worten suchte, sah man den drei Männern und zwei Frauen Panik und nackte Angst an. Sie standen wie erstarrt da und bemühten sich offenbar Leos wegen um besondere Beherrschung. Leo war nicht sehr sensibel, aber als intelligenter Mann registrierte er genau, wie schwer ihnen diese Beherrschung fiel. Sie konnten jeden Augenblick in nervöse Zuckungen verfallen.

In diesem Moment hatte Wise den Nerv, Leo zu bitten, sich irgendwie auszuweisen. Leo begann zu ahnen, vor welchem Abgrund er möglicherweise stand.

»Was soll ich?« fragte Leo aggressiv.

»Nur eine Vorsichtsmaßnahme, Sir.«

Er sicherte sich ab; genauso wie der General sich absicherte, indem er Leo Friedgood in dieses ... Irrenhaus schickte. Denn so sah das Innere der Anlage aus. Angewidert zog Leo seine Brieftasche hinten aus der Hose und zeigte Wise seinen Führerschein. »Der General hat mich von meinem Boot geholt«, sagte er mit Grandezza. »Ich soll diese Sache so schnell wie möglich erledigen. Ich muß nur wissen, wo's brennt. Dann könnt ihr Arschlöcher Valium nehmen oder was, zum Teufel, ihr braucht.«

»Hier entlang, Mr. Friedgood«, sagte Wise, und die nervöse Gruppe stob auseinander, um sie durchzulassen. Sie gingen durch eine Tür.

»Wir betreiben dieses Werk seit 1978«, sagte Wise.

»Ein paar Jahre früher war Woodville Solvent zusammengebrochen, und der Konkursverwalter verkaufte die Gebäude und den Firmennamen an Telpro.«

»Ja, ja«, sagte Leo, als ob er das alles schon wüßte.

»Wir brauchten fast sechs Monate, um die nötigen Veränderungen vorzunehmen. Als wir hier einzogen, fingen wir da an, wo wir in Wyoming aufgehört hatten. Wir alle – Sie sehen ja die Leute – haben dort in einem Telpro-Werk gearbeitet. Bis wir schließen mußten.«

»Lief da denn auch was schief?« fragte Leo.

Bei dieser Frage zuckte Wise zusammen und öffnete eine zweite Tür. »Wir hatten unsere Niederlassung in einem Chemiewerk, und die Rohre des Abflußsystems waren korrodiert. Auf diese Weise gelangten Schadstoffe in wasserführende Schichten, wenn auch in geringem Ausmaß, zwei Teile auf eine Million. Das war kein ernstes Problem, und es gab kaum Aufsehen.«

Leo schaute in den Raum hinter der Tür. Mürrisch starrten ihn Affen aus Käfigen an. Zoogerüche zogen aus der offenen Tür. »Die Primatenabteilung«, erklärte Wise. »Hier müssen wir durch, um in die Test-Abteilung zu kommen.«

»Warum erzählen Sie mir nicht einfach etwas über Ihre Arbeit?« fragte Leo müde.

Natürlich wußte er, daß Telpro auch für das Verteidigungsministerium arbeitete. Eine der Abteilungen, die er zu überwachen hatte, ein Werk in Trenton, stellte Verschlußmechanismen her, die bei Halbkettenfahrzeugen der Armee verwendet wurden; eine andere Fabrik in New Jersey baute Schaltungen, die später in der Minuteman-Rakete Verwendung fanden. »Aber dies ist die Abteilung für Spezialwaffen«, sagte Wise, als sie alle sieben in dem Raum mit den Affenkäfigen standen. »Spezialwaffen« war eine Sonderabteilung, die General Haugejas und seinen Leuten direkt unterstand.

Seine Leute waren zwei Mikrobiologen, ein Physiker, ein Chemiker und ein wissenschaftlicher Assistent. Weitere wissenschaftliche Assistenten und Labortechniker wurden am Ort angeheuert. Achtzehn Monate lang hatten sie an einem einzigen Projekt gearbeitet. »Es ist zwar physikalisch und chemisch komplizierter«, sagte Wise, »aber für unsere Zwecke können wir es Gas nennen. Es ist geruchlos und unsichtbar wie Kohlenmonoxyd und sehr wasserlöslich. Es hat noch keinen Namen, aber der Code lautet DRG. Es ist ... man kann es als etwas völlig Verrücktes bezeichnen. Wir haben daran gearbeitet, es so weit in den Griff zu bekommen, daß wir den Voraussagbarkeitsfaktor erhöhen können.«

Voraussagbarkeit war das Problem, erfuhr Leo. Das Pentagon hatte sich für DRG schon interessiert, seit es in den frühen Fünfzigern am Massachusetts Institute of Technology von einem deutschen Biochemiker namens Otto Bruckner synthetisch hergestellt worden war. Bruckner hatte nicht gewußt, was er mit seiner Erfindung anfangen sollte, und man hatte sie ihm weggenommen. »Eine ganze Zeitlang hing das Projekt in der Schwebe«, sagte Wise. »Die Regierung wollte einfachere Projekte vorantreiben, meistens erfolglos. In den späten Siebzigern interessierte man sich erneut für DRG. Seit Spezialwaffen – wir alle hier – sich mit Bruckners Geistesprodukt befaßt, war es unsere Aufgabe, seine Wirkungen örtlich zu begrenzen. Wir haben es ein dutzendmal verändert – über ADG 1 und 2 bis zu dem, was wir heute haben. Aber seine Wirkungsweise ist noch immer sehr uneinheitlich. Bei einigen Leuten wirkt es überhaupt nicht, wenn auch nur bei wenigen. In einigen Fällen wiederum ist die Inhalation sofort tödlich. Fehlende Wirkung und absolut tödliche Wirkung bewegen sich innerhalb akzeptabler Parameter. Es sind jeweils fünf bis acht Prozent. Lassen Sie mich nebenbei nur sagen, daß die in ihm enthaltenen Stoffe mit tödlicher Wirkung relativ kurzlebig sind. Wird die Bevölkerung einer Region diesem Gift ausgesetzt, besteht nur fünfundzwanzig Minuten lang unmittelbare Gefahr. Sorgen machen uns die mittleren Werte. Sie haben doch von den Experimenten der Armee mit LSD gehört?«

Leo nickte.

»Das war natürlich eine äußerst bedauerliche Angelegenheit. Wir haben alle Anstrengungen unternommen, unsere Arbeit nicht mit einem solchen Makel zu behaften, und unsere Anweisungen gingen ohnehin nicht so weit. DRG, ursprünglich ADG, ist in seiner Wirkung viel variabler als LSD, und wir haben uns vornehmlich bemüht, eine Eigenschaft zu isolieren, die ständig einen einzigen Effekt erzielt.« Wise schien jetzt sehr nervös. »Wir hatten eine ganze Reihe von Auswahlmöglichkeiten. Einige Wirkungen zeigen sich erst nach Monaten. Hautschädigungen, Halluzinationen, totale Geistesgestörtheit, Veränderungen der Pigmentierung,

Grippe und sogar Narkotisierung – auf einen gewissen Prozentsatz der behandelten Bevölkerung wirkt der Stoff lediglich wie ein leichtes Beruhigungsmittel. Es mag auch Hinweise auf Dämmerzustände und die Entwicklung telepathischer Fähigkeiten gegeben haben ... um ehrlich zu sein, das Zeug ist so variabel, daß wir nach anderthalb Jahren überhaupt erst *anfangen*, es in den Griff zu bekommen.«

»Okay«, sagte Leo. »Kommen wir zur Sache. Was ist passiert?«

»Barbara«, sagte Wise, und eine große dunkelhaarige Frau mit vom Weinen geschwollenen Augen ging an der Käfigwand entlang und öffnete eine weitere Tür.

Leo sah einen Raum innerhalb eines Raumes, dessen obere Hälfte aus Glas bestand. Als er zusammen mit Barbara eintrat, registrierte er vage eine Anzahl von Labortischen, Objektträger für die Untersuchung von Zellgewebe, Projektoren und Bunsenbrenner. Seine Aufmerksamkeit richtete sich auf die drei Leichen hinter dem Glas. Die beiden am weitesten entfernten lagen in seltsamen Verrenkungen nebeneinander auf dem schwarzen Fußboden. Die Augen waren geöffnet, die Münder aufgerissen. Es waren reine, unschuldige, tote Gesichter.

Wise hustete in die vorgehaltene Hand; sein Gesicht war rosa angelaufen. »Die Leute dort bereiteten die Kammer für eine Infusion mit DRG-16 vor.« Er wischte sich über das Gesicht, und seine Hände zitterten. »Der Mann in der Nähe der Wand ist Frank Thorogood, und der Mann neben ihm heißt Harvey Washington. Sie waren Forschungstechniker – Thorogood stand kurz vor dem Abschluß seines Studiums an der Patchin-Universität, und Washington hatte keine akademischen Qualifikationen. Er erledigte für uns alle untergeordneten Aufgaben. Zu diesen Aufgaben gehörte es, eine – Leitung vom Reservoir an den Zerstäuber anzuschließen, der seinerseits an die Maske angeschlossen ist, die Sie dort auf dem Fußboden sehen. Irrtümlich schloß er sie an die Leitung unmittelbar unter dem Zerstäuber an, und unverdünntes DRG strömte in die Kammer. Washington und Thorogood waren sofort tot.«

Entsetzt starrte Leo auf die dritte Leiche in der Glaskammer. Sie war aufgedunsen – zuerst dachte Leo, daß der Leib geplatzt sei. Die Hände waren mit weißlichem Schaum bedeckt. Der Kopf des Mannes, ein weißer Schwamm, schien in eine Drainage in der Mitte des Fußbodens auszufließen. Es dauerte ein paar Sekunden, bis Leo erkannte, daß der Schaum, der einmal Haut gewesen war, sich bewegte. Während er zuschaute – er konnte den Blick nicht abwenden –, kroch der Schaum vom Kopf in das Abflußrohr. »Der dritte Mann war Tom Gay, einer unserer fähigsten Wissenschaftler, auch wenn er nur etwa sechs Monate für uns gearbeitet hat.«

Die Frau namens Barbara fing wieder an zu weinen. Einer der Männer legte den Arm um sie.

»Sie erkennen die Auswirkungen der Hautschädigungen. Er ist ein paar Minuten vor Ihrer Ankunft gestorben. Wir mußten zuschauen. Er wußte, daß wir die Kammer nicht öffnen konnten.«

»Mein Gott«, sagte Leo fassungslos. »Sehen Sie doch nur, was mit ihm geschehen ist.«

Wise sagte nichts.

»Ist es jetzt ungefährlich, die Kammer zu betreten? Können Sie das Zeug irgendwie loswerden? Mir ist es gleich, in welche gottverdammte Scheiße Sie sich geritten haben. *Ich* jedenfalls gehe *nicht* in die Kammer.« Leo steckte die Hände in die Tasche. Er sah braune Haarbüschel auf dem Schaum treiben und wandte sich ab. Ihm wurde übel.

»In ungefähr fünfzehn Minuten ist es ungefährlich. So ungefährlich wie nur irgend möglich.«

»Dann gehen Sie hinein.«

Wises Gesicht nahm plötzlich eine beängstigende scharlachrote Farbe an. »Das ist leider noch nicht alles. Die Zirkulatoren werden die Spuren des DRG mehr oder weniger absaugen.«

»Immer noch Ihr Job, Baby.«

»Ich wollte noch sagen, Harvey Washington hätte, sobald die Kammer leer war, die Filter an den äußeren Abzugsleitungen angebracht. Aber Bill Pierce schaltete die Zirkulatoren ein, bevor wir merkten, daß die Filter noch in den Kästen lagen.«

»Warum, zum Teufel, lassen Sie die Filter nicht überhaupt dran?«

Jetzt sprach Bill Pierce. Er war größer als Leo, aber athletisch gebaut. Er war der einzige Wissenschaftler, der einen Bart trug. »Das tun wir deshalb nicht, weil sie stark riechen. Der Geruch beeinträchtigt die Experimente. Wir verfuhren immer so, daß wir die Kammer versiegelten und unsere Beobachtungen machten. Dann installierte Harvey Washington die Filter, während wir das Versuchstier sezierten.« Mit einer Mischung aus Schuldbewußtsein und Trotz starrte er Leo an. »Als ich sah, daß Tom Gay dort drinnen anfing, verrückt zu spielen, dachte ich daran, das DRG aus der Luft zu nehmen. Ich glaubte, Tom retten zu können, wenn es mir gelang, die Luft schnell genug auszutauschen – die andern beiden fielen einfach um, wo sie standen. Ich hatte wohl noch das alte Verfahren im Kopf.«

»Und wo ist das Zeug jetzt?« fragte Leo. »Warten Sie. Lassen Sie mich raten. Die Zirkulatoren haben es direkt nach draußen geschafft. Hier liegt doch das Problem, nicht wahr? Ihr Trottel habt eine ganze Ladung von dem Zeug nach draußen gepumpt, nachdem in diesem Affenstall drei Leute daran verreckt sind. Wir haben also in anderthalb Sekunden eine Million tote Schwarze in Woodville. Stimmt's? Stimmt's?« Leo atmete tief ein. »*Und*! Nicht nur das. Wir kriegen eine Million Prozesse auf den Hals – *und* ich soll euch Idioten jetzt aus der Scheiße reißen.« Leo schlug sich die Hände vor die Augen.

»Mr. Friedgood«, sagte Wise. »Wir haben gerade drei unserer Kollegen verloren. Bill hat sich an das alte Verfahren gehalten. Monatelang haben wir die Filter drangelassen.«

»Und das halten Sie für eine Entschuldigung?« brüllte Leo. »Soll ich Sie auch noch bedauern?«

»Es tut mir leid«, murmelte Wise durch seine Kaninchenzähne. »Wir haben uns noch nicht ganz unter Kontrolle. Möglicherweise ist alles nicht so schlimm, wie Sie denken. Lassen Sie mich erklären.« Seine Worte klangen zuversichtlich, aber dennoch hatte Leo noch nie einen Mann gesehen, der so von Angst gepackt war wie Ted Wise.

5

»Ich werde mehr tun als nur einen Bericht schreiben«, sagte Leo dreißig Minuten später zu dem General. »Ich hole uns aus diesem Schlamassel raus. Telpro kommt überhaupt nicht erst ins Spiel. Erstens sagen diese Genies, die Sie hier haben, daß das DRG am Dach der Fabrik ausgestoßen wurde. Es wird also einige Meilen zurücklegen, bevor es sich niederschlägt. Außerdem weht zur Zeit ein ziemlich kräftiger Wind« – Leo dachte an die Segelboote, die der Wind über den Long Island Sound jagte, während er auf seiner Schaluppe arbeitete – »und das Zeug wird eine weite Strecke zurücklegen. Vielleicht geht es erst über Rhode Island nieder. Vielleicht erreicht es sogar Kanada. Niemand auf der Welt wird es mit Telpro in Verbindung bringen – und wenn wir Glück haben, weht es auf den Sound hinaus und bringt ein paar Fische um. Und wenn wir irgendwann in der nächsten Woche einen vernünftigen Regen kriegen, wird überhaupt nichts passieren. Wasser verringert die Wirkung nämlich geradezu phantastisch. Schlimmstenfalls haben wir nördlich von hier sofort ein paar Tote, und in ein oder zwei Monaten wird der eine oder andere Einwohner von Pawtucket oder Stowe plötzlich ein bißchen verrückt im Kopf – Wise sagt, daß es so lange dauert, bis die Auswirkungen auf den Verstand zum Tragen kommen.«

Eine Weile lauschte er den Worten des Generals.

»Monate. Das sagte Wise jedenfalls.«

Wieder sprach der General.

»Er garantiert dafür, Sir.«

Noch einmal hörte Leo sich an, was der General zu sagen hatte.

»Ganz recht. Wir müssen die Situation von hier aus unter Kontrolle behalten. Das ist ja meine Idee. Die hatte ich, als eins Ihrer Genies mir sagte, daß dieses DRG-Zeug mit Kohlenmonoxyd zu vergleichen ist. Wir werden die Sache schon schaukeln. Für alle Welt heißt dieser Laden Woodville Solvent. Und so soll es auch bleiben. Wir rufen anonym die Fernsehsender in New York an. Wir rufen die *Times* an. Außerdem setzen wir uns mit allen Agenturen und den Leuten vom öffentlichen Gesundheitswesen in Verbindung. Sie können herkommen und sich davon überzeugen, daß dieser Laden sauber ist und wirklich wie eine Fabrik aussieht.«

Pause.

Leo ließ seinen Blick über die sechs Leute gleiten, die ihn von der anderen Seite des Tisches her anstarrten. »Nein, sie werden kein Wort sagen. Wir werden bekanntgeben, daß das Werk schließt, damit eine Sicherheitsinspektion vorgenommen werden kann, und Sie können die Leute an einen anderen Ort schicken, wo sie die Arbeit wieder aufnehmen können, wenn über diese Sache Gras gewachsen ist. Inzwischen setzen wir uns mit diesem Bruckner in Boston in Verbindung und fragen ihn, ob er uns vielleicht helfen kann. Er hat schließlich diese Scheiße erfunden und müßte wissen, was wir unternehmen können.«

Pause.

»Thank you, Sir.« Er legte auf und wandte sich an die Wissenschaftler. »Lassen Sie uns nach unten gehen und Ihren Ofen inspizieren. Wir verstecken den ganzen Unrat in aller Öffentlichkeit. Einige von euch Dummköpfen werden in den Elf-Uhr-Nachrichten auftauchen.«

Anderthalb Stunden nach seiner Ankunft im Werk saß Leo Friedgood auf einer Holzkiste im Keller und beobachtete Ted Wise und Bill Pierce bei ihrer Arbeit am Ofen. Zwei neutrale grüne Lastwagen von einem Armeestützpunkt in New Jersey standen auf dem Parkplatz, und einige Soldaten luden die Affenkäfige, Kanister, Kisten mit Laborgeräten und Aktenkartons auf. Was von Thomas Gays Leiche noch übrig war, hatte man in einen Sack getan und fortgeschafft.

Zwei Stunden später stand Leo am Fenster und sah, wie hinter einem Streifenwagen ein Fahrzeug der Fernsehgesellschaft CBS auf den Hof fuhr. Im Büro herrschte eine Temperatur von über sechsundzwanzig Grad. Jeder kannte seinen Text. Leo ging an den Schreibtisch zurück und rief die Umweltschutzbehörde an. Dann sprach er mit dem Gesundheitsamt in Patchin. Zu Beginn des jeweiligen Gesprächs stellte er sich als Theodore Wise vor. Als er wieder ans Fenster trat, sah er den Leiter der Forschungsabteilung mit Bill Pierce das Gebäude verlassen, um sich den Fragen der Polizei zu stellen. Eine große schlanke Gestalt in einem blauen Anzug – der Reporter – und ein Techniker mit einer Videokamera stiegen aus dem Fahrzeug der CBS. Der Reporter ging auf Wise und den Polizeibeamten zu. Als ein Übertragungswagen durch das Tor fuhr, verließ Leo das Fenster und ging nach unten.

Barbara, die Forschungsassistentin, und zwei der Wissenschaftler standen im Vorraum am Schreibtisch. Leo lächelte ihnen zu, stieg die Treppen hinab und ging nach draußen.

Der berühmte Reporter von der CBS stand neben Bill Pierce und hielt ihm das Mikrophon hin. »Können Sie das Gerücht bestätigen, daß diese Tragödie auf eine Kohlenmonoxydvergiftung zurückzuführen ist?«

»Nach meinem besten Wissen …«, fing Pierce an.

Und so ging es einige Stunden lang. Als der Polizeibeamte fertig war, hatte sich schon die Nacht herabgesenkt, und als er wegfuhr, hatte Leo Friedgood die unsichtbare und geruchlose Wolke eines Stoffs namens DRG 16, die jetzt hoch oben in den Luftströmungen über Patchin County schwebte, schon fast vergessen.

6

Als Ted Wise und Bill Pierce später ihr Schweigen brachen, machten sie und hundert Zeitungen diese beinahe denkende Wolke für alles verantwortlich, was Hampstead und Patchin und Old Sarum, Witchley und Redhill und King George heimsuchte, alle diese wunderbaren Städte zwischen Norrington und New Haven mit ihren Pendlern und Künstlern und Country Clubs und Felsenhügeln und alten Häusern. Es sollte Untersuchungen geben und Anklagen, Petitionen, Demonstrationen und Prozesse. Es sollte pompöse und gutgemeinte Reden geben. Alles das war in Ordnung, aber es traf nicht den Kern. Denn der Aufruhr der kommenden Monate war nicht die Schuld der wissenden Wolke.

Er war eure Schuld, die ihr benommen und selbstzufrieden in euren Betten lagt. Ihr, die ihr erst noch beginnen mußtet, euch selbst wiederzuentdecken.

Es war Eure Geschichte, die Geschichte Hampsteads …

7

Vor zweihundert Jahren gab es Hampstead noch nicht. Es gab nur Greenbank, eine Anzahl Farmen und eine Kirche über der Gravesend Beach. Der Beachside Trail (heute Mount Avenue) verband Greenbank mit Hillhaven und Patchin, zu dem es gehörte. So kam es, daß, als General Tryon in New Haven Segel setzte, um Patchin einzuäschern, und 1799 in Kendall Point landete, eine kleine Abteilung Soldaten, nur zehn oder elf, den Beachside Trail entlangzogen, um auch Greenbank dem Erdboden gleichzumachen. Hinter Hecken und Zäunen versteckt, erzielten Patchins Männer Glückstreffer. Die Frauen und Kinder und Tiere waren am Fairlie Hill oder in den Wäldern von Patchin in Sicherheit gebracht worden; und einige waren in der Stadt geblieben, Knaben und Frauen. Es gibt Berichte, daß ein oder zwei männliche Einwohner sich am Zerstörungswerk beteiligten. Der Reverend Eliot, Patchins Pfarrer: »Die Brandstifter verrichteten ihr Werk mit grausiger Geschwindigkeit und wurden von einigen Personen angeführt, die in benachbarten Städten geboren und aufgewachsen waren«. Ein Junge (einer von neun Toten) wurde aus so kurzer Entfernung erschossen, daß seine Kleider Feuer fingen. Die anderen acht Toten kamen auf das Konto der Jäger – deutscher Söldner – und der britischen Soldaten. Der Mord an dem Knaben wurde von niemandem beobachtet und bleibt ungeklärt.

Dieser Vorfall, der Mord an einem dreizehnjährigen Jungen inmitten der allgemeinen Zerstörung, ist der zweite Schandfleck auf diesem Land.

Zehn Jahre später besuchte George Washington, der Präsident der dreizehn Vereinigten Staaten, Patchin. In seinen Aufzeichnungen erwähnt er, daß er auf seiner Route – es war der Beachside Trail – viele Schornsteine aus den Ruinen verbrannter Häuser ragen sah.

Während der nächsten zweihundert Jahre tauchen immer wieder dieselben Namen in den Kirchenbüchern auf: Barr, Wakehouse, Jennings, Annabil, Williams, Winter, Allen, Kent, Moorman, Buddington, Smithfield, Sayer, Green, Tayler. Die Namen lassen sich auch zurückverfolgen. Die ersten vier Farmer, die 1640 am Beachside Trail siedelten, hießen Williams, Smyth, Green und Tayler.

1645 kam ein Landbesitzer namens Gideon Winter hinzu. (Monty Smithfields Villa an der Mount Avenue wurde auf dem Grundstück gebaut, auf dem Gideon Winters Farmhaus stand.)

Und einige dieser Namen erscheinen in den Polizeiakten von Hampstead. 1841 ermordete ein Landfahrer, der wie ein Zigeuner in den an Anthony Jennings Zwiebeläcker angrenzenden Wäldern kampiert hatte, zwei Kinder namens Sarah Allen und Thomas Moorman und briet die Leichen in einer Grube, bevor ein Aufgebot von Farmern unter der Führung von Jennings ihn dingfest machte. Bei Fackelschein wurde er auf den Gemeindeanger von Hampstead geführt (den jetzt die Post Road in zwei Teile schneidet), und unter den Augen des Sheriffs legte man ihm ein Seil um den Hals und machte ihm auf der Stelle den Prozeß. Von seinem eleganten Haus in Patchin kam der Richter Thaddeus Barr auf seinem braunen Wallach über den Beachside Trail herbeigeritten. Er trug seine Robe und seinen Hut und verurteilte den Mann zum Tode – er wußte, daß er den Mörder niemals zum Gericht nach Norrington hätte bringen können. Von Barr befragt, weigerte sich der Mörder, seinen Namen anzugeben. Er sagte nur: »Ich bin einer von euch, Euer Ehren.« Nach seinem Tod erkannte ein Mann in der Menge ihn als den schwachsinnigen Vetter der Taylers, der als Kind auf eine Armenfarm geschickt worden war.

1898 wurde Robertson Green – bei seinen Freunden als »Prinz« bekannt –, ein zweiundzwanzigjähriger Mann, der sein Studium an der Theologenschule in New Haven abgebrochen hatte und in dem großen Schindelhaus seiner Eltern an der Gravesend Avenue separat wohnte, des Mordes an einer Prostituierten in Woodville überführt. Während des Prozesses kamen Einzelheiten aus dem Leben Prinz Greens ans Licht, die so bizarr waren, daß sich sogar die Presse in New York dafür interessierte. Nach seiner Rückkehr aus New Haven hatten sich seine Gewohnheiten geändert – er schlief nur noch in einem Sarg aus Eichenholz, den er bei Bornley und Holland bestellt hatte, den Leichenbestattern von Hampstead. Nie zog er die Vorhänge von seinen Fenstern, und er ging stets schwarz gekleidet. Er war laudanumsüchtig (Laudanum konnte man damals frei in jeder Apotheke kaufen). Seit seiner Rückkehr aus New Haven (so nahm man in Hampstead an) hatte er gelegentlich in Norrington und Woodville Prostituierte besucht, und vier dieser Frauen waren von Mai bis September 1897 abgeschlachtet worden. Prinz Green hat diese Morde nie gestanden, aber er wurde ganz gewiß nicht nur für den Mord an der Frau hingerichtet, über deren Leiche er in einer abgelegenen Gasse – Redbone Alley – in den Slums von Woodville angetroffen wurde. Das New Yorker *Journal American* zitierte den Vater des jungen Mannes, der behauptete, sein Sohn sei durch exzessive Lektüre der Verse dekadenter Dichter wie Dowson und Swinburne völlig verwirrt gewesen. Schon bald nannte man Green den »Ripper von Connecticut«. In späteren Ausgaben nannten die Zeitungen ihn den »Ripper-Poeten«. »Es gab Tage«, sagte sein Vater zu dem Reporter, »an denen er sich benahm, als wüßte er meinen Namen und den seiner Mutter nicht mehr.«

1917 durfte in Frankreich völlig legal gemordet werden, und junge Leute namens Barr und Moorman und Buddington starben im Schützengraben. Ihre Namen stehen auf einem Denkmal, das in der Post Road gegenüber der Stelle, wo jetzt das Lobster House Restaurant liegt, zur Erinnerung an den Ersten Weltkrieg errichtet wurde.

Für den Soldaten auf dem Denkmal, einen gutaussehenden jungen Mann mit Wickelgamaschen und Stahlhelm, hatte John Sayre Modell gestanden, der sich 1952 auf dem Rasen, der hinter dem Country Club zum Wasser hinunterführt, mit einer automatischen Pistole Kaliber fünfundvierzig das Leben nahm. Damals verstand niemand, was den zweiundfünfzigjährigen John Sayre, der Anwalt gewesen und in der Stadt hoch angesehen war, hätte veranlassen können, sein Leben zu beenden. Er hatte am Vormittag sämtliche Verabredungen abgesagt; seine Sekretärin erzählte der Polizei, er habe seit einigen Tagen zerstreut und launisch gewirkt. Bonnie Sayre erzählte der Polizei, daß sie an jenem Abend nicht in den Club habe gehen wollen, aber John habe darauf bestanden – sie hätten sich mit Graham Williams für diesen Abend schon vor zwei Wochen verabredet, es sollte eine vorgezogene Geburtstagsfeier für John werden. An seinem eigentlichen Geburtstag hätten sie in London sein wollen. Die Sekretärin sagte, er habe das Mittagessen ausgelassen und sei in seinem Büro geblieben; Bonnie Sayre berichtete, sie habe für sich selbst zum Dinner nur einen Salat bestellt. Während die anderen einen Drink nahmen, habe John sich entschuldigt. Dann sei er nach draußen gegangen – er müsse die Waffe schon die ganze Zeit bei sich gehabt haben. Ein paar Minuten später hätten sie einen Schuß gehört, aber es habe sich wie eine Fehlzündung angehört oder wie eine Tür, die hinter dem Club-Restaurant zugeschlagen wurde.

Weder Bonnie noch die Sekretärin hatten es für nötig gehalten, der Polizei zu sagen, daß John Sayre am Tage seines Selbstmords morgens zwei Namen auf dem Notizblock neben seinem Schreibtischtelefon notiert hatte: Prinz Green und Bates Krell.

Die Sekretärin, die erst seit zwei Jahren in Hampstead lebte, kannte die Namen nicht. Bonnie Sayre hatte nur eine ganz schwache Erinnerung, über Prinz Greens Verbrechen gelesen zu haben. Es hatte an der Gravesend Avenue ein großes Haus gegeben, vor dem sie und ihre Schwester nie hatten stehenbleiben dürfen: darin lebten zwei alte Leute, die nie herauskamen. Sie hatte eine verschwommene Erinnerung an Schimpf und Schande: an Skandal. Bates Krell aber … Als Bonnie Sayre zwei Tage nach dem Tod ihres Mannes den mit harter Hand auf den Notizblock geschriebenen Namen sah, regte sich in ihr ein dumpfes Gefühl, das sie erst nach einer Weile als Unbehagen erkannte. Bates hatte der Generation unmittelbar vor ihr angehört, das heißt, der Generation nach Prinz Green. Bates Krell hatte ein Boot für den Hummerfang besessen, das am Nowhatan River an der Stelle lag, wo heute die Spaulding Oil Company ihre Anlagen hat. Er hatte keinen sehr guten Ruf genossen – ein breitschultriger dreckiger Kerl, bärtig und mit achatfarbenen Augen, der Jungen anheuerte, ihm bei seinen Netzen zu helfen, und sie dann bei dem geringsten Anlaß verprügelte. Eines Tages war er verschwunden. Sein Boot lag immer noch am Nowhatan River vertäut, bis der Staat es beschlagnahmte und verkaufte. In Bonnies Schule liefen Geschichten um, irgendein Ehemann oder Vater habe Bates Krell befohlen, die Stadt zu verlassen, Geschichten von Frauen oder jungen Mädchen, die die ganze Nacht auf dem Hummerboot verbracht hätten … aber warum in aller Welt sollte ihr Mann ausgerechnet diesen Namen beschwören, bevor er sich umbrachte?

Prinz Green, Bates Krell. John Sayre hätte mit seinem Stift fast die Seite durchgerissen.

Jetzt gibt es am Fluß keine Hummerboote mehr und auch sonst keine Fischer, wo es früher so viele gab; jetzt gibt es da die Spaulding Oil und das Riverside Building, in dem eine Versicherungsgesellschaft ihre Büroräume und einige Zahnärzte ihre Praxen haben; das Seagull Restaurant und die Blue Tern Bar, in der die Teenager trinken; das Marina Restaurant; und in einem abgelegenen Teil zwischen öden Lagerhäusern die Büros einer Sekte.

Niemand in Hampstead kennt noch die alten Namen; heute ist der hassenswerte Antisemitismus aus Hampstead verschwunden, und mehr als ein Viertel der Bevölkerung der Stadt sind Juden; heute ziehen Leute hierher, die aus New York, Arizona und Texas kommen; und andere ziehen von hier nach Washington und Virginia und Kalifornien. Der Verleger, der das grüne Haus gekauft hat, weiß nicht, daß vor achtzig Jahren Eltern ihren wohlerzogenen Töchtern befahlen, rasch an seiner Zehn-Zimmer-Villa vorbeizulaufen, und er weiß auch nicht, daß in dem Büro, das er sich an der einen Seite des Hauses eingerichtet hat, einst ein geistig verwirrter junger Mann in einem Sarg schlief und davon träumte, auf den Schwingen einer Möwe durch die Luft zu jagen, mit blutbeflecktem Mund und blutbefleckten Händen.

Heute hat Hampstead eine Wohnwagenkolonie (an der Post Road sorgfältig hinter Bäumen versteckt), jede Stunde zwei Einbrüche, fünf Kinos, zwei Reformhäuser, über ein Dutzend Schnapsläden und täglich einundzwanzig Züge nach New York. Dreizehn Millionäre leben wenigstens einen Teil des Jahres in Hampstead. Es gibt hier fünf Banken und drei berühmte Schauspieler, eine psychiatrische Klinik mit einem sehr guten Rehabilitationsprogramm für Drogenabhängige. 1979 gab es in Hampstead zwei Vergewaltigungen und keinen Mord. Seit den Tagen Robertson »Prinz« Greens waren hier bis 1980 keine Morde geschehen, und Green hatte wenigstens noch den Anstand besessen, seine Verbrechen in Woodville zu begehen.

Der erste Mord des Jahres 1980 wurde kurz nach neun Uhr fünfundvierzig am Abend des siebzehnten Mai entdeckt, als der Ehemann des Opfers sein Schlafzimmer betrat. Es würde noch lange dauern, bis irgend jemand daran dachte, sich an Prinz Green und Bates Krell zu erinnern oder auch nur an John Sayre, an dessen Standbild alle in dieser Geschichte auftretenden Personen mindestens vier oder fünfmal in der Woche vorbeifahren, wenn sie es auch in den meisten Fällen gar nicht ansehen.

8

Dreihundert Meter über Woodville und Norrington trieb die denkende Wolke Leo Friedgood auf seinem Weg nach Hampstead voran. Sie bewegte sich ohne Eile und schließlich auch ohne bestimmte Richtung. Wenn eine Windströmung einen Teil von ihr zu Boden drückte, wurden wahllos Leben ausgelöscht.

Ein eine Woche altes Kind, das in dieser warmen Mainacht in der Nähe eines geöffneten Fensters schlief, starb plötzlich – es wurde steif und hörte auf zu atmen, während seine Eltern unten vor dem Fernseher saßen. Sechs Blocks weiter (wir sind jetzt in Norrington, in einer Gegend, die Cumberland Acres heißt) stürzte ein vierzehnjähriger Junge, der gerade an einer Reihe auf Pfählen angebrachter Briefkästen vorbeifuhr, plötzlich vom Rad und blieb auf einem kleinen Kieshaufen liegen, das Fahrrad einen Meter weiter.

Joseph Ricci, das dritte Zufallsopfer des Drachen war – viel später als gewöhnlich – auf dem Heimweg nach Stratford gewesen. Er kam aus einer Bar in der Nähe der Kingsport-Niederlassung von Loewen & Loewen, dem Wirtschaftsprüfungsunternehmen, bei dem er arbeitete. Für jede Fahrt brauchte er fünfzig Minuten, aber Joe war in Stratford aufgewachsen, und ein Haus in Kingsport konnte er sich noch nicht leisten. Von allen Städten in Patchin Country lag Kingsport New York am nächsten und war deshalb auch am teuersten. Joe war achtundzwanzig; er und seine Frau Mary Louise hatten einen drei Jahre alten Sohn, der das schwarze Haar und die dunkelblauen Augen seines Vaters geerbt hatte.

Joe erreichte die erste der beiden Gebührenschranken, die er noch passieren mußte, bevor er zu Hause war. Sie lag am südwestlichen Stadtrand von Hampstead. Die nächste Schranke lag kurz vor seiner Abfahrt. Joe kurbelte das Fenster herunter und hielt seinen Block mit den Tickets hin. Die uniformierte Frau in der Box zog ein loses Ticket heraus. Es war zehn nach acht – er hatte Mary Louise gesagt, sie könne ihn um acht erwarten, und jetzt hatte er immer noch eine halbe Stunde Fahrt vor sich. Joe Junior würde schon im Bett sei. Es irritierte Joe, daß er zur Schlafenszeit seines Sohnes nicht zu Hause sein konnte, noch dazu aus einem so läppischen Grund wie heute abend. Sein unmittelbarer Vorgesetzter Tony Flippo hatte ihn gebeten, den Samstagabend für ihn freizuhalten. Er wolle sich mit Joe über etwas Wichtiges unterhalten. Joe nahm an, daß sein Boss und Freund einige Geschäftsideen mit ihm besprechen wollte. Sie hatten schon früher gelegentlich erwogen, gemeinsam einen eigenen Laden aufzumachen. Aber heute abend hatte Tony nicht über Immobilien in Patchin Country reden wollen, in die er liebend gern investiert hätte, und auch nicht über eine Leasing-Gesellschaft, seinen zweiten Wunschtraum: er hatte sich über seine Eheschwierigkeiten ausweinen wollen. Er wollte seine Argumente für eine Scheidung vortragen. Tony war im Begriff, sich in Michelle Sparks zu verlieben, eine der Stenotypistinnen der Firma.

Es war ein sinnloser Abend gewesen. Joe Ricci ließ sein Fenster offen und zog den Wagen auf die linke Spur. Zwei Wagen waren vor ihm, und im Rückspiegel sah er eine ganze Phalanx von Wagen nach Nordosten fahren. Ohne jeden ersichtlichen Grund mußte er plötzlich an seine Freundin von der High School denken.

Dann änderte sich die fast leere Szene vor ihm abrupt. Sein erster Eindruck war, daß die I-65 voller Autowracks lag. Blutende Menschen torkelten auf ihn zu; ein riesiger Lastwagen war halb über die Leitplanke gekippt. Er sah das Blaulicht der Streifenwagen und Ambulanzen aufblitzen. Diese Version sprang ihm mit der Wucht der Realität in die Augen, und einen Augenblick lang konnte er weder atmen noch denken.

Er stieg in die Bremsen und lenkte den Wagen an die Seite. Er konnte diese grauenhafte Szene auf dem Bankett umfahren. In seinem Kopf summte es seltsam und schmerzhaft: für Sekundenbruchteile spürte er, daß seine Zahnfüllungen vibrierten. Aber trotz der summenden Schmerzen wußte er, daß nichts von dem, was er vor sich sah, in Wirklichkeit existieren konnte. Er nahm den Fuß von der Bremse und trat auf den Gashebel. Was immer auf der Straße sein mochte, er wollte nur vorbei. Sein Wagen schleuderte.

Als er seine Hände am Steuer sah, biß er sich die Zunge durch. Er biß sie ganz durch – Blut quoll ihm über die Lippen. Seine Hände waren mit weißen Käfern bedeckt. Anders wußte er die weiße, fast flüssige Schicht nicht zu benennen, die er an Fingern und Handrücken sah. Joe riß den Mund auf, aber er konnte nicht schreien. Sein Wagen näherte sich einem Lichterschwarm. Spukgeräusche, unirdisches Kreischen hämmerten auf ihn ein.

Der Lastwagen hinter ihm, der seine Lufthupe gellend aufheulen ließ, rammte seinen Wagen von der Seite und schob ihn gegen die Leitplanke. Ein weiterer Wagen traf den Laster von hinten und riß sich dabei das Dach ab. Er fing unter dem Laster an zu brennen, ganz ruhig und fast als wollte er sich entschuldigen. Ein grüner Ford überschlug sich und hüpfte wie ein Domino, und der Wagen, der ihn gerammt hatte, prallte gegen den Laster und den brennenden Wagen, der sich unter ihm verkeilt hatte.

Bis die Gebührenschranke vor Hampstead schloß, hatte es acht Tote gegeben. Vier Wagen, unter ihnen Joe Riccis, waren eingeäschert worden. Die State Police und zwei Beamte von der Ortspolizei Hampsteads mußten hilflos zuschauen, wie die Wagen qualmten und Funken sprühten. Zwanzig Minuten später trennte ein Bergungsfahrzeug der Garage, die turnusmäßig an der Reihe war, die Wracks.

Ein Polizeibeamter aus Hampstead namens Bobo Farnsworth, der einem Hilfeersuchen der State Police gefolgt war, schaute durch die zertrümmerte Scheibe eines demolierten Le Baron und war erstaunt, daß er nur verkohlte Polster und ein geschmolzen herabhängendes Lenkrad sah – keine grauenhafte Mumie lag auf dem zerstörten Sitz. Bobo hatte genug ausgebrannte Wracks gesehen, um zu wissen, daß er in diesem eine geröstete Leiche finden mußte – die Hände müßten an der Brust festgebrannt sein und das ganze schwarze Ding die Größe eines mittleren Hundes haben. Er sah sich das verwüstete Innere des Wagens näher an und bemerkte eine glitzernde Gurtschnalle, die neben einer herausgesprungenen Feder in einer schwarzen Flüssigkeit lag. Mary Louise Ricci, die von alledem noch nichts wußte, schlief in dem bequemsten Stuhl der Riccis ein, als Butch Cassidy und Sundance Kid gerade einen Zug gesprengt hatten und sich in einer Wolke von Papiergeld aus dem bolivianischen Staub hochrappelten.

9

Leo saß in seinem Wagen, den Motor im Leerlauf, und alle fünfzehn Minuten fuhr er dreißig Zentimeter weiter. Von den zwei noch geöffneten Mautschranken von insgesamt fünf reichte die Wagenschlange halb bis Norrington und Ausfahrt 16 zurück. Ganz Freche benutzten die beiden offiziell gesperrten linken Fahrspuren, um sich weiter vorn einzufädeln. Leo beobachtete mit Befriedigung, daß die anderen Fahrer Stoßstange an Stoßstange standen und sich konsequent weigerten, die rüpelhaften Überholer in die Schlange zu lassen. Vor sich sah er jenseits der Mautschranke von Hampstead Blaulicht aufblitzen. Hier mußte ein schwerer Unfall passiert sein.

Um neun Uhr, noch fünfzig Wagen von der Box entfernt, schaltete er das Radio ein und wählte den Sender Woodville. Der Nachrichtensprecher beschrieb die letzten Wirren im Iran und berichtete, wie viele Tage die Amerikaner schon als Geiseln gehalten wurden. Dann wandte er sich dem Streit um die Neubewertung von Grundstücken in Hampstead zu. Leo hörte sich alles mit geringem Interesse an, aber als der Sprecher den Namen »Woodville Solvent« aussprach, richtete er sich im Sitz auf und drehte den Ton lauter. »Diese bizarre Tragödie hatte den Tod von zwei Männern zur Folge, Frank Thorogood aus Patchin und Harvey Washington aus Woodville. Von den Gesundheitsbehörden durchgeführte Untersuchungen ergaben eine Kohlenmonoxydvergiftung als Todesursache. Das Werk wurde auf unbestimmte Zeit geschlossen, um die Sicherheitseinrichtungen zu überprüfen und die nötigen Reparaturen auszuführen.« Dann wurde Ted Wises nervöse Stimme eingeblendet. Er log durch seine Kaninchenzähne: »Wir erkannten das Problem, als … keiner empfindet stärker als ich den Verlust unserer … möglicherweise beschließen unsere Eigner eine Stillegung …« Das war neu für Leo – er mußte gerade Pierce zugehört haben, als Wise den schlauen Gedanken hatte, *unsere Eigner* zu erwähnen. Aber natürlich hatte er keinen schlauen Gedanken gehabt. Er war so durcheinander gewesen, daß er nur etwas

Dummes tun konnte: Aber dies war ein Fehler, den außer Leo niemand bemerken würde. Als der Nachrichtensprecher beim Wetter und beim Verkehrsbericht angekommen war, hätte Leo vor Selbstzufriedenheit fast gegrinst.

Der ganze Verkehr konzentrierte sich jetzt auf eine Fahrspur. Gebieterisch winkte ein Polizeibeamter mit seiner Taschenlampe. Die Lichtstreifen von den Dächern der Polizeifahrzeuge flackerten blau und weiß und rot. Die Männer vom Bergungstrupp hatten die meisten der zusammengeschobenen Automobile schon zur Seite geräumt, aber der schwere Lastwagen hing immer noch über der Leitplanke, ein ruhender Elefant. Die drei durch konische orangefarbene Markierungen gesperrten Fahrspuren waren übersät mit zersplittertem Glas, Radkappen und zerfetzten Reifen. Eine abgerissene Stoßstange war zu einem riesigen silbernen V verbogen. Über allem hing der Geruch von geschmolzenem Metall und verbranntem Gummi. Als Leo in der Wagenschlange langsam weiterrückte und an dem Beamten mit der Taschenlampe vorbei zur Seite schaute, sah er unter dem Chassis des Lasters eingekeilt ein Auto, das kaum noch als solches zu erkennen war. Das Dach war bis an die Türgriffe abgerissen, und das verkohlte Bündel in dem Wagen war einmal ein Mensch gewesen. *Stony*, dachte Leo, und mit schrecklicher Klarheit sah er plötzlich die beiden toten Männer vor sich, die mit offenen Augen und offenem Mund in der Glaskammer lagen: und wieder sah er den weißen Schaum in den Abfluß gleiten. Gewaltsam schob er diese Visionen in ein dunkles leeres Fach seines Gehirns. Er riß den Kopf hoch, als der hochgewachsene Beamte vor seinem Fenster mit der Taschenlampe fuchtelte.

Die Ausfahrt 18 lag nur drei Meilen weiter. Er hatte es jetzt sehr eilig, nach Hause zu kommen. Es war, als sei ein massives und grausames Unglück an ihm vorbeigezogen, nein, nicht vorbeigezogen: es hatte sich an ihn geheftet, als sei er sein Epizentrum. Furchterregende Lichtpfeile strahlten aus seinem Spiegel und fuhren ihm über das Gesicht. Im Schneckentempo kroch er die drei Meilen bis zur Ausfahrt.

Bei nüchterner Überlegung wußte Leo natürlich, daß seiner Frau nichts passiert war; seine Ängste waren das Resultat der Arbeit im Werk von Woodville, und auch die Trümmer und Leichen hinter ihm hatten ihn für einen Augenblick an seine Sterblichkeit erinnert. Er war nicht so hart, wie er sich in Woodville hatte geben müssen, und jetzt zahlte sein Verstand den Preis für diese Abgestumpftheit. Dem bist du gerade noch entgangen, sagte sein Verstand, aber *diesem* wirst du nicht so leicht entgehen. Aber war nicht, was der Nachrichtensprecher gesagt hatte, ein Beweis dafür, daß seine Strategie funktioniert hatte? Sein Verstand bestrafte sich selbst für diesen Erfolg.

Alles wird gut werden, alles wird gut werden. Es muß alles gut werden.

Wieder sah er die beiden jungen Männer, Washington und Thorogood, in der Glaskammer auf dem Rücken liegen. An seiner Ausfahrt löste er sich aus der Wagenschlange und ließ seinen Corvette die Rampe hinaufschießen. Am Stopschild täuschte er eine Pause vor.

Leo kurvte durch Hampsteads ruhige Straßen. In den großen Schindelhäusern brannte überall Licht. Hier fand geregeltes Familienleben statt. Ein Mann führte einen Hund aus, eine große Frau im Trainingsanzug stampfte die Charleston Road entlang. An einer Kreuzung stand ein verloren wirkender Junge am Straßenrand und sah zum Himmel auf, als erwarte er einen Rat. Nur eine Sekunde lang. Leo meinte den Jungen zu kennen, der blondes Haar hatte, vielleicht ein wenig zu klein für sein Alter war und ein gestreiftes Rugbyhemd mit über die dünnen Arme hochgeschobenen Ärmeln trug. Die Scheinwerfer fegten an ihm vorbei, der Junge sprang zurück, und Leo bog in die Cannon Road ein.

Auf ihren 6000 Quadratmeter großen Grundstücken standen die Häuser ernst und würdig da. Es waren gute Investitionen. Nicht so großartig wie die Häuser an der Hermitage Avenue weiter oben am Hügel, aber aus ihren erleuchteten Fenstern strahlte solider Wohlstand. In dieser Welt waren alle Kinder blond, hier stand in allen Kühlschränken Mineralwasser, und in jedem Schrank standen teure Jogging-Schuhe, abgetragen oder noch unberührt. Vier Häuser weiter oben sah Leo Stonys Wagen in der Einfahrt parken. Dann sah er, daß alle Fenster dunkel waren. Der stehengelassene Wagen, die schwarzen leeren Fenster. Leo stieß die Luft aus, als er diese ersten Zeichen von Unordnung sah. Er hatte plötzlich ein eisiges Gefühl im Kopf. Dann bog er in die Einfahrt ein und setzte seinen Wagen vor den seiner Frau.

Auf dem Weg zur Haustür blieb er auf dem Kies der Einfahrt stehen und sah sich um. Der Junge war von der Ecke der Charleston Road verschwunden. Die hohen Bäume ragten drohend in die Dunkelheit, wo sie sich zu einem einzigen Baum vereinigten. Überall Stille und immer tiefere Dunkelheit. Mr. Leo Friedgoods Heimkehr an einem Sonnabend nach einem arbeitsreichen Tag. Mr. Leo Friedgood inspiziert seinen Besitz. Er spürte einen Druck auf der Brust. Leo drehte sich um und ging rasch zur Haustür.

Sie war unverschlossen. Im Haus war es noch dunkler als draußen, und er schaltete das Flurlicht an. »Stony.« Keine Antwort. »Stony?« Er ging ein paar Schritte ins Haus hinein und dachte immer noch, daß es eine beruhigende Erklärung geben mußte – sie machte einen Spaziergang, sie war auf einen Drink zu Nachbarn gegangen. Aber Stony tat so etwas nie, schon gar nicht abends. Er schaltete das Licht im Eßzimmer an und sah den leeren Tisch, um den die soliden Holzstühle standen. »Stony?« Die Überzeugung, daß etwas Schreckliches passiert war, die in ihm aufgekeimt war, als er an den Wracks auf der Straße vorbeifuhr, begann jetzt wild zu wuchern. Er hatte Angst davor, die Küche zu betreten.

Okay. Kommen wir zur Sache. Was ist passiert? Sie hatten vor einer Reihe von Käfigen mit ängstlich dreinblickenden Affen gestanden. Ein Raum innerhalb eines Raumes, eine Struktur wie ein gläserner Würfel, ein Fliesenfußboden …

Leo stieß die Küchentür auf.

In der Dunkelheit sah er die Umrisse von Herd und Kühlschrank. Sein eigener roter Fliesenfußboden war ein in Schatten getauchtes Meer. Er machte Licht und sah die Flasche Johnnie Walker neben der Spüle, das einzige, was nicht an seinem Platz stand. Er streckte die Hand aus und schob die Flasche vorsichtig in die Ecke, wo das Ablaufblech an die Wand stieß.

Langsam trat Leo aus der Küche auf den Flur hinaus und ging ins Eßzimmer zurück. Er schaute die Treppe hoch und ging weiter ins Wohnzimmer. Hier standen silberweiß bezogene Couches und Polsterstühle, ein Tisch mit einer Platte aus dunklem Glas, und das durch die Fenster einfallende Licht des Mondes ließ die Farben matt schimmern. Aus der Ecke tönte das laute Ticken einer großen Standuhr. Schon als er eintrat, hatte er gesehen, daß der Raum leer war. Dennoch schaltete er die nächste Lampe an, und die Szenerie belebte sich.

In einer kleinen Nische an der gegenüberliegenden Seite des Wohnzimmers war eine »Höhle« mit Bücherregalen und einem Schreibtisch eingerichtet. Ein früherer Bewohner hatte Leuchtleisten installiert, die Leo nie benutzte. Er schaltete die Schreibtischlampe an. Eingerahmte Diplome starrten von der Wand. Daneben ein anläßlich einer Präsentation der Telpro aufgenommenes Photo, auf dem er neben Red Buttons stand. In dieser kleinen Ecke war Stony natürlich nicht.

Unentschlossen ging Leo zum Eingang zurück. Wieder schaute er dabei die Treppe hoch. Er rief den Namen seiner Frau. Leo stieg drei Stufen hoch und starrte in die Dunkelheit. Er wischte sich die Handflächen am Sweatshirt ab. Dann griff er an das Geländer, ging nach oben und schaltete das Licht an. Die Tür zu seinem Schlafzimmer war geschlossen.

Er ging den Flur hinunter, blieb vor der Tür stehen und legte die Hand auf den Messingknopf. Dies ist ein leeres Zimmer, sagte er sich. Nichts ist geschehen. Alles ist, wie es war. Wenn ich die Tür öffne, werde ich wissen, daß Stony in ein paar Minuten wieder hier ist. Er drehte den Knopf und stieß die Tür auf. Als er sich vorbeugte und den Kopf in das Zimmer steckte, roch er sofort das torfige Aroma von Whiskey. Stonys flache schwarze Schuhe standen neben ihrer säuberlich zu einem Stapel zusammengelegten Kleidung. Endlich merkte Leo, daß es hier nach Blut roch, sehr stark sogar. Er schaute zum Bett hinüber, und dann fand er sich auf dem Flur im ersten Stock wieder, ohne zu wissen, wie er aus dem Schlafzimmer herausgekommen war.

10

Zehn Minuten vor zehn leuchteten in den baumbestandenen Straßen in Richtung Greenbank und Long Island Sound die Scheinwerfer der Polizeifahrzeuge auf; Sarah Spry hatte ihren Artikel fertig und verließ das Gebäude der *Gazette*. Sie wußte noch nicht, daß man am Sonntagnachmittag die erste Seite neu würde setzen müssen. Richard Allbee klappte sein Tagebuch zu, zog sich aus, legte sich auf das Wasserbett in seinem gemieteten Haus, berührte Lauras Schulter und stellte fest, daß sie zitterte.

Graham Williams hörte die Sirenen auf der Straße hinter seinem Haus vorbeiheulen und drehte sich im Bett um. Tabby Smithfield, der noch draußen war, stand vor einem unbekannten Haus an der Cannon Road wie angewurzelt im Gras. Er war nicht imstande, sich zu bewegen, denn eine lange vergessene Erinnerung lähmte ihm die Füße.

Patsy McCloud hörte weder die Sirenen noch sah sie die Wagen. Ihr Mann schlug ihr auf die Oberarme und die Schultern, wie er es mehrere Male im Jahr tat, und bei jedem dritten oder vierten Schlag klatschte er ihr die Handfläche ins Gesicht, und sie machte zuviel Lärm, um etwas anderes als sich selbst zu hören. Er prügelte so lange auf sie ein, bis sie jede Gegenwehr aufgab und nur noch ihren gesenkten Kopf mit den Armen zu schützen versuchte. Endlich waren die Schläge nur noch eine Folge von Klapsen. »Du machst mich manchmal wirklich verrückt«, sagte Les McCloud. »Nun wasch dir doch endlich das Gesicht, verdammt nochmal.«

11

Leo Friedgood, der immer noch von der Polizei verhört wurde, verpaßte die Elf-Uhr-Nachrichten, in denen über den mutmaßlichen Selbstmord eines MIT-Wissenschaftlers namens Otto Bruckner in Boston berichtet wurde. Die Polizei hielt Leo bis nach Mitternacht fest. Anschließend nahm er sich ein Zimmer im Colonial Motel an der Post Road und schlief in seinen Kleidern. Der Polizeiarzt hatte ihm eine Beruhigungsspritze gegeben, so daß ihn der Lärm aus der Diskothek im Keller des Motels nicht störte. Aber in den Lokalnachrichten sagte Ted Wise seinen Text auf und Bill Pierce den seinen, und der berühmte Reporter stand glatt und elegant daneben und verkündete, daß alle Agenturen den Tod der beiden Männer auf Kohlenmonoxyd zurückgeführt hätten, das aus einem defekten Brennofen ausgetreten sei. Der berühmte Reporter versäumte es nicht, die Zuschauer an einen ähnlichen Fall zu erinnern, der sich vor vier Monaten in der Bronx ereignet hatte.

Die Sonntagsausgabe der *New York Times* brachte einen ausführlichen Nachruf auf Dr. Bruckner. Er enthielt Anekdoten über seine Bescheidenheit und seine Zerstreutheit, eine Liste der Auszeichnungen, die er erhalten hatte, und eine hinreichende Würdigung seiner Bedeutung für die Entwicklung der modernen Biochemie. Anläßlich seines Todes wurde Dr. Bruckner von der *Times* fair behandelt, das heißt, sie räumte ihm einen höheren Status ein, als er je für sich in Anspruch genommen hätte. Seine Arbeit an DRG ließ der Nachruf unerwähnt.

Auch der Mord an Stony Baxter Friedgood wurde in der *Times* nicht diskutiert. Lediglich in der Montagsausgabe erschien ein kurzer Artikel. Aber Stony sollte im Tod nicht vergessen sein. Viermal erschien ihr Bild in der Zeitung, jedesmal als erstes in einer Reihe von schwarzumrandeten Photos. Innerhalb von dreizehn Wochen ab Mitte Mai sollten noch sechs weitere Leute auf die gleiche Weise ermordet werden wie Stony. Danach kamen aus diesem Teil von Patchin Country nur noch spärliche und unzuverlässige Nachrichten.

Zwei

Die Allbees

1

Den ersten wirklichen Schock seit seiner Rückkehr in die Heimat erlebte Richard Allbee spät nachts in der Hotelsuite, die er und Laura bewohnten, solange das Haus an der Fairytale Lane noch nicht zur Verfügung stand. Ein Umzug bereitet fast die gleiche Qual wie eine Scheidung oder der Tod des Ehepartners, und Richard hatte nicht schlafen können. Er hatte das Gefühl, den schlimmsten Fehler seines Lebens begangen zu haben. Nervös war er ins Wohnzimmer gegangen, hatte das Fernsehgerät eingeschaltet und war auf höchst konkrete Weise mit seiner eigenen Vergangenheit konfrontiert worden.

Wie in New York jede Nacht um null Uhr dreißig, wurde *Daddy's Here* von einem unabhängigen Sender ausgestrahlt. In fast jeder größeren amerikanischen Stadt brachten die weniger berühmten Kanäle einmal am Tag alte Serien. Sie boten diese verlogenen Darstellungen eines Pseudo-Familienlebens denjenigen an, die so darauf fixiert waren, daß sie selbst nach Mitternacht oder vor sechs Uhr morgens vor ihrem Gerät saßen. *Daddy's Here* war ein Musterbeispiel für diese Art von Serien, die zu den ungünstigsten Sendezeiten ausgestrahlt wurden. Richard hatte seit der ersten Sendung keine einzige Folge mehr gesehen.

In London wunderte man sich, daß diese fast dreißig Jahre alte Serie immer noch lief. Aber dort hatte niemand sie gesehen – allenfalls machte man sich auf Partys darüber lustig. *Der zehnjährige Junge, der ich mal war, hat sich wirklich gut gehalten. Er wird sogar heute noch bezahlt. Der Zehnjährige hatte einen ausgezeichneten Anwalt.* Das hatte er damals natürlich nicht gewußt, aber heute zahlte es sich aus: genau wie Carter Oldfield, der einzige noch lebende Hauptdarsteller von damals, bekam Richard bis an sein Lebensende jeden Monat einen Scheck. Der ausgezeichnete Anwalt war Carter Oldfields Anwalt gewesen. Er hatte Richards Eltern dazu überredet, sich mit einer relativ niedrigen Gage zufriedenzugeben und sich dafür regelmäßige Zahlungen auszubedingen. Selbst der Anwalt hatte anfangs nicht erwartet, daß es ihm gelingen würde, lebenslange Zahlungen auszuhandeln. »Wer weiß, wie lange die noch weiterdrehen; machen Sie aus der ganzen Sache doch eine Rente für Ihren Jungen« hatte der überzeugende Satz gelautet. *Rente* war für Mary Allbee ein Zauberwort. Die anderen beiden wichtigen Darsteller hatten den Vorschlag abgelehnt, aber für Richard hatten zehn Jahre nach Ende der Dreharbeiten die Zahlungen eingesetzt. Er war damals vierundzwanzig, und das Geld verschaffte ihm die Freiheit, die er dringend brauchte. Es kam pünktlich jeden Monat, und es reichte aus, ein junges Paar über Wasser zu halten, das sich fröhlich in die ersten Tage seiner Ehe stürzte. Richard hatte dann Architektur studiert und anschließend zwei Jahre bei einem Architekten gearbeitet. Dann war er nach England gegangen und hatte versucht, einen Roman zu schreiben. Endlich fand er eine Arbeit, die ihm zusagte. Drei Jahre lang wurden die monatlichen Schecks nicht ausgegeben, sondern investiert – und das hatte den Allbees sieben sorgenfreie Jahre beschert. Nachdem Richard und Laura sich in Kensington niedergelassen hatten, waren ihnen die Schecks fast peinlich, etwa wie eine kindliche Unart, die man nicht ganz abgelegt hat. Richard hatte seine Arbeit, Laura war Redakteurin bei einem Frauenmagazin, und das grüne Stück Papier – Beweis dafür, daß *Daddy's Here* in Cleveland und Little Rock zum x-ten Mal ausgestrahlt wurde – ging einfach an die Lloyd's Bank und trug Zinsen ein.

Über sechs Jahre verteilte Episoden, von denen über zweihundert in den Vereinigten Staaten wieder und wieder gezeigt wurden, schilderten, wie der fleißige kleine Richard Allbee vom achten bis zum vierzehnten Lebensjahr heranwuchs und dabei eine Jugend erlebte, die mit seiner wirklichen Jugend nicht das geringste zu tun hatte. In der Welt der Serie *Daddy's Here* gab es kein Problem, das nicht amüsant wäre und das Ted Jameson – Carter Oldfield – nicht in dreißig Minuten gelöst hätte. Es gab kein Verbrechen, keinen Tod und keine Krankheit, keine Armut und keinen Alkoholismus: die Probleme waren Schularbeiten, Freundinnen und der Einkauf von Geburtstagsgeschenken.

Ebenso fasziniert wie entsetzt saß Richard auf der unbequemen Couch der Hotelsuite und schaute zu, wie er selbst seine ersten professionellen Schritte tat.

Er hatte die ersten fünf oder sechs Minuten verpaßt und damit, Gott sei Dank, auch *die Zeile. Die Zeile,* der Satz, den Spunky Jameson, der Typ, den er darstellte, in drei von fünf Folgen von sich gab und auf den hin säckeweise Cookies ins Studio geschickt wurden, war zu einem Fluch geworden; mit vierzehn hatte er sich gewünscht, ihn nie wieder hören zu müssen, und Cookies waren ihm heute noch verhaßt. Wenigstens das würden ihm die Schwarzweißbilder seiner Vergangenheit ersparen. Die Jamesons saßen in ihrer Fichte – und Resopal-Küche um den Tisch herum, und die hübsche Ruth Branden – Grace Jameson – zitterte, weil sie am Familienwagen einen Kotflügel verbeult hatte. Sie wollte ihn reparieren lassen, bevor sie es Ted beichtete. Völlig verwirrt tat sie Salz in Teds Kaffee und streute Zucker auf den Braten. Ted nahm einen Schluck, kniff die Augen zusammen und verzog das Gesicht. »Was ist denn los, Daddy?« fragte David Jameson, dargestellt von Billy Bentley.

»Dieser Kaffee schmeckt so anders«, sagte Carter Oldfield und legte Freundlichkeit und Weisheit und gelindes Erstaunen in seine Stimme. »Sorte gewechselt, Honey?«

Auf dieses Stichwort fing der zehnjährige Richard Allbee an zu kichern – er wußte, was mit dem Kotflügel los war.

Und so ähnlich war es noch sechs Jahre lang weitergegangen.

Richard mußte an das Schicksal seiner ehemaligen drei Kollegen denken. Keiner von den dreien hatte es im Film zu Berühmtheit gebracht, was sie doch alle mehr oder weniger angestrebt hatten. Ruth Branden, diese schöne Frau, professioneller als die anderen, wurde kurz nach Beendigung der Serie von Brustkrebs befallen. Bei den Vorarbeiten für die nächste Serie brach sie zusammen, und die Ärzte stellten in den inneren Organen Metastasen fest. Innerhalb von drei Monaten war sie tot. Carter Oldfield war der einzige aus der alten Mannschaft, der wenigstens noch im Fernsehen Karriere machte. Er soff zwar und hatte gelegentlich Depressionen, aber seine Aura der Freundlichkeit und der Weisheit war einfach nicht totzukriegen. Nach *Daddy's Here* wurde er für eine längere Serie über eine Rechtsanwaltspraxis in einer Kleinstadt im Mittleren Westen verpflichtet, und immer noch trat er in diesen unvermeidlichen Werbesendungen auf, zum Beispiel für eine bestimmte Sorte Orangensaft; »der Saft, der Ihren Körper aufweckt«. Sein braunes Haar war silbergrau geworden, aber er sah immer noch fast so aus wie damals. Das Alter hatte sein Aussehen sogar verbessert, denn jetzt wirkte er wie eine Mischung aus James Stewart und Melvyn Douglas. Richard mußte lächeln, als er daran dachte, wie oft Carter Oldfield bei den Aufnahmen die Hände in den Taschen behalten hatte, weil sie schlimmer zitterten als Espenlaub. Immerhin hatte er überlebt, und Richard konnte heute sogar mit einer gewissen Zuneigung an ihn denken. Es war nicht die Liebe, mit der er sich an Ruth Branden erinnerte, aber der Mann war ein besserer Schauspieler, als man wahrhaben wollte; er beherrschte nur eine Rolle, aber die spielte er meisterhaft.

Aber Billy Bentley … das war eine schmerzliche Erinnerung, sogar noch schmerzlicher, als Ruth Branden wiederzusehen. Als *Daddy's Here* gedreht wurde, war Richard Allbee ein kleiner Junge ohne Vater oder Geschwister – ein paar Tage nachdem seine Mutter mit Baby Richard aus der Klinik nach Hause gekommen war, hatte sein Vater sich abgesetzt. Billy Bentley war für Richard zum Idol geworden. Er hatte etwas von James Dean an sich, etwas Sensibles und zugleich

Rebellisches. Er war zwei Jahre älter als Richard gewesen, aber mit seinem finsteren breitflächigen Gesicht und dem in die Stirn fallenden Haar hatte er fünf Jahre älter gewirkt. Billy trank Bier und rauchte Zigaretten, fuhr mit seinem Wagen auf dem Studiogelände umher und rief den Skriptgirls komische Sachen zu. Er war ein großartiger, wenn auch ungeschulter Tänzer und hatte einiges musikalisches Talent. Zwischen zwölf und vierzehn war er ein auf unschuldige Weise wilder Junge gewesen. Dann hatte er sich mit Drogen ruiniert. Und das wiederum hatte *Daddy's Here* ruiniert. An einer Straßenecke in Los Angeles hatte er versucht, von einem Drogenfahnder zwei Säckchen Heroin zu kaufen – er war siebzehn und sah mindestens wie fünfundzwanzig aus. Als das bekannt wurde, war die Serie erledigt, und auch Billy Bentley war erledigt.

Für zwei Jahre verschwand Billy hinter Gittern. Während seiner Abwesenheit war er wie eine hohe unbezahlte Rechnung gewesen, das quälende Zentrum für Richards Schuldgefühle. Dreimal hatte er seinem »Bruder« geschrieben. *Wirst du noch immer von Orangensaft besoffen, Spunky? Gehst du immer noch durch »Blumenfelder«? Hier drinnen sitzt die gesamte Elite der jugendlichen Drogenmonster, und man lebt hier nicht schlecht, Spunky, nicht schlecht. Wir sind noch nicht am Ende. Irgendwann hören wir das alte Lied vom Red, Red Robin wieder.* In seinem zweiten College-Jahr hatte Richard gelesen, daß Billy, inzwischen zweiundzwanzig, schon wieder wegen eines Drogendelikts verhaftet worden war. Er war immer noch *Billy Bentley,* Schauspieler und früherer Kinderstar aus *Daddy's Here.* Vier Jahre später, wieder in Freiheit, hatte Richard in New York angerufen, er wollte einen Film über Drogenabhängigkeit machen und brauchte Geld. Gegen Lauras Widerstand schickte Richard ihm ein paar tausend Dollar. Wahrscheinlich ging das Geld direkt in Billys Armvenen.

Es hatte Richard nichts ausgemacht – mindestens soviel glaubte er ihm zu schulden. Er hatte Billy geliebt, als sei er sein richtiger Bruder gewesen. Aber er hatte sich geweigert, wieder mit ihm zusammenzuarbeiten.

Das hatte zum ersten Mal in Paris zur Debatte gestanden, wo Richard und Laura sechs Monate lang lebten. Voller Ideen für seinen Wiederaufstieg hatte Billy mitten in der Nacht angerufen. »He, Mann, es gibt doch jetzt diese vielen Dinner-Theater – überall an der ganzen Ostküste, Mann. Wir sind Profis. Sie werden sich um uns reißen. Wir brauchen nur das richtige Stück, und schon sind wir im Gewerbe. Verdammt, ich habe dich praktisch *aufgebaut.*« Richard dachte an den Eindruck, den Billy auf ihn gemacht hatte, als er ihn das letzte Mal sah; Richard hatte in der East Forty-Second Street bei Horn and Hadart's durchs Fenster geschaut und ihn an einem Tisch sitzen sehen. Er hatte immer noch dieses breitflächige, ein wenig mürrische Gesicht, aber alle Unschuld war daraus verschwunden. Er trug die Kleidung der städtischen Armen, eine Kordhose und eine Jacke von der Heilsarmee, die eigentlich zu einem Anzug gehörte und für ihn zu groß war. Sein Gesicht sah seltsam fleckig aus, voll winziger Narben. Bill sah gefährlich aus, wie er da so bei Horn and Hadart's am Tisch saß; er sah aus, als gehörte er nicht ins Tageslicht. »Bist du jetzt sauber?« fragte Richard ihn.

»He, hör auf, mich zu langweilen. Ich nehme jetzt Methadon. Ich kann jederzeit sauber werden, wenn ich nur will. Ich kann arbeiten, Spunks. Wir müssen irgendein Ding machen. Die Leute wollen die alten Sachen sehen.«

Richard hatte nein gesagt und war sich wie ein Verräter vorgekommen. In ihrem zweiten Jahr in London hatte es einen weiteren mitternächtlichen Anruf von Bill gegeben – Bill hatte immer noch das Dinner-Theater im Kopf. »Billy«, hatte Richard gesagt, »ich war Schauspieler, weil meine Mutter meine Fußabdrücke vor dem Chinesischen Theater sehen wollte. Es hat Spaß gemacht, aber für mich ist das jetzt vorbei. Tut mir leid.«

»Ich brauche dich, Mann«, hatte Billy ihm gesagt. »Wie du in den Tagen des Red, Red Robin einen Dad brauchtest.«

»Ich werde dir etwas Geld schicken«, hatte Richard gesagt. »Mehr kann ich für dich nicht tun.«

»Geld ist nicht Spunks«, sagte Billy und legte auf, bevor

Richard ihn nach seiner Adresse fragen konnte. Wenig später las Richard in *Newsweek,* daß Billy gestorben war. Er war erschossen worden. Das Magazin hatte als Anlaß »einen heftigen Streit über Drogenangelegenheiten« genannt.

Daran mußte Richard die ganze Zeit denken, während zwanzig Minuten lang *Daddy's Here* harmlos über den Schirm flimmerte. Am nächsten Morgen, das wußte er, würde Laura ihm geduldig zuhören und dann sagen: »Du bist nicht für Billy verantwortlich, du Trottel. Du hast nicht sein Leben ruiniert. Das hat er selbst getan.« Damit hatte sie recht – aber Laura hatte nicht gehört, wie Billy Bentley mit halb flüsternder Stimme gesagt hatte *ich brauche dich* und wie er ihm darauf Geld angeboten hatte. Tut mir leid, Billy, ich kann dir nicht das Leben retten. Wie wär's statt dessen mit einem dicken Scheck?

Willkommen zu Hause, Richard.

Als die Erkennungsmelodie »When The Red, Red Robin Goes Bob, Bob, Bobbin Along« erklang und die Namen der Darsteller über den Schirm zogen, schaltete Richard den Apparat aus.

2

Und dieser Zufall, daß er so unerwartet sich und Billy als die Kinder wiedersah, die sie beide damals gewesen waren, führte wohl auch dazu, daß er sich während der zweiten Nacht, die er in Hampstead verbrachte, im Traum in die alte Serie zurückversetzt sah. Richard und Laura hatten den Sonntag dazu benutzt, ihre Kleidung auszupacken – nur die Sommerkleidung, denn der Rest konnte warten, bis sie ihr eigenes Haus hatten. Das Haus an der Fairytale Lane hatten sie für zwei Monate gemietet, und darüber konnten sie nur froh sein. In Hampstead war es jetzt schon feuchtheiß, und das gemietete Haus hatte keine Klimaanlage. Der Ventilator ließ zwar kühle Luft über den Schlafzimmerfußboden strömen, aber er heulte wie ein Düsentriebwerk. Der riesige Kamin im Wohnzimmer war äußerlich makellos, aber er stank nach Asche. Die Küche war zu klein, und unter den Hängeschränken nahm zu allem Überfluß ein Mikrowellenherd den Platz weg, den man besser hätte nutzen können. Es war der erste, den die Allbees je gesehen hatten. Die vier Schlafzimmer waren klein und dunkel, die Treppen gefährlich steil. Immer wenn er sich auf dem verhaßten Wasserbett herumwälzte, drohte die daraus entstehende Welle Laura auf den Fußboden zu schleudern. Das Eßzimmer hatte Westentaschenformat, und ein großer Wasserfleck ließ ahnen, daß die Decke sich eines Tages auf dem Tisch niederlassen würde. Mit Kennerblick sah Richard, daß sämtliche Leitungen noch aus der Zeit vor dem Zweiten Weltkrieg stammten. Ein Drittel der Fensterrahmen war verrottet und die Farbe abgeblättert. Alles in allem war das Haus ein geeignetes Objekt für Richards professionelle Bemühungen. Er restaurierte nämlich solche heruntergekommenen Schönheiten.

Er hatte an einem Dutzend großer Häuser in London gearbeitet, an seinem eigenen zuerst, und hatte den Ruf erworben, sorgfältig, genau und schnell zu arbeiten. Diese verfallenen viktorianischen und edwardianischen Strukturen mit neuem Leben zu erfüllen, verschaffte ihm tiefe Befriedigung. In seiner Arbeit zeigte sich, daß der Mann, der dahinterstand, genau wußte, wo die Schönheit dieser Häuser lag und wie man sie neu erstrahlen lassen konnte. Richard hatte sich intensiv mit den Gebärden beschäftigt, die einer früheren Generation als Monstrositäten galten, und mit einem Instinkt, den er bei sich gar nicht vermutet hatte, war er ihren Geheimnissen auf die Spur gekommen. Schon nach wenigen Jahren hatte er sich einen Namen gemacht – zwei Magazine hatten Artikel über seine Häuser veröffentlicht, und er bekam mehr Aufträge, als er annehmen konnte. Er hoffte sehr, daß das auch in Amerika der Fall sein würde. Zwei Ehepaare, eines in Rhode Island und eines in Hillhaven, hatten sich seiner Dienste versichert, und diese beiden Aufträge hatten ihn dazu bewogen, nach Amerika zurückzugehen. Natürlich hatte auch die bevorstehende Geburt seines Kindes dabei eine Rolle gespielt. Sein Sohn würde als Amerikaner oder seine Tochter als Amerikanerin geboren werden, und wie

Amerikaner würden sie sich auch anhören. Bevor er ein Kind zeugte, hätte er das nicht für wichtig gehalten, aber es war schon wichtig. Lauras und sein Kind würde keinen Kensington-Akzent haben – es würde mit einem Connecticut-Akzent sprechen, Connecticut, wo seine und Lauras Eltern geboren waren; wo auch er und Laura geboren wurden, am selben Tag, nur ein Jahr auseinander. Es war Richard auch wesentlich lieber, das Kleine – einen anderen Namen hatten sie noch nicht – an einer Schule in Patchin County anzumelden als an einer Londoner Gesamtschule.

Sie oder ihn? Richard war insgeheim fest davon überzeugt, daß das Kleine ein Mädchen sein würde, und er verbiß sich in diese Überzeugung.

Kurz bevor die Packer kamen, das Haus in London war gerade noch bewohnbar, hatte Richard geträumt, daß er in den Kensington Gardens spazierenging. An einem Tag, fünf oder sechs Jahre in die Zukunft verlegt. Die Sonnenstrahlen, die auf den schönen weiten Rasen fielen, sollten noch lange nicht scheinen, und das Gras und die Blumen waren die Urenkel des Grases und der Blumen, die er kannte. Die Bäume waren sichtbar größer, und diese Zukunftsatmosphäre erstreckte sich auch auf Richard, der mehr wog als seine tatsächlichen hundertfünfzig Pfund. Ein Kind zerrte an seiner Hand. In diesem zukünftigen Park führte er sein zukünftiges Kind spazieren, und alles hatte seine Ordnung. Der Traum-Richard wagte nicht nach unten zu schauen, denn er fürchtete, vor Freude weinen zu müssen. Das Kleine zerrte ihn an den Runden Teich, und er ließ sich von ihm ziehen. Er war wie betäubt vor Glück. Endlich schaute er doch nach unten. Sie war ein kleines lebhaftes Kind mit Lauras glattem rötlichblonden Haar. Sie trug ein kurzes bedrucktes Kleid und schwarze Kinderschuhe. Er empfand Stolz und Liebe, und überwältigt von der Stärke dieser Emotionen, mußte er schluchzen. Von diesem Gefühlsausbruch wurde er wach. Er hatte sie gesehen, und sie war vollkommen. Der Abglanz dieses schönen Traums hielt ihn noch tagelang gefangen.

Er hatte Laura nie erzählt, daß er im Traum ihr gemeinsames Kind gesehen hatte.

Und auch von dem anderen Traum erzählte er ihr nichts. Ehegatten müssen seelische Verantwortlichkeiten untereinander aufteilen. Richards Pflicht war es, die optimistische Seite zu vertreten, während es Laura zufiel, Ängste und Zweifel zu äußern.

Und darum war es auch Laura, die fragte: »Wird wirklich alles gutgehen?« Die Allbees machten an jenem ersten Sonntag einen Spaziergang und gerieten auf unbekanntes Terrain. Sie waren bis zum abschüssigen Ende der Fairytale Lane und dann über eine Brücke gegangen, an riesigen Bäumen vorbei, an denen sich wilder Wein emporrankte. Einmal sprangen ein paar gutmütige fette Köter um sie herum. Die Häuser wirkten riesig und standen weit auseinander. Irgendwo hinter der grünen Kulisse rülpste und stotterte eine Kettensäge.

»Natürlich wird es gutgehen«, sagte er und legte ihr den Arm um die Schulter. »Am Anfang wird es vielleicht nicht ganz leicht sein, aber wir werden ganz gewiß viel Schönes erleben. Ich habe schon zwei Kunden. Ein guter Start.«

»Ich erlebe einen Kulturschock«, sagte Laura.

»Wir sind doch hier aufgewachsen«, gab Richard zu bedenken.

»Du bist in Los Angeles aufgewachsen und ich in Chicago. Dieser ganze Staat sieht ja aus wie Lake Forest.«

»Das ist doch kein Nachteil.« Er sah das Aufblitzen in ihren Augen. »Ach, ich weiß, was du meinst.«

Sie waren zwar hier geboren, aber sie waren Fremde hier: Lauras Vater war nach Illinois versetzt worden, und sie war in einem Stadthaus, ähnlich dem, das sie in London hatten, aufgewachsen. Er hatte seine Jugend in verschiedenen Mietwohnungen und gemieteten kleinen Häusern verbracht. Sein erstes eigenes Haus hatte er mit Laura zusammen gekauft. Von früher waren sie Terrassen – Reihenhäuser – gewohnt und Läden, die man zu Fuß erreichen konnte, sie kannten Stadtviertel mit viel Verkehr, mit Kneipen und Parks. Hampstead war weder Stadt noch Land. Es war von beiden irgendwie losgelöst, fast unwirklich. Sie dachten beide dabei an das Everyman-Kino, an Holly Hill, an Galsworthys heiteres weißes Haus und an gepflasterte Gehwege.

»Es wird wohl ein oder zwei Jahre dauern«, sagte er, »aber wir werden uns an diese komische Gegend schon gewöhnen.«

»Ich bin nicht sicher, ob ich überhaupt Lust habe, mich daran zu gewöhnen«, sagte Laura, und insgeheim mußte er ihr zustimmen.

In diesem Augenblick tobte eine Gruppe von Männern in kurzen Hosen und schweißnassen T-Shirts um die Ecke und stampfte auf sie zu. »Hallo«, schrie der Anführer, ein Wikinger mit wehendem Haar und einem auf- und abhüpfenden blonden Bart. Richard, der ein Tweedjackett und eine Krawatte trug, hatte plötzlich das Gefühl, für diesen sonnigen Maimorgen nicht richtig angezogen zu sein.

Daß in Patchin County eine wütende Entschlossenheit, gesund zu bleiben, herrschte, war ihnen schon aufgefallen. Nicht nur rannten Jogger zu jeder Tageszeit durch die Fairytale Lane; auch die Kunden in den verschwenderisch ausgestatteten Geschäften sahen alle aus, als kämen sie gerade von einem Tennis-Match oder wollten zu einem. Im örtlichen Drugstore gab es erstaunlich viele Zigarettenmarken, aber Richard war der einzige, der welche kaufte.

Natürlich gab es einen Kulturschock. Als Laura in den Lebensmittelladen ging, wo alle Kunden für Tenniskleidung zu werben schienen, stellte sie fest, daß hier das Fleisch völlig anders geschnitten wurde. Die Frühstücksflocken waren mit Zucker überzogener Papp. Mit verblüffender Offenheit wurde man von Fremden angeredet. »Meine Schwester ist gestorben«, erzählte eine Frau Laura an der Tiefkühltruhe. »Sie fiel einfach um und war tot, und dabei hat ihr Mann noch nie in seinem Leben eine Windel gewechselt.« »Ein Jammer«, sagte Laura und machte, daß sie wegkam. Wie der joggende Wikinger schauten die Männer einem strahlend ins Gesicht und zeigten eine Million weiße Zähne – sie sahen aus wie Talk-Show-Moderatoren. In diesen dümmlich heiteren Blicken lag plumpe Vertraulichkeit.

Sie würden sich an diese Dinge gewöhnen – die letztlich

unwichtig waren –, denn sie hatten keine andere Wahl. Und Richard wußte, daß die ersten Tage, die sie in Amerika verbrachten, besonders viel Nerven kosten würden, denn schließlich erwartete man von ihnen, daß sie mit allem hier vertraut sein müßten.

Die Allbees gingen an jenem Abend früh schlafen. Während Richard aus *Madame Bovary* vorlas, streichelten sie sich gelegentlich gegenseitig die Schenkel, leise Gesten ehelicher Zärtlichkeit. Hin und wieder lächelte Laura, wenn das Kind sich bewegte, was es seit einiger Zeit tat. Heute abend war das Baby besonders lebhaft, und sie wollte, daß Richard es fühlte. Mit der Hand auf ihrem gewölbten Leib schlief er ein.

Irgendwann in der Nacht träumte er sich in die Dreharbeiten von *Daddy's Here* zurück.

Er war nicht zehn Jahre alt: er war der erwachsene Mann von sechsunddreißig Jahren, und er sprach *die Zeile*. Billy Bentley, ebenfalls erwachsen, hatte ein Lächeln in seinem Narbengesicht. »Heute abend nicht, Schatz«, sagte Ruth Branden, die durch die Küchentür die Szene betrat. »Wißt ihr nicht mehr? Es hat einen entsetzlichen Mord gegeben. Draußen treibt sich etwas Schreckliches herum. Als ich daran dachte, konnte ich keine Kuchen backen.«

»Natürlich, Mom«, sagte ich. »Jetzt weiß ich es wieder. Nein, Kuchen backen wäre keine gute Idee.«

»Huu-huuuh, Huu-huuuh«, sagte Billy Bentley. »Da ist ein großer böser Mörder, und er will *dich* holen.«

Eine Episode um einen Mörder? Das konnte nicht stimmen. Die Sponsoren hätten niemals …

»Er wird sich aus dem Schrank auf dich stürzen.«

Billy grinste ihn an. »Die Tür geht auf, und er kriecht raus und holt dich, Kleiner.«

»Aber David«, sagte Ruth Branden. »Das ist wirklich nicht schön.«

»Daddy sieht in letzter Zeit so komisch aus«, sagte Billy. »Der Alte braucht 'ne kleine Aufmunterung. Es wird Zeit, daß Dr. Feelgood ihm eine Glückspille gibt. Wir können froh sein, wenn er bis zum Ende der Saison durchhält.«

»Ich dulde nicht, daß du so über deinen Vater sprichst«, sagte Ruth Branden, die unerschütterlich ihre Rolle durchzog.

Endlich merkte Richard, daß sie gar nicht bei den Dreharbeiten waren. Sie aßen in dem westentaschengroßen Eßzimmer. Die Kameras fehlten, und hier waren auch keine Bühnenarbeiter und keine Leute vom Studio, die zuschauten.

»He, Mom«, sagte er.

»Geht jetzt in euer Schlafzimmer«, sagte Ruth. »Schließt die Tür ab und achtet darauf, daß auch die Fenster geschlossen sind.«

»Das ist doch nicht –«

»Geht nach oben«, schrie Ruth Branden, und für eine Sekunde war ihr Gesicht das einer alten Frau, rot und verzerrt. »Geht rauf und schließt die Tür ab!«

Das Zimmer hatte vier Wände, aber irgendwo zeichnete eine Kamera dies alles auf. »Szene zwei«, rief eine Stimme. »Aufnahme«.

Er war oben im Schlafzimmer: im Pyjama: Nacht. Auf dem Tisch standen Modellflugzeuge. Ein College-Wimpel war über dem Bett an die Wand geheftet. ARHOOLIE. (Arhoolie?) Dieses Schlafzimmer gehörte zur Bühnenausstattung, und er war jetzt wirklich Spunky Jameson, denn er steckte in seinem zehn Jahre alten Körper. Neben dem Schrank lehnte ein Paar Ski an der Wand. Ein Tennisschläger in einer Tasche mit Reißverschluß; die ganze Unordnung, die man im Zimmer eines Jungen antrifft. Er berührte sein Gesicht, fuhr sich mit der Hand über den Bürstenhaarschnitt. Ja. Alles stimmte.

Er wußte, was im Drehbuch stand. *SPUNKY tritt an das Fenster und schaut besorgt nach draußen, dann dreht er sich zu DAVID um.* Richard trat an das Fenster. Er erinnerte sich an die Aussicht. Die Rückwand des Studios, unbenutzte Räume, herabhängende Seile. Er schaute nach draußen. Was er sah, war nicht der Ausblick aus dem Studio, sondern eine Straße, Gras und der Lattenzaun eines Nachbarn. Im Mondschein standen die Straßenlaternen in der Maple Lane aufgereiht, einer Straße, die nie existiert hatte. Ein 1954er Chevrolet fuhr vorbei, und seine Scheinwerfer ließen Teerstreifen auf der Straße schwarz glänzen.

Mit einem trockenen Gefühl im Mund drehte er sich um. »He«, sagte er.

SPUNKY: He.

Laura lag schlafend auf dem Wasserbett, und ihr Haar floß über das Kissen. Billy Bentley, dessen Gesicht in der Dunkelheit kaum zu sehen war, lag neben ihr und grinste ihn an. Richard wußte, daß Billy unter der Decke nackt war.

»Huu-huuuh, huu-huuuh«, sagte Billy mit unangenehmer Stimme. »Auf dich kommt Schlimmes zu.«

DIE HAUSTÜR FÄLLT INS SCHLOSS.

Die Haustür fiel ins Schloß.

DAVID: Ich glaube, es ist schon hier, Bruder.

»Ich glaube, es ist schon hier, Bruder«, sagte Billy. »Bist du sicher, daß du die Tür abgeschlossen hast?«

Entsetzt starrte Richard Billy an, wie er nackt bei Laura im Bett lag. Er bemerkte deutlich eine Atmosphäre postkoitaler Entspannung. Ohne Bewußtsein atmete Laura durch ihre schönen halb geöffneten Lippen ein und aus. »Du hast eine verdammt nette Frau«, sagte Billy, und in seiner aufsteigenden Wut empfand Richard klar seine Unterlegenheit gegenüber dem erwachsenen Billy. »An dieser Frau ist alles dran, wenn du weißt, was ich meine.« Billys spatelförmige Hand, die in dem dunklen Raum schwarz wirkte, rieb Laura über den Leib. »Aber, so leid es mir tut, du hast noch ein weiteres kleines Problem, Spunks. Ich bin nicht sicher, ob du auch wirklich die Tür abgeschlossen hast.«

»Die Tür?«

»Die Schlafzimmertür, Spunks. Etwas Schlimmes kommt.«

Richard hörte unten schreckliche Geräusche. Ein schwerer Gegenstand stürzte zu Boden, und Glas splitterte. Ruth Branden schrie. Dann ein Geräusch, als schlüge jemand wiederholt mit einer Axt in Holz. Wieder schrie Ruth. Dann war eine Reihe von dumpfen Schlägen zu hören, und Ruths Schreie verstummten.

»Beweg dich, Kleiner«, sagte Billy.

Unten schrie jemand.

Richard ging an die Tür und drückte den Knopf am Griff.

»Als er die Beule im Kotflügel sah, war es aus mit seiner Ruhe.« Billy grinste ihn immer noch an und rieb immer noch Lauras Leib.

EIN RÜTTELN AN DER SCHLAFZIMMERTÜR.

Laut wurde an der Tür gerüttelt. Die Person hinter der Tür klopfte einmal, dann noch zweimal. »Spunky? He, Spunky? Mach auf!« Es war Carter Oldfields ausdrucksvolle Stimme, aber sie klang rauh und außer Atem. »Ich habe dieses Haus bezahlt. Es gehört mir. Mach auf, du hinterhältiger kleiner Kerl.« Die Stimme hörte sich außerdem betrunken an – Richard kannte diese gedehnte und undeutliche Sprache.

»Verschwinde«, sagte er. Vom Bett her hörte er Billy Bentley kichern.

»Das *mir*?« brüllte Carter Oldfield. »Wir haben einiges zu klären.«

Die Tür splitterte unter wuchtigen Axthieben.

Schaudernd wachte Richard auf, und sein Herz hämmerte. Die Digitaluhr auf dem Tisch neben seinem Bett zeigte vier Minuten nach vier. Laura regte sich im Schlaf. Das Schwappen, das er beim Aufwachen verursacht hatte, hatte sie gestört. Die gestreifte Tapete, die er selbst nie gewählt hätte, leuchtete kurz im Scheinwerferlicht eines vorbeifahrenden Wagens auf.

3

Am Montagvormittag suchten die Allbees Ronnie Rigley, die Immobilienmaklerin, auf, die ihr Büro in einem der Einkaufszentren an der Post Road hatte. Ronnie war eine große temperamentvolle Kalifornierin. Sie hatte kurzes glänzendes Platinhaar und lachte gern. Sie hatte die Anmut und das selbstsichere Auftreten, das frühere Sportler oft ihr Leben lang beibehalten. Richard vermutete, daß sie in ihrer Jugend eine gute Schwimmerin oder Kunstspringerin gewesen war. Als die Allbees im Frühling als ahnungslose Fremde hier angekommen waren, um sich Häuser anzusehen, hatte Ronnie sie unter ihre Fittiche genommen. Trotz einiger Nachteile war das Haus an der Fairytale Lane von allen Häusern, die sie gesehen hatten, noch das geeignetste gewesen. Ronnie hatte sie fair behandelt und ihnen sogar von weniger geeigneten und teureren Objekten abgeraten. Sie mochten sie: Sie machte die ermüdenden Hausbesichtigungen zu einer erfreulicheren Sache, als es sonst der Fall gewesen wäre.

»Fahren wir los«, sagte Ronnie und hielt eine Liste hoch. »Heute morgen schauen wir uns drei an. Dann essen wir irgendwo, und am Nachmittag stehen dann noch zwei auf dem Programm. Ich möchte, daß Sie einen Eindruck davon bekommen, was hier in der von Ihnen gewünschten Preislage angeboten wird.«

Sie stiegen in ihren Wagen, einen blauen Datsun mit RONNI auf den Nummernschildern. »Hoffentlich schlafen Sie einigermaßen«, sagte sie. »Das ist in ungewohnter Umgebung nicht immer ganz einfach.«

»Nicht besonders«, rief Laura vom Rücksitz. »Das Bett schwappt.«

Ronnie lachte schallend. »Oh, verdammt, das hatte ich ganz vergessen – das Haus hat ja ein Wasserbett! Glauben Sie nicht, daß Sie sich daran gewöhnen werden?«

»Daran möchte ich mich gar nicht gewöhnen«, sagte Richard. »Surfen ist Surfen, und Schlafen ist Schlafen. Beides zusammen geht nicht.«

Er zeigte auf die erste Seite der Liste, die zwischen ihm und Ronnie lag. »Ist dies unser erstes Ziel?«

Ronnie nickte. »Sagen Sie, vielleicht ist es unhöflich, Sie darum zu bitten, aber ich muß es einfach. Könnten Sie … ich meine, würde es Ihnen etwas ausmachen, es einmal zu sagen? Sie wissen doch, was ich meine.«

Er sollte *die Zeile* sprechen. Richard drehte sich zu Laura um, die ihn vom Rücksitz her boshaft angrinste.

»Oder ist es Ihnen unangenehm, wenn die Leute Sie darum bitten?«

»Darum bin ich schon mindestens zehn Jahre lang nicht mehr gebeten worden. Okay. ›He, Mom, ich will einen *ganzen* Teller Cookies!‹«

Die beiden Frauen lachten.

»Nun ja, meine Stimme hat sich verändert.«

»Das war doch gar nicht so schlecht, Liebling.«

»Nicht schlecht? Es war wunderbar«, sagte Ronnie. »Ich mußte Sie einfach darum bitten – ich kann gar nicht glauben, daß Sie das waren. Ich habe meinem Freund erzählt – er heißt Bobo und ist Polizist –, daß ich Ihnen Häuser zeige, und Bobo sagte, ich soll Sie darum bitten. Manchmal, wenn Bobo von acht bis zwölf Schicht hat, sehen wir Ihr Programm, wenn er wieder da ist. Sie wissen ja, daß es jede Nacht läuft. Ich finde es sehr schön, daß Sie wieder nach Hampstead ziehen.«

»Wir kennen es natürlich kaum«, sagte Richard. »Wir waren beide praktisch noch Babys, als wir weggingen.«

»Oh, es wird Ihnen hier bestimmt gefallen – hier ist immer etwas los. Als wir voriges Jahr zu Weihnachten die große Büro-Party für unsere Kunden hatten, sagte Jane Frobisher, die bei uns arbeitet, zu ein paar Leuten, denen ich gerade ein Haus verkauft hatte: ›Sie sind gerade nach Hampstead gezogen? Sie sind noch zu jung für eine Scheidung!‹«

»Oh, mein Gott, haben Sie schon von dem Mord gehört?« sagte Ronnie in das Gelächter der beiden hinein. »Bobo hat es mir erzählt. Es ist am Samstagabend passiert, und Bobo erfuhr es, als er nach dem großen Verkehrsunfall wieder im Revier war. Ich will hier nicht vom Lohn der Sünde reden und so, aber ihr Freier hat Lammpastete aus ihr gemacht, während ihr Mann zur Arbeit war.«

So hörten die Allbees zum ersten Mal von Stony Friedgood.

»Madame Bovary in Patchin County«, sagte Laura.

»Jetzt steht in Hampstead also ein weiteres Haus zum Verkauf«, sagte Richard.

»Oh, nein, das ist nichts für Sie«, sagte Ronnie schnell. »Ich kenne das Haus. Das ist wirklich nichts für Sie.«

4

Wenn auch Ronnie Riggley während des Essens in demselben französischen Restaurant, das auch Clark und Jean Smithfield so gut gefallen hatte, hinsichtlich der Umstände von Stony Friedgoods Tod ein wenig zu sehr in die Einzelheiten ging; wenn diese Umstände Richard Allbee auch plötzlich an seinen Alptraum erinnerten, in dem ein wildgewordener Carter Oldfield sich mit der Axt über eine Schlafzimmertür hermachte; wenn auch keins der Häuser, die sie gesehen hatten, geeignet war – die erschwinglichen hätten so viel Arbeit erfordert, daß er seine Kunden hätte vernachlässigen müssen – und wenn schließlich die drei Häuser nach einem eiskalten Martini und einem Glas des ausgezeichneten Weißweins des Hauses ineinander zu verschwimmen schienen, so erlebten sie doch alle drei den Glanz einer beginnenden Freundschaft. Richard gab sogar ein paar angestaubte Anekdoten über Carter Oldfields Wutanfälle während der Dreharbeiten für *Daddy's Here* zum besten. Laura beschrieb liebevoll ihr Haus in Kensington (so daß Ronnie jetzt genauer wußte, was sie den Allbees zeigen konnte). Ronnie weckte in ihnen die Hoffnung, daß das Leben in Patchin County befriedigend und interessant und sogar amüsant sein könnte. Sie eröffnete sogar die Hoffnung auf den Beginn eines geselligen Lebens, indem sie vorschlug, eines Tages mit Bobo gemeinsam essen zu gehen. »Dann werden Sie wirklich etwas über Hampstead erfahren«, sagte Ronnie. »Bobo kennt alles. Und außerdem ist er ein netter Kerl. Das möchte ich wohl annehmen, denn schließlich liebe ich ihn ja.«

Und sie gab Laura die Adresse eines guten Arztes. »Alle gehen zu Dr. Van Horne«, sagte sie. »Er ist der beste Gynäkologe in der Stadt. Er ist äußerst einfühlsam, und das ist schon etwas Besonderes, wenn ich an die Versager denke, denen ich meine Gesundheit anvertrauen mußte, bevor ich zu ihm überwechselte. Er behandelt einen wie eine Königin.« Sie lächelte Laura an.

Laura zog ein Notizbuch aus ihrer Handtasche und notierte: Dr. Wren Van Horne. Gyn.

Drei

Graham

1

Mein Instinkt rät mir, daß es jetzt an der Zeit ist, aus der Maske des gottgleichen Erzählers herauszuschlüpfen, der genau weiß, was seine Charaktere jeweils denken oder tun, und der ihnen völlig unparteiisch gegenübersteht. Diese Pose ist mir ohnehin schon entglitten, ganz besonders, als ich auf mich selbst anspielte. Ich, Graham Williams, bin es, der diesen Bericht schreibt. Nennen Sie mich Graham. Nein, das werden Sie verdammt lieber lassen. Nennen Sie mich Mr. Williams, es sei denn Sie sind höchstens zehn Jahre jünger als ich mit meinen sechsundsiebzig Jahren. Ich habe jeden Arzt überlebt, der mir erzählte, ich sei im Begriff, mich vor der Zeit zu Tode zu rauchen und zu saufen, und ich bin ein ziemlich verschrobener alter Kerl. Ich habe festgefügte Ansichten, und meine Verdauung funktioniert. Ich habe noch zwölf eigene Zähne, was man kaum erwarten konnte, und allerhand teure Brücken. Dreizehn Romane habe ich geschrieben, von denen nur drei Scheiße waren. Außerdem bewußt quälend abgefaßte Erinnerungen an meine Säuferjahre und sechs Fernsehspiele. Mindestens eins von ihnen macht sich immer noch ganz gut, wenn es mal durch die Röhre kommt. Das Stück war *Glenda* mit Mary Astor in der Titelrolle und Gary Cooper und James Cagney als ihr Geliebter, beziehungsweise Ehemann. Ich bin ein Versager und ein Feigling. Als junger Mann nahm ich meinen Feinden den

Wind aus den Segeln, indem ich mich selbst verprügelte, bevor sie Gelegenheit dazu hatten.

Heute habe ich natürlich keine Feinde mehr, die der Erwähnung wert sind, und das ist verdammt schade. Alle diese Kämpfe verwandeln sich in uralte Geschichte, sobald einem die Feinde weggestorben sind. Niemand ist noch an ihnen interessiert, und wenn man ein paar jungen Leuten erzählt, wie man mit irgendeinem stupiden Halbgott von Studioboß aneinandergeraten ist, kriegen sie ganz leere Blicke. Man hätte ihnen genauso gut von Höhlenmenschen und Säbelzahntigern erzählen können. Auch dieser schmierige Schleicher, der mein Leben versaut hat, der Senator von Wisconsin, Heckschütze Joe, ist schon lange tot, und das gilt auch für seine windigen Freunde. Aber Sterling Hayden – das war noch ein Mann. Mit dem konnte ich reden.

Der Grund, warum ich meine Deckung verlassen habe und direkt rede, liegt darin, daß ich alles, was sich im unteren Teil von Patchin County zugetragen hat, selbst erlebt habe. Daraus ist dann dieses Buch entstanden. Was ich nicht wußte, mußte ich erfinden, aber alles hätte so geschehen können und ist vielleicht auch so geschehen, wie ich es aufgeschrieben habe. Ich hielt die Augen offen und sah viel. Schließlich sagte Richard Allbee zu mir: »Warum setzen Sie sich nicht hin und erzählen die ganze Geschichte?« Und so endet dieses Buch auch, falls Sie zu den Leuten gehören, die die letzte Seite aufschlagen, um zu sehen, wie alles ausgeht. Meine Freunde ließen mich ihre Tagebücher lesen, und aus ihnen stammt ein guter Teil meines Materials.

2

Aber, wie gesagt, ich habe auch vieles selbst gesehen und gehört. Bedenken Sie, wo ich damals wohnte. Mein Haus lag am Beach Trail in Greenbank, direkt dem früheren Haus der Sayres gegenüber, das die Allbees schließlich kauften. »Four Hearths«, das Haus, in das Tabby mit seinem Vater und seiner Stiefmutter einzog, liegt zwei Minuten entfernt weiter oben am Hügel. Patsy und Les McCloud wohnten einen Katzensprung entfernt hinter meinem Grundstück. Mount Avenue, die Goldene Meile, zieht sich vom unteren Ende des Beach Trails den Hügel hinauf in Richtung Hillhaven – ich kannte Monty Smithfield, wenn auch nicht sehr gut, und Stony Friedgood lernte ich kennen, als sie Mitglied des literarischen Zirkels »die Feingeister« war. (Vom Dach meines Hauses aus hätte ich einen Stein durch das Fenster in das Schlafzimmer werfen können, in dem Stony gefunden wurde, jedenfalls vor zwanzig Jahren. In jener Woche besprachen die Feingeister eines meiner Bücher, *Twisted Hearts*, und Stony fragte mich, ob der Ehemann in dem Roman überhaupt wisse, daß er seine Frau zu einem Verhältnis mit meinem Helden geradezu gezwungen habe. »Gezwungen?« fragte ich. »*Twisted Hearts* wurde als Taschenbuch neu aufgelegt, weil irgendein Redakteur das Buch für einen feministischen Roman hielt.« »Ganz gewiß ist es das nicht«, erwiderte Mrs. Friedgood.

Gary Starbuck, ein Berufseinbrecher, der im Leben des einen oder anderen von uns eine untergeordnete Rolle spielte und der in diesen Seiten bald auftreten wird, mietete das geräumige alte Haus von Frazier Peters, das zwei Blocks entfernt lag, und nach seinem Tod inspizierte ich zusammen mit den meisten Nachbarn die erstaunliche Sammlung von gestohlenem Silber, Fernsehgeräten, Gemälden und Möbeln, bevor Bobo Farnsworth und einige andere Polizisten das Haus versiegelten. Und ich kannte Pat Dobbin, diesen Halunken, denn ich hatte ihn aufwachsen sehen: Während meiner Säuferjahre, über die ich in *Lost Time* schrieb, war ich mit seinem Vater befreundet. Ich konnte mich retten, Dan Dobbin schaffte es nicht, aber er war ein besserer Illustrator als sein Sohn.

Aber wichtiger als all dies – oder wenigstens genauso wichtig –, nie konnte ich die Mount Avenue betrachten, ohne gleichzeitig zu sehen, wie im Jahre 1779 die Jäger mit ihren Fackeln dort entlangliefen. Ich konnte Monty Smithfields großes Haus nicht betrachten, ohne die Holzhütte zu sehen, die der rätselhafte Gideon Winter 1645 an dieser Stelle errichtet hatte. Ich *kannte* die Gegend, mein Vater kannte sie und auch mein Ur-ur-großvater. Wenn ich irgendeinen fröhlichen Jungen namens Moorman oder Green sah, einen Jungen in Jeans und mit Hosenträgern, sah ich in ihm den lederhäutigen alten Zwiebelfarmer oder Schmied, der genauso hieß und der ihm ein Sechzehntel seiner Gene mitgegeben hatte.

3

Eines ist noch wichtiger als mein exzentrisches Wissen um die genetische Ausstattung eines Fünftkläßlers, dessen Name auf dem Friedhof von Gravesend schon auf den ältesten Grabsteinen stand. Ich war einer der ersten, der die Auswirkungen dessen sah, was ich die denkende Wolke nannte, nachdem sie auf uns niedergegangen war. Natürlich erkannte ich den Sinn der Sache so wenig wie alle anderen, denn ich hatte keine Ahnung, daß es hier überhaupt einen Sinn gab.

4

Auswirkungen, sagte ich. Zwei Auswirkungen. Ich begegnete der ersten, der zweiten dann zehn Minuten später, als ich am Sonntag, dem achtzehnten Mai, vormittags den Beach Trail entlangspazierte. An den meisten sonnigen Vormittagen hinke ich die Straße hinunter zur Mount Avenue, biege rechts ab, spaziere an den Pforten der Akademie vorbei und gehe dann über den kurzen öffentlichen Weg zum Strand von Gravesend hinunter. Ich schaue auf das Wasser hinaus und beobachte die Leute, die sich am Strand aufhalten. Ich atme die salzige Luft, und das hat mich so lange am Leben erhalten. Kein Salz in der Nahrung und viel salzige Luft in den Lungen. Wenn ich sie sehe, begrüße ich meistens Harry und Babe Zimmer, die um acht oder neun mit ihrem verbeulten Ford-Pickup auftauchen, um am Wellenbrecher zu fischen. Harry und Babe sind junge Leute von Mitte sechzig. Sie sehen aus wie alte Irrlichter, die man seit Allerheiligen draußen gelassen hat. Harry und Babe nennen mich Mr. Williams. Dann krieche ich wieder nach Hause. Die ganze Übung dürfte nur zehn Minuten dauern, aber ich brauche eine halbe Stunde.

An jenem Morgen erreichte ich den Strand gar nicht erst. Ich hatte meine epische Wanderung unterbrechen müssen, um den jüngsten Schaden an meinem Briefkasten zu inspizieren, einige üble Kratzer und Beulen, die auf einen Mordversuch hinwiesen. Der Briefkastenmörder hatte offensichtlich einen stumpfen Gegenstand benutzt. Nach der Inspektion setzte ich meinen todesverachtenden Marsch fort.

Ich schleppte mich gerade an dem makellosen Rasen vor dem letzten Haus an meiner Seite des Beach Trails vorbei, als ich eine Leiche im Gras liegen sah. Der makellose Rasen war Bobby Fritz' Werk (Bobby kannte jedes Blatt, jeden Baum und jede Blume in der Nähe dieser Häuser, nur nicht meinen eigenen erbärmlichen Rasen), und die Leiche war die von Charlie Antolini. Charlie schien noch toter als mein Briefkasten zu sein, und ich eilte über den Rasen, um ihn mir näher anzusehen.

Charlie war ein kräftiger Kerl von ungefähr vierzig, der Sohn einer Familie, der das Lobster House und einige andere Restaurants in Patchin County und Westchester County gehörten. Schon als Kind hatte er immer hart gearbeitet – mit neun oder zehn, lange vor der Zeit der Briefkastenmorde, hatte er mir immer die Zeitung gebracht. Schon damals hatte er nichts anderes im Kopf als Geldverdienen, Geld, Geld und noch mehr Geld. Am Ende hatte er genug angehäuft, um mit seiner Familie in das große grüne Schindelhaus an der Mount Avenue zu ziehen. Es war zwar die falsche Seite, nicht die zum Long Island Sound hin, aber immerhin Mount Avenue.

»Kann ich dir helfen, Charlie?« fragte ich, denn ich hatte gleich gesehen, daß er nicht tot war. Er lag ganz still, aber seine grünen Augen waren geöffnet, und er lächelte ein wenig. Es war kein typisches Charlie-Antolini-Lächeln. Es war ein ausgesprochen glückliches Lächeln. Er trug einen blaßblauen Seidenpyjama. »Du wirst dir das Fell verbrennen, Charlie«, sagte ich.

»Hallo, Mr. Williams«, sagte er.

Charlie hatte mich seit ungefähr 1955 nicht mehr mit meinem Namen angeredet. Vermutlich glaubte er, daß ein schlampiger alter Schriftsteller das Niveau der ganzen Gegend versaut. »Ist wirklich alles in Ordnung?« fragte ich.

»Bestens, Mr. Williams«, sagte er und lächelte mich an. Dieses Lächeln hätte seine eigene Mutter nicht wiedererkannt.

»Du wolltest also nur ein bißchen an die Luft, was? Gute Idee, Charlie. Reinigt die Bronchien. Warum kommst du nicht mit an den Strand und sagst Harry und Babe guten Tag?«

»Als ich heute morgen aufstand, fühlte ich mich ganz ausgezeichnet«, sagte er. »Verdammt unglaublich. Ich ging nach draußen und fühlte mich sogar noch besser. Ich fühlte mich zu gut, um zur Arbeit zu gehen.«

»Es ist Sonntag, Charlie«, sagte ich. »Kein Mensch geht am Sonntag zur Arbeit.« Aber dann fiel mir ein, daß er wahrscheinlich im Lobster House erwartet wurde, um beim Mittagsbetrieb zu helfen.

»Sonntag«, sagte er. »Oh, ja.«

Ich schaute zu seinem Haus hinüber. Seine Frau winkte aus dem Wohnzimmerfenster. »Geh vom Rasen runter, Charlie«, sagte ich. »Florence ist schon ganz aufgeregt.« Dann sah ich den Briefkasten, früher Charlies ganzer Stolz. Er war aus Metall, wie meiner, aber doppelt so groß und in der gleichen Farbe gehalten wie das Haus. Auf den Kasten hatte Charlie ein Blumenmuster und Weinranken malen lassen, die sich um die großen roten Buchstaben des Namens Antolini wanden. Jetzt lag das Ding in der Einfahrt. Jemand hatte es von der Stange abgebrochen. Die eine Seite war eingedrückt, und durch die Farbe schimmerte das Aluminium. »Die Bande, die meinen Briefkasten ermordet hat, hat auch deinen erwischt«, sagte ich. »Ein klarer Fall von Enthauptung.«

»Spüren Sie nicht die Sonne?« sagte Charlie.

Flo Antolini wedelte hinter dem Fenster mit den Armen. Entweder bedeutete sie mir, vom Rasen zu verschwinden, oder ich sollte Charlie hochheben und ins Haus tragen. Das letztere kam nicht in Frage. Charlie mußte ungefähr zweihundertzwanzig Pfund wiegen. Unter der blauen Seide sah er immer noch wie der athletische Fußballspieler aus, der er 1959 in der Mannschaft der J. S. Mill High School gewesen war. Ich hätte nicht einmal eines seiner Beine hochheben können. Ich zuckte die Achseln, steckte die Hände in die Taschen und sagte: »Na, dann viel Spaß.« Anschließend tastete ich mich wieder auf den Fußweg zurück.

Das hatte ich gerade geschafft, als ich eine Frau Charlies Namen schreien hörte. ›Mr. *Antolini! Mr. Antolini!*‹«

»Mach lieber, daß du reinkommst, Charlie«, sagte ich, denn ich fürchtete, daß eine Frau aus der Nachbarschaft Anstoß daran genommen hatte, daß er hier auf seinem schönen Rasen lag. Dies war schließlich Hampstead und nicht irgendein Hundedreck.

Dann sah ich die Frau, die sich von der anderen Straßenseite her auf uns zuwälzte. Evelyn Hughardt, Mrs. Dr. Hughardt. Sie trug einen rosa Morgenrock und an den Füßen zottelige rosa Dinger. Sie sah scheußlich aus.

»Mr. Antolini, *bitte*«, kreischte sie und rannte über die Straße, ohne nach rechts und links zu schauen. Als sie näherkam, sah ich, wie entsetzlich sie tatsächlich aussah. Normalerweise war sie eine gutaussehende blonde Frau, fast so groß und gesund wie Ronnie Riggley, die Immobilienhändlerin. Das kommt vom vielen Tennis.

Sie hätte mich fast umgestoßen, als sie sich neben Charlie in das Gras kniete. Sie packte eine seiner Hände und versuchte, ihn zur Seite zu ziehen. »Es geht um Dr. Hughardt, um meinen Mann«, sagte sie. »Oh, bitte. Ich weiß nicht, was ich tun soll, und er würde sich meinetwegen so sehr schämen …«

»Hallo, Evvy«, sagte Charlie und lächelte wieder sein schönes grünäugiges Lächeln.

»Kommen Sie bitte, Mr. Antolini, bitte, bitte, helfen Sie mir.«

»O Gott«, sagte Charlie.

»Zu viel Sonne«, sagte ich. »Das hat ihn umgehauen. Ein Jammer. Aber vielleicht kann ich Ihnen helfen.«

Als sie zu mir aufschaute, wußte ich, daß sie mich überhaupt noch nicht bemerkt hatte. Sie blinzelte abweisend und zerrte wieder an Charlies Pfote.

»Da kriegen Sie keine Hilfe, wie ich schon sagte«, meinte ich. »Er wurde soeben neu geboren. 1913 ist das einem Onkel von mir bei einem Konzert in Fairlie Hill ebenfalls passiert. Er fiel um wie ein Ochse. Aber ich biete Ihnen gern meine Dienste an.«

Hilflos zerrte sie noch einmal an Charlies Hand und sah mich dann wieder an.

»Bitte, Mr. Williams«, sagte sie. Ihre Stimme zitterte. »Wir müssen dem Doktor helfen.«

»Gehen Sie voran«, sagte ich und ging hinter ihr her über die Straße, wenn auch wesentlich langsamer als sie. Sie hatte die Tür schon aufgerissen, als ich erst den halben Weg zurückgelegt hatte.

5

Norm Hughardt würde man heute, wo es immer weniger Allgemeinärzte gibt, wohl einen Internisten nennen. Er war ein recht guter Arzt und ein noch besserer Snob. Darin ähnelte er seinem Vater. Als ich jünger war, sah mich der alte Dr. Hughardt noch gern und riet mir, abzunehmen, meine Gewohnheiten zu ändern etc., aber als ich in Ungnade fiel, war er mir nicht mehr sehr zugetan. Norm besuchte die J. S. Mill High School zehn Jahre früher als Charlie Antolini. Anschließend ging er an die Universität von Virginia und an die Yale Medical School. Als er ungefähr so alt war wie Charlie jetzt, ging er nach Virginia zurück, um an irgendeinem Seminar teilzunehmen. Dort lernte er diese große blonde Tennisspielerin kennen und brachte sie mit nach hier. Er arbeitete in der Praxis seines Vaters, aber als der Alte nichts mehr mit mir zu tun haben wollte (er starb wenig später), lehnte auch er mich als Patienten ab. Er hielt mich nämlich für einen Kommunisten, was natürlich Unsinn war. Jedenfalls galt er als der zweitbeste Arzt in Hampstead. Als der beste wurde Wren Van Home betrachtet, der der Hälfte der Damen in Hampstead die Installationen aufpolierte. Wren und ich verstanden uns gut, aber als Arzt konnte ich ihn nicht gebrauchen.

Norm mußte seine Frau angewiesen haben, in Gegenwart anderer Leute von ihm stets als von Dr. Hughardt zu sprechen. Er trug einen kleinen Spitzbart und hatte eine imponierende Glatze. Er behandelte nur Leute, die berühmt waren oder von denen zu vermuten war, daß sie eines Tages berühmt werden würden. Er behandelte sämtliche Schauspieler und Maler im weiten Umkreis. Wenn ihm etwas Komisches einfiel, rief er Sarah Spry an, damit sie es in ihre Spalte aufnehmen konnte. Ich wette, daß er mit mir schon zwanzig Jahre lang nicht mehr gesprochen hatte. Vielleicht sogar fünfundzwanzig.

Evelyn sprach in einer Art zischendem Tonfall mit mir, als ich die Haustür erreichte. Sie war zwar viel aufgeregt, um selbst etwas zu unternehmen, aber sie tat sich sehr schwer damit, mich ins Haus zu lassen. Ich war Joe Stalins Neffe oder irgendein ähnlicher Unfug. Außerdem konnte sich mein Aufzug an Eleganz noch nicht einmal mit ihrem schäbigen Morgenmantel und ihrer zotteligen Fußbekleidung messen. Ich trug ein paar alte schwarze Basketball-Schuhe, ausgebeulte Tweedhosen und einen grünen Rollkragenpullover mit Löchern an den Ellenbogen. Außerdem hatte ich mich nicht rasiert. Ich rasierte mich fast nie, jedenfalls nicht unter dem Kinn. Ich will mir doch nicht die Kehle durchschneiden.

»Nun, was ist los, Evelyn?« fragte ich. Im Eingang hingen gerahmte Karikaturen, und ich erkannte den Stil von Hampsteads und Hillhavens sechs berühmten Karikaturisten. Die eine war signiert: *Ich hoffe, dies schmerzt Sie mehr als mich. Alles Gute, Pat Dobbin.* Das Bild zeigte einen kleinen kahlköpfigen Mann mit Spitzbart, der einer Dobbin-ähnlichen Kreatur den Bauch aufsägte, während Geldscheine und Münzen aus der Wunde quollen. Pat Dobbin hatte sich so gemalt, wie er sich wahrscheinlich im Spiegel seiner Hausapotheke sah, nämlich hübscher, als er in Wirklichkeit war.

»Bitte«, sagte sie. »Kommen Sie mit nach hinten, Mr. Williams. Dr. Hughardt ging nach draußen, um nach dem Sprinkler zu sehen... und... ich sah ihn fallen und...« Sie zog an meinem alten Pullover, damit ich mich schneller bewegte.

»Er ist gefallen?« fragte ich. »Vielleicht gestolpert?«

Sie schluchzte auf.

»Rufen Sie doch einfach den Krankenwagen an, Evelyn«, sagte ich. »Der kommt sofort.« Das wußte ich aus Erfahrung, und ich gab ihr die Nummer. »Ich finde schon selbst raus. Ich war schon hundertmal hier.«

Das war ich auch. Damals in den zwanziger Jahren. Man hatte inzwischen ein paar Wände eingerissen und die Anrichtekammer mit in die Küche einbezogen, der Herd sah aus wie der Kommandostand eines Raumschiffs, und mitten im Raum schwebte eine riesige kupferne Abzugshaube, aber die Hintertür war noch immer an derselben Stelle. Im leichten Wind, den wir an jenem Morgen hatten, klappte sie auf und zu. Ich hörte, wie Evelyn wählte.

Ich ging nach draußen und blieb schweratmend stehen. Seit ich den Schaden an meinem Briefkasten begutachtet hatte, schien die Sonne sehr viel heißer geworden zu sein. Norm Hughardt lag auf dem trockenen Teil seines Rasens. Das Wasser aus der Sprinkleranlage sprühte auf den übrigen Rasen und gegen die rote Ziegelwand am Ende seines Grundstücks. Schüchtern erschien ein kleiner Regenbogen über einer der Düsen. Eine andere schien nicht in Ordnung zu sein. Norm Hughardt lag mit dem Gesicht im Gras, und seine Schuhspitzen zeigten nach unten. Er sah überhaupt nicht wie Charlie Antolini aus und auch nicht wie Onkel Hobart, der in Fairlie Hill zusammengebrochen war, als er Jesus entdeckte.

Ich bewegte mich auf ihn zu. »Norm?« sagte ich. »Wie fühlst du dich?«

Norm antwortete nicht. Schlaganfall? Herzinfarkt? Mit

Mühe ging ich neben ihm in die Knie. Er trug Weste und Hose eines dreiteiligen Anzugs. Sein Hemd war sauber und gestärkt. Ich mußte mir den Hals verrenken, um sein Gesicht zu sehen. Er hatte die Augen weit geöffnet und starrte blicklos in Bobby Fritz' schön geschnittenes Gras. »Verdammte Scheiße«, sagte ich und stieß ihn gegen die Schulter. Seine obere Hälfte rollte herum. Unter der Weste trug er eine hübsche rotblau gestreifte Krawatte. Ich mußte beide Hände gebrauchen, um ihn ganz auf den Rücken zu rollen. Jetzt starrte er direkt in den Himmel. »Norm, du spießiger Bastard«, sagte ich. »Wach auf.« Ich fragte mich, nicht zum ersten Mal, wieso ein so rechtsgerichtetes Arschloch einen Bart wie Lenin tragen konnte.

Ich legte meinen Kopf auf seine Brust. Nichts zu hören. Dann hielt ich mein Gesicht über seinen Mund. Kein Atem. Nur der Geruch von Kölnisch Wasser und Mundspray. Ich hielt ihm die Nase zu und atmete ihm in den Mund, wie sie es im Fernsehen immer machen. Ich schwitzte. Es war schrecklich, daß jemand, der soviel jünger war als ich, tot sein sollte. Ich versuchte es noch einmal mit dem Beatmungstrick.

»Was *machen* Sie da?« kreischte seine Frau aus der Hintertür.

»Ich tue was ich kann, Evelyn«, sagte ich. »Haben Sie angerufen?«

Sie schluckte und nickte. Dann huschte sie über den Rasen zu Norm und mir. »Mr. Williams«, keuchte sie, »glauben Sie, daß er … glauben Sie, daß er … glauben Sie …«

»Wir sollten auf die Ärzte warten«, sagte ich.

»Er sieht doch ganz normal aus«, sagte sie. Und das stimmte ungefähr.

»Helfen Sie mir auf«, sagte ich und streckte meine Hand aus. Sie starrte auf meine ausgestreckte Hand, als hätte ich Scheiße drin. »Ziehen Sie mich doch um Gottes willen hoch, Evelyn«, sagte ich, und sie packte zu und zog mich auf die Füße. Eine Weile standen wir beide da und betrachteten Norm Hughardt, der mit dem Gesicht nach oben im Gras lag.

»Er ist. Er ist tot«, sagte Evelyn.

»Sieht ganz so aus«, gab ich zu. »Was für ein Jammer. Dabei merkt man ihm gar nichts an.«

Das mag eine taktlose Bemerkung gewesen sein. Evelyn Hughardt lief weg und verschwand im Haus. Vielleicht hatte sie auch nur die Türglocke gehört, denn nach ein paar Sekunden tauchte sie wieder auf und mit ihr ein paar alte Bekannte vom Unfallnotdienst.

Als sie mich sahen, erstarrten sie. »Sie schon wieder?« sagte der Große mit dem Schnauzbart, und der Bulle, der mitgekommen war, schüttelte den Kopf. Ein Aufschneider namens Tommy »Turtle« Turk, der widerwärtigste Bulle in ganz Hampstead. Er stand kurz vor seiner Pensionierung und hatte einen Wanst wie ein Walroß, aber es machte ihm immer noch Spaß, die Fäuste zu gebrauchen.

»Ich nicht, Turtle«, sagte ich. »Mach doch die Augen auf.«

Manchmal lasse ich den Notarzt kommen, wenn ich meine schlimmen Brustschmerzen habe.

Inzwischen waren die Jungs über Norm Hughardt hergefallen und hatten ihn an irgendwelches Zeug angeschlossen, das sie hoffentlich niemals bei mir anwenden. Turtle war es leid, mich mit seinen Blicken zu erdolchen, und ging ins Haus, um sich die Witwe vorzunehmen. Die Jungs behandelten Norm jetzt mit Geräten, die aussahen wie Lastwagenbatterien. Norm zuckte, aber wie Leben sah das nicht aus.

»Er ist tot«, sagte der Große mit dem Schnauzbart. Dann sah er mich an und sagte: »Das ist heute morgen schon der zweite, und die andere Besatzung hatte auch einen. Was, zum Teufel, ist hier los?«

»Drei Herzinfarkte?«

»Wer, zum Teufel, kann das wissen?« sagte er und schickte einen Mann zum Wagen, eine Trage und Wolldecken zu holen.

Ich ging zu Turtle und Evelyn hinüber. Turtle fragte sie, ob sie sich gestritten hätten, bevor der Doktor nach draußen ging. Er starrte mich an, dann starrte er wieder Evelyn an.

»Nein«, sagte sie.

»Okay, was tun Sie hier?« bellte Turtle mich an.

»Die Dame bat mich, ihr zu helfen. Ich habe Norm auf den Rücken gerollt und ihr gesagt, sie soll den Krankenwagen anrufen. Ich kam zufällig vorbei.«

»Das heißt, Sie haben...«, er schwieg, und ich fragte mich, welches Wort wohl der Zensur zum Opfer gefallen war. Herumgeschnüffelt? Sich eingeschlichen? Er rückte sich den Bauch zurecht und grinste wie ein Affe. »Ich mache Ihnen Angst, nicht wahr? Ich weiß, daß es so ist, Williams.«

»Mr. Williams«, sagte ich.

»Und ich weiß auch, warum. Sie haben Schiß. Sie sind feige. Ich kenne Sie genau, *Mr.* Williams.«

»Quatsch«, sagte ich. »Goodbye, Evelyn. Es tut mir alles so leid. Rufen Sie mich an, wenn Sie etwas brauchen.«

Sie schluckte. Ich hätte sie umarmen mögen. Turtle hätte mich wahrscheinlich wegen versuchter Vergewaltigung verhaftet. Ich ging langsam durch das Haus und zur Tür hinaus.

Charlie Antolini lag immer noch selig auf seinem makellosen Rasen. Flo Antolini hockte neben ihm. Sie weinte, aber gleichzeitig redete sie sehr schnell.

Ich ging über die Straße. »Norm Hughardt ist in seinem Garten umgekippt«, sagte ich. »Tut mir verdammt leid. Brauchen Sie Hilfe?« Das war tollkühn, denn es wurde höchste Zeit, daß ich mich hinlegte.

»Er will nicht aufstehen, Mr. Williams«, sagte Flo. »Er will nicht mit reinkommen.«

Ich beugte mich vor, um mir Charlie anzusehen. »Wie fühlst du dich, Charlie?«

»Schön.« Das war wirklich schön.

»Jetzt mußt du aber ins Haus. Wir werden bald Regen kriegen.«

»Okay«, sagte er und streckte wie ein Kind die Hände aus. Ich nahm eine, Flo die andere. Er hätte uns fast umgerissen, aber Flo stemmte die Füße in den Rasen und hielt uns auf den Beinen.

»Das war aber schön«, sagte Charlie. »Das habe ich noch nie getan.«

Flo bedankte sich bei mir und führte Charlie zum Haus.

mmer wieder blieb er stehen, um das Gras und die Narzissen zu bewundern, aber zuletzt hatte sie es geschafft. Mit einem unhörbaren Knall schlossen sich die Vorhänge.

Mit einem gewaltigen Aufheulen des Motors schoß Turtle mit seinem Streifenwagen davon. Die Männer trugen gerade Norm Hughardt aus dem Haus.

Ich schaute die Mount Avenue entlang und sah im Geiste eine Truppe Jäger und Rotröcke auf mich zurennen, die Fackeln und Musketen schwangen. Ich sah den Sturm und die Blitze jener Gewitternacht. Die großen Häuser brannten schon. Der Rest ergab sich von selbst. Unter den deutschen Söldnern und den britischen Soldaten sah ich noch einen Mann. Er gehörte zu den Leuten, die der Reverend Andrew Eliot erwähnt hatte … *wurden von einigen Personen angeführt, die in benachbarten Städten geboren und aufgewachsen waren.* Einer davon, das wußte ich genau, war in Greenbank geboren und aufgewachsen. (Reverend Eliot, ein anständiger Mann, hatte eines seiner Schäfchen schützen wollen.) Ich sah sein Gesicht vor mir. Es war meinem sehr ähnlich. Dort draußen lag ein totes Kind – ein wirkliches Kind, wenn ich es auch damals nicht wußte. Der Krankenwagen rauschte an mir vorbei und ließ die Illusion zerstieben. Ich drehte mich um und ging nach Hause.

6

Nehmen wir einmal an, die denkende Wolke wäre nicht in Woodville sondern in Hampstead geboren. Nehmen wir weiter an, daß Dr. Wise wußte, wovon er redete. In der Stadt leben ungefähr fünfundzwanzigtausend Menschen. Wenn die unmittelbare Todesrate zwischen fünf und acht Prozent gelegen hätte, wären zwölfhundertfünfzig bis zweitausend Leute am Samstagabend tot umgefallen. Die Straßen hätten voller Leichen gelegen. Statt dessen waren in Hampstead zwischen Samstagabend und Sonntagmorgen nur fünf Menschen gestorben. Der Mord an Stony Friedgood nahm die Aufmerksamkeit der Leute gefangen, zumal ihm ein ähnlicher Mord folgte, und deshalb kamen wir nicht dazu, uns die Dinge zusammenzureimen.

Das älteste Opfer war ein Mann in meinem Alter, ein Bootshändler im Ruhestand, der an der Gravesend Road wohnte. Der jüngste Tote war ein siebenjähriger Junge. Das steckt mir in den Knochen. Kein Kind sollte an so etwas sterben. Es hätte Tabby sein können, wissen Sie, Tabby Smithfield. Die Eltern des Jungen waren erst vor achtzehn Monaten nach Hampstead gekommen. Außer dem Jungen und dem Bootshändler waren auch Freunde von mir betroffen. Ich erfuhr davon, als ich nach Hause kam. Das Telefon klingelte. Es war Harry Zimmer. Babe sei tot, sagte er. Sie habe ein kleines Emphysem gehabt, aber daran sei sie nicht gestorben. Sie sei beim Aussteigen aus dem Pickup ganz einfach tot umgefallen. Es sei auf dem Parkplatz am Strand von Gravesend passiert. Eine schlimme Nachricht. Harry weinte. »Ich wollte nur, daß Sie es erfahren, Mr. Williams«, sagte er. »Babe sagte immer, Sie sind ein wirklicher Gentleman.« Ich sagte die Dinge, die man so sagt.

Verdammter Mist. Ich kann nicht mehr mit meiner eigenen Stimme schreiben. Der wütende alte Turtle hatte recht, ich bin tatsächlich feige. Es ist überhaupt eine verrückte Methode, ein Buch zu schreiben.

Ich werde also erzählen, wie die Allbees das Haus gegenüber kauften und wie sie Patsy McCloud kennenlernten. Sehr bald werden wir auf Tabby zurückkommen, und dann werde ich Ihnen von Gary Starbuck, dem Dieb, berichten und von der kleinen Bande, in die Tabby beinahe hineingeriet, und von den Geschichten, die Pat Dobbin illustrierte. Es gehört alles hierher, glauben Sie mir – oder lassen Sie es bleiben. Sie werden es ohnehin herausfinden.

Dann kommen wir zu dem Teil, über den ich ungern schreibe. Ich mochte Wren Van Home. Aber ich mochte Babe Zimmer auch, diese nette alte Dame mit dem Mondgesicht, die mich für einen wirklichen Gentleman hielt.

Wenn ich als Kind wie Tabby gewesen wäre, hätte mein Leben einen anderen Verlauf genommen.

Vier

Wiedererkennen

1

»Ihr Mann war es nicht«, erzählte Ronnie Riggley den Allbees, als sie am Mittwochvormittag aus dem Einkaufszentrum kam. »Die Dame hatte etwas Merkwürdiges an sich. Ich will nicht behaupten, daß sie die Dorfhure war, aber ganz sicher nahm sie es nicht so genau. Bobo glaubt, daß ihr Mann davon wußte. Am Samstag war sie in Franco's Bar, wo sie einen Mann kennenlernte. Die beiden blieben nicht lange, und keiner von den Trotteln am Tresen hat den Mann erkannt.«

»Wohl von außerhalb«, meinte Laura.

»Schon möglich, aber das sagen wir in Hampstead immer.« Ronnie lachte. »Wenn in ein Haus eingebrochen wird, was ständig passiert, kommt der Einbrecher regelmäßig aus Norrington oder Bridgeport. Was hier aber geschah: Die Kerle am Tresen haben Stony angegafft, und für den andern hatten sie keinen Blick übrig. Bobo sagt, es gibt ungefähr fünf Beschreibungen des Mannes. Er könnte ein blonder Mittvierziger sein oder ein weißhaariger Mann von über sechzig. Das einzige, was sie alle wußten: der Mann war bei Franco nicht Stammgast. Aber Stony werden die Jungs wohl erkannt haben. Ich sollte Ihnen das alles gar nicht erzählen, wo Sie doch noch gar nicht eingezogen sind, aber ich kann mir gut denken, daß auch die Frauen von unseren leitenden Angestellten gelegentlich bei Franco herumhängen. Ich weiß zwar nicht, was sie da suchen. Das große Abenteuer? Ich bin wahrscheinlich zu prüde, aber ich finde das alles ganz furchtbar dumm.«

»Es kann dennoch ihr Mann gewesen sein«, gab Laura zu bedenken. »Sie haben doch selbst gesagt, daß er von ihren Liebschaften wußte.«

»Oh, er hat ein Alibi«, sagte Ronnie. »Der gute alte Leo Friedgood war den ganzen Nachmittag in Woodville. Er arbeitet für eine riesige Firma, und daß er an dem Tag dort war, können eine ganze Menge Leute bezeugen. Außerdem hat er ein paarmal mit General Haugejas telefoniert.«

»Henry Haugejas?« fragte Richard erstaunt. »Ist das der, der in Korea war?«

»Gibt es denn noch einen?« fragte Ronnie. »Der eiserne Hank. Einer der Kriminalbeamten hat persönlich mit ihm gesprochen. Er hat Bobo erzählt, daß er während des ganzen Telephongesprächs das Gefühl hatte, strammstehen zu müssen.«

»Wahrscheinlich ein enormer Typ«, sagte Richard. »Schleppt immer noch seine Kanonen mit sich herum.«

»Vor zwei Jahren hat er einen Gangster erschossen«, sagte Ronnie. »Können Sie sich das vorstellen? Es war mitten in New York.« Ronnie lachte. »Zuerst sehen wir uns ein Haus mit vier Schlafzimmern an. Es liegt an der Grenze zwischen Hampstead und Old Sarum. Und dann fahren wir zu einem Haus in Greenbank. Das könnte Ihren Vorstellungen entsprechen.«

2

Richard wußte, daß Ronnie sich alle Mühe gab. Für jeden Immobilienmakler liegen die Grenzen seiner Tätigkeit im tatsächlichen Angebot an Häusern. Außerdem hatten sich die Preise für Häuser in den letzten zehn Jahren verdreifacht, und die Hypothekenzinsen waren so hoch wie nie zuvor. Viele Häuser, die ihm und Laura schon gefallen hätten, waren für sie ganz einfach zu teuer.

»Old Sarum ist sehr viel ländlicher als Hampstead«, sagte

Ronnie völlig unnötigerweise –, nachdem sie fast eine Meile gefahren waren, ohne auch nur ein einziges Haus zu sehen. »Vielen Leuten gefällt das.«

Vom Rücksitz her murmelte Laura etwas völlig Unverbindliches.

»Leider ist die Eigentümerin zu Hause, wenn wir zur Besichtigung kommen. Irgend etwas muß passiert sein. Sie wollte unbedingt zu Hause bleiben. Die Frau ist Witwe.«

Sie erreichten eine dicht überwachsene Einfahrt. Das Gebäude war ein Landhaus, bei dem verschiedene Besitzer Anbauten vorgenommen hatten. Über einer modernen Garage befand sich ein verglastes Studio. Das ganze Gebäude war an einem dicht bewaldeten Hügel errichtet worden und schien sich unmäßig auszudehnen. Es wuchs nach oben wie Efeu.

»Könnten wir uns dieses Haus wirklich leisten?« fragte Laura.

»Mrs. Bamberger will schnell verkaufen«, sagte Ronnie, als sie aus dem Wagen stiegen. »Sie geht in ein paar Wochen nach Florida. Ich fand, daß es lohnt, sich das Haus wenigstens anzusehen.« Sie schaute Laura und Richard traurig an. »Ich fürchte, sie wird Ihnen mit ihrem Geschwätz auf die Nerven fallen.«

Mrs. Bamberger, eine korpulente alte Frau in einem dunkelblauen Hosenanzug, begrüßte sie an der Tür. Eine goldene Brille hing an einer Kette von ihrem Hals. »Hallo, Mrs. Riggley«, sagte sie zu Ronnie. »Mr. und Mrs. Allbee? Kommen Sie nur herein und schauen Sie sich um. Ich komme Ihnen schon nicht in die Quere.«

Aber sie dachte gar nicht daran, wie Ronnie schon vorausgesagt hatte. Mrs. Bamberger begleitete sie auf ihrem Rundgang und beschrieb ihr Haus und ihren sonstigen Besitz. Dieser erschien durchweg exzentrisch. Die Räume waren derart mit schweren antiken Möbeln vollgestellt, daß Richard ihre Größe nur ahnen konnte. Einige der Räume waren miteinander verbunden, so daß man das Gefühl hatte, durch eine Reihe von Eisenbahnwaggons zu gehen. In einigen Fällen mußte man ein paar Stufen hochsteigen, um in den nächsten Raum zu gelangen. Mrs. Bamberger redete und redete. Den Ofenschirm haben wir da und da gekauft. Das ganze Meißner Porzellan ist ein Geschenk von dem und dem. Mögen Sie nicht auch Kamine? Fast im ganzen Haus hing die Decke nur ein paar Zoll über Richards und Ronnies Köpfen. Mrs. Bamberger fuhr mit ihrem Kommentar fort, bis sie das Studio über der Garage erreichten, wo sie sich ein wenig zu beruhigen schien.

»Dies ist der einzige Teil des Hauses, den wir selbst angebaut haben«, sagte sie. »Von hier sieht man so schön die Tiere draußen. Auch die Vögel. Der Raum hat separate Heizkörper, so daß man in der kalten Jahreszeit hier sitzen kann, ohne das ganze Haus beheizen zu müssen.«

»Wie schön«, sagte Richard, aber er dachte, *und dann muß man per Anhalterin die Küche fahren.*

»Es würde Ihnen wahrscheinlich gefallen, wenn das ganze Haus so wäre«, sagte Mrs. Bamberger. »Das ist nun mal der Geschmack der meisten jungen Leute. Aber mein Mann und ich lieben dies alte Haus. Einschließlich der niedrigen Dekken. Es hat uns immer an Miss Marple erinnert.«

Richard lachte laut: das war großartig. Das ursprüngliche Haus brauchte nur ein Strohdach, um wie ein englisches Landhaus in einem Roman von Agatha Christie auszusehen.

»Haben Sie noch irgendwelche Fragen an Mrs. Bamberger?« warf Ronnie ein wenig verzweifelt ein.

Die Allbees schauten einander an. *Bloß* raus *hier.*

»Ich habe natürlich zuviel Phantasie«, sagte Mrs. Bamberger. »Das sagte mein Mann auch immer. Aber was ich jetzt sage, ist keine Phantasie. Sie sind doch Richard Allbee, nicht wahr?«

»Ja«, sagte Richard. *Jetzt geht es schon wieder los,* dachte er.

»Sie sind gegen Ende des Krieges in Hampstead geboren? Und bevor Sie zur Schule kamen, zogen Sie nach Kalifornien?«

Richard nickte erstaunt.

»Dann habe ich Ihren Vater gekannt«, sagte sie.

Richard saß mit offenem Mund da. »Ich nicht«, stieß er hervor. »Ich meine, ich habe ihn nicht gekannt. Anscheinend mochte er keine Babys.«

Mrs. Bamberger sah ihn aufmerksam an. Plötzlich erinnerte sie ihn an seine Lehrerin in der fünften Klasse. »Er hätte nicht heiraten sollen, das ist es. Aber Sie haben sein hübsches Gesicht geerbt. Er war nicht sehr groß, ungefähr wie Sie. Ein Mann mit guten Manieren. Aber Michael Allbee war ein Schmetterling. Ihm fehlte Beständigkeit.«

Richard hatte ein Gefühl, als ob der Fußboden schwankte. Er wußte, daß er sich immer an diese Augenblicke erinnern würde. Für alle Zukunft würden sie ein Teil von ihm sein: die fette alte Frau, die in einem Raum mit einer Wand aus Glas in ihrem Polyesteranzug vor dem Bücherregal stand. *Dann habe ich Ihren Vater gekannt.* Michael Allbee. Er hatte den Vornamen seines Vaters noch nie gehört. »Was können Sie mir sonst sagen?« fragte er.

»Er hatte sehr geschickte Hände. Sie auch?«

»Ja. Ja, ich auch.«

»Und er war so charmant. Er wohnte ein Stück weiter unten in dieser Straße. Michael kam oft her, um bei Reparaturen zu helfen oder den Rasen zu mähen. Er hat in der ganzen Stadt an Häusern gearbeitet. Als er Mary Green kennengelernt hatte, kam er nicht mehr her. Mein Mann war todunglücklich. Wir wollten ihm zu einer College-Ausbildung verhelfen, aber dann hatte er das Geld der Greens und brauchte uns nicht mehr.« Sie lächelte Richard an. »Aber er war ein anständiger Kerl. Man braucht sich seiner nicht zu schämen. Er hat nicht wegen des Geldes geheiratet. So ein Typ war Ihr Vater nicht.«

»Er hat an Häusern gearbeitet?« fragte Richard ungläubig.

»Sehr oft. Mein Mann meinte immer, er wäre ein guter Architekt geworden. Aber er hätte auch Bauunternehmer werden können oder etwas Ähnliches.«

»Wissen Sie, ob er noch lebt?«

Sie schüttelte den Kopf. »Nein, das weiß ich nicht. Er gehörte zu den Leuten, die keine Minute an die Zukunft denken. Deshalb hat er vielleicht noch eine. Er müßte jetzt Anfang sechzig sein.«

Irgendwo in der Welt kaufte ein weißhaariger Mann mit seinem Gesicht eine Zeitung oder mähte Gras. Vielleicht lebte er in einem Obdachlosenasyl. Spielte mit Kindern, die Richards Nichten und Neffen waren. Oder er stand an Deck eines Handelsschiffs und rauchte eine Pfeife. Oder er bettelte in Billy-Bentley-Kleidung Fremde an.

»Lebt Ihre Mutter noch?« fragte Mrs. Bamberger.

»Nein. Sie ist vor sechs Jahren gestorben.«

»Mary war die Stärkere. Ich wette, daß sie Sie zur Arbeit angehalten hat. Gewiß dachte sie an die leichtsinnige Ader Ihres Vaters.«

»Ja. Ja, ich habe immer gearbeitet.«

»Nun, Sie sind an den richtigen Ort gekommen«, sagte die alte Frau. »Mütterlicherseits stammen Sie von den ersten Siedlern in dieser Gegend ab. Ihr Ur-ur-ur- und noch ein paar Ur-Großväter ließ sich 1645 in dieser Stadt nieder. Josiah Green, einer der ersten Farmer in Greenbank. Sie sind Hampstead durch und durch. Greenbank. Da fing alles an.«

»Woher wissen Sie das alles?«

»Ich weiß mehr von dieser Stadt als alle anderen, außer dem alten Graham Williams und Stanley Crane oben in der Bibliothek. Und wahrscheinlich weiß ich fast genauso viel wie die beiden. Ich habe es studiert, Mr. Allbee. Ich weiß alles über die alten Farmer in Greenbank. Später kam ein Hai namens Gideon Winter in die Gegend und nahm ihnen das meiste Land ab. Auch über ihn weiß ich einiges, aber das wird Sie nicht interessieren. Sie suchen ein Haus, und Sie wollen nicht den ganzen Vormittag einer alten Frau zuhören.«

»Nein«, sagte Richard. »Nein, das stimmt nicht. Ich, äh, ich …«

Sie richtete sich auf. »Wollen Sie mein Haus kaufen?«

»Nun, darüber müssen wir uns noch unterhalten. Es gibt da einige Faktoren …«

Sie sah ihn unverwandt an.

»Nein«, sagte er.

»Dann tut es ein anderer. Ich bringe Sie zu Ihrem Wagen zurück.«

Als sie ihnen die Tür öffnete, sagte sie zu Richard: »Ihr Vater hatte sehr viel zu bieten. Das hoffe ich auch für Sie, junger Mann.«

Als sie sich in Ronnies Wagen in Sicherheit gebracht hatten, fragte Laura: »Nun, wie fühlst du dich?«

»Ich weiß nicht. Ich bin froh, daß wir hergekommen sind. Ich bin wie betäubt.«

»Ich denke, wir fahren in die Stadt zurück und essen eine Kleinigkeit«, sagte Ronnie. »Sie sehen aus, als könnten Sie es gebrauchen.«

Er nickte, und sie fuhr rückwärts aus der Einfahrt. Bevor sie in die Straße eingebogen war, fragte Ronnie: »Wollen wir einen Umweg machen? Dann kann ich Ihnen das Haus zeigen, in dem Ihr Vater gelebt hat – es gibt dort oben nur noch zwei Häuser. Eines davon muß es sein.«

»Nein«, sagte er. »Nein, danke. Lassen Sie uns in die Stadt fahren.«

3

So kamen die Allbees nach Greenbank und Beach Trail. Sie standen noch unter dem Eindruck einer Enthüllung, und sie kauften das erste Haus, das sie sahen.

»Ich denke, dieses wird Ihnen zusagen«, meinte Ronnie, als sie die Sawtell Road hinunterfuhr. Sie bog direkt bei der Verkehrsampel in die Greenbank Road ein. »Es gehört ebenfalls einer Witwe, Bonnie Sayre. Mrs. Sayre ist vor einer Woche ausgezogen, und das Haus ist erst seit ein paar Tagen auf dem Markt. Am Sonntag erfuhren wir die Einzelheiten. Das Sayre-Haus hat vier Schlafzimmer, ein Wohnzimmer und ein wunderschönes Studio, das Richard als Büro benutzen könnte. Im Wohnzimmer und im Studio sind Kamine. Das Haus hat auch eine schöne Veranda. Die Familie Sayre hat es 1870 gebaut, und es wurde noch nie zum Kauf angeboten. Der Sohn der Sayres lebt in Arizona, und seine Mutter ist zu ihm gezogen.«

Sie fuhr über die Brücke, die über die I-95 hinwegführt, und über die dahinterliegende fast buckelige Eisenbahnbrücke. »Und Greenbank ist eine ganz besondere Gegend. Es hat ein eigenes Postamt und ist der älteste Teil von

Hampstead. Nun, das wissen Sie ja selbst. Vielleicht ist es sogar nach einem Ihrer Vorfahren benannt worden.«

»Meine Mutter hat nie viel von Hampstead erzählt«, sagte Richard. »Ich wußte nur, daß mein Vater und wir hier geboren sind. Auch Lauras Eltern.«

»Wirklich?« fragte Ronnie begeistert. »Dann ist es ja eine richtige Heimkehr. Oh, schauen Sie doch mal nach rechts. Das große Haus direkt am Sound gehört Dr. Van Horne. Wir sind jetzt in der Mount Avenue. Sie wird die Goldene Meile genannt.«

»Wie teuer wäre ein solches Haus?« fragte Richard. Dr. Van Hornes Haus, drei Stockwerke makellos weiße Schindeln, war so lang wie ein Hotel. Von seiner Vorderfront aus konnte man das letzte Ende des Strandes von Gravesend überblicken. Eine lange Auffahrt führte über ein parkähnliches Grundstück.

»Im Augenblick wohl etwa achthunderttausend Dollar. Und das ohne Tennisplatz und Swimming-Pool.«

»Die Gegend ist für uns zu teuer«, sagte Laura sachlich.

»Das Sayre-Haus kostet weniger als das Haus, das wir heute morgen besichtigt haben«, sagte Ronnie. »Es hat zwei Nachteile. Jammern Sie bitte noch nicht. Einmal liegt die Vorderfront nach hinten, wenn man die Einfahrt hinauffährt, sieht man die Rückseite des Hauses. Es steht auf einem kleinen Hügel, und der Sayre, der es gebaut hat, wollte wahrscheinlich die Aussicht auf den Wald haben, den es dort früher gab.«

»Und der zweite Grund für den geringeren Preis?« fragte Laura.

»Nun, Mrs. Sayre hat lange allein dort gelebt. Sie hatte viele Katzen. Wahrscheinlich war sie nach dem Tod ihres Mannes ein bißchen verrückt. Sie hat jede Katze genommen, die sie kriegen konnte. Sie muß Hunderte gehabt haben. Als ich zum ersten Mal von ihr hörte, wurde sie überall nur die Katzen-Lady genannt.«

»Oh, nein«, sagte Laura.

»Die Katzen sind nicht mehr da«, sagte Ronnie. »Aber die Erinnerung bleibt. Sie können froh sein! Wenn die Katzen nicht gewesen wären, hätten wir das Haus schon am Montag verkauft. Jemand wollte sofort den verlangten Preis zahlen, aber er zog sich zurück, als er in das Haus hineinroch.«

»Ist es wirklich so schlimm?« fragte Laura.

»Ranzig, ganz einfach ranzig!«, sagte Ronnie und lachte.

»Ich weiß, wie man damit fertig wird«, sagte Richard ruhig. »Weißwein, Essig und Natriumbikarbonat. Anschließend viel Wasser und Seife.«

Der Wagen bog in den Beach Trail ein. Ronnie wußte, warum beim Haus der Hughardts alle Jalousien heruntergelassen waren, aber sie erzählte es den Allbees nicht. Charlie Antolini war immer noch zu glücklich, um zur Arbeit zu gehen. Er winkte von seiner Hollywoodschaukel herüber. Sie fuhren an einem ärmlich aussehenden Individuum in schwarzen Tennisschuhen, Yankee-Mütze und einem schäbigen schwarzen Sweatshirt vorüber. Sie bemerkten den Mann nicht, aber er sie, denn er war neugierig.

Ich habe deine Mutter gesehen, Kleines. Du wärest sehr schön gewesen.

4

Eine oder zwei Sekunden später sahen die Allbees ihr Haus zum ersten Mal.

5

Aus Richard Allbees Tagebuch:
Wir sind wieder Hausbesitzer oder werden es sein, sobald ich eine Hypothek bekomme. Wir haben die Dokumente unterschrieben und heute nachmittag in Ronnies Büro den ersten kleinen Scheck eingezahlt. Weiß man eigentlich immer, ob man das Richtige tut, wenn man ein Haus kauft? Ich sehe mich schon mitten in der Nacht aufwachen und überlegen, ob die Küche nicht noch kleiner und dunkler ist, als ich sie in Erinnerung habe. Sind die Gewichtsschnüre an *allen* Schiebefenstern gerissen? Gibt es eine Möglichkeit, Leitun-

gen bis ganz nach unten zu legen, ohne Löcher in die Wände zu schlagen. (Die vorhandenen Leitungen sind uralt.) Wieviel Wasser ist durch die schadhaften Bleche am Dach hereingekommen? Verrottete Balken? Und muß ich einen der Schornsteine abreißen lassen? Die Liste dieser Fragen ließe sich unendlich fortsetzen. Und dann natürlich der Gestank. Er ist so schlimm, daß man Kopfschmerzen kriegt. Das ganze Haus war ein einziges Katzenklo.

Aber es ist ein schönes Haus. Als Laura und ich hineingingen, sagten wir beide gleichzeitig: »Das nehmen wir.« Ich glaube, Laura wird sich hier wohlfühlen. Dann ist alles andere unwichtig. Das Haus ist im Stil des Zweiten Empire erbaut: Mansardendach, abgerundete Giebelfenster, Pfeiler neben der Tür und viele schöne Verzierungen. Es ist genau das Haus, das Laura und ich zu finden hofften und von dem wir fürchteten, es nicht bezahlen zu können. Die Rückseite, die zur Straße hin liegt, ist schmucklos, aber die Vorderfront ist überwältigend, und auch der Ausblick auf die Gärten unten an dem kleinen Hügel ist wunderschön. Ich bin ganz begeistert von dem Haus – ich bin sogar froh, daß es mit der Rückseite zur Straße liegt. Das kann meiner Arbeit nur förderlich sein. Und wenn ich an die Zukunft denke – unsere Zukunft, Lauras und meine –, glaube ich, daß das Sayre-Haus der ideale Ort ist, Kinder aufzuziehen, unsere Kinder. Große Zimmer, ein schönes Grundstück von achttausend Quadratmetern, ein Dachboden, den man zu einem Spielzimmer umbauen kann – was für ein phantastisches Glück. Vor ein paar Tagen habe ich Gott gebeten, uns zu helfen, und ich denke, das hat er getan.

Heute habe ich nicht nur ein Haus gekauft, sondern auch einen Vater bekommen, der mir nicht aus den Gedanken geht. Michael Allbee. Ich bin sicher, daß er noch lebt. Und ich frage mich, ob er vielleicht auch an dem alten Sayre-Haus gearbeitet hat, als er noch in Hampstead war. Wenn er eine Art freiberuflicher Zimmermann war, wäre das durchaus möglich.

Vielleicht ist das Glück wirklich zu uns gekommen, und unsere Sorgen sind vorbei. Vielleicht werde ich wenigstens nicht mehr von Billy Bentley träumen.

Dies ist eine so schöne Eintragung, daß ich den Traum von gestern nacht am liebsten nicht erwähnen möchte – aber damit wir in Jahren etwas zu lachen haben, will ich ihn aufschreiben. Ich war im Wohnzimmer eines fremden Hauses. Es war völlig leergeräumt. Ich wartete auf etwas. Draußen stürmte es heftig. Ich schaute aus dem Fenster und sah eine Gestalt über den Rasen laufen. Als ich näher hinsah, erkannte ich Bill Bentley. In diesem Augenblick fuhr er herum und stand mir direkt gegenüber. Ich hatte Angst. Das ist der einfachste Ausdruck dafür. Er grinste mich böse an. Der Regen hatte ihm das Haar an den Schädel geklebt. Er wirkte wie ein Unglückssymbol, wie ein Vorbote kommenden Unheils. Der Himmel raste, und gezackte Blitze zischten hinter ihm in den Boden. Billy wußte, daß ich ihn nicht ins Haus lassen wollte – das war plötzlich das kritische Element. Trotz des Unwetters mußte ich ihn *draußen lassen*. Aufgeregt lief ich in dem leeren Zimmer hin und her, und als ich aufwachte, wäre ich fast nach unten gegangen, um festzustellen, ob die Türen auch verschlossen waren.

Genug davon. Sobald das Haus uns gehört, fahre ich nach Rhode Island, um einen Unternehmer für meine Arbeit hier oben zu finden. Ich habe schon ein paar Kontakte …

6

Telpro hatte Leo Friedgood eine Woche frei gegeben, und er hatte um eine weitere Woche gebeten und versprochen, am Montag, dem zweiten Juni, wieder im Büro zu sein. Sieben Tage lang hatte er in seinen wachen Stunden fast nur Polizeibeamte gesehen, entweder in seinem Haus oder in einem engen schmutzigen Raum im alten und viel zu kleinen Polizeirevier von Hampstead. Während der Verhöre hatte er zugeben müssen, daß seine Frau mit mehreren anderen Männern intime Beziehungen unterhalten hatte und daß er ihre sexuellen Aktivitäten unbeachtet gelassen, wenn nicht sogar gebilligt hatte. Als er das zugab, hatte Leo das Gefühl gehabt, nackt vor diesen Leuten zu stehen. Eine schlimmere

Demütigung hatte er noch nie erlebt. Die Beamten, anfangs voll Mitgefühl, behandelten ihn jetzt kalt und fast verächtlich. Ein fetter uniformierter Beamter, den die anderen Turtle nannten, schnalzte nach dem dritten oder vierten Mal immer mit der Zunge, wenn Leo aufs Revier kam. Daß dieses verkommene alte Scheusal, selbst nach Polizeimaßstäben ein Versager, dadurch eine Einstellung äußerte, die von den anderen Polizisten und Kriminalbeamten geteilt wurde, machte Leo schwer zu schaffen. Er war ein erfolgreicher Mann und sie nicht. (In Leos Augen konnte ein Polizeibeamter kein erfolgreicher Mann sein.) Er zahlte mehr für Grundsteuer und Hypotheken, als sie im ganzen Jahr verdienten. Er hatte mehr Macht als sie, und er gehörte zu den Männern, die die Welt voranbrachten. Seine Armbanduhr war ein Drittel ihres Jahreseinkommens wert, sein Wagen ein Viertel. Aber diese Dinge, die Leo so viel bedeuteten, schienen bei den Beamten, die ihn verhörten, wenig zu zählen. Selbst als auf ihm nicht mehr der geringste Verdacht lastete, hatte er ihre Verachtung gespürt. »Wie viele Male im Monat suchte Ihre Frau Franco's Bar auf? Haben Sie sich jemals nach den Namen der Männer erkundigt, die sie mit nach Hause brachte? Haben Sie jemals Photos gemacht?«

Das Gesicht dieses fetten alten Wracks namens Turtle, der mit der Zunge schnalzte und dabei die fleischigen Lippen aufwarf – Bah! Er wußte genau, daß sie in ihren winzigen Diensträumen über ihn lachten. Dieses Wissen und seine echte Trauer um Stony hielten ihn arbeitsunfähig zu Hause.

Zum ersten Mal in seinem Leben trank Leo abends. Er wärmte sich Fertiggerichte und verbrannte Hamburger unter dem Grill auf und filzte seinen Keller, um einen guten Wein zu finden, den man an diese widerlichen Mahlzeiten verschwenden konnte. Vor dem Essen waren es dann schon einige Whiskey gewesen. Zu zähem, versalzenem Gulasch in Aluminiumfolie trank er eine Flasche Brane-Cantenac 1972 Margaux, während das Fernsehen beruhigenden Schwachsinn plärrte. Wenn die ungegessene Hälfte der entsetzlichen Mahlzeit im Abfall gelandet war, ging es mit Malt-Whisky oder Cognac weiter, bis er besoffen war. Eines

Tages fand er einen israelischen Schokoladenlikör und trank die ganze Flasche an einem Abend. Er konnte nicht weinen – der Anblick von Stonys verstümmelter, wie verrenkt auf dem Bett liegender Leiche hatte alle Tränen versiegen lassen. Manchmal legte er eine Platte auf und bewegte sich mit geschlossenen Augen in trunkenem Tanz durch das Wohnzimmer. Das überschwappende Glas in der Hand, tat er so, als sei er ein Fremder, der mit seiner Frau tanzte.

Was sagt denn Ihr Mann dazu?

Wieso? Dem kann es doch nur recht sein.

Er schlief im Gästezimmer. Wenn er es schaffte, sein Bett zu erreichen, bevor er umfiel, nahm er ein Glas mit. Zweimal wachte er morgens auf und nahm einen Geruch wie den des Todes wahr. Er kam aus einem Trinkglas, das in perfekter Balance auf seiner Brust stand.

Die hellbraune Bettdecke hatte einen nierenförmigen Fleck, der nach Destille und Gruft zugleich roch. Das Fernsehgerät neben dem Bett zeigte verrückte amerikanische Ehepaare, die mit offenen Mündern vor einem salbungsvollen Gentleman standen, der einen eleganten Anzug trug und gefärbte Haare hatte. Irgendeine Unterhaltungssendung. »Oh, mein Gott«, sagte Leo. Kopf, Mund, Magen, alles war in Unordnung. In drei Stunden mußte er auf dem Polizeirevier sein. Vielleicht war auch Turtle Turk wieder da, um ihn albern anzugaffen.

Rasch stand er aus dem Bett auf, schaltete das Fernsehgerät aus und ging ins Badezimmer. Sein Darm entleerte sich in einem brennenden Strahl. Er stellte die Dusche unangenehm heiß ein und trat darunter. Das Wasser brühte seine Haare und sein Gesicht. Er griff nach der Seife und fand sie. Leo seifte sich Brust, Bauch und Eier ein. Der Gestank der vergangenen Nacht floß ab. Noch einmal seifte er sich ein, diesmal reichlicher. Er fühlte sich nicht schlechter, als er sich an den neun vorangegangenen Tagen morgens gefühlt hatte. Das Wasser trommelte auf seine Haut und stach seine Zunge wie mit Nadeln. Für einen Augenblick vergaß er Turtle Turk, Stony, General Haugejas, Woodville Solvent und DRG.

Als er die Dusche abstellte, bemerkte er die Flecken an seinen Händen.

Ohne zu begreifen, starrte er sie an. Er wußte nur vage, daß weiße Flecken an seinen Händen wichtig waren. Was sie aber zu bedeuten hatten, war ihm im Augenblick nicht klar. Dann erinnerte er sich plötzlich an das, was mit Tom Gays Leiche geschehen war.

»Heh«, sagte Leo und griff nach einem Handtuch. Rasch und unbeholfen trocknete er sich ab, wobei er versuchte, die Hände stets im Blickfeld zu behalten. Bluejeans, Polohemd und Segelschuhe. Er leckte an den Flecken und stellte fest, daß sie sich glitschig anfühlten. Er rieb sich die Handrücken an den Jeans. Einige Flecken waren jetzt rosa – wie kleine narbige Münder. Entsetzt beobachtete Leo, wie sich das Rosa allmählich wieder in Weiß verwandelte.

»Oh, mein Gott«, sagte er. Wie von Eis, das ihm aus dem Leib in den Kopf stieg, schien ihm der Verstand zu gefrieren. In seiner Panik hatte er die unsinnige Vorstellung eines brennenden Wagens, der sich unter einen Laster verkeilt hatte. Dann sah er die drei Leichen in dem gläsernen Raum vor sich, was schon eher einen Zusammenhang ergab. »Oh, Gott. Oh, Gott.«

Hinter ihm klingelte viermal das Telefon. Dann verstummte es.

Leo starrte auf seine Hände. Wie viele Flecken waren es? Insgesamt zehn? An der linken Hand beschrieben sie ein unregelmäßiges Oval vom Daumenansatz bis zum kleinen Finger; an der rechten breiteten sie sich fächerförmig vom Handgelenk her aus. Er berührte sie mit dem Zeigefinger, und etwas Glitschiges löste sich. Noch immer im ersten Stadium seiner Panik, lief er, die Hände vor sich ausgestreckt, im Schlafzimmer hin und her. Auf der Frisierkommode lagen einzelne Münzen, einige Streichholzheftchen, ein zusammengerollter Gürtel, ein paar Hosenträger und ein rotes schweizer Armeemesser, das Stony ihm vor Jahren geschenkt hatte. Er nahm das Messer und setzte sich auf das Bett.

Leo zog die kleinere der beiden Klingen heraus und kratzte damit an einem der Flecken. Durchsichtig breitete sich das weiße Zeug auf der Klinge aus und füllte sich sofort wieder auf. Er kratzte noch einmal und sah die gleiche Wirkung. Ein wenig kühner stieß er die Spitze der kleinen Klinge in einen Fleck unten am kleinen Finger und drehte sie. Er verspürte einen leichten Schmerz, und Blut quoll aus der Höhlung. Als er die Stelle mit einem Taschentuch abtupfte, hörte es auf zu bluten. Mitten in der Wunde sah er ein winziges Stück Weiß.

Leo rannte ins Badezimmer, um sein Gesicht im Spiegel zu betrachten. Dunkle Ringe unter den Augen, aber keine weißen Flecken. Er riß sich das Hemd vom Leib und schob die Jeans nach unten. Über dem Knochen an seiner linken Schulter sah er einen weißen Fleck, einen weiteren am Fleisch seines linken Oberarms. Unterhalb der Hüften war nichts.

Wieder sah Leo ganz deutlich den schwammigen weißen Schaum vor sich, der einmal Tom Gays Kopf gewesen war – und er sah ihn im Abfluß verschwinden.

Aber das war sehr rasch geschehen. Vielleicht hatten diese paar Flecken an seinem Körper mit Tom Gays Schicksal überhaupt nichts zu tun: vielleicht handelte es sich nur um eine Art Infektion? Zur Probe drückte er an dem Fleck an seinem linken Arm. Durch das Weiß quoll ein wenig Blut, aber das besagte wenig. Nackt ging Leo ins Schlafzimmer zurück und nahm die Streichhölzer von der Frisierkommode.

Er setzte sich an den Tisch, zündete ein Streichholz an und hielt die Flamme an einen der Flecken an seiner linken Hand. Der Schmerz ließ ihn zusammenzucken.

»Ausbrennen«, sagte er. Er zündete noch ein Streichholz an und hielt es an drei weitere Flecken. Schwitzend benutzte er ein drittes Streichholz, um den letzten Fleck an seiner linken Hand zu behandeln. Er roch verbranntes Fleisch. Seine linke Hand schmerzte fürchterlich. Sie sah aus wie eine Illustration aus einem medizinischen Lehrbuch. Mit verzerrtem Gesicht eilte er ins Bad zurück und hielt die Hand unter den kalten Wasserstrahl. Als der Schmerz ein wenig nachgelassen hatte, wickelte Leo ein Handtuch um die verletzte Hand und setzte sich auf den Badewannenrand. Er spürte das kalte Porzellan an seinem Gesäß und schloß die Augen. Sein Kopf schwamm. In seinem Mund Galle und ein widerlicher Nachgeschmack von Whisky. Wie sein Kopf schien auch der Fußboden zu schwanken.

Endlich wagte er das Handtuch wieder abzunehmen. Sein linker Handrücken hatte sich auf entsetzliche Weise verändert. Geschwärztes und gerötetes Fleisch war von Blasen bedeckt, aus denen eine klare Flüssigkeit troff.

Leo schloß wieder die Augen. Er hatte nichts Weißes gesehen. Nach einer Weile stand er auf, um sich die Hand zu verbinden und die Streichhölzer zu holen.

7

Aus Richard Allbees Tagebuch:
Heute erhielt ich Nachricht von der Bank – wir haben die Hypothek, die wir brauchen, und das zu einem Zinssatz, den man für heutige Verhältnisse günstig nennen kann. Wir haben Ronnie angerufen, die begeistert war, und mit ihr zusammen bei Champagner gefeiert. Es ist also geschafft: wir sind wieder im Land unserer Väter und Großväter.

Unglücklicherweise habe ich meine Erinnerungen an *Daddy's Here* noch nicht abschütteln können. Es ist eine Art Besessenheit. Aber heute weiß ich wenigstens, was es ist – es ist der Gedanke an meinen eigenen Vater, Michael Allbee, und dieser Gedanke läßt alles in mir wieder wach werden, was ich so lange verdrängt hatte, ohne daß ich es überhaupt wußte. Daddy ist hier. Daddy ist *hier. So* einfach ist das. Aber den Grund zu kennen, bedeutet nicht aufzuhören, von Carter Oldfield zu träumen, der mit der Axt die Schlafzimmertür einschlägt, und von dem elenden Billy, der draußen im Regen steht. Von Billy, der bei Laura im Bett liegt, von Billy, der das Fenster einschlagen will. Das Thema ist das gleiche: hier herrschen Chaos, Gewalttätigkeit und Unordnung, und ich muß sie daran hindern hereinzukommen.

Wie von ungefähr denke ich: vielleicht habe ich nur Angst um Laura, nicht um mich selbst. Schwanger und an einem Ort, der ihr nicht vertraut ist ... das muß sie beunruhigen.

Aber ich träume nie davon, daß Laura in Gefahr sein könnte.

Wenn nicht, noch ein Gedanke, Laura in diesen Träumen

das Haus ist ... ich weiß nicht, wohin dieser Gedanke führt. Das Haus wiederherstellen = Laura so wiederherstellen, daß sie wieder wie früher ist? Das Haus retten = Laura retten? Ich weiß, daß sie oft den Tränen nahe ist, wenn Langeweile und Depressionen ihr zusetzen. Wenn wir miteinander sprechen, sagt sie nur, daß sie London vermißt, daß sie den Verlust fast körperlich empfindet, daß sie Kensington High Street und Holland Park wiedersehen und über den Ilchester Place gehen will. Sie will das Standard Restaurant aufsuchen können, um indisch zu essen. Sie will mit der Untergrundbahn ins West End zum Lunch und anschließend zu ihrem Büro in Covent Garden fahren. Sie kennt den Namen des Krankenhauses, in dem unser Baby eigentlich geboren werden sollte – es ist das große Krankenhaus in der Holland Road. In diese Richtung gingen ihre Gedanken, als wir mit Champagner auf unser neues Haus anstießen.

Ich wollte das Folgende eigentlich nicht niederschreiben, aber ich muß es wohl tun. Neulich waren Laura und ich in einem der Einkaufszentren an der Post Road. Wir waren mit Einkaufstaschen beladen und gingen zu unserem Wagen. Wir gingen an einer Art Café vorbei – an einem Speiserestaurant. Vorn ein Tresen und hinten kleine Tische. Ich schaute hinein. »Was ist los?« fragte Laura. Ich schüttelte den Kopf. Ich ging mit ihr zum Wagen. Nichts war los. Aber ich verschwieg ihr, daß ich durch das Fenster eine Sekunde lang Carter Oldfield, Ruth Branden und Billy an einem der hinteren Tische hatte sitzen sehen. Ich hatte sie so deutlich gesehen, daß ich sogar ihre Kleidung beschreiben könnte. Billy trug seine übliche verwahrloste Kleidung und hatte eine Tweedmütze auf dem Kopf. Er sah mich an.

Und sein Gesichtsausdruck: *Triumph*, reiner *Triumph*.

Sobald ich den Kopf schüttelte, verwandelte sich meine kleine Familie wieder in das, was sie die ganze Zeit gewesen war: eine Gruppe von halbwüchsigen Jungen. Der eine, der nicht wie ein Monster aussah, starrte mich an, aber schließlich hatte auch ich ihn angestarrt, sicherlich mit einem recht merkwürdigen Gesichtsausdruck. Wir sahen einander an, und ich war sicher, daß der schlanke blonde Junge mich kannte oder zu kennen glaubte – das las ich in seinem Gesicht, aber ich las auch Angst, nackte Angst. Der eine der Zwillinge, die wie Monster aussahen – er trug einen Overall –, stieß mit der Gabel nach seiner linken Hand, und der Junge wandte den Blick von mir ab.

Wenn ich mit dieser Eintragung fertig bin, werde ich mir ein Bier aufmachen und die Warren Vache-Platte auflegen, die Laura mir gekauft hat, *Polished Brass*. Das wird mich von diesen vorübergehenden Problemen ablenken.

Hoffentlich habe ich heute nacht keine Träume.

8

Aus Richard Allbees Tagebuch:
Gutes, altes Buch, fast eine Woche lang habe ich nichts mehr in dich eingetragen. (Ich rede wie ein Schulmädchen.) Schöne Tage, schreckliche Nächte. Mein Unterbewußtsein hat meine Bitte um Befreiung von diesen absurden Alpträumen ignoriert, in denen immer wieder Carter Oldfield und Billy Bentley auftreten. Auf einer bestimmten Bewußtseinsebene mache ich mir offensichtlich immer noch Sorgen darüber, welche Auswirkungen die Umsiedelung auf Laura und mich haben werden, Sorgen um den Widerstreit von Chaos und Ordnung, Michael Allbees Vermächtnis – der sich um diese Dinge wahrscheinlich zu keiner Minute seines Lebens Sorgen gemacht hat. Es hat zwei Fälle gegeben, wo Chaos über unsere kleine Ordnung hier hereinbrach, einen geringfügigen und einen schwerwiegenden, aber darauf komme ich noch.

Am Obststand in Greenblatts Lebensmittelladen lernte ich die berühmte Sarah Spry kennen. »Allbee, Richard Allbee«, sagte sie. »Sie sehen immer noch genauso aus wie früher. Ich wollte Sie schon immer mal anrufen. Hoffentlich haben Sie Ihren Namen in meiner Spalte gefunden.« Sie ist etwa fünfzig, sehr klein und energisch, und ihre Brillengläser geben ihr ein eulenhaftes Aussehen. Ihre Haare sind noch röter als Lauras, und sie trägt sie straff zurückgekämmt. Sie wußte, daß wir das alte Sayre-Haus kaufen wollten. »Jon Sayre hat sich umgebracht«, sagte sie. »Netter Kerl. Kein Wunder, daß die arme Bonnie anschließend ein bißchen komisch wurde. Wann können Sie mir ein Interview geben? Ich hoffe, gleich nachdem Sie eingezogen sind.« Sie ist nicht die Frau, die sich mit faulen Ausreden abspeisen läßt, und deshalb lasse ich mich einen Tag nach unserem Einzug interviewen. Eine halbe Stunde, sagte sie. Kein Leben sei so interessant, daß sie mehr als dreißig Minuten ihrer Zeit darauf verwenden wolle. Was sie nicht sagte, war, daß sie nur eine halbe Stunde brauchte, um jeden total auszuquetschen. Aber vielleicht ergeben sich aus dem Interview einige neue Geschäftsverbindungen.

Für Sonntagabend sind wir bei Leuten eingeladen, die ganz in der Nähe ein Haus haben. Den Abend hat Ronnie Riggley arrangiert. Die Leute heißen McCallum? McLaren? Sie haben ihr Haus ebenfalls von Ronnie gekauft. Bei der Gelegenheit werden wir auch Bobo kennenlernen, und darauf freue ich mich.

Und nun zu den beiden Zwischenfällen. Gestern abend wurde hier in der Fairytale Lane unser Briefkasten zertrümmert. Wir hörten den Lärm gegen zehn Uhr und waren beide sehr erschrocken. Ich ging nach draußen und sah einen schwarzen Wagen wegfahren. Außerdem hatten die Vandalen ein halbes Dutzend Zaunlatten abgebrochen. Sie müssen einen Baseballschläger oder etwas Ähnliches benutzt haben. Es ist komisch, daß man sich über solche geringfügigen Gewalttätigkeiten so aufregt – als kündigten sie Schlimmeres an. Dabei sind es nur Jugendliche, die durch die Gegend streifen und etwas suchen, das sie kaputtmachen können. Ich muß allerdings den Zaun reparieren lassen und einen neuen Briefkasten kaufen.

Und jetzt das Schlimme: Es hat wieder einen Mord gegeben. Es war gestern. Am Freitag, dem dreißigsten. Wie beim ersten Mal wurde eine Frau in ihrem Haus ermordet. Ronnie kannte alle Einzelheiten. Eine blutige Angelegenheit. Offenbar hatte es keine Anzeichen für einen Einbruch gegeben; die Leiche lag mehr oder weniger ausgeweidet in der Küche – die Frau hieß Hester Goodall, Ende vierzig und in der Kirchenarbeit aktiv. Diesmal war von unmoralischer Lebensweise keine Rede. Die Kinder waren in der Schule, der Ehemann verreist. Laut Ronnie wohnen die Goodalls beim Country Club in der Nähe von Sawtell Beach.

Wer auch der Täter ist, ich hoffe, er wird bald gefaßt.

9

Aus der Mount Avenue bogen die Allbees in den Beach Trail ein, fuhren an der Cannon Road vorbei, betrachteten nachdenklich und stolz ihr neues Haus, gelangten in die Charleston Road und fanden die Nummer 3 genau an der von Ronnie beschriebenen Stelle. Es war ein großes zweistöckiges Haus mit braunen Schindeln auf einem von einem Zaun umgebenen schmalen Rasenstreifen. Ronnies blauer Datsun parkte schon neben dem Haus, und Richard setzte seinen Wagen dicht heran, so daß auch er vor der großen Doppelgarage stand. Eine Magnolie an der Auffahrt hatte Rasen und Asphalt mit einem Teppich von rosafarbenen tränenförmigen Blütenblättern bedeckt, über den Richard und Laura gingen, als sie ausgestiegen waren.

»Hat Ronnie dir was über die McCallisters erzählt?«

»Sie heißen McCloud«, sagte Laura. »Patsy und Les McCloud. Ronnie hat ihnen das Haus verkauft, und sie sagt, es sind ›witzige Leute‹, was immer das bedeutet. Ich glaube, Les McCloud ist leitender Angestellter, und sie sind schon viel herumgekommen.«

»Typisch für Patchin County«, sagte Richard und klingelte.

Ein Riese öffnete die Tür. Er war fast zwei Meter groß, und über seiner gewaltigen Brust trug er einen schokoladenfarbenen Rollkragenpullover und eine gelblichbraune Kordjacke. Mit seinem breiten weißen Lächeln, dem flaumigen Schnauzbart und lockigem Haarschopf wirkte er kaum älter als fünfundzwanzig. »Hallo«, sagte er. »Kommen Sie rein.«

»Mr. McCloud?«

Der Riese lachte und drückte Richard kräftig die Hand. »Mein Gott, nein, ich bin nur Bobo Farnsworth, Polizist am Ort. Les ist oben in der Küche, und Patsy und meine Freundin sind im Spielzimmer.« Er führte sie ins Haus. Sie gelangten in einen winzigen Flur. Von hier aus führte eine Treppe nach oben in das eigentliche Haus, eine andere nach unten in einen Raum, dessen eine Wand zugleich eine Wand der Garage war. »Sie sind doch Richard, der berühmte Schauspieler. Dann müssen Sie Laura sein.« Er lächelte strahlend. Richard merkte sofort, daß Bobo genau der richtige Mann für Ronnie Riggley war.

»Wenn Sie für diese Gegend zuständig sind, fühle ich mich schon sicherer«, sagte Richard.

Bobo lachte, als er sie zur Treppe wies. »Übertreiben Sie nicht», meinte er.

Richard stieg als erster die Treppe hinauf. Sie betraten das Wohnzimmer. Ein langes modernes Sofa mit Zickzackmuster in Purpur mit blauen Streifen. Dazu ein glänzend schwarz lackierter Kaffeetisch auf einem dunkelblauen Teppich und ein Poster von Saul Steinberg, das irgendwann als Titelblatt des *New Yorker* erschienen war – als sie also im Wohnzimmer angekommen waren, hörte Richard eine Stimme rufen: »Ist das Dick Allbee? Ich bin sofort da!«

Ein Mann, mindestens fünfzehn Zentimeter kleiner als Bobo Farnsworth, betrat den Raum und streckte eine feuchte Hand aus. Er hatte kurzgeschnittenes rötliches Haar und ein fettes Gesicht von der Art, die immer sonnengebräunt aussehen.

»Patsy!« brüllte er.

»Dick Allbee ist hier!«

Die kalte feuchte Klaue schloß sich, und Les McCloud schüttelte Richard wie wild die Hand. Dabei brachte er sein Gesicht bis auf zehn Zentimeter an Richards Gesicht heran und atmete ihm leicht alkoholisiert und mit einer Art besitzergreifender Intimität ins Gesicht. »Ihre Show war *Klasse*, ganz einfach *Klasse* – eine Wahnsinnsserie! Patsy!« (dabei drehte er sich um.) »Ich habe höllischen Respekt vor Ihren Leistungen. Ich bin Les McCloud. Herzlich willkommen. Haben Sie diesen Fuzzy schon kennengelernt? Gut. Und das ist wohl Ihre Frau. Freut mich, Sie kennenzulernen. Laura? Großartig. Patsy ist gleich hier. Sekunde. Dann seid ihr unter euch Frauen. He, Dick, warum sind Sie denn so gut angezogen?«

Les trug einen rosa Pullover und waschbare Hosen mit Aufschlägen. Er sah aus wie Dartmouth Jahrgang '59. »Nehmen Sie bloß die Krawatte ab, Dick. Oder werden Sie Dickie genannt?«

»Richard.«

»Egal.« Endlich ließ McCloud Richards Hand los. »Ich hab gerade Eiswürfel in Gläser getan. Was trinken Sie? Und was ist mit Ihnen, Laura? Ich serviere die besten Martinis in ganz Connecticut.«

»Für mich bitte nichts«, sagte Laura, und Richard: »Für mich nur ein Bier.«

»Wünschen Sie das Nichts mit Oliven oder auf Eis? Sind Sie auch am Theater, Laura?«

»Nein, ich ...«

»Zwei Abstinenzler heute abend, mein Gott! Was tut ihr denn, wenn ihr entspannen wollt? Segelt oder flegelt ihr?« Er starrte immer noch Richard an. Mit einer Freundlichkeit, die so aggressiv war, daß sie feindselig wirkte.

»Weder das eine noch das andere«, sagte Richard. »Wir haben kein Boot, und wir haben auch lange nicht mehr Tennis gespielt.«

»Da bin ich aber erleichtert«, sagte Patsy McCloud, und die beiden Allbees drehten sich zu ihr um. Sie stand direkt neben Ronnie Riggleys grobknochiger blonder Gesundheit und wirkte deshalb zerbrechlich mit ihren schmalen Schultern und den riesigen braunen Augen, die unter glatten ziemlich unordentlichen dunklen Haaren hervorblickten. Sie hatte ein feingeschnittenes Gesicht. Wenn sie lächelte, zeigten sich um ihren Mund kaum wahrnehmbare Falten, und sie entblößte dabei kleine weiße ein wenig unregelmäßige Zähne. Sie sah aus wie ein Appetithäppchen für ihren Gatten. »Nun sagen Sie mir doch bitte noch, daß Sie auch nicht joggen. Ich bin Patsy McCloud. Ich freue mich, daß Sie gekommen sind, Richard und Laura.« Ihr Händedruck war leicht und elegant.

»Ich jogge nicht, und Laura kann es nicht«, sagte Richard.

»Jeder kann joggen«, behauptete Les.

»Aber nicht schwangere Frauen«, sagte Patsy. »Wenigstens glaube ich das nicht. Haben Sie noch mehr Kinder?«

Patsys Bemerkung verriet Feingefühl, und Lauras Gesicht entspannte sich. »Nein, es ist unser erstes.«

Les tauchte in die Küche weg, und Ronnie küßte die beiden Allbees. »Ich bin so froh, daß Sie beide hier einziehen.«

»Danke.«

»Ja.«

»Wohnen Sie und Ihr Mann schon lange hier?« fragte Richard.

»Seit zwei Jahren. Vorher haben wir ein Jahr in Los Angeles gelebt. Und davor in England. Les war sehr erfolgreich.« Das letztere schien Richard doppeldeutig. Es kam ihm vor, als wollte sie sich von den Reisen und von der Karriere ihres Mannes distanzieren.

»Wir wohnten in Belgravia«, fuhr Patsy fort. »Les haßte die Gegend. Er konnte es gar nicht abwarten, wieder nach Amerika zu gehen. Er hatte mit England absolut nichts im Sinn. Ich konnte mich nicht widersetzen.« Sie schlang ihre Finger um das dicke Glas, das sie in der Hand hielt. »Ich hatte gerade eine Fehlgeburt gehabt.«

Selbst Bobo Farnsworth schien plötzlich ernüchtert, und als Les mit Richards Bier zurückkam, sagte er: »Was für ein toter Haufen. Patsy muß was gesagt haben. Meine Frau kann einem jede Stimmung versauen. Hast du diesen Leuten vielleicht etwas Trauriges erzählt, mein Kleines?«

Sein Gesicht verfärbte sich: Richard erkannte endlich, daß der Mann schon besoffen war. Der Abend würde eine Qual werden. »Machen wir es doch jetzt, Honey. Was meinst du?«

Patsy nickte schicksalsergeben.

Les McCloud hob den Kopf und strahlte Richard aggressiv an. Das erwachsen gewordene Klassenekel. »He, Dick, tun Sie uns einen Gefallen. Sagen Sie, was Sie früher immer gesagt haben. Sagen Sie *He, Mom, ich will einen ganzen Teller Cookies.*«

»He, Mom, ich will einen ganzen Teller Cookies«, sagte Richard. Er war dankbar, daß wenigstens Ronnie Riggley lachte.

»In Ordnung«, sagte Les und rannte in die Küche. Er kam mit einer Schüssel voll Kekse zurück. »Hier. Nehmen Sie einen. Extra für Sie.«

»Oh, nein«, sagte Bobo Farnsworth. Aber Les hielt Richard die Schüssel vor die Nase. Richard nahm einen Keks und steckte ihn in die Tasche. Patsy McCloud, die offensichtlich schon verzweifelt war, fragte: »Wollen Sie die für solche Gelegenheiten typische Hausbesichtigung?«

Der Abend zog sich träge hin. Sie gingen durch das Haus, bewunderten die Spielautomaten und die Musicbox im Spielzimmer und machten bei Tisch die obligatorische Konversation, während das Essen hastig und geistesabwesend eingenommen wurde. Die Fettucine hatten zu lange gekocht, und das Lamm war innen noch roh. Les McCloud trank unaufhörlich und schenkte Patsy kaum weniger ein als sich selbst. Laura wurde schon bald müde, und Richard hatte nur noch den Wunsch, sie möglichst schnell nach Hause zu schaffen.

Bobo Farnsworth hätte fast den Abend gerettet. Seine gute Laune war durch nichts zu erschüttern. Er trank Cola, stopfte riesige Mengen von diesem unmöglichen Fraß in sich hinein und erzählte lustige Geschichten über seine Arbeit bei der Polizei. Wie Ronnie war auch er von Anfang an für die Allbees eingenommen. Die Anekdoten strömten nur so aus ihm heraus. »Da sitze ich in meinem Streifenwagen und fahre durch die Post Road dem durchgegangenen Pferd hinterher. Ich stell' die Scheinwerfer an und sage zu dem Pferd: ›rechts ranfahren, alter Junge‹ ...« Bobo tat, was er konnte, um den Abend ein wenig aufzuheitern, und die Allbees waren froh, daß er da war. Patsy McCloud zuckte zusammen, als Les Bobo übertrumpfen wollte und einen unanständigen Witz erzählte.

»Okay, Sie mögen keine Witze«, sagte Les. »Aber mir gefällt nicht, wie Sie Ihre Polizeiarbeit machen. Warum erwischen Sie diesen Frauenmörder nicht? Dafür werden Sie schließlich bezahlt. Sie werden nicht dafür bezahlt, daß Sie hier herumhocken und mein Essen auffressen. Sie sollen draußen sein und Verbrecher fangen.«

»Und hier gibt es eine Menge Verbrecher, Les«, sagte Bobo ungerührt. »Wir bearbeiten die Fälle.«

»He, warum gehen wir am Wochenende nicht segeln?« fragte Les.

»Wir sind doch ein großartiger Haufen. Wir gehen auf unser Boot, und meine Frau führt ihren Party-Trick vor.«

Patsy starrte auf ihren Teller.

»Sie wird Ihnen nicht sagen, worum es geht. Verdammt, nicht einmal ich darf Ihnen das sagen.«

»Ich kenne keine Tricks.« Patsy schien allmählich die Fassung zu verlieren.

»Ihr Trick ist, daß sie übernatürliche Fähigkeiten hat«, sagte Les und lächelte, als habe er etwas Komisches gesagt. »Dick, Sie und Patsy haben etwas gemeinsam. Sagte Ronnie nicht, daß Ihre Familie diese Gegend mitbegründet hat? Nun, Patsys Familie auch. Sie hieß früher Tayler. Ihre Familie lebte schon hier, bevor der Boden überhaupt etwas wert war. Aber das hat natürlich mit ihren übersinnlichen Fähigkeiten nichts zu tun. Hören Sie zu. Als wir am College waren, konnte Patsy meine Examensnoten auf den Punkt genau voraussagen! Ein paarmal hat sie auch die Fußballergebnisse vorausgesagt.« Les schaute seine Gäste an, die reglos auf ihren Stühlen saßen. »Gibt es das öfter bei euch Erzyankees? Haben Sie so etwas schon mal geschafft, Dick?«

Patsy McClouds Fassungslosigkeit hatte sich in tiefe Scham verwandelt. Sie war sehr blaß geworden. Die riesigen braunen Augen in ihrem erwachsenen Kindergesicht sahen Richard an und schienen um Hilfe zu flehen. Richard fürchtete schon, daß sie in Ohnmacht fallen oder laut schreien würde. Es war, als ob ihr Mann sie geschlagen hätte.

Er schlug sie tatsächlich. Das wußte Richard plötzlich. Genau das sagte diese Szene aus. McCloud schlug seine Frau, und die arme Patsy, die ihm nicht entrinnen konnte, ließ es sich gefallen. Und ihm kam noch ein zweiter Gedanke: kein Gedanke, sondern ein Bild. Patsys entsetztes Gesicht erinnerte ihn an das Gesicht eines Jungen, der ihn durch das Fenster eines Speiserestaurants an der Post Road angestarrt hatte.

»Schweigen bedeutet Zustimmung«, schrie Les McCloud

fröhlich. »Noch ein Erzyankee mit übersinnlichen Fähigkeiten.«

Das mußte er schnellstens richtigstellen. Laura hatte sich mehr aufgeregt, als es der Situation angemessen war. »Eigentlich nicht«, sagte er. »Nein, nichts dergleichen.«

»Was dann?«

»Höchstens ein paar schlechte Träume«, sagte Richard.

»Sie sollten Patsys Freund kennenlernen«, sagte Les. »Den guten alten Dr. Lauterbach. Oder auf den Golfplatz gehen, frische Luft in die Lungen pumpen. Sie spielen doch Golf?«

»Es tut mir leid, aber ich bin sehr müde«, sagte Patsy. Sie stand auf. Ihre schlanken Finger zitterten. Richards und ihre Blicke trafen sich, und auch diesmal verstand er ihre Bitte. *Beurteilen Sie uns nicht nach diesem Abend. Wir sind nicht immer so schlimm.* »Entschuldigen Sie mich bitte. Aber bleiben Sie noch ruhig. Sie amüsieren sich doch alle so gut.« Dann für jeden ein strahlendes Lächeln, und sie ging. Les streckte die Hand nach ihr aus, aber Bobo hielt ihn zurück. »Ich muß auch gehen, Les – meine Schicht läuft heute abend von zwölf bis acht.« Dann standen alle, lächelten genauso falsch wie Patsy und versuchten, nicht zu offensichtlich zur Treppe zu drängen.

»Wir kommen mal wieder zusammen, nicht wahr? Vielleicht hätte ich nicht so viel ... Sie kennen das ja. *In vino veritas* und so weiter. Sie können uns jederzeit besuchen. Und an irgendeinem Wochenende gehen wir segeln.«

»Gewiß, jederzeit«, sagte Richard. »Sobald wir unser Haus in Ordnung haben. Es wird an den nächsten Wochenenden viel zu tun geben.«

Endlich erreichten sie die Tür. Die vier schwiegen, bis sie bei ihren Wagen angekommen waren. »Mein Gott«, flüsterte Ronnie. »Es tut mir leid, daß ich Sie in so etwas hineingezerrt habe. Ich fand sie so nett, als ich sie kennenlernte. Ich weiß gar nicht, was in Les gefahren ist. Er war wirklich schrecklich.«

»Wir vier treffen uns bei Gelegenheit, okay?« sagte Bobo. »Ich habe den Kerl nie gesehen. Ich wußte gar nicht, daß er ein Sadist ist.«

»Ja«, sagte Richard. »Wir treffen uns. Ja, er ist tatsächlich ein Sadist. Die arme Frau.«

»Sie braucht ja nur wegzugehen«, sagte Laura. »Laß uns nach Hause fahren, bitte.«

Der Datsun fuhr vor ihnen davon, und Laura rückte auf dem Vordersitz ganz nahe an Richard heran. »Ich halte es nicht aus«, sagte sie. »Ich halte es einfach nicht aus. Dieser Kerl. Dieser fette Fleischfresser. Sind das die Leute, mit denen wir leben müssen? Ich hasse es, Richard. Es ist entsetzlich.«

»Mir geht es doch nicht anders.«

»Wir wollen uns lieben. Laß uns so schnell wie möglich zu diesem fürchterlichen Bett zurück.«

10

In dieser milden Nacht in Hampstead, Connecticut, erfrischten sich also mindestens zwei Paare auf die bestmögliche Weise. Während der achtundzwanzigjährige Bobo Farnsworth duschte, bevor er zur Arbeit ging, warf Ronnie Riggley die Kleider ab und schob ihren großen üppigen Körper neben ihn unter den warmen Strahl. Sie kicherte, und Bobo lachte dröhnend. Gemeinsam wuschen sie sich den Nachgeschmack ihres Besuchs bei den McClouds ab, und Bobo ging in Hochstimmung zur Arbeit. Im Schlafzimmer an der Fairytale Lane zogen sich die Allbees gemeinsam aus, aber jeder an seiner Seite des Bettes, wie es bei Ehepaaren üblich ist. Und wie es bei Ehepaaren üblich ist, hängten sie ihre Kleider weg.

»Er schlägt sie, nicht wahr?«

»Ich sah einen blauen Fleck an ihrem Arm, als ihr Kleid ein wenig verrutschte. Er schlägt sie auf die Arme, damit es niemand sieht.«

»Oh, vielleicht hat sie es gern«, sagte er und kam sich wie ein Verräter vor. Er wußte, daß das nicht stimmte.

Laura stand da wie ein Stammestotem, das Haar aufgelöst, die Brüste riesig, der Bauch eine sanfte, aber deutliche Wölbung aus straffer Haut und blauen Adern. Richard hatte nicht geglaubt, daß schwangere Frauen sexuell so attraktiv sein können. Die Natur hatte ihr Ziel erreicht und belohnte ihre Kinder in ihrer eigenen Währung.

Aber Lauras Gesicht war fast genauso verhärmt und eingefallen wie Patsy McClouds. Als sie auf dem schwankenden Bett lagen, packte sie ihn an den Schultern und warf sich so schwer über ihn, daß ihm die Luft wegblieb. »Ich will dich nicht verlieren, Richard.«

Er wühlte sein Gesicht unter all ihrem Fleisch hervor. Sie schien seine Statur zu haben. Jetzt umschlang sie ihn mit ihren weichen runden Armen und Schenkeln. »Du wirst mich nicht verlieren, wenn du mich nicht erstickst.«

»Mußt du unbedingt nach Providence fahren?«

»Nur für einen oder zwei Tage. Willst du mitkommen?«

»Und im Hotelzimmer hocken, während du dich mit irgendwelchen Bauunternehmern über Stuck und Mauerwerk unterhältst?«

»Das gehört zu meiner Arbeit.«

»Ich bleibe hier, aber ich werde dich vermissen.«

»Oh, mein Gott«, stöhnte er, und in diesem Augenblick schien es ihm unmöglich, sich auch nur für die Länge eines Atemzugs von seiner Frau zu trennen. Er küßte eine ihrer Brustwarzen und spielte mit der Zunge daran; leckte sie unter den Brüsten. Ihre Haut strömte köstliche Süße aus.

»Du weißt doch, wie sehr ich alles hier hasse, nicht wahr? Ich hasse es wirklich. Aber dich liebe ich, Richard, und ich will dich nie verlieren. Aber dieser Mann – es ist so schrecklich hier, und ich brauche meine alten Freunde.«

Zitternd hielt er sie ganz fest an sich gepreßt. Ihr Körper war ein heißer runder Ofen.

»Es ist so schön, mit dir im Bett zu liegen«, sagte sie. Seine Finger streichelten und rieben und tasteten. »Oh, ja.« Ihr erstaunlich voller Leib drängte sich gegen ihn. »Verzeihung, Baby.«

Er glitt in sie hinein, während sie auf der Seite lagen. Sie sahen einander an, ihre Hüfte an seiner, in engster Umarmung vereint. Sie atmeten in gleichem Rhythmus und ergänzten sich in ihren Bewegungen. Das Bett schwappte und schlingerte äußerst komisch.

»So ein netter Mann. Du hast sogar gesagt, daß du auf sein Boot gehen willst.«

»Ich bin lieber hier in deinem Boot.«

Eine Weile schwiegen sie, von intensiver Lust gepackt: Das Lustgefühl grenzte an Schmerz und ließ sie aufstöhnen.

»Du darfst keine Alpträume mehr haben«, hauchte Laura ihm ins Ohr. »Dies darfst du immer tun, aber du darfst keine Alpträume mehr haben. Sie machen mir Angst.«

Gemeinsam erreichten sie den Höhepunkt.

Stunden später wachte Richard auf. Er fühlte sich sauber, geistig frisch, wie ausgelüftet – als sei seine Seele gereinigt worden. Sanft zog er den Arm unter Lauras Schulter hervor. Er küßte ihren Rücken und schmeckte Salz und Nelken; ließ sich in den Schlaf zurücksinken. Keine Alpträume: nie wieder die alten Alpträume. In keiner Nacht.

11

Graham

Aus meinen eigenen Tagebüchern ersehe ich, daß mir diese Sonntagnacht friedlich, sogar langweilig erschien, und das war sie für mich auch, jedenfalls bis kurze Zeit, nachdem ich meine diesbezügliche Eintragung gemacht hatte. In einem komplizierten Zustand, einer Mischung von Zorn und Zweifel, hatte ich den Kulturteil der *Times* gelesen und anschließend einige Seiten geschrieben. Nach dem Abendessen, das aus einem Käsesandwich und einer Orange bestand, schlief ich mit dem Bleistift in der Hand an meinem Schreibtisch ein. Ich träumte von meinen Seiten und begriff, daß sie nicht gut waren. Auf diesen Seiten hatte eine Frau gerade den Mann kennengelernt, der ihr Liebhaber werden sollte. Das Problem war, dem Leser verständlich zu machen, wie sie ihn anfangs sieht. Eine erotische Unterströmung mußte dabeisein, und die hatte ich verkorkst. Meine eigenen Erfahrungen in erotischen Unterströmungen aller Art waren auf traurige Weise veraltet. Allerdings wußte ich noch, wie ich meine erste Frau kennengelernt hatte, und das galt auch für meine zweite. Beide Ereignisse fanden in Gerichtssälen statt. Die Emotionen, die ich erfuhr, waren in erster Linie Langeweile und Lust. Das andere kam später.

Strömung anderer, nicht erotischer Art flossen durch Hampstead. Die Bars hatten bis eins geöffnet, Tabby Smithfield trieb sich mit seinen neuen Freunden herum, Bobo Farnsworth patrouillierte fröhlich in seinem Streifenwagen und beschloß, eine gute Tat zu tun. Gary Starbuck hatte schon ein Haus an der Redcoat Lane ausgeraubt und schickte sich an, ein weiteres auszurauben. Dr. Wren Van Horne, mein alter Freund und als Witwer mein Leidensgenosse, war in seinem auffälligen Haus noch spät in der Nacht auf und dachte über den Ankauf eines Spiegels nach, den er an eine Stelle an der Wand seines Wohnzimmers hängen wollte, die er für diesen Zweck freigemacht hatte. Charlie Antolini lag in seiner Hängematte und lächelte glücklich zu den Sternen hinauf, während seine Frau im Schlafzimmer schlief. In dieser Nacht fielen tote und sterbende Vögel vom Himmel. In meiner Phantasie rannten brüllende deutsche Söldner wie Phantome die Mount Avenue entlang, an der keines der großen Häuser mehr stand. Unter ihnen war ein Bursche, dem ich im Geiste das flache bärtige Gesicht von Bates Krell, dem Hummerfischer gab, der sich anscheinend aus dem Staub gemacht hatte. Er hatte sich keineswegs aus dem Staub gemacht. Ich hatte ihn mit einem Säbel getötet. Und Joe Kletzka, der damalige Polizeichef, wußte, daß ich es getan hatte. Er glaubte nichts von dem, was ich ihm darüber erzählte, jedenfalls nicht bewußt, aber er glaubte sehr wohl, daß Bates Krell für das Verschwinden von vier Frauen verantwortlich war, und er sah die Blutspuren auf dem Hummerboot, als ich sie ihm zeigte.

Eine andere Person wußte bald alles über mich und Bates Krell. Tabby Smithfield. Er wußte es, weil er es so sah, wie ich die Einäscherung Greenbanks durch General Tyrons Männer sah, nämlich im Geiste. Tabby sah es schon gleich, als er mich kennenlernte, was spät an jenem Sonntagabend geschah. Ganz schlicht und einfach ausgedrückt: er erkannte mich wieder, und das machte uns beiden eine Höllenangst.

Fünf

Die Smithfields und die McClouds

1

Skippy Peters war verrückt geworden. Das war das Problem, aber genaugenommen war er schon immer ein bißchen verrückt gewesen. In der sechsten Klasse hatte er sich die Augenbrauen abrasiert und sie mit Schuhcreme nachgezogen – vorher hatte er mit Dicky und Bruce Norman telefoniert, den Zwillingen aus der großen unordentlichen Familie, die in der Wohnwagenkolonie lebte, die Mr. Norman beaufsichtigte. Er hatte sie dazu überredet, dasselbe zu tun. Am nächsten Tag erschienen die Norman-Zwillinge (die Skippys Vorschlag zugestimmt hatten) mit heilen Augenbrauen an ihren Knollenköpfen in der Schule und kreischten vor Lachen, als der Lehrer Skippy nach Hause schickte. Als sie noch die neben der J. S. Mill High School gelegene Schule besuchten, hatte der Sportlehrer ihn einmal erwischt, als er unter der Dusche onanierte. Der Mann war zurückgekommen, um zu sehen, warum er so lange brauchte. Skippy wurde für zwei Wochen vom Unterricht ausgeschlossen. An ihrem ersten Tag in der High School war er dadurch aufgefallen, daß er im Lungensanatorium – der hinteren Ecke des Parkplatzes, wohin die älteren Schüler gingen, wenn sie rauchen wollten – zusammengebrochen war und so getan hatte, als hätte er Schaum vor dem Mund. Einmal hatte er versucht, sich die Insignien des Marinekorps auf die Brust tätowieren zu lassen, aber der Tätowierer hatte ihn aus seinem Laden geworfen.

Die Norman-Zwillinge schätzten Skippy besonders wegen seiner Bereitwilligkeit, alles zu tun, was sie vorschlugen. Während ihres zweiten Jahres an der J. S. Mill wogen die Zwillinge im Alter von fünfzehn Jahren jeder fast zwei Zentner und hatten langes, indianerschwarzes Haar, das ihnen bis über die Schultern fiel. Sie hatten blasse runde Gesichter mit dicken Backen. Wenn sie nicht diesen schlauen verschlagenen Blick gehabt hätten, wären sie wegen ihrer bleichen, kaum menschenähnlichen, im übrigen fürchterlich pickligen, unschuldigen Gesichter für leicht zurückgeblieben gehalten worden. Aber sie sahen aus wie die geborenen Missetäter. Seit sie den Pampers entwachsen waren, hatte man die Zwillinge, meistens mit Recht, für jeden Unfug verantwortlich gemacht, der in ihrer Nachbarschaft verübt worden war. Weit entfernt von dem Wohnwagen, in dem ihre Eltern und vier Schwestern ihr ungeregeltes und turbulentes Leben führten, hausten sie am Ende des unkrautüberwucherten Weges in einem eigenen Wohnwagen, der von anderen verlassen worden war. Manchmal aßen sie im Wagen ihrer Eltern, meistens aber bei Burger King oder Carvel. Abends fuhren sie mit dem verrosteten alten Oldsmobile, den sie repariert hatten, zur Riverfront Avenue und zur Blue Tern Bar und zwangen College-Studenten dazu, ihnen einige Sechserpacks Bier herauszuholen. Jeder Rausschmeißer und Barkeeper im Blue Tern kannte sie und ließ sie nicht rein. Wenn Bobo Farnsworth oder irgendein anderer Beamter der Polizei von Hampstead um die Parkplätze des Blue Tern und der nahegelegenen Lagerhäuser herumfuhr, saßen die Zwillinge auf dem Rücksitz ihres Oldsmobile und grinsten – sie hielten Bobo für lahmarschig. Alle Bullen in Hampstead waren für sie lahmarschig. Alle außer Turtle Turk, der Bruce einmal hochgehoben und gedroht hatte, ihn bei Ausfahrt 18 von der Brücke zu werfen. Sie haßten Turtle Turk.

Niemand traute Dicky und Bruce. Sie lenkten Verdacht auf sich wie ein Boxer die Schläge des Gegners, und deshalb war jemand wie Skippy Peters nützlich für sie. Als Kind wohlhabender, weitgereister und weit entfernt lebender Eltern war Skippy zwar ein schwarzes Schaf, aber er sah wenigstens normal aus. Schon in der Grundschule hatten Dicky und Bruce entdeckt, daß sie Skip mit einer Liste von Dingen, die er stehlen sollte, in Greenblatts Laden schicken und sicher sein konnten, daß er mit der doppelten Menge wieder herauskommen würde. Kekse, Coca-Cola, Steaks, ganze Hähnchen, Marsriegel, Cashew-Kerne: er war eine wandelnde Einkaufstasche. Skip Peters sah so ehrlich aus, aber auch so nervös, daß das Ladenpersonal Mitleid mit ihm hatte, und es, wenn er erwischt wurde, bei einer Verwarnung bewenden ließ.

Aber gegen Ende Mai verlor dieses eifrige und unstete Werkzeug der Norman-Zwillinge plötzlich seine Nützlichkeit und seinen Unterhaltungswert. An einem Dienstag in einer Anfangsklasse für Geometrie stand Skippy von seinem Platz in der letzten Reihe auf und schrie den Mathematiklehrer Mr. Nord an: »Sie Arsch! Sie dämliche Sau! Sie rechnen doch völlig falsch!«

In einem Zustand zwischen Wut und Entsetzen drehte sich Nord zu seinen Schülern um. »Setz dich, Peters«, sagte er. »Was rechne ich falsch?«

»Die ganze Aufgabe, Sie dummes Schwein. Sehen Sie denn nicht, daß der Winkel ... daß der Winkel ...« Er fing laut an zu schluchzen. Mr. Nord ließ ihn nach Hause gehen.

Zwischen den Stunden wartete Skip auf dem Flur auf die Norman-Zwillinge. »He, Mann«, sagte Bruce. »Was ist denn los?«

Skippy war noch blasser als sonst, und seine Augen waren rot wie die eines Kaninchens. »Du bist ein dummes Schwein, das ist los. Nennt mir zwei beliebige Zahlen, die ich multiplizieren soll.«

»Was?«

»Los. Zwei beliebige Zahlen.«

»Vierhundertachtundsechzig mal dreitausendneunhundertzweiundvierzig.«

»Eine Million achthundertvierundvierzigtausendachthundertsechsundfünfzig.«

Bruce schlug ihn genau unter das Ohr, so daß er gegen einen Schrank kippte.

Die Norman-Zwillinge mußten sich abgesprochen haben;

als Jix und Pete Peters Skippy einen Tag später von der J.S. Mill High School abholten und ihn an einen Ort brachten, der wie ein Hotel in irgendeinem Badeort ausah, der einen eigenen Golfplatz hatte und eine Turnhalle und einen Swimming-Pool im Haus und einen draußen, mußten die Norman-Zwillinge in ihrem schäbigen Wohnwagen gesessen und sich über den neuen Jungen unterhalten haben. Während sie sich Schokoladenplätzchen ins Maul stopften, Marihuana rauchten, Bier tranken und vor ihrem gestohlenen Fernsehgerät saßen, um *The Thing zu* sehen, mußten sie sich über seine Nützlichkeit Gedanken gemacht haben. Sie hatten einen Plan.

An dem Freitag, an dem ein Urlauber aus Chicago, ein schon sonnengebräunter Geistlicher namens Francis Leary, die luxuriös ausgestattete Küche seiner Schwester betrat und seine prall gefüllte Einkaufstasche in etwas fallen ließ, das wie eine Lache aus ihrem Blut aussah, schaute Tabby Smithfield erschrocken hoch, als eine ölbeschmierte Faust ein überschwappendes Glas Pepsi-Cola vor ihn auf den Tisch stellte. Er saß gerade im Pausenraum. »He, Neuer«, sagte eine Stimme über ihm, »hast du Durst?« Als Tabby hinschaute, konnte er kein Wort mehr sagen. Die zwei gefährlichsten Leute seiner Klasse grinsten ihn aus ihren monströsen Gesichtern an. Der eine trug einen Overall über seinem T-Shirt, der andere ein dreckiges Sweatshirt, auf dem immer noch, wenn auch undeutlich, ROLL OVER zu lesen war. Sie stellten ihre Tabletts auf den Tisch und setzten sich rechts und links neben ihn. »Ich heiße Bruce, und das ist Dicky«, sagte der in dem Sweatshirt. »Los, trink aus, wir haben es extra für dich geholt. Wir sind die Empfangsdamen.«

Als der Rasen der Goodalls von Nachbarn der Goodalls wimmelte und Bobo Farnsworth gleichzeitig versuchte, Turtle Turk davon abzuhalten, einem Beamten der State Police mit der Faust aufs Kinn zu schlagen und die hysterischen Kinder der Goodalls in das Haus derjenigen Nachbarn der Goodalls zu schaffen, die vielleicht vom Küchenfenster wegzulocken waren, saß Tabby Smithfield beim Geschichtsunterricht in der letzten Reihe. Dicky und Bruce Norman hockten neben ihm wie ein Paar riesige Wachhunde. »Erzähl ihm von Skippy und den Augenbrauen«, flüsterte Bruce Dicky zu. Die beiden Brüder rochen nach Bier – für Tabby ein nostalgisches Erlebnis.

2

Gegen Ende der siebziger Jahre hatten sich die Beziehungen zwischen Clark und Monty Smithfield ein wenig normalisiert. Der Grund dafür war Tabby. Wenn Monty sich auch nach dieser peinlichen Szene am Flughafen geschworen hatte, seinen Sohn zu vergessen, so gelang es ihm doch nicht, sich einzureden, er habe auch keinen Enkel mehr. Er träumte von Tabby, und mehrere Male im Monat setzte er sich in Tabbys früheres Zimmer und starrte auf das Spielzeug seines Enkels. Er bedauerte, daß er seinem Sohn Beleidigungen ins Gesicht geschleudert hatte. Ihnen war es schließlich zuzuschreiben, daß er seinen Enkel verloren hatte. Vielleicht hätte er Clark nicht wegen seiner Tennisspielerei verhöhnen sollen. Vielleicht hätte er nicht darauf bestehen sollen, daß Clark in seiner Firma arbeitete. Vielleicht hätte er ihn im Westen Tennis spielen lassen sollen, wie es Clark nach seiner College-Ausbildung so gern getan hätte. Vielleicht war es ein Fehler gewesen, die Hälfte des Hauses Clark und Jean zur Verfügung zu stellen. Vielleicht war diese intime Nähe der allerschlimmste Fehler gewesen. Eine Selbstanklage jagte die andere.

Nach einigen Monaten besuchte er einige von Clarks alten Freunden und Klassenkameraden. Er versprach ihnen, daß er sich in das Leben seines Sohnes nicht einmischen wolle. Er wolle nur gelegentlich einen Scheck schicken. Ein alter Mann, der sein Scheckheft zückte, als zückte er sein Herz – zwei von Clarks Freunden hatten Mitleid mit ihm. Der eine kannte eine Adresse in Miami, der andere eine Hausnummer in Fort Lauderdale. Monty rief in beiden Städten die Auskunft an, aber Clark hatte keinen Telefonanschluß. Zu Tabbys Geburtstag schickte er an beide Adressen eine Karte und einen Scheck; zwei Wochen später erhielt er einen Brief aus Fort Lauderdale, in dem Tabby sich in seiner kindlichen Schrift bedankte.

Zu Clarks Geburtstag schickte Monty ihm tausend Dollar, aber der Brief wurde ungeöffnet zurückgeschickt. Danach schickte Monty Tabby jeden Monat einen Scheck über einen geringen Betrag, und Tabby benachrichtigte ihn immer, wenn er mit seinem Vater umzog, was häufig geschah. An seinem achten Geburtstag schickte er seinem Großvater ein in Key West aufgenommenes Photo von sich – ein braungebrannter barfüßiger Tabby Smithfield, der am Ende eines Bootsteges stand. Von der Sonne gebleichtes Haar und rätselhafte Augen.

Kurz nach Tabbys elftem Geburtstag erhielt Monty von Clark – mit einem in Orlando aufgenommenen Photo von Tabby – eine fast telegraphisch kurze Notiz, aus der er erfuhr, daß er eine neue Schwiegertochter hatte. Sie hieß Sherri Stillwell Smithfield. Sherri und Clark waren zu der Zeit gerade einen Monat verheiratet.

Monty hatte seine Lektion gelernt und wartete seine Zeit ab. Er schrieb einen Brief, in dem er gratulierte und alles Gute wünschte. Dieser Brief enthielt einen großzügigen Scheck, der nicht zurückgeschickt wurde. Zwei Wochen nachdem er zusammen mit seinen Bankauszügen den eingelösten Scheck zugeschickt bekam, wurde Monty endlich von seinem Sohn angerufen. »Du sollst eins wissen«, sagte Monty zu Clark. »Wenn ich einmal abtrete, bekommst du dies Haus – ohne jede Belastung. Und wenn du mit Tabby und deiner Frau hierher kämest, um hier zu wohnen, würde es mich freuen.«

Während all dieser Jahre führte Tabby ein sehr viel seltsameres Leben, als es sich die Norman-Zwillinge je hätten vorstellen können.

Er und sein Vater hatten in möblierten Zimmern gewohnt, in nach Bier stinkenden Räumen über Radaukneipen, in Absteigen, wo sie auf Heizplatten kochen und Kakerlaken vom Tisch jagen mußten; zu einer besonders schlechten Zeit hatten sie eine ganze Woche lang in Clarks altem Auto übernachten müssen. Er hatte viele Jungen gekannt, die gute Aussichten hatten, genauso aufzuwachsen wie die Norman-Zwillinge. Gewalttätigkeit, Dummheit und Hinterlist waren für Tabby nichts Neues. Er hatte erlebt, wie sein Vater in den Alkoholismus abglitt und dann fast wieder normal wurde; er hatte erlebt, wie sein Vater kurz ins Gefängnis mußte, wenn er auch nie erfuhr, für welches Vergehen. Bis er zehn war, hatte es nur ein einziges Jahr gegeben, in dem er nicht die Schule wechseln mußte. Einmal war sein Vater triumphierend nach Hause gekommen und hatte dreitausend Dollar auf den Tisch gelegt, die er beim Tennisspielen gewonnen hatte. Er hatte zwei Männer sterben sehen. Der eine wurde in der Bar, in der Clark arbeitete, erstochen, der andere bei einer Prügelei auf der Straße erschossen. Und als er einmal die Badezimmertür aufmachte, ohne vorher anzuklopfen, hatte er gesehen, wie ein Freund seines Vaters, ein magerer, gespenstisch aussehender Transvestit aus Key West, auf der Toilette saß und sich einen Schuß Heroin setzte. Der Mann hieß Poche oder Poach.

Als er vierzehn war, schrieb er die Adressen aller Wohnungen auf, in denen er und sein Vater gewohnt hatten. Er fing mit dem Haus an der Mount Avenue an und kam auf Anhieb auf neun Adressen, unter anderem drei Schuppen, die sich Hotel nannten, eine Pension und ein Pflegeheim. Nachdem er ein paar Minuten nachgedacht hatte, konnte er drei weitere Adressen auf seine Liste setzen.

Als Sherri Stillwell kam, änderte sich das alles. Sie war eine energische und zuverlässige blonde Frau, halb Kubanerin und fünf Jahre jünger als Clark. Ein früherer Ehemann war ihr weggelaufen, und sie war in der Bar Stammgast geworden. Es war die No Name Bar in Key West, in der Clark arbeitete. Sherris Vater war in Texas Monteur bei einer Ölfirma gewesen und hatte oft und lange von seiner Familie getrennt leben müssen. Sie hatte helfen müssen, drei kleinere Brüder großzuziehen, und sie mochte Kinder. Sherri haftete noch immer viel Texanisches an. Als sie mit Clark zusammenzog, bestand sie darauf, daß Tabby abends bei ihr zu Hause blieb und seine Schulaufgaben machte, anstatt sich auf der Straße herumzutreiben oder wie ein Maskottchen in einer Ecke der

Bar zu sitzen. Sherri füllte Clarks Steuererklärung aus und setzte lautstark unnütze und kriminelle Schmarotzer wie Poche vor die Tür. Sie ließ sich von Clark versprechen, daß er sie nie anlügen würde.

»Honey, mein erster Mann hat mich so angelogen, daß ich den Himmel für rot hielt. Einmal reicht. Wenn du irgendwo Scheiße machst, sag mir, wer es ist, und ich kläre die Sache. Ich will nur eins: du mußt mir gegenüber immer ehrlich sein. Eine Lüge – nur eine einzige – und ich verschwinde.« Mit ihrem wasserstoffsuperoxydblonden Haar und den schwarzen Augen sah Sherri nicht aus wie eine, die je den Fuß in das Haus an der Mount Avenue gesetzt hatte, aber Monty Smithfield hätte zu würdigen gewußt, was sie für ihren Geliebten und dessen Sohn getan hatte. Sie hatte nichts dagegen, daß Clark gelegentlich Tennis spielte, denn das brachte zusätzliches Geld ins Haus, aber sie wollte, daß er aufhörte, in der Bar zu arbeiten. Sie las Stellenanzeigen und traf für ihn die Verabredungen. Dank Sherris Bemühungen gelang es Clark endlich, einen Job als Verkäufer zu finden. Zu der Zeit lebten sie in Orlando, wo sie ein Haus mit zwei Schlafzimmern und einem dürftigen Rasen davor bewohnten. Sie hatten sogar schon angefangen, ein wenig Geld zu sparen. Von dem Scheck, den Monty als Hochzeitsgeschenk geschickt hatte, kauften sie ein neues Auto und einige Möbel. Und Sherri war es auch, die Clark dazu überredete, seinen Vater anzurufen.

Während all dieser Jahre war es Tabby gelungen, fast jede Erinnerung an das Unheil, das seiner Abreise aus Connecticut vorausgegangen war und sie begleitet hatte, zu verdrängen. Er dachte an seine Mutter, aber er vermied es peinlich, an die Vision vom Innern ihres Sarges zu denken, die ihn kurz vor ihrem Begräbnis heimgesucht hatte; die seltsamen Visionen, die er am Flughafen gehabt hatte, Teil einer allgemeinen und lähmenden Panik, waren nicht so leicht zu unterdrücken. Wenn er an sein Leben in Connecticut dachte, erinnerte er sich hauptsächlich an Dinge, die so luxuriös waren, daß ihm alles erfunden vorkam – das große schöne Haus, sein Pony und eine Riesenmenge mechanischer Spielzeuge, dazu die Art, wie sein Großvater sich kleidete, sein ganzes Aussehen. Gerade als er in die Pubertät eintrat, wurde er von einem Schläger am Kopf getroffen, als er in der Baseballmannschaft der Schule Fänger spielte, so daß er bewußtlos umfiel. Als er auf dem ungepflegten Rasen des Feldes wieder zu sich kam und alle sich über ihn beugten, sah er für einen Augenblick einen Mann, der ein Messer in den Leib einer Frau stieß, eine Vision, die einen Hauch von Nostalgie hatte. Eine Lehrerin, die neben ihm kniete, rief immer wieder *oh, mein Gott, oh, mein Gott*. Zuerst erkannte er die Lehrerin nicht und auch nicht die Mitschüler, die sich über ihn beugten. Zwei nackte Leute auf einem Bett, und die Frau wälzt sich in ihrem Blut? Mitten in seinen grauenhaften Kopfschmerzen sah er die Szene erneut vor sich, als ob sie sich ihm während seiner Bewußtlosigkeit eingegraben hätte, und wieder schien es ihm, als sei er dabeigewesen und hätte alles selbst beobachtet.

»Oh, mein Gott«, sagte die Lehrerin wieder, und plötzlich erinnerte er sich wieder an ihren Namen. Er konnte wieder klar sehen.

»Wie fühlst du dich?« fragte die Lehrerin.

»Mein Dad hat mir gesagt, es gibt keine bösen Menschen«, sagte Tabby.

3

Während er in Florida lebte, zeigte Tabby Smithfield nur bei zwei weiteren Gelegenheiten, daß er vielleicht etwas anderes war als der ruhige normale Junge, der Sohn eines unsteten Barkeepers, der er zu sein schien.

Der erste Fall ereignete sich kurz nachdem Clark das kleine Haus in Orlando gekauft hatte. Sie waren am Vormittag eingezogen, und Sherri rannte vom Wohnzimmer in die Küche und wieder zurück und tat so, als sei sie kein bißchen begeistert. Der Anhänger des Möbelwagens stand abgehängt in der Einfahrt, denn Clark war noch im Büro, und Kartons voll Geschirr und Kleidung standen überall auf dem Fußboden herum. Sherri wartete auf den Lieferwagen von Sears – ein neues Bett war unterwegs. In einem der Kartons hatte Tabby sein Monopoly-Spiel gefunden, und auf dem Fußboden seines neuen Schlafzimmers spielte er jetzt ganz allein. Es gab vier Tabbys, und wenn einer von ihnen würfelte, hofften die anderen, daß sie ihrem Vermögen ein Hotel zuschlagen konnten. Bis jetzt gewann Tabby II, und Tabby III hatte nur Verluste gehabt. Sherri war in das Zimmer gekommen, hatte gesehen, womit er sich beschäftigte, und gesagt: »Du bist das verrückteste Kind, das man sich vorstellen kann.« Dann war sie wieder verschwunden. Tabby hörte an den Geräuschen, daß sie drüben Schubladen aufzog und Kartons aufriß.

»*Verdammt*«, schrie Sherri vom Wohnzimmer her. »Ich kann es nicht finden.« Er war Tabby IV, ein vorsichtiger Tabby, nicht so leichtsinnig wie Tabby II und nicht so sehr vom Pech verfolgt wie Tabby III, und er hatte eine gute Chance, am Ende II zu überholen und das Spiel zu gewinnen.

Kann ich helfen?« schrie er zurück.

»Ich kann es nicht finden«, rief Sherri laut. Sie war schon ganz verzweifelt. Das verstand Tabby gut – Umziehen geht jedem auf die Nerven. Und dann verstand er – oder, genauer gesagt, der Teil von ihm, der jetzt der glücklose Tabby III war – noch mehr. Sherri hatte ihr Portemonnaie verlegt und wurde jetzt fast verrückt, weil sie den Männern, die das Bett brachten, ein Trinkgeld geben mußte. Er begriff alles sofort, und dann, als ob Tabby III, dessen Spielgeld immer mehr zusammenschmolz, sich vorbeugte und ihm ins Ohr flüsterte, *sah* er es einen Augenblick später sogar: er sah Sherri das Portemonnaie aus ihrer riesigen Einkaufstasche nehmen und in Gedanken auf den Kühlschrank legen.

Tabby stellte die Vision zu keiner Sekunde in Frage, und er überlegte auch nicht, woher sie gekommen sein mochte. Er legte die Würfel hin und ging ins Wohnzimmer. Sherri lief nervös hin und her und raufte sich die Haare. »Dein Portemonnaie liegt auf dem Kühlschrank«, sagte Tabby. »Du machst wohl Spaß«, sagte Sherri und sauste in die Küche. Sofort kam sie mit dem Portemonnaie in der Hand wieder zurück und sah ihn dankbar an. »Du bist ein Genie, mein Junge«, sagte sie. »Und nun sag mir auch noch schnell, wo mein Glücksbringerarmband geblieben ist, das ich mit sechzehn verloren habe.«

»Okay«, sagte Tabby. »Es ist im Wagen von deinem Vetter Hector hinter den Rücksitz gefallen. Es war ein 1949er Dodge. Da blieb es lange liegen, aber als Hector den Wagen verschrotten ließ, fand der Mann auf dem Schrottplatz das Armband, als er die Sitze ausbaute.« Diese Informationen kamen alle von Tabby II. »Er gab es seiner kleinen Tochter, aber sie verlor es auf einer Party. Später ist es dann irgendwie in einen Gully gefallen …«

Er sprach nicht weiter, denn Tabby III hatte ihm gerade ein klares Bild der sechzehnjährigen Sherri gezeigt, ohne Hemd und Büstenhalter. Ihr Haar war so schwarz wie ihre Augen.

Mit offenem Mund starrte Sherri ihn an. »Mein Vetter Hector? Du lieber Gott. Habe ich von dem überhaupt jemals erzählt?« Sie wandte sich ab, nicht ohne ihn vorher mit ihren schwarzen Augen erstaunt und fast ein wenig ängstlich anzusehen.

Der zweite Fall ereignete sich drei Jahre später im März 1980, genau einen Monat bevor sie wieder nach Hampstead zogen. Monty Smithfield war an einem Schlaganfall gestorben, und sein Anwalt hatte Clark schriftlich mitgeteilt, daß er jetzt Eigentümer der »Four Hearths« sei. Clark wollte sofort hinfahren, aber Sherri wollte überhaupt nicht weg, und sie stritten sich darüber. Außer dem Haus hatte Clark eine Menge Geld geerbt, Hunderttausende von Dollar. »Und was ist mit deinem Job?« »Den können die sich in den Arsch stecken. Ich kriege dort schon einen neuen. Im übrigen, Sherri, brauche ich für längere Zeit überhaupt keinen Job.« »Ich will aber nicht in den Norden.« »Du willst hier bleiben? In diesem Schuhkarton?« »Ich weiß nicht, wie ich mich da oben verhalten soll. Ich passe nicht zu den Leuten. Ich werde keine Freunde finden. Ich will bleiben, wo ich hingehöre.«

Clark war zu der Zeit schon wieder auf dem Weg in den Alkoholismus, und er war betrunken. Wie in den alten Tagen an der Mount Avenue ging er jede Woche zwei Tage nicht zur Arbeit. Clark und Sherri stritten sich immer häufiger über diese Dinge. »Du gehörst dahin, wohin ich dich bringe«, brüllte Clark.

»Ich bin also etwas, das man einfach in den Koffer packt?« Wenn Sherri wütend wurde, kam ihr spanischer Akzent noch stärker durch.

Tabby schlüpfte aus der Tür. Er wollte dem Lärm der Streiterei entgehen und schlurfte über den Rasen, der voller Unkraut war. Vom Haus hinter ihm stieg Sherris Stimme auf wie eine Flagge. Ein Glas zerbrach.

Dann geschah es wieder. Er war irgendwo anders. Zum ersten Mal begriff er, daß er in die Zukunft sah, daß er sah, was sich ereignen würde. Es war Nacht und ein paar Grad kälter, als es an diesem Abend wirklich war. Der Lärm des Streits war nicht mehr zu hören, und Tabby wußte, ohne sich umzuschauen, daß auch das Haus verschwunden war. Große dunkle Bäume standen überall um ihn herum: vor ihm trafen zwei Straßen aufeinander. Aus einer Anzahl von großen Häusern schien Licht zwischen den Bäumen hindurch. Er wußte, daß dies nicht das Farmland war, als das es ihm erschien, sondern eine vornehme Villengegend, eine Imitation des Landes im Norden. Einst hatte er diesen Ort gekannt. Hier war etwas Schlimmes passiert. Die tiefliegenden Scheinwerfer eines Autos kamen auf ihn zu. Dann erfaßten sie ihn. Für einen Augenblick war er geblendet.

4

Und hier stand er nun in der wirklichen Zeit, sechs Wochen später, am Abend des siebzehnten Mai. Sein Vater behauptete, er habe schon einen Job gefunden: wenn er nach Hause kam, redete er von »Rechnungen« und »Konten« und von den Provisionen, die er verdiente. Dabei trank er unaufhörlich. Sherri war vor Kummer ganz fett geworden. Sie haßte Connecticut. Tabby wußte, daß Hampstead sich ihr gegenüber arrogant und völlig ablehnend verhielt. Um Sherris ewigem Gejammer über Heimweh und dem ständigen Streit zu entrinnen, machte er sich nach dem Essen davon.

Er schlenderte durch die Straßen und suchte etwas. Zweimal blieb er in der Mount Avenue am Tor stehen und bewunderte das alte Haus seines Großvaters. Er hatte sich noch nicht an die Größe seines neuen Heims gewöhnt und konnte kaum glauben, daß er und sein Vater je in dieser Villa gewohnt hatten, die doppelt so groß war wie die »Four Hearths«. Ein Gefühl, daß irgend etwas kommen mußte, trieb ihn um. Irgend etwas, er wußte nicht, was, lag in der Luft: ein Vertrag war zu besiegeln. In der Schule verhielt er sich unauffällig und redete nicht viel. Halb hatte er das Gefühl, daß sein eigentliches Leben woanders lag, nachts draußen in den stillen Straßen von Greenbank, wo *es* war.

An jenem Samstag wurde Tabby von der Gewißheit gequält, daß *es* jeden Augenblick geschehen mußte. Er wußte immer noch nicht, was *es* war, aber es hing über Hampstead wie eine Gewitterwolke. Seine Besorgnis hielt ihn davon ab, zum Frühstück seinen Toast zu essen, und ließ ihn auch nicht dazu kommen, ein Buch zu lesen oder sich das Programm auf Kanal neun anzusehen. »Heute ist ein so schöner Tag«, sagte Clark. »Wollen wir nicht nach draußen gehen und mit dem Ball üben?« Aber Tabbys Ahnung kommenden Unheils nahm ihm jede Geschicklichkeit. Er ließ Bälle fallen oder warf wild durch die Gegend. »Paß doch auf!« brüllte sein Vater und gab endlich wütend und angewidert auf. Tabby wanderte meilenweit – ganz bis nach Sawtell Beach, wo er am Imbißstand einen Hot Dog mit Chili kaufte und die Gesichter der Leute betrachtete, die am Strand in der Sonne lagen. Wird es dir passieren? Wirst du es tun? Langsam ging er die Greenbank Road hinauf und schaute dabei den Leuten in den vorbeifahrenden Wagen in die Gesichter.

Um ein Uhr saß er am Strand von Gravesend und schlief ein: lebhafte lärmende Träume voller Hilfeschreie jagten einander. Als er aufwachte, sah er das Haus von Dr. Van Horne vor sich liegen. Weißglänzend lag es oben am Steilhang. Tabby stöhnte auf. Es würde kommen, und er würde es nicht aufhalten können. Möwen segelten über den Brechern und äfften die Schreie nach, die er im Traum gehört hatte.

Er schleppte sich nach Hause.

Nach dem Abendessen ging Tabby wieder nach draußen. Diesmal ging er nicht in Richtung Mount Avenue, sondern in das von ihr aus gesehen landeinwärts gelegene Labyrinth von Straßen. Charleston Road, Herrnitage, Beach Trail, Gravesend Avenue, Cannon Road. Er starrte in Fenster und studierte Gesichter. Ein Streifenwagen fuhr vorbei. Eine joggende Frau kam ihm entgegen, und er sagte Hallo. Unmerklich wurde es dunkel.

Als er zum dritten Mal die Charleston Road hinaufging, überlief ihn eine Welle von Schwindelgefühl und Übelkeit. Er roch Tod, so deutlich, als stünde er über einer Leiche, und eine Sekunde lang dachte er an das Gerangel in einer Kneipe in Fort Myers und an den Mann, der einem anderen die Klinge in den Leib stieß: er wußte, *es* war geschehen, und in rasender Folge zogen Bilder an ihm vorbei, zu schnell und zu unzusammenhängend, als daß er sie hätte begreifen können. Ein Sweatshirt, auf dem KEEP ON TRUCKIN' stand, ein Junge, der mit seinem Fahrrad gestürzt und in einen Kieshaufen gefallen war, ein riesiger Lastwagen, der auf der Seite lag. Eine Frau, die mit einer Vogelstimme um Hilfe schrie.

Es, es passierte gerade oder war hinter ihm schon passiert. Tabby taumelte. Er drehte sich um und rannte durch die Charleston Road wieder zurück. Plötzlich stand er an einer Ecke unter alten Eichen, und die tiefliegenden Scheinwerfer eines Wagens griffen nach ihm. Er schaute seitwärts die Cannon Road hinauf. Da stand das Haus: die Fenster hell erleuchtet. Das Licht strömte heraus wie Schreie aus der Kehle einer Möwe: dort in dem Haus mußte es geschehen sein. Die Scheinwerfer erfaßten ihn für eine Sekunde, und dann schoß der Corvette um die Ecke. Ganz kurz sah er das Gesicht des Fahrers. Wie eingefroren. Verzweifelt. Er war, wo seine Ahnung kommenden Unheils ihn hingeführt hatte, genau an dem Ort, den er schon vor sechs Wochen gesehen hatte.

Tabby blieb reglos stehen, bis die Polizeifahrzeuge an ihm vorbeigedonnert waren. Dann fuhr er zurück, als hätte ihn etwas gestochen, und rannte zwischen den Bäumen hindurch und an den Häusern vorbei, bis zur nächsten Straße.

Er rannte, bis er das obere Ende der Hermitage Road erreicht hatte. Als er im Haus war, hörte er seinen Vater und Sherri in ihrem Schlafzimmer. Sie liebten sich laut und wild.

5

»Skippy steckte immer seinen Kopf in die Briefkästen«, sagte Bruce Norman.

»Er wollte prüfen, ob die Kanonenschläge auch keine Blindgänger waren. Mann, ein paarmal hätte ihm der ganze Mist in die Fresse fliegen können. So ein dummes Schwein.«

Tabby Smithfield, seit einiger Zeit mit den Norman-Zwillingen befreundet, saß auf dem Parkplatz des Blue Tern zwischen den beiden auf dem Rücksitz ihres verrosteten alten Oldsmobile. Dicky Norman hatte einem verängstigten College-Studenten einen Geldschein in die Hand gedrückt und ihm einen Auftrag erteilt, und jetzt waren die drei von Bier einigermaßen besoffen, Tabby weniger als die anderen. Es war zehn Uhr dreißig am Sonntagabend, dem einunddreißigsten Mai. Dicky und Bruce hatten Tabby seit dem vorangegangenen Freitag kaum aus den Augen gelassen. Zuerst hatte Tabby ein wenig Angst vor ihnen gehabt, aber dann hatte er erkannt, daß sie zwar ein unrühmliches Ende nehmen würden, vorläufig aber nichts anderes waren als jugendliche Randalierer. Ihre Größe und ihre brutalen Gesichter ließen alle Welt Schlimmeres erwarten. Aber vorläufig klauten sie nur im Supermarkt, rauchten Haschisch, zertrümmerten Briefkästen und hörten gern Knüppelrock. Solche Typen erlebte Tabby nicht zum ersten Mal. Er selbst zog die Musik von Ben Sidran und Steve Miller vor, aber er hütete sich, ihnen das zu sagen.

»Das mit den Kanonenschlägen haben wir aufgegeben«, sagte Bruce. »Jetzt machen wir es mit dem Zerstörer.« Zärtlich strich er über den mit Klebeband umwickelten Griff eines Baseballschlägers. Er hatte ihn kürzlich schwarz lackiert, aber an den Kerben und Schnitten kam das Weiß wieder durch. »Klingt auch besser«, sagte Bruce. »Klingt ehrlicher. Du kurvst durch die Gegend, schlägst mit dem Ding zu, und die ganze Seite von dem Kasten is' im Arsch. *Boiiing!* Wie wär's, wenn wir nachher noch 'ne Runde machen?«

»Okay«, sagte Tabby. »Ich komm mit.«

Dick setzte sich auf, sah in den Rückspiegel und stöhnte. »Bobo, der Clown.« Alle drei stellten ihre Bierdosen auf den Fußboden und hielten sie mit den Füßen fest.

Ein paar Sekunden später hielt der Streifenwagen neben ihnen. Grinsend stieg Bobo aus und trat an das Wagenfenster. »Was sehe ich? Bobs Zwillinge. Solltet ihr nicht schon lange schlafen?«

»Wie Sie meinen, Officer Farnsworth.«

»Wer ist denn euer Spielgefährte? Er sieht viel zu normal aus, als daß er euer Freund sein könnte.«

Tabby nannte seinen Namen, und der Beamte sah ihn flüchtig und nicht unfreundlich an.

»Gut, Jungs, Zeit für euch abzuhauen. Ich werde kurz die Bar überprüfen, und wenn ich zurückkomme, will ich euren Wagen hier nicht mehr sehen. Noch etwas. Es tut mir leid, daß ihr überhaupt sechzehn geworden seid.«

»Scheiße, wenn man alt wird«, sagte Bruce.

»So weit wirst du wohl nicht kommen, Brucie.« Bobo schlug auf das Wagendach und wandte sich ab.

Sobald Bobo im Blue Tern verschwunden war, trank Bruce sein Bier aus und öffnete die Tür, um sich nach vorn zu setzen. »Dieser Lahmarsch«, sagte er, als er den Zündschlüssel umdrehte. »Nennt mich Brucie. Dieser gottverdammte Clown.« Er rülpste laut. »Wir fahren noch ein bißchen 'rum. Dicky, warum machst du Tab nicht ein paar Sachen klar?«

»Schon mal von einem Kerl gehört, der Gary Starbuck heißt?« fragte Dicky.

6

Es war so gut wie unmöglich, daß Clark Smithfield, geschweige denn Tabby, Gary Starbuck Anfang der Siebziger in Key West hätten kennenlernen können. Gary Starbuck hatte von seinem Vater gelernt, daß es nur eine Möglichkeit gibt, sich aus dem Knast rauszuhalten: Ständig in Bewegung bleiben. Eine Stadt bearbeiten, die Klamotten packen und wegfahren. Mindestens fünfhundert Meilen weit. Anders als Clark Smithfield war Gary Starbuck in die Fußstapfen seines Vaters getreten und hatte in Key West von dem Beiseitegeschafften recht gut gelebt, während Clark sich in der No Name Bar schinden mußte. In Key West hieß Starbuck Delbert Tory; in Houston Charles Beard; in Springfield, Illinois, Lawrence Ringler; in Cleveland Keith Pepper. Als er das Haus von Frazier Peters am Beach Trail mietete, nannte er sich Nelson Sutter. Von seinem Vater hatte er ebenfalls gelernt, keine Bekanntschaften zu machen, sondern in Kneipen allein am Tisch zu sitzen; eine professionelle Höflichkeit zu kultivieren. Starbuck war ein untersetzter jüngerer Bursche, dunkelhaarig, breitschultrig und bartlos. Er hatte ein ernstes Gesicht und eine weit vorstehende Nase, die zu seinem ohnehin topplastigen Körper nicht recht passen wollte. In seiner Freizeit trug er weite Hosen und Polohemden in Pastellfarben. Er fuhr einen unauffälligen grauen Lieferwagen. Bei der Arbeit hatte er immer eine Pistole bei sich.

Als er nach Hampstead kam, mietete er einen Wohnwagen auf einem Grundstück an der Post Road. Tag für Tag hatten die Zwillinge den Wagen neben dem Wohnwagen parken sehen. Zum Wochenende war der Wagen manchmal weg, nachts meistens. Endlich – inzwischen hatte Starbuck ein Haus gefunden, das er mieten wollte – beschlossen Bruce und Dicky, sich den Wohnwagen und den Lieferwagen mal von innen anzusehen.

Eines Tages – Starbuck mußte gerade geschlafen haben – stieg Bruce in den Lieferwagen. Er war innen genauso sauber wie außen; sauber und absolut leer. Aber Bruce inspizierte das Handschuhfach und stellte fest, daß die kalifornische Lizenz auf einen anderen Namen ausgestellt war als den, unter dem der Wohnwagen gemietet worden war.

»Hier haben wir was, Dicky«, sagte er zu seinem Bruder. Am nächsten Abend stiegen sie auch in den Wohnwagen ein.

Und das war besser als erwartet. Sie fanden Fernsehgeräte, Silbersachen, ganze Ständer mit Kleidung – und ein halbes Dutzend Schuhkartons voll Geld. »He, der Kerl ist das Wahre«, sagte Bruce. Er war so beeindruckt, daß er wie erschlagen dastand.

Am nächsten Tag gingen sie nach der Schule wieder zu dem Wohnwagen. Sie klingelten. Der Mieter kam an die Tür und sah sie mißtrauisch an. »Mr. Starbuck?« sagte Bruce. »Entschuldigung, ich meine natürlich Mr. Sutter?«

Als sie gingen, hatten sie ein neues Fernsehgerät und einen Beutel voll bestem mexikanischen Stoff. Auch hier war Gary Starbuck den Ratschlägen seines Vaters gefolgt: »Wenn du Partner hast, selbst Partner, die dir nicht passen, behandle sie richtig. Ein Partner ist ein Partner, auch wenn er nichts taugt, und wenn man ihn ein wenig schmiert, wird es sich früher oder später auszahlen.« Er war ganz sicher, daß er für die Norman-Zwillinge eine Verwendung finden würde.

7

Patsy McCloud lebte mit einer ganz großen Angst, und selbst am Abend der verkorksten Dinner-Party mit den Allbees und Ronnie überschattete sie alle anderen kleinen Ängste. Als sie sieben war, hatten ihre Eltern sie in eine Irrenanstalt mitgenommen, in der ihre Großmutter Tayler lebte, ihre Eltern besuchten Großmutter Tayler zwei oder dreimal im Jahr, aber für Patsy war dies der erste Besuch. Während der langen Fahrt von Hampstead nach Hartford hatte ihr Vater üble Laune gehabt, denn er wollte nicht, daß seine Tochter seine Mutter kennenlernte; aber Patsys Mutter, die den immer häufigeren Bitten der alten Frau dauernd mit schlechtem Gewissen ausgewichen war, hatte darauf bestanden.

Man hatte sie in einen großen, in Primärfarben gestrichenen Raum geführt, der aussah wie ein Kindergarten. Die Schwestern strahlten Patsy an, die sich schon unbehaglich fühlte, denn sie hatte die Spannung zwischen ihren Eltern und den seltsamen beschädigten Wesen erkannt, die hier durch die Gänge strichen. Leute, deren Köpfe zu groß für ihre Körper waren, ja, Leute, deren Zungen zu groß für ihre

Köpfe schienen. Ein Mann, der wie besessen an einer Wand hin und herlief, hatte eine schaufelförmige fünf Zentimeter tiefe Delle an der Stirn. Die Schlösser und Riegel, die sie auf dem Weg in diesen Raum gesehen hatte, gaben ihr das Gefühl, daß sie selbst eine Gefangene in dieser Anstalt war. Vielleicht war es ein Trick. Ein Trick, um sie hierher zu lokken, und vielleicht wollten ihre Eltern sie hierlassen! Sie war zwar das einzige Kind hier, aber der Raum schien für Kinder gedacht. Das sah man an den Buntstiften auf den Tischen und an den naiven Zeichnungen an den Wänden.

Ihre Großmutter betrat den Raum durch eine helle orangefarbene Tür, von zwei Pflegern begleitet. Sie sprach mit sich selbst. Patsys erster Gedanke war, daß sie noch nie eine so alte Frau wie ihre Großmutter gesehen hatte; der zweite, daß ihre Großmutter hier hingehörte. Ihr weißes Haar war schütter und glanzlos, und ihre Augen wirkten glasig. Aus ihrem Kinn sprossen weiße Haare. Sie beachtete Patsys Eltern überhaupt nicht, sondern saß auf dem Stuhl, auf den die Pfleger sie gesetzt hatten, schlug die Augen nieder und murmelte vor sich hin.

»Wir haben Patsy mitgebracht«, sagte Patsys Mutter. »Darum hast du uns doch gebeten. Wir wollten, daß du sie einmal kennenlernst, Mutter Tayler.«

Patsys Vater schnaufte angewidert und drehte seiner Familie den Rücken zu.

Patsy schaute in das leere, nach innen gerichtete Gesicht der alten Frau.

»Willst du deine Enkeltochter nicht begrüßen, Mutter Tayler?«

»Im Hof hängt ein Mann«, murmelte die alte Frau, und Patsy erschrak. »Er baumelt an einem Seil hin und her. Zu viele Rechnungen. Rechnungen, immer nur Rechnungen. Aber nächste Woche werden sie ihn wohl finden. Habt ihr Dannys Tochter mitgebracht?« Mit leeren wäßrigen Augen sah sie Patsy an. »Armes Mädchen«, sagte ihre Großmutter. »Sie ist auch so eine. Das hübsche Ding. Es gefällt ihr hier nicht. Sie glaubt, ihr wollt sie bei mir lassen. Armes Mädchen. Werden sie ihn nächste Woche finden, kleines Mädchen?«

Die blassen Augen verloren ein wenig von ihrer Leere, und Patsy hatte den Mann am Ast eines Baumes hängen sehen; durch ein Fenster sah sie einen mit Papieren bedeckten Schreibtisch. »Ich weiß nicht«, sagte Patsy voll Entsetzen.

»Ich würde dich lieben, wenn du bei mir bleiben wolltest«, sagte Großmutter Tayler, und damit war das Interview abrupt beendet. Ihr Vater nahm sie auf den Arm und trug sie zum Wagen. Zehn Minuten später kam auch ihre Mutter. Keiner von beiden kam je wieder auf den Gedanken, Patsy zu ihrer Großmutter mitzunehmen.

Zwei Tage später fragte Patsy ihren Vater, ob man den Mann schon gefunden habe. Ihr Vater wußte nicht, was sie meinte. Sie begriff, daß ihr Vater wütend war und tiefe Scham empfand. Seinetwegen und ihretwegen.

Aber sie vergaß nie, wie Großmutter Tayler sie empfangen hatte. *Armes Mädchen. Sie ist auch so eine.* Als sie in die Augen der alten Frau geschaut hatte, war sie sich so durchsichtig wie Glas vorgekommen. In diesen Augen hatte nüchterne Verzweiflung gelegen und ein Verstehen, das über den Tod hinausgriff. Der einzige Unterschied zwischen Patsy und ihrer Großmutter lag darin, daß Großmutter Tayler in dieser Hinsicht besser war. Schon bevor sie die Pubertät erreichte, konnte Patsy kleine Gegenstände über den Tisch bewegen, das Licht anschalten und Türen öffnen, indem sie ganz einfach an diese Vorgänge dachte und sie mit der gelben Glut eigenen Wollens umgab. Diese Fähigkeit war ihr Geheimnis, ihr bestgehütetes Geheimnis. Sie hatte sofort gewußt, daß Großmutter Tayler viel mehr als das tun konnte – wenn sie gewollt hätte, wäre Großmutter Tayler imstande gewesen, das ganze Gebäude um sich herum einstürzen zu lassen, um selbst frei und unverletzt davonzuschreiten. Aber das war gar nicht Großmutter Taylers Absicht. Für Patsy war die alte Frau mit dem absichtlich ausdruckslosen Gesicht und dem zerbrochenen Verstand eine unerbittliche Vorausschau auf ihre eigene Zukunft.

Als sie zum ersten Mal ihre Tage hatte, war die Fähigkeit, allein durch Willenskraft Gegenstände zu bewegen, verschwunden. Das Frausein hatte ihr diese Fähigkeit genommen und an ihre Stelle Blut und Krämpfe gesetzt. Fast ein Jahr lang war sie genau so wie jedes andere Mädchen, das sie kannte, und dafür war sie dankbar.

Dann war eine neue Schülerin in ihre Klasse gekommen. Marilyn Foreman, ein unansehnliches Ding mit stumpfem Haar und einem strengen Mund. Marilyn Foreman war kaum zur Tür hereingekommen, als Patsy es auch schon wußte. Und Marilyn erkannte sie auf die gleiche Weise. Das andere Mädchen war eine unvermeidliche Tatsache. Marilyn war Patsys Schicksal, wie ihre Großmutter ihr Schicksal gewesen war. In der Pause kam das andere Mädchen zu ihr und wollte sie sofort für sich gewinnen. »Was kannst du? Ich sehe Dinge, und die passieren dann auch.« »Mach, daß du wegkommst«, sagte Patsy, aber sie sagte es halbherzig, und Marilyn blieb. Patsy wußte, daß Marilyn Foreman alle ihre anderen Freundinnen vertreiben würde, aber sie tat nichts dagegen. Die beiden waren füreinander bestimmt. »Es wird geschehen«, sagte Marilyn mit ihrer knarrenden gedehnten Stimme. »Ich weiß, daß es auch dir geschehen wird.« Obwohl es zwischen ihnen keine Zuneigung gab, denn das andere Mädchen brauchte keine Zuneigung, kamen sie und Marilyn einander so nahe, daß sie sich auch im Aussehen immer ähnlicher wurden. Die hübsche Patsy wurde häßlicher und die häßliche Marilyn hübscher. Sie trafen sich auf halbem Wege. Manchmal ertappte Patsy sich dabei, daß sie in Marilyns Tonfall redete. Die Taylers begriffen nicht, wieso ihre gutaussehende und überall beliebte Tochter sich von dieser komischen Marilyn Foreman so sehr beeinflussen ließ.

Sie *reisten* gemeinsam. Das Wort hatten sie sich beide ausgedacht, aber die Idee stammte von Marilyn. Abends, wenn sie eigentlich ihre Schularbeiten machen sollten, faßten sie sich an der Hand und schlossen die Augen. Patsy hatte immer ein prickelndes, gar nicht unangenehmes Angstgefühl, wenn ihre Gedanken sich vereinten und davonschwebten. Wenn sie reisten, sahen sie seltsame Landschaften, heiße geschmolzene Farben – und nie wußten sie schon vorher, was sie sehen würden. Es mochten Leute sein, die in einem Restaurant aßen, oder eine Schülerin aus ihrer Klasse, die am

Strand von Sawtell spazieren ging. Einmal sahen sie, wie ein Lehrer und eine Lehrerin aus ihrer Schule, die nicht miteinander verheiratet waren, sich auf dem Fußboden eines leeren Zimmers liebten. Ein anderes Mal sahen sie einen Mann, den sie als Lehrer der J. S. Mill High School erkannten, nackt auf einem Jungen liegen, der in der Fußballmannschaft der Schule spielte. »So etwas Schmutziges«, sagte Marilyn. Aber im allgemeinen war es Marilyn egal, was sie sahen, wenn sie reisten. Sie beobachtete genauso gern Fremde in einem Restaurant, die eine Mahlzeit einnahmen, die sie nicht schmecken konnte, wie sie ihre anderen, weit farbigeren Visionen genoß.

Eine andere Vision schien in der Vergangenheit zu liegen und wäre allein aus diesem Grund schon ungewöhnlich gewesen. Die beiden Mädchen sahen eine Straße, bei der es sich unverkennbar um die Riverfront Avenue handelte. Nur die Ölgesellschaft und die Bürogebäude waren verschwunden. Kurze gedrungene Fischerboote lagen an der Pier vertäut; stumpfnasige alte Autos standen auf einer Rasenfläche, auf der man schon vor vielen Jahren Parkplätze angelegt hatte. Auf einem dieser Boote goß ein bärtiger Mann mit einer Strickmütze Wein in eine Kaffeetasse und in ein Weinglas. Eine Frau in einem Seidenkleid lehnte an der Reling. »Hier ist etwas verkehrt«, sagte Marilyn. »Das gefällt mir nicht.« Sie versuchte, Patsy ihre Hand zu entziehen, aber Patsy packte um so härter zu: diese Vision gehörte ihr, und sie wollte sie sich von Marilyn Foreman nicht wegnehmen lassen, auch wenn sie sich als schrecklich erweisen sollte. Denn sie würde schrecklich sein, das wußte sie.

Der bärtige Mann lächelte die Frau an und startete den Motor. Das Boot tuckerte auf den Fluß hinaus und nahm Kurs auf das offene Meer. Der Mann packte die Frau und tat so, als tanzte er. Er schwankte und schlurfte mit den Füßen. Dabei lachte er. Patsy sah, daß der Mann gut aussah, so wie ein Bulle gut aussehen kann. »Scheußlich«, sagte Marilyn. Lächelnd streichelte der Mann mit seinen groben Fingern den Hals der Frau. Dann schloß er die Hände und drückte seine Daumen in das weiche Fleisch. Seine Augen funkelten.

Dann warf er sich über die Frau, so daß sie auf das in der Sonne glänzende Deck stürzte. Sie rangen miteinander und wälzten sich herum, bis der Mann den Kopf der Frau packte und auf die Planken schmetterte. Seine Bewegungen waren konzentriert und zielstrebig. Marilyn fing an zu zittern. Als die Frau sich nicht mehr bewegte, holte der Mann eine Rolle Wachstuch aus einem Fach und verschnürte sie darin. Dann warf er den eingewickelten, noch lebenden Körper der Frau in den Nowhatan und trank seinen Wein aus. Patsy schüttelte sich vor Ekel. Als das Bild des Fischers auf seinem Boot sich in das Bild eines anderen Fremden verwandelte, der auf dem Country-Club Beach stand, ließ sie Marilyns Hand los. Sie wußte, daß weitere Szenen von Tod und Gewalt sich vor ihren Augen abspielen würden, wenn sie darauf bestand.

Werden sie ihn nächste Woche finden, kleines Mädchen?

Als die Foremans nach Tulsa gezogen waren, verzichtete Patsy darauf, allein zu reisen. Sie und Les gingen an das Connecticut State College. Tagelang verfolgten sie das Drama der Ermordung Kennedys im Fernsehen. Manchmal setzte sie Les dadurch in Erstaunen, daß sie die Noten für seine Examensarbeiten genau voraussagte. Wenn sie prophetische Träume hatte, behielt sie sie für sich. Les hatte schon angefangen, sie »Erz-Yankee« zu nennen. Nachdem sie 1964 geheiratet hatten, lebten sie in Hartford, New York City, Chicago, London und Los Angeles und wurden dann nach New York zurückversetzt. Sie kauften das Haus in Hampstead, und Les fuhr jeden Tag nach New York, um, wie er es nannte, »sich den Arsch zu verbrennen«. In Chicago hatte er angefangen, sie zu schlagen. Kurz vorher war er aufgrund hervorragender Leistungen in eine wichtige Position aufgerückt.

8

An jenem Sonntagabend schlug Les Patsy nicht; betrunken und mürrisch sagte er ihr, daß sie, verglichen mit Ronnie Riggley und Laura Allbee, gar keine richtige Frau sei. Er lief im Haus umher und trank dabei seine Flasche aus, während

Patsy sich ins Schlafzimmer zurückzog. Hin und wieder hörte sie ihn etwas von »Weibischen Schauspielern« murmeln. Als sie ihn die Treppe heraufkommen hörte, floh sie in das Gästeschlafzimmer neben ihrem eigenen, wo sie sich mit Bücherregalen, einem Schreibtisch und einer Klappcouch eingerichtet hatte. Sie schaltete das Sony-Schwarzweißgerät an, das im Regal stand, um einen Film zu sehen, bis Les eingeschlafen war.

Um halb eins riß ein krachendes und berstendes Geräusch von draußen sie aus dem Schlaf. Auch Les war von dem Lärm aufgewacht, und sie hörte ihn im dunklen Schlafzimmer umhertorkeln. Die Tür schlug zu. Sie rief ihn, aber statt einer Antwort hörte sie die Haustür ins Schloß fallen. Patsy schaute aus dem Fenster. Im gelben Glanz der Notbeleuchtung, die vor den meisten Häusern angebracht war, sah sie einen verrosteten schwarzen Wagen um die Ecke der Charleston Road biegen. Eine Sekunde später sah sie Les in Bademantel und Pantoffeln in die gleiche Richtung rennen. Er hatte eine Pistole in der Hand.

Sie kannte Les gut genug, um zu wissen, daß er die Waffe zu Hause gelassen hätte, wenn Richard Allbee und Bobo Farnsworth nicht vorher im Haus gewesen wären. Aber die Jugend und die Kraft des einen und der Ruhm des anderen, wenn auch heute ohne Bedeutung, hatten ihn provoziert. Patsy rannte auf die Straße und hinter ihrem Mann her.

Ein sterbender Spatz fiel auf das Abflußgitter vor dem Haus. Normalerweise wäre sie stehengeblieben, aber sie hörte von der nächsten Straßenecke eine Polizeisirene und rannte an dem zuckenden Vogel vorbei darauf zu.

An der Ecke Charleston Road und Beach Trail stand eine zweite Straßenlaterne, und direkt darunter stand ein kleines Mädchen mit einer Brille und strähnigen braunen Haaren. Es sah Patsy an. Patsys erster Gedanke war, daß es ungewöhnlich sei, um diese späte Stunde ein Kind auf der Straße anzutreffen. Dann kam ihr das Kind bekannt vor, aber ihre Sorge um Les ließ sie weiterlaufen, bis sie die Straßenecke erreicht hatte. In der Einfahrt des Hauses im Beach Trail, das der Rückseite ihres eigenen Hauses direkt gegenüberlag, sah sie einen

Streifenwagen stehen. Ein Polizist stand neben einem gebeugten alten Mann und einem schmächtigen Jungen. Les stand geduckt vor ihnen und hielt seine Pistole in Schußposition.

»Oh, mein Gott«, hauchte Patsy. Les war verrückt geworden und stand im Begriff, jemanden zu erschießen, wenn der Polizist ihn nicht vorher erschoß.

Dann wußte sie plötzlich, daß das Kind unter der Straßenlaterne Marilyn Foreman war. Unfreiwillig wandte sie den Blick von ihrem Mann, der seine Waffe auf den Polizisten gerichtet hatte, und schaute zu dem Kind hinüber. Marilyn Foreman mit ihrer Haarschleife, den heruntergerollten Socken und dem strengen Gesicht. Marylin stand im Licht und warf keinen Schatten. »Nein«, rief Patsy. »Das ist nicht ...« Marilyn öffnete den Mund und fing an zu sprechen, aber es kamen keine Worte. Sehr laut hallte ein Schuß durch die stille Straße.

9

»Gary Starbuck ist Profi«, sagte Dicky Norman zu Tabby, als sie in die Bridge Road einbogen und über den Nowhatan fuhren. »Der Kerl ist keine Flasche. Außer uns kennt niemand sonst seinen richtigen Namen. Junge, Junge, hat der Sachen.«

»Profi? Wie meinst du das?«

Beide Brüder fingen an zu lachen. Sie fuhren die Greenbank Road hinauf. Es fehlte nicht viel, und der reparierte Motor des Oldsmobile hätte Flammen aus dem Auspuff gejagt.

»Er holt Sachen«, sagte Bruce, »aus den Häusern anderer Leute. Mann, wenn der mit einem Haus fertig ist, bleiben nur noch die Termiten zurück. Ich wette, Gary Starbuck verdient mehr Geld im Jahr als jeder andere hier. Verdammt, Mann, der Kerl muß Millionär sein, bei den Sachen, die er hat.«

»Ach so«, sagte Tabby.

»Und wir werden uns mit ihm zusammentun«, krähte Dicky.

»Das ist nichts für mich«, warf Tabby ein.

»Oh, natürlich nicht heute nacht. Heute üben wir ein bißchen mit dem Zerstörer. In Greenbank. Wir haben es genau ausgerechnet. Wir erreichen Greenbank zehn Minuten nachdem Bobo der Clown zur Post Road abgefahren ist. Den Kerl haben wir im Griff, Mann. Wir kennen *jede seiner Bewegungen*. Und er wird wie ein richtiges Arschloch aussehen.«

»Habt ihr nicht schon ein paar Briefkästen in Greenbank erledigt?« fragte Tabby, der die Beweise für den Eifer der Zwillinge gesehen hatte.

»Ja, aber dies ist speziell für Bobo«, sagte Dicky und hielt den Schläger an seine Handfläche. »Und anschließend können wir uns vielleicht noch kurz mit Gary Starbuck unterhalten, es sei denn, du mußt nach Hause, Kleiner.«

»Das muß ich wohl.«

»Das regeln wir später«, sagte Bruce vom Vordersitz.

»Ich stehle nichts aus den Häusern anderer Leute, und ich will keinen kennenlernen, der so etwas tut«, sagte Tabby. Er war so nervös, daß seine Stimme fast gouvernantenhaft klang. »Ich habe noch nicht einmal besondere Lust, die Briefkästen meiner Nachbarn zu zertrümmern.«

Kicky schlug ihm mit der flachen Hand auf den Kopf. »Wach auf, Junge.«

»Ich *wohne* hier.«

»He, er wohnt hier«, sagte Bruce.

Dicky drehte das Fenster runter und hielt den Schläger raus, als sie um die Ecke fuhren.

Ein Briefkasten brach mit einem Geräusch vom Pfosten ab, als bräche ein Genick. »Den haben wir«, schrie Dicky fröhlich.

»He, du mußt doch gar nichts Besonderes machen«, sagte Bruce. »Wir sind doch Freunde, okay?«

»Ja.«

»Das klingt nicht besonders freundlich«, sagte Kicky und klatschte das Ende des Schlägers in seine Handfläche.

»Bei Einbrüchen mache ich nicht mit«, sagte Tabby. »Mehr wollte ich nicht sagen.«

»He, wir haben doch kein Risiko«, sagte Bruce. »Glaubst du, wir sind so dumm, wie wir aussehen?«

Tabby sagte nichts.

»Da ist noch einer«, sagte Dicky. Sie fuhren am Tor der Akademie von Greenbank vorbei. Er hielt den Schläger aus dem Fenster, als Bruce abbremste. Mit einer Hand hob Dicky den Schläger und schlug wuchtig zu. Der Briefkasten der Akademie war erledigt. Kicky brüllte vor Vergnügen, als Bruce Gas gab.

Als Bruce in den Beach Trail einbog, protestierte Tabby. »Ihr wißt doch, daß ich hier wohne, Jungs.«

»Tabs, langsam kotzt du mich an«, sagte Dicky.

Warum bin ich überhaupt hier, fragte sich Tabby plötzlich. Weil diese beiden Arschlöcher für mich 'ne Cola ausgegeben haben? »Es hört sich vielleicht komisch an«, sagte er, »aber habt ihr beide schon jemals daran gedacht, Polizisten zu werden? Ich wette, ihr würdet als Polizisten ganz große Klasse sein.«

»Scheiße«, sagte Dicky und Bruce gleichzeitig. »Kein Geld, Tabs, kein Geld. Alle Polizisten von Hampstead wohnen in Norrington. Wußtest du das nicht?«

»Der nächste ist für dich, Tabs«, sagte Dicky. Sie fuhren die Cannon Road hinauf, aber sie sahen den Streifenwagen von Bobo Farnsworth nicht, der unter Bäumen in Leo Friedgoods Einfahrt stand. Leo hatte seine Außenbeleuchtung nicht eingeschaltet.

»Wißt ihr, was ich tun möchte?« sagte Bruce. »Ich möchte irgendwann ein richtig großes Tier abknallen – den Präsidenten, Mann, oder John Denver. Ich möchte der erste sein, der je versucht hat, John Denver zu erledigen.«

Dicky stieß Tabby den Schläger vor die Brust. »Fahr auf die andere Seite, Bruce.«

»Nicht auf meine Seite«, sagte Tabby, der sah, wohin Bruce steuerte. »Ich tu's nicht.«

»Das kotzt mich *an*.«

»Okay.«

Bruce bog in die Charleston Road ein und fuhr auf die falsche Straßenseite. »Du bist an der Reihe, Tabs.«

Wütend und verzweifelt hielt Tabby den Schläger aus dem Fenster. Er hielt den Griff mit beiden Händen. Noch nie hatte er etwas so widerwillig getan. Wuchtig traf der Schläger den Briefkasten. Tabby konnte ihn nur mit Mühe festhalten. »*Geschafft*«, seufzte Bruce. »Jetzt bist du einer von uns.«

Dicky schlug ihm auf die Schulter. Tabby taten die Arme weh. Er spürte den Schlag in Bizeps und Schultern.

Bruce gab Gas. »Wir machen noch einen – ich will euch sagen, was wir machen. Ihr kennt doch den Parkplatz vor der Imbißbude mit der großen Leuchtreklame, die sich dauernd dreht?«

»He, da rennt einer hinter uns her«, rief Dicky amüsiert. »Wahrscheinlich will er unsere Nummer aufschreiben. Der hat doch nich' alle Tassen im Schrank.«

Tabby drehte sich um, sah einen Mann in Pyjama und Bademantel, der sie wütend verfolgte.

»Bye-bye«, sagte Bruce und fuhr um die Ecke in den Beach Trail. Er griff nach hinten, und Dicky gab ihm den Schläger in die Hand.

»He, ich bin doch fast schon zu Hause«, sagte Tabby hastig. »Warum laßt ihr mich nicht …«

Bruce fuhr auf die andere Straßenseite und schlug einen Briefkasten vom Pfosten.

Als der Briefkasten über die Einfahrt segelte, hörten sie von der Cannon Road her die Sirene eines Streifenwagens.

»Laßt mich raus«, verlangte Tabby.

»Mein Gott«, schrie Dicky. »Verpiß dich!«

»Das ist genau wie mit Skippy, Mann«, sagte Bruce zu seinem Bruder. »Soll er doch abhauen.«

Dicky stieß Tabby gegen die Tür.

»Verschwinde«, zischte er. »Dir passiert schon nichts. Du mußt bloß verschwinden.«

Tabby öffnete die Tür und sprang aus dem Wagen. Dreißig Sekunden später bog Bobo Farnsworth mit Blaulicht und Sirene in den Beach Trail ein. Hinter Bobo rannte Les McCloud die Charleston Road hoch. Er fuchtelte mit seiner Pistole und brüllte Obszönitäten.

10

In Greenbank, wie fast überall in Hampstead, war nur noch in wenigen Fenstern Licht zu sehen. Unter dem grellen Licht der Notbeleuchtung wirkten die Rasen vor den Häusern wie Theaterkulissen. Am oberen Ende der Charleston Road war niemand mehr wach, wenn auch im zweiten Stock des Hauses der McClouds zwei Fenster erleuchtet waren – Patsy und Les schliefen in verschiedenen Zimmern. Zu diesem Schluß kam Bobo Farnsworth, ohne sich auch nur im geringsten zu wundern. Manchmal wurde er dorthin gerufen, um einen Streit zu schlichten, und traf dann die hübsche junge Frau mit einem blauen Auge und einem gebrochenen Kiefer an. Und nachdem Les die Nacht in einer Zelle verbracht hatte, holte Patsy ihn ab und erzählte, sie sei von einer Leiter gefallen. Im Beach Trail brannte überhaupt kein Licht. Er bog in die Cannon Road ein und sah sofort, daß die Fenster des Wohnzimmers und des Eßzimmers in Leo Friedgoods Haus hell erleuchtet waren, wenn auch die Hofbeleuchtung ausgeschaltet war. Der Junge konnte wohl nicht schlafen und hatte vergessen, die Vorhänge zuzuziehen. Vielleicht war Leo auch wieder stinkbesoffen. Auf jeden Fall würde er sich über Gesellschaft freuen.

Bobo fuhr in die Einfahrt und stellte seinen Wagen neben einer Reihe von Bäumen ab. Es mußte ja nicht unbedingt jeder Nachbar, der vielleicht einen Mitternachtsspaziergang machen wollte, auf den Gedanken kommen, daß Leo Friedgood von Hampsteads besten Leuten immer noch verhört wurde. Als er zu den erleuchteten Fenstern hinaufschaute, sah er, daß sich an der Wohnzimmerwand ein Schatten bewegte. Er stieg die Treppe hoch und klingelte.

Friedgood reagierte nicht, und er klingelte ein zweites Mal.

»Wer ist da?« fragte eine erstickte Stimme gleich hinter der Tür.

»Officer Farnsworth«, sagte Bobo. »Ich drehe gerade meine Runde und wollte fragen, ob Sie irgend etwas brauchen.«

Friedgood antwortete nicht.

»Vielleicht wollen Sie sich auch nur ein wenig unterhalten?«

»Machen Sie, daß Sie wegkommen«, sagte die Stimme.

»Das klingt nicht gut. Ist alles in Ordnung, Mr. Friedgood?«

Am Fenster links wurde der Vorhang zugezogen. Friedgood stieß knurrende Laute aus. Offenbar befand er sich in einem Zustand panischer Angst.

»Machen Sie auf, Mr. Friedgood. Lassen Sie mich Ihnen helfen.«

Bobo drehte den Griff und stieß die Tür auf. Sofort merkte er, daß es hier nach verbranntem Fleisch roch. Friedgood verschwand nach links und ging ins Wohnzimmer. Bobo stellte überrascht fest, daß Friedgood einen Hut aufhatte. Friedgood schaltete im Wohnzimmer das Licht aus, bevor er sich umdrehte.

Als erstes sah Bobo, daß der Mann eine Art Pilotenbrille mit dunklem Glas trug. Er hatte sich den Hut tief in die Stirn gezogen. Die Hände steckten in Handschuhen. Friedgoods halbes Gesicht schien geschwollen und verzerrt; die andere Hälfte, vom unteren Brillenrand bis zum Hemdkragen, war rot wie rohes Steak. Der Schnauzbart war verschwunden.

»Bleiben Sie weg«, sagte Friedgood. Seine Lippen waren weiß und sahen aus wie geschminkt. »Ich habe irgendwas. Kommen Sie nicht näher.«

»Wer ist Ihr Arzt?« brachte Bobo mühsam hervor. Friedgood hob die Hand und wischte sich über die rote Seite seines Gesichts. Selbst in der Dunkelheit erkannte Bobo, daß der Handschuh anschließend blutbeschmiert war. Es sah aus, als litte Friedgood an einer besonders bösartigen Akne und hätte sich bei dem Versuch, das Problem zu lösen, die Haut abgeschnitten. Oder verbrannt.

»Mein Arzt kann mir nicht helfen.« Leo zog sich weiter in die Dunkelheit zurück. »Zufrieden? Und jetzt raus mit Ihnen. Ich wünsche Ihre Gesellschaft nicht.«

Bobo schaute zu Friedgood hinüber – seine linke Gesichtshälfte, die angeschwollene, war so weiß wie seine Lippen. Die Wange, entweder der Knochen oder die Haut darüber, schien sich unabhängig zu bewegen, wie eine Maus, die sich im Schlaf regt. »Nehmen Sie Hut und Brille ab«, sagte Bobo. »Mein Gott, sowas hab ich noch nie gesehen.«

Von draußen hörte er ein Geräusch wie eine Explosion. Ihm blieb fast das Herz stehen.

Friedgood kicherte. Ein Wagen raste mit aufheulendem Motor davon.

»Ich gehe lieber«, sagte Bobo. »Wieder einer von diesen verdammten Briefkästen. Aber wenn ich Ihnen irgendwas besorgen kann, wenn ich irgendwie helfen kann …«

»Lassen Sie mich in Ruhe«, sagte Friedgood. »Sie können nichts für mich tun. Verschwinden Sie.«

Bobo wandte sich ab und rannte fast, als er zur Tür ging. Er hatte plötzlich eine Gänsehaut. Als er seinen Wagen erreicht hatte, sah er, daß Friedgood das Licht ausgeschaltet hatte. Einen Augenblick noch sah er das Bild des Mannes in dem großen Haus vor sich, den phosphoreszierenden Schimmer seiner zerstörten Haut … Dann ließ er den Wagen auf die Straße hinausschießen, daß der Kies spritzte.

Er spähte nach roten Rücklichtern aus, als er in die Charleston Road einbog, und erkannte aus den Augenwinkeln, daß Les McClouds Briefkasten an einer Seite eingeschlagen war. Als er am Haus vorbeifuhr, öffnete sich die Haustür, und Licht fiel auf den Rasen. Les wollte wohl den Schaden inspizieren. Bobo fuhr weiter und hielt nach roten Lichtern Ausschau. Vielleicht kurvten die Vandalen in diesem Teil Greenbanks durch das Straßenlabyrinth, vielleicht waren sie aber auch den Beach Trail hinuntergefahren, um die Mount Avenue zu erreichen. Das hielt Bobo für das Wahrscheinlichere.

Wieder hörte er einen lauten Knall. Ein weiterer Briefkasten war hin. Er schaltete die Sirene an und bog in den Beach Trail ein.

Einen Block weiter sah er Bewegung, aber keinen Wagen. Vor einem verwitterten alten Haus war ein zerbeulter Briefkasten halb über die Straße gerollt, und ein Junge bückte sich, um ihn aufzusammeln. Als der Junge die Sirene hörte, schaute er in Bobos Richtung, aber er lief nicht weg. Er trug den Kasten zum Pfosten zurück.

Bobo fuhr an den Bordstein, schaltete Scheinwerfer und Sirene ab und stieg aus. »Moment, mein Junge«, sagte er. »Hast du einen Wagen vorbeifahren sehen – hast du gesehen, wer das getan hat?«

Der Junge schüttelte den Kopf, und Bobo trat näher heran. »He, ich hab dich doch vorhin gesehen. Du warst mit den Normans zusammen.«

»Ja«, sagte Tabby. »Ich wohne in der Hermitage Road. Ich sah den Briefkasten auf der Straße liegen.«

»Es lohnt sich nicht, das Ding wieder anzunageln«, hallte eine Stimme über den Rasen. Tabby und Bobo drehten sich um und sahen einen gebeugten alten Mann in einem grauen Sweatshirt und ausgebeulten weißen Hosen, der langsam durch die Dunkelheit auf sie zuschlurfte. »Wenn ich es täte, würde irgendein Idiot kommen und alles nur noch schlimmer machen – wissen Sie, als sie das Ding das letzte Mal umbrachten, haben sie ihm nicht einmal den Kopf abgeschlagen.«

Bobo sah, daß der Junge den alten Mann erschrocken ansah, als erkannte er ihn wieder, als sei er eine Berühmtheit, vielleicht irgendein Filmstar. Dann schaute Bobo sich den Mann näher an. Er war kein Filmstar. Am Hals und unter dem Kinn hatte er silberweiße Bartstoppeln. Sein Gesicht war zerfurcht, die Wangen eingefallen. Unter buschigen Brauen blitzten helle Augen. Er hatte Sommersprossen auf der Stirnglatze, und um die großen Ohren wehte ein weißer Haarkranz. Das Gesicht war welk, aber es strahlte dennoch Energie aus. Der Mann war eine Persönlichkeit, das wußte Bobo sofort, auch wenn er ihn nicht erkannte, und er änderte den Ton, den er sonst angeschlagen hätte.

Der alte Mann registrierte den erstaunten Blick des Jungen, der Bobo von Sekunde zu Sekunde rätselhafter erschien, und sah den Polizisten freundlich an. »Mein Name ist Graham Williams. Ich glaube nicht, daß dieser Junge der berüchtigte Briefkastenmörder ist. Sie etwa? Bist du es, mein Junge? Bist du der Ramon Mercador der Briefkästen?«

Weder Bobo noch Tabby kannten den Namen von Leo Trotzkis Mörder, aber bei dem Namen des alten Mannes horchte Bobo auf. »Williams – von Ihnen habe ich schon mal gehört.«

»Fragen Sie Turtle über mich aus«, sagte der Alte. »Er wird Ihnen einen ganzen Haufen Lügen erzählen. Vor dreißig oder vierzig Jahren hatte ich Schwierigkeiten mit zwei Stinktieren namens Nixon und McCarthy. Und ein ganzes Rudel weiterer Stinktiere wollte, daß ich vor einem Ausschuß aussagen sollte. Ich hätte fast –«

Schreie vom unteren Ende der Straße unterbrachen Bobo, der gerade sagen wollte, daß er den Namen lediglich im Zusammenhang mit dem Notarztwagen kenne.

Alle drei schauten in die Richtung, aus der die Schreie kamen. Ein Mann im wehenden Bademantel rannte die Straße herauf auf sie zu. Seine Pantoffeln klapperten auf dem Asphalt. »Halt!« brüllte er. »Jetzt hab ich dich!«

Wieder sah Tabby den alten Mann an und flüsterte etwas, das Bobo nicht verstand, das Williams aber zu erschrecken schien.

Der alte Mann fuhr zurück und sah den Jungen prüfend an. »Du bist Monty Smithfields Enkel? Der Junge, der Tabby genannt wird?«

»Auf einem Boot«, sagte Tabby.

»Halt! Das gilt auch für Sie, Les«, sagte Bobo, der das Gespräch der beiden nicht weiter beachtet hatte. »Kein Grund zur Aufregung.«

Dann sah Bobo Les' Pistole und streckte die linke Hand aus, um ihn abzulenken, während er mit der Rechten das Halfter seiner eigenen Waffe öffnete. »Haben Sie einen Wagen gesehen, Les?« fragte Bobo ruhig.

»Gehen Sie aus dem Weg und lassen Sie Ihre Waffe stekken«, schrie Les. Er ging jetzt und atmete stoßweise.

»Sie sind betrunken, Les. Lassen Sie die Pistole fallen.«

»Zur Hölle mit Ihnen«, sagte Les und brachte sich mit ausgestreckten Armen und leicht eingeknickten Knien in Schußposition. »Der Junge hat eben mein Eigentum zerstört.«

»Dieser war es nicht«, sagte Bobo. Über Les' Schulter hinweg sah er Patsy aus der Charleston Road um die Ecke kommen. Sie schien wie betäubt. Bei einem Laternenpfahl blieb sie stehen und starrte ihn fast so erstaunt an, wie der Junge Graham Williams anstarrte.

»Und das ist Patsy Tayler«, sagte der alte Mann. »Sie hat

das knochige Gesicht der Taylers. Können Sie den Mann nicht dazu bringen, die Pistole fallen zu lassen?«

»Sie stellen sich vor einen Vandalen!« kreischte Les.

»Les«, sagte Bobo ruhig, »sind Sie verrückt? Wenn Sie die Waffe nicht fallenlassen, muß ich schießen.«

»Aus dem Weg!«

Graham Williams stellte sich vor Tabby. »Ich nehme an, das ist Ihre Frau da hinten«, sagte er mit tönender Stimme.

Die Mündung blitzte auf. Das Geräusch war lauter als ein Husten und leiser als ein Donnerschlag. Nach dem Schuß fuhr Les herum. Er ließ die Hand mit der Pistole schlaff herabhängen. Patsy rannte jetzt auf ihn zu.

Bobo hatte seinen Vierundvierziger in der Hand und zielte auf Les' Rücken. Dankbar erkannte er, daß es ihm erspart bleiben würde, zum ersten Mal im Dienst seinen Revolver abzufeuern. Les McCloud schwankte wie ein Mann auf Stelzen. »Nein! Nein!« schrie Patsy im Laufen. Die Pistole fiel Les aus der Hand und schlug scheppernd auf dem Boden auf. Dann setzte sich Les wie ein Kind auf die Straße. Bobo hörte Williams erleichtert aufatmen und schaute rasch hinüber. Er sah, daß er und der Junge unverletzt waren. Williams hatte dem Jungen den Arm um die Schultern gelegt. »Bleiben Sie da stehen«, befahl Bobo und ging auf Les und Patsy zu.

Er hörte, daß Les vor Wut schluchzte. Bobo bückte sich und hob die Pistole auf. Es war eine Zweiundzwanziger mit kurzem Lauf.

»Ich habe über Ihren Kopf gezielt, Sie Scheißkerl«, sagte Les. Dann wandte er sein rotes aufgedunsenes Gesicht seiner Frau zu. »Mach, daß du wegkommst, Patsy. Ich will dich nicht sehen.«

»Verdammt, ich sollte Sie mitnehmen und einsperren«, sagte Bobo. »Was zum Teufel haben Sie sich eigentlich dabei gedacht? Für dieses Ding könnte man Sie aus dem Verkehr ziehen. Was steht wohl auf Mordversuch? Fünfzehn Jahre? Zwanzig?«

»Ich habe nur mein Eigentum verteidigt.« Les flennte immer noch und hatte die Augen zugekniffen.

»Sie gottverdammter Narr«, sagte Bobo. Dann wandte er sich an Patsy: »Kommen Sie mit ihm zurecht? Oder soll ich ihn lieber für die Nacht einsperren?«

Patsy schüttelte den Kopf. Sie war von dem Schock noch immer wie gelähmt. *Eine gute Frau,* dachte Bobo. *Viel zu schade für dieses Arschloch.*

»Ich bringe ihn nach Hause, Bobo«, flüsterte sie. »Bitte.«

»Das wirst du nicht tun«, sagte Les, der immer noch mit ausgestreckten Beinen mitten auf der Straße saß.

Patsy hielt ihm die Hand hin, aber er stieß sie zurück.

»Sie machen, daß Sie nach Hause kommen«, sagte Bobo, griff Les unter die Arme und stellte ihn auf die Füße. »Die Zweiundzwanziger können Sie sich in ein paar Tagen im Revier abholen. Und ich will Ihren Waffenschein sehen.«

»Ich habe einen Waffenschein«, knurrte Les.

»Wenn ich nicht gerade bei Ihnen zu Gast gewesen wäre, bekämen Sie eine Anzeige wegen leichtsinnigen Umgangs mit einer Schußwaffe. Das wäre das *mindeste.*«

»Ich habe über Ihren Kopf gezielt.« Leo taumelte zur Seite, aber mit der Geschicklichkeit eines Gewohnheitstrinkers richtete er sich sofort wieder auf.

»Mit dieser Scheißkanone ist das viel gefährlicher, als direkt auf mich zu zielen«, sagte Bobo. »Gehen Sie nach Hause.«

Les taumelte ein paar Schritte die Straße hinauf. Als Patsy seinen Arm nehmen wollte, schlug er nach ihr.

»Lassen Sie ihn gehen«, sagte Bobo. »Mein Gott, dies ist das erste Mal, daß jemand auf mich schießt, und ich habe noch nicht einmal die Genugtuung ihn festzunehmen.« Er schaute in Patsys eingefallenes Gesicht. »Wie fühlen Sie sich?«

»Nicht besonders«, sagte Patsy. »Müssen Sie das überhaupt fragen?«

»Lassen Sie ihm eine halbe Stunde Zeit. Sie sollten in Ihrem separaten Zimmer schlafen.«

Patsy nickte. »Hat jemand vielleicht eine Tasse Kaffee?«

Sechs

Noch einmal Graham

1

»Sie haben einen Mann getötet«, hatte Tabby mir zugeflüstert, als dieser verrückte McCloud uns ›Halt!‹ zuschrie. Zum Glück verstand der große Polizist die Worte nicht, aber selbst wenn; ich glaube nicht, daß er mich mitgenommen hätte. Zum ersten Mal sah ich mir den Jungen genauer an. Bis dahin hatte ich ihn für einen besseren jugendlichen Kriminellen gehalten. Er war der Enkel des alten Monty, der Enkel, den dieser verloren hatte, nachdem er solche Hoffnung in ihn gesetzt hatte. Wenigstens zur Hälfte war Monty daran selbst schuld gewesen, das wußte ich – er hatte Clark immer viel zu streng behandelt. Alle alten Gesichter sterben aus. Sie verwandeln sich in das ewig gleiche runde freundliche amerikanische Kartoffelgesicht. Aber Tabby hatte, abgesehen von dem blonden Haar und den großen Augen, noch eine Menge von den Smithfields an sich. Monty und Clark hatten früher auch das feine Kinn und die hohe Stirn gehabt, aber die Züge des einen waren versteinert, die des anderen von Selbstmitleid zerfressen.

»Auf einem Boot«, hatte der Junge gesagt.

Er hatte die Fähigkeit – jene Fähigkeit, die niemanden glücklich macht, sondern links und rechts Leben zerstört. Der Junge hatte mich an jenem Abend des Jahres 1924 auf dem Hummerboot gesehen. Die Szene war wie eine Art Film hinter seinen Augen vorbeigezogen, und er fing an zu zittern. Die letzte Person, bei der ich diese Gabe so ausgeprägt angetroffen hatte, war die alte Josephine Tayler gewesen, und sie war schon vor ihrem vierzigsten Lebensjahr in eine Irrenanstalt gekommen.

Einige Leute haben diese Gabe nur für eine oder zwei Minuten und fragen sich dann für den Rest ihres Lebens, ob es wirklich geschah genauso wie ich mich das fragte, nachdem ich Bates Krell kennengelernt hatte –, während andere Leute sie ihr Leben lang am Hals haben. Von denen möchte ich keiner sein. Ich kann mich verdammt an fast alles erinnern, was mir je passiert ist, aber wenn ich mich an gewisse Dinge erinnern will, wird mir schwindlig, und mir stockt der Atem. So gehört zum Beispiel meine erste Begegnung mit Bates Krell und alles, was mit Bates Krell zusammenhängt, in diese Kategorie. Und Teil dieses Pakets ist auch der Nachmittag auf seinem Boot. Daß dieses Kind mit dem Kinn der Smithfields alles sehen konnte, als es mich nur anschaute, entsetzte mich mehr als die Pistole, mit der Les McCloud gerade in diesem Augenblick herumfuchtelte.

Gleichzeitig sah ich Patsy Tayler, Les' Frau, auf uns zukommen. Zuerst dachte ich, sie sei betrunken, zumal ihr Mann offensichtlich stinkbesoffen war. Aber sie war nicht betrunken. Das wußte ich eine Sekunde später. Ich wußte, daß sie vollkommen nüchtern war und etwas sah, das wir anderen nicht sehen konnten. Sie war auch so wie der kleine Smithfield. In der Familie der Taylers hatte diese Fähigkeit eine Generation übersprungen und war direkt von Josephine auf ihre Enkelin übergegangen.

Ich hatte dieses kleine Mädchen aufwachsen sehen, abgesehen von den Jahren in Kalifornien und der Zeit, die ich im Ausland verbrachte, und ich hatte nie gewußt, daß sie außer Josephines gutem Aussehen noch etwas anderes geerbt hatte.

Und auch das erschütterte mich. Wenn Tabby nicht gesagt hätte, daß ich auf einem Boot einen Mann getötet habe, hätte ich auch weiterhin geglaubt, daß das Tayler-Mädchen genau so besoffen war wie ihr Mann. Aber er *hatte* es gesagt, und das erinnerte mich an eine Zeit in meinem Leben, als auch ich ein wenig wie die beiden war. Ich schaute Tabby an und dann wieder Patsy, und es war, als hätte ich zwei photographische Negative vor Augen, zwei Leute, die hell waren, wo sie dunkel hätten sein sollen, und umgekehrt. Ich empfand Mitleid und Liebe und Angst: Angst, weil ich wußte, daß das Auftreten zweier Menschen – nein, dieser beiden Menschen – auf gerade diesem Erdenfleck bedeutete, daß entsetzliche Dinge bevorstanden, daß wir alle erschüttert werden würden wie von einem Vulkanausbruch, einem Erdbeben, einem Tornado in Kansas. Ich brauchte nichts über Ted Wise oder DRG-16 zu wissen, um das vorauszusehen.

Und wie auf ein Stichwort erfuhr ich, daß ich recht hatte. Keiner der anderen sah es, denn sie konzentrierten sich auf den armen betrunkenen Les mit seinem Blasrohr, aber ich schaute nach oben und sah einen Vogel aus dem Himmel fallen. Tot. Er landete auf meinem Rasen nicht weit von der Stelle, wo mein Briefkasten gewesen war, ein kleiner weicher Federklumpen.

»Aus dem Weg!« schrie Les, und ich bewegte mich. Ich stellte mich direkt vor Tabby. Denn wenn es zum Schlimmsten kam, wollte ich lieber selbst tot sein, so tot wie der vom Himmel gefallene Vogel, als das miterleben. Auf jeden Fall lieber ich als der Smithfield-Junge, der nichts von dem wußte, was ich seit 1924 wußte oder doch irgendwie vermutete. Mein Verhalten war nichts als Feigheit, daran gibt es nichts zu deuteln.

Ich reizte Les sogar noch, indem ich ihm sagte, daß seine Frau hinter ihm stünde.

Die Kanone ging los, aber ich sah gleich, daß Les niemanden treffen wollte. Er zielte mit dem Ding in einem Winkel von fünfundvierzig Grad über unsere Köpfe. Dann hatte ich Angst, daß Bobo, der riesenlange Polizist, Les in einer Überreaktion erschießen könnte, aber Bobo blieb ganz ruhig. Seine Waffe – ein wesentlich ernster zu nehmendes Gerät als Les' Pistole – hatte er zwar in der Hand, aber das war völlig in Ordnung. Bobo vergewisserte sich, daß Les nicht etwa auf seine Frau schießen wollte, und völlig unerwartet setzte Les sich mitten auf der Straße auf den Hintern und fing an zu heulen.

Ich hatte dem Jungen den Arm um die Schultern gelegt, als Bobo zu den McClouds hinüberging, um mit ihnen zu plaudern. Der Junge zitterte, nicht nur wegen Les, sondern auch wegen der Dinge, die er über mich wußte. »Du bist ein besonderer Mensch, Tabby«, sagte ich. »Wir alle werden dich noch brauchen.«

»Ich habe den Briefkasten kaputtgemacht«, sagte Tabby. »Nicht Ihren. Seinen.« Er schaute zu den anderen hinüber.

»Darüber solltest du lieber nicht reden«, riet ich ihm. »Auch über die andere Sache nicht. Ich werde dir die ganze Geschichte erzählen. Dann wirst du wissen, warum es passieren mußte.«

»Es ist passiert«, sagte Tabby, als sei er sich nicht ganz sicher gewesen. »Auf diesem Boot.« Er löste sich von mir und sah mich wieder mit diesem ängstlichen Mißtrauen an. Ich hätte viel darum gegeben, es nicht in seinem Gesicht lesen zu müssen.

»Ja, es ist geschehen, aber ich sagte dir doch gerade, daß es nicht zu vermeiden war.«

Bobo und Patsy kamen auf uns zu, und ich mußte den Mund halten. Ich betrachtete das kleine Federknäuel auf meinem Rasen und mußte plötzlich an Babe Zimmer denken und an Harrys erstickte Stimme, als er mir am Telefon von ihrem Tod berichtete.

Dann sahen Patsy Tayler und Tabby einander. Patsy hatte gerade etwas von einer Tasse Kaffee gesagt. Sie tat so, als sei der Anblick ihres Mannes im Pyjama, der mitten auf der Straße mit einer Pistole herumfuchtelte, durchaus nichts Ungewöhnliches. Aber als sie uns entdeckte, war es aus mit ihrer Schauspiel-Kunst. Mich betrachtete sie kaum; sie sah nur Tabby an. Reglos stand sie da. Ich wußte, daß der Junge Teil dessen war, was sie dort unten an der Laterne gesehen hatte, als ich sie für betrunken hielt – auf dem ganzen Beach Trail gab es für sie nur diesen einen Jungen. Bei ihrer Großmutter war mir gelegentlich dieser Blick aufgefallen, wenn sie jemanden sah, der in einer oder zwei Wochen mit einem Herzinfarkt tot zusammenbrechen würde. Es war ein einfaches Erkennen, aber gerade deshalb so entsetzlich, weil es so einfach war.

Tabby stand einfach da und hielt ihrem Blick stand. Er hatte die Kraft dazu.

Es gibt nichts Isoliertes, und es gibt nichts Zufälliges. Zwischen allen Dingen bestehen Zusammenhänge. Ich sah, wie ich Norm Hughardts Leiche in seinem kleinen Garten auf den Rücken rollte – ich sah, wie Charlie Antolini mich in glücklicher Unschuld anlächelte. *Ach, Scheiße,* dachte ich.

Bobo glaubte natürlich, daß Patsy nur auf das Erlebte reagierte, und mit sanftem Druck schob er sie zu uns herüber. Jetzt, wo keine Gefahr mehr bestand, daß jemand erschossen werden würde, wollte er die Sache hinter sich bringen.

Die Physiker haben recht. Es gibt Ungewißheiten, aber keine Zufälligkeit.

»Könnten Sie sich für eine halbe Stunde dieser Dame annehmen?« fragte Bobo. »Ich will versuchen, den zu erwischen, der diese verdammten ...« Er zeigte auf meinen armen alten Briefkasten.

»Ich habe Kaffee auf dem Herd«, sagte ich. »Guten starken Kaffee. Ich werde dafür sorgen, daß der Junge nach Hause kommt, Officer.«

Patsy schaute zu Boden. Wahrscheinlich wollte sie sich vergewissern, daß er sich unter ihr nicht öffnete. »Bestellen Sie Les, daß er mit seinem Waffenschein aufs Revier kommen soll«, sagte Bobo, und sie nickte. Wieder sah sie Tabby an, und ich legte meinen Arm um beide. Patsy war nur ein paar Zentimeter größer als der Junge, und es kam mir so vor, als könnte ich das Blut unter ihrer Haut pulsieren fühlen. Ich schwebte über ihnen wie ein urzeitliches geflügeltes Reptil.

2

Fünf Minuten später kramte ich in meiner Küche herum und tat wie ein zerstreuter alter Kerl, der Mühe hat, drei saubere Tassen zu finden. In Wirklichkeit war ich ein zerstreuter alter Kerl, der die Schockwellen des Zusammentreffens von Patsy Tayler und James Tabb Smithfield gespürt hatte und sie im wahrsten Sinne des Wortes immer noch durch seine Küche dröhnen hörte. So stark hallte ihr Echo nach. Die Teller im Schrank hätten klirren, die Tassen sich an den Haken drehen müssen. Sie hatten so viel ineinander erkannt, daß sie nicht sprechen konnten. Sie hätten nicht gewußt, wo sie anfangen sollten, so unerschöpflich war das Thema ihrer Gemeinsamkeiten.

Es war, als seien sie zwei Liebende, die vor Jahrzehnten ihre Ehen zerstört und ihre Kinder verlassen hatten, so daß in ihrer ganzen Stadt Empörung herrschte und wilde Gerüchte umgingen; oder zwei Generäle, die einmal gemeinsam ein Massaker veranstaltet hatten. Sie verstehen, was ich mit diesen weit hergeholten Vergleichen sagen will. Ich war aus Scham vor ihnen zurückgewichen – und auch, weil ich Schuldgefühle hatte. Sie hatten es gelernt, ihr Anderssein zu unterdrücken und vor anderen Leuten zu verbergen. Jetzt hatten sie beide einen Menschen vor sich, der diese Maske sofort durchschaute. Einer hatte den andern entlarvt, und das war Patsy schwerer gefallen als dem Jungen, denn sie hatte sich viel länger verstellen müssen, und ihre Maske war dünner als Tabbys.

Zuletzt hielt ich es nicht mehr aus. »Warum reden wir nicht?« sagte ich und trug zwei Tassen zum Herd, auf dem die geschwärzte Kaffeekanne stand.

Sie rutschten unbehaglich auf ihren Stühlen herum und zeigten brennendes Interesse an den Schrammen auf der Tischplatte.

Ich stellte die Tassen vor sie hin. Tabby murmelte ein Dankeschön, während Patsy kaum merklich nickte.

»Ihr beide wißt, was ihr seid«, sagte ich. »Und wenn ihr darüber in meiner Gegenwart nicht sprechen wollt, ist es in Ordnung. Ich verstehe ein wenig von diesen Dingen – jedenfalls genug, um sie zu erkennen, wenn sie mir begegnen.« Tabby sah mich hellwach an, und Patsy konzentrierte sich auf ihre Tasse. »Und ich habe Ihre Großmutter gekannt, Patsy. Ich weiß noch genau, wie sie war, und ich erinnere mich an ihre Fähigkeiten, wenn auch neunzig Prozent der Leute in dieser Stadt sie lediglich für eine gutaussehende Frau hielten, die im Kopf nicht ganz richtig war.«

Patsy schaute zu mir auf. »Sah sie gut aus? Ich lernte sie erst kennen als ... als sie.«

»Genauso gut wie Sie selbst«, sagte ich. »Und sie beschloß, diese Welt zu verlassen, um es einmal so auszudrücken. Niemand hat sie dort hingeschickt. Sie wollte von sich aus dort leben. Ich glaube, sie hat draußen zu viele Ungeheuerlichkeiten gesehen, und das konnte sie nicht länger ertragen.«

Ich hätte kein besseres Wort wählen können. Sie selbst hatte dieses Wort gerade in ihr Tagebuch geschrieben.

»Ja, Ungeheuerlichkeiten«, sagte Patsy und war zum ersten Mal fast entspannt. Die Teller im Schrank hätten jetzt aufgehört zu klirren, und die Tassen hätten sich nicht mehr an ihren Haken gedreht. »Ich fürchte, Ungeheuerlichkeiten sind mir vertraut.«

Sie warf dem Jungen einen neugierigen Blick zu. Es war eine stumme Frage. Ich glaube, es war das erste Mal in zwanzig Jahren; daß Patsy die leise Hoffnung hatte, daß es tröstlich sein könnte, diese Fähigkeit mit einem andern zu teilen. Aber Tabby schüttelte den Kopf; dann kam er ihr entgegen. »Ich glaube, das ist mir auch schon passiert. Als ich noch klein war. Einmal. Vielleicht zweimal – ich weiß es nicht mehr.«

»Vielleicht auch dreimal«, sagte ich. »Du darfst mich und Bates Krell auf dem Boot nicht vergessen.«

Tabby schluckte, und Patsy starrte ihn an, als ob er jeden Augenblick in Flammen aufgehen könnte.

»Nun, was haben Sie gesehen?« fragte ich sie.

Erschrocken hob sie den Kopf. »Sie sagen, daß Sie meine Großmutter gekannt haben. Was hat *sie* denn gesehen?«

»Sie wußte, wann die Leute sterben würden«, sagte ich geradeheraus. »Jedenfalls habe ich das so verstanden.«

»Ich will nach Hause«, sagte Tabby.

»Siehst du Menschen sterben?« fragte Patsy ihn flüsternd.

»Wie meinen Sie das? Einmal habe ich gesehen, wie in der Bar, in der mein Vater arbeitete, ein Mann erstochen wurde.«

»Clark war also Barkeeper«, sagte ich. »Als er das erfuhr, muß Monty Anfälle gekriegt haben. Aber du weißt doch, was sie meint, Tabby. Hast du es jemals gesehen, bevor es geschah?«

Er nickte widerwillig. »Wenn Sie es unbedingt wissen müssen. Ich sah etwas, als ich fünf war. Es war diese Frau, diese Mrs. Friedgood, die ermordet wurde.«

»Hast du auch gesehen, wer es getan hat?« fragte ich und versuchte, ruhig zu bleiben. Ich war hundemüde, und die Brust tat mir weh. Ich merkte langsam, wieviel Unausdenkliches sich vor uns öffnete.

»Ungefähr.«

Ich sah ihn immer noch an, und er nahm einen Schluck von seinem Kaffee. »Es ist so lange her.« Dann funkelte er mich mit der ganzen Empörung seiner fünfzehn Jahre an. »Was wissen Sie denn überhaupt darüber?« Einen Moment sah es aus, als würde er anfangen zu weinen. Er mußte sich an die Szene zwischen seinem Vater und seinem Großvater auf dem Flughafen erinnert haben, aber diese Schwäche wollte er uns gegenüber nicht zeigen. Und wieder ließ er mich seine ganze Wut spüren. »Es gibt nichts Schlimmeres. Glauben Sie etwa, es macht Spaß, so etwas im Kopf zu haben?«

Während er sprach, hatte Patsy die ganze Zeit zustimmend genickt.

Mrs. Friedgood war wahrscheinlich der Ansicht, daß es Schlimmeres gibt, hätte ich fast gesagt, aber ich brachte es nicht fertig. Die ganze Atmosphäre im Zimmer war außergewöhnlich. Patsy und Tabby hatten sich endlich vereint, wenn sie sich auch gegen mich vereint hatten. Sie hatten sich gefunden; sie konnten sich selbst gegenüber nicht zugeben, daß sie sich gefunden hatten, und hier wurden Emotionen freigesetzt, die dem Gefühl gleichen, das man hat, wenn man die Tür zu einem überhitzten Ofen aufmacht.

»Er hat recht«, sagte Patsy und griff über den Tisch, um Tabbys Hand zu nehmen.

»Bis zu einem gewissen Grad.«

»Glauben Sie das wirklich? Ist das alles, was Sie wissen? Wissen Sie, was es heißt, zu glauben – zu wissen –, daß man verrückt wird?«

»Das wußte ich, als ich Bates Krell zum ersten Mal sah«,

sagte ich. »Und das wußte ich auch, als ich mit John Sayres Frau hinter den Country Club in Sawtell ging und John tot im Gras liegen sah, die Pistole noch in der Hand.« Die beiden waren so schön und so selbstsicher, daß ich hätte weinen können. »Ich werde euch alles erzählen, denn das muß ich. Es gibt Dinge, die ihr unbedingt erfahren müßt.«

»Warum?« fragte Tabby. Die Unterstützung von Patsys Seite hatte ihn fast streitsüchtig gemacht.

»Warum?« wiederholte ich. »Schon deshalb, weil John Sayre ein anständiger und aufrechter Mann war. Sein Andenken verdient es, daß ich euch erzähle, was nach meiner Ansicht in Wirklichkeit hinter seinem Selbstmord steckt. Und auch noch aus einem anderen Grund: es gibt einen Zusammenhang, und die Geschichte mindestens dieses Teils der Welt kenne ich.« Ich lächelte ihn an.

»Ich könnte es dir erzählen, aber ich möchte es dir lieber zeigen.«

»Mir zeigen?«

»Hättest du nicht Lust zu einem kleinen Spaziergang? Sie auch, Patsy. Es dauert nur fünf Minuten, selbst für mich.«

»In das Haus gehe ich nicht«, sagte Tabby. Er blinzelte, als er merkte, daß ich nicht wußte, was er meinte. »In das Friedgood-Haus.«

»Nein.« Ich hatte begriffen. Er hatte es sich schon ansehen müssen. Am Tag des Mordes? *Während* des Mordes? In diesem Augenblick hatte ich Angst um ihn; auch um Patsy; und um mich selbst. Ich glaubte ihm, aber ich hätte nicht garantieren können, daß er die verrückte Geschichte glauben würde, die ich zu erzählen hatte; zumal es weniger eine Geschichte war als ein Durcheinander aus Andeutungen und Vermutungen. »Ich nehme nicht an, daß ihr jemals von dem Drachen gehört habt?«

Die beiden sahen mich verständnislos an.

»Und du weißt wahrscheinlich nicht, daß dein Name nicht immer Smithfield war«, sagte ich zu Tabby.

Er schüttelte den Kopf. Ich sah jetzt schon, daß er mir nicht recht glaubte.

»Ich hole nur eine Taschenlampe«, sagte ich.

3

Meine schwere Taschenlampe leuchtete wie eine Fackel, als wir mitten in der Nacht durch den Beach Trail zur Mount Avenue gingen. Ich dachte an jene anderen Fackeln, die hier einst entlanggezogen waren. Die beiden dachten daran natürlich nicht. Sie eilten mir voran, damit ich schneller gehen sollte. Sie wollten die Sache hinter sich bringen, um endlich nach Hause gehen zu können.

An der Ecke konnte ich die See rauschen und an den Privatstrand von Gravesend Beach schlagen hören. Verloren brannten ein paar Straßenlaternen im Nebel, der sich an den tiefer gelegenen Stellen der Mount Avenue auszubreiten begann. Unten an der langen Auffahrt zum Van-Horne-Haus ragte ein großer Baum hoch in den dunklen Himmel, der mit seiner riesigen Krone fast wie ein Schädel aussah, dessen Kinn den Boden berührte. »Nur noch ein kleines Stück«, sagte ich.

Ich fühlte mich plötzlich verjüngt – die Schmerzen in der Brust hatten nachgelassen, und ich hatte mich hoch aufgerichtet, so daß mein Rücken wie der eines weit jüngeren Mannes aussah. Wenn alle meine Vermutungen stimmten, war es auch wirklich nötig, daß ich einigermaßen in Form blieb.

»Der Drache hatte einen Namen«, sagte ich und benutzte die Gelegenheit, ein wenig geheimnisvoll zu tun. Ich führte sie an einer hohen Steinmauer entlang, die sich bis zur Akademie erstreckte.

Zwischen dunklem Immergrün fand ich mit meiner »Fakkel« die flache Markierung, eine in Granit eingefaßte Bronzeplatte. THE BEACHSIDE TRAIL heißt die erste Zeile.

»Vor fünf oder sechs Jahren hat die Historische Gesellschaft das Ding an diese Stelle gesetzt«, erzählte ich. »Natürlich bleibt niemand stehen, um die Inschrift zu lesen. Das ist auch in Ordnung, denn sie erzählt nur ein Zehntel der eigentlichen Geschichte. Aber lesen Sie bitte die Namen laut vor.«

Patsy las schweigend, daß hier die erste Siedlung gewesen

sei, und als sie zu den Namen der Farmer kam, las sie laut weiter. »Ebenezer Williams, Roger Smyth, Josiah Green und Benjamin Tayler.«

»Okay«, sagte ich. »Sie sind eine Tayler, ich bin ein Williams, und Tabby ist ein Smyth. Um 1680 änderten sie ihre Namen, als ein Smyth das ganze Land hier aufkaufte – wahrscheinlich fand er Smithfield großartiger als Smyth. Nach dem Bürgerkrieg verkaufte sein Enkel alles wieder, und endlich kauften die Vanderbilts es und errichteten hier das Gebäude, das jetzt von der Akademie benutzt wird. Aber der Name blieb.«

»Na und?«

»Zum einen sind wir die letzten dieser Familien. Das ist wichtig. Ich glaube fast, daß der letzte Nachkomme der Greens auch irgendwo in der Stadt wohnt ...«

»Ja, das stimmt«, sagte Patsy. »Er war gestern abend mit seiner Frau bei uns zum Dinner. Richard Allbee. Seine Frau ist eine geborene Green. Er hat gerade das Haus in Ihrer Straße gekauft. Direkt gegenüber.«

»Hat er Kinder?« »Seine Frau ist schwanger«, sagte Patsy.

Das waren also die Leute, die ich gesehen hatte, als sie in die Einfahrt zum Sayre-Haus fuhren.

»Hier steht noch ein Name«, sagte Tabby und beugte sich vor, um die erhabene Schrift zu lesen. »Er heißt ...«

»Das ist der Drache«, sagte ich. »So nannten sie ihn.«

Tabby las den Satz laut. »Im Jahre 1645 stieß ein fünfter Farmer namens Gideon Winter zu diesen Männern.«

»Ich weiß nicht, ob sie sich absichtlich so ausgedrückt haben«, sagte ich. »Daraus könnte man ja schließen, daß Gideon Winter kein Mann war, und ich denke, das muß er wohl gewesen sein – jedenfalls in mancher Hinsicht. Geboren wie andere auch und ehrgeiziger als die meisten. Oder nur gieriger. Nein, ich kann mir nicht vorstellen, daß er ›nur‹ irgend etwas war. Wenn er etwas war, dann muß er es *total* gewesen sein.«

Und in der Dunkelheit, die ich mit meiner Taschenlampe nur schwach erhellen konnte, dachte ich deprimiert an das, was ich über Gideon Winter nicht wußte und wohl nie wissen würde. Ich schaltete meine Taschenlampe aus. Die See rauschte und schlug gegen die Klippen jenseits der großen Häuser.

»Zwei Jahre nach Gideon Winters Ankunft«, sagte ich, »gab es eine entsetzliche Mißernte. Ich habe keine Unterlagen über Viehverkäufe gefunden und muß deshalb annehmen, daß fast alles Vieh verhungert ist.« Patsy und Tabby standen im trüben Licht der Straßenlaterne oberhalb von Gravesend Beach. Wegen des Nebels war die Nacht etwas kühl. Sie begriffen immer noch nicht. »Nach drei Jahren waren auch die meisten Kinder tot. Die erste Kirche stand oben auf dem Hügel – er hieß damals Clapvoard Hill, aber heute hat er keinen Namen mehr –, und dort oben wurden die Kinder begraben. Das wäre ganz in der Nähe deines Hauses an der Hermitage Road gewesen. Man muß bedenken, daß die Familien damals sehr groß waren. Fünf bis acht Kinder in einer Familie waren die Regel. Um 1648 konnten unsere Familien von Glück sagen, wenn ihnen noch eines oder zwei geblieben waren. Und fast ganz Greenbank gehörte Gideon Winter. Er hatte keine Kinder, jedenfalls keine ehelichen. Und alle diese Dinge sind auf dem Gedenkstein nicht verzeichnet. Und vielleicht sind diese Dinge auch gar nicht geschehen. Vielleicht habe ich mir alles nur aus unvollständigen Eintragungen in den Gemeindebüchern zusammengereimt. Wahr ist aber, daß nach einiger Zeit fast alles Land Winter gehörte. Und daß sie ihn den Drachen nannten. Das kann ich euch in den Büchern zeigen.« Jetzt fühlte ich mich wieder erschöpft: meine Verjüngung war nur kurz gewesen. Ich atmete schwer und hätte mich gerne hingesetzt.

»Und was wurde aus Gideon Winter?« fragte Patsy.

»Ich glaube, sie haben ihn zum Schluß umgebracht«, sagte ich. »Ich glaube, sie waren zuletzt überzeugt, daß er kein Mensch, sondern ein Teufel sei, und darum töteten sie ihn.« Ich hätte mich nicht nur gern hingesetzt, ich wäre gern ins Bett gegangen. Vor fünfundzwanzig Jahren hätte ich eine Flasche aus der Tasche gezogen und ein paar Schlucke guten Cognac getrunken. »Aber das war nicht das Verbrechen, nicht das eigentliche Verbrechen. Das war nur die Reaktion von abergläubischen Farmern, die kaum lesen und schreiben konnten. Das eigentliche Verbrechen bestand in dem, was ihr Opfer ihnen angetan hatte.«

»Aber wie war es denn möglich, daß jemand so etwas tun konnte – Ernten und Tiere eingehen, Kinder sterben lassen?« fragte Tabby. Er schien nicht schockiert zu sein, aber ich hörte seiner Stimme an, daß er nicht streiten wollte. Er war so interessiert, daß er mir jetzt glaubte.

»Hoffentlich werden wir das nie erfahren müssen«, sagte ich. »Wir werden es wohl auch nie erfahren. Wir sind Menschen des zwanzigsten Jahrhunderts. Sie lebten Mitte des siebzehnten Jahrhunderts, und sie lebten am Rand eines Waldes, der sich endlos ausdehnte. Sie glaubten an Magie, an Hexen und Dämonen.«

Ich ließ sie ein paar Sekunden darüber nachdenken, an was sie selbst glaubten. »Aber nun die Tatsachen. Sie, Patsy, wann sind Sie und Ihr Mann hier eingezogen? Vor acht Monaten? Vor neun?« Sie nickte. »Und Tabby, dein Großvater ist vor ungefähr drei Monaten gestorben. Wie lange wohnst du also in den »Four Hearths? Sechs Wochen?« Auch er nickte. »Und Mary Greens Sohn ist erst vor ein paar Tagen nach Hampstead gezogen, wie ich vermute. Williams, Smyth, Tayler, Green. Die Nachkommen dieser Familien haben seit vor dem Zweiten Weltkrieg hier nicht mehr zur gleichen Zeit gewohnt. Die Taylers lebten in New York. Tabbys Großvater lebte in New York, bis er 1950 seine Firma Smithfield Systems nach Woodville verlegte. Seit 1944 oder 1945 hat kein Angehöriger der Familie Green in der Nähe von Greenbank gelebt, nachdem Mary nach Kalifornien gegangen war. Williams, Smyth, Tayler, Green. Wir sind wieder hier. Uns gehört die Gegend, versteht ihr? *Das* ist Magie, wenn ihr so wollt.«

»Und wenn wir wieder hier sind, dann …«, sagte Patsy.

»Ja, dann ist er vielleicht auch wieder hier. Denn ihr seid ja nicht nur einfach wieder hier. Ihr seid sehr stark zurückgekommen, wenn ihr wißt, was ich damit meine.«

»Das ist verrückt«, sagte Tabby.

»Ich bin auf deiner Seite, Junge«, sagte ich. »Du mußt nur auf deine Flanke aufpassen. Als ich Bates Krell zum ersten

Mal sah, erlebte ich etwas verdammt Komisches. Ich dachte, ich sah einen Teufel. Dabei glaube ich gar nicht an diese Dinge. Ich habe Politik immer viel interessanter gefunden als Theologie.«

Wir gingen in der Dunkelheit zum Beach Trail zurück. Ich hatte nicht den Mut, die Taschenlampe wieder anzuschalten. Es war verrückt, wie Tabby gesagt hatte, aber während die Straßenlaternen ihr Licht auf die riesigen Bäume an beiden Seiten der Straße warfen, fühlte ich mich fast in die Welt zurückversetzt, die ich für sie hatte wiederauferstehen lassen wollen, in eine Welt, die aus ein paar ähnlichen Farmen am zerfransten Rand eines großen Waldes bestand. In der Hoffnung, daß der andere es nicht merkte, warfen Patsy und Tabby sich verstohlene Blicke zu. Riesige schwarze Schwingen entfalteten sich über uns. Davon war ich überzeugt, wenn ich auch immer noch hoffte, daß wir verschont würden.

An diesem Abend trafen sich die Norman-Zwillinge auf dem Parkplatz vor dem Imbiß an der Post Road mit Gary Starbuck, um mit ihm ins Geschäft zu kommen; und drei Tage später erschoß sich ein Polizist aus Hampstead namens Royce Griffen nachts in seinem Wagen.

Wir blieben vor meinem Haus stehen. Ich seufzte. Die Aufgaben, beide Aufgaben, schienen unlösbar. »Werdet ihr euch noch einmal mit mir treffen? Besprecht es miteinander, tut, was ihr wollt, aber ich denke, wir sollten uns wiedersehen. Tabby, du könntest versuchen, diesen Richard Allbee kennenzulernen. Das könnte dazu beitragen, dich zu überzeugen, ob es so ist, wie ...« Ich nickte Patsy zu. »Wir treffen uns also noch einmal?«

Widerwillig erklärten beide sich einverstanden. Durch die dunkle neblige Nacht ging jeder von uns zu seinem Haus.

4

Wenn man es sich genau überlegt, was hätte ich ihnen denn sagen *können*?« Daß ein Wesen, das vor drei Jahrhunderten Tiere und Kinder tötete, in unserem kleinen Winkel von

Connecticut jetzt Frauen ermordet? Und daß dieses Wesen 1924 ein Hummerfischer war, als ich es von der Rex Road aus am anderen Ufer des Nowhatan sah und fast in Ohnmacht fiel, weil ich wußte, daß ich in das Gesicht des Bösen geblickt hatte? Und daß jemand, den wir vielleicht kannten und der sich frei in Hampstead bewegte, jetzt dieses Gesicht trug?

Nun mal langsam, hätte Tabby vielleicht gesagt, und das hätte ich ihm nicht einmal übelnehmen können. Ich hatte ihm und Patsy schließlich erzählt, daß er und sie und ich und dieser Richard Allbee ihn schon durch unsere gemeinsame Anwesenheit in Greenbank stärker machten. Und damit hatte ich gemeint, daß Gideon Winter nur Teil des Wahnsinns war, der auf uns zuraste. *Wach auf,* hätte ich eigentlich sagen sollen, *Schlafmütze, wach auf,* aber damals war mir das noch nicht klar.

Sieben

Der Drache und der Spiegel

1

Nicht lange nachdem Graham Williams Patsy McCloud und Tabby Smithfield seine Gedanken entwickelt hatte – ungefähr zur selben Zeit, da Dr. Van Horne die Antiquitätenläden in Patchin County durchstöberte, um einen Spiegel zu finden, den er an die für diesen Zweck freigehaltene Stelle an seiner Wohnzimmerwand hängen konnte –, machte sich Pat Dobbin so große Sorgen um die weißen Flecken an seiner Schulter, daß er seinen Arzt aufsuchte. Das war am Dienstag, dem dritten Juni. Dobbin konnte sich immer noch nicht vorstellen, daß es sich bei den Flecken um etwas Ernsthaftes handeln könnte. Er ging zu seinem Arzt, weil er nicht wollte, daß die weißen Flecken auf sein Gesicht übergriffen.

In dieser Hinsicht konnte der Arzt ihn nicht recht zufriedenstellen. Er holte keine Tube Salbe aus der Schublade (Dobbins Wunschvorstellung) und sagte: »Reiben Sie die Stellen zweimal am Tag damit ein, und Ihr Problem hat sich erledigt.« Statt dessen untersuchte er die Flecken sehr sorgfältig und stellte eine Menge Fragen. Wann es angefangen habe? Wie schnell sie sich ausgebreitet hätten? Er blätterte in einem Lehrbuch über Hautkrankheiten und fand nichts, was Dobbins Symptomen einigermaßen entsprach. Fast hätte er sich den Kopf gekratzt. Statt einer Salbe gab der Arzt ihm eine Überweisung an das Yale Medical Center in New Haven.

Zwei Tage später fuhr Dobbin zum Medical Center und

glaubte immer noch, daß es für die Flecken eine simple Erklärung gebe, die sein sympathischer, aber teurer Arzt lediglich übersehen hatte. Als er seinen Wagen geparkt hatte und das riesige moderne Gebäude betrat, in dem das Medical Center untergebracht war, hielt er sich immer noch für einen Mann von robuster Gesundheit. Er wußte, daß er drei Tage hierbleiben mußte, aber das sah er als eine Art exzentrischen Urlaub an – er hatte Bleistifte und Zeichenblock mitgebracht und wollte weiterarbeiten.

Am ersten Morgen nahm man ihm seine Kleidung weg, und er wurde geschrubbt, abgekratzt und dreißigmal gestochen, um etwaige Allergien festzustellen; er wurde geröntgt und an viele verschiedene Apparate angeschlossen, von denen ihm nur wenige vertraut waren. Ärzte kamen in solcher Anzahl in sein Zimmer, daß er ihre Namen nicht behalten konnte. Sie schienen an der Beschaffenheit seiner Haut viel mehr Freude zu haben als an ihm selbst. Einer der Ärzte wies ihn darauf hin, daß jedes Stück Nahrung, das er zu sich nehmen würde, auf das genaueste gewogen und vermessen werden müsse; ein anderer, der aussah, als käme er direkt von der Universität, sagte ihm, daß auch seine Exkremente genau geprüft werden müßten – er dürfe die Toilette in seinem Zimmer nicht benutzen. Das weiße Zeug, das die krankhaften Veränderungen seiner Haut bedeckte, kratzte ein Mann ihm von Händen und Schultern – ein Arzt? –, der eine Brille mit Gläsern wie Flaschenböden und strähniges schulterlanges Haar trug.

Am zweiten Tag fühlte Dobbin sich schon nicht mehr gesund. Er erfuhr, daß er an leichten Allergien litte, und zwar gegen gewisse Pollen, gewisse Pfeifentabake, Katzenhaare und Stärke. Als Ergebnis dieser Tests war auch seine nicht befallene Haut zerstochen und entzündet. Sein Blutdruck und sein Cholesterinspiegel waren zu hoch, die Anzahl seiner roten Blutkörperchen zu gering. Er wies einen Mangel an Vitamin B12 auf. Einer seiner Wirbel in der unteren Rückpartie lag dem nächsten um sechs Millimeter zu nahe, was künftige Rückenbeschwerden befürchten ließ. Außerdem zeichnete sich bei ihm eine Nebenhöhlenentzündung ab.

Man stellte ein leichtes Herzrasseln fest, und seine Leber war angegriffen. Um allem die Krone aufzusetzen, teilte einer der Ärzte ihm mit, es sei innerhalb der nächsten fünf oder zehn Jahre mit der Entwicklung von Gallensteinen zu rechnen.

Aber niemand erklärte ihm, was mit seiner Haut los war.

Am Morgen des dritten Tages fragte der Oberarzt ihn, ob es ihm etwas ausmache, noch vier Tage zu bleiben.

Die Porträtskizzen, die er von den Ärzten und den Tagesschwestern anfertigte, machten ihn populär, und er fügte sich derart in seine Patientenrolle, daß er den ganzen Tag vor dem Fernsehapparat hockte. Er aß und trank, was man ihm gab, und seine Ausscheidungen wurden in einem Plastikgefäß gesammelt.

Er beantwortete unzählige Fragen über sein Leben und seine Gewohnheiten. Auf einem Fragebogen gab er Auskunft über jeden seiner Aufenthaltsorte während der letzten zehn Jahre, über sämtliche noch lebenden Verwandten, über die alkoholischen Getränke, die er bevorzugte, und über seine Sexualpartner. Die Beantwortung der letzteren Frage mußte im vierten Stock einige Aufregung ausgelöst haben, denn New Haven lag nicht sehr weit von Hampstead entfernt.

Am fünften Tag bemerkte Dobbin auch in seinem Gesicht die erste krankhafte Veränderung, einen winzigen weißen Fleck an einem seiner Mundwinkel.

Am sechsten Tag, seinem zweitletzten im Medical Center, kam der Oberarzt in sein Zimmer und setzte sich auf den Stuhl neben dem Bett. Inzwischen kannte Dobbin seinen Namen. Dr. Chaney. Von seinem hochmütigen schmalen Giraffengesicht hatte er ein halbes Dutzend Karikaturen gezeichnet, die viel Anklang fanden. Chaney lächelte Dobbin an und fühlte ihm mechanisch den Puls. »Wir haben das Material aus den krankhaften Veränderungen Ihrer Haut gründlich untersucht, Mr. Dobbin«, sagte er.

»Wie nett von Ihnen«, erwiderte Dobbin.

Chaney ließ Dobbins Handgelenk fallen und schaute von seiner Uhr auf. »Das Ganze war eine ziemliche Überraschung für uns. Wir stellten fest, daß es sich um verflüssigtes Integument handelt. Die Substanz enthält Melanin, Talg, die Zellen von Blut – und Lymphgefäßen, das für Nervenenden charakteristische Material und Epithelzellen, kurzum alles, was man in der Dermis und der Epidermis findet.«

»Es ist also Haut«, sagte Dobbin.

Er kannte die letzten beiden Worte.

»Korrekt.«

»Das weiße Zeug ist Haut.«

»Wieder korrekt.«

»Nun ...« Dobbin lag malerisch in seinen hochgestellten Kissen. »Ich verstehe immer noch nicht. Was hat das Ganze zu bedeuten?«

»Das bedeutet, daß Ihre Haut an den befallenen Stellen kolloidal geworden ist, also kein festes Gefüge mehr aufweist. Die Haut muß aber fest und zusammenhängend sein. Das ist für ihre Funktion unerläßlich. Das ist der ganze Sinn der Haut.« Dr. Chaney verschränkte zu Demonstrationszwecken die Finger. »Die meisten Laien wissen es nicht, aber unsere Haut ist ein Organ, genau wie Herz und Leber Organe sind. In Ihrem Fall verliert das Organ spontan seine feste Beschaffenheit.« Er lächelte wieder. »Sie sind ein höchst interessanter Fall, Mr. Dobbin. Ihre Haut verflüssigt sich.«

Dobbin konnte nicht sprechen.

»Ihre Entlassung ist für morgen vorgesehen, und ich denke, es bleibt dabei. Ich möchte Sie allerdings in einer Woche hier wiedersehen –«

Dobbin unterbrach ihn. »Ich habe also keine Allergie? Ich habe keine Geschlechtskrankheit und keinen Krebs und keinen Mumps und nicht einmal Pickel? Was, zum Teufel, gedenken Sie denn zu tun, damit ich mich nicht in eine Pfütze verwandle?«

»Sie *haben* einige Allergien«, sagte der Arzt. »Aber die haben mit Ihrem Hautproblem nichts zu tun. Hier handelt es sich um eine Reaktion auf irgend etwas, mit dem Sie in Berührung gekommen sind – wie bei einer Infektion, nur daß hier weder Viren noch Bakterien im Spiel sind. Wir werden noch einige weitere Hautproben nehmen, sowohl von den befallenen als auch von den nicht befallenen Hautpartien, und dann lassen wir unseren Computer das Problem lösen. Nächste Woche werden wir Ihnen schon mehr sagen können, Mr. Dobbin.«

»Sie meinen, Sie hoffen, daß das der Fall sein wird.«

»Unsere Computer vergleichen Daten schneller als ein ganzer Saal voll wissenschaftlicher Mitarbeiter, die vierundzwanzig Stunden am Tag arbeiten. Wir werden feststellen, welcher Wirkstoff eine derartige Reaktion auslösen kann. Dann werden wir in der Lage sein, diese Reaktion zu stoppen. Anschließend nehmen wir einige Hautübertragungen vor, und Sie sind wieder normal.«

»Mein Gott.«

»Sie brauchen sich im Augenblick keine Sorgen zu machen«, sagte Chaney. »Wir wollen alles den Computern überlassen, nicht wahr?«

»Wir haben wohl keine Wahl.«

Dobbin verbrachte einen weiteren Tag vor dem Fernsehgerät und sah sich alberne Quizsendungen und Fernsehspiele an. In einem schönen Verdrängungsprozeß konzentrierte er sich auf das Werbegeklingel für Jeans und Mundwasser. Er aß noch drei Krankenhausmahlzeiten, und mit Hilfe eines starken Beruhigungsmittels gelang es ihm einzuschlafen. Dr. Chaney besuchte ihn nicht mehr in seinem Zimmer, aber ein junger Arzt mit Haaren wie Spinnweben kam und stach ihm eine weitere Nadel in die Hand. Er schnitt ein drei Zentimeter langes Stück Haut ab und legte einen Verband an die Wunde.

Man gab ihm seine Kleidung, seinen Autoschlüssel und sein Geld zurück und nannte ihm einen neuen Termin. Wie betäubt fuhr er über die I-95 nach Hampstead zurück. Dies war der Tag des dritten Mordes, aber das sollten Dobbin und alle anderen Einwohner von Hampstead erst zwei Tage später erfahren.

Als er in seine Auffahrt einbog, erschien ihm sein Haus viel kleiner, als er es in Erinnerung hatte. Sein Briefkasten war mit Rechnungen, Zeitschriften und Werbeprospekten vollgestopft.

Dobbin notierte seinen Termin für das Medical Center auf seinem Kalender. Er ging in sein Arbeitszimmer und begoß die Blumen. Dann setzte er sich an den Zeichentisch und begutachtete einige Zeichnungen, von denen er die Hälfte zerriß. Dobbin machte sich wieder an die Arbeit. Diesmal gab er Baldur dem Bösen, dem heimtückischen Zauberer aus den *Adler-Bär-Geschichten*, Dr. Chaneys Gesicht.

2

Während Pat Dobbin in New Haven auf die Auskunft wartete, er habe sich eine neue Art Super-Herpes zugezogen (seine neueste Phantasievorstellung über die Natur seines Leidens), wurde Hampstead von einer für die Jahreszeit ungewöhnlichen Grippe-Epidemie heimgesucht. In der ersten Maiwoche hatte es aufgrund des Wetterumschwungs die üblichen Erkältungen gegeben, aber Grippe war eine für den Winter typische Krankheit; sie hatte in der ersten Juniwoche nichts zu suchen.

An der J. S. Mill High School waren dies die letzten Schultage, und die Lehrer mußten Zeugnisse und die Abschlußberichte für das vergangene Schuljahr schreiben, während die Schüler mit Examensvorbereitungen beschäftigt waren. Aber der Direktor und vier seiner Lehrer waren zu schwach, das Bett zu verlassen, und fehlten eine ganze Woche. In Tabbys Klasse gab es besonders viele Ausfälle – vierzig der hundertfünf Schüler im zweiten Jahr fehlten mindestens drei Tage.

Graham Williams pendelte drei Tage lang zwischen Bett und Toilette hin und her – er war zu krank, um überhaupt an die Dinge zu denken, die er mit Patsy McCloud und Tabby Smithfield besprochen hatte.

Les McCloud fuhr vom Polizeirevier nach Hause, wo er seinen Waffenschein vorgelegt hatte und von Bobo Farnsworth belehrt worden war, als er plötzlich entsetzliche Schmerzen im Darm spürte – der Schweiß floß ihm von der Stirn. Er hielt an, taumelte aus dem Wagen und erbrach sich ins Gebüsch. Als er sich gerade den Mund abwischte, krampften sich seine Gedärme schmerzhaft zusammen und explodierten. Er legte sich ins Gras und zog die Schuhe aus. Les dankte Gott, daß er jetzt nicht in seinem Büro in New York saß. Er öffnete seinen Gürtel und schob sich die Hosen runter. Ohne Rücksicht auf einige Dutzend Wagen, die auf der I-95 an ihm vorbeifuhren, zog er vorsichtig seine Boxer-Shorts aus und warf sie zur Seite. Dann rebellierte sein Magen, und er mußte sich ein zweites Mal erbrechen. Er kam sich vor wie Hiob. Keuchend wartete er darauf, daß seine Gedärme wieder lostrompeteten, was augenblicklich geschah. Dann wischte er sich notdürftig mit Gras ab und zog seine Hosen wieder an. Den Rest des Weges fuhr er sehr langsam. Sobald er die Haustür geöffnet hatte, schrie er nach Patsy.

An den Kassen bei Greenblatt saßen in der ganzen ersten Juniwoche nur zwei Mädchen. Bobo Farnsworth wurde nicht krank, und er mußte für seine kranken Kollegen Überstunden machen. Zwei Wochen lang schob er Zwölf-Stunden-Schicht, immer zwölf Stunden Dienst und zwölf Stunden frei. Als Ronnie endlich wieder aufstehen konnte, kochte sie ihm um acht Uhr morgens sein Leibgericht – Hähnchen auf Südstaatenart mit Fleischfüllung. »Wie sieht's denn jetzt draußen aus?« fragte sie ihn. Ronnie selbst konnte nichts essen; bei dem Geruch von Öl drehte sich ihr der Magen um. »Wie im Krankenhaus«, sagte Bobo. »Hoffentlich kotzt sich auch dieser verdammte Killer zu Tode.«

Hampsteads Ärzte erlebten volle Wartezimmer, aber sie konnten den Leuten nicht helfen. »Ein neuer Grippevirus«, erzählten sie den Opfern. »Dagegen gibt es keine Zauberpillen. Nehmen Sie reichlich Flüssigkeit zu sich und bleiben Sie im Bett.«

Die Opfer erzählten einander: »Das Schlimmste ist, man weiß genau, daß man daran nicht stirbt.« Das war nicht ganz korrekt. Natürlich wollte niemand, der sich angesteckt hatte, sterben. Aber einige starben tatsächlich. Alle waren Männer und alle über sechzig Jahre alt. Graham Williams hatte Glück: er überlebte. Nur drei Wochen nach Babe Zimmers Tod folgte Harry Zimmer ihr zum Friedhof von Gravesend. Als er am Montagmorgen am Wellenbrecher fischte, spürte er ein Kitzeln im Hals und glaubte, er hätte sich bei Lee Wilcox angesteckt, der am Heldengedenktag neben ihm marschiert war und die Fahne des Kriegsveteranenvereins getragen hatte. Am Nachmittag lief seine Nase, und er hatte Kopfschmerzen. Eine Sommerfrischlerin, eine dicke Blondine aus New York, war entsetzt, als er ihr im Supermarkt direkt ins Gesicht nieste, weil er sein Taschentuch nicht rechtzeitig herausbrachte. Am nächsten Tag wäre er fast in Ohnmacht gefallen, als er versuchte aufzustehen. Seine Tiefkühltruhe war voll von gefrorenem Fisch, aber er war zu schwach, einen aufzutauen und zu braten. An den nächsten zwei Tagen bestand seine Nahrung nur aus Bourbon, Erdnußbutter und einem vergilbten Salatkopf, den er im Gemüsefach des Kühlschranks gefunden hatte. Er fand auch einen Liter Milch, aber die war schlecht geworden – seit Babes Tod war Harrys Haushaltsführung ein wenig durcheinandergeraten. Zweimal versuchte er, seinen Arzt anzurufen, aber jedesmal war die Leitung besetzt. Am fünften Abend starb er im Bett und erfuhr nicht mehr, daß auch Lee Wilcox gestorben war. Harrys Enkel fand ihn einen Tag später.

Vier der fünf älteren Männer, die gestorben waren, waren Mitglieder des Kriegsveteranenvereins von Hampstead, und zwei gehörten zum Abschlußjahrgang 1921 der J. S. Mill High School. Das bedeutete, daß Graham Williams der einzige seiner Klasse war, der noch lebte. »Ich bin ein wandelndes Klassentreffen«, erzählte er Tabby Monate später. »Jetzt bin ich es meiner Klasse schuldig, ewig zu leben.« Das fünfte Todesopfer war Dr. Harold Rubin, ein New Yorker Psychiater, der jeden Sommer nach Hampstead kam und sich an dem Millpond genannten kleinen See, dessen Umgebung für Autos gesperrt war, ein Haus mietete. Dr. Rubin erkältete sich gleich am zweiten Tag seines Aufenthaltes in Hampstead, aber er fuhr trotzdem mit seinem Boot hinaus und glaubte zwei Stunden später, er sei seekrank. Sein ausgezeichnetes Lunch aus dem Country Club ging über Bord. Er schaffte es nicht mehr, zur Cocktail-Party zu erscheinen, die sein Sommernachbar gab. Dieser Nachbar hieß Dr. Harvey Blau. Dr.

Rubin wäre gern am selben Abend nach New York zurückgefahren, aber er fürchtete, auch den Weg zum Parkplatz nicht mehr zu schaffen, der ein paar hundert Meter entfernt lag. Am nächsten Tag starb er auf dem Fußboden seines Badezimmers, und seine Leiche wurde erst im September gefunden. Zu der Zeit waren auch alle seine Nachbarn tot, wenn sie auch nicht an Grippe gestorben waren.

Während dieser zehn Tage gab es in Hampstead nur noch einen Todesfall. Es handelte sich um eine siebzig Jahre alte Frau, die während des Mittagessens auf der Terrasse eines französischen Restaurants an einem Herzinfarkt starb. Dr. Rubin starb allein, aber den Tod der älteren Dame konnten fünfzehn bis zwanzig Bürger genau beobachten, Tabby Smithfield und Patsy McCloud eingeschlossen.

Für zehn bis fünfzehn Tage hatten Hampsteads Ärzte alle Hände voll zu tun. Die Grippe, die örtlich begrenzt spontan ausgebrochen zu sein schien, verdoppelte, verdreifachte und vervierfachte sich während dieser Anfangsperiode. Wenn in dieser Zeit Patienten mit anderen Beschwerden zu ihnen kamen, hatten die Ärzte kaum Zeit, sich um die Symptome zu kümmern. Wie auch immer, die paar Leute, die mit weißen Flecken an Händen oder Schultern erschienen, brauchten keine sofortige Hilfe. Nachdem die Grippewelle abgeebbt war, gab es noch einen Monat lang weitere Patienten, die sich über weiße Flecken beklagten, aber es wurden immer weniger, und die Ärzte sahen keinen Grund zur Aufregung, wenn ihre Patienten nach einiger Zeit wiederkamen und noch mehr von diesen Hautveränderungen vorzuweisen hatten. Sie kümmerten sich so lange nicht sonderlich um diese Patienten, bis ein weiterer Arzt einen Mann an das Yale Medical Center in New Haven überwies und sie erfuhren, daß dort schon ein Mann unter ständiger medizinischer Überwachung stand. Er hieß Pat Dobbin. Kurz nachdem ein zweiter, dann ein dritter Patient sich im Medical Center vorgestellt hatte, schickte Dr. Chaney einen Bericht an das britische Medizinjournal *The Lancet*, in dem er das sogenannte »Dobbin-Syndrom« beschrieb. Im September war Dr. Chaney in der Lage, seinem Artikel eine Fußnote folgen zu lassen, in der er auf die Ereignisse vom 17. Mai hinwies und auf die Tatsache, daß Hampsteads Bürger aus Versehen dem DRG-16 ausgesetzt waren. Er vermutete, daß der vermißte Wissenschaftler Thomas Gay das erste Opfer des von ihm identifizierten Syndroms gewesen sei, aber er schloß mit einer Verteidigung des Namens, den er, Chaney, diesem Syndrom gegeben hatte. »Es mag scheinen, daß ›Gay-Syndrom‹ als Bezeichnung dieser Symptome gewählt werden sollte, aber aus literarischen und medizinischen Gründen bestehe ich auf der ursprünglichen Bezeichnung. Patrick Dobbin war nicht nur der erste Patient, der diese Symptome aufwies, er ist außerdem wegen seines Nachnamens eine literarische Figur (*Vanity Fair* von Thackeray); und ich unterstelle, daß es sich hier wegen ihrer vielen ›unmedizinischen‹ und ›spirituellen‹ Charakteristika um eine prototypisch literarische und victorianische Krankheit handelt.«

Vielleicht verdiente Dr. Chaney, was ihm sein Patient mit seinen Karikaturen angetan hatte.

3

An dem Dienstagmorgen, an dem Dobbin seinen Arzt aufsuchte, saß Tabby Smithfield mit seinem Vater in der Küche und aß Pfannkuchen, die Sherri gebacken hatte. »Komm, iß doch auch ein paar«, sagte Clark. »Du benimmst dich ja wie die Köchin.«

Sherri hatte sich vor dem Herd auf einen Hocker gesetzt. »So behandelst du mich ja auch. Warum sollte ich mich nicht so benehmen?«

Clark wurde rot und wischte mit einem Stück Pfannkuchen den Ahornsirup vom Teller. »Dies ist unser Zuhause«, sagte er. »Ich will, daß du mit uns zusammen ißt. Du hockst da wie ein Geier.«

»Aber Dad«, sagte Tabby.

»Ich fühle mich nicht wohl«, sagte Sherri. »Ich kann nichts essen.«

»Bist du krank?« Clark schaute Sherri an, die nicht im entferntesten einem Geier ähnelte. Ihr Gesicht war blaß und teigig, ihre Augen geschwollen. An ihrem Scheitel sah man die schwarzen Haarwurzeln.

»Ich möchte mich gern ein bißchen hinlegen. Aber erst muß ich die Küche aufräumen.«

»Wie du meinst«, sagte Clark.

Clark war nicht mehr der schlanke junge Mann, der auf dem Rasen vor dem Haus an der Mount Avenue mit Tabby Ball gespielt hatte. Er war fett geworden, und auf seinen Wangen hatte er ein Netz von roten Äderchen. Der Mißmut, den Graham Williams in seinem Gesicht gesehen hatte, war in seinen Zügen jetzt fest eingeprägt und verdarb sein ursprünglich gutes Aussehen. Auch Tabby, der mit seinem Frühstück fertig war und gern mit seinem Vater sprechen wollte, konnte in dem Schweinsgesicht, das er vor sich sah, nichts Schönes mehr entdecken. »Ruh dich doch ein wenig aus, Sherri«, sagte er zu seiner Stiefmutter.

»Soll sie doch tun, was sie will«, sagte Clark. »Wann kommt übrigens dein Schulbus?«

»In ungefähr fünfzehn Minuten.«

»Dann lies ein Buch oder beschäftige dich mit deinen Schulaufgaben. Wie läuft es denn überhaupt in der Schule?«

»Ganz gut.« Clark zuckte die Achseln.

»Was macht deine Arbeit?«

»Der fragt mich, was meine Arbeit macht. Du wirst schon noch erfahren, was Arbeit heißt.«

»Mußt du heute wieder ein paar Konten prüfen?«

»Dafür werde ich bezahlt, mein Junge.«

»Welche Konten?«

Clark legte seine Serviette auf den Tisch und sah Tabby wütend an. »Du willst wissen, welche Konten ich heute prüfen muß? Okay. Ziemlich große. Bloomingdale. Genügt das? Caldor. Ein paar andere in Woodville. Dann fahre ich nach Mount Kisco und Pound Ridge. Zufrieden?«

»Er wird dir keine ehrliche Antwort geben«, sagte Sherri und stand von ihrem Hocker auf. »Du brauchst es gar nicht erst zu versuchen.«

»He, hör auf, okay? Und was geht dich das überhaupt an?

Ich arbeite, und ich komme abends nach Hause. Das muß genügen. Darüber brauche ich mir keine Löcher in den Bauch fragen zu lassen!«

»Ich war nur interessiert, Dad.«

»Okay. Aber frage ich dich über deine Schule aus? Frage ich dich, wer deine Freunde sind und was du abends treibst? Tue ich das etwa? Nein, verdammt noch mal. Was das betrifft, habe ich von meinem eigenen Alten die Schnauze voll. Tu, was du willst. Ich habe nichts dagegen.«

»Wußtest du, daß wir nicht immer Smithfield hießen?« fragte Tabby ruhig.

»Wahrscheinlich hießen wir früher Morales«, sagte Clark. Sherri verließ den Raum.

»Sie sieht krank aus«, sagte Tabby.

»Hampstead macht sie krank. Dabei sollte sie dankbar sein, daß sie in einem solchen Haus wohnen kann. Mach dir um sie keine Sorgen, Tabs. Sie wird sich schon eingewöhnen.«

»Hoffentlich.«

Sein Vater schnaufte und wischte sich mit der Serviette die Lippen ab. »Was war das für ein Quatsch mit unserem Namen?«

»Ich habe gehört, daß wir früher Smyth hießen. Mit y.«

»Das ist mir neu. Wo hast du das gehört?«

»Von einem Jungen in der Schule.«

»Ich habe keine Ahnung. Kümmere dich nicht um das, was diese Jungs sagen. Mach einfach deine Arbeit, okay?«

»Okay.«

»Hast du sonst noch was auf dem Herzen, Tabs?«

Tabby schüttelte den Kopf, und sein Vater stand auf. In einer Minute würde er verschwinden und abends betrunken nach Hause kommen. »Doch. Vielleicht.«

Clark wartete schweigend.

»Hast du schon mal von einem Fischer gehört, der vor langer Zeit in dieser Stadt auf seinem Boot umgebracht wurde?«

»Zur Hölle damit, Tabby. Geh zur Bushaltestelle.« Clark nahm seine Jacke vom Stuhl und ging zur Küchentür.

»Er hieß Bates Krell.«

»Nie von ihm gehört.«

»Hast du schon mal von einem Farmer in dieser Gegend gehört, der Gideon Winter hieß?«

»Es gibt hier seit hundert Jahren keine Farm mehr«, sagte Clark. »Und jetzt beweg dich, Tabs. Sonst verpaßt du deinen Bus.«

Tabby nahm seine Bücher auf und ging nach draußen, um an der Ecke zu warten. Sein Vater fuhr in seinem neuen roten Mercedes vorbei und winkte ihm zu, als er in den Beach Trail einbog.

Als der Bus sich der J. S. Mill High School näherte, sah Tabby durch das Fenster die Norman-Zwillinge. Sie unterhielten sich mit einem dunkelhaarigen Mann, der muskulös, aber nicht athletisch aussah. Die drei standen der Schule gegenüber auf der anderen Straßenseite, und der Mann lehnte sich gegen einen grauen Lieferwagen.

4

»Ihr kennt also noch einen Jungen«, sagte Gary Starbuck zu Dicky und Bruce. »Weiß er, was er zu tun hat?«

»He, Mann«, protestierte Bruce. »Wir wissen doch selbst noch nicht, was wir tun sollen.«

»Natürlich wißt ihr das.«

»Für was halten Sie uns? Für Gedankenleser?«

Starbuck seufzte. »Hört zu, es geht um einen Job, klar? *Das* wißt ihr doch wenigstens. Und bei dem Job helft ihr mir, klar? Das wolltet ihr doch, stimmt's?«

»Richtig«, sagte Bruce.

»Und ihr habt diesen anderen Jungen.«

»Nun, ja.«

»Ist er kräftig?«

Dicky und Bruce schüttelten den Kopf.

»Okay. Das ist auch nicht nötig. Aber schlau muß er sein, das ist wichtig.«

»Er ist schlau«, sagte Bruce. Tabby hatte am Sonntagabend

Bobo den Clown irgendwie übertölpelt. Das hatte Bruce zwar erwartet, aber immerhin war das ein Beweis für Tabbys Intelligenz.

Wieder seufzte Starbuck.

»Ich sollte meinen Kopf untersuchen lassen.«

Er verschränkte die Arme vor der Brust, und sein Bizeps wölbte sich. »Okay. Ihr kennt das Haus drüben über dem schmalen Strand? Es gehört einem Arzt.«

Die Zwillinge nickten. »Van Horne«, sagte Dick.

»Genau. Am nächsten Samstag gehen wir rein. Ich baue die Schlösser aus, und alles läuft gut und sauber. Das Haus hat keine Alarmanlage. Da stehen 'ne Menge Sachen rum. Ich kenne sogar einen Kerl, der sein Klavier kaufen würde. Ich nehme an, ihr könnt ein Klavier tragen. Ihr kriegt jeder fünfhundert Dollar, okay? Dann sind wir quitt. Nach Samstag kennt ihr mich nicht mehr. Ihr kriegt eure tausend, und alles ist gelaufen.«

»Gehen wir alle zusammen rein?« fragte Dicky.

»Nein, ich gehe rein, und ihr spielt auf der Veranda Schach. Wie, zum Teufel, stellt ihr euch das vor? Natürlich gehen wir alle rein.«

»Und was ist mit Tabby?«

»Der andere Junge? Der steht Schmiere. Er sitzt mit dem Funkgerät im Lieferwagen. Wenn er einen Bullen sieht, warnt er uns. Er kriegt fünfzig Dollar plus was ihr ihm noch zusätzlich geben wollt.«

»Wir kriegen jeder fünfhundert«, sagte Bruce.

»Das ist abgemacht.«

Dicky und Bruce sahen sich verständnissinnig an. »Wir geben ihm jeder fünfzig«, sagte Bruce.

»Tut das«, sagte Gary Starbuck. »Wir treffen uns um elf Uhr auf dem Parkplatz vor dem Lobster House. Der Mann ist schon alt. Er geht um neun ins Bett.«

»Warum machen wir es nicht an einem Wochentag?« fragte Bruce. »Das verstehe ich nicht. Der Mann ist doch Arzt, und er ist den ganzen Tag nicht zu Hause.«

»Er hat eine Haushälterin und eine Köchin, deshalb«, sagte Gary. »Die Haushälterin ist genauso alt wie er, und die

Köchin kommt jeden Tag aus Bridgeport. Elf Uhr ist die richtige Zeit. Wir könnten es später tun, aber warum sollten wir die ganze Nacht verschwenden?«

»Noch eins«, sagte Bruce. »Sie haben doch eine Kanone. Nehmen Sie die mit, wenn Sie reingehen?«

»Das könnt ihr vergessen«, sagte Gary. »Ich habe sie noch nie gebraucht. Ich mache gute und saubere Arbeit, genau wie ich es von meinem Daddy gelernt habe.«

5

Dr. Van Horne sah so gut aus wie seit Jahren nicht mehr: das sagten ihm seine Sprechstundenhilfe, seine Kollegen in der Hampstead Klinik (an der er und sie nicht unbeträchtliche Anteile besaßen), und das sagten ihm sogar seine Patienten. Hilda du Plessy, die seit vierzig Jahren Wren Van Hornes Patientin war und ihn während der ganzen Zeit geradezu verehrt hatte, war bei ihrem letzten Besuch etwas Neues eingefallen, das sie an ihm bewundern konnte. »Sie werden immer jünger«, hauchte sie. »Wirklich, Dr. Van Horne! Es stimmt. Sie sehen zehn Jahre jünger aus.«

»Dann werde ich Sie ja in einem oder zwei Jahren eingeholt haben, Hilda«, balzte Dr. Van Horne die liebe alte Dame an – die eine halbe Stunde später, als sie ihren uralten Bentley auf den Parkplatz zwischen dem Fluß und der Main Street steuerte, immer noch an ihn dachte. Ihre Gedanken waren von der Art, die Witwen sich über die Ärzte zu machen pflegen, in die sie sich verliebt haben – unausgesprochen schwangen die Worte *fest* und *sanft* in ihren Träumen mit –, aber sie enthielten auch einzelne Beobachtungen aus der Erfahrung eines halben Lebens. Hilda du Plessy hatte recht; Wren Van Horne sah nicht nur besser aus, er wirkte jünger. Seine Augen waren klarer, sein Rücken gerader. Die Knitterfalten unter seinen Augen waren fast verschwunden. Sein Haar sah irgendwie voller aus. »Geföhnt«, sagte sich Hilda, als sie durch den Walden-Buchladen ging, um ihn an der Main Street wieder zu verlassen. »Nach all diesen Jahren fängt er an, sich das Haar zu fönen – nun, das hätte ich ihm schon vor Ewigkeiten sagen können, wenn er auf mich hören würde.«

Hilda verließ den Walden-Buchladen deshalb gleich wieder auf der anderen Seite, weil sie dort nie ein Buch gekauft hätte. Ada Hoff in ihrer Buchhandlung ein Stück weiter die Straße hoch wußte, was Hilda wollte. Ada Hoff verstand wirklich etwas von Büchern, anders als die jungen Leute, die in den großen Kettenläden arbeiteten. Ada Hoff nannte ihre Kunden beim Namen und wußte genau, daß bestimmte Leute einen besonderen Geschmack hatten – hinter dem Ladentisch würde ein hübscher kleiner Haufen von Neuerscheinungen auf Hilda warten.

Einmal im Monat, wenn sie von ihrem Haus an der Grenze zu Old Sarum wegfuhr, um ihren Arzt aufzusuchen, gönnte sie sich das eine oder andere.

Sie stieß die Tür zu dem Buchladen auf, der in dem alten gelben, im Kolonialstil erbauten Haus am Ende der Main Street untergebracht war. Zielstrebig ging sie an dem Stand mit den Bestsellern vorbei. Ada Hoff stand hinter dem Ladentisch und tupfte sich mit einem Leinentaschentuch die Nase, das die gleiche narzissengelbe Farbe hatte wie die Fassade ihres Hauses – es war Adas Lieblingsfarbe. »Geht es Ihnen nicht gut, Ada?« erkundigte sich Hilda.

»Diese verdammte Erkältung«, sagte Ada. Sie war eine große Frau mit einem runden Gesicht und ein paar Jahre jünger als Hilda. Ada trug gewöhnlich einen blauen Blazer und eine gelbe Bluse oder einen gelben Blazer und eine blaue Bluse, wie heute. Ihr Haar war so sorgfältig und übertrieben schwarz gefärbt, daß es wie angestrichen wirkte. »Wir sind alle erkältet. Spence und Thom sind heute nicht einmal zur Arbeit gekommen.« Spence und Thom, zwei unverheiratete Frauen, die zusammenlebten, waren Adas Ladenhilfen. Spence war für die Packarbeiten und die Buchhaltung verantwortlich, während Thom die Schaufenster dekorierte und Ada am Ladentisch half. Hilda hielt die beiden für ausgezeichnete Gesellschaft und konnte stundenlang mit der einen oder der anderen in der Keramikabteilung plaudern. Die Auskunft, daß sie heute nicht hier seien, verdarb Hilda den Tag ein wenig. Ada war für einen netten kleinen Schwatz viel zu sachlich.

»Oh, was für ein Jammer«, sagte Hilda. »Stecken Sie mich bloß nicht an, Ada – ich *komme* gerade vom Arzt.«

»Ah, dabei fällt mir ein: ich habe ein paar neue Sachen für Sie«, sagte Ada und suchte eine Weile unter dem Ladentisch, bevor sie Hilda zwei Bücher mit festem Einband und drei Taschenbücher vorlegte. Die ersten beiden waren *Schwester Thompsons Dilemma* von Janet Randall Minor und *Held in Weiß* von Carrie Engelbart Hoskins; die Taschenbücher, *Liebe im Krankenhaus, Dr. Bartholomew und Dr. Dare* und *Dr. Peachtree macht Visite* waren alle von Florence M. Hobart. Hilda betrachtete den Stapel mit uneingeschränktem Entzücken. Sie war nach Arztromanen geradezu süchtig, und ein neuer Janet Randall Minor und drei wiederentdeckte Florence M. Hobarts an einem Tag waren für sie wie ein Wunder. Ihre anfängliche Enttäuschung darüber, daß Spence und Thom nicht im Laden waren, schmolz angesichts ihrer Begeisterung zu nichts zusammen.

»Es gibt noch fünf oder sechs weitere Hobarts«, sagte Ada. »Es heißt, daß einige vergriffen sind und einige neu aufgelegt werden. Sobald sie erhältlich sind, werde ich sie Ihnen besorgen.«

»Meine Güte, ist das schön, vielen Dank«, sprudelte Hilda hervor. »Ich nehme sie natürlich alle. Stellen Sie sie mir bitte in Rechnung. Ich weiß wirklich nicht, welches ich zuerst lesen soll.«

Hilda unterschrieb den Lieferschein, verließ den Buchladen und ging die Main Street hinunter. Sie summte vergnügt vor sich hin. In den Zweigen eines der verkrüppelten Obstbäume, die in Eichenfässern auf dem Fußweg aufgereiht standen, zwitscherte ein Fink. Hilda legte den Kopf schief und flötete zurück. Die schwere Tasche in ihrer Hand war voller Schätze – bald würde sie in diesen Schätzen wühlen, sie gegeneinander abwägen. Hilda überquerte die Straße und ging am Büro der *Hampstead Gazette* vorbei. Dann stieg sie die Stufen zu einem französischen Restaurant namens Framboise hinauf.

Auch auf diesem zweiten Schauplatz ihres monatlichen Rituals blieben ihr Enttäuschungen nicht erspart. Der Oberkellner stand nicht am Schreibplatz mit dem Telefon und dem Buch für Tischbestellungen. Hilda spähte in das Restaurant. Ein Mann und eine Frau saßen an einem Tisch für zwei Personen, und im großen Speisesaal saßen vier Männer an einem Mitteltisch. Der Mann und die Frau waren offensichtlich betrunken. Wieder ein Mißklang. Drei Kellner in dunkelblauen Westen und mit Fliege hatten sich im Hintergrund um einen Servierwagen versammelt. Hilda wartete auf den Oberkellner. Einer der Kellner schaute zu ihr herüber und hustete feucht in seine Hand. Hilda stellte ihre Tasche neben dem Pult auf den Fußboden und warf ostentativ einen Blick in das Buch. Sie fand ihren Namen, allerdings falsch geschrieben: DIPLESSI. Sie hüstelte laut. Einer der Kellner nahm eine Speisekarte und schlenderte durch den Raum auf Hilda zu.

»Wo ist François heute?« fragte Hilda.

»Krank zu Hause«, sagte der junge Mann.

»Ich heiße du Plessy; Sie haben den Namen in Ihrem Buch falsch geschrieben. Würden Sie mich bitte an meinen gewohnten Tisch führen?«

Der Junge in der blauen Weste sah sie fragend an.

»Draußen. An der Ecke der Terrasse. Eigentlich ist es nur ein Balkon, aber Sie nennen es Terrasse. Dort sitze ich immer.«

»Hier entlang, Madame«, sagte der Junge, den Hildas Ton in Bewegung gebracht hatte. Hilda nahm die Tasche mit den Schätzen auf und folgte dem Jungen durch das Restaurant auf den Balkon hinaus, wo unter einem gestreiften Sonnendach vier Tische standen.

»Der letzte Tisch ist meiner«, sagte Hilda, als er vor dem mittleren Tisch stehen blieb. Mit dem Gesicht zur Straße nahm sie an ihrem Tisch Platz und sagte: »Ich möchte gern einen Drink, bitte. Einen Brandy Manhattan, bitte.«

»On the rocks?«

»Ohne Eis, bitte. In einem Stielglas.« Sie deutete die Umrisse des Glases mit den Fingern an.

Der junge Mann schlich davon. Hilda nahm die Tasche auf den Schoß und holte die Bücher heraus. Es war ein Augenblick höchster Befriedigung: sie begutachtete die Einbandgestaltung, betrachtete die vertrauten Namen der Autoren und sah sich die Titelseiten und die Widmungen an. Bei den Büchern mit festem Einband prüfte sie die Schriftart und las die Waschzettel. Da in ihnen immer dummes Zeug stand, beachtete sie sie wenig.

Dann traf Hilda ihre Wahl. Sie entschied sich für *Held in Weiß* von Carrie Engelbart Hoskins. Janet Randall Minor wollte sie sich für später aufheben.

Andächtig öffnete Hilda das Buch. Der Lümmel stellte ihr den Drink vor die Nase. Glücklich warf Hilda noch durch das Fenster einen Blick auf die Main Street – sie konnte keine Sekunde länger warten – und las den ersten Satz.

Edward Waterhouse war von Geburt an dazu bestimmt, sich nützlich zu machen.

Was für ein herrlicher Anfang.

Das hatten andere schon oft über ihn gesagt, und auch er selbst äußerte sich entsprechend: »Am glücklichsten bin ich, wenn ich jemandem helfen kann.« Von einem anderen hätten solche Bemerkungen vermuten lassen, daß er Beifall und Zustimmung suche; nicht so bei Dr. Waterhouse. Er sprach lediglich die Wahrheit aus, wie er sie im Laufe seines zweiunddreißigjährigen Lebens erkannt hatte.

Hilda hätte vor Seligkeit fast geschnurrt. Sie nippte an ihrem Drink und las weiter.

Zweiunddreißig: so alt war Dr. Waterhouse tatsächlich schon, und die Jahre standen ihm gut. Sie hatten ihm diesen mitleidenden Blick geschenkt und die eleganten grauen Strähnen an den Schläfen.

Wren Van Horne in seinen besten Jahren, dachte Hilda. Ich hätte ihn selbst nicht besser beschreiben können.

Sein Alter mochte in vieler Hinsicht für ihn von Vorteil sein, in einer Hinsicht war es für ihn von Nachteil. Dr. Waterhouse war in einem Alter, wo ein Mann sich beeilen muß, wenn er überhaupt noch heiraten will.

Und das alles bewies, so meinte Hilda, daß die Autorin Carrie Engelbart Hoskins noch unter vierzig sein mußte. Sie schaute vom Buch hoch, »ein wenig irritiert«, wie Carrie E. Hoskins es formuliert hätte, und warf noch einmal einen Blick auf die Main Street. Auf der anderen Straßenseite machte sich eine angespannt wirkende Frau Notizen, und Männer in Bluejans und mit Bärten saßen an den vor dem Restaurant Delicious aufgestellten Tischen. Hildas Blicke wanderten zum Olden and Golden Antique Shop hinüber, der hinter dem kleineren Fenster im Gebäude der Hampstead Pizzeria lag. Ein bekannter Schauspieler kam aus dem Eisenwarenladen neben dem Delikatessengeschäft, und die bärtigen Männer starrten ihn unverhohlen an. Dann schaute Hilda wieder zum Fenster des Antique Shops hinüber. Sah sie nicht jenseits der in Goldfarbe gehaltenen Fensteraufschrift den Mann, an den sie gerade gedacht hatte?

Sie war auf fast unangenehme Weise aufgeregt. Hilda beugte sich vor und starrte auf das Fenster. Der Eigentümer, ein kleiner kahlköpfiger Mann, war jetzt hinter der Fensterbeschriftung zu erkennen. An Dr. Waterhouse dachte Hilda nicht mehr. »Aus dem Weg – aus dem Weg, bitte«, murmelte sie und verwirrte damit den Kellner, der gekommen war, um ihre Bestellung entgegenzunehmen. Der junge Mann und der Ladenbesitzer bewegten sich gleichzeitig, und Hilda sah, daß der Mann hinter dem Fenster tatsächlich Wren Van Horne war. Er stand gestikulierend da und sah jetzt sogar noch jünger aus als vor einer Stunde in seiner Praxis.

»Soll ich hier nur herumstehen?« fragte der Kellner hinter ihrem Rücken; Hilda schaute auf, als wollte sie um Hilfe bitten. Dabei sah sie noch einen der kleinen Finken mit orangefarbener Brust. Er fiel gerade vom untersten Ast einer Eiche, die vor dem Restaurant stand, und blieb reglos auf dem Pflaster liegen.

6

Du wußtest, daß es Zeit war für den Spiegel: du wußtest nicht, was es bedeutete, du wußtest nur, daß es Zeit war.

Dr. Van Horne hatte für den Nachmittag zwei Termine abgesagt und stand jetzt ein wenig ratlos in dem heillosen Durcheinander des Olden and Golden Antique Shop. »Es muß etwas Bestimmtes sein«, sagte er zu dem Geschäftsinhaber, der ihn nicht kannte, aber sein ganzes Auftreten und den weißen Leinenanzug mit Panamahut registrierte und sofort auf alten Geldadel schloß. »Etwas ganz Bestimmtes, wenn Sie wissen, was ich meine.« Er lächelte, aber das verwischte keineswegs den ersten Eindruck einer gewissen Ratlosigkeit. »Ich werde *ihn* wiedererkennen, wissen Sie, aber er müßte auch mich wiedererkennen.«

»Nun«, sagte Mr. Bundle, der nicht genau wußte, wie er auf ein so irrationales Anliegen reagieren sollte. »Wir haben einige neue Sachen in –«

»Ja, natürlich. Ich suche schon ziemlich lange – vor zwei Tagen war ich in Redhill und vorher in King George. Dort gibt es interessante Antiquitätengeschäfte, und sie hatten alle Spiegel, aber keiner davon ... es waren nicht die richtigen.« Er machte eine wegwerfende Handbewegung. »Es waren wirklich nicht die richtigen. Was ich brauche – nun, darüber müssen wir uns unterhalten, nicht wahr? Ich habe in meinem Haus einen Platz an der Wand freigemacht – zu der Zeit wußte ich noch gar nicht, wozu. Ich wußte nur, daß ich diese Bilder von der Wand nehmen mußte, weil ich den Platz brauchte. Dann wußte ich es. Für einen Spiegel. Er muß groß sein, und er muß oval sein. Aber nicht neu. Ein neuer hat keinen Zweck.«

Dr. Van Horne sah Mr. Bundle verschmitzt an: »Und als ich heute nachmittag in meinem Büro saß, kam mir ganz einfach der Gedanke, daß ausgerechnet Sie genau den Spiegel haben, den ich brauche. Ist das nicht außergewöhnlich.«

»Nun, das ist tatsächlich außergewöhnlich, denn ich habe gerade heute morgen einige Möbel bekommen, die ich vor einer Woche bei einer Auktion ersteigert habe«, sagte Mr. Bundle. »Unter anderem auch einen Spiegel, der Ihrer Beschreibung ungefähr entspricht.«

»Das wußte ich.«

»Hmm. Ja. Außergewöhnlich. Wollen Sie mit nach hinten kommen, um ihn sich anzusehen?«

Dr. Van Horne nickte und folgte Mr. Bundle in den hinteren Teil des Ladens. Dichtgedrängt standen hier Möbel neben und aufeinander, staubig und ohne Preisschilder. Schreibschränke und Sideboards, mit Leder überzogene Teile und Eßtische aus Mahagoni; die Klappen für die Ausziehtische lagen auf einem Himmelbett. »Ich habe die Preise für diese Sachen noch nicht ausgerechnet, aber ich denke, daß wir uns einig werden ...?« Er sah den Arzt an und zog eine Braue hoch.

»Aber ja. Aber ja.« Der Arzt war stehengeblieben und betrachtete fasziniert die obere, sichtbare Hälfte eines ovalen Spiegels in einem schön geschnitzten vergoldeten Rahmen, der hinter den Möbeln lehnte. »Das ist er. Er gehörte früher mir.«

»Er gehörte Ihnen? Er stammt von der Auktion, die ich erwähnte. Es ist ein französischer Spiegel. Ich datiere ihn um 1790, vielleicht auch etwas früher. Die Greens müßten die meisten dieser Sachen selbst importiert haben. Jetzt sind sie natürlich alle weg.«

»Ja. Ich verstehe, Sir.«

Als sie in das fleckige Glas des Spiegels schauten, schien sich etwas Schmieriges und Dunkles darin zu bewegen, ein verschwommener Schatten. Mr. Bundle riß die Augen auf und beugte sich vor, um besser sehen zu können, aber dann war die Erscheinung verschwunden.

»Er muß gründlich gereinigt werden«, murmelte Mr. Bundle.

7

Patsy stieß mit der Hüfte die Schlafzimmertür auf und trug das Tablett an das Bett, in dem Les lag, ein wirres Durcheinander von Zeitungen, Illustrierten, Schachteln mit Papiertüchern um sich herum. Auf dem Tisch neben ihm stand eine Schale mit Pfirsichkernen und Apfelresten. Auf seiner Brust lag eine zusammengefaltete Ausgabe des Wallstreetjournal und darauf Papiere und Berichte aus seinem Büro. Mit schmalem, unrasiertem Gesicht schaute er zu ihr auf. »Was ist das denn?«

»Dein Frühstück. Weizentoast, Quark, Orangensaft.«

»Das nennst du Frühstück? Quark?«

Patsy stellte das Tablett neben Les ab. »Dein Magen braucht etwas Leichtes.« »O ja, ich weiß, aber mein Gott … hätte es nicht wenigstens ein weichgekochtes Ei sein können?«

»Iß dies und warte ab, wie du dich danach fühlst. Ich habe in einer halben Stunde einen Termin bei Dr. Lauterbach. Wenn dein Magen in Ordnung ist, koche ich dir anschließend ein Ei.«

»Ich fühle mich wirklich noch schwach.«

»Du siehst auch nicht gut aus«, sagte Patsy. Sie saß in einem Stuhl am anderen Ende des Zimmers, die Füße flach auf dem Fußboden, die Knie auseinander, das Kinn in die Hand gestützt. »Du siehst sogar ganz entsetzlich aus.«

»Du siehst auch nicht besonders aus.« Seine Worte kamen fast wie ein Reflex, denn er fühlte sich angegriffen, aber Les hatte nicht ganz unrecht. Patsy sah abgespannt und müde aus. Ein sensiblerer Mann als Les hätte es vielleicht unglücklich genannt.

»Warum sollte ich gut aussehen? Ich fühle mich scheußlich. Und das liegt nicht an der Grippe, Les. Ich sollte dir vielleicht gleich sagen, was ich denke, und zugeben, daß es an dir liegt.«

»Ich kann doch nichts dafür, daß ich krank bin«, sagte Les. »Die halbe Stadt hat die Grippe.«

»Ich meine nicht die Grippe. Ich meine unsere Ehe.«

Les nahm eine Aktennotiz in die Hand und studierte sie mit ausdruckslosem Gesicht.

»Hier haben wir schon wieder ein Beispiel für das, was ich meine. Du siehst mich nicht einmal an.«

Les legte das Papier weg und drehte sich müde zu Patsy um.

»Es ist ganz einfach so: Wir führen überhaupt keine Ehe.«

»Was?«

»Ich habe einen Mann, der nicht mit mir redet, der nie mit mir zusammen etwas unternehmen will und der mich nur braucht, wenn er so krank ist, daß er sich in die Hose scheißt. Das sieht alles wirklich nicht nach einer vernünftigen Ehe aus.«

»Deine Beschreibung kann ich nicht akzeptieren.«

»Du müßtest es eigentlich genauso sehen wie ich. Was haben wir denn noch gemeinsam? Am nächsten kommen wir uns noch, wenn du auf mich eindrischst. Das macht dir mehr Spaß als alles andere, und das weißt du auch. Du willst mich lieber verprügeln als bumsen.«

»Mein Gott, jetzt soll ich allein an allem schuld sein. Und du hast genau den richtigen Zeitpunkt gewählt – du schlägst mir diesen Mist um die Ohren, wenn ich so krank bin, daß ich kaum aus dem Bett aufstehen kann.«

»Das Schlagen besorgt bei uns nur einer«, sagte Patsy. Gegen ihren Willen war sie wütend geworden. »Wir führen keine Ehe. Wieso leben wir eigentlich noch zusammen?«

»Liebst du mich denn nicht?« fragte Les.

»Ich weiß es nicht. Ich empfinde wirklich keine besondere Zuneigung zu dir.«

»Verdammt nochmal, ich bin *krank*«, jammerte Les.

Patsy schaute auf die Uhr.

»Oh, ich weiß – jetzt verstehe ich. Dr. Lauterbach. Du gehst zu diesem Affen und erzählst ihm, was für ein widerlicher Kerl ich bin, und er sagt dir, daß du dich von mir trennen solltest. Wahrscheinlich hält er dir dabei die Hand.«

»Ich muß jetzt gehen«, sagte Patsy. Sie stand auf.

»Erinnere den Kerl daran, woher das Geld kommt«, sagte Les, stützte sich auf einen Ellenbogen und ließ die Papiere auf das Frühstückstablett flattern. »Du wirst sehen, wie schnell er dann auf die Idee kommt, daß ich eigentlich verdammt anständig bin.«

»Good-bye«, sagte Patsy und ging zur Tür.

»Good-bye? Du meinst für immer? Du willst einfach verschwinden?« Er lächelte böse.

»Ich weiß es nicht!« kreischte Patsy. »Wenn ich es täte, müßte ich wenigstens nicht mehr zuschauen, wenn du deine Pistole auf Polizisten richtest!«

Les wollte zurückschreien, aber er beherrschte sich. »Weißt du, warum das passiert ist?«

»Besser als du.« Patsy schloß die Tür hinter sich und ging rasch nach unten. Les rief ihr etwas hinterher, aber sie ignorierte ihn und verließ das Haus, um in die Garage zu gehen. Fünfzehn Minuten später fuhr sie langsam die Main Street entlang und suchte einen Parkplatz.

In Wirklichkeit hatte Patsy Dr. Lauterbach erst einmal konsultiert. Sein Sprechzimmer war in der Hampstead Klinik, wo auch Dr. Van Horne seine Praxis hatte. Am Tage ihres ersten Termins war sie dreimal die Betonstufen vom Parkplatz zu den modernistisch ineinander verschachtelten Klinkergebäuden hinaufgegangen und wieder zurück. Sie war eine halbe Stunde zu früh gekommen und wußte immer noch nicht, ob sie die Sache durchstehen würde. Wieviel von ihrem wirklichen Leben konnte sie dem Arzt offenbaren? Und wieviel konnte sie verschweigen, ohne die Analyse zu gefährden?

Patsy sah sich schon auf dem Seziertisch, das Gehirn auseinandergenommen wie eine Uhr, die repariert werden soll.

Endlich ging sie in das Gebäude und betrachtete die Namensschilder an den breiten Türen aus Eichenholz. Sie hatte immer noch zwanzig Minuten Zeit. Sie fand die richtige Tür und ging in das kleine, diskret beleuchtete Wartezimmer. Hinter einer Glasscheibe saß eine Sprechstundenhilfe und lächelte sie an. Später kam es Patsy vor, als hätte sie endlos lange dagesessen und ihre auf dem Schoß gefalteten Hände betrachtet.

Zwei Minuten vor dem festgesetzten Termin kam ein kleiner bärtiger Mann mit ernstem Gesicht und forschendem Blick aus dem Behandlungszimmer und sprach sie mit ihrem Namen an. Er war nicht älter als sie – Patsy fand, daß er trotz der tiefen Furche zwischen seinen Augenbrauen vielleicht sogar jünger sein könnte. »Bitte«, sagte er und zeigte auf eine Couch, die an der Wand stand.

»Ich möchte gern sitzen«, sagte sie. »Auf einem Stuhl.«

»Wie Sie wünschen. Mir wäre es allerdings lieber, Sie legten sich auf die Couch.«

Patsy nahm auf einem Stuhl vor seinem Schreibtisch Platz.

»Warum sind Sie zu mir gekommen?« fragte Dr. Lauterbach.

»Ich bin unglücklich«, platzte es aus ihr heraus.

»Wir sind alle unglücklich«, sagte Dr. Lauterbach, und in diesem Augenblick wußte Patsy schon, daß es nicht funktionieren würde. Wie könnte dieser mürrische und pessimistische Mann ihr wohl helfen? »Ich bin zum Beispiel unglücklich darüber, daß Sie unsere erste Sitzung schon gleich mit einem Streit beginnen. Wir werden einen langen Weg gemeinsam gehen müssen, Mrs. McCloud, und sollten von Anfang an zusammenarbeiten.«

Der Analytiker schaute Patsy mit seinen tiefliegenden ernsten Augen an, und sie brach sofort in Tränen aus. Er weiß schon alles über mich, dachte sie. Schon mit den Augen hatte er ihre Gedanken erschlossen und alles gesehen – Les, Marilyn Foreman, ihre Großmutter, einfach alles. Patsy hatte mit dem Weinen nicht aufhören können. Dr. Lauterbach sagte nichts, und Patsy schlug die Hände vors Gesicht und weinte weiter. Sie fühlte sich nicht nur erkannt, sie fühlte sich gedemütigt.

Immer noch weinend war Patsy aufgestanden und hatte sein Sprechzimmer verlassen.

Sie hatte gewußt, daß sie den Mann nie wieder aufsuchen würde, und das tat sie auch nicht. Ganz ähnlich wie Clark Smithfield, der jeden Tag so tat, als führe er zur Arbeit, verließ sie jeden Tag das Haus, um Dr. Lauterbach aufzusuchen. Statt dessen tat sie Dinge, die insofern ebenfalls eine Therapie bedeuteten, als sie ihr Spaß machten. Sie besuchte Hampsteads Kunstgalerien oder setzte sich an einen der Tische im Delikatessengeschäft, um Kaffee zu trinken und ein Buch zu lesen; oder sie machte einen Spaziergang am Strand von Sawtell und fühlte sich dabei so leicht und jeder Verantwortung ledig wie eine Möwe; oder sie fuhr nach

Woodville und wühlte in der Kleiderabteilung von Bloomingdale's. Normalerweise kaufte Patsy ungern ein und ärgerte sich über die Zeit, die sie dafür aufwenden mußte, aber während ihrer Sitzung bei Dr. Lauterbach genoß sie es geradezu.

Aber der heutige Tag war nicht für Bloomingdale's reserviert, und sie hatte auch keine Lust, am Strand spazierenzugehen. Die Szene mit Les, die eine unvorhergesehene Wendung genommen hatte, war ihr auf den Magen geschlagen. Alles, was sie gesagt hatte, stimmte. Sie wußte wirklich nicht, warum sie und Les noch verheiratet waren. Daß sie ihn liebe, war immer die Antwort auf diese schmerzliche Frage gewesen, und jetzt überlegte Patsy, ob ihre »Liebe« nicht immer nur ein Vorwand dafür gewesen war, diese schmerzliche Frage nicht selbst stellen zu müssen. Seit sie gesehen hatte, wie Les mit der Pistole auf Bobo Farnsworth und die andern beiden gezielt hatte, war das, was sie für ihre Liebe zu ihrem Mann gehalten hatte, irgendwie geronnen. Sie hatte ihn dabei auf die gleiche Weise erkannt wie Dr. Lauterbach sie während dieser einen Sitzung erkannt hatte, und nie wieder würde sie ihn so sehen können wie vorher. Sie wußte, und eben dieses Wissen bereitete ihr Magenbeschwerden, daß sie Les McCloud nicht vermissen würde, wenn sie ihn einmal verlassen hatte. Les war ein toter Mann, der so tat, als lebte er noch. Niemand hatte ihn umgebracht, er hatte sich selbst getötet: er hatte seine Gefühle und seine Phantasie und seine Großzügigkeit ermordet, weil er glaubte, daß seine Firma es von ihm verlange.

»Danke, Dr. Lauterbach«, sagte sie, als sie das Delikatessengeschäft betrat.

Als sie wieder herauskam, trug sie eine Plastiktasse voll Kaffee an einen der draußen aufgestellten Tische. Die Männer an den anderen Tischen begutachteten einen Augenblick ihre Beine, ihren Busen und ihr Gesicht. »Oink«, sagte Patsy so laut, daß die beiden ihr am nächsten sitzenden Männer es hören mußten. Dann nahm sie ihren Roman und ihr Tagebuch aus der Handtasche. Sie legte den Roman zur Seite und fing an zu schreiben.

Männer, *mit denen ich ins Bett gehen könnte,* schrieb sie. *Richard Allbee. Bobo Farnsworth. Alan Ada.* Patsy amüsierte sich. *John Updike. Ilie Nastase. Sam Shepard.* »Und Rex, das Wunderpferd«, sagte sie laut. Patsy klappte das Tagebuch zu, lächelte und schaute zu den Bäumen hinaus, die in Kübeln an der Main Street standen. Tabby Smithfield kam vom unteren Ende der Straße auf sie zu. Tabby sah sie nicht, er sah überhaupt nichts; er hielt das Gesicht abgewandt und ging, als ob er mit den Füßen Blätter aufwirbelte. Oder als ob er durch knöcheltiefes Wasser watete. Sie hoffte, daß er ohne aufzuschauen vorbeigehen würde, aber als er auf gleicher Höhe war, sah er so elend aus, daß sie ihn ansprechen mußte. »Hallo, Tabby.«

Er riß den Kopf herum und sah sie dankbar an. Jetzt hatte sie keine Wahl mehr.

Schüchtern trat Tabby an ihren Tisch. »Setz dich doch«, sagte sie und zeigte auf den zweiten Stuhl. Er setzte sich. Wieder sah er sie an, diesmal aber nicht mehr schüchtern, und Patsy war im Bilde. »Du warst wieder, äh, auf einer Reise, nicht wahr?« fragte sie und nahm seine Hand.

»Das ist ein gutes Wort dafür«, sagte Tabby.

8

Tabby hatte die Normans so lange wie möglich gemieden, denn er wußte, daß der Mann, mit dem sie gesprochen hatten, der Dieb war, aber nach der ersten Stunde tauchten die Zwillinge plötzlich auf dem Flur vor der Schulbücherei neben ihm auf. Wegen des unerwarteten Lehrermangels war Tabbys Klasse in zwei Studiengruppen eingeteilt worden, und er und die Normans gehörten zu der Gruppe, die in der Bücherei arbeiten sollten.

»He, Tabs«, sagte Bruce und legte den Arm um ihn. »Du warst in Ordnung. Ich weiß nicht, was du gemacht hast, aber du hast es richtig gemacht.«

»Ich habe überhaupt nichts gemacht«, sagte Tabby. Sie traten aus der Reihe und ließen die anderen in die Bücherei gehen. Ein stechender Geruch, der von Bruces Körper ausging, schwebte fast sichtbar über Tabbys Kopf.

»Das ist immer das beste«, sagte Bruce und zog Tabby durch den Flur zum Ausgang. »Laß uns verschwinden. Wir haben heute sowieso nur noch eine Stunde. Warum sollten wir bleiben? Keiner tut heute was, und viele sind schon weg.«

»Das glaube ich auch«, sagte Tabby. Die Normans waren ihm an Dreistigkeit immer einen Schritt voraus.

»Hat Bobo was über uns gesagt?« fragte Dicky.

»He, sei doch nicht blöd, Mann, Tabby ist doch in Ordnung«, sagte Bruce. »Laß uns abhauen, bevor uns jemand sieht.« Er zog Tabby mit sich, und Tabby konnte seinem Geruch nicht entrinnen. Es war der Gestank eines Bären. Bruce war aufgeregt, und der widerwärtige Bärengeruch war gleichzeitig der Geruch von Gewalt. Grob schlug er Tabby auf den Rücken. »Bobo hat doch nicht etwa unsere Namen erwähnt, Tabby? Keiner hat unsere Namen erwähnt, oder?«

»Nein.« Tabby löste sich von Bruce. »Er dachte, ich sei auf dem Nachhauseweg.«

Bruce boxte ihm gegen den Oberarm. »Du bist unser Mann.« Er öffnete die Tür, und sie traten auf den schmalen Asphaltweg hinaus, der hinter der Schule vorbeiführte. Es war windstill und feucht. »Ein Jammer mit der Grippe«, sagte Bruce, und Dicky lachte.

Sie gingen um die Schule herum zum Parkplatz.

»Hättest du Lust, dir fünfzig Dollar zu verdienen?« fragte Bruce.

»Warum nicht?« sagte Tabby. »Aber ich muß erst wissen, was ich dafür tun soll. Ich breche nicht in anderer Leute Häuser ein.«

»Kein Stück, Tabs«, sagte Bruce. »Sollen wir dich in die Stadt mitnehmen?«

»Okay. Aber mit einem Einbruch will ich nichts zu tun haben.«

Bruce zwinkerte Dicky zu, und sie stiegen in den schwarzen Wagen. »Du sollst nur am Samstagabend für uns etwas erledigen.«

»Mit diesem Kerl«, sagte Tabby. »Der war doch heute

morgen hier. Ich habe vom Bus aus gesehen, daß ihr mit ihm gesprochen habt. Nein, ich mache nicht mit.«

»Ich reiß dir die verdammten Ohren ab«, sagte Dicky. »Das mein' ich ernst.«

»Tabby, begreif doch, dies ist unsere große Chance«, sagte Bruce. »Dicky ist nur ein wenig aufgeregt. Dabei soll es doch erst in vier Tagen losgehen.«

Bruce fuhr vom Parkplatz und bog in eine Vorstadtstraße ein. Häuser im Kolonialstil mit Basketballkörben über den Garagentüren; Volvo-Kombiwagen in den Einfahrten; scheußliche fleischige Rhododendronhecken. »Überleg doch, Tabby. Die Leute hier sind alle versichert. Wenn sie was verlieren, kriegen sie es sofort wieder zurück. Nur die Versicherungsgesellschaften verlieren, und die haben Millionen – Mann, die haben so viel Geld, daß sie sogar der Regierung was leihen können. Und warum kriegen sie so viel Geld? Weil die Leute, die Angst haben, ausgeraubt zu werden oder was zu verlieren, es an sie zahlen. Da ist es doch nur richtig, daß wir sie ausrauben.«

»Ich kann das nicht«, sagte Tabby.

»Dicky und ich geben dir jeder hundert Dollar in der Tasche nach Hause. Tabs, wir brauchen dich. Ohne dich läuft das Ding nicht.«

»Ich kann nicht«, sagte Tabby.

»Dann reiß ich dir deine verdammten Ohren ab«, wiederholte Dicky seelenruhig.

»Er ist ein Tier, er meint das ernst«, sagte Bruce. »Hör zu, wir haben noch vier Tage. Am Donnerstag oder Freitag sehen wir uns in der Schule, okay? Du mußt nur im Lieferwagen sitzen und aufpassen, ob jemand in die Einfahrt reinfährt. Du hast ein Sprechfunkgerät, und wenn jemand kommt, sagst du es uns. Aber es wird keiner kommen. Wir können den Wagen so unter die Bäume stellen, daß niemand ihn sieht.«

»Wo soll das denn sein?« fragte Tabby.

»Das erfährst du am Samstag. Du steigst in den Wagen von dem Kerl und kriegst hundert Dollar.«

»Oder ich schlag dich zum Krüppel«, sagte Dicky. »Das mein' ich ernst.«

Bruce bog in die Main Street ein. »Willst du 'ne Cola oder sowas, Tabs?«

Tabby schüttelte den Kopf. Er sah keine Möglichkeit, sich aus Dickys und Bruces Vorhaben herauszuhalten, ohne fürchterlich verprügelt zu werden. Briefkästen zu zertrümmern war schlimm genug. Er mußte unbedingt vermeiden, auch noch Beihilfe zum Diebstahl zu leisten. Dicky grinste ihn an. Auch er hatte diesen Bärengestank. Beide Normans würden ihn verprügeln, das wußte er. Wahrscheinlich würde jeder ihm ein Ohr abreißen.

Dann sah er den Wagen seines Vaters am Straßenrand stehen. Sein Vater würde ihm helfen können. »Laßt mich aussteigen«, sagte er.

»Klar, Tabs«, sagte Bruce. »Ganz wie du willst.« Er fuhr an den Bordstein und hielt an. »Fährst du dann per Anhalter nach Hause?«

Tabby nickte, stieg aus und wähnte sich fast schon wieder in Sicherheit.

Nachdem Bruce weggefahren war, sah Tabby in die Schaufenster in der Nähe des Mercedes. Weder im Camera Center noch bei Hampstead's Jewellers noch in der Weinhandlung sah er seinen Vater am Ladentisch stehen. Tabby ging über die Straße und schaute auch dort in jeden Laden. Ob in dem kleinen Lebensmittelgeschäft oder bei Laura Ashley oder bei Enfants du Paradis, einem Laden, in dem Kinderkleidung verkauft wurde; nirgends eine Spur von Clark. Tabby ging weiter die Straße hoch und schaute in jeden Laden – Country Trust, Rawhide (Lederstiefel und Lederjacken), Walden-Buchladen. Wieder überquerte Tabby die Straße und ging in den großen Laden von Anhalt's. Hier gab es Heim-Computer, Schreibwaren und Bücher, Schallplatten und Büromaterial. Tabby inspizierte sogar die Kinderbuchabteilung, aber Clark war nicht im Laden.

Und was hatte sein Vater überhaupt in Hampstead zu suchen? Heute wollte er doch nach Woodville und anschließend nach Pound Ridge und Mount Cisco fahren. Unter der Sonnenblende bei Anhalfs blieb Tabby zögernd stehen.

Wenn er lange genug wartete, mußte er natürlich seinen

Vater treffen. Er brauchte sich nur in den Wagen zu setzen und zu warten, und irgendwann würde sein Vater aus einem der Geschäfte herauskommen ... Tabby wußte plötzlich, daß er nicht im Wagen warten würde. Ein einziges Fenster hatte er noch nicht geprüft. Es war so dunkel getönt, daß es von der Straße aus wie ein Spiegel wirkte, und auf dem Fenster stand bogenförmig in roten Buchstaben: O'HALLIGAN'S. Es war die einzige Bar in der Main Street.

Wieder ging Tabby über die Straße und stellte sich ein paar Türen von der Bar entfernt hin. Er stand in einem gepflasterten Gang, der vom Parkplatz zur Main Street führte. Wenn er sich an die Wand drückte, würde niemand, der O'Halligans verließ, ihn sehen können.

Er brauchte nicht lange zu warten. Ein paar Minuten nachdem er sich in den engen Gang zurückgezogen hatte, öffnete sich O'Halligans Tür, und sein Vater wankte in den Sonnenschein hinaus. Er trat an den Bordstein und starrte finster in die Gosse. Dann drehte Clark sich um und schaute mürrisch zur Tür der Bar hinüber.

»Nein, Dad«, sagte Tabby.

Eine große schwarzhaarige Frau mit grell geschminkten Lippen kam aus der Bar und ging zu Clark. Sie trug eine weiße ärmellose Bluse und hellbraune Shorts. Sie hatte hübsche Beine, wie Tabby erkannte. Dann sah er den schweren Goldschmuck an ihrem Hals und beiden Handgelenken. Verglichen mit ihr sah Sherri Stillwell wie eine Putzfrau aus. Die Frau war nicht so betrunken wie Clark. Sie nahm den Arm seines Vaters und sagte ein paar Worte, die offenbar versöhnlich gemeint waren. Clark zuckte die Achseln und schüttelte den Kopf. Die Frau tat so, als wolle sie Clark zu seinem Wagen ziehen, und Clark schlug ihr auf die Hand, mit der sie seinen Arm hielt. Die Frau zeigte zum oberen Ende der Main Street und sprach noch ein paar Worte; jetzt nickte Clark. Sie gingen die Straße hinauf. Und wohin gingen sie? Nach Framboise, um noch ein paar zu trinken? Anschließend in ein Motel, vielleicht in Norrington?

Tabby schaute ihnen nach, als sie die sonnige Straße hinaufgingen. Hin und wieder blieben sie stehen, damit die schwarzhaarige Frau die Auslagen betrachten konnte – Tabby merkte, daß sein Vater mit dieser Frau nicht zum ersten Mal zusammen war. Natürlich. Sein Vater hatte überhaupt keinen Job. Er tat nur so, als ginge er jeden Tag zur Arbeit. Er war in die »Four Hearths« gezogen, hatte sich den Mercedes gekauft, nach dem er so verrückt gewesen war, und beschäftigte sich jetzt damit, Monty Smithfields Geld auszugeben.

Tabby hätte heulen können. Mit brennenden Augen rannte er die Main Street hinunter. Hatte er wirklich geglaubt, daß sein Vater ihm bei seinem Problem mit den Norman-Zwillingen helfen könnte? Die Unaufrichtigkeit seines Vaters und der Verrat, den sie bedeutete, waren so schrecklich, daß es aus Tabby herausbrach. Seine Tränen tropften auf das Pflaster und gegen die Scheiben, in die er sah. Unehrlich. Unehrlich. Tabby sah seinen Vater schon ruiniert; er sah auch sich selbst ruiniert.

Er hatte den Eingang der großen Bibliothek von Hampstead an der Ecke Post Road und Main Street, kurz vor der Brücke über den Nowhatan, erreicht. Er mußte sich hinsetzen; er mußte über sich und seinen Vater und Sherri nachdenken. Tabby zog die Tür auf und betrat die kühlen Räume der Bibliothek.

Er schob sich durch ein Drehkreuz und stand auf dem Schachbrettmuster des Fliesenfußbodens vor einem langen Tisch. Eine der Frauen am Tisch sah Tabby neugierig an, aber Tabby zog nur die Stirn kraus und ging weiter. Er wollte sich irgendwo hinter den hohen Regalen mit Zeitschriften in eine Ecke setzen. Tabby hatte das Gefühl, daß alle Besucher der Bibliothek ihn beobachteten – die alten Männer, die an den Tischen Zeitungen lasen, die Frauen an ihren Karteikästen und sogar der kleine Junge, der gerade nach oben zur Abteilung für Kinderbücherei ging – und ihm seine Scham anmerkten.

Die Bibliothek schien länger und breiter zu werden, das schwarzweiße Fliesenmuster des Fußbodens zu zittern und zu vibrieren. Eine runde Uhr über dem Tisch war stehengeblieben: der schwarze Sekundenzeiger hing zwischen der zwei und der drei wie an das Zifferblatt genagelt.

Die Regale mit den Zeitschriften schwankten. Nein, sie kräuselten sich, fand Tabby. Wie Seetang im Wasser; wie das Hitzeflimmern über einer Straße.

Eher erstaunt als ängstlich beobachtete Tabby, wie die Bibliothek sich veränderte. Er empfand keine Scham mehr. Die Wände schienen sich langsam nach außen zu krümmen. Die stehengebliebene Uhr und das Zittern des Fußbodens erkannte Tabby als warnende Vorzeichen, aber gleichzeitig schläferte ihn das alles ein.

Er wußte, daß irgend etwas mit ihm geschehen würde. Die Bibliothek war jetzt in seltsames, sich ständig wandelndes Licht getaucht.

Seine Füße bewegten sich mechanisch, und er erreichte die Abteilung für Geschichte. Tabby ging durch einen schmalen Gang zwischen hohen Regalen, und plötzlich summte der ganze große Raum wie ein Dynamo. Der Gang war in rauchiges Dunkel gehüllt, und eine Sekunde lang hatte Tabby zwischen den hohen Bücherwänden den Eindruck, daß braune Staubwolken unter seinen Füßen aufstiegen.

Ah.

Ein breiter langsamer Blitzstrahl fuhr aus dem dunklen Himmel herab und verlängerte sich teleskopartig.

»Da ist der Junge«, hörte er hinter sich eine Stimme.

Die Bücherei samt allen Regalen war verschwunden, und er war im Freien und stand – versteckte sich? – neben einem Holzhaus. Es war eine laute Nacht – er hörte das Prasseln von Flammen, laute Flüche und das wütende Gebell eines Hundes.

»Du hättest nach Fairlie Hill gehen sollen, Junge. Zusammen mit den andern.«

»Ja, er hatte sich versteckt.« Tabby streckte die Hand aus und strich über das glattgehobelte Holz der Hauswand. Mit den Füßen stand er in einem Blumenbeet.

»Master Smyth«, sagte der Mann. »Willst du eine Kugel in den Rücken?«

Tabby drehte sich um. Er hatte schon gefürchtet, das Gesicht zu kennen, aber er kannte es nicht. Ein langes, arrogantes und leicht verrücktes Gesicht. Das Kinn war naß von

Speichel. Der Mann hatte lange, verfärbte Zähne. Aber das schlimmste an seinem Gesicht, weil das am wenigsten Menschliche, waren die teefarbenen Augen, die glänzten, als seien sie lackiert.

»Dein Vater wurde gefangengenommen, Master Smyth, und ist auf einem britischen Schiff«, sagte der Mann. »Er wird nicht lange leiden müssen. Du auch nicht.«

Der Mann hob eine lange, schwerelos wirkende Muskete. Als der Lauf noch sechs Zoll von Tabbys Brust entfernt war, explodierte die Waffe.

Tabby wurde in das Blumenbeet neben dem Haus geschleudert. Er hatte keine Schmerzen gespürt, nur einen gewaltigen Schlag. Die teefarbenen Augen glotzten hämisch auf ihn herab. Vom Pulverblitz war sein Hemd an einem Dutzend Stellen in Brand geraten, und die Hitze versengte seine Haut.

Er merkte nur deshalb nicht, daß seine Haut Blasen warf, weil er tot war. Ungeduldig und für ihn selbst deutlich sichtbar, erhob sich Tabby aus der in den Blumen liegenden Leiche und sah, daß das Gesicht des Jungen nicht seines war. Und doch sah es seinem Gesicht ähnlich.

»Das waren schon zwei in dieser Nacht«, sagte der Mann, und der Speichel an seinem Kinn glänzte. »Farmer Williams und der Smyth-Junge. Die tun *nichts* mehr.«

Der Geist oder die Seele, die Tabby jetzt war, schwebte hoch über den Männern und dem toten Jungen mit den brennenden Kleidern. Der rote Schein von hundert Feuern erhellte die Nacht.

Vor sich sah Tabby einen langen Korridor und an seinem Ende ein pulsierendes weißglühendes Licht. Strahlen in hellen Farben schossen durch den Feuerball. Der Korridor und das Licht wirkten auf ihn beruhigend und belebend zugleich; er wußte, daß dort himmlische Gefühle auf ihn warteten, die jetzt schon wie sanfte Musik seine Haut streichelten, kühl und erfrischend wie das Wasser des Meeres. Er bewegte sich auf das pulsierende Licht zu.

Dann kam er auf dem unbequemen Fußboden zwischen den Bücherregalen in der Abteilung für Geschichte wieder zu sich. Mit den aufgeschlagenen Seiten nach unten lag ein Buch neben ihm. *Die Geschichte Patchins* von D. B. Bach.

»Na, mein Junge?« Es war eine der Frauen, die am Tisch saßen. »Ist auch alles in Ordnung?«

»Ja, danke«, sagte Tabby automatisch. Er kam auf die Knie, und sein Kopf schwamm. »Mir ist nur ein wenig schlecht. Ich weiß nicht, was mit mir los ist.«

Die Frau war hinter dem Tisch hervorgekommen und beugte sich über ihn, aber anstatt ihm aufzuhelfen, wie er es erwartet hatte, nahm sie ihm das Buch weg. »Wenn du ein Junge von der J. S. Mill bist, müßtest du jetzt in der Schule sein«, sagte sie.

»Heute ist kein Unterricht mehr«, sagte Tabby und stand endlich auf. »Wegen der Grippe.«

»Du hast selbst Grippe«, sagte die Bibliothekarin. »Geh nach Hause und leg dich ins Bett, junger Mann. Du wirst uns noch alle anstecken.«

Fest klemmte sie sich *Die Geschichte von Patchin* unter den Arm und führte ihn zum Drehkreuz zurück und durch die Tür nach draußen.

Tabby taumelte, als er in die Sonne hinaustrat. Er schaute über die Schulter zurück; mit einer Handbewegung forderte die Bibliothekarin ihn auf zu verschwinden. Tabby setzte sich auf das Pflaster, denn ihm war immer noch schwindlig. Er nahm einen langen Zweig in die Hand und ließ ihn durch die lockere Erde unter der Hecke schleifen.

Dann sah er, daß der Strich, den er durch den Sand gezogen hatte, sich mit einer roten Flüssigkeit füllte: mit Blut. Es war, als läge ein See von Blut unter der Erdoberfläche. Er zog noch einen Strich, und auch dieser verwandelte sich in einen mit Blut gefüllten Kanal. Träge floß die rote Flüssigkeit über den Rand der schmalen Rinnen und bildete im Staub einen kleinen Teich. Entsetzt ließ Tabby den Stock in das Blut fallen.

Tabby stand auf. Er bog um die Ecke und ging blind die Main Street hinauf. Als er das kleine Pizza-Restaurant erreicht hatte, sah er an einem der kleinen Tische vor dem Delikatessenladen Patsy McCloud sitzen. Sie schrieb etwas in ein Buch. Wenn er sich jetzt umdrehte und wegging, würde sie bestimmt denken, er wolle ihr nicht begegnen; aber er mochte ihr seine Gesellschaft auch nicht aufdrängen. Sie sah so zerbrechlich aus ... ob sich wohl dunkles Blut unter den Steinen ansammeln würde, wenn sie mit ihren hübschen Füßen auf das Pflaster stampfte?

Tabby ging am Delikatessenladen vorbei und hatte das Gefühl, daß jeder Schritt, mit dem er sich von Patsy entfernte, ihn tiefer in die Verbannung führte.

Dann hörte er ihre helle, schwebende Stimme und hätte vor Dankbarkeit zu Boden sinken mögen. Schüchtern schaute er zu ihr hinüber: sie war eine von seiner Art.

»Ja, ich habe sein Gesicht gesehen«, erzählte er Patsy fünf Minuten später. »Es war ein verrücktes Gesicht – wie ein bösartiger alter Hund. Seine Augen sahen aus, als hätte jemand hinter ihnen ein Streichholz angesteckt. Er hat nicht einmal darüber nachgedacht, ob er mich erschießen soll, er hat einfach geschossen.«

»Und du kanntest das Gesicht nicht?«

»Ich hatte es noch nie gesehen.«

»Und du glaubst, es könnte Gideon Winter gewesen sein?«

»Mr. Williams würde das wahrscheinlich vermuten.«

»Ja«, sagte Patsy. »Das glaube ich auch.«

Sie schwiegen eine Weile; Tabby hatte keine Ahnung, was er von den Dingen halten sollte, die ihm heute morgen passiert waren, und er hatte auch keine Ahnung, was Patsy jetzt dachte. Aus ihrem Gesichtsausdruck war nichts zu schließen. Vielleicht überlegte sie nur, ob sie ihren Wagen zur Inspektion bringen sollte oder ob sie neue Strümpfe brauchte.

»Was für ein Buch hattest du denn in der Hand?« fragte sie endlich.

»Ein Geschichtsbuch. *Die Geschichte Patchins* von einem gewissen Bach.«

»Ich denke, wir sollten uns ein Exemplar besorgen«, sagte Patsy. »Das mache ich schon.« Sie lächelte. »Du willst es dir doch hoffentlich nicht zur Gewohnheit machen, in Bibliotheken in Ohnmacht zu fallen?«

Er versuchte zurückzulächeln.
»Du schaust in die Vergangenheit«, sagte Patsy. »Das ist interessant. Hast du auch schon einmal in die Zukunft geschaut?«
»Ich glaube, ja«, sagte Tabby und wurde rot. »Als ich fünf war. Da sah ich – Mrs. Friedgood.« Tabby glühte jetzt. »Aber meistens sehe ich Vergangenes.«
»Ich sehe nie Vergangenes«, sagte Patsy. »Wir würden ein erstklassiges Gespann abgeben.«
»Ich kann es gar nicht glauben, daß wir hier vor dem Delikatessenladen sitzen und über diese Dinge reden«, sagte Tabby. »Ich kann nicht einmal glauben, daß wir überhaupt darüber reden.« Er schüttelte den Kopf. »Da ist noch etwas. Als ich aus der Bibliothek kam, sah ich die Erde bluten. Ich sah Blut aus dem Boden kommen. Wirklich.«
Patsy schaute forschend auf das Pflaster, und Tabby dachte daran, daß er sich eben noch gefragt hatte, was wohl geschehen würde, wenn sie mit den Füßen aufstampfte …
Patsy und Tabby rissen gleichzeitig den Kopf hoch, denn irgendwo auf der anderen Straßenseite schrie plötzlich eine Frau. Alle Passanten blieben stehen. Die Angestellten des Metallwarengeschäfts und Mr. Bundle vom Antiquitätengeschäft waren auf die Straße gelaufen, und auch der bärtige Mann vom Nebentisch war aufgesprungen. Sie alle schauten zur anderen Straßenseite hinüber, um festzustellen, woher die Schreie kamen.
Ein Mann hob die Hand, und auch Patsy zeigte jetzt mit dem Finger. Jetzt sah auch Tabby sie. Eine magere alte Frau in einem weiten schwarzen Kleid stand auf dem Balkon des französischen Restaurants neben einem der Tische. Sie hielt die Hände vor die Augen, und ihr Mund war offen wie eine Höhle. Ihre Schreie waren viel lauter, als man ihrem schmächtigen Körper zugetraut hätte: sie hatte nichts mehr in sich als diese fürchterlichen Schreie.
Aus dem Restaurant rannten Leute auf den Balkon, während Tabby und die anderen zuschauten. Sein Vater war der dritte Mann, der nach draußen kam, und Sekunden bevor sein Vater die Frau erreichen konnte, brach sie zusammen.

Tabby wußte, daß die alte Frau tot war: So laut konnte niemand schreien, ohne zu sterben, denn die Ursache solcher schrecklichen Schreie konnte niemand überleben.

Tabby sah, wie sein Vater dem Kellner Platz machte, der sich neben die Frau kniete. Obwohl die Schreie verstummt waren, konnte er sie immer noch hören. Jetzt sah Tabby seinen Vater an dem knienden Mann und der toten Frau vorbei an das Geländer treten – er wollte feststellen, was passiert war.

Sein Vater schaute auf den Fußsteig unter dem Balkon und auf die Straße hinaus. Dann schaute er zu den Menschen hinüber, die sich vor dem Eisenwarengeschäft, dem Delikatessengeschäft und dem Antiquitätenladen angesammelt hatten.

Und dann entdeckte er Tabby.

9

Entsetzt und traurig sah Hilda du Plessy, wie der kleine Vogel auf das Pflaster aufschlug. Sie hatte keinen Appetit mehr. Sie konnte ihr Lunch nicht essen, solange unter ihr auf der Straße unbeachtet ein toter Vogel lag.

»Ihre Bestellung, Lady«, sprach der Kellner sie von hinten an.

»Ach … nichts – nur einen Salat«, sagte Hilda.

»Nur einen Salat? Welchen Salat?«

»Irgendeinen Salat. Wasserkresse. Tomaten. Spinat. Es ist mir gleich, Sie Narr.«

»Gemischter Salat also«, sagte der Kellner und murmelte ein paar Worte, die Hilda nicht verstand. Sie wäre sehr erstaunt gewesen.

Aufgeregt saß Hilda an ihrem Tisch. Der *Held in Weiß* lag vergessen neben dem Brotkorb. Sie konnte Dr. Van Horne hinter den Scheiben des Antiquitätenladens nicht mehr erkennen. Wie gern hätte sie gerade in diesem Augenblick sein freundliches Gesicht gesehen. Wenn er sie auf der Terrasse sitzen sah, würde er lächeln und winken. Vielleicht würde er ihren Namen rufen. Vielleicht – wenn er es nicht eilig hatte – würde er an ihren Tisch kommen und mit ihr zusammen essen. In Florence M. Hobarts Welt geschahen diese Dinge regelmäßig.

In Florence M. Hobarts Romanen trillerten die Vögel, sie gurrten und nisteten, sie breiteten unter dem Abendhimmel die Schwingen aus, aber ganz gewiß fielen sie nicht tot von den Bäumen. Hilda schaute nach unten und hoffte, daß der Fink davongeflogen war, während sie mit dem Kellner sprach, aber er lag noch immer da, ein regloses häßliches Ding, den Flügel wie einen Fächer gespreitzt.

Sie hob die Tasche auf ihren Schoß und war im Begriff aufzustehen.

Aber da sah sie Dr. Van Horne am Fenster des Olden and Golden Antique Shop. Er hatte etwas gefunden, was ihm gefiel, und zahlte gerade. Das war schon etwas anderes. Das paßte besser zu Hampstead in Patchin County an einem schönen sonnigen Junimorgen. Der beste und vornehmste Arzt der Stadt kauft schöne alte Sachen ... ja, so mußte es sein. Das war Perfektion, ein märchenhafter Augenblick, ein Augenblick, den wohl die Ewigkeit besiegeln mochte, wie sich Florence M. Hobart oder Carrie Engelbart Hoskins vielleicht ausgedrückt hätten.

Hilda lehnte sich im Stuhl zurück und wartete auf ihren Salat.

Sekunden später erschien Dr. Van Horne an der Tür des Olden and Golden. Der Inhaber hielt ihm die Tür auf, und der Arzt trat ins Freie. Er trug einen großen schweren Spiegel – sein Wagen parkte direkt vor dem Eingang. In seinem weißen Anzug und mit dem weißen Hut sah der Arzt wie ein Filmstar aus oder wie irgendein berühmter Schriftsteller oder Maler. Obwohl der Spiegel groß war, schien er leicht in seinen Händen zu liegen. Hilda winkte mit den Fingern und hoffte atemlos, daß er aufschauen würde.

Dr. Van Horne ging um seinen Wagen herum. Er setzte den Spiegel ab und hielt ihn mit der einen Hand, während er die Tür zum Beifahrersitz öffnete.

»Oh, Doktor«, flötete Hilda.

Er sah auf, aber er wußte nicht, woher die Laute kamen.

»Dr. Van Horne?« Wieder winkte Hilda mit den Fingern.

Dann sah er sie an ihrem Tisch auf dem Balkon. Aber er lächelte nicht. Sein Gesicht und seine Augen zeigten keine Reaktion. Das Mythische in der Erscheinung des Dr. Van Horne fiel in sich zusammen. In diesem Augenblick kam er Hilda begriffsstutzig vor.

Der Spiegel war schwarz geworden. Vorher hatte er die Bäume in ihren Kübeln, die Stufen zum Eingang des Framboise und die Sonnenblende reflektiert, aber ganz plötzlich hatte er jeden Glanz verloren und sich mit brodelndem Rauch gefüllt. Jetzt war er schwarz. Das Schwarz wirkte dreidimensional, als führe ein Korridor von der ovalen Tür des Rahmens in den Spiegel hinein.

Hildas Finger erstarrten. Sie atmete nicht einmal mehr.

Irgend etwas *geschah* in diesem Spiegel, das sah sie. Im Dunkel des langen Korridors erschien schemenhaft ein Gesicht. Sie sah eine Hand; Augen; Zähne. Dann sah sie diesen kleinen Ausschnitt der Main Street verrottet und verfallen. Sie sah die Gebäude in Trümmern liegen, die Sonnenblenden zerfetzt, und der Wind fegte Unrat über die Stufen. Sie zuckte zurück. Und mitten aus dieser Szene des Verfalls schaute jetzt Dr. Van Horne sie an. Seine Ohren hingen ihm bis unter die Kinnladen, seine Augenbrauen hatten sich zu Pyramiden verzerrt, seine Nase war ein gekrümmter Schnabel. Seine Zähne endeten in scharfen Spitzen. Hilda fing an zu kreischen und konnte nicht mehr aufhören.

Irgendwie war ihr bewußt, daß sie Aufsehen erregte, daß sie den Leuten ein Schauspiel bot, aber die Schreie nahmen kein Ende. Wie durchgehende Pferde fuhren sie ihr aus der Kehle und zogen sie hinter sich her.

10

Als Clark am Dienstagabend endlich nach Hause kam, war er betrunkener als sonst. Seine Krawatte hing ihm lose über den Bauch, und sein Anzug war schmuddelig und zerknittert. Es war schon neun Uhr. Tabby und Sherri saßen im Wohnzimmer auf der Couch und sahen sich *Magnum Force* an, den Dienstagfilm der ABC, der gerade angefangen hatte. Sie hatten schon vor Stunden gegessen; Clarks Mahlzeit hatte Sherri im Herd warmgestellt. Clark schlug die Haustür zu, und Sherri fuhr zusammen, aber sie wandte den Blick nicht von der Mattscheibe. Ein paar Sekunden später flog die Wohnzimmertür auf.

»Ihr habt's gemütlich, was?« sagte Clark und lehnte sich gegen den Türpfosten. »Ich nehme an, ihr beiden habt mich inzwischen ausgewrungen und getrocknet.«

Sherri sah ihn kurz an und richtete ihren Blick wieder auf den Schirm.

»O ja«, sagte Clark.

»Hast du den Tag angenehm verbracht?« fragte Sherri.

»Ja, ausgezeichnet. Du gottverdammtes scheinheiliges Miststück. Tu doch nicht so, als hätte der Junge dir nicht schon alles erzählt.« Clark schlurfte in das Zimmer und zog die Jacke aus. Er warf sie auf einen Stuhl. Dann ließ er sich schwer in seinen Schaukelstuhl fallen.

Sherri sah Tabby finster an und wandte sich dann ihrem Mann zu.

»Ich will einen Drink«, sagte Clark.

»Was soll das heißen?«

»Was das *heißen* soll? Das soll heißen, daß du mit deinem faulen Arsch hochkommst, mir drei Finger breit irischen Whiskey mit Eis in ein Glas kippst und es mir in die Hand gibst. Oder ist das zu kompliziert für dich?«

»Entschuldigung«, sagte Tabby. »Ich geh in mein Zimmer.«

»Ja, mach, daß du rauskommst, du Spitzel«, sagte sein Vater. »Du konntest es wohl kaum abwarten, nach Hause zu kommen und es ihr zu erzählen.«

»Mir was zu erzählen?«

»Also gut. Sie heißt Berkeley, und sie ist ungefähr zwei Meter groß, und sie ist dreißig Jahre alt, und sie hat ein so großes Maul wie ein Karpfen, und sie ist nur deshalb so groß, weil ihre Beine ganz oben anfangen und erst am Boden aufhören, und ...«

Als Tabby gerade die Tür hinter sich geschlossen hatte, hörte er noch, wie Sherri den Kaffeetisch umstieß. Als er sein Zimmer erreicht hatte, schrien die beiden sich schon an.

Zwei Stunden später klopfte Sherri an seine Tür. Er wußte, was sie ihm sagen wollte, und deshalb zitterte er, als er die Tür öffnete.

»Ach, du armes Kind«, sagte Sherri. Ihre Haare hingen ihr wirr um den Kopf, und ihr Gesicht war aufgedunsen und das Make-up verschmiert. Sie hatte die Worte kaum gesprochen, als sie auch schon anfing zu weinen.

»O nein«, flehte Tabby.

»Bitte.«

Sherri kam in sein Zimmer und setzte sich auf das Bett. »Er hat hier überhaupt keinen Job gehabt. Er hat vom ersten Tag an gelogen.« Sie weinte jetzt nicht mehr. Sie war nur noch wütend. »Er hat vor ungefähr einem Monat eine Frau kennengelernt. Er wollte nur noch feiern und Geld ausgeben. Ich kann nicht mehr mit ihm zusammenleben, Tabby.«

»Und was willst du tun?« fragte Tabby. Er saß auf dem Fußboden und schaute in ihr gerötetes Gesicht. Sherri war fest entschlossen. Wie ein Orakel schien sie durch eine schlecht gezeichnete Maske zu sprechen.

»Ich habe schon ein Taxi angerufen«, sagte sie. »Ich hätte den Wagen genommen, nur um ihn zu ärgern, aber er ist natürlich schon wieder auf dem Weg in die nächste Bar, weil ich ein solches Scheusal bin.« Sie brachte ein Lächeln zustande. »Ich nehme den Spätzug nach New York. Ich gehe nach Florida zurück. Du weißt ja, daß ich diese Gegend hier immer gehaßt habe.«

»Ja, das weiß ich.«

»Wenn du willst, kannst du mitkommen«, sagte Sherri. »Wir finden immer was. Ich kann arbeiten, auch wenn er es nicht kann.«

Tabby war dem Weinen nahe.

»Ich liebe dich«, sagte Sherri. »Ich habe dich schon geliebt, als du in Key West noch ein magerer kleiner Junge warst.«

Tabby konnte die Tränen nicht mehr zurückhalten.

»Du hast immer so einsam ausgesehen«, sagte Sherri und

nahm ihn in den Arm. Sie weinten jetzt beide. Tabby erinnerte sich noch gut, wie Sherri ihn in Florida bemuttert hatte, wie zäh und zuversichtlich sie gewesen war. Er legte sein Gesicht an ihre Schulter und schluchzte.

»Du kannst mitkommen«, flüsterte Sherri ihm ins Ohr.

»Nein, das kann ich nicht«, sagte Tabby. »Aber ich hab dich auch lieb.«

»Das will ich auch meinen.« Sie strich ihm über den Kopf. »Ich werde dir eine Karte schicken. Du mußt mir auch einmal schreiben, Tabby. Wie du deinem Großvater geschrieben hast.«

»Gern.«

»Du mußt auf ihn aufpassen. Ich habe es versucht, Tabby – ich habe mir wirklich alle Mühe gegeben, aber wenn ich bleibe, bringt er mich noch um.« »Hast du denn genug Geld?« Tabby weinte nicht mehr, aber sein Gesicht lag immer noch an ihrer Schulter.

»Vorläufig reicht es. Ich werde schon einen Job finden. Um Geld mache ich mir keine Sorgen.«

»Ich werde dir Geld schicken.«

»Von deinem Taschengeld?«

»Ich werde schon etwas auftreiben.«

»Mach dir Sorgen um deinen Vater, aber nicht um mich. Clark wird deine Hilfe brauchen.«

Sie hörten die Türglocke, und Sherri nahm ihn noch fester in die Arme. »Er hat mich belogen«, sagte sie zu ihm. »Es ist nicht wegen dieser Frau, Tabby. Das mußt du mir glauben – das ist wichtig für mich.« Sie küßte ihn auf die Stirn. »Ich werde dich vermissen.«

Er folgte ihr auf den Flur. Sie nahm ihren Koffer auf, und gemeinsam gingen sie nach unten.

An der Tür umarmten sie sich noch einmal; dann stieg sie in das Taxi und war verschwunden. Er wußte, daß er sie nie wiedersehen würde.

All dies hätte auch dann geschehen können, wenn Hilda du Plessy nicht auf dem Balkon des Framboise gesessen hätte; aber daß es am Dienstagabend geschah, war ein direktes Ergebnis ihrer Anwesenheit dort. Die Zusammenhänge zwischen Hilda du Plessy und dem, was Richard Allbee am Mittwoch nach Hildas Tod widerfuhr, sind komplizierter, aber dennoch klar. Auch hier ist es mehr eine Frage des zeitlichen Zusammentreffens als der Ereignisse selbst, die – und auch das ist klar – selbst dann stattgefunden hätten, wenn Hilda totgeboren gewesen wäre.

Am Mittwochmorgen war Richard zum Büro Ulick Byrnes nach Hampstead gefahren, der die Sayres als Anwalt vertrat. Er wollte die Schlüssel abholen. Zusammen mit den Schlüsseln bekam er einen unfreundlichen Blick, und der junge wollhaarige Mr. Byrne hielt ihm einen Vortrag. »Dies ist gegen jede Regel. Ich habe bisher noch nie die Schlüssel zu einem Haus vor dem endgültigen Abschluß des Vertrages ausgehändigt. Ich habe auch abgeraten. Sehr dringend sogar. Zum Glück weiß ich, daß Sie Ihre Hypothek bekommen. Es hat schon seine Vorteile, wenn man jede Nacht im Fernsehen gezeigt wird. *Aber*« – er hielt Richard seinen dikken Zeigefinger wie eine Waffe vor die Brust – »die Sayres und ich machen Sie für jeden Schaden verantwortlich, der vor Vertragsabschluß möglicherweise auf dem Grundstück entsteht. Wenn Sie das Haus abbrennen, kaufen Sie, was übrigbleibt. Sie sollten Mrs. Sayre und ihrem Sohn dafür dankbar sein, daß sie Ihnen eine Möglichkeit einräumen, die das Gesetz normalerweise nicht vorsieht.« Den jungen Anwalt umgab immer noch eine Atmosphäre von Krankheit. Wenn er sich kräftiger gefühlt hätte, wäre sein Widerstand gegen das freundliche Angebot der Sayres wohl energischer ausgefallen.

»Ich bin auch außerordentlich dankbar«, sagte Richard. »Als Mrs. Sayres Sohn sich dazu entschloß, uns die Schlüssel vorzeitig auszuhändigen, muß er sich überlegt haben, wie es wohl ist, in ein Haus zu ziehen, das wie eine Ammoniakfabrik riecht.«

»Gewiß hat er sich das auch bei der Festsetzung des Preises überlegt«, sagte der Anwalt. »Mr. Barbash und ich werden uns in Kürze unterhalten.« Mr. Barbash war der Anwalt der Allbees. Auch er war über die vorzeitige Schlüsselübergabe nicht sehr glücklich.

Von Byrnes Büro in der Nähe der Main Street fuhren sie nach Greenbank und zum Beach Trail. Richard brannte darauf, sein neues Haus anzufassen, buchstäblich seine Hände darauf zu legen – die Kordeln für die Schiebefenster und die Beschaffenheit des Anstrichs zu prüfen. Die erste Inspektion hatte zwar die meisten seiner Fragen beantwortet, aber gleichzeitig neue aufgeworfen. Noch eine Woche zu warten, wäre für ihn zur Qual geworden. Mit jedem Tag, den sie noch in der Fairytale Lane verbrachten, kam ihnen das Haus schmutziger und deprimierender vor.

Der Abscheu, den er vor dem Haus an der Fairytale Lane empfand, war das Maß seiner Ungeduld, endlich am Beach Trail Nummer 32 in Greenbank sein »richtiges Leben« zu beginnen. An jener Adresse herrschte zwar noch eine schlechte Atmosphäre, aber die war nur physisch schlecht und hauptsächlich auf die Katzen zurückzuführen. Sobald die Allbees das Haus betraten, schlug ihnen der Gestank entgegen. »Hilfe, wir brauchen Gasmasken«, rief Laura und rannte zum nächsten Fenster.

Bald standen alle Fenster im Erdgeschoß weit offen.

Richard zerrte am Treppenläufer und riß ihn aus der Befestigung. Wie der Teppich im Wohnzimmer war er einmal sehr schön gewesen hellbraune Wolle mit einem eingewebten chinesischen Muster. Richard war überzeugt, daß diese Teppiche seit den fünfziger Jahren nicht mehr gereinigt worden waren – sie bestanden mittlerweile zu gleichen Teilen aus Katzenhaar und Wolle. In Wellen stieg der Gestank hoch, als ob die Teppiche uralten Urin ausdünsteten. Es war ein Jammer, einen so schönen Teppich wegwerfen zu müssen, aber Richard wußte, daß die Geister der Katzen selbst nach einem Dutzend Reinigungen an jedem feuchten Nachmittag wieder zum Vorschein kommen würden.

Stück für Stück rollte er den Läufer auf.

Er schwitzte schon, als er ihn am Fuß der Treppe zusammengerollt hatte und zur Tür schleppte. Die Leute von der Müllabfuhr in Greenbank würden sich ein Vermögen an

Trinkgeldern verdienen. Als der stinkende Teppich neben der Einfahrt lag, ging er ins Haus zurück. Laura hatte sich mit einem Lappen und einem Eimer bewaffnet und watete durch die Seifenlauge auf dem Küchenfußboden. Richard fing an, den Wohnzimmerteppich aufzurollen. Er war erleichtert, darunter einen sehr sauber gearbeiteten, gut erhaltenen und blanken Eichenfußboden vorzufinden. In diesem Haus mußte sich ein tüchtiger Handwerker große Mühe gegeben haben, und Richard segnete ihn in Gedanken.

Als er den Wohnzimmerteppich halb aufgerollt hatte, setzte er sich auf den glatten Eichenfußboden und bewunderte die kunstvollen Stuckornamente an der fast vier Meter hohen Decke. *Ich werde dieses Haus liebgewinnen*, dachte er. Er hörte Laura fröhlich summen, als sie Wasser auf den Küchenfußboden kippte. Es *ist noch schöner als unser Haus in Kensington.* Durch die großen schmutzigen Scheiben sah er die Kronen der Ahornbäume und das Immergrün.

Gemeinsam trugen er und Laura den Teppich nach draußen. »Hilf mir bitte, das Ding zur Einfahrt zu schaffen«, bat er. »Aber warte. Gibt es in diesem Haus vielleicht einen starken Bindfaden oder eine Schnur?«

Laura kam mit einer Rolle Bindfaden zurück, die sie in einer Küchenschublade gefunden hatte. Richard verschnürte die beiden Enden der dicken Teppichrolle, damit sie sich leichter transportieren ließ.

»Glaubst du eigentlich an Geister?« fragte Laura ihn unvermittelt.

Richard wischte sich den Schweiß von der Stirn und schaute sie an. Er erwartete einen Witz. »Nur im Fernsehen«, sagte er.

»Nun, du hast doch gesagt, daß die Gerüche im Haus die Geister von Katzen sind?« Er nickte. »Eben habe ich einen gesehen.«

»Du hast den Geist einer Katze gesehen?« Richard hob die Brauen.

»Als ich den Bindfaden holte. Das ist kein Scherz, Richard.«

»Hattest du Angst?«

»Nein, ich war eher angenehm berührt.«

»Woher wußtest du, daß es ein Geist war? Wie sah er denn aus?«

»Er saß auf dem Tisch neben der Spüle. Er war hellgrau, eigentlich sehr hübsch. Ein großer grauer Kater. Er hielt eine Pfote hoch, als ob er sie geleckt hätte. Als ich in die Küche kam, sah er mich an – er schien sich zu freuen, daß ich da war. Dann ...« Laura neigte den Kopf, und ihr schönes Haar fiel ihr über die Schulter. »Und das wirst du nicht glauben. Dann verschwand er. Er war ganz einfach weg.«

»Und das soll ich glauben?« Richard sah sie fragend an.

»Da es wirklich passiert ist, mußt du es ja wohl.«

»Und was war das für ein Gefühl?«

Laura zuckte die Achseln. »Eigentlich ein gutes Gefühl. Es war, als wollte das Haus mich willkommen heißen.«

»Die Psychiater werden dich willkommen heißen«, sagte Richard und grinste. Laura holte scherzhaft mit der Faust aus, und Richard wich rasch aus. Sie lachte.

»Okay«, sagte Richard. »Aber schau nach, ob du Pfotenabdrücke findest.«

»Habe ich doch schon getan, du Schlauberger«, sagte sie und ging ins Haus zurück.

Immer noch lächelnd rollte Richard den stinkenden Teppich über den hinteren Rasen zur Einfahrt. Als er ihn neben den Treppenläufer gerollt hatte, wischte er sich mit dem Taschentuch die Stirn. Ein Schleier von Katzenhaaren schien über den beiden Rollen zu schweben. Auch an Richards Handflächen klebten Katzenhaare. Schweiß tropfte ihm von der Stirn, und auch hinter seinen Ohren lief er herab. Er rieb seine feuchten Hände am Leinen der Rückseite des größeren Teppichs ab. Jetzt wollte er Laura helfen, die Fußböden zu schrubben, bis sie die Nase voll hatte ... morgen würden sie dann die Grundreinigung beenden, und er würde nach seiner Formel die Mischung herstellen, mit der man die Korridore und Treppen vom Katzengeruch befreien konnte.

Er drehte sich um, und sein Herz blieb stehen. Jenseits der Einfahrt, im Schatten der mit Efeu überwachsenen stuckverzierten Mauer stand Billy Bentley und grinste ihn an. Er hatte die Arme über der Brust verschränkt und seine Schirmmütze über die krausen Locken nach hinten geschoben. Billy nahm die Arme auseinander, und vor dem Grün des Efeus hob sich die Klinge eines langen Messers ab.

»Nein, nein«, sagte Richard. Er wußte kaum, warum

Billy machte ein fröhliches Gesicht. Er stieß zum Schein mit dem Messer zu. Eine große graue Katze sprang von der Mauer und schlüpfte zwischen Billys Beinen hindurch. Billy trat aus dem Schatten der Mauer heraus.

Richard mußte Billy vom Haus fernhalten. War das nicht die Botschaft der immer wiederkehrenden Alpträume gewesen? Billy war nicht da, aber auch wenn er nicht da war, mußte er von Laura ferngehalten werden.

Für einen Augenblick drehte Richard Billys Phantom, das sich mit dem Messer an ihn heranschlich, den Rücken zu und sprang auf die hintere Veranda. Er öffnete die Tür und ließ die Verriegelung einschnappen.

Schweratmend fuhr er herum, und Billy war verschwunden. Im Gras sah er vier Fußabdrücke, als sei Billy von der Einfahrt her vier Schritte über den Rasen gegangen.

Dann sah er wieder den großen grauen Kater, der allmählich durchsichtig wurde und sich zwischen dem Grün des Rasens und dem Schwarz der Einfahrt in nichts auflöste.

»Oh, mein Gott«, ächzte Richard. »Ich werde verrückt. Billy Bentley und die Cheshire-Katze.«

»Was ist denn los«, fragte jemand.

Ein alter Mann kam die Einfahrt herauf. Er trug eine Yankee-Mütze, ein blaues T-Shirt über breiten knochigen Schultern und einer eingefallenen Brust. Seine schwarzen Basketball-Schuhe schlurften über den Asphalt.

»Ich führe Selbstgespräche«, sagte Richard. Der alte Mann kam ihm bekannt vor, aber er wußte nicht, wo er ihn kennengelernt haben könnte. Er wünschte sich nur, daß er wieder verschwinden würde.

»Das sollten Sie nicht tun«, sagte der alte Knabe und blieb stehen. Er stemmte die Hände in die Hüften und richtete sich auf. »Das senkt das Niveau in dieser stinkvornehmen Gegend.«

»Da mögen Sie recht haben.« Richards Herz schlug nicht mehr so heftig. Der Druck war gewichen, und er wurde langsam wieder normal.

Der alte Mann ließ wieder die Schultern hängen und ging auf Richard zu. »Ich sollte mich wohl vorstellen«, sagte er. Seine Stimme war jünger als er selbst, klar und volltönend. »Ich bin Graham Williams und wohne direkt gegenüber.« Er zeigte auf ein Haus im Kolonialstil, das dringend einen neuen Anstrich brauchte. Es stand weit hinten auf dem Grundstück, und der Rasen davor war voll Unkraut.

»Oh, Graham Williams«, sagte Richard. Jetzt wußte er, woher er den Alten kannte. »Sie wollten doch seinerzeit vor dem Ausschuß aussagen, stimmt's? Und dann haben Sie es doch nicht getan.«

»Und dann habe ich es doch nicht getan«, sagte Williams. »Sie haben ein gutes Gedächtnis. Ich versteckte mich ein paar Jahre in England und schrieb unter einem Pseudonym ein paar schlechte Drehbücher. Alte Geschichte. Ich bin erstaunt, daß Sie sich daran erinnern.« Richard fand, daß Williams immer unfreundlicher wurde. Die Augen des Alten funkelten unter dem Mützenschirm hervor.

»Ich habe Ihr Buch über Alkoholismus gelesen. Ich fand es gut.«

»Ich brech' zusammen. Tatsächlich? Das Buch war das Produkt eines anderen Zeitalters. Wir glaubten damals alle, wir müßten uns mit Schnaps umbringen, um unsere Sensibilität zu beweisen. Ein geradezu krimineller Unfug.«

»Wie der Ausschuß«, sagte Richard. Er wollte immer noch, daß Williams verschwand, aber Williams sollte wenigstens wissen, daß Richard seine Entscheidung von damals billigte.

»Die meisten Kneipenwirte, die ich kannte, waren mit dem Buch nicht einverstanden.« Er machte eine Kopfbewegung zur Hintertür hinüber.

»Da kämpft eine schwangere Frau mit Ihrer Tür.«

»Oh, sie ist verriegelt«, sagte Richard. Er ging die Stufen hinauf. Laura drehte von innen den Knopf und rüttelte verzweifelt an der Tür. Die obere Hälfte der Tür bestand noch aus der ursprünglichen Glasscheibe. Verwerfungen im Glas ließen Lauras Gesicht verschwommen und verzerrt erscheinen. »Dreh den Riegel«, sagte Richard, und die Tür sprang auf.

Als sie auf die Veranda trat, sagte er: »Ich habe eben deinen Kater gesehen. Und dies ist unser Nachbar Graham Williams. Er wohnt gegenüber.«

»Ich werde Sie beide im Laufe der Woche zu einem Drink einladen«, sagte Williams. »Freut mich, Sie kennenzulernen, Mrs. Allbee.«

»Ganz meinerseits, Mr. Williams«, sagte Laura. »Du hast ihn gesehen, Richard? Den Kater?«

»Hier sind keine Katzen mehr«, sagte Williams. »Der Mann vom Tierheim hat sie vor einem Monat alle abgeholt.«

»Aber wir haben ihn doch beide gesehen«, sagte Laura. »Hatte Mrs. Sayre einen großen grauen Kater?«

»Von mir aus kann sie zwanzig gehabt haben. Ich konnte die Viecher nie unterscheiden. Wissen Sie, ich habe die Sayres fast so lange gekannt, wie ich lebe. An dem Abend, an dem sich John Sayre erschoß, war ich sogar ihr Gast im Country Club.«

Laura griff mit der Hand an ihren vorgewölbten Bauch.

»Ich wollte Sie nicht aufregen«, sagte der alte Mann. »All das geschah vor fast dreißig Jahren – 1952. Selbst als Bonnie Sayre dies Haus in ein Heim für streunende Katzen verwandelt hatte, war es noch schön. Bonnie Sayres Katzen sind alle verschwunden. Der Geruch wird allerdings geblieben sein.«

»Dann ist dieser Kater eben ein Geist«, sagte Laura – Richard merkte, daß sie Williams die Bemerkung über John Sayres Selbstmord heimzahlen wollte.

»Geister sehen und Selbstgespräche führen«, sagte Williams. »Wohin soll das noch führen?« Das war in scherzendem Ton gesagt, aber Richard sah, daß Lauras Bemerkung den alten Mann getroffen hatte. Seine Augen verdunkelten sich, und er rieb sich die weißen Bartstoppeln unter dem Kinn. »Ich hatte an den Samstagabend gedacht. Wir können uns dann auch über Geister unterhalten, wenn Sie wollen. Ihr Mann ist vielleicht daran interessiert, ein wenig über die Geschichte dieser Gegend zu erfahren, Mrs. Allbee.«

»Sie meinen wegen seiner Mutter? Wegen der Familie Green?«

»Ja. Ich bin froh, daß Sie das schon wissen. Auch ich gehöre zu den alten Familien. Und Patsy McCloud natürlich auch. Es ist interessant, daß unsere Familien nach all den Jahren wieder hier sind.«

»Ja«, sagte Laura, »das finde ich auch.«

»Nun, in unserer Geschichte gibt es einige interessante Kapitel«, sagte Williams. »Kommen Sie doch nach dem Abendessen, wenn es Ihnen recht ist.« Er schüttelte erst Laura und dann Richard die Hand. »Vielleicht brauchen Sie einige ... Erklärungen? Oder hört sich das zu geheimnisvoll an?«

»Ich möchte gern so viel wie möglich erfahren«, sagte Richard. »Kannten Sie meine Eltern, Mr. Williams?«

»In den vierziger Jahren kannte ich die meisten Leute in Hampstead«, sagte Williams. Er schaute Richard prüfend an. »Ich kannte Mary Green vom Ansehen – ein nettes junges Ding. Außerordentlich pflichtbewußt. Auch Ihren Vater habe ich gekannt. Er war handwerklich geschickt. Er hat an vielen Häusern in Greenbank gearbeitet. Auf diese Weise hat er auch Mary kennengelernt. Ein angenehmer junger Mann. Er hatte immer ein freundliches Lächeln.«

»Hat er auch an diesem Haus gearbeitet?« Richard war ganz aufgeregt.

»Das glaube ich nicht. Aber an vielen Häusern in Greenbank sieht man noch die Spuren seiner Arbeit. Kommen Sie am Samstag, dann können wir uns darüber unterhalten.«

»Wir werden sehen.«

Nachdem Graham Williams langsam auf die andere Straßenseite zurückgegangen war, sagte Laura: »Ich mag ihn nicht, Richard. Von dem alten Mann bekomme ich eine Gänsehaut. Ich will ihn am Samstag nicht besuchen.«

»Ich könnte manches Interessante von ihm erfahren«, sagte Richard. »Weißt du, ich habe diesen grauen Kater wirklich gesehen.« Er wollte Laura von ihrem neuen Nachbarn ablenken. Es schien fast als hätte das Auftreten Billy Bentleys und des Katers Williams herbeigerufen, und als seine Augen dunkel wurden und er sich am Kinn kratzte, war es Richard einen Augenblick lang erschienen, als würde auch er sich in nichts auflösen. »Ich sah ihn auch verschwinden.«

»Dann also keine Psychiaterwitze mehr.«

»Nein«, sagte Richard, und als er das sagte, wußte er, daß auch Laura an diesem Moment an Patsy McCloud dachte.

11

In dieser Nacht träumte Richard Allbee, daß er mit einem schweren Säbel durch das Sayre-Haus ging. Es war Nacht, und der Regen prasselte auf das Dach. In der Dunkelheit reflektierte die Säbelklinge das wenige vorhandene Licht. Richard verließ die Küche und ging durch das leere Eßzimmer. Er hatte den Eindruck, daß die Wände bröckelten und daß er etwas Weiches, Fauliges unter den Füßen hatte. Eine große Katze schaute gleichgültig zu, als er mit dem Säbel durch das verlassene Wohnzimmer wanderte. Durch den Wandputz zogen sich gezackte Risse. Er trat über schwarze Löcher im Fußboden hinweg. Richard öffnete die Haustür und ging auf die Veranda hinaus. Aus dem Laub der Bäume tropfte es grün und naß. Richard trat von der Veranda in den strömenden Regen hinaus und ging mitten auf den Rasen. Der Säbel schien genauso schwer zu sein wie er selbst. Er hob ihn über den Kopf. Dann schlug er mit voller Wucht zu. Die Klinge fuhr in den matschigen Boden. Blut schäumte aus der Wunde und durchweichte seine Schuhe und seine Hosenbeine. Ein Rinnsal Blut floß den Hügel hinab und plätscherte gegen einen Baum am Ende des Grundstücks. Richard stieß den Säbel tiefer in die Erde, und hellrotes arterielles Blut schoß so hoch empor, daß es das Dach bespritzte.

12

Schon vor Jahren war Officer Royce Griffen ein Job zugeteilt worden, den er haßte, aber wenigstens während der durch die Grippe notwendig gewordenen Extraschicht konnte er arbeiten, wie es sich für einen Polizisten gehört: er konnte einen Streifenwagen fahren. Diese acht Stunden waren sein Nachtisch. Die Schicht von acht bis vier ertrug er, wie man eine schlechte Mahlzeit erträgt, denn er wußte, daß er anschließend in den Schwarzweißen steigen und vernünftige Polizeiarbeit tun konnte.

Der Ärger fing gewöhnlich schon im Umkleideraum an: Wenn Turtle Turks Schicht gerade anfing oder zu Ende war, versuchte er unweigerlich, die anderen Beamten auf Royces Kosten zum Lachen zu bringen. »Roycie Woycie«, säuselte Turtle, wenn er ihn sah, »wirst du heute an meiner Tür klingeln? He, Roycie, was sagst du, wenn ein großes altes Baby im Nachthemd aufmacht? ›Officer Roycie Woycie Griffen, Madam, zu Diensten‹? Zeigst du ihnen dann deine große Kanone?«

Turtle spazierte dabei gewöhnlich vor seinem Schrank auf und ab, sprach affektiert und rollte die Augen. »Oh, Madam, ich bin der gute alte Roycie, und ich bin gekommen, Ihnen zu sagen, wie Sie verhindern können, daß ein böser Mann in Ihr Haus kommt, wenn Sie es nicht wollen … Nein, Madam, das Eindringen ist für einen *bösen* Mann das größte Problem …«

Unglücklicherweise war Royce Griffen nur ein Meter achtundsechzig groß (in Hampstead die Mindestgröße für einen Polizeibeamten), und er wog nur hundertvierzig Pfund. Sonst hätte er Turtle schon gleich im Umkleideraum verprügelt. Aber die anderen Beamten sahen Royce schon am Gesicht an, daß er sich auf jeden stürzen würde, der über Turtles Possen lachte. Sein Gesicht war fast so rot wie seine Haare.

»Oh, Madam, oh, Madam«, säuselte Turtle. »Es ist zwar gegen die Vorschriften, ich weiß, aber wollen Sie sich nicht in ein paar Wochen mit mir zusammen den Film *Die Chorknaben* ansehen? Es handelt sich um eine Sondervorstellung für die Polizei. Ich kann Ihnen einen spannenden Abend versprechen. Es fängt um Mitternacht an, und all die Jungs in Blau werden dort sein, und, Madam, ich bin wie ein Jokkey gebaut. Ich kann die ganze Nacht reiten –«

»Halt's Maul«, sagte Royce.

»Ja, Roycie«, sagte Turtle und frozzelte weiter.

Gott, wie er den Job haßte. Wenn er noch verheiratet wäre, könnte er zu Hause darüber sprechen und erzählen, wie erniedrigt er sich vorkam, wenn er seine Zeit damit verbringen mußte, mit Hausfrauen zu plaudern. Daß man ihn für den Job ausgesucht habe, weil er der kleinste Beamte war. Daß es sich nur um eine PR-Aktion handle, die irgendeine Stadträtin sich ausgedacht hatte. Aber seine Frau hatte ihn verlassen, nachdem sie drei Jahre lang versucht hatte, mit einem Polizistengehalt auszukommen. Royce konnte es ihr nicht einmal übelnehmen. Wenn er könnte, würde er selbst abhauen.

Zu der Aktion war es gekommen, weil die Zahl der Einbrüche in den letzten drei Jahren erschreckend zugenommen hatte. Die Morde an Stony Friedgood und Hester Goodall hatten zur Folge gehabt, daß Royces häufige Gesuche um andere Verwendung bisher ignoriert wurden. Zwei Jahre lang hatte er an Türen geklopft, sich vorgestellt und Hausfrauen über die Sicherung ihrer Häuser gegen Einbruch beraten. Er inspizierte Türschlösser und Fensterriegel, er testete Alarmanlagen und gab Empfehlungen – und all das machte ihn verrückt. Wenn ein Dieb in ein Haus einsteigen wollte, dann stieg er ein. Weiter nichts. Man konnte es ihm erschweren, aber auch wenn man Schließriegel ohne Feder, bissige Bulldoggen und Sonarstrahlen hatte, die in regelmäßigen Abständen das Wohnzimmer abtasteten, würde er einsteigen. Alarmanlagen funktionieren manchmal nicht, Hunde schlafen gelegentlich, und oft vergessen die Leute, ihre Türen abzuschließen. Er verschwendete seine Zeit. In die Häuser, die er inspiziert hatte, hätte jede Pfadfinderin einsteigen können.

Vor zwei Jahren hatte er die Stadt in Quadranten eingeteilt und dann jeden Quadranten noch einmal unterteilt. Er war jetzt in der dritten Sektion des dritten Quadranten, und wenn ihm nicht bald eine andere Tätigkeit zugewiesen wurde, mußte er noch weitere achtzehn Monate lang wie eine Avon-Beraterin an Haustüren klingeln.

Sektion drei im dritten Quadranten umfaßte den unteren Teil von Greenbank, einschließlich Mount Avenue, und erstreckte sich bis zur Grenze nach Hillhaven. Normalerweise wäre Royce froh gewesen, einmal einen Blick in das Innere dieser Häuser zu werfen; aber jetzt, wo er es im Zusammenhang mit seinem verhaßten Job tun konnte, kam er sich wie ein Dienstbote vor. Die großen Häuser mit ihrer makellosen Inneneinrichtung erinnerten ihn an all das, was er aufgegeben hatte, um Polizeibeamter zu werden. Seit seiner Scheidung teilte Royce das Obergeschoß eines Hauses in der Nähe der Wohnwagenkolonie mit einem anderen Polizisten, der ebenfalls geschieden war.

Sein zweiter Besuch heute morgen galt einem großen weißen Haus über dem Strand von Gravesend, das er schon seit Jahren kannte, wenn er auch nicht wußte, wer darin wohnte. Der Briefkasten half ihm nicht weiter, denn auf ihm stand nur die Zahl fünf. Royce bog durch das Tor in die Einfahrt ein. Er hatte vorher gar nicht gewußt, wieviel Land zu diesem Haus gehörte. Es war, als führe er durch einen Park. Der Weg verlief um ein paar Bäume herum und dann wieder geradeaus zum Eingang des großen Hauses am Felshang.

Man hatte den Rasen zu lang wachsen lassen, was für einen solchen Wohnsitz ungewöhnlich war. Royce vermutete, daß auch Bobby Fritz mit Grippe im Bett lag. Hier und da ragte ein Löwenzahn aus dem Gras hervor.

Royce hielt vor dem Eingang, stieg aus seinem Streifenwagen und klingelte. Er rückte sein Halfter zurecht, gab seiner Mütze den richtigen Winkel und straffte sich, um möglichst groß zu wirken. Auf *ein Neues,* dachte er unglücklich.

Eine ältere Frau in weißer Tracht öffnete. Sie schien wütend und betrübt zugleich zu sein. Als sie ihn anstarrte, sah er, daß sie geweint hatte.

»Guten Morgen«, sagte er. »Ich bin Officer Griffen von der Hampstead Police. Ist die Dame des Hauses da?«

»Pah«, sagte sie, »es gibt hier keine Dame des Hauses.«

»Also gut. Wir führen eine Sonderaktion zur Verhütung von Einbruchdiebstählen durch. Darf ich Ihre Zeit einen Augenblick in Anspruch nehmen, um Schlösser, Alarmanlagen und so weiter zu überprüfen und eventuell Verbesserungsvorschläge zu machen? Wissen Sie, in Hampstead passieren nämlich im Durchschnitt jede Stunde zwei Einbrüche.« Die Sätze waren auswendig gelernt, und Royce rasselte sie automatisch herunter. Er sah nicht die übelgelaunte Haushälterin an, oder wer sie auch sein mochte, sondern betrachtete das Schloß an der Haustür. Ein einfaches Yale-Schloß.

»Doktor«, sagte die Frau und wandte sich ab. »Ein Polizeibeamter.«

Hinten kam ein gutaussehender Mann in einem weißen Anzug aus einer Tür und betrat schweigend die Halle. Er lächelte. Sein gutes Aussehen hatte etwas nahezu Hypnotisches. Royce richtete sich noch höher auf. »O ja, Muriel«, sagte er und kam näher. »Der Beamte soll es sich gemütlich machen. Holen Sie ihm bitte eine Tasse Kaffee.«

»Nein, danke, Sir«, sagte Royce, aber die Haushälterin unterbrach ihn. »Mache ich nicht immer Kaffee für Ihre Gäste, Doktor?«

»Natürlich tun Sie das«, sagte der Arzt. Lächelnd gab er Royce die Hand. »Freut mich, Sie kennenzulernen, Officer.«

Muriel verschwand in der Küche.

»Ich mußte ihr leider sagen, daß ich sie entlassen werde«, vertraute der Arzt Royce an. »Ich setze mich demnächst zur Ruhe. Ich muß sehr zurückstecken. Ich mußte sogar meinen Gärtner entlassen.« Er berührte Royce leicht am Ellenbogen. »Aber das ist nicht Ihr Problem, mein Junge. Sie sind gekommen, um mir zu sagen, wie man sich gegen Einbrecher schützt?«

»Yes, Sir.« Royce zeigte auf das Yale-Schloß und sagte seinen auswendig gelernten Spruch über Steckschlösser und Schließriegel ohne Feder auf. »Ein gutes Schloß ist Ihr bester Schutz«, sagte er. »Könnten wir uns Ihre Fenster und die anderen Türen ansehen, Sir?«

»Fühlen Sie sich wie zu Hause«, sagte der Arzt. Es führte Royce in das Eßzimmer, wo es zwei Fenster mit unzureichender Verriegelung gab, und dann in die Küche. Auch die Tür, die auf eine mit Fliesensteinen ausgelegte Terrasse führte, hatte nur ein einfaches Schloß. »Ich kann Ihnen jetzt schon sagen, daß Sie die Einbrecher geradezu in Versuchung führen«, sagte Royce. »Haben Sie schon mal daran gedacht, die Schlösser auswechseln zu lassen?«

»Ich wohne schon mein ganzes Leben lang hier«, sagte der Arzt. »Ich kenne jeden in der Stadt. Niemand würde in mein Haus einbrechen, oder?« Er begleitete Royce in das Wohnzimmer.

»Das ist ja wunderschön«, sagte Royce. Die der See zugewandte Seite des Raumes bestand nur aus Glas. Auf dem Wasser schaukelten Segelboote; im Dunst war Long Island jenseits des blauen Wassers zu sehen. Das Zimmer selbst war mindestens zwölf Meter lang. Der größte Orientteppich, den er je gesehen hatte, lag unter Möbelinseln. Ein Flügel von Bösendorfer, Pflanzen, Skulpturen. Die meisten Skulpturen stellten Frauen dar. Royce beugte sich vor, um den Namen zu lesen, der am Sockel der Statue einer Tänzerin eingraviert war: Degas. Das klang französisch und deshalb teuer. An der gegenüberliegenden Wand hingen Gemälde und ein Spiegel mit reichverziertem Rahmen. »Ich denke schon, daß eine Menge Leute hier gern einbrechen würden. Sie haben ja noch nicht einmal eine Alarmanlage.«

»Oh, ich habe einmal hineingeschaut«, sagte der Arzt, aber Royce hatte plötzlich Schwierigkeiten, ihn zu verstehen. Irgend etwas war verkehrt – vielleicht hatte er selbst die Grippe. Die Stimme des Arztes klang wie von einem zerkratzten Tonband mit Tonschwankungen. Das schöne Zimmer kam Royce jetzt vor, als sei es zur Größe eines Flugzeughangars angewachsen – es schien sich unendlich weit auszudehnen. Es mußte mindestens hundert Meter hoch sein. Das Licht trübte sich und verwandelte sich in ein gespenstisches Rosa. Plötzlich hatte Royce sogar beim Aufstehen Schwierigkeiten – der Raum war so riesig, daß er ihn zu erdrücken drohte.

Als Muriel ihm die Tasse Kaffee brachte, nahm er sie wortlos entgegen. Der Arzt redete immer noch, aber Royce hörte nur Geräusche wie aus einem Bienenstock. Der Kaffee stank wie Abwasser. Er schaute auf die Gemälde an der Wand, sonnige südliche Landschaften, und der Spiegel, der dazwischen hing, schien plötzlich zu schmelzen. *Ich habe einmal hineingeschaut,* wiederholte der Doktor. Mitten im Spiegel zuckte ein greller Blitz. Dann sah er sich *selbst* im Spiegel. Er war ein rothaariger Zwerg. Sein Mund lächelte höhnisch, und seine Augen blickten leer. Er war unsagbar häßlich – eine Art Troll in Polizeiuniform.

»Deshalb habe ich also nichts unternommen«, sagte der Arzt. »Ich habe mich immer darauf verlassen, daß andere Leute vernünftig sind, aber trotzdem schließe ich natürlich nachts die Türen ab und schalte das Hoflicht ein.«

»Ja«, sagte Royce. Er wollte nur noch raus aus diesem riesigen schrecklichen Haus. Sein Troll grinste ihn aus dem Spiegel an und schlürfte Kaffee aus einer Tasse. Der Arzt nahm ihm die Tasse aus der Hand und brachte ihn zur Eingangstür.

Als sie wieder in der Halle waren, hörte Royce hinter der geschlossenen Tür das Murmeln von einem Dutzend Stimmen, das Summen von Millionen Fliegen.

»Ich werde mir Ihre Vorschläge durch den Kopf gehen lassen«, sagte der Arzt.

»Ja«, sagte Royce. Er wollte nur noch raus. Der Arzt lächelte und schloß hinter ihm die Tür.

Auf dem Weg zurück durch die Einfahrt wäre Royce fast gegen einen Baum gefahren.

Von diesem Augenblick an tauchte ihn DRG – die denkende Wolke – in den Wahnsinn. Sein Wahrnehmungsvermögen war völlig durcheinandergeraten – er hörte Musik, obwohl im Radio der Polizeifunk eingestellt war. Er roch eine saure Ausdünstung unter seinen Achselhöhlen. Und er war wütend. Er sah sich immer noch als lächerlich häßlichen Troll.

Sein dritter Besuch verlief normal. Royce ließ seinen Mund das Eingelernte aufsagen (Eine Sonderaktion zur Verhinderung von Einbruchdiebstählen, Madam, ich empfehle Ihnen dies und das) und verließ das Haus, ohne Ungewöhnliches erlebt zu haben als die Bienenkorbgeräusche, die er schon aus dem Haus des Arztes kannte.

Aber im vierten Haus verlor er die Fassung. Er saß an einem Metalltisch auf einer Steinterrasse und redete über die Glastüren, die in ein weiteres als Filmkulisse geeignetes

Wohnzimmer führten. Ihm gegenüber saß eine schlanke hübsche Frau namens Mrs. Clark am Tisch und trank Eistee. Er wußte, daß es Eistee war, denn er hatte gesehen, wie sie ihn aus einem Krug eingeschenkt hatte, der in ihrem Kühlschrank stand.

Aber die Wirklichkeit überschlug sich, und ihm wurde gelb vor Augen. Er war wieder ein häßlicher Troll. Das Haar der hübschen Frau war verdreckt und stumpf. In ihrem Glas roch er puren Whiskey. Seine Füße standen auf etwas Abscheulichem und Feuchtem – auf einem toten Tier? Er sah, daß Mrs. Clarks Arme mit dichtem dunklen Haar bedeckt waren, als hätte sie ein Fell. »Es tut mir leid«, sagte er und merkte erst jetzt, daß er mitten im Satz aufgehört hatte zu sprechen.

Locks and bolts are my arms,
Bolts and locks my legs,

sang Mrs. Clark mit brüchiger Stimme.

Royce schrie laut auf vor Entsetzen und Ekel: Er sah, daß der Boden der Veranda mit riesigen toten Spinnen bedeckt war. Ihre Körper waren so groß wie junge Hunde. Mrs. Clark stand auf. Sie hatte einen Buckel, und ihre Lippen kräuselten sich über verrotteten Zähnen.

Kiss my bolts and stroke my locks
And I shall marry you,

sang Mrs. Clark. Sie verschüttete Whiskey auf eine der Spinnen, und der fette Leib des Ungeheuers fing an zu zittern. Brauner Schleim tropfte von den Wänden und lief über die Glastüren.

»Es tut mir leid«, wiederholte Royce. »Ich fühle mich nicht wohl. Ich sollte lieber gehen.«

Die riesige schwarze Spinne, die Mrs. Clark mit Whiskey überschüttet hatte, näherte sich zuckend seinem Fuß. Die Wände des massiven Klinkerhauses verwandelten sich in Schlamm und zerflossen. Mrs. Clarks Gesicht zerfloß ebenfalls: auch sie war aus Schlamm.

Royce rannte davon – wenn er bliebe, würde der dicke graue Schlamm ihn einhüllen, und er würde ihm nicht entrinnen können. Er rannte um die Ecke des Hauses herum. Eine unsichtbare Menschenmenge lachte über seine Angst und über seine kleine Statur und über seinen langsamen trollähnlichen Gang ... er fand endlich seinen Streifenwagen, und es gelang ihm, das Fahrzeug zu starten. Er raste die Mount Avenue entlang und bog in den Beach Trail ein.

Als er von der Charleston Road in die Post Road einbiegen wollte, wäre er in seiner Panik fast in den Graben gefahren. Die Luft war hellgelb, und eine gelbe Spinne, so groß wie ein Lieferwagen, sprang aus dem Graben auf seinen Wagen zu.

Royce kreischte laut. Er riß das Steuer herum und raste zum Polizeirevier zurück.

Das kleine Gebäude hatte sich nicht verändert – hier konnte ihm nichts schlimmeres passieren als Turtles Beleidigungen. Er setzte sich in den winzigen Wachraum und schrieb erfundene Berichte über die Besuche, die er am Morgen getätigt hatte. Er legte sie sofort zu den Akten. Um die Zeit totzuschlagen, ging er zum Schießstand in den Keller und verschoß für zwanzig Dollar Munition auf eine Schießscheibe.

Bei Schichtwechsel ging er in den Umkleideraum. »He, Royce!« schrie Bobo, der gerade seinen Dienst antrat. »Heute wieder mal ein paar schöne Frauen kennengelernt?«

»Passiert mir jeden Tag«, murmelte Royce. Er dachte an Mrs. Clarks zu Schlamm zerfließendes Gesicht.

»Du siehst nicht gut aus«, sagte Bobo. »Kriegst du etwa auch die Grippe?«

»Nein. Alles okay.«

»Roycie Woycie«, bellte Turtle, der mit einer Bierfahne und Tomatensoße am Hemd in den Umkleideraum kam. »Lassen Sie mich Ihre Klingel drücken, Lady. Lassen Sie mich den Finger auf Ihren Knopf legen.«

Royce starrte Turtle an. Er sah eine Leiche. Der Mann mußte seit ungefähr drei Wochen tot sein. Der Körper mußte vor oder kurz nach seinem Tod verstümmelt worden sein, und die weiße geschrumpfte Haut bildete Wülste um die

Wunden herum. Die Augen waren dunkelbraun geworden. An Turtles Stirn hing ein Fetzen toter Haut, der den bleichen Schädelknochen freigab.

»O Gott«, sagte Royce. Er stand auf. Von den anderen fand keiner, daß Turtle auf irgendeine Weise ungewöhnlich aussah. Ihm wurde schwindlig.

»Erzähl uns, was für Spaß du heute wieder gehabt hast, Roycie«, sagte die scheußliche Turtle-Leiche.

»Ich muß hier raus«, sagte Royce und setzte sich draußen in seinen Streifenwagen. Er blieb eine Viertelstunde sitzen, bevor er den Wagen startete. An diesem Abend mied er Greenbank. Statt seine Runden zu drehen, fuhr er in eine verlassene Sackgasse im Wald am Merritt Parkway und saß mit geschlossenen Augen im Wagen. Immer wieder sah er Mrs. Clark vor sich. Und immer wieder dachte er an den ovalen Spiegel in dem großen Haus an der Mount Avenue.

13

Am nächsten Morgen meldete sich Royce Griffen schon sehr früh auf dem Revier. Im Umkleideraum wartete er auf die anderen. Turtle Turk, der deutlich erkennbar einen gewaltigen Kater hatte, sah noch grauenhafter aus als am Vortage und roch nach Tod und billigem Whiskey. Eines seiner Augen war aufgeplatzt. Beim Morgenappell, als alle Kollegen sich vor Schichtantritt im Bereitschaftsraum meldeten, sah Royce sich schaudernd um – der Captain und fast alle anderen Polizisten waren ebenfalls tot. Einige hatten saubere Einschußlöcher in ihren Uniformen. Andere waren, wie Turtle, zusammengeschlagen und verstümmelt. Als sie alle ihren Dienst antraten, fuhr Royce wieder in die Sackgasse und blieb acht Stunden lang zitternd in seinem Wagen sitzen.

Bei Schichtwechsel rannte er auf dem Revier in die Toilette und schloß sich ein. Irgend etwas wollte aus ihm hervorbrechen; er bekam kaum rechtzeitig die Hosen herunter. Als er auf der Toilette saß, packte ihn der Schmerz wie mit Klauen. Die Qualen wurden immer schlimmer. Es war, als seien ihm die Gedärme zerrissen. Er wimmerte. Um zu sehen, was diesen reißenden Schmerz verursachte hatte, schaute er hinter sich, als er sich abwischte. Royce kreischte. Das Becken war mit winzigen Spinnen gefüllt, so rot wie seine Haare. Sie schwammen im Wasser, und einige versuchten schon, an den Seiten hochzukriechen. Rasch betätigte Royce die Spülung. Dann noch einmal. Zwanzig oder dreißig der kleinen roten Tiere krochen schon über die Brille, andere kreisten noch im Becken. Er zog die Hosen hoch, schnallte den Gürtel zu und verließ die Toilette. Er zwang sich dazu, langsam durch den Vorraum zur Tür zu gehen.

In seinem Streifenwagen verriegelte Royce alle Türen. Dann nahm er seine Smith and Wesson aus dem Halfter. Er mußte den Revolver mit beiden Händen halten, so sehr zitterten sie. Er spannte den Hahn. »Lieber Gott«, flüsterte er. Er schob sich den Lauf in den Mund und biß auf das Korn. Dann drückte er ab, und sein Hinterkopf explodierte gegen die Heckscheibe und das Wagendach.

14

Am Freitagmorgen nahmen die beiden Normans Tabby in die Mitte, als er gerade ein paar Bücher aus seinem Schrank nahm. Sie waren am Mittwoch und am Donnerstag nicht in der Schule gewesen, und Tabby hatte inständig gehofft, daß Bruce Dicky dazu überredet hatte, ihn von seiner Teilnahme an dem geplanten Raub zu entbinden. Hatte Bruce ihm nicht auch schon erspart, seinen eigenen Briefkasten zu zertrümmern?

Aber ihnen haftete noch immer dieser Bärengeruch der Gewalttätigkeit an, und Bruces erste Bemerkung zeigte Tabby schon, daß die Zwillinge ihre Pläne durchaus nicht geändert hatten. »Hast du schon darüber nachgedacht, wie du die hundert Dollar ausgeben willst, Tabby?«

Tabby schüttelte den Kopf.

»Tabs ...«, sagte Dicky.

»Wir treffen uns morgen abend«, sagte Bruce. »Ungefähr

um zehn. Sag keinem, wohin wir fahren und wen du triffst, okay?«

»Ich mache nicht mit«, sagte Tabby.

»O doch«, sagte Bruce. »Weißt du nicht, daß die Jungs in Vietnam den Gelben die Ohren abschneiden und sich Halsketten daraus machen?«

Dicky grinste.

»Du mußt uns helfen, Tabs«, sagte Bruce. »Wir sind doch Freunde.«

»Ja«, sagte Tabby. »Dann also um zehn.« Er würde Sherri die hundert Dollar schicken. Und dann wollte er nie wieder etwas mit den Norman-Zwillingen zu tun haben.

15

Sechs Stunden später an diesem Freitag band Richard Allbee eine neue Fensterkordel an ein Bleigewicht. Er hatte im Wohnzimmer ein Fenster hochgeschoben, und zwei lange bemalte Leisten und eine braune abgenutzte Kordel lagen auf dem Eichenfußboden. Der Geruch von Mrs. Sayres Katzen war im Wohnzimmer kaum noch wahrzunehmen. Jetzt, wo die Teppiche aus dem Haus waren, brauchte das Zimmer nur noch einmal geschrubbt und gründlich gelüftet zu werden. Dann würden sie die Geister der Katzen endgültig los sein.

Er hörte Lauras Schritte auf der Treppe, und gleich darauf öffnete sie die Tür zum Wohnzimmer. »Ich mache noch einen Fußboden«, sagte sie, »und dann höre ich auf. Wie weit bist du mit deinen Fenstern?«

»Ich muß noch eins machen. Das dauert ungefähr fünfundvierzig Minuten. Wenn du fertig bist, kannst du mir ja Gesellschaft leisten.«

»Na, ich weiß nicht recht. Mein letzter Boss hat mich immer verprügelt.«

»Darüber freut er sich heute noch«, sagte Richard.

Ein paar Minuten später steckte Laura wieder ihren Kopf in die Tür. »Sag mal, Richard, ich überlege mir gerade …«

»Ja?« Er schaute von seiner Arbeit hoch, und das schwere Gewicht pendelte an der neuen weißen Schnur.

»Wenn du morgen wirklich den alten Mann in seinem Haus besuchen willst, kannst du es ruhig tun. Es macht mir nichts aus. Ich gehe dann einfach früher ins Bett.« Sie lächelte ihn an. »Du warst ja so nett, so zu tun, als hättest du den Kater auch gesehen.«

»Ich habe nicht nur so getan.«

Laura verschwand, und Richard machte sich wieder an die Arbeit. Er zog die Kordel durch die Rolle und befestigte das lose Ende am oberen Gewicht. Dann nagelte er die Leisten wieder an. Er bewegte das Fenster rauf und runter. Es funktionierte. Vorsichtig schlug er die restlichen Nägel ein und prüfte nach jedem Nagel, ob es sich gut bewegen ließ. Jetzt war im Wohnzimmer nur noch ein Fenster zu reparieren. Nach drei Tagen Arbeit würden alle Fenster im ganzen Haus wieder funktionieren. Am Montag würden er und Laura in Ulick Byrnes Büro die Papiere unterschreiben, und die Anwälte brauchten keine Angst mehr vor Herzanfällen zu haben.

Er dachte absichtlich nicht an Billy Bentley: Das war einfach nicht passiert.

Richard wußte nicht, woher die Vision kam, aber er sah plötzlich einen Friedhof auf dem vordersten Rasen. Er sah die Gräber aufreißen, und Erde und Grabsteine wurden explosionsartig in die Luft geschleudert. Leichen, Skelette und einzelne Knochen schossen aus der Erde empor: die Erde erbrach Leichen und Knochen. Die Erde riß auseinander, zerstörte sich selbst wie in einem wilden Anfall. Gras, Erdbrocken, Trümmer von Grabsteinen und zerschmetterte Knochen stiegen in einer wirbelnden Spirale in die Höhe. Er schüttelte den Kopf. Oh, Gott. Billy Bentley, ruhe in Frieden.

Er ging zum nächsten Fenster. Seine Hände zitterten.

Teil zwei

Ausbreitung

Ein zarter Kuß, und wir trennen uns;
Ein Kuß und dann Trennung für immer
– Robert Burns

Eins

Die erste Schwelle

1

Fast die ganze Woche gingen Patsy und Les McCloud einander aus dem Wege, und jeder verbohrte sich in seine eigenen Vorstellungen über das, was zwischen ihnen vorgefallen war. Patsy wollte sich nicht mit Les streiten, und deshalb freute sie sich, im Gegensatz zu sonst, daß er sich von ihr zurückgezogen hatte; sie brauchte Ruhe, um die neuen Vorstellungen über sich und ihren Mann zu verarbeiten, zu denen sie gelangt war, bevor sie Tabby vor dem Delikatessengeschäft traf. Seit jenem Dienstag hatte Les sich beleidigt und gekränkt gegeben und sie kaum angesehen; er schmollte. Durch dieses kindische Verhalten und mit Taktiken, die in der Vergangenheit funktioniert hatten, glaubte er, sie dazu zwingen zu können, sich für ihre Worte zu entschuldigen. Aber Les' Niedergeschlagenheit weckte in Patsy keine Schuldgefühle mehr. Im Gegenteil, sie war wütend darüber, daß das früher der Fall gewesen war; solange er krank war, würde sie ihn pflegen, aber sie war nicht dazu bereit, ihm das Frühstückstablett sozusagen auf den Knien darzureichen. Wenn sie den zutiefst beleidigten Mann auf ihrem Ehebett liegen sah, erblickte sie in ihm den Patienten und nicht den Gatten, und sie stellte eine Reihe von Überlegungen an: Ihr Mann wollte gern als eiskalter Geschäftsmann und ganzer Kerl gelten. Wenn er aber fürchten mußte, daß er doch nicht der Mann war, der er sein zu müssen glaubte, war es an *ihr*, ihn in seiner Männlichkeit zu bestätigen. Wenn seine Unsicherheit dazu führte, daß er sie mehrere Male im Jahr verprügeln mußte, um sich diese Selbstbestätigung zu holen, mußte *sie* die Schläge klaglos hinnehmen. Wenn er dann wie ein Baby mit vollgeschissener Hose nach Hause kam, konnte *sie* sicher sein, daß ein erneuter Akt solcher Selbstbestätigung nahe bevorstand.

Am Samstag konnte Les aufstehen, und Patsy zog sich mit D. B. Bachs *Geschichte Patchins* in ihr separates Schlafzimmer zurück. Um elf Uhr dreißig schaute Les herein und fragte: »Was ist mit dem Essen?«

Sie sagte, sie habe keinen Hunger.

»Und was ist mit *meinem* Essen?«

»Du wirst im Kühlschrank schon etwas finden.«

»Mein Gott!« Les schlug die Tür zu.

Zwei Stunden später kam er wieder in ihr Zimmer. Mit geballten Fäusten stand er vor ihr und starrte sie wütend an. »Willst du dich an mir rächen, oder was ist los?«

»Ich will nur meine Ruhe haben.«

»Okay. Ich gehe auf den Golfplatz. Bleib nur für dich allein, wenn du dich wie ein ungezogenes Kind benehmen willst.«

Tabby und Clark Smithfield verbrachten den Samstag recht trübsinnig, aber die Atmosphäre war keineswegs vergiftet. Clark versuchte, seinem Sohn zu erklären, daß Sherri an seinen Eskapaden selbst schuld sei – daß Sherris mangelnde Bereitschaft, sich an Hampstead und an Connecticut zu gewöhnen, ihn aus dem Haus getrieben habe, und Tabby erkannte, daß sein Vater das wirklich glaubte. »Wir kommen schon zurecht, mein Junge«, sagte Clark. Es war Mittag, und er hatte seinen zweiten Drink in Arbeit. »Ohne sie sind wir viel besser dran.«

Den ganzen Nachmittag saßen sie vor dem Fernsehapparat. Um sechs fuhr Clark zu einem italienischen Restaurant an der Post Road und kam mit einer riesigen Pizza zurück. Schweigend sahen sie die Lokalnachrichten, die überregionalen Nachrichten, *Solid Gold, Enos* und den Anfang des

Samstagabendfilms *Liebesgrüße aus Moskau.* Als das Tageslicht langsam schwand und es in der »Bibliothek« der »Four Hearths«, in der fast keine Bücher standen, dunkel wurde, schaute Tabby immer wieder auf die Uhr. »Daddy«, sagte er, »wirst du bald einen richtigen Job brauchen?«

»Ich *habe* einen Job«, sagte Clark. Er nippte an seinem irischen Whiskey und sah Tabby von der Seite an. »Ich kann jederzeit Arbeit bekommen, wenn ich welche brauche.«

»Aber du hast doch keinen Job«, sagte Tabby. »Du hast jedenfalls jetzt keinen Job.«

»Ich sagte dir doch, daß ich einen Job habe«, sagte Clark, ohne ihn dabei anzusehen.

Tabby stand auf und verließ das Zimmer. Wenn er mit seinem Vater zusammen war, hatte er immer das Gefühl, zuzuschauen, wie ein Mensch ertrinkt. Eine Weile blieb er auf den vorderen Eingangsstufen stehen. Die Bäume in der Hermitage Avenue schienen zu atmen, und hoch oben zogen die Sterne ihre Bahn. Tabby ging die Stufen hinunter, um sich ins Gras zu setzen und auf die Norman-Zwillinge zu warten.

2

Kurz nach neun Uhr dreißig bog Richard Allbee an jenem Tage in Graham Williams' Einfahrt ein. Als er ausgestiegen war, drehte er sich um und schaute zu dem alten Sayre-Haus hinüber. Es sieht schon besser aus, dachte er – es sieht bewohnt aus. Wie Kindern und Tieren verleiht verständnisvolle Liebe auch Häusern Kultur. Daß er sich eingebildet hatte, Billy Bentley dort gesehen zu haben, kam ihm immer unwahrscheinlicher vor. Es mußte eine Täuschung gewesen sein. Er war froh, daß er Laura nur von dem Kater erzählt hatte. Sie lag jetzt auf dem verhaßten Wasserbett, las einen Roman von Joyce Carol Oates und sah sich einen James-Bond-Film an.

Von der Ecke der Charleston Road her hörte er leichte Schritte. Unwillkürlich spannten sich Richards Muskeln. Er sah einen großen grauen Kater durch den Lichtkreis der Straßenlaterne an der Ecke laufen.

Täuschung. Täuschung.

Eine Gestalt kam um die Ecke. Sie kam auf ihn zu. Als sie im Licht der Laterne auftauchte, erkannte Richard Patsy McCloud. Sie trug ein dickes Buch unter dem Arm. Richard war erleichtert darüber, daß seine lächerliche Angst verflogen war, aber seine Freude, Patsy zu sehen, war von Schuldgefühlen getrübt. Er winkte ihr zu. Sie trug ein blaßblaues Hemd und einen weißen Overall, der an den Hüften eng anlag und sich um ihre Beine bauschte. Patsy winkte zurück, als sie ihn erkannte.

»Ich hätte mir eigentlich denken können, daß Sie kommen würden«, sagte er.

»Und ich habe gedacht, daß Sie Laura mitbringen würden«, sagte sie, als sie über den Rasen auf ihn zuging.

»Laura liegt mit James Bond im Bett.«

»Und Les mit Grippe. Da hat Laura wohl den besseren Fang gemacht.«

Richard erkundigte sich nach dem Titel des Buches, als sie zur Haustür gingen.

»Hat sich Mr. Williams darüber geäußert, warum er uns zusammen eingeladen hat? Hat er Ihnen die Gedenktafel an der Mount Avenue gezeigt?«

Richard schüttelte den Kopf und klingelte.

»Dann warte ich lieber, bis er es selbst erklärt!«

»Alles wird erklärt werden.«

»Alles.« Sie lächelte ihn an.

Williams erschien hinter der Tür und schaute durch die Scheibe. Er öffnete und trat zur Seite, um sie einzulassen. »Sie sind beide gekommen! Das freut mich aber.« Er trug seine Yankee-Mütze und ein graues PAL-T-Shirt, das ihm zu klein war. Patsy und Richard betraten einen von Bücherregalen gesäumten Korridor. Auf den oberen Regalen türmten die Bücher sich bis an die Decke, und auch vor den Regalen waren Bücher mit dem Rücken nach oben aufgereiht. »Wohin?« fragte Patsy. Die Birne, die an einer Schnur von der Decke hing, hatte ausgedient.

»Erste Tür links.«

Patsy ging voran, und Richard folgte ihr in das Wohnzimmer. Auch hier an allen Wänden Bücherregale und hüfthohe Bücherstapel vor den Regalen. Gerahmte Graphiken und Poster von alten Filmen standen gegen die Regale oder die Bücherstapel gelehnt auf dem Fußboden. Die Beleuchtung bestand aus einem trüben Deckenlicht und einer Stehlampe neben einer zerschlissenen grünen Couch. Auf einem weißen Tisch aus Fichtenholz brannte außerdem eine Schwanenhalslampe. Neben der Schreibmaschine, einem alten mechanischen Modell, lagen säuberlich aufgereiht einige Stapel Papier. Das Zimmer roch nach Moder, nach Alter und nach Büchern.

Williams erschien in der Tür. »Machen Sie es sich auf der Couch bequem. Oder im Sessel.« Er zeigte auf einen braunen Ledersessel, der im dunklen Hintergrund mit den Bücherregalen zu verschmelzen schien. Der Sessel sah so abgenutzt aus, als hätte man ihn abgeschmirgelt – die Farbe war auf dem Leder nur noch zu ahnen. Daneben standen eine große Stehlampe und ein schwerer Marmoraschenbecher. »Darf ich Ihnen irgend etwas anbieten? Einen Drink? Kaffee?«

Patsy und Richard entschieden sich für Kaffee.

»Er läuft schon durch. Ich bin gleich zurück.«

In wenigen Sekunden brachte er drei dampfende Tassen Kaffee. Er stellte das Tablett auf den Tisch vor der grünen Couch. Er nahm sich eine Tasse, zog einen leichten Stahlrohrsessel unter dem Schreibmaschinentisch hervor und setzte sich den anderen gegenüber. Gemeinsam tranken sie den starken heißen Kaffee. Richard wußte nicht recht, warum er überhaupt hergekommen war. Es würde sich als Zeitverschwendung herausstellen: Williams war ein einsamer alter Mann und hatte sie nur eingeladen, um Gesellschaft zu haben, weiter nichts. Richard rieb mit der Hand über die Lehne der Couch. Das aufgestickte Muster war kaum noch zu erkennen.

»Ich muß mich wohl bei Ihnen entschuldigen«, sagte Williams. Er nahm die Mütze ab und fuhr mit den Fingern über die Sommersprossen auf seiner Stirnglatze. »Das Haus müßte dringend überholt werden, aber ich hatte nie das Geld dafür. Die Bücherregale habe ich vor vierzig Jahren alle selbst gebaut. Heute hätte ich nicht einmal das Geld für das Holz.« Immer noch trommelte er mit den Fingern auf seinem Kopf herum. Der alte Mann war nervös. Richard fragte sich, wann Williams wohl den letzten Besuch gehabt hatte; wann wohl zuletzt eine Frau in diesem Raum gewesen war.

Dann riß der alte Mann ihn aus seinen Gedanken. »Patsy ist übersinnlich veranlagt, müssen Sie wissen. Genau wie ihre Großmutter Josephine Tayler. Es gibt einen Jungen mit ähnlicher Veranlagung in der Nachbarschaft. Tabby Smithfield, genauer James Tabb Smithfield. Oben an der Hermitage Road. Sie haben wohl keine solche Veranlagung, Allbee?«

»Ich?« sagte Richard und schluckte zuviel Kaffee auf einmal. »Übersinnlich? Nein.« »Ich auch nicht. Außer bei einem einzigen Anlaß, als ich einen Mann sah und wußte ... aber das spielt jetzt keine Rolle. Das erzähle ich lieber, wenn der junge Tabby mit uns zusammen ist. Ich nehme an, Sie wissen einiges über Ihre Familie? Über die Greens?«

Zuerst glaubte Richard, Williams habe seinen Vater gemeint, und er schüttelte schon ungeduldig den Kopf. »Ach, die Greens. Ein wenig schon.«

»Haben Sie schon mal die Gedenktafel vor der Akademie gesehen?«

Richard und Patsy sahen sich an. Er schüttelte den Kopf.

»Smyth, Tayler, Green, Williams«, sagte der alte Mann, und damit wußte Richard wenig anzufangen. »Und Gideon Winter. Smyth, aus dem später Smithfield wurde; Tayler, das ist unsere hübsche junge Freundin hier; Green, das sind Sie; und Williams, das bin ich. Und Gideon Winter, das kann jeder sein. Aber ich denke, das muß ich Ihnen erklären.«

3

»Dein Glück, Tabs«, sagte Dicky Norman und rieb Tabby die Fingerknöchel schmerzhaft über den Kopf. Sie hatten sich neben Bruce auf den Vordersitz des alten schwarzen

Oldsmobile gezwängt. Die Normans waren so vergnügt, wie Tabby sie noch nie gesehen hatte. Sie stanken beide nach Aufregung und Bier und auch nach Marihuana.

»Ich wußte, daß er mitkommen würde«, sagte Bruce und stieß Tabby seinen riesigen Ellenbogen in die Rippen. »Unser kleiner Freund ist großartig. Und hast du auch kein Wort darüber gesagt, mit wem du dich treffen willst, Kleiner?«

»Natürlich nicht«, sagte Tabby. »Aber dies ist das letzte Mal, daß ich sowas mitmache. Nach heute abend geht nichts mehr. Das wollte ich euch noch sagen.«

»Nach heute abend, Mann, du bist cool«, sagte Bruce. »Stimmt's, Dicky? Tabby ist cool.«

Dicky reagierte, indem er wieder versuchte, Tabbys Kopf als Waschbrett zu benutzen. Sie bogen in den Beach Trail ein und fuhren bergab zur Mount Avenue.

»Ich hasse nämlich solche Sachen«, sagte Tabby. »Ich will nur meine Ohren behalten, das ist alles.«

Die beiden Normans antworteten mit lautem Biergelächter. Bruce bog jetzt in die Mount Avenue ein und fuhr an den Pforten der Akademie von Greenbank vorbei.

Wo die Mount Avenue auf die Greenbank Road traf, fuhr Bruce nach Süden in Richtung City. »Wohin fahren wir?« fragte Tabby.

»Parkplatz«, murmelte Bruce. Als er auf der Greenbank Road die erste Ampel erreicht hatte, fuhr er über den Sayre Connector zur Post Road.

Der Mann, den Tabby gegenüber der Schule hatte stehen sehen, stand in einer freien Ecke des Parkplatzes vor dem Lobster House neben seinem Lieferwagen. Bruce parkte seinen Wagen daneben, und der Mann beobachtete sie beim Aussteigen. *Er sieht nicht wie ein Einbrecher aus,* dachte Tabby. Gary Starbuck hatte eine ausgeprägte Nase – die Nase eines Parfümtesters –, ruhige dunkle Augen und einen besorgten Gesichtsausdruck. Er war ganz in Dunkelblau gekleidet. *Er sieht aus wie ein Mathematiklehrer.*

Er sah kurz Tabby an. »Ja, ich verstehe«, bemerkte Starbuck, obwohl niemand etwas gesagt hatte. Dann redete er Tabby direkt an. »Weißt du, was du tun sollst?«

Tabby schüttelte den Kopf.

Starbuck griff durch das Fenster seines Lieferwagens und nahm zwei kleine Funksprechgeräte heraus. Er reichte Tabby eines davon. »Schalt es ein«, befahl er. Tabby drehte es in den Händen, bis er oben einen Schiebeschalter fand. Aus den beiden Geräten ertönte lautes Pfeifen, und Tabby schaltete rasch wieder aus. »Sie sind nicht weit genug voneinander entfernt«, sagte Starbuck leise und sah Tabby dabei immer noch in die Augen. »Bei einer Entfernung von etwa fünfzehn Metern funktionieren sie erst richtig. Du setzt dich in den Lieferwagen. Windschutzscheibe und Heckscheibe. Du beobachtest die Einfahrt und die Straße. Ganz einfach.«

Tabby nickte.

»Wenn du *irgend etwas* siehst, sagst du es mir sofort. Wir sind vielleicht eine halbe Stunde in dem Haus. Das ist eine lange Zeit. Wenn jemand anhält, um sich den Lieferwagen anzusehen, sagst du es mir und beschreibst ihn mir genau. Was für einen Wagen er fährt. Wenn es ein Bulle ist, legst du dich im Wagen auf den Boden und sagst es mir *ganz schnell*. Wir kommen dann raus und kümmern uns um ihn, aber wir müssen ihn uns greifen, bevor er sein Funkgerät erreichen kann. Das Geld kriegst du anschließend. Sobald wir hier weg sind. Hast du verstanden, Junge?«

»Ich habe verstanden.«

»Ich dachte schon, du könntest gar nicht sprechen«, sagte Starbuck. »Eines noch. Wenn du jemals mit den Bullen über dies Ding redest oder wenn ich auch nur denke, daß du das getan hast, komme ich zurück und bringe dich um.« Sein besorgter Gesichtsausdruck hatte sich bei diesen Worten nicht im geringsten verändert. »Ich bin Geschäftsmann, verstehst du? Und ich will im Geschäft bleiben.«

Die Normans waren so beeindruckt, daß es aussah, als würden sie jeden Augenblick anfangen zu schweben.

»Und das gilt auch für euch zwei Drüsenkranke«, sagte Starbuck.

»He, Scheiße, Mann«, sagte Bruce.

»Steigt in den Lieferwagen«, befahl Starbuck und wandte sich abrupt ab. Er stieg auf den Fahrersitz, und Bruce setzte sich vorn neben ihn. Dick stieg mit Tabby, der sein Funkgerät umklammerte, hinten ein.

Als Starbuck vom Parkplatz auf die Post Road fuhr, um den Sayre Connector zu erreichen, fuhren sie an der Statue des John Sayre vorbei, der als Soldat des Ersten Weltkrieges posierte. Tabby bemerkte die Statue zum ersten Mal: das Gesicht des jungen Soldaten erschien ihm dämonisch, die Furchen in den bronzenen Wangen durch Schatten vertieft.

Dicky stieß Tabby immer wieder den Zeigefinger gegen die Brust, als wollte er ihn mit Kugeln vollpumpen.

»Ich habe noch nie in einer solchen Gegend gelebt«, sagte Gary Starbuck. »Heißt das nicht Vorstadt, oder ist das 'ne Hinterstadt?«

»Keine Ahnung«, sagte Bruce. »Ist das nicht scheißegal?«

Starbuck bog nach links in die Greenbank Road ein. Tabby stöhnte innerlich. Er hätte es ahnen müssen – sie fuhren wieder dorthin, wo er wohnte.

»Ich lese immer das örtliche Schmierblatt«, sagte Starbuck und fuhr durch die vielen Kurven der Greenbank Road. »Wißt ihr überhaupt, was in dieser Stadt los ist? Wie viele Leute am Wochenende wegen Trunkenheit am Steuer verhaftet werden? Wieviel Unfälle passieren? Wie viele Drogenhändler es hier gibt? Und wie viele gottverdammte Einbrüche von Amateuren? Von Kindern, die nicht die geringste Ahnung haben? Nein, dies ist keine Vorstadt und keine Hinterstadt, dies ist eine völlig verrückte Stadt.«

4

Während Williams sprach, schaute Richard zu den Bücherregalen hinüber und las Namen und Titel. Die Hälfte der längeren Wand war mit Belletristik vollgestellt, die andere Hälfte mit Literatur über Geschichte und mit Biographien. Er sah eine lange Reihe in Kunststoff gebundener Theaterstücke. An der Wand zu seiner Linken standen Bücher über Kunst. Über den großformatigen Kunstbänden drängten sich Kriminalromane – Williams hielt offenbar sehr viel von

Raymond Chandler, John D. MacDonald, Robert B. Parker und Dorothy Sayers.

»Gut«, sagte er, als Williams seinen Vortrag unterbrach, »die Nachkommen der vier ursprünglichen Siedlerfamilien sind also wieder in Hampstead – sogar wieder in Greenbank. Und unsere Vorfahren hatten einigen Ärger mit einem Neuankömmling namens Winter. Aber da muß ich leider fragen: was soll's?«

»Die einzige vernünftige Frage«, sagte Williams. »Sie haben recht. Warum sollten wir uns heute um diese Dinge kümmern, außer wir seien Historiker? Der einzige Grund, warum wir uns darum kümmern sollten, ist dieser: Alles, was damals geschah, betrifft uns auch heute noch. Gilt das nicht für die ganze Geschichte? Wenn die Normannen sich in England durchgesetzt hätten, würden wir heute alle Französisch sprechen. Lassen Sie uns also jetzt unsere Geschichte hier in Hampstead betrachten. Ich nenne Ihnen drei Namen aus drei Generationen in Hampstead, und zwar von 1898 bis 1952. Robertson Green – er muß Ihr Urgroßonkel gewesen sein, Mr. Allbee –, Bates Krell und John Sayre. Robertson Green wurde im Jahre 1898 hingerichtet, Bates Krell verschwand im Jahre 1924 aus diesem Leben, und John Sayre verübte 1952 Selbstmord. Ich glaube, daß Gideon Winter in diesen drei Männern wiedergeboren wurde und daß nur John Sayre die Kraft hatte, ihm zu widerstehen.«

5

Als Les McCloud aus dem Haus stürmte, hatte er seine Golfschläger mitgenommen und in den Kofferraum seines Mazda geworfen. Dann war er gleich nach seinem Streit mit Patsy in den Sawtell Country Club gefahren. Natürlich war es gar kein richtiger Streit gewesen, der ihm vielleicht sogar noch Spaß gemacht hätte, sondern sie hatte gestichelt und gestichelt und gestichelt. Sie hatte ihn provoziert, wie ihn nur jemand provozieren konnte, der mit ihm schon fünfzehn Jahre zusammenlebte. Du *wirst im Kühlschrank schon etwas finden.* Das war eine Rebellion gegen die bestehende Ordnung! Les hatte wenig Lust, Golf zu spielen, aber zu Hause hätte er es nicht länger aushalten können. Er wollte vier oder fünf Stunden wegbleiben und dann sehen, ob sie wieder zu Verstand gekommen war. Golf war eine gute Ausrede für längere Abwesenheit. Aber vielleicht würde sie auch nur wieder sticheln und sticheln. Wenn das der Fall war, würde sie bekommen, was ihr zustand. Sie hatte lange genug darum gebettelt.

Im Club angekommen, parkte er vor dem langgestreckten Gebäude mit den weißen Säulen. Les war verschwitzt und niedergeschlagen. Krampfartig spürte er an Stirn und Händen eine feuchte Kälte. Er glaubte neun Löcher schaffen zu können, wenn er einen Partner fand, der schwächer war als er. Er stieg aus seinem Wagen, schulterte die schwere Tasche und marschierte verbissen am Clubgebäude vorbei zur ersten Abschlagstelle.

»He, Les, suchst du einen Partner?« Der häßliche Archie Monatan lächelte ihn strahlend an. Archie, ein zweitklassiger irischer Anwalt, war für Les das gefundene Fressen. »Ulick Byrne hatte sich mit mir verabredet, und was ist? Ich habe ihn gerade zu Hause angerufen. Er liegt wieder mit Grippe im Bett. Das arme Schwein hat sie zweimal bekommen. Ich könnte einen Partner gebrauchen, wenn du mit mir einverstanden bist.«

»Oh, mit dir jederzeit, Archie«, sagte Les. Er lächelte Archie an und sah sein rotes und beflissenes Gesicht. Er sah auch das gelbe Strickhemd, das sich über Archies Wassermelonenbauch spannte. Und er sah Archies rotgrünkarierte Hosen. »Heute langt es nur für neun Löcher«, sagte Les. »Ich habe selbst gerade die Grippe gehabt. Was meinst du?«

»Einverstanden«, sagte Archie. »Neun Löcher.« Und Les begriff, daß dieser aufgetakelte Narr tatsächlich froh war, daß er nur neun Löcher spielen mußte.

Les öffnete das Gatter, und jeder wollte dem anderen den Vortritt lassen. So standen sie eine Weile, bis Archie lächelnd nachgab und vor Les auf den Platz ging. »Was macht deine Frau, Les?« fragte Archie. »Sie ist eine so hübsche kleine Dame.«

»Patsy geht es gut«, sagte Les. Er hatte keine Lust, sich über seine Frau zu unterhalten, schon gar nicht mit Archie Monaghan, der sie im vorigen Jahr auf einer Party stundenlang angehimmelt hatte. Archie, das wußte Les, redete gern über die Frauen anderer Männer.

»Patsy McCloud, Patsy *McCloud*«, sagte Archie, und er sprach den Namen mit einer Hingabe aus, als handelte es sich um seine Lieblingsfilmschauspielerin. Les gewann zwar die Auslosung, aber er war so irritiert, daß sich beim Abschlag seine Handgelenke verspannten und der Ball weit von der Marke entfernt im Gras landete.

»Pech gehabt, Chef«, sagte Archie und wälzte seinen fetten Wanst an die Abschlagstelle. Er hob die Arme und schlug den Ball fast zweihundert Meter weit zur ersten Marke.

Als sie sich an der fünften Marke wiedertrafen, wußte Les schon, daß Archie ihn bewußt verunsichert hatte, als er den Namen seiner Frau so eigenartig aussprach, und er zwang sich dazu, gelöst und ruhig zu bleiben, als er den Ball ins Loch trieb und dabei drei Punkte über der festgesetzten Schlagzahl blieb. Er hatte einen schlechten Tag und wollte die Sache nicht noch schlimmer machen. Sein einziger Trost war, daß Archie ebenfalls drei Schläge zurücklag, und so würde es auch bleiben, wenn ihm nicht ein Schlag über acht oder neun Meter gelang. Archie schien das alles kaltzulassen. »Ich habe lange darüber nachgedacht, Les, und ich bin zu dem Schluß gekommen, daß es zwei Arten von Frauen gibt. Die einen scheinen Spaß daran zu haben; die anderen scheinen gar nicht zu wissen, was das ist. Verstehst du, was ich meine? In dieser Stadt gehören mindestens achtzig Prozent der Frauen zur zweiten Kategorie. Sie mögen drei Kinder haben, aber wenn man sie ansieht, denkt man, sie hätten noch nie gebumst. Sehr gut.« Das galt Les, der seinen Ball eingeschoben hatte. Archie taxierte seinen Ball und ließ nachdenklich den Schläger pendeln. »Ich habe mal mit Ulick darüber gesprochen, und er nannte auf Anhieb acht oder neun Namen – man könnte meinen, der Frauenkunstverein und Tennis seien das Wichtigste auf der Welt. Lindgrüne Röcke oder diese sackähnlichen Khaki-Shorts, stimmt's? Du kennst die Typen, von denen ich rede. Wie Schülerinnen. Die Sprache ein wenig gedehnt.« Archie stellte sich in Positur, nahm den Schläger zurück und führte den Schlag. Der Ball gehorchte Les' stummen Gebeten und blieb einen Meter vor dem Loch liegen.

»Ha, ha. Ich weiß, Les, diesen willst du mir schenken, aber ich bestehe auf dem Schlag.« Selbstbewußt ging Archie zum Ball und setzte ihn sauber in das Loch. Er zwinkerte Les zu. »Geh auf die Club-Terrasse, und du siehst dreihundert von ihnen. Sie essen ihren Salat und reden über ihre Frisöre. Was meinst du, reden sie darüber, oder reden sie über die gleiche langweilige Scheiße wie wir?«

»Ich weiß nicht genau, was du meinst, Archie.« Les schulterte seine schwere Golftasche. Er schwitzte, aber ihn fror. An seine Stirn war ein Eisblock gebunden.

»Ich meine dies. Wenn die Kellnerinnen drüben auf der Terrasse die einzigen sind, die so aussehen, als hätten sie Spaß daran, bin ich froh, daß ich eine Kellnerin geheiratet habe. Das habe ich auch zu Ulick gesagt. Und er sagte, Archie, in Wirklichkeit bedeutet deine Theorie, daß alle Frauen verkappte Kellnerinnen sind. Kannst du dir das vorstellen? Bei Ulick muß man aufpassen.«

Les wandte sich ab und ging zur nächsten Abschlagstelle. Er begriff zwei Dinge, und beides überraschte ihn ein wenig. Archie Monaghan mochte ihn genauso wenig, wie er Archie mochte. Und Archie vermißte Ulick Byrne; Archie hätte lieber mit dem jungen Anwalt als mit Les gespielt. Archie war Mitte fünfzig, und Les war vierzig. Was immer sie von einander halten mochten, ganz gewiß hatten sie mehr miteinander gemeinsam, als Archie je mit Byrne haben konnte, der noch keine dreißig war. »Ich halte Byrne für einen intelligenten Kerl«, sagte Les.

»Intelligent? Mein Junge, wenn der für eine Firma arbeiten würde, wäre er schon lange Vizepräsident und wahrscheinlich bald Präsident. Sollen wir nicht beim nächsten Loch ein wenig Geld setzen?«

»Hundert pro Schlag«, sagte Les, aber Archie verzog keine Miene. Er grinste nur.

Vor dem neunten Loch schuldete Les Archie schon dreihundert Dollar, und es sah so aus, als sollten es noch hundert mehr werden. Das gelbe Hemd und die scheußliche rotgrüne Hose waren der Marke viel näher. Dreihundert Dollar Minus gegen Archie Monaghan! Les hatte geglaubt, daß Archie über die Höhe der Wette entsetzt sein würde, und jetzt stand Archie schon dicht am Loch, und er selbst schwitzte wegen dreihundert Dollar.

Les nahm Maß für den nächsten Schlag. Ganz gegen seinen Willen mußte er daran denken, daß seine Schulden sich auf zweihundert Dollar verringern würden, wenn er den Ball richtig traf. Der Schläger hatte kaum den Ball berührt, als er auch schon wußte: der Schlag war verpatzt.

Jetzt konnte er nur noch hinterherschauen. Der Ball segelte hoch und immer weiter. Es sah wie ein gelungener Schlag aus, aber statt zwischen ein paar Bäumen hindurchzusausen, fiel der tückische Ball dort wie ein Stein zu Boden.

»Soll ich dir meinen Kompaß leihen?« rief Archie ihm zu.

Wütend lief Les zu den Bäumen hinüber und vermied es dabei, seinen Partner anzuschauen. Er wollte nicht sehen, wie Archie ihn angrinste. Wenn ihm der nächste Schlag einigermaßen gelang, konnte er an diesem Loch immer noch mit Archie gleichziehen. Er hatte schon einmal einen Ball zwischen diesen Bäumen herausgeschlagen. Sie hatten vier Schläge vereinbart, und damit war es zu schaffen. Außerdem bestand sogar noch die Möglichkeit, daß Archie mit seinem kurzen Schlag das Loch verfehlte. Les trat unter die Äste der Bäume und suchte seinen Ball. Er atmete ein wenig schwer, und Schweiß lief ihm in den Kragen.

Archie bereitete sich auf seinen nächsten Schlag vor, und Les beobachtete ihn dabei. Archie visierte noch einmal über den Ball das Loch an. Er ließ den Oberkörper und den Schläger hin und herpendeln, holte aus ... und traf den Ball zu hart. Les war begeistert. Er wußte, was geschehen würde.

»Jetzt mach noch mal den Witz mit dem verdammten Kompaß«, murmelte Les vor sich hin.

Er sah seinen Ball sofort. Die kleine weiße Kugel lag einen halben Meter vom bemoosten Stamm einer großen Eiche entfernt. Les war immer noch im Spiel. Er ging zu dem Baum und hörte ein Geräusch aus den Büschen auf der anderen Seite. Ein Eichhörnchen. Les ging um die Eiche herum und schaute zur Marke hinüber. Archie stand im Bunker und wirkte gar nicht mehr so heiter. Dann hörte Les hinter sich ein Kind weinen. Das Geräusch war unverkennbar. Er fuhr herum, aber es war nichts zu sehen. Als er sich wieder dem Ball zuwandte, hörte er erneut das Weinen. Er drehte sich um und hörte, daß sich im Gebüsch etwas bewegte. »He, komm raus, Kind«, sagte er.

Das Kind schluchzte leise.

Les lehnte den Schläger gegen die Eiche und stemmte die Hände in die Hüften. »Es ist alles in Ordnung. Komm raus.«

Im Gebüsch blieb es ruhig.

»Komm sofort raus. Ich will weiterspielen. Dir tut keiner was. Komm aus dem Gebüsch raus.«

Als nichts geschah, nahm Les seinen Schläger wieder in die Hand. Als ob das Kind im Gebüsch das gesehen hätte und Angst davor hatte, geschlagen zu werden, raschelte wieder das Laub. Der Junge ging anscheinend tiefer in das Gebüsch hinein. Das Kind kann nicht älter als vier oder fünf Jahre sein, dachte Les: ein älteres Kind wäre zu groß, um sich so durch das Gebüsch zu bewegen.

Er konnte sich nicht auf seinen Schlag konzentrieren, wenn es hinter ihm im Gebüsch raschelte. Dann setzte das leise Weinen wieder ein. Les legte den Schläger auf den Boden. »Brauchst du Hilfe, Kleiner?« Keine Antwort. Les trat auf das Gebüsch zu und versuchte in dem dichten Blättergewirr etwas zu erkennen. »Komm raus. Dann helfe ich dir.«

»Ich bin verloren«, sagte eine dünne Stimme.

»Okay, ich werde dir helfen«, sagte er und schob mit den Händen die Zweige auseinander. »Wie bist du denn hergekommen? Hat dein Daddy ...?« Er ließ die Zweige los. Wie ein Schraubstock hatte sich etwas mit erstaunlichem Druck um seinen Kopf gelegt. Für ein paar Sekunden wurde ihm schwarz vor Augen. Er richtete sich auf und blinzelte.

»Ich bin verloren«, sagte die dünne Stimme. »Ich habe Angst.«

»Okay, *okay*«, sagte Les. Er streckte die Hände nach den Zweigen aus, aber bevor sie die langen spitzen grünen Blätter berührten, fuhr er zurück. Von dem Gebüsch, in dem etwas steckte, das nicht ans Licht kommen konnte, ging etwas Drohendes aus. Irgend etwas stimmte hier nicht. Ein Geruch von nassem Schlamm, von Abwässern und verfaulten Pflanzen stieg Les in die Nase.

Wieder weinte das Kind, aber Les hatte Angst davor, die Zweige zu berühren. Hier stimmte etwas nicht. Wieder nahm er den scharfen ekelhaften Gestank wahr.

Er wußte: wenn er die Zweige berührte, würde der Schraubstock sich wieder um seinen Kopf schließen, und ihm würde wieder schwarz vor Augen werden. Das Wesen im Gebüsch weinte jetzt bitterlich. Les schaute in das Gebüsch hinein, aber er sah nur Blätter, raschelnde Blätter; von der Sonne beschienene Blätter und Blätter, die im Dunkel grün schimmerten.

»Kannst du deinen Ball nicht finden?« Les fuhr herum und sah Archie Monaghans karierte Hosen und seinen dikken gelben Bauch.

»Ich habe etwas gehört«, sagte Les und richtete sich auf. »Den Ball habe ich schon gefunden. Aber ich habe etwas gehört. Im Gebüsch hat ein Kind geweint.«

Archie zog die Brauen hoch.

»Es hat gerade aufgehört«, sagte Les. »Ich kann den Jungen im Gebüsch nirgends sehen.«

»Laß den alten Archie nachschauen«, sagte Archie, beugte sich vor und teilte die Zweige mit den Armen. Wieder stieg ein Gestank von nassem Schlamm und Abwässern auf. Les spürte den Schweiß an seiner Stirn: er fühlte sich so seltsam leicht, daß er fürchtete, umfallen zu müssen. Archie Monaghan hatte seinen ganzen Oberkörper in das Gebüsch geschoben, und Les starrte auf seinen dicken karierten Hintern.

»Na, was sagst du nun?« sagte Archie und tauchte aus

dem Gebüsch wieder auf. »Niemand zu Hause. Bist du sicher, daß es ein Kind war?«

»Ich habe den Jungen doch weinen gehört.«

»Hast du mit ihm gesprochen?«

»Ja. Er sagte, er sei verloren.«

»Das ist aber verdammt komisch. Da ist niemand. Er muß weggelaufen sein.« Archie kratzte sich unter den Armen und schaute zu den Bäumen hinüber. Sein Gesicht hellte sich auf. »Da liegt ja dein Ball, und er liegt nicht einmal schlecht. Das Ding holst du noch aus dem Feuer.«

Les vergaß alles, was mit verirrten Kindern zu tun hatte und mit Büschen, die einem den Kopf zusammenquetschten und einen blendeten. Er hob den Schläger vom Boden auf, stellte sich vor den Ball und schlug ihn nach Hause.

Und so wird man Vizepräsident einer Gesellschaft, Kleiner.

Ungefähr zweieinhalb Stunden später sagte er zu Archie Monaghan: »Wie wär's, wenn ich einen Drink für dich ausgebe?« Bei ihm mischte sich Wut mit Erleichterung. Erleichterung, weil er nur einen Schlag mehr als Archie gebraucht hatte, Wut, weil er den fetten kleinen Iren nicht in Grund und Boden gespielt hatte. Wahrscheinlich hatten die Nachwirkungen der Grippe einige seiner Schläge beeinträchtigt. Er mußte noch immer an das Rascheln im Gebüsch denken und an die Kinderstimme, die er dort gehört hatte. Als Archie mit Kopf und Schultern hineinging, hatte er ihn zurückreißen wollen, aber natürlich war Archie nichts passiert. Im Gebüsch war überhaupt kein verirrtes Kind gewesen.

Aber er hatte eine Vision gehabt ... irgend etwas hatte Archies Leib zwischen seine riesigen Zähne genommen. Und doch war Archie nichts passiert; er hatte Kopf und Schultern in dieses unheimliche Gebüsch geschoben und nichts gesehen oder gespürt.

Aber da war doch dieser Geruch gewesen. Faulende Pflanzen und nasse Erde, nicht unbedingt ein unangenehmer Geruch, und ein anderer, schärferer Geruch, der einem zu Kopf stieg.

Archie war bereit, einen Drink von Les zu akzeptieren, aber er sah ihn dabei ganz seltsam an. »Oh, du brauchst keine Angst um dein Geld zu haben«, sagte Les. »Hier, ich geb's dir gleich.« Archie lächelte und schüttelte den Kopf, aber Les holte sein Portemonnaie aus der Tasche und nahm zwei Fünfziger heraus. »Hier, jetzt kannst du eine Reise nach Dublin machen.«

Archie steckte das Geld ein. »Ich bin erst vor einer Woche aus Dublin zurückgekommen.«

Archie Monaghan betrat den Clubraum als erster. An den Wänden glänzten alte Jagdhörner zwischen Bildern mit Jagdszenen. Archie ging an den Tischen vorbei und steuerte die Bar an. Hin und wieder nickte er jemandem zu. Les folgte ihm. Archie schlug einem Mann auf einem Barhocker auf die Schulter und lachte gleichzeitig über eine Bemerkung, die dessen Nachbar gerade machte. Dann erkannte Les die vier Männer an der Bar. Zwei waren, wie Les, leitende Angestellte, einer ein Bauunternehmer, den Les nur vom Sehen kannte, der dritte war Archies Partner Tom Flynn. Flynn war ein Riese mit gewaltigen Kinnladen. Er war ungefähr so alt wie Les und trug eine Madrasjacke von der Größe einer Elefantendecke. »Les McCloud kennt ihr doch alle schon, nicht wahr?« sagte Archie.

»Freut mich, Sie kennenzulernen«, sagte der Bauunternehmer, und die anderen nickten und murmelten Zustimmung.

»Ich habe gerade hundert Dollar an Monaghan verloren«, sagte Les. »Lassen Sie mich eine Runde ausgeben. Er hat entsetzlich gespielt, aber mein Spiel war noch schlechter.« Er legte zwei Zwanzigdollarnoten auf den Tresen. »He, Barkeeper, geben Sie den Jungs noch einmal dasselbe, und ich bekomme einen Martini. On the Rocks.«

»Für mich eine Flasche Budweiser«, sagte Archie.

Les nahm einen Schluck von seinem Getränk und sagte: »Archie, wie heißt dein Lieblings-Pub in Dublin?«

Archie sprach gerade mit Tom Flynn und ignorierte die Frage.

»Draußen am neunten Loch war ein kleiner Junge, der

sich verirrt hatte«, sagte Les. »Er hatte sich im Gebüsch versteckt. Haben Sie so etwas schon mal gehört?«

»Les hörte Stimmen«, sagte Archie. »Er ist die Jungfrau von Orleans aus Sawtell C. C.«

Die andern lachten, und Les grinste verbissen.

Eine Stunde und zwei Martinis später überlegte sich Les, ob er Patsy anrufen solle; das Dumme war, daß er die Runde nicht gern verlassen wollte. Sobald er den Raum verließ, würden sie über ihn herziehen. Davon war er überzeugt.

Zur Hölle mit Patsy, beschloß er.

Er dachte an seine Frau. Sie saß jetzt bestimmt mit einem Buch und eingeschaltetem Fernsehgerät in ihrem kleinen Zimmer. Wahrscheinlich hatte sie nicht einmal etwas gegessen. Sie las oder beschäftigte sich mit ihrem Tagebuch, und an ihn dachte sie dabei überhaupt nicht mehr.

Archies Name prangte auf einer Tafel, auf der die Namen früherer Gewinner der Club-Trophäe eingraviert waren; die Klimaanlage ließ seine Nebenhöhlen gefrieren. Er griff sich an die Stirn. Sie fühlte sich wie Wachs an. Ein weiteres randvolles Glas Martini stand vor ihm, und er hob es an die Lippen und trank. »Der Junge da draußen gehörte zu einer anderen Spezies«, sagte er und war dankbar und überrascht, Gelächter zu hören. »Im Ernst. Da draußen empfand ich wirklich etwas sehr Seltsames.«

Archie flüsterte Flynn etwas zu, und Flynns Augen blitzten ihn an.

Dann sah er etwas, das er nicht glauben konnte. Ein Mann, der am oberen Ende der Bar in einer Nische saß, trug rohe Steaks um den Hals. Das rohe Fleisch bildete eine Art Halsband. »He«, sagte Les (und »He«, kam das Echo von Flynn).

Fasziniert betrachtete Les das Halsband aus rohem Fleisch, bis er sah, daß es gar kein Halsband war. Das rohe Fleisch stammte aus Brust und Schultern des Mannes. Seine Haut hatte sich in dicken Streifen abgeschält. Wieder hatte Les den Geruch von nasser Erde und fauligem Abwasser in der Nase. Der Mann in der Nische war tot – ihm war die Haut abgezogen worden, und jetzt war er tot.

»Und nun?« sagte Archie. Er murmelte etwas, und die andern Männer lachten.

Les starrte auf den Toten. Das also war draußen am neunten Loch geschehen. Der verirrte Junge war tot gewesen: er war tot und hatte Les McCloud gesucht. Er spürte, wie ihm das schwere Martiniglas aus den Fingern glitt.

Als es auf dem Fußboden zersplitterte, hörte das Gelächter auf. Archie und die anderen Männer sahen ihn an. Er sah nackten Haß in ihren Blicken. Wieder fühlte er sich ganz leicht im Kopf.

»Ich muß hier raus«, sagte er. Les schob die Glasscherben mit dem Fuß weg und ging zur Tür.

6

»Wiedergeburt?« fragte Richard. »Sie denken an Seelenwanderung? Daran kann ich nicht glauben. Sie können sagen, was Sie wollen, aber Sie werden mir nicht einreden können, daß dieser Winter in drei verschiedenen Jahrzehnten in drei verschiedenen Männern wiedergeboren wurde, und das alles in derselben Stadt.«

»Wiedergeboren ist nicht wörtlich gemeint«, sagte Williams. »Ich rede auch nicht von Seelenwanderung im eigentlichen Sinne – das ist eher eine Metapher für das, was ich meine. Als Ihr Ur-Ur-Großonkel geboren wurde, war Gideon Winter nirgends nachzuweisen. Die Winterisierung, um einen Witz auf Kosten Ihres Verwandten zu machen, setzte erst später ein.«

»Gut, aber wenn Sie von Besessenheit reden, dann kann ich auch daran nicht so recht glauben«, sagte Richard.

»Das kann ich verstehen«, sagte der alte Mann. »Ich glaube selbst nicht so recht daran. Es sei denn, ein ganzes Stück der Meeresküste könnte besessen sein oder Besessenheit auslösen. Ein Mann namens Gideon Winter tauchte vor ungefähr dreihundert Jahren hier auf, und verschiedene Dinge ereigneten sich. Schlimme Dinge. Sie waren wirtschaftlich schlimm, sie waren in jeder Hinsicht schlimm. Man könnte sie mit dem Wort ›böse‹ bezeichnen, aber Sie werden mir wahrscheinlich erzählen, daß Sie auch nicht an das Böse glauben.«

»Ich glaube an das Böse«, sagte Richard, und sie waren beide erstaunt, als Patsy leise sagte: »Ich auch.«

»Okay«, sagte Williams. Er setzte die Mütze wieder auf. »Vielleicht war es gar nicht der Mann selbst, sondern das, was ihm hier zustieß. Vielleicht war es etwas, das dieser Ort ihm zufügte. Mit dieser ein wenig phantastischen Theorie beschäftige ich mich seit ungefähr fünfzig Jahren.«

»Sie meinen, seit dieser Sache mit Bates Krell«, sagte Patsy.

Williams warf ihr einen anerkennenden Blick zu.

»Oh, von ihm weiß ich«, sagte Patsy. »Ich wußte nur nicht, wie er heißt, bis Sie Tabby gegenüber seinen Namen erwähnten. Ich habe ihn *gesehen.*« Sie wurde rot. »Es ist lange her. Ich sah, wie er eine Frau umbrachte.«

Die Röte in ihrem Gesicht verstärkte sich, als Williams ihre Hand nahm und sie an die Lippen führte. »Natürlich haben Sie ihn gesehen, und Sie ahnen gar nicht, wie wohl es mir tut, daß Sie es erwähnen.«

»Sollten wir nicht diskutieren, was in diesem Buch darüber steht?« fragte Patsy und zeigte auf den blauen Band, den sie aus der Bibliothek geholt hatte. »Über Gideon Winter?«

»Gern«, sagte Williams. »Wenn Sie mögen. Bedenken Sie aber, daß Mrs. Bach keine Berufshistorikerin war. Sie hat nur Unterlagen ausgewertet und zusammengestellt. Sie hat nie versucht, Schlüsse daraus zu ziehen. Ihre *Geschichte* ist allenfalls eine Quelle, mehr nicht.«

»Ich fand es auch nicht sehr schlüssig«, sagte Patsy.

Williams stand auf und ging an ein Bücherregal im Hintergrund und kam mit seinem eigenen Exemplar zurück. »Natürlich ist es nicht schlüssig.« Er legte das Buch auf den Tisch, setzte sich, nahm es wieder in die Hand und schlug es auf. »Dorothy Bach erwartete von den Lesern, daß sie ihre eigenen Schlüsse zogen – sie wollte lediglich möglichst viele Informationen sammeln. Sie stellte nur die Daten zusammen.« Er blätterte die ersten Seiten des dicken blauen Bandes durch. »Hier können Sie sehen, was sie gefunden hat. Grundbuchauszüge. Eigentumsübertragungen. Geburten und Todesfälle aus den Kirchenbüchern von Clapboard Hill. Schauen wir uns einmal ihre Aufzeichnungen für 1645 an.«

»Gideon Winters Ankunft«, sagte Patsy. »Hier steht es. ›Ein Landbesitzer namens Gidyon oder Gideon Winter aus Sussex kaufte 14 Morgen Küstenland von den Farmern Williams und Smyth.‹ Mehr steht über ihn auf dieser Seite nicht – aber hier unten sagt sie, daß sein Name in den Kirchenbüchern nicht erscheint.«

»Dorothy Bach war eine alte Frau, als ich anfing, mich mit diesen Dingen zu beschäftigen«, sagte Williams. »Aber ich fand, ich hatte zwingende Gründe, sie zu belästigen. Ich hatte zwei oder drei Jahre lang über Krell nachgedacht.«

»Einen Augenblick«, sagte Richard. »Was ist denn nun mit diesem Krell? Immer wieder höre ich den Namen, aber ich weiß nichts über ihn. Patsy, Sie sagen, er hat jemanden umgebracht, und Sie haben es gesehen?«

»Nicht direkt *gesehen*«, sagte Patsy. »Aber ich sah es einmal im Geiste. Ich wußte, daß es etwas aus einer lange vergangenen Zeit war. Es geschah auf dem Fluß, und die neuen Gebäude standen noch nicht. Es gab auch viel mehr Fischerboote. Ich sah, wie er eine Frau zu Tode würgte – auf jeden Fall, bis sie bewußtlos wurde – und wie er sie dann in Wachstuch einschnürte und über Bord warf.«

»Und Sie wissen, daß es Krell war?«

»Sie weiß es«, sagte Williams. »Und ich weiß es – zum Teil weiß *ich* es, weil sie es so gut weiß. Aber was Sie nicht wissen, Richard, ist, daß *ich* Bates Krell getötet habe. Ich mußte ihn töten. Und daß ich es tat, hat mein Leben vergiftet. Es hat mein Leben vergiftet, obwohl ich wußte, daß er mich umgebracht hätte, wenn ich ihm nicht zuvorgekommen wäre – ich habe sogar versucht, mich Joey Kletzka zu stellen, der damals hier Polizeichef war, aber er wollte mich nicht einmal anhören – es war, als wüßte er mehr über die Sache als ich … oooh, ich rege mich zu sehr darüber auf.« Er lächelte Richard an. »Ich merke, wie mein Herz klopft.«

»Ich verstehe jetzt überhaupt nichts mehr«, sagte Richard.

»Sie kommen schon noch dahinter. Ein ähnliches Gefühl hatte ich auch, als ich die alte Dorothy Bach aufsuchte. Ich sage alt, aber sie muß damals sechs oder sieben Jahre jünger gewesen sein, als ich heute bin. Zu der Zeit beschäftigte sie sich nicht mehr mit Geschichte, sondern verbrachte ihre ganze Zeit im Garten. Gewiß, sie hielt noch Vorträge in Frauenvereinen, denn mit solchen Vorträgen hatte für sie alles angefangen, aber als sie zu alt war, die schweren Kirchenbücher zu heben, widmete sie sich nur noch ihren Azaleen. Sie wohnte ganz oben an der Mount Avenue, direkt an der Grenze nach Hillhaven. Ich hatte mich so gründlich mit der Geschichte Hampsteads beschäftigt, daß ich genau wußte, was ich sie fragen wollte. Als sie mich in ihren Salon geführt hatte – Sie sehen, wie lange es schon her ist; damals hatte man noch einen Salon –, bedankte ich mich für die Einladung und kam gleich zur Sache. Ich fragte sie, ob sie mehr über Gideon Winter wisse, als sie in ihrem Buch geschrieben hatte.«

Er schaute Richard an, dann Patsy. Er hat das Gesicht eines Adlers, dachte Patsy. Das Gesicht eines ganz alten Adlers. Noch nie war sie sich seines Alters so sehr bewußt gewesen. Wahrscheinlich lag das daran, daß seine Augen jetzt so jung wirkten.

Williams' Lippen zuckten. »Sie glaubte, ich wollte ihr vorwerfen, die Tatsachen verfälscht zu haben. Um ein Haar hätte sie mich hinausgeworfen. Sie war stolz auf ihr Buch, viel stolzer als auf ihre Azaleen. ›Sie wollen also wissen, ob ich Informationen über die Gründer Greenbanks unterschlagen habe?‹ fragte sie mich. Ich sagte, ich sei überzeugt, daß sie so etwas nie tun würde und daß gegenwärtige und künftige Historiker der Region für immer in ihrer Schuld sein würden – solchen Quatsch wollte sie natürlich hören, aber andererseits stimmte es, und sie verdient, daß man es ihr sagte. ›Ich wäre Ihnen sehr dankbar‹, sagte ich, ›wenn Sie aus Ihren Fakten auch die Schlußfolgerungen ziehen würden, was Ihnen in Ihrem Buch nicht möglich war.‹ ›Sie wollen also, daß ich Überlegungen über Gideon Winter anstelle, Mr. Williams? Sie wollen wissen wie ich über den Drachen dachte, als ich meine Untersuchungen anstellte?‹«

7

»Genau das möchte ich gern wissen«, sagte der junge Williams zu der alten Dame auf dem Brokatsofa. Ihr hochgeschlossenes Kleid mit den Rüschenärmeln war allenfalls vor zehn Jahren modern gewesen. Als sie ohne hinzuschauen ihre Tasse Tee absetzte, war ihr kluges faltiges Gesicht sehr nachdenklich. Sie schob leicht die Lippen vor, und der Strich, der die Oberlippe markierte, war scharf wie eine Messerklinge.

»Wie kommen Sie darauf, daß ich überhaupt über ihn nachgedacht habe?«

»Wegen der mysteriösen Aspekte der ganzen Angelegenheit«, sagte Williams. »Er kam aus dem Nichts, und bald gehörte ihm fast alles Land. Ihm folgten Katastrophen, und eines Tages war er verschwunden. In Ihrer Aufstellung der stattgefundenen Beerdigungen ist er nicht aufgeführt, also wurde er nicht beerdigt. Jedenfalls nicht hier. Sie müssen doch gelegentlich über ihn nachgedacht haben.«

»Alles, was Sie eben gesagt haben, ist falsch, junger Mann.« Ihre Oberlippe stand noch immer vor. »Er kam aus der Grafschaft Sussex in England. Weil die anderen Farmer nach einer gewissen Zeit übereinkamen, ihm kein Land mehr zu verkaufen – obwohl sie das Geld hätten gebrauchen können –, gehörte ihm in Greenbank zu keiner Zeit mehr als etwa die Hälfte des gesamten Landes. Und ganz bestimmt wurde er in Greenbank begraben, wenn auch nicht auf dem Friedhof bei der Kirche. Nein. Als sie den Drachen begruben, begruben sie ihn an einem Strand.«

»Am Strand von Gravesend?« sagte Williams leise.

Sie schüttelte den Kopf. »Reine Spekulation. Nein, dort nicht. Ich bin fast sicher, daß sich der Name darauf zurückführen läßt, daß man auf dem Hügel über dem Long Island Sound früher die anonymen Opfer von Schiffbrüchen begraben hat. Gideon Winter, und wieder muß ich sagen, daß ich nur *fast* sicher bin, wurde auf der Landzunge begraben, die anderthalb Meilen westlich vom öffentlichen Strand in den Sound hinausreicht. Kurze Zeit nannte man sie Point Winter, und seit 1760 ist sie als Kendall Point bekannt. Sie wissen vielleicht, daß es die Stelle war wo ...«

»Wo General Tyrons Truppen landeten, um Patchin und Greenbank in Brand zu stecken.«

Ihre Züge entspannten sich. »Sie kennen sich in der Lokalgeschichte ein wenig aus, wie ich sehe. Wissen Sie, was sonst noch am Kendall Point geschah?«

Er schüttelte den Kopf.

»Die größte Katastrophe, die sich im Staate Connecticut je ereignet hat. Das würde auch dann gelten, wenn unsere Erinnerungen wesentlich weiter zurückreichten. Alle Mitglieder der Freien Gemeinde von Greenbank nahmen im August 1811 am Kendall Point an einer kirchlichen Veranstaltung teil. Es war ein herrliches Fleckchen Erde und erheblich luftiger als der Platz vor der Kirche, was an einem heißen Augusttag von Vorteil war. Sie konnten ihr Essen und ihre Tische mit Wagen zum Point schaffen und brauchten sie vom Ende des Weges nur noch etwa zehn Meter weit zu tragen. Und vom Point aus konnten sie den Schiffsverkehr nach beiden Richtungen hin beobachten. Segelschiffe, natürlich Handelsschiffe, die ersten Dampfschiffe, sogar Ausflugsboote von Long Island und New Haven – der Sound war damals viel stärker befahren, von den Fischerbooten ganz zu schweigen.«

Er betrachtete ihre hellen Augen und hatte das Gefühl, daß sie sich ein wenig über ihn lustig machte. Sie griff nach ihrer Tasse, und Williams sah, daß sie schwarze Fingernägel hatte. Ungläubig schaute er noch einmal hin: im Jahre 1929 hatten Damen, die an der Goldenen Meile wohnten, keine schmutzigen Fingernägel, schon gar nicht ältere Damen, die bedeutende Amateurhistorikerinnen waren. Dann erinnerte sich der junge Williams an die vielen Azaleen, die er vor dem Haus gesehen hatte, und begriff, daß Mrs. Bach ihre Gartenarbeit selbst machte. Aber trotzdem ... hätte sie nicht normalerweise ihre Nägel gereinigt, bevor sie einen Gast empfing? Er schaute wieder auf ihre schwarzen Fingernägel und sah, daß braune Erde an ihren Händen klebte. Er hatte ein unangenehmes Gefühl.

»Oh, sie wollten sich köstlich amüsieren, köstlich«, sagte Mrs. Bach. »Die Tische füllten sich mit gebratenem Schweinefleisch, hausgemachter Wurst, Korinthenbrot, Kartoffelsalat, Blutwurst, Eingemachtem … es steht in allen Dokumenten. Sie wollten ein Fest feiern. Der Pfarrer, Reverend Greenough, konnte Geige spielen, und nachdem sie ihre Gebete gesprochen und die Kinder sich ein wenig ausgetobt hatten, wollte der Reverend seinen Schäfchen einige fromme Lieder vorspielen. Nach der gewaltigen Mahlzeit würde man dann eine Stunde lang fröhlichere Musik machen. Es gab gewiß manchen Mann in der Gemeinde, der einer Fiedel oder einem Banjo lustige Tanzmusik entlocken konnte.«

Mrs. Bach faltete die schmutzigen Hände. »Aber es gab kein Fest, es gab keine frommen Lieder, und es gab keine Tanzmusik. Statt dessen geschah es.«

»Es?« Er überlegte. »Irgendeine Krankheit?«

»Wenn Sie so wollen – ein Fieber, wenn Sie so wollen. Aber von diesem Fieber war Kendall Point selbst befallen. Als sie an beiden Seiten ihrer langen festlich gedeckten Tische saßen, riß die Erde unter ihnen auf. Eine große Spalte öffnete sich vom Land her und setzte sich zur See hin fort. Der erste Tisch stürzte hinein, und der Reverend muß es gesehen haben. Er stand am Ende eines der Tische und sprach ein Gebet. Die ganze Gemeinde schaute in seine Richtung. Dann öffnete sich die Erde und verschlang den Tisch, der am weitesten landeinwärts stand, bevor die Leute, die daran saßen, noch schreien konnten. Sie können mir nicht erzählen, daß Reverend Greenough *das* nicht gesehen hat. Und wenn seine Reaktionen schneller gewesen wären, hätte er sich und alle andern retten können.

Aber Reverend Greenough tat nichts, und der Reverend Greenough sagte nichts. Das immer größere Loch verschlang den zweiten Tisch, und jetzt gab es überall lautes Geschrei. Die Mannschaft der *Pequot,* eines Handelsschiffs, sah den zweiten Tisch in der Erde verschwinden und hörte die Schreie. Sie warfen den Anker aus und schickten ein Boot mit acht Matrosen zum Point. Die Leute vom dritten Tisch liefen natürlich aufgeregt und schreiend hin und her.

Jetzt war der Reverend aus seiner Trance erwacht, und seine Stimme war am lautesten zu hören. Als er an das Wasser rannte, hörten die Seeleute ihn Gott den Allmächtigen anrufen. Neben ihm rannten Männer und Frauen in alle Richtungen ... aber das Schreckliche war, daß sie nicht weit kamen. Von der mittleren Spalte öffneten sich kleinere Spalten nach beiden Seiten, und in ihnen verschwanden, einer nach dem andern, auch die Leute vom dritten Tisch. Und die letzte Spalte, die sich auftat, verschlang Reverend Greenough. Als das Boot am Point landete, waren die Menschen alle verschwunden.« Mrs. Bach nickte dem jungen Williams fast fröhlich zu.

»Sie meinen, es war so, als hätte die Erde sie gejagt?« sagte er. »Und einen nach dem andern verschlungen?« Aber die Antwort darauf kannte er schon.

»Die Seeleute erreichten das Land«, sagte Mrs. Bach. »Das Geschrei tat ihnen in den Ohren weh. Das schrieb auch der Kapitän der *Pequot* in sein Logbuch. *Die Ohren meiner Männer wurden heute von den Schreien der Sterbenden am Kendall Point heimgesucht.* Sie sahen den breiten Riß, der den ganzen Kendall Point von den Wagen her der Länge nach teilte und an dessen Ende kleinere Risse nach beiden Seiten aufgesprungen waren. Und überall in diesem Labyrinth von Spalten waren Menschen gefangen. Die Tische und Stühle in wirrem Durcheinander, die dampfenden Speisen weithin verstreut. Die Menschen versuchten, sich zu befreien, aber es gelang ihnen nicht.« Mrs. Bachs Augen glänzten. »Und die Seeleute konnten sie nicht aus den Spalten herausziehen, und wissen Sie, warum, junger Mann?«

»Weil die Erde ...?«

»Ja. Weil die Erde sich über ihnen wieder schloß. Wie ein Mund, den man mit Nahrung gefüllt hat. Einer der Männer von der *Pequot* verlor einen Arm und verblutete, weil er nicht schnell genug wegkam. Die scharfen Steine zerrissen Fleisch und Knorpel und trennten den Arm an der Schulter ab. Die übrigen weinten und beteten – sie sahen noch die Gesichter der Erwachsenen, die mit Grauen in den Augen nach oben schauten, und sie sahen die Köpfe der Kinder. Es war, als schrie die Erde selbst um Hilfe. Denn die Schreie hörten nicht auf, als sich die Erde schon wieder geschlossen hatte. In einem alten Bericht las ich, daß die Schreie aus der Erde noch den ganzen Tag andauerten, aber das halte ich für abergläubische Phantasterei. Ich glaube nicht, daß sie so lange geschrien haben können, Sie etwa?«

»Nein, das wohl nicht.«

»Sechsunddreißig Erwachsene und vierzehn Kinder«, sagte die alte Frau. »Das war es, was sonst noch am Kendall Point geschah.«

»Wann war das noch?«

Zum ersten Male sah ihn die alte Frau wirklich interessiert an. »Achtzehnhundertelf.«

»Achtzehnhundertelf. Dreißig, fünfunddreißig Jahre nach dem Brand Patchins.«

Sie nickte heftig. »Zweiunddreißig Jahre. Sie haben das Muster erkannt, nicht wahr?«

»Dazu bin ich noch nicht gekommen«, sagte Graham. »Aber ich erinnere mich natürlich an Prinz Green. Und vor fünf Jahren verschwanden dann diese vier Frauen ...« Er sprach absichtlich leise und versuchte, unbeteiligt zu wirken, denn er dachte an Bates Krell und daran, wie der ihn vom anderen Ufer des Nowhatan her angestarrt hatte.

»*Verschwanden*«, knurrte die alte Frau. »Sie haben wohl noch nie etwas von Sarah Allen und Thomas Moorman gehört? Von den beiden Kindern?« Williams schüttelte den Kopf.

»Sie wurden gehäutet und gebraten – in einem Erdloch, mein Junge. Ein schwachsinniger Tayler hat es getan, und sie griffen ihn auf einem Feld der Jennings. Sobald Richter Barr angekommen war, wurde er aufgeknüpft. Die Taylers neigen zu so etwas; zu Schwachsinn, meine ich. Manche neigen allerdings auch zum Gegenteil, wie man in den alten Unterlagen nachlesen kann. Aber dieser arme schwachsinnige Tayler hat die beiden Kinder 1841 umgebracht. Genau dreißig Jahre nach der Tragödie am Kendall Point.«

»Davon steht aber in Ihrem Buch überhaupt nichts«, protestierte Williams.

»Ich habe die Sterberegister aufgeführt«, sagte sie.

Er lächelte. »Aber Sie haben sich geweigert, Schlüsse zu ziehen.«

»Das stimmt. Aber sind Sie nicht hergekommen, um mich über Gideon Winter auszufragen? Über den Mann, der heimlich auf der Landzunge begraben wurde, die später nach ihm benannt wurde. Wollten Sie nicht wissen, wie ich über ihn dachte, als ich meine Nachforschungen anstellte?« Sie sah ihn scharf an. »Ich will Ihnen sagen, wie ich über ihn dachte, junger Mann. Ich dachte, daß er es in diesem Land noch sehr weit gebracht hätte, wenn er nicht von einer Handvoll ignoranter Farmer gestoppt worden wäre. O ja, er hat sie übervorteilt, und deshalb nannten sie ihn den Drachen. Er war klüger und stärker als sie, und ihre Frauen mochten ihn – stellen Sie sich vor, junger Mann, Sie wären eine schlichte Farmerfrau, die sich hart plagen muß, die ständig den Gestank von Schweinen und Talg in der Nase hat, und dann kommt plötzlich so ein feiner Gentleman aus Sussex, in maßgeschneiderter Kleidung und reich wie ein König, mit einem Lächeln so strahlend wie die Sonne und einer Stimme so weich wie Samt. Würden Sie diesen jungen Mann nicht bewundern?«

Sie wartete, und deshalb antwortete er.

»Ich denke schon.«

»Sie denken schon. Nun überlegen Sie. 1650 waren fast alle Kinder tot. Aber 1651 muß es viele Schwangerschaften gegeben haben, denn die Kirchenbücher weisen für 1652 viele Taufen aus. Wir finden einen Knaben namens ›Dunkelheit‹, und ein Mädchen wurde auf den Namen ›Abend‹ getauft. Ein weiteres Mädchen bekam den Namen ›Sorge‹. Wenn es möglich gewesen wäre, hätten sie alle diese Kinder wahrscheinlich *Schande* getauft. Dies ist nur Spekulation, aber können Sie sich nicht vorstellen, daß diese Kinder sich ziemlich ähnlich sahen?«

»Sie glauben also, daß sie ihn umgebracht haben?«

»Sie etwa nicht?« fragte sie. »Und glauben Sie nicht auch, daß er die erste Kindergeneration umgebracht hat? Oder wenigstens so viele Kinder wie möglich?« Sie legte den Kopf schief, und er sah einen breiten grauen Schmutzrand an ihrem Hals. »Vergessen Sie nicht, daß Kinder damals in erster Linie wirtschaftliche Macht bedeuteten – man war nicht so sentimental wie heute.«

»Ich glaube, ich weiß jetzt, wie Sie über ihn denken«, sagte Williams.

»Oh, alle Frauen lieben Drachen, Mr. Williams. Ich bin überzeugt, daß die vier Frauen, die vor fünf Jahren aus der Stadt verschwanden, alle einen Drachen gefunden hatten, den sie liebten.«

Inzwischen war ihm klar, daß sie verrückt sein mußte; er hatte nur noch eine Frage. »Irgend etwas muß 1870 geschehen sein – in den frühen siebziger Jahren.«

»Das stimmt; natürlich ist etwas geschehen, Sie Narr. Sagte ich nicht, daß es ein Muster gab? Schauen Sie in meinem Buch nach! Dort finden Sie die Fakten.« Und dann geschah Graham Williams genau das, was Royce Griffen einundfünfzig Jahre später auf der Terrasse einer herrschaftlichen Residenz an der Mount Avenue geschehen sollte: ein übler Geruch stieg ihm in die Nase, als Mrs. Bach sich vorbeugte und dabei ihren Tee über den Tisch verschüttete. Die Flüssigkeit lief über eine zusammengefaltete *Hampstead Gazette*, und Williams glaubte, etwas die Wand herabkriechen zu sehen ... aber es war nur das geringelte Muster der Tapete. Er zog sein Taschentuch heraus und half Mrs. Bach, den Tee aufzuwischen.

8

»In einigen Dingen hatte ich jedenfalls recht«, sagte Graham zu Richard und Patsy. »Dorothy Bach war natürlich verrückt. Sie hatte sich in diese Gestalt aus ferner Vergangenheit verliebt, und deshalb versteckte sie gerade die Tatsachen, die für sein Verhalten besonders bezeichnend waren. Sie hat sie nicht unterdrückt, sie hat sie nur *versteckt* – hinter ihrer Objektivität.«

Patsy blätterte in der *Geschichte Patchins*. Sie war plötzlich müde. Sie dachte an das, was Mr. Williams eben von den Seeleuten erzählt hatte, die voll Entsetzen in die Gesichter der Menschen geblickt hatten, die in der Erde eingeschlossen waren …

Die *Geschichte Patchins* zitterte in ihrer Hand. »Eines allerdings ist ihr durch die Maschen geschlüpft«, sagte Graham Williams. »Sie teilt mit, daß Winter nie auf dem Clapboard Hill am Gottesdienst teilnahm – Sie können sich vorstellen, wie das auf die anderen gewirkt haben muß, die selbst dann hingegangen wären, wenn sie durch den halben Sound hätten schwimmen müssen.« Richard Allbee trommelte sich nervös mit den Fingern auf die Knie und machte ein erstauntes Gesicht. Das Buch der verrückten alten Frau, die Graham 1929 aufgesucht hatte, zitterte in ihrer Hand wie ein gefangener Sperling. Es zitterte immer stärker.

Schwer atmend ließ Patsy das Buch auf den Tisch fallen. Der blaue Einbanddeckel öffnete sich und schlug auf das Holz.

9

»Ich fand Key West schon schlimm«, sagte Gary Starbuck, »aber da habe ich nichts anderes erwartet. Da wimmelt es von Schwulen und Transvestiten, von Leuten, die nur an Rauschgift und Sex denken. Hier glaubte ich, eine normale Situation vorzufinden. Aber ich will euch ehrlich sagen, hier sind die Leute noch viel verrückter als in Key West. Und nicht nur weil sie reicher sind. Ihr Verstand ist im Arsch. Sie benehmen sich, als ob normale Regeln für sie nicht gelten.«

Die Normans hörten andächtig zu. Was Starbuck sagte, war für sie das Evangelium. Tabby mußte an Key West denken und an den mageren Poche, der mit einer Nadel in der Armbeuge auf der Toilette saß. Er hatte damals ein schäbiges orangefarbenes Kleid getragen, das die Schultern freiließ, und außerdem hatte er hochhackige Schuhe angehabt. Poche hatte ihn verträumt angesehen, die Lider mit dem Lidschatten halb geschlossen, und dann gesagt: »Schöne Augen. Schöne Augen.« Das bedeutete in seiner Sprache *Jetzt fühle ich mich wohl, Mann. Jetzt fühle ich mich so wohl wie ein Affe auf dem Baum.* Für Poche hatten allerdings normale Regeln gegolten. Ein paar Monate nachdem Sherri ihn hinausgeworfen hatte, starb Poche in einer Arrestzelle der Polizei. Der Arzt bescheinigte, daß Poche eines natürlichen Todes gestorben sei (wobei er ein paar Knochenbrüche und Quetschungen übersah), und Tabby hatte sich gefragt, ob Poche bei seinem Tod wohl das orangefarbene Kleid getragen hatte.

»He, was zum Teufel?« schrie Bruce Norman.

Tabbys Herz klopfte. Er dachte an einen Polizeiwagen mit Rotlicht und Sirene, der vor ihnen in die Straße einbog ... auch Dicky war nervös. »*Was? Was?*« schrie er. Starbruck riß wild das Steuer herum, und Tabby und Dicky purzelten hinten im Wagen durcheinander. Tabby hielt sich an Bruces Sitz fest und zog sich nach vorn, um aus dem Fenster schauen zu können. Tabby sah keinen Polizeiwagen, der sie anhalten wollte. Er sah nur die von den Kegeln der Scheinwerfer erhellte schwarze Straße und eine dichte Hecke an der rechten Seite. »Verdammt nochmal«, schrie Starbuck und lenkte den Wagen weit nach links.

Bruce lachte.

»Halt dein gottverdammtes Maul«, befahl Starbuck; während er noch sprach, schlug etwas hart gegen den Wagen.

»So was hab' ich noch nie gesehen«, sagte Bruce, als Starbuck bremste, den Gang herausnahm und aus dem Wagen sprang. »Das schwöre ich euch.«

»Was ist passiert?« fragten Dicky und Tabby gleichzeitig.

»Ein Hund, ein verdammter Köter«, sagte Bruce. »Er sprang über die Hecke und dann direkt in unseren Wagen. Er wollte noch ausweichen, aber ...«

»*Herrgott nochmal!*« schrie Starbuck, und Bruce hörte auf zu lachen. Starbucks Gesicht tauchte im Seitenfenster auf. Die Ader an seiner Stirn war geschwollen. Seine Augen blickten eiskalt. Er kletterte wieder in den Sitz, und seine Hände krampften sich um das Steuer. Er sah aus, als würde er im nächsten Moment explodieren. »Hast du das gesehen?« sagte er, ohne jemanden besonders anzureden.

»Ist das zu glauben? Der verdammte Köter hat Selbstmord begangen. Er ist absichtlich in den Wagen gerannt.« Mit steifen Armen schaukelte er im Sitz hin und her. »Und das Mistvieh hat den Kotflügel eingebeult. Der verdammte räudige Köter.« Bruce mußte sich beherrschen, um nicht laut loszulachen. Starbuck sah ihn böse an. »Ihr beiden Tiere stinkt, wißt ihr das? Ihr habt mir von Anfang an den Wagen vollgestunken. So, wie ihr Arschlöcher stinkt, werdet ihr den alten Furz noch aufwecken.« Immer noch wütend legte Starbuck den Gang ein und fuhr die Greenbank Avenue hinunter. Hin und wieder schüttelte er den Kopf und murmelte etwas Unverständliches vor sich hin.

Als sie an der Straße nach Gravesend Beach vorbeigefahren waren, riß Starbuck das Steuer herum und fuhr zwischen zwei Pfeilern hindurch in eine asphaltierte Einfahrt. Wieder purzelten Tabby und Dicky durcheinander. Starbuck ließ den Wagen an einer dunklen Stelle neben dichten Büschen ausrollen. Er schaltete das Licht aus, und sie saßen eine Weile im Dunklen. Tabby roch Dicky Normans sauren Atem. Dann schaltete Starbuck eine kleine Taschenlampe an und hielt sie sich vor die Brust, so daß sein Gesicht im Schatten lag, aber dennoch zu erkennen war.

»Du, Junge. Hoffentlich kannst du diese Scheißkarre fahren.«

Er hatte immer noch üble Laune, und Tabby hielt es für klüger, ein wenig zu übertreiben. »Ich glaube, ja«, sagte er.

»Okay. Denk daran, das Funkgerät zu benutzen, wenn du jemanden kommen siehst. Wenn ein Bulle kommt, legst du dich auf den Boden und holst uns sofort raus. Wenn ich dich rufe, fährst du den Wagen vor den Eingang, damit wir das Zeug aufladen können. Kapiert?«

Tabby nickte.

Starbuck schüttelte den Kopf. »Ich sollte meinen Verstand untersuchen lassen.«

Tabby sah, wie Starbuck die Norman-Zwillinge zu dem großen weißen Haus führte. Im Licht eines unter der Regenrinne angebrachten Scheinwerfers warfen sie lange Schatten, die ihre Gestalten zwergenhaft erscheinen ließen. Sie waren fünfzehn Meter vom Wagen entfernt und hatten noch eine ganze Strecke zu gehen. *Das Funkgerät*! erinnerte sich Tabby plötzlich. Er tastete in der Dunkelheit nach dem Gerät und fand es hinter einer Radkappe an der Wagenwand. Er schaltete es an. Gary Starbuck verschwand gerade hinter einem japanischen Ahornbaum.

Tabby hörte ihn atmen. Er hörte auch die Atemzüge der anderen, und er hörte ihre Schritte im Gras.

Besorgt betrachtete er die Steuersäule und den Schalthebel und hoffte, mit dem Wagen zurechtzukommen, wenn Starbuck ihn rief. Clark hatte ihn einmal den roten Mercedes fahren lassen, aber der hatte eine Getriebeautomatik. Dann leuchtete es draußen hell auf, aber es war nur der Himmel und keine Polizei.

Dann hörte er Dicky Normans Stimme, aber er konnte kein Wort verstehen.

»Halt dein verfluchtes Maul«, sagte Starbuck sehr deutlich.

Wieder ein helles Aufleuchten am Himmel, als seien die Venen und Arterien eines Körpers plötzlich illuminiert.

Starbuck kniete vor der Haustür, und Tabby sah, daß er nach oben schaute. Im nächsten Augenblick war der Himmel wieder dunkel, und nur der Mond zog seine Bahn. Starbuck hatte eine Tasche bei sich, die aussah wie eine Arzttasche. Ihr entnahm er jetzt ein Werkzeug, das Tabby wie eine etwas dickere Fahrradpumpe vorkam. Aus dem röhrenförmigen Gerät ragte ein Stab heraus. Als Starbuck es einschaltete, hörte Tabby ein hohes elektronisches Summen. Dann führte Starbuck den Stab in das Schloß ein, und das Summen wurde höher und intensiver.

Nach weniger als einer Minute zog Starbuck das ganze Innere des Schlosses aus der Tür heraus. »Das wär's«, hörte Tabby seine Stimme aus dem Funkgerät. »Und ihr Arschlöcher macht nicht das geringste Geräusch. Ihr tut nur, was ich sage.« Starbuck stand auf und steckte leise sein Werkzeug wieder in die Tasche. Dann faßte er an den Türgriff und zog die Tür auf. Er führte die Zwillinge in das Haus und schloß die Tür hinter sich.

Tabby dachte an den Hund, der mit Absicht in den Wagen gelaufen war. Ihm war ganz wirr im Kopf.

Dann dachte er daran, daß er jetzt allein im Wagen war. Starbuck und die Normans waren schon irgendwo im Haus und hatten ihn vergessen. Er könnte die Tür öffnen. Er konnte aus dem Wagen steigen und nach Hause gehen! Sie würden es erst merken, wenn sie mit ihrer Arbeit fertig waren.

Zögernd streckte er die Hand nach dem Türgriff aus. Aus dem Funkgerät hörte er die Geräusche von Schubladen, die aufgezogen wurden. »Oh, Junge«, hörte er Starbuck seufzen. Der Dieb machte einen wesentlich fröhlicheren Eindruck als vorher. *Wenn ich auch nur denke, daß du darüber mit den Bullen geredet hast, komme ich zurück und bringe dich um.* Was würde der Mann, der diese Worte zu ihm gesagt hatte, denken, wenn er zu einem leeren Lieferwagen zurückkam? *Ich bin Geschäftsmann, verstehst du? Und ich will im Geschäft bleiben.* Tabby ließ den Türgriff los. Er hatte Kopfschmerzen. Er verdrehte den Hals und schaute zu dem großen weißen Haus hinüber.

10

Les McCloud saß in seinem Wagen und starrte auf die Fassade des Country Clubs – das Gebäude sah nicht viel anders aus als das Gebäude, das Tabby vier Stunden später aus dem Fenster eines Lieferwagens beobachten sollte. Les brauchte einen Drink. Aber vor allem wollte er vergessen, was er in der Nische sitzen gesehen hatte. Seine Hände zitterten. Von draußen war dem Sawtell Country Club nicht anzusehen, daß direkt hinter diesen großen Fenstern vielleicht das Grauen hockte, ein Toter, dessen Haut von den Schulterblättern abgeschält war wie bei einer Leiche in der Anatomie.

Aber das war verrückt. Das Ganze war verrückt. Er hatte an die Stimme des Jungen aus dem Gebüsch gedacht und dabei Gespenster gesehen. Les schluckte. Er drehte den

Zündschlüssel um und schaltete das Song-Radio an, das er sich zu einem seiner letzten Geburtstage geschenkt hatte.

Er brauchte unbedingt einen Drink. Wohin sollte er fahren?

»Das war ein Musikwunsch, Freunde«, sagte der Diskjockey. »Johnnie Ray sang ›The Little White Cloud That Cried‹. Sie müssen zugeben –«

Johnnie Ray. *Johnnie Ray.* »– daß er eine Menge Gefühl in diesen Titel gepackt hat. Aber jetzt kommen wir auf bekannteres Material zurück und –«

Das war die Stimme aus dem Busch. Nicht der Sänger Johnnie Ray, sondern der kleine Junge, der 1951 neu in die Klasse kam, ein schmächtiger Junge mit vorstehenden Zähnen und blonden Haaren, die so stumpf und leblos aussahen, daß sie wie tot wirkten. Alle Jungen in der siebten Klasse trugen Seidenhosen, Wollhemden und braune Schnürschuhe, die besser zu einem britischen Lord in Knickerbockern gepaßt hätten. Als der Junge, der Johnnie Ray hieß, in Miss Larsons Klasse erschien, trug er ein Sweatshirt, Stiefel und Bluejeans, die so neu waren, daß sie kaum eine Falte hatten. Dann hörten sie seinen Namen.

»– hören Sie nun Ella Fitzgerald und Tommy Flanagan mit seinem Trio. ›How High the Moon‹.«

Der arme Kerl hatte nicht gewußt, wie ihm geschah. Plötzlich hatte die ganze Klasse ihn ausgelacht, sie hatten ihn auf jene höhnische Weise ausgelacht, die bedeutete, daß die ganze Klasse, alle dreißig Jungen, jetzt ihren Prügelknaben gefunden hatte.

Les schüttelte den Kopf und setzte den Wagen zurück, um auf die lange Einfahrt zu gelangen und die Sawtell Road zu erreichen. Johnnie Rays Stimme. Auch als der arme Hund seine Eltern endlich davon überzeugt hatte, daß er andere Kleidung brauche – sie stammten aus Texas und hatten noch nie im Norden gewohnt –, auch als seine Eltern mit ihm zu Sprigg & Son gingen, wo es die richtige Kleidung gab, an seiner Stimme konnte er nichts ändern.

Ohne auf die Straße zu achten, bog er in die Sawtell Road ein. Ella Fitzgerald fetzte los, aber er hörte es kaum. Wütend hupte ein entgegenkommender Wagen, den er fast gerammt hätte, und Les winkte dem Fahrer zerstreut zu.

Johnnie Rays Texas-Stimme. Ein wenig heiser und viel langsamer, als man in Hampstead spricht, die Silben gedehnt. Es war die Stimme eines fremden kleinen Jungen aus Texas mit dem komischen Namen gewesen, die aus dem Gebüsch zu ihm gesprochen hatte. Aber der traurige kleine Junge aus Texas war im Sommer vor der Versetzung in die achte Klasse ertrunken. Er wollte segeln lernen und war mit einem Boot der Segelschule hinausgefahren – und das Segelboot war ohne ihn zurückgekommen. Es war gekentert, und der Mast glänzte im Wasser und zog das Segel wie ein Leichentuch hinter sich her. August 1952. Die Polizei von Hampstead und die Küstenwache hatten das Wasser mit Netzen abgesucht, aber nur ein paar Baumstämme, Radkappen und ein verrottetes Boot gefunden. Zwei Wochen später war die Leiche des Jungen bei Hochwasser in der Nähe des Sawtell Country Club am Strand angetrieben, aufgeschwemmt und ohne Haare. Die Finger und die Nase fehlten, und die Leiche hatte nur noch zwei Zehen. Die Fische hatten sich an Johnnie Ray gütlich getan.

Aber seine Stimme hatte aus dem Gebüsch zu Les gesprochen.

Mit quietschenden Bremsen brachte Les den Mazda zum Stehen, als er das rote Licht an der Ecke der Greenbank Road sah. Er war ein Stück auf die Kreuzung hinausgefahren, aber er kam nicht einmal auf die Idee, den Wagen zurückzusetzen.

Der August 1952 war für den Sawtell Country Club ein schlechter Monat gewesen. Vier Tage nachdem der mexikanische Botschafter bei den Vereinten Nationen, der im Country Club zu Gast war, als er in Hampstead Freunde besuchte, um sieben Uhr morgens Johnnie Rays fast unkenntliche Leiche am Strand gefunden hatte, wählte der angesehene Anwalt Sayre dieselben paar Quadratmeter Strand als Schauplatz seines Selbstmords.

Die Ampel sprang auf grün, und Les bog in die Greenbank Road ein. Unbewußt hatte er sich dazu entschlossen, in Francos Bar zu gehen.

Er raste das letzte Stück der Greenbank Road entlang, bevor sie auf der großen Eisenbrücke den Nowhatan überquert und an der Riverfront Avenue endet. Den Hund, der unter einer Veranda hervorgelaufen kam, einen schwarzweißen Hund mit buschigem Schwanz, der das Maul zu einem fast mädchenhaften Lächeln verzogen hatte, bemerkte er erst, als er schon fast unter seinem Fenster war. Er sah nur die Farben aufblitzen, sah, daß sich etwas rasch bewegte, und riß den Kopf herum, um nachzuschauen. Der Hund lächelte ihn an, als er auf den Wagen zusprang. Les stieg in die Bremse. Die Reifen quietschten, und das Heck des Mazda brach aus, aber erst, als er über etwas hinweggefahren war, das kaum Widerstand bot. »*Verdammte Scheiße!*« brüllte Les und brachte den Wagen auf dem Bankett zum Stehen. Er hatte das Gefühl, daß sich hier zwei einander widersprechende Wirklichkeiten heftig überschnitten: hatte der grinsende Hund nicht das Gesicht des kleinen Johnnie Ray gehabt? Zitternd stieg er aus dem Wagen.

Der zerquetschte Hund lag mitten auf der Straße. Blut floß langsam zu einem Abflußgitter hinüber. Les war froh, daß der Hund mit dem Rücken zu ihm lag. Er wollte dieses unheimliche Lächeln nicht auch noch an dem toten Tier sehen. Les überlegte, was in aller Welt er jetzt tun sollte. Er steckte die Hände in die Taschen und schaute planlos in die Gegend. Ein hochgewachsener Mann in verblichenen Jeans und einem blauen Hemd schlenderte über den Rasen auf ihn zu. Hinter ihm gingen ein Junge mit dem Gesicht des Mannes in Miniaturausgabe und eine Frau im Tennis-Dreß.

»Ich vermute, das ist Ihr Hund«, sagte Les, als der Mann den Fußweg erreicht hatte. Als Les ihn aus der Nähe sah, war er erleichtert; ein Mann wie er selbst. Sein Gesicht, obwohl noch jung, strahlte natürliche Autorität aus. Sein Hemd war so adrett wie seine Frisur. Ihm fehlte nur noch ein Schild auf der Brust: HARVARD MIT BEZUG AUF, SECHSSTELLIGES JAHRESEINKOMMEN, ZUKÜNFTIGER FIRMENCHEF.

»Sie vermuten richtig«, sagte der Mann und trat nahe an

Les heran. »Und ich vermute, Sie sind der Wahnsinnige, der ihn totgefahren hat.«

»Eine Sekunde«, sagte Les. Diese Unterhaltung verlief nicht wie erwartet. »Sie wissen nicht, was passiert ist.« Der Mann runzelte die Stirn. »Lassen Sie mich erklären.«

»Und ob ich weiß, was passiert ist«, sagte der Mann. »Wir waren gerade beim Essen, und vom Eßzimmer aus haben wir einen ausgezeichneten Ausblick auf die Straße. Sie sind zwanzig Meilen schneller gefahren, als hier zulässig ist, und Sie haben den Hund überfahren.«

»Sie haben Tapioca getötet!« schrie der Junge, der neben dem Mann stand. »Ich bin überzeugt, daß wir vernünftig darüber reden können«, sagte Les. »Wenn Sie Ihren Sohn bitten, einen Augenblick ins Haus zu gehen, können wir die Angelegenheit diskutieren –«

»Diskutieren? Sie glauben, hier gibt es noch etwas zu diskutieren?« sagte der Mann mit erhobener Stimme. »Ich habe es *gesehen*. Sie sind die Straße entlanggerast, als gebe es kein Morgen.«

»Der Hund ist mir direkt in den Wagen gelaufen. Und als ich ihn sah, sprang er schon gegen meinen Wagen.«

»Sprang gegen Ihren Wagen. Womöglich hat er sich unter Ihre Räder gelegt.«

»Ganz richtig. Er sprang gegen meinen Wagen.«

»Sie lügen. Oder Sie sind verrückt. Wie auch immer, wir sollten mit der Polizei reden.«

»Hören Sie zu«, sagte Les. »Der Hund ist mir in den Wagen gelaufen.«

»Weil Sie zu schnell gefahren sind.«

»Sie haben Tapioca getötet!« schrie der Junge plötzlich wieder.

Während Les und sein Vater sich stritten, war er ein Stück zur Seite gegangen. Jetzt aber ging er plötzlich auf Les los und schlug ihm kräftig in die Nieren.

»Sie haben meinen Hund ermordet!« schrie er Les ins Gesicht.

»Verdammt nochmal!« Jetzt explodierte Les. Er trat einen Schritt zurück, damit der Junge ihm nicht noch einen Tiefschlag verpaßte. »Hören Sie mal zu«, schrie er den Mann im blauen Hemd und in den wunderschön verblichenen Jeans an. »Ich bin Vizepräsident einer großen Gesellschaft. Ich habe es nicht nötig, hier herumzustehen und mir diese Scheiße anzuhören!« Er holte sein Geld aus der Tasche, aber er war ziemlich pleite. Er hatte nur noch einen Zehner und zwei Zwanziger.

»Was soll das denn bedeuten?« fragte der Mann.

Les nahm die beiden Zwanziger und hielt dem Mann die Geldscheine hin. Als der Mann das Geld anstarrte, ließ Les die Banknoten fallen, und er und der andere schauten zu, wie sie in das Gras am Straßenrand flatterten.

»Ich glaube Ihnen nicht«, sagte der Mann. »Abgesehen davon, daß der Hund viermal so viel gekostet hat. Ich glaube Ihnen einfach nicht. Geh weg von ihm, Van.« Der Junge hatte schon zu einem weiteren Angriff auf Les' Nieren angesetzt.

»Sie können mich ja verklagen«, sagte Les. Seine Wut war aus dem vorderen Teil seines Gehirns verschwunden: zum ersten Mal in seinem Leben nahm Les sein Gehirn als etwas wahr, das Schichten und Segmente hatte. Der vordere obere Teil seines Gehirns schwebte in kristalliner Ruhe; seine Wut kochte noch, aber sie kochte unter diesem schwebenden eisigen Frieden. Er ging zu seinem Wagen.

Les stieg ein und fuhr zur Brücke. Er schaute in den Rückspiegel und sah, daß der Mann und der Junge mitten auf der Greenbank Road standen und ihm nachstarrten. Der Junge schüttelte die erhobene Faust.

Das erheiterte ihn so sehr, daß er schon halb über die Riverfront Avenue hinweg war und den Parkplatz vor Piggy Bindle's All-Beef Restaurant ansteuerte, als er daran dachte, daß er links abbiegen mußte.

Er fand eine Parklücke in der Station Row und stellte seinen Wagen ab. Inzwischen fühlte sich seine ganze obere Kopfhälfte wie gefroren an, als habe man ihm ein Beruhigungsmittel gegeben. Dort oben schwebten seine Gedanken in einem eisigen Reich, in das er sich jederzeit zurückziehen konnte.

Unter diesem eisigen Paradies brannte immer noch sein

Zorn. Wenn Patsy eine normale Ehefrau gewesen wäre, hätte er nicht diese traurige Stimme aus dem Gebüsch gehört, und er hätte auch diesen elenden Köter nicht überfahren. Der Lärm und der Geruch von hundertfünfzig in einer kleinen Bar zusammengepferchten Leuten stürzten auf ihn ein, als er die Tür aufstieß. Es war kurz vor Sonnenuntergang an einem Samstagabend im Sommer, und Franco's war das bestbesuchte Lokal in Hampstead.

Er hatte den Laden kaum betreten, als ein baumlanger Trottel im Rugby-Hemd und mit geföntem Haar einen Schritt rückwärts ging und mit seinen riesigen Stiefeln fast Les' Fuß zerquetscht hätte, aber Les legte die Hände an die Hüften seiner modischen Jeans und schob ihn zur Seite. Der Mann fuhr herum und glotzte Les an. Sein Glas schwappte über, und das Bier lief ihm auf die Stiefel. Aber als er Les' Gesicht sah, nickte er nur. Les schob sich an den Tresen.

Er schwebte hinauf in das eisige Reich in seiner oberen Kopfhälfte und schnappte sich den einzigen freien Hocker, bevor irgendein Abbild von Bobo Farnsworth ihn besetzen konnte. »Einen doppelten Glenlivet«, schrie er in Richtung des Barkeepers. Als der kraushaarige schnauzbärtige Mann zu ihm herüberschaute, schrie Les noch einmal: »Einen doppelten Glenlivet!«

»Den haben Sie schon«, sagte der Mann. »Sie brauchen nicht so zu schreien.«

»He, Sie Schlaukopf, hören Sie sich das an«, sagte Les, als der Mann ihm das Getränk hinstellte. »Lieben Sie Tiere? Dann wird Ihnen die Geschichte gefallen. Auf dem Weg nach hier rannte mir ein Hund in den Wagen. Kapiert? Er rannte mir in den Wagen. Ich sah das verdammte kleine Vieh erst, als es schon direkt neben mir war. Ich versuchte, auszuweichen, aber dazu war keine Zeit mehr. Der verdammte Köter hat Selbstmord begangen.«

»Ich hab' davon gehört«, sagte der Barkeeper und wandte sich ab.

»Sie haben davon gehört? Was soll das heißen, Sie haben davon gehört? Ich habe noch nie davon gehört.«

»Schon mal von Lemmingen gehört?« fragte ein komisch

aussehender Kerl, der einen Platz weiter saß. Der Mann war ganz bestimmt kein Abbild von Bobo Farnsworth. Er hatte dicke verschmierte Brillengläser; sein schütteres Haar war nicht gelockt, sondern kraus. Über seine schmale Stirn zogen sich tiefe Furchen. »Ich habe hier gesessen und über Lemminge nachgedacht. Ich habe heute nämlich etwas erlebt – es paßt zu Ihrer Geschichte.« Der Kerl lächelte freundlich, und Les zuckte die Achseln. Er war jetzt wieder oben in seinem Kühlhaus, und irgendein aufdringlicher Kerl konnte ihn nicht aus der Ruhe bringen.

»Wir haben eine Katze«, sagte der Mann. »Wir nennen sie McIntosh. Es ist eine Perserkatze, wissen Sie. *Wunderschönes* langes seidiges Haar. Wir haben sie schon zehn Jahre – wir hatten sie schon, bevor wir aus der City nach hier zogen. Ich mochte diese verrückte Katze. Und heute schaute meine Frau aus einem der Fenster im dritten Stock und sah McIntosh über den Rasen rennen. Sie dachte, die alte Gaunerin wollte einen Vogel fangen – sie ist alt, aber sie ist immer noch schnell. McIntosh hat jede Woche ein paar Vögel gefangen, und sie legte uns die blutigen Leichen immer vor die Haustür. Sie waren das erste, was wir sahen, wenn wir morgens die Zeitung hereinholten.«

Der Mann schluckte. »Aber dieses ... dieses verdammte Tier war nicht hinter einem Vogel her. Sie rannte direkt zum Planschbecken der Kinder. Meine Frau hat gesehen, wie McIntosh direkt zum Planschbecken rannte und hineintauchte – *hineintauchte*! Eine Katze! Meine Frau stand einfach so da. Sie traute ihren Augen nicht. Sie wartete darauf, daß McIntosh wieder aus dem Wasser herauskam, aber das versuchte McIntosh nicht einmal. Ihr Kopf tauchte aus dem Wasser nicht mehr auf. Sie *wollte* ersaufen, Mann.« Er blinzelte durch seine verschmierten Gläser. »Deshalb sitze ich hier und denke über Lemminge nach.«

Les sah sich den Mann näher an, der ihm diese Geschichte erzählt hatte. Er merkte, daß der Mann auf eine Antwort wartete. Er wollte mehr über den Selbstmörderhund hören, wollte sich mit Les als fühlendes Wesen verbunden fühlen, er wollte über Lemminge reden und über die Gründe, die ein Tier zum Selbstmord veranlassen könnten. Er erkannte, daß der Mann mit dem dünnen krausen Haar und den schmutzigen Brillengläsern auf einer höchst primitiven Ebene eigentlich Trost suchte: den Trost von Alkohol und Kneipenphilosophie vielleicht, eher jedoch den Trost, den es bringt, Gefühle zu offenbaren und verstanden zu werden. Les beugte sich vor, lächelte und sagte: »Sie können mich am Arsch lecken.«

Der Kerl fuhr zurück. Er schoß auf seinem Hocker nach vorn, und sein hochrotes Gesicht hing über seinem Drink.

Les fühlte sich unendlich viel besser. Sein Gesicht zeigte keine Regung, aber in seinem Kopf zog ein Lächeln über sein gefrorenes Paradies. Da oben hatte er jetzt ein fast warmes Gefühl.

Er sah auf die Uhr und war angenehm überrascht. Inzwischen war es neun Uhr dreißig abends. »Bringen Sie mir noch einen Glenlivet«, rief er dem Mann am Tresen zu. Das kurze, mit Eiswürfeln und einer wohlriechenden Flüssigkeit gefüllte Glas wurde vor ihm auf das polierte Holz gestellt. Er hob es und nahm einen Schluck von dem Malzwhiskey. Das Getränk war glatt und weich wie Samt, und er genoß es, aber ein unangenehmer Gedanke durchdrang die Illusionen, hinter denen er sich verschanzt hatte. Wenn er wirklich so ein Teufelskerl war, warum machte es ihm denn ein solches Vergnügen, diesem armen Hund zu sagen, er könne ihn am Arsch lecken?

Und wenn er so enorm erfolgreich war, was hatte er dann um neun Uhr dreißig abends in dieser Bar zu suchen, während seine Frau allein zu Hause saß?

Auf diese Frage wußte er die Antwort. »Patsy kann mich ebenfalls am Arsch lecken«, murmelte er und trank den zweiten Glenlivet halb aus.

Aber jetzt wollten der Whiskey und der Gin, der ihm vorausgegangen war, wieder heraus. Les glitt vom Hocker und ging am Tresen vorbei den Korridor hinunter, wo das Telefon hing. Ein blondes Mädchen schäkerte mit einem fetten Kerl, während sie telefonierte. »Ich *weiß*, daß der Schmorbraten im Ofen ist«, hörte er sie sagen. Der Schmorbraten im Ofen und die Hand des Freundes an ihren Titten.

Er stieg wieder in die kalten Regionen des Friedens hinauf. Denn eben hatte er das Bild des Jungen mit dem lächerlichen Namen Johnnie Ray vor sich gesehen, die Haut ganz blau und aufgeschwollen wie eine Wurstpelle. Seetang in den Haaren und dunkle Spuren von nassem Sand auf der geblähten Brust. So hatte er in der hinteren Nische des Country Club gesessen.

Der Eingang zur Herrentoilette lag unten im Korridor, ein paar Meter hinter dem Telefon. Eins von Bobos Abbildern stand vor dem einzigen Urinal. Er zwängte sich an dem Mann vorbei und wollte die Tür der Kabine aufstoßen. Sie war verschlossen. Les schob die Hände in die Taschen und starrte auf den Fußboden, auf dem der Urin eine einzige Pfütze bildete. Auf den kleinen weißen Fliesen waren noch schmutzige Wischspuren von der morgendlichen Reinigung zu sehen, aber sie waren von Schuhabdrücken überlagert. Der Mann am Becken seufzte und lehnte sich zurück. Immer noch spühend nahm er ein Glas Bier vom Mauervorsprung über dem Becken und schluckte. Les beobachtete ihn gereizt. Er mochte kaum atmen. Die Luft schien ein Nebel aus Urin und Antiseptika.

»Sie sind dran«, sagte der jüngere Mann am Urinal, zog den Reißverschluß hoch und trat an das Waschbecken.

Les knurrte. Erleichtert öffnete er seine Hose, holte sein Ding raus und ließ es laufen.

Wer immer in der verschlossenen Kabine saß, schlug jetzt gegen die Blechwand. Nicht mit Metall. Nicht mit der Gürtelschnalle, wie Les zuerst dachte. Leiser. Als hätte die Person mit der Hand gegen die Wand geschlagen.

Wieder schlug die Hand gegen die Wand. Beunruhigt schaute Les hinüber.

»Hilfe«, sagte eine Stimme.

Jetzt dröhnten beide Wände, als hätte die Person in der Zelle blindlings mit den Fäusten um sich geschlagen.

»Ich bin verloren«, sagte die Stimme.

Es war die Stimme des kleinen Johnnie Ray.

Les hielt den Atem an.

»Ich habe Angst«, sagte die Stimme. Sie dehnte die Silben.

Jetzt hörte Les jemanden mit den Fingernägeln an der Tür der Kabine kratzen.

Er wußte, wenn er zur Seite und nach unten blickte, würde er ein paar Zoll in die Kabine hineinschauen können. Sein Urinfluß war versiegt und sein Penis zurückgeschrumpft. Wenn er an der Unterkante der Wand in die Kabine schaute, würde er abgetragene Turnschuhe und die Aufschläge von Jeans sehen ... Les schob seinen geschrumpften Penis in die Hose zurück und zog den Reißverschluß zu.

»Hilfe«, flüsterte die dünne texanische Stimme.

Wieder kratzten die Fingernägel an der Innenseite der Tür.

Jetzt wagte es Les, durch den Spalt zwischen der Zellenwand und dem dreckigen mit Urinpfützen bedeckten Fußboden zu blicken.

Eine fingerlose Hand an einem dünnen knochigen Gelenk tastete sich durch den Spalt. Der Handstumpf und das knochige Gelenk waren mit schwarzem Schlamm bedeckt.

Weiter hinten in der Kabine sah Les zwei schwarze Stümpfe, die Füße gewesen sein mußten.

Les stieg der Magen hoch und wurde gleichzeitig immer kleiner. Als er ihn in der Kehle spürte, war er nur noch so groß wie ein Golfball. Er wurde sich plötzlich des furchtbaren Gestanks in der Toilette bewußt. Der Gestank war so schlimm, daß er wie lauter Lärm wirkte, wie der Knall einer Explosion.

Das schlammgeschwärzte Ding in der Kabine fiel auf die Knie.

Les ging rückwärts an die Tür, um die Kabine im Blick zu behalten. Als er den Türgriff aus Aluminium im Rücken spürte, drehte er sich um und riß die Tür auf. Er sprang in den Gang hinaus und schlug die Tür hinter sich zu.

Sein Magen saß ihm immer noch in der Kehle. Er glaubte hinter der Tür ein leises Klatschen zu hören, als schlüge etwas Weiches und Feuchtes auf eine harte Oberfläche. Les hatte ein Dröhnen in den Ohren. Er schoß am Tresen vorbei und stolperte durch die Menschenmenge zum Ausgang. Seinen zweiten Glenlivet, der neben einer Zehndollarnote auf dem Tresen stand, beachtete er nicht.

11

Graham Williams stützte sich mit dem Ellenbogen auf und beugte sich vor. »Natürlich mußte ich herausfinden, was 1873 geschehen war«, sagte er. »Und glauben Sie mir, ich mußte lange suchen. Dorothy Bach, die auf das, was sie über den Drachen wußte, fixiert war, wollte es mir nicht sagen. Und kein Mensch sonst ...«

Die Seiten des schweren Buches mit dem blauen Einband bewegten sich und fingen an, sich selbst umzublättern. Sie blätterten sich so rasch um, daß sie durchsichtig schienen. Patsy hatte ein seltsames Gefühl, das sie nicht kannte, das ihr aber dennoch aus irgendeinem Grund sofort vertraut vorkam: so wie der Geruch eines bestimmten Parfüms das Gefühl einer Erinnerung hervorrufen kann, ohne daß der Gegenstand dieser Erinnerung sich offenbart.

Die Seiten flogen vor ihren Augen vorbei. »Nein«, sagte Patsy, und jetzt sahen die beiden Männer sie an.

Richard Allbee fixierte sie nur neugierig, als glaubte er, sie habe Kopfschmerzen und überlegte gerade, ob Williams ihr vielleicht Tabletten aus seiner Hausapotheke geben könne. Der alte Mann aber schien mehr als nur höflich interessiert zu sein. Mit offenem Mund sah er sie gespannt an. Keiner der beiden hatte das Buch beachtet.

Sie schaute wieder auf das Buch und sah, daß die Seiten sich nicht mehr bewegten. »Es ...«, fing sie einen Satz an, der an Graham Williams gerichtet war. Williams durchbohrte sie mit seinen Blicken. Er nickte. »Es hat sich bewegt«, sagte sie. Zum ersten Mal fiel ihr auf, daß der alte Mann schöne blaue Augen hatte. Sein rechtes Auge hatte einen kleinen goldenen Fleck neben der Iris. »Es hat sich in meiner Hand bewegt.« Und dann gehörten die Augen, die sie stumm aufforderten, weiterzusprechen, mehr zu sagen, ihnen zu erzählen, was geschehen war, dann gehörten diese Augen nicht mehr dem alten Mann – es waren Marilyn Foremanns Augen.

Und das fremde und doch vertraute Gefühl stammte aus jenen längst vergangenen Jahren; es war das Marilyn-Gefühl. *Deshalb habe ich sie auf der Straße gesehen,* dachte Patsy. *Sie wollten meinen Willen lähmen und mich wieder Dinge sehen lassen.* Patsy wußte nicht, wer *sie* waren; *sie* waren eine Anordnung gewaltiger allumfassender Kräfte.

Vor Patsys Augen blätterte sich noch eine Seite um.

»Jetzt habe ich es selbst gesehen«, rief Richard. »Ich habe es gesehen.« Seine Stimme klang äußerst erstaunt.

Patsy hatte das gleiche Gefühl wie damals, bevor sie die Vision hatte, daß Bates Krell die Frau im Seidenkleid ermordete: etwas Entsetzliches stand bevor, aber dieses Entsetzliche galt nur ihr, und sie konnte es nicht daran hindern, sich vor ihren Augen zu enthüllen ...

Etwas bewegte sich in dem geöffneten Buch. Auf den weißen Seiten tauchten schwarze Wirbel auf. Schwarze Striche, Striche, wo die Seiten in Flammen aufgehen zu wollen schienen. Über ihnen kräuselte sich grauer Rauch.

Ein grünes spitzes Ding stieß durch das Papier der Seite.

Die grüne Spitze schob sich höher. Ein boshaftes schwarzes Auge, wohl vier Zoll im Durchmesser, kam zum Vorschein und fixierte Patsy.

»Was ist los?« hörte Patsy Richard sagen. Sofort war ihr bewußt, daß er den Drachenkopf, der aus den Seiten des Buchs aufstieg, ja nicht sehen konnte.

Das Auge des Drachen schien aus Stein, von einem in den Farben des Regenbogens schimmernden grünen Muster durchzogen. Als das Maul sich weiter aus dem Buch emporschob, blieb das Auge auf Patsy gerichtet.

Dann hatte das lange, gefurchte Maul sich aus den Seiten des Buches gelöst. Der Drache riß den Kopf herum und starrte Patsy gierig an. Das Maul öffnete sich, und die boshaften pupillenlosen Augen wandten sich nicht mehr von ihr ab.

»Patsy?« hörte sie Richard sagen. »Ist alles in Ordnung?«

Du bist gut, ein guter Mensch, dachte sie auf einer Bewußtseinsebene, die sich rationalen Denkprozessen entzog. Da war der Kopf des Drachen; unglaublich, aber da war er. Die harten grünen Stacheln an seinem Kopf waren von schwarzer, sich abschälender Haut verkrustet. Die schwarzen Augen lagen in Knochenringen. Es war der Kopf eines alten starken Reptils. Grünschwarze Schuppen lagen um die Augen herum und setzten sich am Maul fort. Die groben Kinnladen schienen sich um Angeln zu drehen. Patsys Inneres schien zu weißem Staub zerfallen zu sein, zu etwas völlig Körperlosem.

Erschrocken stellte Patsy fest, daß sie durch den Kopf des Drachen hindurch Graham Williams sah. Hinter den schwarzen Augen schwebten seine tiefliegenden blauen Augen – sie erkannte sogar ihren besorgten Ausdruck. Patsy beobachtete, wie der häßliche Kopf sich zurückzog und unsichtbar wurde. Luft zischte gegen ihre Ohren. Die Luft unmittelbar vor ihr war so heiß geworden wie ein glühendes Stück Eisen.

12

»Küche«, sagte Gary Starbuck.

Er ließ seine Taschenlampe in der weißen Vorhalle aufblitzen, in der Royce Griffen einen Tag vor seinem Selbstmord gestanden hatte. Endlich blieb der Strahl an der letzten Tür des langen Korridors hängen. Starbuck bewegte die Lampe auf und ab, und nach einigem Zögern setzten sich Dick und Bruce zur Tür hin in Bewegung.

Dicky stieß die Tür auf und trat zur Seite, um Starbuck durchzulassen. Selbst in seiner blauen Kleidung fast unsichtbar, ließ der Dieb den Strahl der Taschenlampe rasch über die Einrichtungsgegenstände gleiten. Er glitt durch die dunkle Küche und öffnete zwei Schubladen, dann noch eine. Er leuchtete hinein, nahm aber nichts heraus. Bruce sah, daß er den Kopf schüttelte und sich stumm im Raum umschaute, wobei er in verschiedene Richtungen leuchtete. Bruce fand, daß er einem Waldtier ähnelte, einem Dachs oder einem Maulwurf, der sich seinen Weg erschnüffelte.

Starbuck bewegte sich auf die große Tür am hinteren Ende der Küche zu. Sie hatte weder einen Knopf noch einen Griff und ließ sich frei in ihren Angeln bewegen. Die drei zwängten sich in den winzigen Raum hinter der Tür. Ihnen direkt gegenüber war noch eine Schwingtür – sie führte ins Eßzimmer, wie Starbuck wußte.

Er ließ den Lichtstrahl über den großen Schrank gleiten, der in diesem engen Raum stand. Sie sahen ein Regal mit Flaschen. Im unteren Bord standen Krüge mit Nüssen. Starbuck widmete sich jetzt einer der unteren Schubladen des Schrankes.

Er leuchtete hinein, und Bruce sah seine Schultern zucken. Starbuck öffnete zwei weitere Schubladen.

»Oh, Junge«, seufzte er glücklich.

Bruce beugte sich vor, um in die Schubladen hineinsehen zu können. Starbuck hatte etwas aus seiner Tasche genommen und drückte es ihm in die Hand. Es war ein grüner Plastiksack – ähnlich den Säcken, in die Bobby Fritz die Blätter füllte, wenn er einen Rasen geharkt hatte. »Alles mitnehmen«, sagte Starbuck. Der Dieb stand auf und ließ den Lichtstrahl über eine Reihe von Utensilien aus Silber huschen. Die Reihe Silbersachen kam Bruce mindestens zwei Meter lang vor. Auf einem langen weichen Tuch steckte jedes Stück in einer Art Futteral. Bruce und Dicky nahmen die Sachen Stück für Stück aus den Filztaschen und verstauten sie im Sack. »Nehmt das ganze Ding raus«, zischte Starbuck. Sein Gesicht hatte sich zu einer wütenden Grimasse verzerrt. Bruce zog das ganze Tuch aus der letzten Schublade, und Dicky wickelte es auf dem Fußboden zusammen.

Als das gesamte Silber im Plastiksack war, führte Starbuck sie in das Eßzimmer. Auf einem Sideboard standen einige schön verzierte silberne Tabletts, die ebenfalls in den Sack wanderten.

Aus dem Eßzimmer führte Starbuck sie in das Wohnzimmer mit der hohen Decke. Sie sahen die lange verglaste Wand. In diesem Augenblick bebte der Himmel: lange Blitze fuhren durch die Wolken und zerrissen das Blau der Nacht. Die Blitze erhellten das Wohnzimmer, und Bruce hatte das gruselige Gefühl, daß er sekundenlang durch den Körper seines Bruders hindurchgesehen hatte – daß er Dickys schwere Knochen gesehen hatte und jede einzelne Zelle des Blutes, das in Dickys Adern pulsierte.

Das Haus schien sich zu verschieben, ohne sich zu bewegen: wie ein Tier, das vom Laufen träumt.

»Was?« fragte Dicky.

»Den Flügel«, sagte Starbuck und leuchtete in die hintere Ecke des Raumes. Aber im schwachen Mondlicht, das durch die Fensterwand fiel, konnten sie das Instrument ohnehin erkennen. Der Flügel war fast fünf Meter lang und jeder Zoll handgearbeitet. Das Gehäuse bestand aus fast zwanzig Schichten Holz, die unter genau festgelegten Spannungsgraden gebogen und gekrümmt waren. Es war fast fünfzig Jahre alt, ein Bösendorfer Grand Piano in Sonderanfertigung. Gary Starbuck hatte einen Kunden in New York City, der schon seit zehn Jahren ein solches Instrument suchte. Er würde Gary zwanzigtausend Dollar dafür zahlen, und das war nur ein Fünftel des tatsächlichen Wertes.

»Kriegen wir das Ungetüm in den Lieferwagen?« flüsterte Bruce.

»Er paßt gerade rein«, sagte Starbuck. »Vorläufig schafft ihr das Ding erst einmal auf die Terrasse.« Er ging durch das Zimmer und öffnete die großen verglasten Türen an der langen Wand.

Dicky griff unter die Tastatur und versuchte den Flügel vorn anzuheben. Seine Oberarmmuskeln traten hervor, und seine Kiefer arbeiteten, aber er konnte es nur um etwa einen Zentimeter anheben.

»Verdammt noch mal, doch nicht so«, flüsterte Starbuck. »Willst du dir einen Bruch heben? Willst du dich kaputtmachen? Geh darunter. Geh mit dem Rücken darunter und heb das Ding mit den Beinen an.«

Wieder war dieses mysteriöse Zittern zu spüren, ohne daß das Haus sich bewegte.

»Was?« sagte Dicky.

»Muß ich mich wiederholen?« fragte Starbuck.

Der Strahl seiner Taschenlampe traf den Spiegel, der an der Wand stand, an der die Gemälde der Impressionisten hingen.

Dann geschah für den Bruchteil einer Sekunde wieder etwas Seltsames in diesem Haus, etwas, das eigentlich nur

Dicky Norman bemerkt haben konnte, das aber Bruce Norman nach dem grauenhaften Tod seines Bruders noch wochenlang verfolgen sollte. Dicky hatte wieder »Was?« gesagt, und das hatte sich so dumm angehört, daß Bruce ihm am liebsten den Schädel eingeschlagen hätte. Aber Bruce hatte genau wie Dicky in die Richtung geschaut, in die Starbuck mit seiner Taschenlampe leuchtete, und er hatte gesehen, oder *dachte* wenigstens, daß er gesehen hatte, daß der Spiegel das Licht der Taschenlampe nicht reflektierte, sondern verschluckte. Der Lichtstrahl (und deshalb, so glaubte Bruce, hatte Dicky erstaunt ›Was?‹ gerufen) fiel in den schön verzierten Spiegel wie ein Stein in einen Brunnen: als ob der Spiegel das Licht der Lampe leersaugte … aber dann hatte es im Spiegel einen hellen Lichtschein gegeben, und ein Strahl fuhr aus dem Spiegel heraus, der sich mit dem Strahl der Taschenlampe traf.

13

Sobald Les McCloud die Tür der Bar hinter sich geschlossen hatte und den Lärm und das laute Reden der Gäste nicht mehr hörte und auch nicht das Bing-Bing der Registrierkasse (die für Les' letzten Geldschein einen Nullbetrag anzeigte), atmete er tief durch. Sein Magen hatte allmählich wieder die korrekte Lage in seinem Körper eingenommen. Der Alkohol, den er im Laufe des Tages getrunken hatte, brannte wie ein Stück Holzkohle in seinen Eingeweiden. Les schnappte nach mehr Luft. Er mochte nicht an das denken, was ihm in Francos Toilette widerfahren war; er wollte nur noch nach Hause … aber dennoch sah er den Handstumpf vor sich, der sich durch den Spalt unter der Trennwand getastet hatte, und sein Magen krampfte sich wieder zusammen und wurde immer kleiner.

Er wollte nach Hause, ja. Und wenn Patsy in ihrem separaten Schlafzimmer war, würde er es ihr zeigen. Ganz gleich, wo er sie fand, er würde es ihr zeigen.

Patsy war an allem schuld. Wenn er nach Hause kam,

würde er Patsy in eine Ecke des Schlafzimmers drängen und ihr an den Schultern ein paar schöne blaue Flecken beibringen, dann an den Seiten (und bis dahin würde sie schon kreischen, und die Tränen würden ihr an der Nase herunterlaufen), und dann würde er sie in den Bauch boxen ... Les hätte fast gelächelt.

Er hatte den Fußweg an der Station Row erreicht und ging zu seinem Wagen. Ein kleiner schwarzer Schatten tauchte aus dem Himmel herab und flatterte an seinem Kopf vorbei.

Les schlug mit der Hand zu, weil er glaubte, ein Vogel griffe ihn an. Der Schemen schoß davon, und unter dem Licht einer Straßenlaterne erkannte er den Schatten als Fledermaus. Gleichzeitig sah er, daß zwei weitere Fledermäuse über der Straßenlaterne flatterten, um sich auf ihn zu stürzen.

Eine der Fledermäuse flog ihm direkt ins Gesicht. Eine Kralle, spitz wie ein Angelhaken, riß ihm die Wange auf, und Les schrie vor Schmerz und Ekel laut auf, als er nach dem Tier schlug. Ein Schlag wie von einem Steinwurf traf seine Brust. Les riß die Augen auf und wußte erst jetzt, daß er sie vorher geschlossen hatte. Die zweite Fledermaus hatte sich in seine Jacke verkrallt. Sie hatte die Schwingen wie eine Robe zusammengefaltet und wandte ihren kleinen Kopf seinem Gesicht zu. Wütend wollte er sie mit der Hand wegschlagen, aber die Fledermaus hielt sich an seiner Jacke fest und zwitscherte ihn an. Aus ihren winzigen schwarzen Augen sprühte Haß. Er zerrte an ihrem lederartigen Körper, aber sie hatte sich mit ihren Krallen zu fest in den Stoff seiner Jacke eingegraben.

Als er aufschaute, sah er, daß der Himmel voll war von diesen zwitschernden Wesen. Fledermäuse flogen hoch über den Straßenlaternen und flatterten vor dem Bahnhofseingang hin und her. Wieder stieß eine auf ihn herab. Sie wollte ihn seitlich am Kopf treffen. Les duckte sich und konnte gerade noch ihren Klauen entgehen. Ihr winziger Kopf sah aus wie ein Klumpen getrockneter Rotz. Eine ganze Wolke von Fledermäusen wälzte sich auf ihn zu.

Les rannte zu seinem Wagen. Die Fledermaus, die sich an seinem Jackett festgekrallt hatte, schaukelte auf und ab und schlug sanft gegen Les' Brust. Eine angreifende Fledermaus sauste gegen seinen Kopf; eine andere flog ihm genau ins Gesicht, bevor sie wegtauchte. Les versuchte, sein Gesicht mit den Händen zu schützen. Plötzlich spürte er einen scharfen Schmerz im rechten Ohr, und wenig später merkte er, daß ihm Blut am Hals herablief.

Als er endlich seinen Wagen erreichte, war er in eine Wolke von Fledermäusen eingehüllt, in eine Welt von Fledermäusen. Er riß am Türgriff des Mazda.

Die Tür war verschlossen. Eine Fledermaus verfing sich in Les' Haaren, und er grunzte angewidert, als er sie wegschlug. Eine zweite verbiß sich in seinen Ärmel, und er klatschte sie gegen das Fenster. Die Fledermaus fiel auf die Straße.

Wieder flog ihm eine gegen den Kopf, und er taumelte zur Seite. Sie flatterten um seinen Kopf herum, und Les kniff die Augen zu, als nadelscharfe Krallen ihm die Stirn ritzten.

Les stieß die Hände in die Luft und traf mit der Linken eines der Tiere. Er fegte es weg. Er mußte seine Autoschlüssel aus der Tasche holen und versuchte, die Tiere zu verscheuchen. Er duckte sich und wedelte mit der Hand vor seinem Gesicht, während er mit der rechten in der Hosentasche nach den Schlüsseln suchte.

Eine Fledermaus setzte sich auf seine linke Hand und breitete die Schwingen aus. Er spürte, wie sich die Nadelkrallen in seine Haut gruben. *Solange sie nur nicht beißen,* dachte er. Er fand die Schlüssel für den Wagen. Die Fledermaus auf seinem Kopf senkte ihre Zähne in seine Haut. Ihr Gesicht war halb das eines Babys, halb das eines Hundes.

Les schrie auf und schlug mit der Hand zu. Die Fledermaus war verschwunden, aber dann schwebte sie, kaum einen Meter entfernt, vor seinem Gesicht und sah ihn mit unversöhnlichem Haß an. Les wollte diese Fledermaus töten – er wollte sie zu Boden schleudern und auf ihr herumtrampeln, ihr die Rippen zerbrechen und die dreckigen Schwingen zerfetzen. Die anderen Fledermäuse stoben vor ihm auseinander, und das Tier, das ihn gebissen hatte, flatterte über ihm in das Licht der Laterne vor dem Eingang zum Bahnhof.

Les sprang vor und holte aus, aber sie konnte ausweichen. Die Fledermaus, die immer noch an seiner Jacke hing, schlug bei der heftigen Bewegung gegen seine Brust. Wieder schlug Les nach der Fledermaus, die ihn gebissen hatte, und wieder verfehlte er sie. Er sah, daß sein rechter Handrücken blutete. Von der Stirn lief ihm Blut in die Augenbrauen, und auch sein Kragen war jetzt naß von Blut. Les stöhnte laut auf und rannte zu seinem Wagen zurück.

Er drehte den Schlüssel im Schloß, riß die Tür auf und ließ sich in den Fahrersitz fallen, wobei er mit dem Kopf gegen den Rahmen knallte. Er schlug die Tür zu.

Der kleine Körper an seiner Brust regte sich an der Stelle, wo sein Herz saß. Vor Angst und Ekel stieß Les ein unartikuliertes Gebrüll aus. Er schaute nach unten, und die Augen der Fledermaus sahen ihn unverwandt an.

»Oh ... oh ... oh«, ächzte Les und zerrte an seiner Jacke. Die Fledermaus fixierte ihn immer noch mit ihren kleinen Augen. Endlich bekam Les einen Arm aus der Jacke frei und riß die Jacke um seinen Kopf herum. Er weinte fast vor Abscheu und Wut. Dann lag die Jacke als Bündel Stoff auf seinem Schoß, und die Ärmel hingen an den Seiten herab wie Elefantenrüssel. Les warf das Bündel auf das Armaturenbrett und drosch mit beiden Fäusten darauf ein. Er spürte, wie sich das Tier in der Jacke wehrte, wie es zitterte und mit Krallen und Zähnen versuchte, aus der Jacke herauszukommen, aber immer wieder schlug Les mit beiden Fäusten zu, bis es sich nicht mehr regte. Les lief der Speichel aus dem Mund. Blut und Schweiß hatten ihm die Haare an den Kopf geklebt. Er hob beide Fäuste und schlug noch einmal auf das schlaffe und leblose Ding in der Jacke ein. Dann ließ er die Fäuste kraftlos auf die zerquetschten Überreste sinken. »Hab ich dich«, keuchte er.

Dann sah er, daß die ganze Windschutzscheibe von pelzigen kleinen Wesen bedeckt war.

Les ließ den Wagen vorwärts schießen und wurde nach vorn geschleudert, als der Mazda den vorderen Wagen rammte. Mit weit aufgerissenem Mund, aus dem kein Laut kam, setzte er hart zurück und prallte auf den hinteren Wagen. Er riß das Steuer herum und schoß aus der Parklücke heraus. An der Fahrerseite verschwanden ein paar Fledermäuse von der Windschutzscheibe.

Als er an der nächsten Kreuzung nach rechts abbog, dachte er daran, die Scheinwerfer einzuschalten. Einer schien noch zu funktionieren.

An der nächsten Ecke bog Les nach links ab und raste über die Kreuzung, als die Ampel gerade von Gelb auf Rot wechselte. Soweit er es durch den freien Teil der Scheibe erkennen konnte, war sein Wagen der einzige auf der Straße. Er lenkte den Wagen in die Auffahrt, von der aus man die I-95 in östlicher Richtung befahren konnte.

Auf diesem Teil der Strecke gab es keine Gebührenschalter. Die standen in Stratford, und bis dahin fuhr man zwanzig Minuten. Les trat den Gashebel ganz durch und sah, wie die Fledermäuse flach gegen die Scheibe gedrückt wurden. Zwei oder drei, die außen saßen, wurden in den Luftstrom gerissen. Er riß das Steuer scharf nach links, dann nach rechts, dann wieder zurück. Hinter ihm hupten andere Fahrer wie wild, aber er hörte sie nicht.

Nach seinen Manövern war die Windschutzscheibe bis auf ein halbes Dutzend Exemplare von Fledermäusen frei. Ihre roten Augen starrten ihn an, ihre winzigen Mäuler bewegten sich, und er wußte, daß sie ihn ankreischten. Ihre Maulbewegungen erschienen Les fast menschlich, aber was sie sagten, wurde vom Luftstrom weggerissen.

Les schaute auf den Tacho. Er fuhr mit fast hundertfünfzig Stundenkilometern. Eine weitere Fledermaus schoß nach oben und löste sich von der Windschutzscheibe wie ein schwarzes Blatt.

Les lachte gellend und spürte, daß sich seine Schultern wieder entspannten. Er nahm das Gas zurück. Die Lichter, die ihm entgegenkamen beruhigten ihn. Es waren ganz gewöhnliche Leute, die irgendwo hinfuhren.

Dann merkte Les, daß noch etwas im Wagen war. Im Beifahrersitz war eine kleine dunkle Gestalt zu erkennen. Les rief unwillkürlich »He«, und schaute hinüber. Etwas, das aussah wie ein neun – oder zehnjähriger Junge, der ganz aus

Schlamm bestand, lehnte sich gegen das schwarze Material der Rücklehne. Wasser tropfte von dem Schlammjungen und sammelte sich auf dem Sitz.

Ein schauriger Gestank nahm Les den Atem, es war der Gestank, der ihm auf dem Golfplatz in die Nase gefahren war, nur hundertfach verstärkt. Er lag Les wie ein heißer Klumpen auf der Brust. Der Junge öffnete die Augen.

»Ich bin verloren«, krächzte er. »Ich habe Angst.«

Les trat mit seinem ganzen Gewicht auf das Gas. Er kreischte, aber das wußte er nicht. Er fuhr hundertachtzig Stundenkilometer, als er ein paar hundert Meter weiter einen Toyota Celica rammte, der Mr. Harvey Pilbrow aus West Haven, Connecticut, gehörte, und dabei Mr. Pilbrows achtzehnjährigen Sohn und dessen achtzehnjährige Freundin Molly Witt tötete, beide ebenfalls aus West Haven. Les McCloud starb ein paar Sekunden später als die beiden jungen Leute. Die beiden Wagen explodierten in einer fünfzehn Meter hohen Feuersäule.

14

Patsy öffnete die Augen. »Etwas ist passiert«, sagte sie und merkte, daß sie in Graham Williams' Wohnzimmer auf der Couch lag.

»Wie fühlen Sie sich?« fragte der alte Mann.

»Etwas ist passiert«, wiederholte sie.

»Sie haben recht, es ist etwas passiert«, sagte Richard Allbee, den sie jetzt erst sah. Er nahm ihre Hand, und von dieser Berührung schien Wärme auszugehen. »Als das Buch aufhörte, sich zu bewegen, sind Sie bewußtlos geworden.«

»Ach«, sagte Patsy. »Das Buch.«

»Fühlen Sie sich besser?« fragte Williams.

»Helfen Sie mir, mich aufzusetzen«, bat sie, und Richard zog sie von der Couch hoch, während sie die Füße auf den Boden stellte. Ihr war so leicht im Kopf, als enthielte er nur Luft. Sie würde nicht aufstehen können, das wußte sie. »Es wird mir gleich besser gehen«, sagte sie.

»Wissen Sie noch, wie das mit dem Buch war?« fragte Richard. Er hielt immer noch ihre Hand und kniete vor ihr auf dem Fußboden. Sein Gesichtsausdruck verriet höchste Besorgnis.

»Ich weiß es noch, aber das meine ich nicht«, sagte sie. Richard ließ ihre Hand los und stand auf, um zu hören, was sie zu sagen hatte.

Patsy wußte nicht, wieviel sie erzählen durfte. Schon jetzt fürchtete sie, daß selbst diese Männer, die so viel über sie wußten, sie für verrückt halten könnten. Sie vermutete, daß sie eine Art Anfall gehabt hatte. Sie erinnerte sich an das Marilyn-Gefühl und an den Kopf des Drachen, der aus dem Buch emporgestiegen war – soviel wußte sie noch. Aber dieser Anfall hatte bei ihr Schuldgefühle zurückgelassen, und sie schämte sich ihrer mangelnden Selbstkontrolle. Sie kam sich schmutzig vor. Daß sie mitten in dieser Unterhaltung das Bewußtsein verloren hatte, brachte sie in Gedanken irgendwie mit Les in Verbindung; mit ihrer verpfuschten Ehe.

Und diese Seite der Angelegenheit konnte sie mit den Männern nicht diskutieren, so sehr sie die beiden auch mochte. Bevor sie wieder aufwachte, hatte sie eine Feuersäule gesehen und begriffen, daß ihre Ehe in diesem Feuer geläutert wurde. Wahrhaft geläutert und wahrhaft zerstört. Hier lag eine Gefahr, die sie so deutlich empfand wie die Gefahr, die von dem Drachen ausging. Kurz vor dem Aufwachen hatte sie das Gefühl gehabt, daß Tabby Smithfield dem Tode sehr nahe war.

Aber bedeutete das, daß Tabby in dieser Feuersäule war? Und wenn er in diesem Scheiterhaufen steckte oder auf ihn zuging, was …

»Beruhigen Sie sich, Patsy«, sagte Graham Williams.

… hatte das dann mit ihrer Ehe zu tun? Es war ihr unmöglich, hier einen Zusammenhang herzustellen. Aber eines wußte sie: Was Tabby zustieß, würde ihre und Les McClouds Zukunft beeinflussen, wie immer die sich gestalten mochte. Sie wünschte sich den Jungen her, um ihn ganz fest umarmen zu können. Sie schaute jetzt Richard Allbee direkt ins Herz und dachte, *auch dich möchte ich umarmen.*

»Oh, ich weiß gar nicht recht, was ich sagen soll«, erklärte Patsy und sah, daß Richard besorgt die Stirn in Falten legte. »Aber ich glaube, Sie beide haben es nicht gesehen. Ich meine den Drachenkopf.« Höchst ungewöhnlich, fand sie, einen solchen Satz zu äußern.

Die Falten in Richards Stirn vertieften sich.

»Er kam aus dem Buch hervor«, sagte sie.

»Er schaute mich an.«

Sie dachte an das schwarze Auge mit dem hell schimmernden grünen Muster – ein Auge wie ein Stein.

»Nein, wir haben es nicht gesehen«, sagte Graham. Er schien über ihre Worte genauso erschüttert zu sein wie sie selbst. »Aber ich glaube Ihnen, daß Sie es gesehen haben, Patsy. Und Sie wissen, was es bedeutet, nicht wahr? Es bedeutet ...«

»Er hat uns gewarnt«, sagte Richard.

»Gideon Winter wendet uns seine Aufmerksamkeit zu«, sagte Williams. »Das bedeutet es. In diesem Sinne ist es tatsächlich eine Warnung.« Er nahm das Buch in die Hand und sah Patsy mit großen Augen an. »Es ist ganz *heiß*.«

Richard streckte die Hand aus, um das Buch zu berühren. Er legte die Finger auf die Seite und sah Patsy an. Dann nickte er.

»Ich mag es nicht anfassen«, sagte Patsy.

»Nein, aber ich möchte, daß Sie sich die Seite anschauen«, sagte Williams und hielt ihr das aufgeschlagene Buch hin. Sie sah, daß die schwarzen Striche sich in das Papier gebrannt hatten. Es waren mehr Striche, als sie in Erinnerung hatte. Einige der Brandflecken waren nur dunkle Schnörkel über den gedruckten Zeilen. Diese Schnörkel erinnerten sie plötzlich an Fledermäuse, und in diesem Augenblick kam es ihr vor, als bewegte sich einer der Fledermausschnörkel. Ein Flügel flatterte so unbeholfen, daß man meinen könnte, er sei gebrochen. *Les,* dachte sie und eine Sekunde später: *Tabby.*

»Ich habe die Brandflecken gesehen«, sagte sie. »Sie kamen kurz bevor ... kurz bevor *es* kam.«

»Ich meine nicht die Brandflecken«, sagte Williams. »Schauen Sie sich die Daten oben auf der Seite an.«

Patsy schaute hin. Auf beiden aufgeschlagenen Seiten standen oben zwei Jahreszahlen. 1873–1875. Sie schüttelte den Kopf. Williams hielt Richard das Buch hin, damit auch er die Jahreszahlen lesen konnte.

»1873–1875«, sagte Richard. »Doch hoffentlich nicht noch mehr gebratene Kinder.«

»Nicht ganz«, sagte Williams. »Aber Sie sind auf der richtigen Spur. Es ist das nächste Datum im Zyklus. 1811 wurden alle Mitglieder der Freien Gemeinde von Greenbank bei einem höchst merkwürdigen Unfall am Kendall Point getötet. Übrigens, und das ist wichtig, stürzten auch zwei Angehörige der Familie Williams in die Spalte und zwei der Familie Tayler, ein Vater mit seiner Tochter; außerdem vier Greens und ein alter Mann namens Smyth. Das hat Mrs. Bach mir nicht erzählt – sie wollte es mir nicht erzählen –, aber ich habe in alten Zeitungen nachgelesen.

In der Katastrophe am Kendall Point sind also zufällig fast alle unsere Vorfahren umgekommen. Danach lebten unsere Familien lange Zeit nicht mehr in Greenbank. Meine Verwandten lebten in Patchin, ebenso die überlebenden Greens. Sie überlebten, weil sie der Freien Gemeinde von Patchin angehörten. Im Jahre 1841 wurde Rustum Tayler völlig verrückt – halb verrückt war er schon sein ganzes Leben lang gewesen und tötete die beiden Kinder. Er hatte sie schon fast ganz aufgegessen, als Anthony Jennings und seine Männer ihn an dem Erdloch fingen, in dem er die Kinder gebraten hatte.«

»Er hat sie gegessen«, sagte Patsy. Sie schloß die Augen und sah ein verschwommenes Abbild der Feuersäule. *Tabby. Wo* war er jetzt?

»Ja, er hat sie gegessen. Mrs. Bach hatte es nicht für nötig gehalten, in ihrem Buch über die letzten Tage eines Irren zu berichten, aber sie hat dieselben Zeitungen gelesen wie ich, und sie kannte die Fakten. Und sie hat den alten Friedhof von Greenbank an der Greenbank Road, etwa zwei Meilen von hier, besucht und die Grabsteine der Kinder gesehen, die Rustum umgebracht hatte. Die Grabsteine stehen noch dort. *Sarah Allen, 1835–1841. Grausam Von Uns Gerissen.* Und

Thomas Kirby McCauley Moorman, 1834–1841. ›Lieber Kleiner Tom.‹« Graham Williams legte das Buch aus der Hand. »Es kühlt langsam ab. Ja, sie wußte, was mit den Kindern geschehen war, aber sie wollte sich zu ihrem Tod genausowenig äußern wie zu den Ereignissen von 1873, und beides aus dem gleichen Grund. Ich weiß nicht einmal, ob sie sich dessen bewußt war, aber sie wollte Gideon Winter hinter ihrer nüchternen Aufzählung alltäglicher Ereignisse verstecken.«

Williams sah Patsy scharf an. »Wollen Sie sich ein wenig ausruhen, Patsy?«

»Mir geht es wieder besser«, sagte Patsy mit einer Stimme, die von weither zu kommen schien.

»Nun, was geschah denn 1873?« wollte Richard wissen.

»Je eine Person aus unseren Familien kam bei dem Brand einer Spinnerei ums Leben«, sagte Williams. »Außerdem einundvierzig weitere Personen. Die Monate Juli und August des Jahres 1873 nannte man noch zwanzig Jahre später ‚Den Schwarzen Sommer. Es dauerte mehr als ein Jahr, bis wieder Fremde nach Hampstead kamen. Oh, ja, sie fuhren in Kutschen durch den Ort, aber sie fuhren schnell, und sie hielten nicht an, sondern rollten weiter bis nach Hillhaven. Das weiß ich so genau, weil 1874 in Hillhaven eine neue Kutschenstation gebaut wurde, die man das Halfway House nannte. Es hatte in Hampstead schon immer ein Halfway House gegeben, das sogar direkt an der Greenbank Road lag, aber nach 1873 stellte es den Betrieb ein ... es verschwand ganz einfach aus den alten Aufzeichnungen. Nach dem Schwarzen Sommer schienen die Leute Hampstead zu meiden. Ich habe mir die Logbücher von Schiffen angesehen, die seit Jahren in Hampstead angelegt hatten – an der Stelle, wo jetzt der Yachthafen liegt. Ich kenne auch die Logbücher aus den sechziger Jahren des neunzehnten Jahrhunderts und habe festgestellt, daß die Schiffe seit 1873 ein paar Meilen die Küste hochfuhren, um im Hafen von Hillhaven anzulegen. Erst etwa 1875 kamen sie wieder nach Hampstead. Aber Dorothy Bach hat noch etwas anderes in ihrem Buch erwähnt. Vor dem Schwarzen Sommer hatte Hampstead 1045 Einwohner. Im Jahre 1875, also zwei Jahre später, nahmen die städtischen Behörden eine Zählung vor. Hampstead hatte jetzt nur noch 537 Einwohner.«

»Die Hälfte ist also gestorben?« fragte Richard ungläubig. »Sie sagten doch, daß in jenem Sommer nur fünfundvierzig Leute gestorben sind?«

»Nun, wahrscheinlich sind viele fortgezogen«, sagte Williams. »Vielleicht nur nach Hillhaven oder Patchin, wenn sie sich dort schon sicher fühlten, und ein paar hundert haben wahrscheinlich genau das getan. Vielleicht hofften sie, später zurückzukehren und ihre Häuser in dem Zustand vorzufinden, in dem sie sie verlassen hatten. Während des Schwarzen Sommers und kurz danach fanden außerordentlich viele Viehverkäufe statt, wie aus den alten Unterlagen hervorgeht. Die Leute verkauften und verschwanden.«

»Aber dann bleiben immer noch ein paar hundert übrig«, sagte Richard.

»Ja«, sagte Williams. »Das stimmt. Wissen Sie, bevor Sie nach Hampstead zogen, war ich mir über all diese Dinge gar nicht so recht klar. Ich hätte über Mrs. Friedgott und Mrs. Goodall in der Zeitung gelesen und mich allenfalls gewundert. Aber als ich Patsy und Tabby am Sonntagabend traf, wußte ich es. *Er* war wiedergekommen, und er wurde immer stärker – vielleicht so stark, wie er im Schwarzen Sommer und in den Monaten danach gewesen sein muß.«

»Woraus schließen Sie das?« fragte Richard.

»Der Schwarze Sommer des Jahres 1873 fing genauso an wie dieser. Eine Frau wurde in ihrem Farmhaus gräßlich verstümmelt aufgefunden. Eine Woche später fand man hinter einer Ladenzeile in der Main Street noch eine Frau. Auch sie war entsetzlich zugerichtet. Es gab noch zwei weitere solche Todesfälle. Bei einem davon handelte es sich um ein kleines Mädchen aus der Familie Smyth. Und das alles geschah, *bevor* die vielen Menschen in der alten Spinnerei ums Leben kamen.«

Richard stellte noch eine Frage, und für Patsy hörte sich seine Stimme an, als käme sie aus einem tiefen Loch in der Erde oder aus einem Telefonhörer, den jemand auf den Tisch gelegt hat. »Was macht den Schwarzen Sommer denn soviel schlimmer als den Sommer 1841?«

»Oh, wir waren zu der Zeit alle schon wieder hier«, sagte Williams, und Patsy dachte träge: *alle wieder hier, ist das nicht schön, genau wie ein Familientreffen …* »Williams, Smyth – damals natürlich schon Smithfield – Tayler, Green. Alle wieder hier. Auch die Freie Gemeinde von Greenbank gab es längst wieder. Um 1873 erschien etwas, das sich 1811 ereignet hatte, wie ein Märchen aus längst vergangener Zeit.«

»Diese Kinder mit den schrecklichen Vornamen«, sagte Richard. »›Dunkelheit‹ und ›Abend‹ und ›Sorge‹. Trugen sie nicht alle unsere Familiennamen?«

»Sie haben mitgedacht, Richard«, sagte der alte Mann. »Sorge hieß mit Nachnamen Tayler, und sie heiratete Joseph Williams. Dunkelheit hieß Smyth, und Abend stammte aus der Familie Green. Und es gab auch ein Mädchen namens ›Schande‹, wie Dorothy Bach sehr wohl wußte. Ein kleines Mädchen, das Schande heißen sollte, wurde 1652 in der Familie Williams geboren, aber sie starb, ehe sie getauft werden konnte.«

»Eine Tayler hieß Sorge«, murmelte Patsy. Sie fand den Namen sehr schön.

»Die meisten waren Mädchen«, sagte Williams. »Und irgendwann hatten sie alle selbst Kinder. Williams heiratete Tayler, und Smyth heiratete Green, und Williams heiratete Smyth.«

Patsy kam das alles wie ein wunderschöner Reigen vor, all diese Ehen und Verbindungen, die so weit zurück in der Vergangenheit zustandegekommen waren … Ihre Finger zuckten, und ihre Lippen fühlten sich taub an. Ein William nahm eine Tayler, und ein Smyth nahm eine Green, und dann nahm ein Williams eine Smyth … ein endloser Kreis, und eine Sekunde lang sah sie diesen Kreis vor sich, golden, glänzend wie ein Trauring. Etwas Rauchähnliches, etwas, das irgendwie nicht dorthin gehörte, flatterte in der Mitte dieses goldenen Kreises auf, und Patsy schüttelte den Kopf.

Aber dann umklammerte Marilyn Foremans Hand ganz fest die ihre, und Patsy sah, was sich in der Mitte des Kreises befand.

Sie hörte es selbst nicht, aber sie stöhnte entsetzt auf, und

Richard und Graham sahen, daß Patsy auf die Couch zurückgesunken war. Während sie noch stöhnte, war sie auf die Couch geglitten und hatte im gleichen Augenblick das Bewußtsein verloren. Bevor die beiden Männer sie erreichen konnten, fingen ihre Hände an zu zittern, und ihr ganzer Körper geriet in so heftige Zuckungen, daß die Couch geräuschvoll auf dem Fußboden umherrutschte.

Richard packte Patsy bei der Hand, aber er wußte nicht, was er tun sollte, damit ihre krampfartigen Zuckungen aufhören. Endlich trat er ganz nahe an sie heran, legte seine Arme um sie und drückte sie fest an sich. Er fing ihre Bewegungen mit seinem eigenen Körper auf.

15

»Schafft den Flügel nach draußen«, sagte Starbuck, »und setzt ihn vorsichtig ab. Dann kommt ihr wieder rein und holt den Spiegel.«

Nein, dachte Bruce und wußte genau, daß Dicky dasselbe dachte: *laß den Spiegel, wo er ist, wir wollen nichts mit dem Ding zu tun haben, no Sir, kein Stück.* Kurz bevor der Lichtstrahl aus Starbucks Taschenlampe von dem Spiegel reflektiert wurde, was sofort hätte geschehen müssen, glaubte er etwas in dem Spiegel gesehen zu haben, etwas, das von dem aufgeschluckten Licht berührt worden war (das Licht war natürlich nicht aufgeschluckt worden), etwas wie ein Egel oder ein Wurm, der vor dem Licht zurückwich.

Verdammt. Ein verrückter Gedanke. Das hätte man dem ausgeflippten Skippy Peters erzählen müssen; sein Adamsapfel wäre in seinem dürren Hals auf und abgehüpft.

»Wenn du noch einmal deinen verdammten Kopf schüttelst, brech ich dir das Genick«, flüsterte Starbuck ihm zu. »Bewegt euch mit dem Klavier.« Das Licht brannte in Bruces Augen. »Ich schieß euch die Eier ab, wenn ihr euch nicht bewegt, das schwör ich euch.«

»Ich hab' nur gedacht«, sagte Bruce und merkte, daß Dikky zitterte.

»Einen Scheißdreck hast du gedacht«, zischte Starbuck.

»Wir könnten den Spiegel in das Klavier legen«, improvisierte Bruce. »Dann brauchen wir nur einmal zu laufen.«

»So?« Wieder streifte der Lichtstrahl den Spiegel. »Meinetwegen. Er paßt unter den Deckel. Aber stoßt nicht die Kante ab.«

Dicky und Bruce fingen an, sich langsam durch das Zimmer zu bewegen. Starbuck ließ das Licht seiner Taschenlampe über die Skulpturen gleiten und nahm eine davon in die Hand. Es war die kleine Statue einer Tänzerin, und er war erstaunt über ihr Gewicht. Er drehte sie um und sah den am Sockel eingeritzten Namen: Degas. »Moment«, sagte er, und die Jungen blieben wie angewurzelt stehen. »Ihr doch nicht, ihr Arschlöcher«, sagte er und inspizierte aufgeregt die nächste Skulptur. Sie sah genau so aus wie die erste. Als er weiter in den Raum hineinleuchtete, entdeckte er noch zwei weitere Skulpturen von Tänzerinnen.

Starbuck zog das Funkgerät aus der Tasche und sprach hinein. »He, Junge. Hörst du mich?«

»Was?« fragte Tabby erschrocken.

»Bring sofort den Lieferwagen her. Wir hauen in ein paar Minuten ab.«

»Sie wollen, daß wir ...?« Dicky und Bruce standen wie angewurzelt kurz vor der Stelle, wo der Spiegel hing.

»Verdammt, seid ihr dämlich«, sagte Starbuck. »Holt den Spiegel. Legt ihn in den Flügel. Schiebt den Flügel nach draußen. Dann kommt ihr wieder rein und nehmt alle Bilder von der Wand. Habt ihr das jetzt endlich kapiert?«

Die verängstigten Norman-Zwillinge gingen zur Wand hinüber. Starbuck holte die zweite Degas-Skulptur.

In den letzten paar Sekunden seines Lebens überlegte er, daß er mit dem Erlös der Sachen, die in diesem Raum standen, für zwei Jahre ausgesorgt haben würde, selbst wenn er nur zehn Prozent des tatsächlichen Werts bekam, was der übliche Satz war. Mit dem Silber, dem Klavier, den Skulpturen und den Bildern konnte er aus dem Haus am Beach Trail verschwinden, ehe die schläfrigen örtlichen Bullen überhaupt auf den Gedanken kamen, nach ihm zu fahnden, und er konnte sich bei der Suche nach einem neuen Wohnsitz Zeit lassen. Er hatte daran gedacht, in den Mittleren Westen zu gehen, eine Gegend, in der er lange nicht gewesen war: nach Grosse Pointe oder Lake Forest, einer Stadt, die so reich war, daß einem das Bankkonto schon beim Luftholen anschwoll.

Dann sah er undeutlich die Gestalt eines alten Mannes, der mit einer Pistole in der Hand durch die Wohnzimmertür den Raum betrat. *Nein, er ist jung,* dachte er, *es muß der Junge sein,* und dann hörte er Dicky Norman vor Schmerz und Entsetzen laut aufschreien. Der Raum schien zu explodieren, und diese Explosion schloß ihn für immer von dem interessanten Schauspiel aus, das Dicky Norman bot, als sein Blut ein Gemälde bespritzte, das Starbuck als einen Manet erkannt hatte. Starbuck hatte inzwischen seine eigene Waffe in der Hand, aber zuerst funktionierten seine Finger nicht richtig, und dann überlegte er, ob man einen mit Dicky Normans Blut beschmierten Manet noch verkaufen könnte, und dann war er weg.

16

Tabby warf das Funkgerät auf den Beifahrersitz und kletterte auf den Fahrersitz. Aus dem Gerät hörte er, von statischen Aufladungen gestört, einen Wortwechsel, und er streckte schon die Hand aus, als er merkte, daß Starbuck den Zwillingen Anweisungen gab. Der Dieb schien wütend zu sein. Tabby drehte den Zündschlüssel um und trat auf den Gashebel.

Der Motor sprang an, und damit waren Tabbys Fahrkünste auch schon erschöpft. Verzweifelt betrachtete er den Schalthebel, der sehr lang und angewinkelt war wie die Gangschaltung bei einem Lastwagen. Auf dem Griff am Ende des Hebels sah er einen roten Knopf. Tabby packte den Hebel, drückte auf den Knopf und riß den Hebel nach unten. Er trat nicht auf die Kupplung, denn er wußte nicht, daß es eine gab.

Der Wagen rasselte und brummte. Er schien sich selbst aufzufressen, sein eigenes Getriebe zu verschlingen.

Tabby ließ den Hebel los, packte ihn wieder und riß ihn zur Seite, während er gleichzeitig Gas gab.

Der Wagen schüttelte sich wie ein wütender Hund. Nach dem Geräusch zu urteilen, mußte er jeden Moment seine inneren Teile aus dem Auspuff spucken. Es war sinnlos.

Tabby stieß die Tür auf und rannte die Auffahrt hoch. Dann dachte er an das Funkgerät und sprintete zurück, um es zu holen. Er rannte an dem japanischen Ahornbaum vorbei und war noch etwa zehn Meter vom Haus entfernt, als ihm einfiel, daß er das Gerät gar nicht brauchte. Er würde ja in ein paar Sekunden mit Starbuck direkt sprechen. Die Notbeleuchtung unter der Dachrinne blendete ihn und ließ ihn stehenbleiben, er kam sich vor wie im Rampenlicht, einer gnadenlosen Beurteilung ausgesetzt.

Er brauchte Starbuck nur zu sagen, daß er den Wagen nicht in Gang bekommen habe, das war alles. Der Dieb oder einer der Normans konnten dann hinuntergehen und den Wagen holen. Tabby brauchte nur ins Haus zu gehen und es Starbuck zu sagen.

Ängstlich schloß Tabby die Augen und *sah* etwas. Eine Feuersäule schoß fünfzehn Meter hoch in die Luft; dann löste sie sich vom Boden und nahm die Gestalt einer riesigen Fledermaus an, einer gigantischen Fledermaus aus Feuer.

Tabby lief nicht weiter. Sein Mund war ganz trocken, und sein Herz hämmerte.

Vorsichtig ging er noch einen Schritt. Irgend etwas würde in diesem Haus passieren; die ganze Atmosphäre war mit dieser unheimlichen Elektrizität aufgeladen, die schon vorhin am Himmel aufgeleuchtet war. In einem der Fenster im Erdgeschoß sah Tabby etwas glühen.

Aus dem Funkgerät in seiner Hand, das er schon ganz vergessen hatte, ertönte plötzlich ein langgezogener Schmerzensschrei.

Tabby ging noch einen Schritt vorwärts. Was immer dort im Erdgeschoß hinter den Fenstern glühte, es drängte ihn weiterzugehen. Irgendwie wußte er, das sich etwas in diesem Haus ereignete, das für ihn gefährlich war. Es war so etwas wie die noch immer schwach vorhandene Erinnerung an ein zukünftiges Ereignis, das er damals *gesehen* hatte, als sein Vater und sein Großvater ihn am Ausgang 44 des JFK Airport in zwei Stücke reißen wollten – diese trübe Erinnerung an einen Mann, der mit einem roten Instrument die Haut einer Frau aufschnitt. Er hörte eine schweigende Stimme aus diesem schönen großen Haus, die ihn leise und eindringlich einlud, hereinzukommen.

Hier ist es schön, Tabby, komm nur an die Tür, es spielt keine Rolle, daß du den Lieferwagen nicht fahren kannst, nichts spielt mehr eine Rolle, komm nur zu uns herein ...

Verwirrt und immer noch die beiden Bilder vor Augen – die Fledermaus aus Feuer und den Mann, der die Haut der sterbenden Frau aufschnitt –, die jetzt langsam zurücktraten, ging Tabby noch einen Schritt auf das Haus zu.

Dann hörte er aus dem Raum, aus dem der verlockende Lichtschein gekommen war, einen Schuß.

17

Richard taten die Arme weh. Patsy wehrte sich gegen ihn wie ein Bulle in der Box. »Ich weiß nicht, ob ich sie noch lange halten kann«, sagte er verzweifelt zu Graham Williams.

»Ich nehme ihre Beine«, sagte Williams und kam so schnell er konnte um den Tisch herum. Er packte einen ihrer Knöchel mit der rechten Hand, und sie trat so heftig zu, daß er das Gleichgewicht verlor. Schwer setzte er sich auf den schwachen Tisch, und die beiden Männer hörten es krachen. Energisch stand Williams wieder auf, packte eines ihrer strampelnden Beine und klemmte es sich unter den Arm. Während er es mit dem Ellbogen festhielt, packte er auch ihr anderes Bein. Patsy bewegte wild die Hüften, und Williams spürte plötzlich Schmerzen in der Brust.

Richard sah, das Williams' Gesicht weiß wurde. Es war, als sei das Knacken der Tischplatte aus dem alten Mann selbst gekommen. Mit aller Kraft wehrte sich Patsy gegen seine Umarmung und schrie ein einziges Wort.

»Lauft!«

Kopfschüttelnd bat Richard den alten Mann, Patsy loszulassen. Er könne schon allein mit ihren Krämpfen fertig werden. Aber Williams verstärkte seinen Griff, und Patsys Bewegungen wurden kürzer und waren jetzt besser zu kontrollieren.

»Lauft!« kreischte sie wieder. Dann wimmerte sie so kläglich und langgezogen, daß Richard sie fast fallengelassen hätte. Hinter sich hörte Richard ein klirrendes Geräusch.

Er duckte sich, weil er glaubte, ein Fenster sei von draußen eingeschlagen worden. Aber dann sah er das Glas vor einem gerahmten Film-Poster neben Williams' Schreibtisch splittern und die Scherben zu Boden fallen, wo sie ein glitzerndes Puzzle bildeten.

»Aaaah!« kreischte Patsy. Die über den Kunstbänden eingeklemmten Kriminalromane schossen aus dem Regal, segelten durch die Luft und wirbelten dann nach oben. Richard hörte den Rahmen eines Posters hinter sich wie Feuerholz zersplittern. Er sah die Bücher aus den oberen Regalen herausfliegen und über Williams' Schreibtisch segeln.

Die Schreibmaschine fing an zu wackeln, stellte sich auf den Kopf und flog vom Tisch. *Bing!* machte der Wagen, als er zurückfuhr.

Wahllos sausten die Bücher aus den Regalen. Richard und Graham sahen, wie zwei Bücher bis an die Decke flogen, dort eine Weile kleben blieben wie Fliegen und dann zu Boden fielen.

Noch eines der berühmten Poster (aus dem Film *Glenda,* wie Richard erkannte, eine Farbzeichnung von Mary Astor in Gary Coopers Armen) fiel um und zappelte wie eine sterbende Katze, als der Rahmen in tausend hellglänzende Stücke zerbrach.

18

Komm nur rein, Tabbs, wir brauchen dich jetzt, sagte die schweigende Stimme in seinem Kopf, und er ging wieder einen Schritt vorwärts. Einen Augenblick lang sah er Dutzende von Leuten hinter den großen Fenstern aufgereiht; sie fanden sich zu Gruppen und liefen wieder auseinander. *Das ist eine Party*, dachte Tabby, *wie kann es da eine Party geben*? Er hob das Funkgerät an den Mund und sagte: »He, was …«

»Komm rein«, sagte das Funkgerät zu ihm. »Komm rein, Tabby.«

Er konnte die Leute nicht sehr deutlich erkennen, aber die Norman-Zwillinge waren nicht darunter.

»Komm rein«, sagte die Stimme im Funkgerät wieder.

Die Leute liefen auseinander, und Tabby sah, daß es der Spiegel, der am anderen Ende des Raumes stand, gewesen war, der so geglüht hatte. Jetzt sah er in seiner Mitte ein zartes Rosa, das pulsierte und glühte. Tabby bewegte sich wieder.

Aber in diesem Augenblick öffnete sich die Haustür, und Bruce Norman stürzte heraus. Er hatte die Arme um Dickys Brust geschlungen und schien ihn zu ziehen. Dickys Gesicht war kalkweiß. Er bewegte sich sehr langsam. »Wo ist der Wagen?« schrie Bruce.

Bruce war über und über mit Blut besudelt. Von dem Blut klebte ihm das Hemd an der dicken Brust. Auch Dicky hatte Blutspritzer im Gesicht, und seine ganze Seite war so voll Blut, daß man die Farbe seiner Kleidung nicht mehr erkennen konnte.

Tabby zeigte zum Rasen hinüber. Inzwischen hatte er erkannt, daß das ganze Blut von Dicky Norman stammte.

Dann sah er mitten in der roten Suppe einen weißen Stumpf an der Stelle, wo Bruce seinen Bruder festhielt. Dickys Arm war weg, und der weiße Stumpf war seine Schulter. Er rannte hin, um Bruce zu helfen, seinen Bruder zu stützen, und jetzt konnte er wieder klar denken. Seit er die Feuersäule gesehen hatte, mußte er sich in Zeitlupe bewegt haben.

Tabby schlang seine Arme um Dickys Rücken und merkte, wie schwer und wie langsam Dicky war. Dicky würde sterben, das wußte er. Halb trugen und halb schoben er und Bruce Dicky bis zum Wagen. Tabby ging um den Wagen herum. Er wollte die hintere Tür öffnen, aber Bruce kreischte: »*Nicht hinten! Vorn! Auf den Sitz!*« Bruces Augen schienen fast so groß zu sein wie sein ganzes Gesicht. Tabby half Bruce, Dicky auf den Beifahrersitz zu heben, und dann rannte Bruce vorn um den Wagen herum und kletterte auf den Fahrersitz.

Tabby sprang hinten in den Wagen. Er schlug gerade die Tür zu, als Bruce zurücksetzte und gegen einen Baum fuhr. Dicky rutschte vom Sitz. »Um Gottes willen, zieh ihn wieder hoch!« brüllte Bruce, mißhandelte das Getriebe und schoß in einem Wirbel von Dreck unter den Bäumen hervor.

Tabby beugte sich vor und versuchte, Dicky wieder auf den Sitz zu ziehen. Seine linke Hand rutschte von Dickys blutigem Hemd ab, und Dicky rollte wieder zur Seite. Der weiße Schulterknochen glitt am Sitzpolster entlang.

»Zieh ihn rauf!« heulte Bruce. Er bog in die Mount Avenue ein und fuhr in Richtung Sayre Connector.

Tabby zog an Dickys rechtem Arm, und dann stieß Dicky sich mit den Füßen ab und half sich selbst wieder in den Sitz. Tabby beugte sich weiter vor und schaute Dicky in die Augen. Seine Augen blickten geradeaus und schienen auf etwas Weitentferntes zu starren. Dickys Augen waren gespenstisch. Tabby fand, daß Dicky intelligenter aussah als je zuvor in seinem Leben, aber er war froh, daß er nicht sehen konnte, was Dicky so interessiert betrachtete. »Halt noch ein bißchen durch, Dicky«, sagte Tabby und klopfte ihm auf seine gesunde Schulter. Dicky reagierte nicht.

»Wo ist der Kerl?« fragte Tabby. »Starbuck – wo ist Starbuck?«

»Das Schwein ist tot«, sagte Bruce.

»Tot? Ich habe doch eben noch über Funk mit ihm gesprochen.«

»Das Schwein ist tot. Der alte Kerl hat ihn erschossen.« Bruce überfuhr ein Stoppschild.

»Wie ist … ich meine, was ist mit Dicky passiert?«

»Ich weiß es nicht!« schrie Bruce. Er wischte sich über das Kinn. Seine Hand hinterließ eine blutige Spur. »Wir sollten diesen komischen Spiegel nehmen und ihn in dies schwarze Scheißding von Klavier legen. Wir wollten gerade den Spiegel holen, da kommt der alte Kerl mit seiner Kanone rein. Er

sagt noch nicht mal ›Hände hoch‹ oder sonst was. Er schießt einfach. Und er erwischt Starbuck – pustet das Arschloch einfach weg. Und dann schreit Dicky plötzlich los, und ich guck rüber zu Dicky, und er spritzt Blut in die Gegend, und sein gottverdammter Arm ist weg, und er steht einfach da, und ich denke, der Alte erledigt uns beide auf der Stelle.« Er schüttelte den Kopf. »Ich dachte schon, daß der Alte ihn getroffen hatte, und dann sah ich, daß sein ganzer verdammter Arm weg ist. Und da hab ich ihn rausgeschafft.« »Ich hab noch andere Leute da gesehen«, sagte Tabby.

»Tabs, der alte Kerl war der einzige, der außer uns noch da war. Ich bringe Dick ins Krankenhaus nach Norrington, und du machst, daß du wegkommst.«

Bruce hielt vor der Ampel am Sayre Connector. »Raus, Tabs. Schnell.« Tabby sprang auf die Straße und schlug die Tür zu. »Viel Glück«, sagte er, aber der Wagen war schon bei Rot über die Kreuzung geschossen und raste auf die Einfahrt in die Durchgangsstraße zu.

Vierzehn Minuten später, um elf Uhr sechsundfünfzig, hatte Bruce Norman es bis zur Notaufnahme des Allgemeinen Krankenhauses in Norrington geschafft. Dabei hatte er die ganze Zeit das Gas ganz durchgetreten und den Overdrive benutzt, den Gary Starbuck eigens für den Wagen konstruiert hatte. Als er die Schalter erreichte, an denen die Gebühren zu entrichten waren, dachte er nicht im Traum daran, die Geschwindigkeit zu verringern. Er raste mit hundertsiebzig Stundenkilometern durch die Schranke, die in sechs sägezähnige Elemente zersplitterte. Die Schwestern von der Notaufnahme schnallten Dicky, so bald die beiden Brüder angekommen waren, auf ein Bett und schoben es in die Intensivstation. Hier wurde sofort eine Bluttransfusion vorgenommen, und dann wurde Dicky an einen Tropf angeschlossen. Dickys Augen verloren nicht für eine Sekunde diesen intelligenten Blick in die Ferne, den Tabby an ihm beobachtet hatte. Ein Assistentzarzt namens Patel, der in Uttar Pradesh geboren war und einen medizinischen Grad der Universität von Wisconsin besaß, tat für Dickys Schulter, was er konnte. Aber Dicky starb, während Dr. Patel noch Metallklammern an die zerrissenen Arterien anlegte. Es war drei Minuten nach zwölf.

Dr. Patel stand auf und sah Bruce an, der in der Ecke auf einem Stuhl gewartet hatte und dem Arzt aus halbgeschlossenen Augen drohende Blicke zuwarf.

Dr. Patel nahm die Dicky verbliebene Hand auf und fühlte den Puls, aber als Dicky starb, hatte er die Hände an der Wunde gehabt, und er wußte, daß es hier keinen Puls mehr zu fühlen gab. Sanft legte er Dickys Hand auf seine Brust.

Bruce stand auf. Er stank nach Blut, und seine Schuhe, seine Jeans und sein Hemd waren blutverschmiert. Das Blut in seinem Gesicht sah aus wie eine Kriegsbemalung.

»Er ist tot«, sagte Dr. Patel, dessen Akzent und Diktion noch immer die eines Inders waren. »Können Sie mir vielleicht sagen, wie ihm diese Wunden zugefügt wurden?«

Bruce trat auf den kleinen dunkelhäutigen Arzt zu und schlug ihm die Faust ins Gesicht. Der Arzt verlor zwei Zähne und wurde gegen Dickys Infusionstropf geschleudert. Er stürzte zu Boden und landete in einer Pfütze aus dunkler Flüssigkeit. Bruce nahm seinen Bruder in die Arme und trug ihn zum Wagen zurück.

In diesem Augenblick waren die Schwestern entweder gerade mit dringenden Fällen beschäftigt oder sie hielten sich in der Schwesternstation auf, so daß niemand wußte, was geschehen war, bis Jake Rems, ein Alkoholiker mit einem blauen Auge und einem gebrochenen Nasenbein, anfing zu jammern, ein Monster von einem Jungen habe seinen Arzt umgebracht.

Dicky saß wieder auf seinem Sitz, und Bruce hatte sich ein wenig beruhigt. Er fuhr nach Woodville ins nächste Krankenhaus, und dort akzeptierte er die Auskunft, daß sein Bruder tot sei.

Es war jetzt zwölf Uhr dreißig am Sonntag, dem achten Juni, und für Patchin begann der fünfundzwanzigste Tag ohne Regen.

19

Kurz nach Viertel vor eins war Tabby in den Beach Trail eingebogen und näherte sich langsam der Hermitage Road und den »Four Hearths«. Er war zu müde, um über das nachzudenken, was er erlebt hatte. Er wollte nur nach Hause. Er wollte auf sein Zimmer gehen, die Tür abschließen und ins Bett kriechen. In Gedanken sah er die Fledermaus aus Feuer ihre roten Schwingen ausbreiten ... die Schwingen waren so rot wie Dicky Normans linke Seite, wo Dicky ausgesehen hatte, als ob ein verrückter Maler ihm dort mit dem Pinsel immer wieder hellrote Farbe hingeklatscht hätte.

Die Augen der Fledermaus aus Feuer waren schwarze Löcher, und in ihnen schimmerten blaß die Wolken.

Tabby schaute die Straße hinauf, sah die Häuser zu beiden Seiten des schwarzen Asphalts eines nach dem anderen vorbeimarschieren, sah die Straßenlaternen ihre Lichterkreise auf den Boden werfen, und, daß dies alles, bis hinauf zum Hügel, wo sein Haus stand, einer Traumszenerie glich. Bald würden diese Häuser anschwellen und sich blähen, und Blut und Eiter würden aus den Fenstern quellen. Die Straße würde aufreißen und ihr Unteres nach oben kehren, und verstümmelte weiße Hände würden sich aus der nackten Erde emporrecken ... und die Feldermaus aus Feuer würde darüber hinwegfliegen und die berstenden Häuser in Brand stecken, und sie würde singen, *Master Smyth, willst du eine Kugel in den Rücken?*

Er stöhnte und hob die Hände, um sich das Gesicht abzuwischen, und merkte zum ersten Mal, seit die beiden Normans ihm durch die Haustür des Arzthauses entgegenkamen, daß er immer noch Starbucks Funkgerät mit sich herumtrug.

Er hörte ein Knacken und Knistern. *»Tabby! Tabby Smithfield! Komm sofort zurück! Mach, daß du herkommst, oder ich bringe dich um!«* Aus seiner Kaskade von statischen Geräuschen drang ihm die Stimme ans Ohr, aber sie war deutlich zu verstehen. Es war dieselbe Stimme, die zu ihm gesprochen hatte, als er auf dem Rasen vor dem Haus des Arztes stand, Gary Starbucks Stimme. Starbuck war nicht tot. Kochend vor Wut war er zurückgekommen, weil Tabby und die Normans ihm weggelaufen waren.

Tabby betrachtete das Funkgerät und wußte nicht, was er glauben sollte. Bruce Norman hatte gesehen, wie der Arzt Starbuck erschoß. Aber Tabby selbst hatte hinter den Fenstern Leute gesehen, Leute, von denen Bruce behauptet hatte, sie seien nicht dagewesen. »Aaaaagh«, jaulte das Funkgerät.

Radiosignale, dachte Tabby. Das Gerät fing eine Art Radiosignale auf, und gleich würde der Disjockey Dr. Demento die nächste Nummer ankündigen: »Surfin' Bird« von den unsterblichen Trashmen.

Aber er wußte, daß es keine Radiosignale waren. Er würde aus diesem Gerät »Steve Miller's Midnight Tango« nie hören und auch nicht »Song for a Sucker Like You«. Starbuck war tot. Und auch Dicky Norman war bestimmt inzwischen schon tot, den Arm brutal abgerissen von ...

... von einem sanften rosafarbenen Licht, das mitten in einem alten Spiegel glühte?

Der Klumpen Metall und Plastik in seiner Hand wurde plötzlich warm. Mit fast schon erschöpfter Neugier hielt Tabby ihn näher an sein Gesicht: ein beißender Gestank kam ihm entgegen. Dann wurde das Ding in seiner Hand unerträglich heiß. Rauch quoll heraus. Das obere Ende sank in sich zusammen und grinste. Ein Metallstreifen zischte an seiner Handfläche. Er riß die Hand weg, und das Funkgerät flog auf einen Rasen.

Noch in der Luft fing es an zu brennen. Etwas in dem Gerät machte *popp*!, und als es auf dem Rasen aufschlug, stieg eine seltsame blaue Gaswolke auf. Das Gerät riß in der Mitte auf, die Einzelteile sprangen heraus und bewegten sich brennend durch das Gras.

Eines der glühenden Teile schien winzige Beine zu haben und einen hell schimmernden Rücken wie ein Käfer. Ein Stück von dem schmelzenden Gehäuse entfernt taumelte es über den Rasen. Dann wurde es durchsichtig, und die Glut erstarb.

Winzige Flammen stiegen aus dem trockenen Gras auf.

Tabby merkte, daß der ganze Rasen in Brand geraten könnte. Er sprang auf den Rasen und fing an, die kleinen Flammen auszutreten.

»Tabby? Bist du das?« rief eine Frau, und als er hinschaute, sah er Patsy McCloud auf den Eingangsstufen stehen. Dann erkannte er Graham Williams' Haus. Vorher war er zu müde gewesen, es zu erkennen.

»Ja, ich bin es«, sagte er, und Patsy sprang von der Veranda und rannte auf ihn zu. Graham Williams steckte den Kopf aus der Tür, und Tabby winkte. Williams grinste und winkte zurück. Mit der anderen Hand rieb er sich die Brust. Er trat nach draußen und schob die Hände in die Taschen.

Patsy hatte Tabby erreicht und hätte ihn fast umgestoßen, als sie ihn in die Arme schloß. »Ist alles in Ordnung?«

Er nickte.

»Was ist denn passiert?«

»Ich hatte ein Funkgerät in der Hand, und es ist explodiert oder sowas Ähnliches«, sagte er. Daß sie ihn in die Arme genommen hatte, verwirrte ihn ein wenig. Ein Metallverschluß ihres weißen Overalls drückte ihn am Hals. Patsy roch angenehm nach Parfüm und frischem Schweiß.

»Ich habe mir solche Sorgen gemacht … ich bin ohnmächtig geworden. Wahrscheinlich hatte ich sogar eine Art Anfall, und ich habe geträumt, du seist in schrecklicher Gefahr.« Sie richtete sich auf und ließ ihn los. »Du warst in Gefahr, nicht wahr?«

»Ich habe mir die Hand verbrannt«, sagte er und zeigte ihr die verbrannte Stelle an seiner Handfläche.

»Wir tauchen die Hand in kaltes Wasser, aber das meine ich nicht. Wo warst du heute abend? Was hast du gemacht?«

Er konnte diese Frage nicht beantworten. Wenn es nötig wäre, könnte er alles erklären, und Patsy würde ihm glauben. Aber es würde zu lange dauern, und er war zu müde.

»Du hast ja Blut am Hemd«, sagte Patsy.

Er schaute hin. Ja, es war Blut – Dicky Normans Blut. Er hatte sich die Hand am Hemd abgewischt, nachdem er versucht hatte, Dicky im Wagen wieder auf den Sitz zu ziehen.

Patys Gesicht war noch weißer geworden. »Mir ist nichts passiert«, sagte Tabby. »Ich bin nicht verletzt. Ich war nur mit ein paar Leuten zusammen.« *Und zwei von ihnen sind jetzt tot.*

Ruckartig fuhr Patsys Kopf zurück, als hätte sie seine Gedanken aufgefangen. Ihre großen dunklen Augen sahen ihn an.

Dann stand das Bild der Fledermaus aus Feuer ihm wieder vor Augen, die Schwingen ausgebreitet, und er sah die Wolken, die an ihren leeren Augen vorbeizogen. Und gleichzeitig

ich habe es gesehen

o nein

ich habe es gesehen ich habe es gesehen ich habe es gesehen

und es wollte dich umbringen

das können wir nicht das kann niemand

das kannst du mir nicht erzählen Junge denn wir tun es doch.

Die Worte waren zwischen ihnen hin – und hergegangen, als das schreckliche Bild der Fledermaus aus Feuer verblaßt war, und zum Schluß verzog sich Patsys Mund tatsächlich zu einem Lächeln. »Wir tun es«, sagte Tabby. Er versuchte

ich habe es auch gesehen Patsy

oder es glitt in seine Gedanken hinein, und er spürte, wie es sofort in ihre Gedanken überging.

wir können es nicht

nein wir können es nicht

erzählen

können es nicht erzählen

keinem

keinem anderen

nicht einmal Richard

(Richard?)

Jaaa

Eine komplizierte Mischung von Emotion offenbarte sich ihm in diesem gedehnten Ja, und dazu gehörten Wärme, Schuldgefühle und eine tiefempfundene Körperlichkeit, und er schrak geistig davor zurück, denn er wußte, daß dies für ihn zu intim war.

»Richard Allbee«, sagte er laut.

Patsy nickte, und inzwischen stand auch Graham Williams neben ihnen. »Komm doch einen Augenblick rein, Tabby«, sagte er. »Du mußt doch unser viertes Mitglied kennenlernen. Außerdem siehst du aus, als könntest du ein wenig Schlaf gebrauchen, aber das könnten wir wohl alle.« In diesem Augenblick fiel Tabby auf, daß er Patsy direkt ins Gesicht sehen konnte: sie war genauso groß wie er.

das macht mir Angst, dachte er.

und zwei von ihnen sind jetzt tot? dachte Patsy

später

das Feuerding?

später

das Feuerding, verdammt nochmal?

ich weiß es nicht

es wollte dich umbringen, dachte Patsy in Tabbys Gedanken, und er wußte, daß sie ihm nur die Wahrheit sagte. Die Freude über die Entdeckung der Fähigkeiten, die er mit Patsy McCloud gemeinsam hatte, wurde schwarz und kalt.

»Ist auch wirklich alles in Ordnung?« fragte ihn der alte Mann. »Was zum Teufel, ist passiert? Woher kommt all das Blut?«

»Mir geht es wirklich gut«, sagte Tabby.

»Wo warst du denn, mein Sohn?«

»Das kann ich Ihnen nicht sagen«, antwortete Tabby. »Das kann ich niemandem sagen – jedenfalls nicht jetzt. Aber ich bin nicht verletzt.«

Williams sah den Jungen finster an. »Ich habe das Gefühl, daß ich etwas verpasse. Hier geht etwas vor, und ich verpasse es. Hat er Ihnen gesagt, was er gemacht hat, Patsy?«

Patsy schüttelte den Kopf.

»Nun, dann kommst du wohl am besten mit uns ins Haus und lernst Richard Allbee kennen«, sagte Graham und warf Tabby noch einen finsteren Blick zu. »Du hast doch keinen Ärger mit der Polizei? Habt ihr vielleicht wieder ein Briefkastenmassaker veranstaltet?«

»Sowas Ähnliches«, sagte Tabby und konnte Patsy nicht in die Augen schauen. Er wurde rot.

»Nun, in deinem Alter hat jeder das Recht, dumm zu sein«, sagte Williams. »Aber übertreib es nicht.«

Die drei gingen über den unkrautüberwucherten Rasen zum Haus zurück, und eine vierte Gestalt, ein schlanker gutaussehender Mann Mitte dreißig trat auf die Veranda heraus. Er war etwa acht Zentimeter größer als Patsy und Tabby und trug sein langes dunkles Haar glatt zurückgekämmt. Der Mann sah gepflegt und intelligent aus. Als Tabby näher auf ihn zuging, konnte er im Gesicht des Mannes die Einzelheiten erkennen, und etwas in seiner Brust krampfte sich zusammen, vielleicht aus Angst vor einer Bestätigung. Er wußte es nicht.

Richard Allbee, der vierte Nachfahre der ursprünglichen Siedler von Greenbank, war der Mann, den Tabby durch das Fenster des Restaurants im Post Mall Shopping Centre gesehen hatte, als er mit den Norman-Zwillingen am Tisch saß.

Die Normans hatten mit einem Jungen namens Skip Peters geprahlt. Sie hatten ihm erzählt, was Skip alles für sie getan hatte, und wenn es die verrücktesten Dinge waren. Und während die Normans ihre Geschichten erzählten, hatte Tabby Spunky Jameson gesehen, der ihn durch das Fenster anstarrte.

Dann hatte er gesehen, daß es ein Erwachsener war; es konnte nicht Spunky Jameson sein, denn Spunky Jameson war ein zehnjähriger Junge …

… und er hatte plötzlich das Gefühl gehabt, daß dieser Mensch ihn kannte, daß sie einander begegnet waren und daß aus dieser Begegnung entsetzliche, aber auch wunderbare Ereignisse entspringen würden … und er war plötzlich in einen Alptraum abgeglitten, und dann hatte Dicky Norman Tabby mit den Zinken seiner Gabel in die Hand gestochen, und das Gefühl war auseinandergebrochen …

»Ich hätte wissen müssen, daß du Tabby Smithfield bist«, sagte der Mann.

»Kennt ihr euch denn schon?« fragte Graham Williams überrascht.

»Wir haben uns nur angesehen«, sagte Tabby.

»Das wird ja immer mysteriöser.«

Schweigend blieben die vier noch einen Augenblick draußen stehen, und jedem einzelnen war bewußt, daß es das erste Mal war, daß sie alle vier zusammen waren.

Graham Williams wußte, daß dieses »immer Mysteriösere« ab sofort ihr tägliches Brot werden sollte, und dieses Wissen erfüllte ihn mit Entsetzen – verglichen mit dem, was kommen würde, war Patsys Anfall von vorhin nur eine Ouvertüre zu der ganzen Geschichte. Tabby hatte keine solchen Vorahnungen, jedenfalls nicht während sie in der Dunkelheit vor Grahams Haus standen. In diesem Moment, wo Ströme von Emotionen zwischen ihnen allen hin – und hersprangen, hatte er sich anfangs so sicher gefühlt, als könne nichts ihm noch etwas anhaben. Dann wurde ihm klar, daß er in Gesellschaft eines alten Mannes, eines jüngeren Mannes und einer jüngeren Frau war. Es war dieselbe Zusammensetzung wie die des Haushalts an der Mount Avenue, bevor der Tod seiner Mutter die Familie auseinanderriß.

»Lassen Sie uns noch ein wenig hineingehen«, sagte Williams. »Wir müssen dir etwas erzählen, Tabby. Patsy hat heute abend den Drachen gesehen.«

Richard Allbee öffnete die Tür und sah Tabby nachdenklich an, und Tabby dachte daran, wie Les McClouds Pistole ausgesehen hatte, wie riesengroß sie ihm erschienen war, als ihr Lauf direkt auf seine Brust gerichtet war. Dieser Augenblick schien jetzt schon Jahrhunderte zurückzuliegen. Unruhig schaute er zu dem Rasenstück hinüber, auf dem die geschmolzenen und zerbrochenen Teile des Funkgeräts lagen.

Graham Williams legte ihm den Arm um die Schultern. Tabby ging die Stufen hinauf und folgte Patsy in den Korridor mit den vielen Bücherregalen.

20

Um drei Uhr fünfzehn in derselben Nacht hätte man zwei kleine Jungen sehen können, die auf der neu gepflasterten Straße zum Strand von Gravesend gingen. Der kleinere der beiden, der vierjährige Martin O'Hara, humpelte ein wenig. Er trug dunkelblaue Shorts und ein hellblaues T-Shirt mit einem leuchtenden Porträt von Yoda auf der Brust. Sein neunjähriger Bruder Thomas trug ein neues Paar Turnschuhe, Röhrenjeans und ein grünes T-Shirt mit kurzen gelben Ärmeln. Thomas war über den hüfthohen Drahtzaun zwischen der Straße und dem Weg zum Strand geklettert und hob seinen kleinen Bruder zu sich herüber. Martin mühte sich, mit Thomas Schritt zu halten.

»Beeil dich«, rief Thomas, ohne sich umzuschauen, seinem Bruder zu.

»Meine *Füße* tun weh«, sagte Martin.

»Wir sind doch gleich da.«

»Gott sei Dank«, sagte Martin, und es klang wie ein gespenstisches Echo der Stimme seiner Mutter.

Ein wenig später sagte Thomas: »Du gehst schon wieder zu langsam.« »Aber ich *will* nicht langsam gehen.«

»Du bist dumm.«

»Ich bin nicht dumm, Tommy«, jammerte Martin.

Nach wenigen Minuten hatten sie die Stelle erreicht, wo der Weg zum Strand breiter wurde. Vor ihnen und an der einen Seite lag der graue leere Strand, und rechts sahen sie den langen Wellenbrecher, von dem aus Harry und Babe Zimmer so gern geangelt hatten. Der Long Island Sound hatte Niedrigwasser, ein langer schwarzer Wasserstreifen, kaum bewegt und mit silbrigen Lichtpunkten auf den kleinen Wellen. »Hier ist es«, sagte Thomas.

»Ja, hier ist es«, wiederholte Martin.

Thomas sprang auf die sechzig Zentimeter hohe Mauer zwischen dem Parkplatz und dem Strand und half auch Martin hinauf. Dann sprang Thomas in den Sand. »Los, Martin«, sagte er. »Spring runter.«

»Trag mich«, sagte Martin. »Ich kann nicht springen. Es ist zu hoch.«

Seufzend kam Thomas zurück und hob Martin in den Sand.

»Jetzt müssen wir uns ausziehen«, sagte Thomas.

»Müssen wir das?«

»Natürlich müssen wir«, sagte Thomas, setzte sich hin und band sich die Schuhe auf.

Martin setzte sich dicht neben Thomas in den Sand und zerrte an seinen eigenen Schnürsenkeln. Ein paar Sekunden später brüllte er wütend: »Tommy, ich kriege meine Schuhe nicht auf!« Sein Bruder, der sich schon bis auf das Hemd ausgezogen hatte, kniete sich vor ihm hin und zog ihm die Turnschuhe aus, ohne die verknoteten Senkel zu lösen. Als Thomas sich das Hemd über den Kopf zog, streifte Martin die Shorts und seine rote Unterhose ab. Dann setzte er sich wieder hin und faßte die Zehe seiner rechten Socke mit der linken Hand an und zog die Socke aus. Die gleiche Technik wendete er auch der der linken Socke an.

»Komm jetzt endlich«, sagte Thomas. Er stand in der Dunkelheit vor Martin, und er kam seinem kleinen Bruder so stark und groß wie ein Erwachsener vor. »Zieh das Hemd aus.«

»Ich will mein Yoda-Hemd anbehalten«, sagte Martin.

»Du sollst es ausziehen«, sagte Thomas.

»Ich will mein Yoda-Hemd anbehalten!« sagte Martin, und in seinem Gesicht arbeitete es.

»Verdammt nochmal«, sagte Thomas.

Martin explodierte. »So *was darf man nicht sagen*!« schrie er.

»Okay. Du kannst dein Hemd anbehalten.« Thomas ging über den Strand, und Martin folgte ihm.

Ein dicker, fast ununterbrochener Streifen Seetang markierte die Hochwasserlinie. Die Jungen traten darüber hinweg und gingen vorsichtig durch den langsam trocknenden Sand. Sie wollten nicht auf die scharfen Steine oder die zerbrochenen Muscheln treten, die in Massen am Strand lagen.

»Ein Krebs!« schrie Martin. »Sieh mal! Ein Krebs!«

»Der ist tot«, sagte Thomas. »Komm jetzt, Martin.«

Martin rannte voraus und war als erster am Wasser.

»Brrr!«

»Das Wasser ist okay«, sagte Thomas von oben herab. »Es ist nur ein wenig kalt.« Er folgte seinem Bruder in das Wasser und wiederholte: »Nur ein wenig kalt.« Aber in Wirklichkeit erschien es ihm sehr kalt. »Man gewöhnt sich daran.«

Sie mußten fast bis an das Ende des Wellenbrechers gehen, bis das Wasser Thomas auch nur bis an die Hüften reichte. Verbissen kämpfte sich Martin neben ihm vorwärts und hielt dabei den Kopf hoch. »Es ist immer noch kalt«, sagte Martin.

»Geh nur, so weit du kannst«, sagte Thomas. »Es muß nicht weit sein.«

»Geh nicht weg«, sagte Martin. Sein Hemd bauschte sich wie ein Segel im schwarzen Wasser.

»Ich muß«, sagte Thomas. »Du weißt genau, daß ich es muß, Martin.« Dann schaute er in das besorgte Gesicht seines kleinen Bruders. »Gib mir einen Kuß, Martin«, sagte er impulsiv und beugte sich herab, um die kalten Lippen seines Bruders mit den seinen zu berühren. Dann stürzte er sich in das tiefere Wasser.

Martin bemühte sich, auf den Füßen zu bleiben, und schob sich noch ein Stück weiter. Das Wasser ging ihm bis ans Kinn. Er hob die Füße vom steinigen Grund und ruderte mit den Armen. Mehr verstand er vom Schwimmen nicht. *»Tommy!«* kreischte er, als er merkte, daß seine Füße keinen Grund mehr fanden. Sein Bruder beachtete ihn nicht, sondern schwamm weiter zu den Bojen hinaus. Martin paddelte noch ein Stückchen weiter. Sein Hemd fühlte sich immer schwerer an. Sein Kopf ging unter, und verzweifelt schluckte er einen halben Liter salziges Meerwasser. Spuckend hob er den Kopf noch einmal aus dem Wasser und schlug mit den Armen um sich. Dabei entfernte er sich immer weiter vom Ende des Wellenbrechers. Dann verschwand sein Kopf wieder unter Wasser. Ein riesiges schwarzes Etwas öffnete das Maul und schoß auf ihn zu.

Thomas schwamm weiter, bis ihm die Arme schwer wurden und er sie kaum noch heben konnte – die Bojen lagen schon fünfzehn Meter hinter ihm. Er fühlte sich jetzt warm und müde. Er ließ den Kopf unter die Wasseroberfläche gleiten und hob ihn wieder hoch, als das Wasser ihm in die Nase drang. Dann riß er die Arme über den Kopf nach hinten und verschwand rückwärts im Wasser, als zöge ihn etwas in die Tiefe.

Eine halbe Stunde nachdem im Sawtell Country Club zum Brunch die erste Bloody Mary ausgeschenkt wurde, trug eine Frau namens Rae Nestico-Bell ihren Liegestuhl an das entfernte Ende des Strandes von Gravesend, um dem Lärm eines Volleyball-Spiels zu entgehen, das ein paar Teenager in der Nähe ihres ursprünglichen Platzes jetzt austrugen. Sie hatte sich nicht nur von den Schreien und dem aufspritzenden Sand gestört gefühlt, sondern auch von den hämischen Blicken, die die jungen Leute ihr zugeworfen hatten, wenn sie einmal zu ihnen hinüberschaute. Mrs. Nestico-Bell hatte gerade den Zaun erreicht, der die privaten Strände vom übrigen Strand trennte, und wollte ihren Stuhl am Ende der Mauer unterhalb Dr. Van Hornes Haus absetzen, als sie direkt vor sich zwei seltsam geformte, mit Sand und Seetang bedeckte Bündel im Wasser treiben sah. Sie ließ den Stuhl fallen und trat einen Schritt vor. Aus einem der Bündel ragte ein weißer Fuß heraus. Sie krampfte die Hände vor dem Mund zusammen und schrie um Hilfe, zuerst so leise, daß die Volleyballspieler sie nicht hörten.

Diese Bilder, das Geschrei der Frau im Bikini und das fröhliche Umhertollen der acht jungen Leute markierten den wahren Abschluß der Ereignisse vom Samstag, dem siebenten Juni, des Jahres 1980. Die erste Schwelle war überschritten.

Zwei

Nackte Schwimmer

1

Am Montag, dem neunten Juni, hatte es sich in der Stadt herumgesprochen, daß Stony Friedgoods und Hester Goodalls Mörder bei einem Einbruch an der Goldenen Meile erschossen worden sei. Zwar hatte die Polizei das nicht offiziell verlauten lassen, aber nach Dienstschluß erzählten Hampsteads Polizeibeamte in den Kneipen an der Post Road und an der Riverside Avenue, wie ein mutiger kleiner Arzt namens Wren Van Horne mit der Pistole in sein Wohnzimmer gekommen sei und einen bewaffneten Einbrecher erschossen habe – der selbst schon seine Waffe in der Hand hatte, um den Hauseigentümer zu erschießen! Das war der entscheidende Punkt. »Sie werden sehen«, flüsterten die Beamten ihren gebannt lauschenden Gesprächspartnern zu, »es wird lange Zeit in Hampstead keine Morde mehr geben. Der Kerl ist erledigt.« Die Barkeeper und die anderen Gäste gingen nach Hause und erzählten ihren Frauen und Männern und Eltern, daß Hampstead wieder sicher sei, und die Frauen und Männer und Eltern gingen in ihre Lebensmittelläden und zum Bowling und ins Fitness Center und zur Tanzstunde und erzählten ihren Angestellten und Lehrern und Partnern, daß man sich in Hampstead keine Sorgen mehr zu machen brauche. Das Ungeheuer, das Mrs. Friedgood und Mrs. Goodall abgeschlachtet habe, sei tot. »Natürlich werden wir es nie beweisen können«, hatten die Polizisten in den Kneipen gesagt, und »natürlich werden sie es nie beweisen können«, sagten die Hausfrauen zu ihrem Frisör und zu dem Bäcker, bei dem sie ihre *baguettes* kauften, »aber das muß der Mann gewesen sein. Er stammte ja nicht einmal aus dieser Gegend! Ich habe gehört, er stammte aus Florida ... aus New York ... aus Illinois.«

Sarah Spry nahm am Montagmorgen an ihrem Schreibtisch den Hörer ab, und zehn Minuten lang faselte Martha Gable, eine ihrer ältesten Freundinnen, von jemandem, der erschossen worden sei, von einem Sack voll altem Silber und von jemandem, der kein Problem mehr sei, bis Sarah sie endlich unterbrach: »Martha, nun erzähl mir das Ganze bitte noch einmal, aber langsam.« Als sie die Geschichte endlich aus Martha herausbekommen hatte, verfluchte sie sich dafür, daß sie nicht gleich nach ihrer Ankunft mit dem diensthabenden Beamten im Polizeirevier gesprochen hatte – das tat sie sonst immer, aber heute morgen hatte ihr Chefredakteur ihr die Sache mit den O'Hara-Jungen serviert und sie gebeten, vor ihrem Interview mit Richard Allbee rasch zum Haus der O'Haras zu fahren und mit der Mutter der Jungen zu sprechen.

»Und wozu soll das gut sein?« hatte sie gefaucht und dabei versucht, mit dem Tod der beiden Kinder fertigzuwerden – Kinder, die sie seit ihrer Geburt mindestens einmal im Monat gesehen hatte.

»Sie sind doch mit den O'Haras befreundet, nicht wahr?« hatte Stan Brockett sie gefragt.

»Na *und*?« Sie hätte fast geschrien. »Soll ich Mikki O'Hara etwa fragen, wie sie sich fühlt, seit ihre Kinder ertrunken sind? Soll ich sie fragen, welchen Einfluß der Tod ihrer Kinder auf ihre *Arbeit* hat?«

Mikki Zaber O'Hara war eine von Hampsteads vielen halbprofessionellen Malerinnen. Sie veranstaltete Ausstellungen in örtlichen Galerien; ihr Mann, ein Edelsteintaxator mit einem Büro am Gramercy Park und einem weiteren in Palm Springs, hatte ihr den Dachboden als Atelier ausbauen lassen, aber ihre Bilder verkaufte sie fast ausschließlich an ihre Familie und ihre Freunde.

»Nein«, hatte Stan Brockett gesagt. »Ihre Arbeit war nie was anderes als eingefärbte Scheiße, und das wissen Sie. Sie sollen sie fragen, was ihre Kinder nachts um drei am Strand zu suchen hatten.«

»Was soll das heißen, nachts um drei? Mikki O'Hara würde ihre Kinder um diese Zeit niemals aus dem Haus lassen.«

»Der amtliche Leichenbeschauer hat festgestellt, daß die Kinder ungefähr um diese Zeit ins Wasser gegangen sein müssen. Fragen Sie also bitte.«

»Ich werde es tun«, sagte Sarah, »aber nur, weil ich weiß, daß Sie sich irren. Im übrigen sind ihre Bilder sehr schön. Ich habe selbst eines in meinem Wohnzimmer hängen.«

»Dann tun Sie gut daran, auch in Zukunft über ihre Ausstellungen zu schreiben«, sagte Stan Brockett. »Erledigen Sie beides bitte bis zwei oder halb drei, okay? Ich brauche die Artikel bis sechs Uhr abends.«

Das ließ ihr für jeden Artikel anderthalb Stunden Zeit, für sie kein Problem. Am Vormittag konnte sie dann die Spalte »Was Sarah sah« schreiben und *Hotel Baltimore*, eine Produktion der White Barn Players, gründlich verreißen. Sie stellte gerade das Material für ihre Kolumne zusammen, als das Telefon klingelte; sie nahm den Hörer auf und sah sich Martha Gables unzusammenhängendem Geschwätz ausgesetzt. Martha versuchte, ihr zu erzählen, daß der Mörder der beiden Frauen von Dr. Wren Van Horne bei einem Einbruchsversuch erschossen worden sei.

»Ich hörte es von Mr. Pascal vom Brotladen, und der weiß es von einem Kunden, dem es ein Polizist erzählt hat«, sagte Martha Gable. »Deshalb wollte ich dich anrufen und fragen, ob es wirklich stimmt. Aber, Sarah – der Polizist hat gesagt, es *stimmt*. Er sagte, wir brauchen vor diesem Mann keine Angst mehr zu haben.«

Sobald sie Martha loswerden konnte, rief Sarah Dave Marks im Polizeirevier an. Wenn Sarah morgens ins Büro ging, hatte Dave Marks meistens Dienst, und im Laufe der Jahre hatte sich eine für beide Teile vorteilhafte Beziehung entwickelt. Dave Marks gab Sarah alle wichtigen Informationen vom Vortag, und sie ließ so oft wie möglich sein Bild in der *Hampstead Gazette* abdrucken. Wenn die *Gazette* die Bilder von der Veteranenparade am jährlichen Gedenktag veröffentlichte, zeigte sie Officer Marks mit seinen Kollegen an prominenter Stelle; wenn die Gazette einen Artikel über Alkohol trinkende Jugendliche am Strand von Sawtell brachte, zeigte sie ein Photo von Officer Marks, wie er am Geländer des Parkplatzes lehnte und jugendlich und achtunggebietend zugleich aussah.

Sarah bekam ihre Informationen früher als die Konkurrenz vom *Norrington Highlife* und vom *Patchin Advocate*, und Dave Marks wurde besonders von weiblichen Polizei-Fans angehimmelt, die ihn für eine Berühmtheit hielten.

»Der Kerl hieß Gary Starbuck, ein schwerer Junge«, sagte Dave Marks zu Sarah. »Er hat sein Leben lang einen Einbruch nach dem andern verübt. Dabei reiste er ständig im Land umher. Ich wette, dieser Starbuck hat sechs oder siebenhunderttausend Dollar auf verschiedenen Konten. Wir werden sein Haus öffnen, damit die Bestohlenen ihr Eigentum identifizieren können. Wir vermuten, daß er in Hampstead seit seiner Ankunft mindestens zwanzig Einbrüche begangen hat. Sie sollten sich sein Haus mal ansehen, Sarah. So mit Sachen vollgestopft, daß es wie eine Art Höhle aussieht. Er hat ganz einfach Pech gehabt. Dr. Van Horne hat nur einmal geschossen. Das reichte.«

»Wird Dr. Van Horne sich vor Gericht verantworten müssen?« fragte Sarah.

»Mein Gott, nein«, sagte Officer Marks. »Er hat Starbuck erschossen, als der einen bewaffneten Raub beging. Der Hundesohn hatte seine Waffe in der Hand. Van Horne kann von Glück sagen, wenn der Chef ihn nicht aufs Revier holt, eine Pressekonferenz veranstaltet und ihm einen Orden überreicht. Der Kerl wird schon seit fünfzehn Jahren im ganzen Land von der Polizei gesucht. Komisch – er war genau wie sein Vater. Sein Alter lebte genauso wie er. Räumte in einer Stadt ab, verhökerte das Zeug und verschwand, um sich woanders ein Haus zu mieten. Der Alte wurde im Verlauf seiner vierzigjährigen Karriere nur ein einziges Mal erwischt und mußte vierzehn Monate absitzen. Der Alte starb vor zwei Jahren in einem Pflegeheim in Palm Beach, hinterließ seinem Sohn einen Haufen Geld, und der Junge machte weiter. Wie ein Familienunternehmen, wissen Sie.«

»Hat Starbuck die Morde begangen?« fragte Sarah ohne Umschweife. »Ich sage es ungern, aber er sieht mir nicht danach aus.«

Dave Marks schwieg eine Weile. Dann seufzte er. »Ich hatte heute morgen schon drei Anrufe. Die Leute glauben gern das, was sie sich wünschen. Wir haben Starbuck nicht mit den Morden in Verbindung gebracht, und das werden wir auch nie tun. Vielleicht glauben ein paar Kollegen, daß er es war, aber wissen Sie, warum, Sarah? Kein Polizist freut sich, daß so ein Kerl noch frei herumläuft. Jeder Tag, an dem er nicht ergriffen wird, ist eine Art Beleidigung, verstehen Sie?«

»Ja, das verstehe ich«, sagte Sarah. »Das hatte ich befürchtet. Aber viele Leute werden jetzt glauben, sie brauchten keine Angst mehr davor zu haben, daß plötzlich ein Fremder vor ihrer Tür steht.«

»*Wenn* es ein Fremder ist«, sagte Dave Marks. »Aber wechseln wir das Thema. Soll ich Ihnen erzählen, was sonst noch gelaufen ist? Oder wollen Sie das Protokoll abwarten?«

»Irgend etwas Besonderes?«

»Ein schwerer Verkehrsunfall. Ein gewisser Leslie McCloud aus der Charleston Road. McCloud fuhr mit Lichtgeschwindigkeit auf der I-95 und rammte einen anderen Wagen. Dabei kamen zwei junge Leute aus West Haven ums Leben. Sie kamen gerade aus New York.«

»War er betrunken?«

»Er hatte so viel Schnaps im Bauch, daß Schiffe darauf hätten schwimmen können«, sagte Dave Marks.

»Ich warte auf das Protokoll.«

»Er war irgendein hohes Tier.«

»Ich warte trotzdem auf das Protokoll.«

2

Patsy hatte noch nichts von Gary Starbucks plötzlichem Ende gehört, und sie wußte auch nicht, daß die Morde jetzt als aufgeklärt galten. Sie war seit Samstag weder beim Frisör gewesen, noch hatte sie ein Fitness Center aufgesucht. Sie hatte keine Tanzstunde gehabt und auch keine Lebensmittel eingekauft. Sie war kurz nach halb zwei von Graham Williams nach Hause gekommen und hatte ohne große Überraschung festgestellt, daß Les nicht im Haus war. Dann war sie in ihrem Zimmer ins Bett gegangen. Sie hatte gemerkt, daß seine Golfschläger nicht da waren. Les hatte also den ganzen Tag Golf gespielt und im Club gegessen. Wahrscheinlich würde er bis zum Schluß in der Bar hocken. Er würde immer wütender und immer betrunkener werden, und morgen würde er irgendwann überkochen und wieder anfangen, sie zu schlagen.

Diesmal würde sie zurückschlagen, schwor sich Patsy. Diesmal würde sie sich nicht hilflos ducken. Sie würde ihn treten. Diesmal würde sie ihn in die Eier treten, wenn sie dazu nur die geringste Chance hatte. In Graham Williams' Haus hatte sie eine ungewöhnliche Serie von Emotionen durchlebt, Entsetzen, Demütigung und schließlich Liebe, und am ungewöhnlichsten fand sie, daß die anderen drei sich von dem, was ihr widerfahren war, weder bedroht fühlten noch sich davor ekelten. Sie hatten sich wunderbar ruhig verhalten. Sie waren ganz einfach *da* gewesen und hatten sie akzeptiert. Wenn sie Les gegenüber so viel von sich selbst offenbart hätte, wäre sie von ihm aus dem Zimmer gewiesen worden. Ihr Anfall (von den Gründen dafür einmal abgesehen), ihre Bewußtlosigkeit, das Gefühl uneingeschränkter Zuneigung zu den beiden Männern, die aufgepaßt hatten, daß sie sich nicht verletzte, und die Erkenntnis, daß sie mit einem Teenager durch Telepathie verbunden war – in all diesen Dingen hätte Les in erster Linie eine Bedrohung seiner beruflichen Stellung gesehen.

So durfte die Frau des Vizepräsidenten einer großen Firma ihre Samstagabende einfach nicht verbringen. Selbst in ihrer tiefen Erschöpfung war Patsy zornig – Les hatte ihr eine Zwangsjacke angelegt, durch ihre Ehe war sie in eiserne Konventionen eingezwängt worden. Sie erinnerte sich an die vielen Diskussionen, die sie mit Les schon gleich nach ihrer Eheschließung gehabt hatte. – So kannst du dich nicht aufführen, Patsy, hatte Les gesagt. – Wie aufführen? – Wie du dich Johnson (oder Young oder Olson oder *Gold*) gegenüber aufgeführt hast. – Ich wüßte nicht, daß ich mich irgendwie besonders aufgeführt hätte. – Ich weiß, aber es sah aus, als hättest du mit ihnen geflirtet. Und wenn genug Leute denken, du hättest mit Johnson (oder Young oder Olson oder *Gold* oder irgendeinem anderen der zwanzig jungen leitenden Angestellten, die Les so geschickt ausgestochen hatte) geflirtet, dann kriegen wir den Job in Chicago nie.

Les hatte den Job in Chicago bekommen und damit die anderen meilenweit hinter sich gelassen. Ihre neue Wohnung war doppelt so groß wie die in New York. Les konnte sich fünf neue Anzüge und eine Handvoll teure Krawatten leisten, er hatte seinen Namen an der Bürotür und einen Perserteppich auf dem Fußboden ... und er hatte angefangen, sie zu schlagen. Statt eines Drinks genehmigte er sich jetzt vier, wenn er abends aus dem Büro nach Hause kam. Er hörte auf, mit ihr zu reden; er hörte ihr nicht einmal mehr zu. Er arbeitete neun Stunden am Tag, zehn Stunden am Tag, dann zwölf Stunden. An den Wochenenden spielte er Golf mit Kunden, mit Bankkonten, aber nie mit Menschen. Les kannte keine Menschen mehr.

Wegen eines Kunden fing er mit Tontaubenschießen an. Wegen eines anderen besuchte er Baseballspiele. Ein weiterer Kunde überredete ihn zum Eintritt in einen Sportverein. Les McCloud war ehrgeizig und erfolgreich, und er wurde bewundert. Wenn er abends zu der Frau nach Hause kam, die ihn gekannt hatte, als er nur ehrgeizig war, nahm er seine vier Drinks, meckerte über das Essen und verlor die Beherrschung. Dann erkannte sie, wie verzweifelt und halb verrückt ihn sein Zwölfstundentag machte, wie sehr er unter dem Druck der Termine, der Entscheidungen und der Verantwortung litt. Und dann schlug er sie.

Wenn er das noch einmal versucht, schwor sich Patsy, dann werde ich ihn nicht nur in die Eier treten, ich werde mit einem Messer auf ihn losgehen. Er kann nicht den ganzen Tag Golf spielen, abends besoffen nach Hause kommen und dann der kleinen Patsy zeigen, wer der Herr im Haus ist. Wenn er das noch einmal versucht, steche ich ihm ein Messer in den Arm.

Es war, als ob die ganze Geschichte ihrer Ehe, seit Les Anstoß an ihrem Verhalten gegenüber Teddy Johnson genommen hatte, ihr das Recht zu solchen Gedanken gab, das Recht zu dem Wunsch, ihrem Mann ein langes Messer in den Arm zu stoßen. Mit dieser Vorstellung schlief sie ein, und sie brannte in ihr weiter mit der wütenden Glut moralischer Rechtfertigung.

Kurz nach vier Uhr morgens kam Bobo Farnsworth, der immer noch Doppelschichten machte, weckte Patsy und teilte ihr mit, daß ihr Mann bei einem schweren Verkehrsunfall auf der östlichen Richtungsfahrbahn der Interstate 95 gestorben sei.

Patsy wußte, daß Les einmal gut gewesen war, so gut wie sein Charakter und die Welt, in der er lebte, es zuließen, und daß seine Güte an seiner Karriere gestorben war. Seine frühere Zurückhaltung hatte er aufgegeben. Er war dazu übergegangen, in Gesellschaft andere zu tyrannisieren, wie bei dieser entsetzlichen Dinner-Party mit Ronnie, Bobo und den Allbees. Seine freundliche Art hatte sich in kalkulierte Herzlichkeit verwandelt; sein Humor war ätzend geworden; seine unbefangene Liebe zu ihr war einem mürrischen und eifersüchtigen Besitzdenken gewichen. Sie betrauerte, was es zu betrauern gab. Sie hatte kurz so etwas wie Schuldgefühle gehabt, denn ungefähr zu der Zeit, als Les sich mit seinem Mazda totfuhr, hatte sie mit dem Gedanken gespielt, ihm ein Messer in den Arm zu stoßen, aber diese Schuldgefühle waren nur eine flüchtige Regung gewesen. In gewisser Hinsicht hatte Les schon an dem Tag aufgehört, ihr Mann zu sein, als sie sich geweigert hatte, ihm Essen zu machen – es war der Tag gewesen, an dem sie während ihrer Dr. Lauterbach-

Stunde Tabby getroffen hatte – und wenn sie überhaupt ein schlechtes Gewissen hatte, dann galt es den beiden jungen Leuten, die Les mit in den Tod gerissen hatte.

An jenem Montag mußte Patsy den Vormittag überbrücken, bevor sie zum Bestattungsunternehmer ging, um mit Mr. Holland zu verhandeln. Diesem Treffen sah sie mit Unbehagen entgegen. Mr. Holland war ein geschäftiger kleiner Kerl, den sein Vater und sein Großvater so gut für seinen Beruf dressiert hatten, daß er niemals auch nur die geringste menschliche Regung zeigte – er war eine Anstandsmaschine, und wenn er jemals persönliche Eigenschaften gehabt haben sollte, so waren diese schon vor Jahren zu Staub zermahlen worden. Mr. Holland kannte die McClouds, und der Gedanke an eine Einäscherung der Leiche würde ihm nicht sehr gefallen. Er würde ihr nicht nur einen teuren Sarg verkaufen wollen, er würde auch einer Szene mit Les' Eltern aus dem Weg gehen wollen.

Patsy öffnete Les' Kleiderschrank, ein riesiges mit Zedernholz furniertes Möbel gleich neben dem Bett. Er hatte ihn gleich nach ihrem Umzug für sich beansprucht und ihr den dunkleren, unpraktischeren Schrank neben der Badezimmertür zugewiesen. Hier hingen seine zwanzig Anzüge, seine zehn Jacketts, hier standen seine fünfzehn Paar Schuhe säuberlich aufgereiht, und in jedem Schuh steckte ein hölzerner Schuhspanner. In den Fächern lagen seine Hemden und Pullover in ordentlichen Stapeln. An einem Haken neben den Anzügen hingen vier Hosenträger, einer davon mit einem Totenkopfmuster. In den Schubladen lagen gestärkte Taschentücher und gebügelte Socken.

Ich werde ihn einäschern lassen, sagte sich Patsy. *Ja, das werde ich tun.*

Sie strich mit den Fingern über den Ärmel eines dunkelblauen Kaschmirjacketts und riß sofort die Hand zurück. Das weiche Material fühlte sich an wie ein Vorwurf. Was sollte sie mit der ganzen Kleidung anfangen? Sie seinen Eltern geben? Der Armenhilfe? Sie mußte einen Anzug für den Leichenbestatter aussuchen.

Sie hatte keine Lust, seine Kleidung zu berühren, und sie hatte keine Lust, zu Bornley & Holland zu gehen, um mit Mr. Holland zu verhandeln, und sie hatte keine Lust, seine Eltern in ihrem Haus zu bewirten und sich dem unvermeidlichen Kreislauf von Kritik und Pseudoverständnis auszusetzen. *(Ich sage es nur sehr ungern, Patsy, aber ist es in deinem Haus immer so unordentlich? Ich weiß natürlich, daß ihr jungen Frauen heute die Dinge etwas anders seht).*

Wenn ich Charakter hätte, dachte Patsy, würde ich die Sachen der Wohlfahrt geben und Bill und Dee in einem Motel unterbringen. Laura Allbee wäre zu einer solchen Geste imstande gewesen.

Patsy ging über den Korridor in ihr Schlafzimmer. Hier fühlte sie sich am wohlsten. Wenn Bill und Dee kamen, würde sie ihnen dieses Zimmer wohl zur Verfügung stellen und selbst das andere Zimmer benutzen müssen, das sie so penetrant an Les und an ihre Ehe erinnerte. Sie riß die Laken, in denen sie geschlafen hatte, vom Bett und ersetzte sie durch ihre neuesten und schönsten.

Patsy wollte gerade ins Wohnzimmer gehen, als das Telefon klingelte.

Als sie den Hörer abnahm, hörte sie die Stimme eines Mannes. »Patsy? Patsy McCloud? Hier spricht Archie Monaghan.«

»Oh, ja, hallo.« Der Name kam ihr irgendwie bekannt vor.

»Ich habe das mit Les gerade erfahren. Mein Gott, was für ein Jammer.«

Die Jahre ihres Zusammenlebens mit Les McCloud hatten sie gelehrt, aus der Stimme eines Mannes die Falschheit herauszuhören, und deshalb sagte sie nur »Ja«.

»Eine schlimme Geschichte. Ich war fast den ganzen Samstag mit ihm zusammen, müssen Sie wissen. Auf dem Golfplatz.«

Und in der Bar, dachte Patsy. »Das wußte ich nicht.«

»O ja, wir haben achtzehn Löcher gespielt. Wir haben sehr viel Spaß gehabt, Patsy, das sollte ich Ihnen vielleicht noch sagen.«

»Danke, Archie.«

»Und wie fühlen Sie sich? Wie kommen Sie darüber weg?« Plötzlich wußte sie, wie er aussah.

Ein kleiner Fettwanst mit rotem Gesicht und auffälliger Kleidung. Hellblaue listige Augen.

»Ich versuche nur, den Vormittag zu überstehen, Archie. Und wenn es zwölf ist, werde ich versuchen, den Nachmittag zu überstehen. Ich kann Ihnen nicht sagen, wie ich mich fühle.«

»Ich würde Sie gern aufsuchen und Ihnen helfen. Ich bin Anwalt, Patsy, und ich habe schon viel gesehen. Und wenn Sie Hilfe brauchen – vielleicht in Vermögensfragen, oder was Sie sonst besprechen möchten. An meiner Schulter kann man sich gut ausweinen, Patsy.«

Patsy sagte überhaupt nichts.

»Und falls Sie vielleicht nicht im Haus bleiben möchten, würde ich Sie sehr gern zum Essen einladen, Patsy. Wie wär's mit heute abend? Es gibt gewiß vieles, worüber Sie reden möchten. Dinge, die Ihnen auf der Seele liegen. Ich kann Ihnen helfen. Ich wette, Sie brauchen ganz einfach ein bißchen Trost. Soll ich Sie um etwa sieben Uhr abholen?«

»An was hatten Sie denn gedacht, Archie?« fragte sie. »Kerzenlicht und Wein? Erscheint Ihnen das für die junge Witwe geeignet?«

»Ich meine, die junge Witwe soll alles haben, was sie will.«

»Gut. Dann will ich Ihnen sagen was ich will, Archie. Ich will, daß Sie ins Badezimmer gehen.«

»Äh?«

»Ins Badezimmer. Ich will, daß Sie das Licht anschalten. Sie müssen sich gut sehen können. Ich will, daß Sie dann die Hose ausziehen, und ich will, daß Sie anschließend die Unterhose ausziehen. Ich will, daß Sie sich an das Waschbecken stellen und an mich denken. Ich bin ein Meter achtundsechzig groß, Archie. Ich wiege hundertzehn Pfund. Ich bin eigentlich ganz schön mager, Archie. Ich will, daß Sie Hand an sich legen.«

»He, was, zum Teufel, soll das heißen, Patsy?«

»Nun, das werden Sie doch ohnehin tun, nicht wahr, Archie? Da kann ich doch auch *wollen*, daß Sie es tun. Denn zu etwas anderem werden Sie keine Gelegenheit haben.«

»Mein Gott, Sie sind ja krank.« Archie legte ganz schnell auf.

Patsy lächelte – ein wenig müde und ein wenig bitter, aber sie lächelte.

3

Als Mikki O'Hara die Tür ihres langgestreckten Schindelhauses in Hampsteads hügeligem Norden öffnete, sagte Sarah Spry: »Oh, Mikki«, und nahm sie in die Arme. Mikki O'Hara war zwanzig Zentimeter größer als Sarah und mußte sich zu ihr herabbeugen. Sarah küßte sie auf die Schläfe, wobei sie Lippenstiftspuren hinterließ, und streichelte ihr den Rücken. »Oh, Mikki«, wiederholte sie. »Es tut mir so schrecklich leid.« Sie hielt die größere Frau ein paar Sekunden fest, bevor sie sie losließ.

Als sie sich voneinander gelöst hatten, fand sie ihren ersten Eindruck von der Mutter der toten Kinder bestätigt. Mikkis Gesicht war eingefallen – sie sah zwanzig Jahre älter aus. Ihre Augen brannten tief in den Höhlen, und ihre Wangen zeigten Schatten. »Ehrlich«, sagte Sarah, »wenn du keine Lust hast, mit mir zu reden, gehe ich sofort zu meinem Wagen zurück und fahre weiter. Ich würde das sehr gut verstehen, und Stan Brockett kann mich mal gernhaben.«

»Sei doch nicht dumm«, sagte Mikki O'Hara. »Ich freue mich über deine Gesellschaft. Ich bin doch jetzt ganz allein.«

»Allein?« Sarah war ganz entsetzt. »Wo ist denn Des?«

»Des ist mit einem Kunden nach Australien geflogen. Sie sind irgendwo im Busch. Der Ort heißt Coober Peddy, und ich konnte ihn erst gestern abend telefonisch erreichen. Er fliegt sofort zurück, aber er wird erst morgen ankommen.«

Ein schwacher, aber beißender Whiskygeruch begleitete ihre Worte. Sarah fand das nur allzu verständlich. Mikki O'Hara hatte die aufgetriebenen Leichen ihrer Kinder identifiziert, mit der Polizei gesprochen und dann einen Tag und eine Nacht ganz allein in ihrer Wohnung verbracht. Wahrscheinlich hatte sie Beruhigungsmittel genommen, aber auf

Sarah machte sie den Eindruck, als hätte sie nicht viel länger als eine Stunde geschlafen.

»Komm doch rein«, sagte Mikki. »Es macht mich nervös, wenn du hier vor der Tür herumstehst.«

»Soll ich dich heute abend besuchen?« fragte Sarah. »Du solltest lieber nicht allein sein.«

»Oh, meine Schwester kommt aus Toledo. Trotzdem vielen Dank, Sarah. Möchtest du einen Drink?«

Sie gingen in das Wohnzimmer, das in italienischem Stil eingerichtet war. Tische mit Glasplatten und mit hellbraunem Leder bezogene Stühle mit hohen Lehnen. Moderne Wandstrahler beleuchteten Mikkis in hellen wässerigen Farben gemalte abstrakte Bilder. Der Getränkewagen stand an einem Ende der Couch.

Sarah war schon im Begriff, *nein* zu sagen, aber sie sah die neun Flaschen auf dem Wagen und das Eis, das in dem silbernen Kübel langsam schmolz, und aus Mitleid sagte sie: »Ja, einen kleinen Schluck von dem, was du selbst trinkst.«

In ihrem langen Brokatkaftan ging Mikki unsicher zur Couch hinüber und sagte: »Großartig, großartig.« Sie ließ sich schwer auf die Couch fallen und griff in das untere Regal des Wagens, um ein sauberes Glas für Sarah auf den Tisch zu stellen. Dann schaute sie Sarah an, die sich in den massiven Sessel auf der anderen Seite des Tisches gesetzt hatte. Mikkis Gesicht war gerötet. Der dekorative Kaftan, die hellen Möbel in dem erleuchteten Raum, ja, selbst ihre naiven und hübschen Bilder schienen sich gegen dieses von Schmerz gezeichnete Gesicht verschworen zu haben. Hier hatte Leid keinen Platz, es war einfach nicht vorgesehen. »Brockett meint also, ich sei von öffentlichem Interesse?«

Sarah nahm Bleistift und Notizbuch aus ihrer Handtasche. »Wenn es dir lieber ist, sitze ich hier ganz einfach nur bei meinem Drink. Das meine ich ernst.«

»Oh, Sarah, du meinst immer, was du sagst. Trink doch einen Schluck Scotch.« Mikki goß einen halben Zoll Whisky in Sarahs Glas, fischte mit den Fingern ein paar von den schwimmenden Eiswürfeln aus dem Kübel und hielt Sarah das Glas hin. »Hier.«

Sarah stand auf und nahm Mikki das Glas aus der Hand.

»Wirklich«, sagte Mikki, »es macht mir nichts aus, darüber zu reden. Wirklich nicht.« Sie nahm ihr eigenes Glas vom Getränkewagen und trank einen Schluck. Die Flüssigkeit sah aus, als sei es Whisky pur. »Ich denke an nichts anderes mehr, und warum sollte ich nicht darüber reden? Du mußt mir nur versprechen, daß es dir nichts ausmacht, wenn ich ab und zu weine. Dann wartest du eben, bis es vorüber ist.«

»Ist schon gut, Mikki«, sagte Sarah.

»Weißt du, was das Komische ist?« fragte Mikki O'Hara. »Die Jungs sind noch nie nachts draußen gewesen, schon gar nicht allein. Noch nie. Das taten sie einfach nicht. *Und*, sie sind noch nie ohne Erlaubnis zum Strand gegangen. Tommy ging sowieso nicht gern an den Strand. Er hat allerdings gern gesegelt, weißt du das noch? Nach Segeln war er ganz verrückt. Wir wollten ihm zu seinem zehnten Geburtstag ein kleines Boot kaufen – wie hätte er sich gefreut.« In Mikki O'Haras Gesicht arbeitete es, und ihr Mund zitterte. Sie trank einen großen Schluck Whisky. »Aber ich will dir sagen, was ich wirklich nicht verstehe. Weißt du, was ich nicht verstehe, Sarah? Wie diese Kinder den ganzen Weg nach Gravesend Beach geschafft haben. Das sind vier Meilen. *Vier Meilen*. Weißt du – sie sind nicht den ganzen Weg zu Fuß gegangen. Jemand muß sie mitgenommen haben. Jemand hat sie hingebracht. Irgendein Wahnsinniger muß meine Kinder in seinen Wagen geladen haben und …« Sie ließ den Kopf sinken und schluchzte, während Sarah ganz steif und voller Selbstverachtung dasaß.

»Ach, Scheiße«, sagte Mikki endlich. »Ich kann es gar nicht sagen, ohne zu heulen, aber ich glaube, daß es so gewesen sein muß. Allein hätten sie den weiten Weg nie geschafft. Der kleine Martin kriegte noch die Flasche. Ich habe schon gefürchtet, daß man ihm noch die Flasche geben muß, wenn er schon das College besucht.«

»Aber sie haben das Haus von sich aus verlassen. Ich habe jedenfalls von der Möglichkeit einer Entführung nichts gehört.«

»Es war Tommy«, sagte Mikki. »Es muß Tommy gewesen

sein. Er muß Martin dazu überredet haben. Er muß ihn aus seinem Bett geholt und angezogen haben. Er muß ihm irgendwie verrückte Geschichten erzählt haben ... und dann mit ihm rausgegangen sein.« Mikkis müde Augen blitzten plötzlich auf, und eine Sekunde lang sah sie für Sarah aus wie irgendeine verrückte alte Frau, wie man sie manchmal in New York auf den Straßen sieht, eine zahnlose alte Frau mit einem Sack, in dem sie alte Zeitungen und ihre ganze Kleidung mit sich trägt. »Ehrlich, wenn Tommy jetzt reinkäme, würde ich das kleine Miststück verprügeln, ich würde ihn wahrscheinlich totschlagen.«

Die schrecklichen Augen schlossen sich wieder, und ihre Schultern zuckten unter dem Brokatkaftan. Mikki stieß einen Laut aus, der wie der Schrei einer Katze klang. Sarah kam sich fast wie ein Leichenfledderer vor. Sie konnte sich nicht vorstellen, warum Stan Brockett sie überhaupt hergeschickt hatte.

Sarah stand auf, ging um den Tisch herum und setzte sich neben Mikki. Sie legte ihren dünnen Arm um Mikkis breiten Rücken. Dann zog sie die andere Frau an sich. Auch sie selbst weinte jetzt.

Mikkis Schluchzen verwandelte sich in ein krampfhaftes Zittern. »Oh, meine armen Kleinen«, stieß sie hervor, und wieder schossen Tränen aus ihren Augen und liefen ihr die Wangen herab. »Martin war immer so ungeduldig. Er wollte ein großer Junge sein, genau wie sein Bruder. Und Tommy nannte ihn immer dumm und beschimpfte ihn, wie Jungs nun einmal ihre Brüder beschimpfen. Aber insgeheim war er stolz darüber, daß Martin ihn so bewunderte.« Mikki richtete sich langsam auf und trank ihr Glas aus. »Ich will, daß sie den Mann erwischen, der meine Kinder zum Strand gelockt und umgebracht hat. Sie sollen ihn nackt in einem Ameisenhaufen festbinden. Sie sollen ihm bei lebendigem Leib die Haut abziehen.« Wieder waren ihre Augen die der zahnlosen alten Frau mit dem Sack. »Er soll vor meinen Augen so leiden, wie noch nie jemand gelitten hat. Und dann will ich ihn selbst umbringen.«

Dann überraschte Mikki Sarah dadurch, daß sie ihr mit

der Hand auf das Knie schlug und sich zu ihr herüberbeugte, als wollte sie ihr ein Geheimnis anvertrauen. »Weißt du, ich habe etwas getan. Ich hatte da so einen Traum.« Sie lehnte sich wieder zurück und lächelte Sarah an. »Weißt du noch, daß ich vorhin sagte, ich würde Tommy den Kopf abschlagen, wenn er jetzt reinkäme?«

Sarah nickte.

»Nun, ich habe geträumt, daß Tommy *tatsächlich* kam. In mein Schlafzimmer. Er war ganz kalt und klapperte mit den Zähnen. Ich streckte die Hand aus, und er nahm sie. Er war ganz naß. Ich konnte das Wasser an ihm riechen, das kann man nämlich. Er war so entsetzlich kalt, und ich zog ihn an mich, ich zog ihn zu mir unter die Decke, einfach zu mir ins Bett. Dann versuchte ich ihn zu wärmen. Ich umarmte ihn, ich umarmte ihn immer wieder.«

Wieder legte Sarah ihren Arm um die Freundin. Wie denkt sich Stan Brockett wohl, überlegte sie, daß ich dies in meinem Artikel unterbringe?

4

Am Montagmorgen wurde Richard von einem Mann angerufen. »Hier ist Baumeister Trucking. Ich bin der Fahrer und stehe jetzt an der Post Road. Wie komme ich von hier zum Beach Trail?«

»Wer war das?« fragte Laura, die mit einer Flasche Ajax und einem nassen Lappen in die Küche kam.

»Unsere Sachen kommen gleich. Das war der Fahrer.«

»Wir kriegen also endlich unsere Möbel?«

»Ja«, sagte er.

»Ich habe eine Überraschung für dich«, sagte Laura. »Ich habe sie mir für heute aufgespart.«

»Ich habe für dich auch eine Überraschung. Als ich heute morgen im Supermarkt war, hörte ich, wie zwei Frauen darüber sprachen, daß der Mann, der die beiden Frauen in der Stadt ermordet hat, tot ist.«

»Wirklich? Oh, Gott sei Dank.« Laura hob die Hände an

den Mund, wo sie sie unbewußt wie zum Gebet faltete. »Gott sei Dank. Oh, ich bin so froh. Ich meine, ich bin natürlich nicht glücklich darüber, daß er tot ist, aber ich bin froh, daß er nicht mehr frei herumläuft. Das ist eine Erleichterung, zumal du morgen nach Providence fährst.«

»Ich dachte, es würde dich interessieren?« sagte Richard. »Aber ich habe nicht gewußt, daß du dir solche Sorgen machst, weil ich wegfahre, Schatz. Ich bleibe doch nur ein paar Tage weg.«

»Ich weiß, aber ich war trotzdem nervös. Ich wollte nur nicht darüber sprechen, damit du dir nicht auch noch Sorgen machst.«

»Ich fahre sehr ungern weg«, sagte Richard. »Hier herrscht noch so ein Durcheinander.«

»Wart's ab. Bis heute abend haben wir alles ausgepackt und die Möbel an Ort und Stelle gerückt, vielleicht sogar das Geschirr weggeräumt. So schlimm wird das Durcheinander schon nicht werden. Ich und der Kleine werden es schon überleben, daß du ein paar Tage weg bist. Wenigstens haben wir dann unsere eigenen Betten wieder.«

»Und wir brauchen nicht mehr zu surfen«, sagte Richard und nahm sie in die Arme.

»Haben die Frauen das wirklich gesagt?« fragte Laura.

»Natürlich. Oder glaubst du etwa, ich hätte es erfunden?«

»Wie ist der Mann gestorben?« Sie hatte die Arme um ihn gelegt, und ihr Kopf lag an seiner Brust.

»Es muß wohl unten an der Mount Avenue gewesen sein. Er versuchte einzubrechen, und der Hauseigentümer hat ihn dabei überrascht. Der Mann war bewaffnet und hat ihn erschossen.«

»Ich bin so froh, daß das vorüber ist«, sagte Laura.

Richard sah einen braunen Lastwagen in die Einfahrt biegen. »Hier kommt alles, was sonst noch zu unserem Leben gehört«, sagte er zu Laura.

Ein rundlicher Mann mit einer Zigarre zwischen den Zähnen stieg aus dem Fahrerhaus und ging langsam zum hinteren Wagenende. Die Türen wurden aufgerissen, und zwei muskulöse junge Schwarze sprangen heraus.

»Hatten sie auch die richtige Adresse?« fragte Laura.

»Sie sind für ihren Service berühmt«, sagte Richard. »Sie versuchen immer, den Leuten dieselben Möbel wiederzubringen, die sie ihnen vorher aus dem Haus geholt haben.«

Sarah Spry fuhr in die Einfahrt, als die beiden jungen Schwarzen gerade ein massives Viktorianisches Sofa abluden. Der Fahrer thronte in seinem Fahrerhaus und war sich offenbar zu schade, den jungen Leuten zu helfen. Volle, halbvolle und leere Kisten – dieselben grauen und gelben Kisten, die sie zuerst in London gesehen hatten – standen in der Küche und im Wohnzimmer. Zwei der Stühle, die zum Sofa paßten, standen noch halb mit Packpapier umhüllt zu beiden Seiten des Kamins.

Richard hielt Sarah die Tür auf, und sie betrat das Haus. Sie stemmte die Hände in die Hüften und warf den Kopf zurück. Dann nickte sie Richard anerkennend zu. »Sie sind ein Genie«, sagte sie. »Der fürchterliche Gestank ist völlig verschwunden. Und Sie haben schon angefangen, das Haus zu renovieren.«

»Wir wollten soviel wie möglich schaffen, bevor die Möbel kommen«, erklärte Richard. Sarah Spry benahm sich nicht anders als an dem Tag, an dem er sie kennenlernte, aber ihr Gesicht sah seltsam aus ... ihre Augen waren verquollen und rotgerändert, als litte sie an einer Art Augenentzündung.

»Ich weiß, daß ich komisch aussehe«, sagte die Reporterin. »Ich habe geweint. Bevor ich herkam, hatte ich eine ziemlich traurige Aufgabe. Haben Sie von den beiden Kindern gehört, die sich hier unten am Strand ertränkt haben? Es geschah in der Nacht von Samstag auf Sonntag. Ich mußte die Mutter besuchen, eine alte Freundin von mir. Hallo, Sie sind gewiß Laura«, sagte sie zu Laura, die ziemlich mürrisch in der Küchentür stand. »Sie haben aber schönes Haar. Meins ist so rot wie ein Feuerwehrauto, aber Ihres, meine Liebe, Sie sehen aus wie eine Märchenprinzessin. Jedenfalls haben wir eine ganze Tasse voll geweint, wie Julie London immer sagte.«

Die beiden jungen Schwarzen schoben ächzend das Sofa durch die Tür. Ihre Muskeln wölbten sich wie die von Gewichthebern. Richard wußte, daß das Sofa gut und gern drei Zentner wog. »Gegenüber dem Kamin«, sagte Laura, und die Jungs wuchteten das Möbelstück in das Wohnzimmer.

»Wie schrecklich«, sagte Richard. Laura nickte und sagte: »Wie geht es ihr denn?«

»Sie ist gerade dabei, sich zu besaufen«, sagte Sarah. »Ihr Mann ist irgendwo in Australien im Busch, und so etwas erlebt man in Patchin County immer wieder. Die Männer hüpfen wie Flöhe in der Welt herum.«

»Mögen Sie eine Tasse Kaffee?« fragte Laura. »Ich habe gerade einen Kessel und unsere alten Tassen gefunden. Aus unserem anderen Haus habe ich Pulverkaffee mitgebracht.«

»Sie sehen nicht nur aus wie ein Engel, Sie sind einer. Kaffee. Eine sehr gute Idee. Ich trinke übrigens gern Pulverkaffee. Ich trinke praktisch nichts anderes. Wer hat denn heute noch Zeit für etwas anderes?«

Laura verschwand wieder in der Küche.

»Zwei Kinder haben sich ertränkt?« fragte Richard, der noch genau wußte, wie sie sich ausgedrückt hatte. »Sie meinen, sie haben Selbstmord begangen? Zwei Brüder?«

»Ich wollte es nicht schlimmer machen, als es ist. Sie müssen sehr spät in der Nacht an den Strand gegangen sein – etwa um drei Uhr morgens. Es sieht aus, als seien sie so weit hinausgeschwommen, wie sie konnten. Oder vielleicht hatte einer von ihnen Schwierigkeiten, und der andere starb bei dem Versuch, ihn zu retten. So ist es wahrscheinlich gewesen.«

»Waren es Teenager?«

»Neun und vier.«

»Mein Gott«, sagte Richard.

Sarah Spry nickte grimmig. »Eines dieser schrecklichen Ereignisse, wie sie in Hampstead über die Jahre immer wieder passiert sind. Wissen Sie, daß ich einmal zum Country Club fahren mußte, um mir die Leiche des Mannes anzusehen, dem dieses Haus gehörte? Es war einer meiner ersten Jobs als Reporterin, und der Mann hieß John Sayre. Und er hatte Selbstmord begangen.«

»Ja, ich habe davon gehört«, sagte Richard.

»Fragen Sie doch mal Ihren Nachbarn gegenüber. Er kann es Ihnen erzählen. Der alte Graham Williams. Er war an jenem Abend dort. Er war einer der letzten, die John Sayre lebend gesehen haben.«

»Ich bin mit Graham befreundet«, sagte Richard.

»Dann haben Sie einen besseren Geschmack als die meisten Leute in dieser Stadt.« Sie waren in das große leere Wohnzimmer gegangen, und Sarah hatte sich auf das riesige Sofa gesetzt. Sie öffnete ihre Handtasche und nahm Bleistift und Notizbuch heraus. »Erzählen Sie ein wenig über sich selbst«, sagte sie und schlug ihr Notizbuch auf. »Wie war es, bei *Daddy's Here* mitzuspielen? Wie denken Sie heute darüber? Haben Sie die Absicht, jemals wieder vor die Kamera zu treten?«

Richard sprach über *Daddy's Here*. Er erzählte, wie sehr er Carter Oldfield bewundert und Ruth Branden geliebt hatte. Billy Bentley erwähnte er nicht – an Billy Bentley mochte er nicht denken.

»Nun, das hört sich jedenfalls alles ganz gut an«, sagte Sarah Spry. Laura war mit drei Tassen Kaffee gekommen und saß jetzt neben der Reporterin auf dem Sofa.

Richard wußte, daß sie auf Mrs. Spry wütend war, weil sie so lange blieb und weil sie ihm unterstellte, daß er sie angelogen hatte. Er wußte genau, daß sie wütend war, denn sie saß ganz still da, und lange Zeit zwinkerte sie nicht einmal mit den Augen. Laura wollte, daß alle aus dem Haus verschwanden.

»Was nun meine gegenwärtige Tätigkeit anbetrifft«, sagte er, »so meine ich, daß ich versuche, die Vergangenheit zum Leben zu erwecken.« Im gleichen Augenblick hielt er das für eine sehr unglückliche Formulierung, wenn er an das dachte, was er mit Williams und Patsy besprochen hatte. Aber dann beschrieb er das Haus, das sie in London bewohnt hatten, und wie seine jetzige Arbeit eigentlich aus diesem Haus erwachsen war.

»Entschuldigen Sie«, sagte Sarah Spry. »Ich glaube, ich habe irgendwie den Faden verloren. Könnten Sie noch einmal wiederholen, was Sie eben gesagt haben?«

Laura wippte mit dem Fuß auf und ab. Sie war jetzt schon sehr ungeduldig, aber das konnte nur Richard erkennen.

»Gern«, sagte Richard, »und dann werden wir die Sitzung wohl unterbrechen müssen. Laura und ich haben eine Riesenarbeit vor uns ...« Er schwieg, denn er sah, daß die Reporterin rot wurde und auf ihr Notizbuch starrte.

»Entschuldigen Sie«, wiederholte Sarah. »Ich bin etwas ... ich habe wohl ...«

In der Küche klingelte das Telefon.

5

Da, mitten zwischen den Notizen war das, was dazu geführt hatte, daß sie während des Interviews den Faden verlor. Sarah wußte, daß sie rot geworden war, aber das hatte sie so wenig vermeiden können wie früher als junges Mädchen, wenn irgendein Junge einen Witz über ihre Haare machte, die so rot wie ein Feuerwehrwagen seien. Sie schaute immer wieder auf das, was sie geschrieben hatte, aber die Sätze ließen sich nicht ungeschrieben machen. *Ich meine, daß ich versuche, die Vergangenheit zum Leben zu erwecken. Nackte Schwimmer. Ich glaube an diese alten Häuser, ich glaube an die Werte, die in ihnen zum Ausdruck kommen, und ich ...*

Dann, weiter unten auf der Seite, stand in ihrer sauberen kleinen Schrift wieder etwas Falsches. *Ich wurde als Architekt ausgebildet, aber erst als wir unser Haus in London gekauft hatten, fing ich mit der Arbeit an, die mir wirklich Spaß machte. Ich bin verloren. Dieses erste Haus war meine eigentliche Universität. Ich habe Angst. Mein Geschäft fing erst richtig an, als einige Leute ...*

Sarah ließ den Bleistift auf den Fußboden fallen.

Nackte Schwimmer.

Ich bin verloren.

Ich habe Angst.

Es war, als hätten diese beiden armen verlorenen Kinder Martin und Tommy O'Hara direkt durch ihren Bleistift zu ihr gesprochen. Richard Allbee hatte diese Worte nicht gesagt, und sie hatte sie auch nicht bewußt aufgeschrieben.

Für einen Augenblick war bei ihr irgend etwas ausgerastet, als sei das Bild auf einer Mattscheibe plötzlich undeutlich geworden, und in diesem Augenblick geistiger Verwirrung hatten sich die ungesprochenen Worte durch ihr Schreibwerkzeug auf dem Papier ausgedrückt. *Verloren. Angst.* Sie bückte sich, um den Bleistift aufzuheben, und es schien, als löste sich ihr Kopf von ihrem Körper und beobachtete sie mit kalter Gleichgültigkeit, wie sie unbeholfen versuchte, ihren Bleistift wiederzufinden.

»Entschuldigen Sie«, sagte sie. Sie hörte sich die Worte sagen und sah, wie ihre Finger sich um den Bleistift krampften. »Ich bin etwas *(in Schwierigkeiten)* ... Ich habe wohl *(Schwierigkeiten, meinen Verstand in Ordnung zu halten)* ...«

Als das Telefon klingelte, hätte sie vor Dankbarkeit zu Boden sinken können.

6

»Patsy hat Schwierigkeiten«, hörte Richard Graham Williams sagen. »Ich weiß nicht genau, welche, aber sie braucht uns, Richard. Glauben Sie mir, ich hätte Sie nicht ausgerechnet heute angerufen, wenn ich es nicht für eine ernste Sache hielte.«

»Ähnliche Schwierigkeiten wie am Samstagabend?« fragte Richard und glaubte schon, daß sich Patsy auf irgendeinem fremden Fußboden in Krämpfen wand.

»Ich weiß es nicht. Nein, ich glaube nicht. Es hörte sich nicht so an. Aber sie braucht unsere Hilfe, Richard.«

»Wo ist sie?«

»Bei einem Bestattungsuntemehmer in der Rex Road, ganz in der Nähe der Post Road – eben um die Ecke. Der Name ist Bornley und Holland.«

»Ich will versuchen, hier wegzukommen«, sagte Richard.

Als er wieder in das Wohnzimmer kam, war Laura von der Couch aufgestanden und unterhielt sich an der Hintertür mit den beiden jungen Schwarzen. »Es ist alles ausgeladen, Richard«, sagte sie. »Von einem der Eßzimmerstühle ist ein Bein abgebrochen, aber das ist der einzige Schaden, den ich entdecken konnte.«

Er schaute zu Sarah Spry hinüber. Sie hielt ihren Bleistift fest und beugte sich über ihre Knie nach vorn wie ein kleines Mädchen, das dringend zur Toilette muß. Die Röte war aus ihren Wangen verschwunden, und ihr faltiges Gesicht wirkte abwesend.

»Okay«, sagte Richard. »Wenn wir noch mehr finden, werden wir der Firma schreiben. Ihr Jungs habt gut gearbeitet.« Er gab jedem der beiden zehn Dollar.

»Mister, ist die Lady krank?« fragte einer von ihnen.

»Wahrscheinlich. Hier sind fünf für den Fahrer, aber das sind fünf mehr, als er verdient.«

Die Leute verschwanden, und er wandte sich der Reporterin zu.

»Es tut mir leid, aber wir müssen das Interview beenden«, sagte er. »Ich muß noch in die Stadt. Haben Sie alles, was Sie brauchen?«

Sie nickte, stützte die Hände auf die Knie und schwankte ein wenig, als sie sich erhob. »Ich habe reichlich.«

»Möchten Sie sich hier ein wenig ausruhen, bevor Sie gehen? Kann ich Ihnen irgend etwas anbieten?«

Sie lächelte »Nein. Vielen Dank.«

»Sie schienen mir etwas ...« Er sprach nicht weiter, denn er wollte nicht gerne »verstört« sagen; dann fiel ihm ein, daß »erschrocken« das richtige Wort gewesen wäre.

»Tatsächlich?« sagte sie. Sarah lächelte immer noch. »Ich glaube, das Gespräch von heute morgen hat mich doch ein wenig mitgenommen. Es war nicht halb so angenehm wie dieses. Nein, ich fühle mich schon wieder besser, Mr. Allbee. Ich werde mich auf den Weg machen. Der Artikel soll am Freitag in der *Gazette* erscheinen.«

Er führte sie zum hinteren Ausgang. Der Möbelwagen war verschwunden, und ein Berg von braunem Packpapier und zerrissenen Kartons türmte sich neben der Einfahrt auf. Neben dem gelbbraunen Haufen lagen zwei glimmende Zigarrenreste so groß wie zwei Stücke Hundekot.

Er winkte, als sie in ihren Wagen stieg, und wandte sich

dann wieder Laura zu. Sie stand ein paar Meter entfernt und hielt die Arme über die Brust verschränkt. Ein schwarzer Schmutzstreifen zog sich über ihre Stirn. »Es ist unmöglich, daß diese Frau dich ausgerechnet an unserem Umzugstag interviewen muß. Wenn sie auch nur ein ungünstiges Wort über dich schreibt, gehe ich in ihr Büro und zünde ihren Schreibtisch an.«

»Jedenfalls sind wir sie los«, sagte Richard. Er schlug sich auf die Taschen, um seine Autoschlüssel zu finden. »Die Zeit ist zwar schrecklich ungünstig, aber Patsy McCloud scheint in irgendwelchen Schwierigkeiten zu stecken. Eben war Graham Williams am Telefon. Patsy ist bei einem Bestattungsunternehmer in der Rex Road. Ich muß dringend hin, und du solltest mitkommen.«

»Kann Graham Williams das nicht allein schaffen?« Laura betrachtete ihre Handflächen. Dann wischte sie sich den Staub an den Jeans ab. »Du und Graham Williams seid offenbar eine Art Patsy McCloud-Fanclub. Den ganzen Samstagabend bist du mit ihr zusammen, und nun mußt du ihr helfen, ihren Mann zu beerdigen.«

»Ich weiß, es sieht komisch aus, es hört sich komisch an, und wahrscheinlich riecht es sogar komisch, aber sie braucht Hilfe. Mehr weiß ich nicht. Ich möchte jedenfalls, daß du mitkommst.«

»Ich möchte es auf keinen Fall verpassen«, sagte Laura. »Aber der wahre Grund, warum ich böse mit dir bin, ist, daß du dein Geschenk ganz vergessen hast. Dabei habe ich eine ganze Woche dazu gebraucht, es auszusuchen.«

»Mein Geschenk«, sagte er dümmlich. »Oh, mein Gott. Ich vergaß ganz, daß du ein Geschenk für mich hast. Zuerst die Leute mit den Möbeln, dann diese Sarah so-und-so und dann Grahams Anruf … oh, Laura, es tut mir leid. Es tut mir wirklich leid.«

»Das will ich auch meinen, Kleiner«, sagte sie. »Ich habe es im Küchenschrank versteckt. Hast du jetzt Zeit, es dir anzuschauen, oder mußt du unbedingt sofort zu deiner Patsy?«

»Sehen wir es uns an«, sagte er und legte seinen Arm um sie, als sie in die Küche zurückgingen.

Laura beugte sich vor und öffnete eine der unteren Schranktüren. Sie nahm einen etwa dreißig Zentimeter hohen silbergrauen Karton heraus. »Hoffentlich gefällt es dir«, sagte sie und gab ihm den Kasten. »Es ist ein Geschenk für unser Haus. Ich habe in meinem Leben noch nicht so viel Geld für ein Geschenk ausgegeben.«

Er nahm den Kasten und stellte ihn auf einen Tisch. Er war viel leichter, als er gedacht hatte. Er nahm den Deckel ab und sah Laura von der Seite an. Sie war immer noch ein wenig verschnupft, aber sie wartete offenbar gespannt auf seine Reaktion.

»Laß ihn bloß nicht fallen«, sagte sie.

Er nahm das Papier heraus, das den Inhalt des Kastens verdeckte, und steckte die Hände hinein. Es war kaltes Porzellan mit einem rauchiggelben Schimmer. Seine Finger ertasteten unten etwas Viereckiges. Es war hohl, und das erklärte das geringe Gewicht. Er zog den Gegenstand heraus.

Sein erwartungsvolles Lächeln gefror ihm im Gesicht. Er hielt den grinsenden gelben Kopf eines Drachen in der Hand. Aus dem flachen Kopf ragten zwei Hörner hervor; wie eine gefrorene Welle erhob sich hinter dem Kopf eine dicke Schwinge.

»Es ist chinesisch«, sagte Laura. »Ein Dachdrachen – ein Schmuckziegel. Die Farbe bedeutet, daß er an einem kaiserlichen Palast angebracht war. Ich denke, er wird uns Glück bringen.«

»Ja«, sagte er und wagte kaum zu atmen.

»Ich sehe schon, deine Begeisterung kennt keine Grenzen. Steck ihn nur wieder in den Kasten. Ich bringe ihn wieder zurück, sobald wir unsere Sachen ausgepackt haben.«

»Nein«, sagte er. »Ich will ihn behalten. Ich finde ihn sehr schön.«

»Wirklich?«

»Ja. Ein wunderschönes Stück. Ich war nur etwas überrascht. Er gefällt mir sehr gut.«

»Du machst aber ein so komisches Gesicht.«

»Ich dachte an etwas, das Graham Williams mir erzählt hat. Es soll hier mal einen Mann gegeben haben, den man den Drachen nannte.« Und mehr konnte er Laura über den Samstagabend nicht erzählen.

»Hat dein Vater ihn gekannt?«

Jetzt mußte er lächeln. »Nein. Es ist sehr lange her. Das war, als die ersten Siedler nach Greenbank kamen.«

»Dann gibt es jetzt eben noch einen«, sagte Laura. »Laß uns einen Platz für ihn suchen.«

Richard trug den Drachenkopf ins Wohnzimmer und stellte ihn auf das Kaminsims. Dann umarmte er Laura. Irgendwie hatte er das Gefühl, daß jetzt dem Chaos Zutritt gewährt war, daß es Eingang gefunden hatte, daß die Tür in seinem Traum sich geöffnet hatte und daß Billy Bentley hereingestürmt war, die Haare an die Stirn geklatscht und die Kleidung vom Regen naß.

»Gefällt er dir auch wirklich?« fragte Laura. »Oder sagst du es nur so?«

Er spürte die Wölbung ihres Leibes an seinem Körper, hinter der die Kleine sich regte, auf die er sich selbst in seinen Träumen freute. »Er gefällt mir sehr«, sagte er. »Natürlich gefällt er mir.«

7

Als Patsy die massive Tür zur Eingangshalle des Bestattungsunternehmens öffnete, versuchte sie jede Erinnerung an die vergangene Nacht zu verdrängen. Mr. Holland hatte sie schon erwartet. Er kam über den Teppich geflossen, und sein schmales Gesicht sprach jeder Phantasie Hohn. Er war in Wirklichkeit ein freundlicher, wenn auch nervöser Mann, aber die Natur hatte Franz Holland mit dem Gesicht und der Statur eines Schurken aus einem Roman von Dickens ausgestattet. Seine Augenbrauen waren buschig und gezwirbelt, seine Nase spitz, seine Schultern hochgezogen. Er pflegte seine dürre Gestalt mit teueren Anzügen zu bedecken. Seine Lippen waren ein wenig zu rot für sein blasses Gesicht. Er wollte gern »kultiviert« und »überlegen« wirken, und deshalb befleißigte er sich eines gezierten Auftretens, das er für vornehm hielt. So liebte er es, einen Finger schräg vor die Oberlippe zu halten, oder er setzte einen Fuß vor und hielt die Hüfte schief, oder er hatte beim Gehen die Hände auf dem Rücken. Als er über den dicken Teppich auf Patsy zuging, kombinierte er zwei dieser Gesten: er hielt den linken Zeigefinger schräg vor die Oberlippe und hatte die rechte Hand auf dem Rücken. Patsy fand, daß er aussah wie ein gravitätischer Vogel, der um Ruhe bat.

Als er sich ihr näherte, ließ er die linke Hand langsam sinken und nahm die andere Hand genauso langsam nach vorn. Dann deutete Mr. Holland eine Verbeugung an. »Mrs. McCloud, ich danke Ihnen, daß Sie zu uns gekommen sind«, sagte er mit angenehmer Baritonstimme. »Bedenken Sie bitte, daß es unsere Aufgabe ist, die Zeremonie für Sie so leicht und schmerzlos wie möglich zu gestalten. Wie ich Ihnen gestern schon am Telefon sagte, Mrs. McCloud, kann die letzte Ehre, die wir unseren Lieben erweisen, zu einer genauso schönen Zeremonie werden wie alle anderen – so schön wie eine Kindtaufe oder eine Hochzeit. Haben Sie einen Anzug mitgebracht?«

Mr. Holland hatte Patsy gestern versichert, daß Les zwar durch das bei dem Unfall entstandene Feuer für einen offenen Sarg zu sehr verbrannt sei, daß aber noch genug von ihm übrig sei, um ihn in seinen Lieblingsanzug zu kleiden. »Und das ist uns doch auch lieber so, nicht wahr, Mrs. McCloud? Wir wollen unsere lieben Entschlafenen gern in ihr bestes Gewand gekleidet in Erinnerung behalten, wie mein Vater immer sagte, das sehr oft von Brooks Brothers geliefert wird. Wenn Sie aber ein paar Kleidungsstücke mitbringen könnten, die Mr. McCloud besonders liebte, einen Anzug, ein Hemd und eine Krawatte ...«

Mr. McClouds Lieblingsschuhe waren nicht erforderlich.

Patsy reichte ihm die Tragetasche, die sie mitgebracht hatte. Franz Holland klemmte sie sich so leicht unter den Arm, als enthielte sie sein Frühstück.

»Mr. McClouds Eltern werden heute hier eintreffen, nicht wahr?«

»Ja«, sagte Patsy. »Sie nehmen die Connecticut-Limousine vom Kennedy Airport.«

»Ah«, sagte Mr. Holland, beugte sich vor und verschränkte die Hände auf dem Rücken. »Natürlich kenne ich die älteren Herrschaften noch sehr gut. Sie kamen zu uns, als der Großvater Ihres Gatten entschlafen war, und ich denke, sie waren mit uns sehr zufrieden. Das führt mich zu einer wichtigen Frage. Haben Sie sich schon Gedanken über den Sarg gemacht, den Sie für die sterblichen Überreste Ihres Gatten vorgesehen haben?« Ohne sie direkt am Ellenbogen zu berühren, führte er sie in einen großen Raum, in dem zahlreiche Särge an der Wand lehnten.

»Sie sehen, daß wir Ihnen eine große Auswahl bieten können, Mrs. McCloud«, sagte er und hätte fast auf die Reihen von gähnenden geöffneten Särgen gezeigt. »Und Sie sind sicherlich unserer Meinung, wenn wir finden, daß bei einem so persönlichen Anlaß auch wirklich eine gewisse Auswahl vonnöten ist. Und darf ich vielleicht … Madam sind doch eine geborene Tayler, nicht wahr?«

Es dauerte eine Sekunde, bis Patsy merkte, daß sie gemeint war.

»Ja.«

»Mein Vater und ich haben die Bestattung von Madams Großvater vorgenommen. Bornley und Holland haben für Generationen von Taylers gearbeitet, Mrs. McCloud.«

»Aber nicht für Josephine Tayler.«

»Wie bitte?«

»Sie haben nicht für Josephine Tayler gearbeitet, oder? Meine Großmutter. Sie war ebenfalls eine geborene Tayler. Mein Großvater und sie waren Verwandte zweiten Grades. Sie haben ihren Mann bestattet, nicht sie selbst. Sie haben ihn in eine Ihrer Kisten gelegt, nicht sie.«

»Madams Großmutter wurde doch krank, nicht wahr?« erkundigte sich Mr. Holland und trat einen Schritt zurück. »Das war eine sehr traurige Geschichte. Madams Großmutter war eine so nette Person. Ich glaube, in ihrem Fall wurden andere Arrangements getroffen.«

Patsy hätte nicht sagen können, warum sie eine solche Feindseligkeit empfand. »Das stimmt allerdings. Madams Großmutter war Hampsteads komische Alte, und deshalb ließ ihr sauberer Mann sie für den größten Teil ihres Lebens in einer Anstalt einsperren.«

Jetzt hatte der Finger wieder seine Postition an der Oberlippe eingenommen. »Es ist eine tragische Geschichte, Mrs. McCloud, und zweifellos haben die Umstände es Ihnen wieder ins Gedächtnis zurückgerufen. Aber wenn wir etwas aus dieser Geschichte lernen können, dann dies: wir sollten so gut wie möglich für unsere Lieben sorgen, wenn sie nicht mehr für sich selbst sorgen können.«

»Ich will meinen Mann einäschern lassen«, sagte Patsy. »Er wurde ja schon fast eingeäschert, nicht wahr? Ich liebe keine halben Sachen. Verkaufen Sie mir den billigsten verdammten Sarg, den Sie haben, und verbrennen Sie ihn darin.«

Franz Holland war sichtlich schockiert. »Hier sind natürlich auch andere Familienangehörige zu berücksichtigen ...«

Sie blitzte ihn an. »Ich will keine anderen Familienangehörigen einäschern, wenigstens noch nicht, ich will nur meinen Mann einäschern! Und wenn Sie nicht dazu bereit sind, werde ich schon jemanden finden, der es tut.«

»Mrs. McCloud«, sagte Holland kläglich, und in diesem Augenblick – es war der Augenblick, bevor sie völlig die Beherrschung verlor – tat er ihr leid. Schließlich war er ein sensibler Mann und redete nur deshalb so, weil sein Vater es ihm beigebracht hatte. »Mrs. McCloud, da Sie die Frau des Verblichenen sind, achten wir natürlich Ihre Wünsche, und wir tun, was wir können. Wir bitten Sie aber zu bedenken ...«

Patsy wäre fast in Ohnmacht gefallen. Mr. Franz Holland war tot. Die angenehme Baritonstimme kam aus einem zerrissenen und verfärbten Mund. Die Oberlippe klaffte bis in die Nase hinein auseinander, und sie sah den eingefallenen Gaumen und die Zahnwurzeln, die wie geschwollene Venen hervorstanden. Seine Zunge war schwarz. Mr. Hollands Haut war trocken wie Pergament und hatte eine leicht bräunliche Farbe. Stellenweise schien sie aufgeplatzt zu sein, und in den gezackten Löchern waren wie scheußliche blutige Seile die inneren Organe zu sehen. Schließlich sah Patsy, daß die Kreatur vor ihr nur einen Hemdkragen und eine

Krawatte trug. Die Haut an den Hüften war um die Knochen herum eingefallen, und der Penis war fast völlig weggeschrumpft.

Patsy fand ihre Stimme und kreischte laut.

Die Kreatur fuhr zusammen und streckte die Hand nach ihr aus. Die Fingernägel waren purpurschwarz und mehrere Zoll lang.

»*Rühren Sie mich nicht an!*« schrie Patsy.

Die Kreatur schrak zurück, und ihre nackten toten Füße bewegten sich lautlos über den dicken Teppich.

Das war es, was ihre Großmutter gesehen hatte. Josephine Tayler hatte es so lange sie konnte ertragen. Sie sah Menschen – Bekannte oder Fremde –, deren Tod kurz bevorstand, als verfaulte Leichen. Als sie es nicht mehr aushalten konnte, zog sie sich von der Welt zurück. Mr. Holland würde innerhalb eines Monats sterben, und so würde er irgendwann aussehen.

Wenn er allerdings so aussah, *würde* ihn niemand mehr sehen.

»Mr. Holland«, sagte Patsy mit zitternder Stimme und schaute auf den Teppich. »Es tut mir leid, daß ich geschrien habe. Es ist eine schwierige Zeit für mich. Bitte kommen Sie mir nicht näher. Ich möchte mich für diese Szene entschuldigen. Ich fühle mich leider nicht ganz wohl.«

»Natürlich, Mrs. McCloud«, kam die leise Stimme, und Patsy schauderte.

»Darf ich Ihr Telefon benutzen? Ich muß einen Freund bitten, mir zu helfen. Nein, bitte, kommen Sie mir *nicht* nahe, Mr. Holland. Zeigen Sie mir nur, wo das Telefon steht.«

Die geschrumpften Skelettfüße bewegten sich lautlos rückwärts, und Patsy sah eine der Klauen zur Eingangshalle zeigen. »Das ist gut«, sagte sie. »Ich werde es schon finden.«

»Auf dem Schreibtisch in der Nische neben dem Aufbahrungsraum«, sagte das Ding, und Patsy rannte rasch an ihm vorbei und schaute dabei zur anderen Seite.

»Habe ich etwas getan? Habe ich Sie denn so sehr gekränkt?« Seine Stimme klang fast weinerlich. »Wenn Sie Ihren Gatten einäschern lassen wollen, werden wir natürlich …«

»Ja«, rief sie nach hinten. »Bleiben Sie bitte in dem Raum, Mr. Holland.« Sie fand die von einem roten Samtvorhang halb verdeckte Nische. Dort stand der Schreibtisch mit dem Telefon. Das Buch lag in der oberen rechten Schublade. Rasch schlug sie Graham Williams' Nummer nach und bat ihn, so rasch wie möglich zu kommen.

»Ja, Richard auch«, sagte sie. »Sie beide. Bitte, holen Sie mich hier raus.«

8

Was geschah, als die drei anderen im Bestattungsinstitut ankamen, kann in wenigen Sätzen berichtet werden. Laura Allbee, die über Patsy so viel weniger wußte, schien die Situation bei Bornley & Holland viel besser zu begreifen als ihr Mann und Graham Williams – Laura ging sofort zu Patsy und legte die Arme um sie. Patsy brach in Tränen aus, und gleich darauf folgte Laura ihrem Beispiel. Richard und Graham standen unbeholfen neben Patsy, tätschelten ihre Schulter und schauten unsicher zu Franz Holland hinüber, der nicht recht wußte, ob er jetzt den Raum mit den Särgen verlassen durfte. Endlich ging Richard zu ihm, um ein paar klärende Worte zu sagen, aber Laura kam ihm zuvor. »Gibt es denn hinsichtlich der Einäscherung noch Probleme?« fragte sie Holland.

»Wenn Mrs. McCloud eine Einäscherung wünscht, natürlich nicht«, sagte der Bestattungsunternehmer. »Wir werden die nötigen Vorbereitungen treffen.«

»Das wäre dann also erledigt«, sagte Laura. Sie stand immer noch neben Patsy, und Patsy hielt sich an ihr fest. »Wir können alle wieder nach Hause fahren.«

Graham fuhr Patsy in die Charleston Road und versprach ihr, sie am Nachmittag zu ihrem Wagen zurückzufahren. »Mir ist es heute so gegangen wie meiner Großmutter Josephine«, sagte Patsy. »Aber wenigstens weiß ich jetzt, daß Sie alle lange leben werden.«

»Josephine Tayler konnte nicht voraussagen, wann Familienmitglieder oder Freunde sterben würden«, sagte Graham. »Das konnte sie nur bei Fremden oder Leuten, die sie nicht sehr gut kannte. Aber ich freue mich über Ihren Optimismus.«

Am nächsten Morgen fuhr Richard zu seiner ersten Besprechung mit Morris Stryker nach Rhode Island. Nach der ersten Nacht in ihrem neuen Haus verabschiedeten er und Laura sich mit einer langen Umarmung und nahmen sich vor, nach seiner Rückkehr Patsy McCloud zu besuchen.

9

Am übernächsten Abend, als Richard langsam eingesehen hatte, daß er seinen Kunden nicht ausstehen konnte und daß Morris Stryker seinen Restaurator vermutlich ebenso wenig schätzte, bejammerte Bobby Fritz in einem Gespräch mit Bobo Famsworth und Ronnie Riggley immer noch den Verlust seines besten Kunden. Die drei saßen in einer Nische des Pennywhistle Cafés, und auf dem nassen Tisch standen in schöner Eintracht zwei leere Krüge. Ronnie zeichnete unablässig Kreise in das verschüttete Bier, und Bobby wußte – was er schon immer vermutet hatte –, daß er Ronnie langweilte. Sie hielt ihn für unreif und dumm; sie hielt ihn für einen ungehobelten Trottel und fand, daß er für Bobo nicht der richtige Freund war. Das Pennywhistle war Bobbys und früher auch Bobos Lieblingskneipe, aber seit Bobo und Ronnie fest befreundet waren, hatte Bobo sie nur drei oder viermal aufgesucht. Und zwei dieser Besuche fanden dazu noch während Bobos Dienstzeit statt.

»Er hat mich gefeuert, Mann«, sagte Bobby, obwohl er es erst vor ein paar Minuten gesagt hatte.

»Könntest du ihn nicht bitten, dich wieder einzustellen?« fragte Ronnie, die immer noch Kreise in die Bierpfützen zeichnete.

Er fand, daß Ronnie Riggley eine der attraktivsten Frauen war, die er je gesehen hatte. Es spielte überhaupt keine Rolle, daß sie ungefähr zehn Jahre älter war als Bobo und er. Es spielte auch keine Rolle, daß Ronnie sich nicht einmal besondere Mühe gab, jung auszusehen. Das war nicht nötig. Selbst wenn sie so müde und abgespannt aussah wie heute: Bobby war scharf auf sie; und je mehr Bier er trank, umso mehr steigerte er sich in den Gedanken hinein. Er hatte allerdings Angst, daß sie ihn auslachen würde, wenn er etwas versuchte.

»Ich kann ihn nicht darum bitten, Ronnie. Der Mann hat mich gefeuert. Aber mir wird ganz schlecht, wenn ich vorbeifahre und sehe, in welchem Zustand sein Rasen ist. Überall Unkraut, Quecken, Wegerich, Löwenzahn. Ich wette, eines Tages wachsen da sogar Sumpfpflanzen. Und wie wird erst sein Garten aussehen! Ich mag gar nicht daran denken.«

»Ich finde, Ronnie hat recht«, sagte Bobo und legte den Arm um sie, was Bobby einige Schmerzen bereitete. »Du gehst einfach hin und klingelst. Du erzählst ihm, wie sehr du an dem Garten hängst. Vielleicht kannst du zu einer Vereinbarung mit ihm kommen.«

»Vereinbarung, was?« sagte Bobby. »Wenn ich in sein Haus käme, würde er mich wahrscheinlich auf der Stelle erschießen. Er muß mit der Pistole gut umgehen können, denn Starbuck hatte auch 'ne Kanone in der Hand, als er ihn erschoß.«

»So haben wir Starbuck gefunden«, sagte Bobo. »Die Kanone in der Hand.« Bobo wollte es zwar nicht sagen, aber Dr. Van Horne war im Polizeihauptquartier sogar zu einer Art Berühmtheit geworden. Turtle Turk ärgerte die jüngeren Kollegen, indem er ihnen riet, bei Van Horne Schießunterricht zu nehmen.

»Aber mit den Morden ist es doch jetzt vorbei, nicht wahr?« fragte Bobby.

Ronnie nickte, aber Bobo sagte: »Starbuck war Einbrecher, er war kein Verrückter. Zu viele Leute glauben schon, daß wir aus dem Schneider sind. Es wird bald wieder einen Mord geben. Wartet nur ab.«

»Das sagst du«, meinte Bobby. »Ich sage, damit ist jetzt Schluß. Deshalb freuen sich die Scheißbullen auch so, stimmt's?« Er schlug sich mit der Hand vor den Kopf. »Tut mir leid, Ronnie. Ich sollte auf meine Worte achten. Aber ich fühl' mich heute nicht so recht wohl.«

»Du hast sehr viel Bier getrunken«, sagte Ronnie. »Ich mache dir keinen Vorwurf, aber du hast die meisten Krüge selbst getrunken, und jetzt hast du schon wieder einen in Arbeit.«

»Verdammt, ich bin nicht besoffen.« Er merkte, wie streitsüchtig das klang, und er wußte, wie er Ronnie Riggley vorkam: unreif, nicht besonders gescheit und von Bier besoffen.

»Ich will euch mal was sagen«, sagte Bobby. »Wenn ich ihn sehe, ich meine Dr. Van Horne, dann werde ich mal vernünftig mit ihm reden.« (Ronnie lächelte ihn an, und Bobby hielt es plötzlich für möglich, alles wieder einzurenken.) »Ich werde ihm anbieten, seinen Rasen umsonst zu pflegen. Zweimal im Monat. Gratis-Rasen-Service. Weil ich es nicht *ertragen* kann, daß der Rasen so verwahrlost aussieht. Was wollt ihr wetten, daß er mich dann wieder einstellt? Genau das wird er tun. Er wird mich wieder einstellen.«

»Du bist voll, du Trottel«, sagte Bobo und schlug ihm auf die Schulter. »Ronnie und ich fahren dich jetzt nach Hause.«

»Ich tu's umsonst. Ist das nicht eine brillante Idee? Dann hat er keine Wahl. Er muß mich wieder einstellen.«

»Komm jetzt«, sagte Bobo.

»Nur, wenn ich vorn bei Ronnie sitzen darf«, sagte Bobby. »Wie bist du nur zu einer solchen Frau gekommen?«

Bobos Blick ließ ihn ahnen, daß er vielleicht doch betrunken war.

Das kleine Haus, in dem Bobby mit seinen Eltern wohnte, lag an der Poor Fox Road, die ein Stadtverordneter vor Zeiten einmal »Hampsteads Einöde« genannt hatte. Die Straße zog sich am Ufer eines Meeresarms entlang und endete am Bahnhof von Greenbank. Wer »Poor Fox« war, ob ein Mensch oder zur Familie der Hunde gehörig, und was es mit ihm für eine Bewandnis hatte, war in Vergessenheit geraten, aber der Name hatte seine frühere Berechtigung behalten. Die Poor Fox Road war die einzige Straße in Greenbank, die man nicht vorzeigen konnte. Man erreichte sie nur über einen unwahrscheinlich schmalen Weg, der von der Mount Avenue abging und über den Weg nach Gravesend Beach hinwegführte, um dann an dem Meeresarm entlangzulaufen und an einer Reihe von verfallenen Häusern zu enden. Hier fing die Poor Fox Road an. Die Häuser hatten früher der Akademie von Greenbank gehört, aber sie waren nach dem Zweiten Weltkrieg verkauft worden. Jetzt wohnte in einem von ihnen ein etwas verschrobener Maler, in einem anderen ein junger Mann, der in einer Karosseriewerkstatt an der Riverfront Avenue arbeitete. Ein drittes, besonders unheimliches Haus stand schon seit fünfzig Jahren leer, und das vierte gehörte der Familie Fritz.

Als sie in die Greenbank Road einbogen, hätte Bobby gern die Hand auf Ronnies Schenkel gelegt. Er malte sich aus, wie es wohl wäre, wenn er Ronnie streichelte, wie sie sich wohl anfühlen würde. Wenn er aber seiner Gier nachgab, das wußte er, dann würden zwei Dinge passieren. Ronnie würde sich in ihrer üblen Meinung über ihn bestätigt sehen, und Bobo würde ihn aus dem Wagen schmeißen und nie wieder ein Wort mit ihm reden.

Deshalb sagte er: »Laß mich an der nächsten Ecke raus, Bobo, okay?«

»Willst du dir die Füße vertreten, Bobby?« fragte Bobo ihn.

»Ja, ich will noch ein bißchen Luft schnappen, bevor ich nach Hause geh.«

»Gute Idee«, meinte Bobo, bog in die Mount Avenue ein und ließ den Wagen ausrollen. »Da drüben ist es passiert«, sagte er und zeigte zu Dr. Van Hornes Haus hinüber, dessen erleuchtete Fenster zwischen den Bäumen zu sehen waren.

»Der Mann hat Glück gehabt«, sagte Bobby. »Ehrlich. Er hat Glück gehabt.« Er stieg aus und winkte, als Bobo wieder anfuhr.

Erst jetzt merkte Bobby, wie betrunken er war. Als er die Poor Fox Road erreichte, erkannte er sie kaum wieder. Sie schien völlig verbogen. Er ging noch ein paar Schritte und stand bis zu den Knien im Gras. »Ach, du Scheiße«, sagte er und fand wieder auf die Straße zurück. Er richtete sich auf und versuchte, geradeaus zu gehen. Am Himmel hingen zwei Monde, und vor sich sah er zwei Straßen. Er kniff ein Auge zu, und das Bild stimmte wieder. Eine Riesenmenge Bier dröhnte in seinem Blut und verwirrte ihm den Verstand.

Ganz plötzlich mußte er urinieren. »O Gott, o Gott, o Gott«, sang er und torkelte wieder in das Gras. Er bekam seine Hose gerade noch rechtzeitig auf. In hohem Bogen spritzte sein Urin ins Gras und gegen einen Baumstamm. An seinem rechten Hosenbein spürte er Nässe. »Scheiße.« Er zog den Reißverschluß hoch und ging auf die Poor Fox Road zurück.

Der Mond war doppelt so groß wie sonst. Er sah aus wie eine aufgeschwollene, faulende Kugel, die sich auf ihn stürzen wollte. Kaltes Licht ging von diesem riesigen Mond aus. Der nasse Fleck an seinem rechten Bein schien zu gefrieren.

Das kalte Licht des Mondes prasselte auf seine Haut. Die Poor Fox Road war unnatürlich hell. Bobby sah die kurzen Schatten der Steine auf der Straße. Und dann erkannte er, daß der Mond ein Gesicht hatte. Ein grobes, unmenschlich brutales Gesicht, das ihn höhnisch angrinste. Bobby riß die Arme hoch, als wollte er sich vor dem Grauen schützen, das ihn aus diesem fürchterlichen Gesicht ansprang, und dabei sah er im Licht des Mondes, daß seine Hände aussahen, als seien sie von einem silbrigen Pelz bedeckt.

Der Mond neigte sich ihm entgegen und flüsterte *Schau nach unten.*

Bobby schaute nach unten; er kreischte. Träge floß Blut über die Straße und lief über seine Schuhe. Sein Geruch hüllte ihn ein – die Straße stank wie ein Schlachterladen. Weil der zynische Mond so nah war, sah das träge fließende Blut schwarz aus.

Schau nach oben, flüsterte der Mond in dieser schwarzweißen Welt, und Bobby riß den Kopf hoch. Er sah silberne Bäume, schwarze Blätter und eine silberschwarze Straßenbiegung.

Er kommt, hauchte der Mond und blies Bobby seinen Gestank entgegen und öffnete seinen geschwollenen Mund und grinste.

In dem Blutschlamm hörte Bobby Schritte. Er ging rückwärts, und verhakte sich in einer blutgetränkten Schlingpflanze, die ihn in den kalten, trägen Blutstrom riß.

Er kommt, flüsterte der Mond hinter seinem Rücken, und Bobby versuchte, wieder auf die Füße zu kommen. Seine Hände waren schwarz von Blut. Die Jeans klebten ihm an den Beinen.

Er konnte sich in dieser schwarzweißen, in dieser silbernen Welt nicht bewegen, und plötzlich hatte er die Wahnvorstellung, daß dieses Blut sein eigenes war – er war tot, es war nur noch nicht richtig gestorben.

Er wußte, daß etwas Entsetzliches auf ihn zukam. Er hob die Fäuste, um diesem Entsetzlichen zu begegnen.

Er war ein wenig enttäuscht, daß nichts Schlimmeres auf ihn zukam als ein Mann, der hinter der silbrig glänzenden Wegbiegung auftauchte. Riesig hing hinter ihm der Mond, und Bobby konnte sein Gesicht nicht erkennen.

»Bleiben Sie weg«, rief Bobby, und seine Stimme klang hoch und dünn.

»Alles in Ordnung, mein Junge«, sagte eine vertraute Stimme. »Sie haben sich nur ein wenig zu gut amüsiert.«

Die schwarze Gestalt trat auf Bobby zu, und Bobby erkannte, daß kein Blut über die Straße floß. Sein eigener Urin klebte ihm die Jeans an die Schenkel. Im Mondschein sahen seine Hände nicht mehr schwarz aus, sondern silbrig. Dem Mann, der sich ihm näherte, konnte er vertrauen.

»Heute ziemlich viel Bier getrunken, Bobby?« fragte der Mann, und dann hob er den Kopf, und Bobby sah das weiße Haar und das freundliche Gesicht Dr. Van Hornes.

»Oh, ich habe gerade über Sie gesprochen, Doktor«, säuselte Bobby. Er war so erleichtert, daß er lauter sprach als unbedingt nötig. »Im Ernst. Ich habe gesagt, der Mann hat Glück gehabt. Das habe ich gesagt. Er hat Glück gehabt, und das hab' ich auch so gemeint.«

»Vielen Dank.« Der Arzt ging langsam auf Bobby zu.

»Keine Vögel«, sagte Bobby. »Haben Sie das schon gemerkt? Keine Vogelstimmen. Meistens hört man um diese Zeit mal 'ne Eule.«

»Oh, die Eulen sind alle tot«, sagte Dr. Van Horne, als er auf der in das Licht des Mondes getauchten Straße auf Bobby zuging.

»Scheiße. Man sieht immer wieder tote Vögel auf dem Rasen. Jeden Tag ein paar mehr – ich fahr nicht gern mit dem Rasenmäher darüber weg. Das gibt immer ein häßliches Geräusch.« Und dann stellte er in Gedanken einen Zusammenhang her. »Jetzt weiß ich, was ich Ihnen sagen wollte, Dr. Van Horne. Ich kann es nicht *ertragen,* daß Ihr Rasen so verwahrlost aussieht. Ich will ihn gern wieder in Ordnung bringen. Lassen Sie mich doch eine Zeitlang umsonst bei Ihnen arbeiten.«

Jetzt stand Dr. Van Horne direkt vor Bobby. Gegen den immer noch riesigen Mond sah Bobby sein weißes Haar, aber sein Gesicht war wieder eine schwarze Fläche, von der sich noch schwärzere Stellen abhoben.

»Was halten Sie davon?« fragte Bobby und fuhr zurück, denn der widerliche Gestank von Abwässern und Fäulnis drang ihm in die Nase, schlimmer noch, es roch nach etwas Totem, nach etwas, das hier vielleicht vor Wochen gestorben war und mit einer Schaufel wieder ausgegraben wurde, ein fast flüssiger Geruch.

»Sie wollen für mich arbeiten?« fragte Dr. Van Horne.

Bobby ging rückwärts und spürte, wie das Blut um seine Knöchel floß. Dr. Van Horne streckte die Hand aus, in der er eine kleine gebogene Klinge hielt. Bevor Bobby reagieren konnte, fuhr die Klinge durch die Luft und traf Bobby unter dem linken Ohr. Der Arzt zog die Klinge mit geübter Hand nach unten und zur Seite. Ein Blutschwall schoß aus Bobbys Hals.

Bobby ging in die Knie. Er spürte keinen Schmerz – er spürte nur, daß ihm das Blut naß und warm über Hals und Brust lief. Sein ganzes Leben quoll aus ihm heraus. Wieder stieß Dr. Van Horne zu, und jetzt empfand Bobby einen scharfen Schmerz, denn der Arzt hatte ihm das linke Ohr abgeschnitten. Bobby hob die Hand. Er konnte nicht fassen, daß ihm so etwas passierte, und das kleine gebogene Skalpell fuhr ihm zwischen Ring- und Mittelfinger und riß ihm die Hand auf. Das kleine Skalpell wurde wieder zurückgerissen, und gehorsam pumpte Bobbys Herz das Blut aus der neuen Wunde. Kurz bevor ihm Dr. Van Horne die linke Wange aufschlitzte, verlor er das Bewußtsein.

Bobby Fritz, Greenbanks bedeutendster Gärtner, taumelte in ein riesiges schwarzes Nichts. Dr. Van Horne rollte die Leiche auf den Rücken und schnitt Bobbys Hand auf. Er öffnete Bobbys Brust, legte die Rippen frei und bog sie zurück. Er durchtrennte das Gewebe um das Herz herum und löste das Herz aus dem Brustkorb. Dann hob er es heraus und legte es in Bobbys aufgeschlitzte Hand. Anschließend löste er Bobbys Gürtelschnalle und zog ihm die Jeans aus. Er schnitt ihm Penis und Hoden ab und legte beides in Bobbys rechte Hand.

All das war nicht so sehr verschieden von dem, was er schon zweimal getan hatte und noch drei weitere Male tun würde.

Er zerrte Bobbys fast unkenntliche Leiche in den unkrautüberwucherten Graben neben der Poor Fox Road. Dann zog er einen Zettel aus der Tasche und legte ihn in Bobbys aufgeschnittene Brust. Auf dem Zettel stand ein Gedicht, das in einer so neutralen Schrift geschrieben war, daß es aus einem Computer hätte stammen können, und auch das Papier war völlig anonym. Den Zettel fand man erst einige Stunden, nachdem man die Leiche selbst gefunden hatte. Das geschah zwei Tage später, am dreizehnten Juni.

10

Bobby Fritz wurde von einem Postbeamten gefunden. Roger Slyke fuhr jeden Morgen in einem blauweißen Postauto in großen Teilen Greenbanks die Post aus, um nachmittags dann im Hauptpostamt von Hampstead die Neueingänge zu sortieren. Seit zwei oder drei Tagen hatte Roger sich seltsam disorientiert gefühlt – er hatte Zahnschmerzen und fast ständig ein merkwürdiges Geräusch in den Ohren, und manchmal erwischte er sich dabei, daß er die Post in die falschen Briefkästen steckte. Er wußte nicht, wie oft ihm das während der letzten zwei Tage schon passiert war. Am Mittwochmorgen hätte er in die Charleston Road einbiegen sollen und fand sich plötzlich weit von seiner eigentlichen Route entfernt in der Old Sarum Road wieder, ohne daß er die geringste Ahnung hatte, wie er dort hingekommen war.

Am Freitag, dem dreizehnten Juni, gegen Mittag, mußte er wegen eines einzigen Briefes in die Poor Fox Road. Der Brief kam von der Kampagne für die Wahl Bushs zum Präsidenten und war an Harold Fritz gerichtet, der sein Leben lang demokratisch gewählt hatte und der ohnehin nicht mehr aus dem Bett aufstehen würde, um zur Wahl zu gehen. Auf dem Rückweg fing der Kopf ihm plötzlich an zu schwimmen. Er fühlte sich wirklich schlecht, und ihn befiel nackte Angst, wie es ihm manchmal passierte, wenn er zu dem leeren Haus hinüberschaute, das zwischen Fritz' Haus und dem Gebäude mit den vielen ausgeschlachteten Wagen stand. Roger ließ den Postwagen ausrollen. Er spürte einen entsetzlichen Geruch. Einen Augenblick lang erschien es Roger Slyke, als habe mitten am Tag der Mond sich ihm entgegengeneigt und ihn angegrinst. Er hielt an und sprang aus dem Wagen. Dabei hielt er sich den Kopf, der ihm fast explodieren wollte.

Roger hatte die Handbremse nicht angezogen, und während er sich den wütend hämmernden Kopf hielt, schob sich der Wagen ein Stück vorwärts und rollte in den Graben. Er legte sich auf die Seite, und einige hundert Briefe rutschten in das Gras.

Roger schaute mit blutunterlaufenen Augen auf. »Das ist doch nicht möglich«, rief er und ging zum Graben hinüber. Er sah nach unten und schüttelte den Kopf. Er sprang in den Graben, nachdem er sich davon überzeugt hatte, daß keine Brennesseln darin wuchsen, denn Roger trug kurze Hosen. Er versuchte, den Wagen wieder aufzurichten, was ihm aber nur mit Hilfe eines zweiten Mannes gelingen würde. Roger kniete sich hin und sammelte die im Gras verstreuten Briefe und Zeitschriften auf. Plötzlich wurde der widerliche Gestank noch schlimmer. Es roch wie ein überfahrenes Stinktier. Und dann sah Roger durch ein Gewirr von Schlingpflanzen Bobby Fritz' grinsendes Gesicht. Roger Slyke stieß einen lauten Schrei aus, sprang auf die Straße zurück und rannte bis zum Strand von Gravesend. Der Wärter dort hatte Telefon. Als die Polizei das in Blockbuchstaben geschriebene Gedicht in Bobbys Brust fand, lagen neben dem Zettel auch einige von Rogers Briefen. Sie stanken infernalisch, aber Roger trug sie am nächsten Morgen aus.

Niemand von der State Police kannte das Gedicht, und das galt auch für die Polizei von Hampstead.

Reicher, trau nicht dem Geld,
Gold macht dich nicht gesund;
Der Leib muß geh'n zugrund;
Und enden muß die Welt;
Der Pesthauch weht uns an;
Ich sterb', ein kranker Mann –
Gott mag uns gnädig sein!

Schönheit ist flücht'ger Duft.
Sie welkt, ist schnell verdorben;
Manch' Königin jung gestorben;
Helle bricht aus der Luft;
Helen's Aug' schloß der Tod;
Ich sterb' in arger Not –
Gott mag uns gnädig sein!

Die Kraft zerfällt zu Staub,
Der Wurm den Hektor frißt;
Das Schwert vergessen ist;
Du wirst der Erde Raub;
Kommt, kommt, die Glocke schallt;
Ich sterb', bin krank und alt –
Gott mag uns gnädig sein!

Niemand konnte das Gedicht identifizieren, bis Bobo Farnsworth die Idee hatte, Miss Threadgill, seine frühere Englischlehrerin, anzurufen, die jetzt an der J. S. Mill High die

Englischstudien leitete. »Entwickeln Sie plötzlich Interesse an englischer Literatur, Bobo?« fragte sie ihn.

»Ich bin nur an diesem einen Gedicht interessiert, Miss Threadgill«, sagte er.

»Sie haben mir eben den zweiten, dritten und vierten Vers eines berühmten Gedichts von Thomas Nashe vorgelesen, das den Titel *In Pestzeiten* trägt. Nashe schrieb wild und wie im Fieber und war der bedeutendste Pamphletist des Elizabethanischen Zeitalters. Er hatte eine Neigung zum Grotesken.«

»*In Pestzeiten* von Thomas Nashe«, sagte Bobo. »Vielen Dank, Miss Threadgill.«

»Mit was in aller Welt beschäftigt ihr euch nur da drüben im Polizeirevier?« fragte Miss Threadgill, und Bobo sagte ihr, daß sie das bald in der Zeitung lesen würde.

11

Die Verse aus dem Gedicht von Thomas Nashe wurden am nächsten Montag auf der Titelseite der *Hampstead Gazette* abgedruckt; aber schon vorher erschienen sie in der *New York Times* in einem Artikel mit der Überschrift »Der Ripper von Connecticut?« In einem Kasten neben dem Artikel waren Photos von Stony Friedgood, Hester Goodall und Bobby Fritz.

Am Dienstagabend hatte Graham ein längeres Gespräch mit Patsy McCloud. »Es geht um Poesie, wissen Sie, und da ist der Anknüpfungspunkt. Er bezieht sich absichtlich auf Robertson ›Prinz‹ Green. Der Vater des jungen Green hatte damals ausgesagt, sein Sohn sei durch Literatur verdorben worden. Und dann gab es diesen Zeitungsartikel über den ›Ripper-Dichter‹. Er will, daß wir es wissen, Patsy. Er will, daß wir wissen, wer er ist.« Während der ganzen Unterhaltung hörte Williams die Schwingen des Drachen. Er hörte sie, während Patsy über ihre Ehe berichtete; er hörte sie im Titel des Gedichts von Thomas Nashe, das auf der Titelseite der *Gazette* stand, die vor ihm auf dem Tisch lag; und ganz besonders hörte er sie in einer Liste von Kindernamen, die in einem anderen Artikel der *Gazette* aufgeführt waren.

Am Abend des dreizehnten – es war Freitag, der dreizehnte, der Tag, an dem Roger Slyke zufällig Bobby Fritz' Leiche fand – rief Richard Allbee aus Providence seine Frau an. Er sagte ihr, daß der Job mehr Probleme aufgebe als erwartet und daß er wohl noch fünf Tage, wenn nicht gar eine ganze Woche in Rhode Island bleiben müsse. Laura bat ihn, sich um sie keine Sorgen zu machen. Seine Schwierigkeiten täten ihr leid, aber sie wisse ja, daß er damit fertig würde. Ihr selbst ginge es gut, und in Hampstead sei alles ruhig.

Von Bobby Fritz hätte Laura ihm nichts sagen können, denn sie erfuhr erst am nächsten Morgen, daß das dritte Opfer des Mörders aufgefunden worden war, als Ronnie Riggley anrief und es ihr erzählte. Allerdings hätte sie Richard sagen können, daß fünf weitere Kinder dem Beispiel Thomas und Martin O'Haras gefolgt waren und sich ertränkt hatten, aber sie unterließ es. Es war am Abend des elften geschehen, dem gleichen Abend, an dem Bobby Fritz zerhackt, verstümmelt und in einem Graben an der Poor Fox Road versteckt wurde. Laura verheimlichte es ihm, weil sie wußte, daß er sich darüber Sorgen machen würde und daß er sich auch *ihretwegen* Sorgen machen würde, und diese zusätzlichen Sorgen wollte sie ihm ersparen. Laura hatte den ersten Artikel über die fünf Kinder am Freitag in der *Gazette* gelesen; ihre Namen wurden in der *Gazette* vom Montag noch einmal veröffentlicht, derselben Ausgabe, die Williams und Patsy McCloud vor sich auf dem Tisch liegen hatten.

Den bekannten Tatsachen unterlag viel Geheimnisvolles. Es wurde in der *Gazette* zwar nicht ausdrücklich erwähnt, aber die ganze Stadt befand sich in einem Schock. Der Alptraum dieses wahllosen Mordens war also noch nicht vorüber, und die Stadt wurde jetzt von einer noch schlimmeren Serie von Ereignissen heimgesucht. Die Reporter der *Gazette* berichteten lediglich die Tatsachen und verzichteten auf Kommentare.

Und dies waren die Tatsachen: Am Abend des elften Juni und in der Nacht zum Donnerstag, dem zwölften Juni, fanden unabhängig voneinander folgende Ereignisse statt: ein zwölfjähriger Junge namens Dylan Steinberg legte am Strand von Sawtell sorgfältig seine Kleidung zusammen und stellte seine Schuhe darauf. Dann schwamm er hinaus, bis er zu müde war weiterzuschwimmen, ging unter und ertrank; drei Kinder namens Carl Blockett, Monty Sherbourne (der Sohn des Direktors der Mittelstufe der J. S. Mill High) und Annette Crowley (die Tochter eines Reiseschriftstellers, der für die *Times* arbeitete), die sechs, sieben und dreizehn Jahre alt waren, ertränkten sich vor dem Strand von Gravesend unabhängig voneinander mit der gleichen gespenstischen Zielstrebigkeit; und ein fünfjähriger Junge in Redhill (der Sohn eines Versicherungsdirektors und Großneffe eines vornehmen alten Anwalts in Milburn, New York) stand mitten in der Nacht aus dem Bett auf, zog seinen Pyjama aus, warf ihn auf das Bett, ging nach unten, schloß die Tür auf und ertränkte sich in einem flachen Wasserbecken auf dem vorderen Rasen. Das waren die der Polizei und den Reportern der *Gazette* bekannten Tatsachen. Wenn einer dieser Leute gesagt hätte, es sei nicht nötig, über die Wirkung dieser Information auf die Einwohner Hampsteads zu berichten, hätte er recht gehabt. Die war offenkundig – sie stand zwar nicht in der Zeitung, aber sie war in den Gesichtern der Leute zu lesen, die bei Greenblatt Spaghetti-Sauce oder Salat kauften, in den Gesichtern der Leute, die bei Anhalt in der Main Street Schreibwaren kauften oder auch nur vor dem großen Fernsehschirm im Schaufenster stehengeblieben waren.

Aber auch hier blieb manches geheimnisvoll. Die Leute, die Lebensmittel bei Greenblatt oder Schreibwaren bei Anhalt kauften, wußten natürlich, daß die Eltern der toten Kinder bestürzt waren, einen Schock erlitten hatten und Schlimmes durchmachten; in Hampstead herrschte ein verfeinerter Lebensstil, die Leute, die in der Stadt ihre Einkäufe erledigten, wußten im voraus, daß einige Elternpaare sich in psychiatrische Behandlung begeben und andere sich vor dem Scheidungsrichter wiederfinden würden. Sie waren Leute von Welt, und sie konnten sich die Schuldgefühle vorstellen, unter denen die Eltern jetzt litten; sie stellten Spekulationen über Kulte, Mondphasen und Sonnenflecken an (was auch Sarah Spry bald tun sollte); sie unterhielten sich über andere Fälle von Massenhysterie bei Kindern – denn um etwas Derartiges mußte es sich hier handeln – und fanden, daß die Eltern ihre Kinder nachts im Zimmer einschließen müßten, wo sie sicher aufgehoben wären. Aber außer Mikki Zaber O'Hara – und möglicherweise Sarah Spry – wäre kaum jemand auf den Gedanken gekommen, daß Mrs. Sherbourne und Mrs. Crowley und Wendy Hawthome in Redhill in der Nacht, als ihre Kinder sich umbrachten, davon träumten, daß sie ihre kalten, nassen Söhne und Töchter trösteten – ihre frierenden Kinder zu sich ins Bett nahmen und ganz fest an sich drückten und ihnen den Sand vom Rücken wischten.

12

Als Richard am Freitagabend mit Laura sprach, brauchte er ihr nicht zu sagen, daß die Probleme, die ihn noch länger in Providence festhalten würden, auf seinen Kunden zurückzuführen waren. Laura wußte, daß solche Probleme in aller Regel vom Kunden verursacht wurden, und sie hatte wiederholt erlebt, daß ihr Mann mit diesen Problemen fertigwurde. Einige Kunden konnten sich nicht entschließen, andere überlegten es sich pötzlich anders, wieder andere glaubten, daß sie selbst es besser wüßten. Richard hatte sich nicht mit allen Kunden anfreunden können, aber er war mit allen freundlich umgegangen. Das alles wußte Laura, aber sie kannte Morris Stryker nicht. Morris Stryker enttäuschte Richards Erwartungen in fast jedem Punkt, und am Freitagabend fürchtete Richard schon, daß er die Sache nicht durchstehen würde.

Es hatte schon schlecht angefangen, und aus diesem schlechten Anfang ergaben sich wohl auch die anschließenden Schwierigkeiten. Richard fand, daß Morris Stryker ein ähnlicher Typ war wie der Fahrer, der ihm seine Möbel gebracht und die Einfahrt in desolatem Zustand zurückgelassen hatte. Stryker war ein schlaffer Fettsack, der ständig an einer Zigarre nuckelte. Er terrorisierte seine Sekretärin und hatte Mike Hagen, den mit den Arbeiten betrauten Bauunternehmer, derart eingeschüchtert, daß dieser ihm in allem zustimmte. Was Richard anbetraf, so hielt Stryker ihn für einen Betrüger. Stryker hatte geglaubt, daß er Engländer sei.

Das hatte Richard vor drei Tagen festgestellt, als er das Haus, das er restaurieren sollte, zum ersten Mal sah. Er war auf der I-95 nach Providence gefahren und in seinem Hotel abgestiegen. Er hatte sich gewaschen und umgezogen und war dann zur College Street gefahren. Stryker und Hagen waren schon da und saßen in Strykers Cadillac auf dem Rücksitz. Als Richard ausstieg, sah er eine schöne, wenn auch verwahrloste Villa aus dem achtzehnten Jahrhundert, das Haus, das er restaurieren sollte. Er ging über die Straße, und Stryker und Hagen stiegen aus, um ihn zu begrüßen. Er wußte sofort, wer von den beiden der Bauunternehmer und wer der Kunde war, denn Stryker trug einen kobaltblauen Anzug, ein marineblaues Hemd und weiße Schuhe. Um den Hals trug er eine goldene Kette. Bauunternehmer, wie Richard wußte, kleideten sich meist legerer. »Allbee?« sagte der bullige Stryker. »Mr. Allbee?«

»Ja«, sagte Richard. »Freut mich, Sie kennenzulernen, Mr. Stryker. Ein sehr schönes Georgianisches Haus.«

»Es soll aussehen wie das teuerste Haus in der ganzen Straße«, sagte Stryker und sah ihn ein wenig seltsam an. »Das ist Mr. Hagen. Er macht die Arbeit. Mike und ich sind hier in Providence zusammen zur Schule gegangen.«

»Hallo«, sagte Hagen. Er stand hinter Stryker und hatte die Hände in den Taschen.

»Nun, Mr. Stryker«, sagte Richard, »dies ist ein sehr interessantes Projekt. Ich sehe viele Möglichkeiten, zeitgenössische Techniken anzuwenden, insbesondere was die Farbgebung anbetrifft.« Richard kam auf Touren. Er dachte an die Farbstoffe, die er verwenden konnte, um dem Interieur die Helle und Klarheit der Epoche zu verleihen.

»He, Sie sind ja gar kein Engländer«, sagte Stryker völlig unerwartet. »Es hieß doch, Sie seien Engländer?«

»Ich stamme aus Connecticut«, sagte Richard. »Meine

Frau und ich haben zwölf Jahre in London gelebt, und dort habe ich auch angefangen, Häuser zu restaurieren. Deshalb hatten Sie wohl den Eindruck, daß ich Engländer sei.«

»Toby«, schrie Stryker zu seinem Cadillac hinüber. »Toby, komm sofort her.«

Ein farbloser blonder Mann, der auf dem Beifahrersitz gesessen hatte, stieg aus und blieb nervös neben dem Wagen stehen.

»Er ist kein Engländer, Toby«, sagte Stryker und ließ die Stimme sinken.

»Nicht?« piepste Toby. »Ich dachte. Ich meine ... er stammt doch aus London, oder?«

»Mr. Allbee hat da nur gearbeitet, Toby. Er stammt aus Connecticut. Findest du nicht, daß du das hättest wissen müssen, Toby?«

»Yes, Sir«, sagte Toby.

Mike Hagen stand immer noch mit den Händen in den Taschen da und sah nichts und niemanden an. Er kannte Morris Stryker lange genug.

Stryker schüttelte den Kopf, beugte sich vor und spuckte seine Zigarre aus. »Sie haben immerhin in England gearbeitet, nicht wahr?« fragte er Richard.

»Bisher habe ich nur in England gearbeitet.«

Wieder schüttelte Stryker den Kopf. »Nun, gehen wir hinein.« Er sah Richard durchdringend an. »Wissen Sie, ich dachte, Sie seien Engländer und seien nur nach Connecticut gekommen, um auch hier einmal zu arbeiten. Ich wollte eigentlich einen Engländer.«

»Wir sorgen dafür, daß dieses Haus so englisch aussieht, wie Sie wollen«, sagte Richard, und das war ein Fehler.

13

Am Samstag, dem vierzehnten Juni, eine Woche nach dem Einbruchsversuch bei Dr. Van Horne, wachte Tabby Smithfield mitten in der Nacht auf. Er war verwirrt und hatte irgendwie das Gefühl, daß ihm die Zeit weglief. Er mußte sich beeilen, er mußte rennen, wenn er auch nicht wußte, wohin. Er stand auf und suchte seine Kleidung zusammen. Er würde zu spät zur Schule kommen ... zu spät zu einer Verabredung mit seinem Großvater. Er schlüpfte in seine Jeans und streifte sich das Hemd über. In der Dunkelheit schnürte er sich die Turnschuhe zu. Er wußte, daß er ganz leise sein mußte – sein Vater saß mit Berkeley Woodhouse unten im Zimmer und wollte ganz bestimmt nicht gestört werden.

Berkeley Woodhouse war die Frau, mit der Tabby seinen Vater gesehen hatte, bevor er in der Bibliothek seine Vision gehabt hatte. Clark hatte sie zum Dinner in die »Four Hearths« eingeladen, und sie hatte Tabby einen Kuß auf die Wange gegeben und ihn dabei mit Lippenstift beschmiert. Clark und Berkeley waren schon betrunken gewesen, als sie nach Hause kamen, und während des Essens wurden sie noch betrunkener. Sie sprach über ihren geschiedenen Mann, und er sprach über Sherri. Berkeley hatte immer wieder über den Tisch gegriffen und Tabbys Hand genommen. Gleich nach dem Essen hatte Clark das Fernsehgerät eingeschaltet und war mit Berkeley nach oben gegangen. Der Befehl war unmißverständlich.

Aber jetzt mußte Tabby das Haus verlassen. Er hatte keine Zeit. Sein Großvater wartete, und Dicky Norman wartete, und Gary Starbuck wartete ebenfalls.

Als Tabby aus dem Schlafzimmer auf den Flur schlich, wußte er, daß irgend etwas an diesen Gedanken nicht stimmte, aber er hatte solche Eile und war noch so schlaftrunken, daß er nicht wußte, was es war. Rasch ging er die Treppe hinunter. Im Haus war es völlig dunkel. Er öffnete die Vordertür und trat in die hellste Mondnacht hinaus, die er je erlebt hatte.

Sein Großvater wartete. Nein, jemand anders wartete.

Er schaute zu der Stelle, wo der Mond hätte stehen müssen, und sah Gary Starbucks Gesicht, das ihn drohend ansah. *Lauf!* befahl Starbuck und stieß sein großes weißes Gesicht durch Millionen von Meilen leerer Luft. *Lauf!* Starbucks Gesicht war tot – so tot wie das Mondgestein. Es hatte die Farbe von weißem Käse.

Tabby rannte vor dem Mond mit Starbucks Gesicht davon.

Er rannte durch die Hermitage Road und bog in den lang abfallenden Beach Trail ein. Sein eigener Schwung riß ihn vorwärts. Ein paar angstvolle Sekunden lang schien er über der Straße zu schweben, als sei er von einer Schanze gesprungen. Dann fanden seine Füße wieder den Boden, und er rannte den Beach Trail hinunter. Die Straße schien sehr steil nach unten zu führen und statt aus Asphalt aus glattem Schlamm zu bestehen. Wenn er mit dem Fuß auftrat, rutschte er aus und hatte Mühe, die Balance zu halten, bis er den anderen aufgesetzt hatte, und dann fing dasselbe von vorn an.

Als er auf Graham Williams' Haus zurannte, sah er, daß es von einem roten Schein umgeben war. Er rannte weiter, und der Hügel war viel steiler als er ihn kannte. Wo er vor sieben Tagen Starbucks Funkgerät auf den Rasen geworfen hatte, war jetzt ein riesiger verbrannter Kreis, von dem aus Streifen versengten und brennenden Grases bis an die Haustür liefen. Tabby kam dem Haus des alten Mannes immer näher, aber es gelang ihm nicht, stehenzubleiben oder die Straße zu verlassen. Er sah, daß der Schein um das Haus herum rötlich flackerte.

Der Starbuck-Mond blies ihm so heftig in den Rücken, daß er fast vornüber fiel.

Jetzt konnte er direkt in das vom Flammenschein umgebene Haus hineinsehen. Träge wie große Raubvögel kreisten Bücher im Wohnzimmer. Ein Teufel aus einem Comic-Heft würgte Graham Williams im oben gelegenen Schlafzimmer. Als Tabby vorbeilief, verstärkte der rote gehörnte Teufel, der einen dicken Saurierschwanz hatte, seinen Griff an Grahams Hals und drehte sich zu Tabby um. Er grinste. Sein Gesicht war riesig, und eine Zunge, so groß wie ein Baseballschläger, fuhr aus seinem Maul hervor. Der Teufel drehte Graham das Genick um und hob ihn hoch, damit Tabby sehen konnte, wie schlaff Grahams Körper jetzt herabhing.

Tabby schrie laut, aber der Schrei wurde ihm von den Lippen gerissen. Er rannte in die Mount Avenue hinein und hielt sich mit Mühe auf den Füßen. Der tote Atem des Mondes trieb ihn die Straße entlang.

Als er an der historischen Gedenktafel an der Mauer der Akademie von Greenbank vorbeilief, hob sich die Tafel wie ein Grabstein an Scharnieren, und die Fledermaus aus Feuer flatterte aus der Erde hervor. Sie kreiste über Tabby Smithfield, sah ihn aus leeren Augen an und stieg dann höher. Tabby sah sie rasch wegfliegen, und ihr Feuer sah im kalten silbrigen Licht des Mondes weiß aus. Die Fledermaus stieß kurz auf das Haus Dr. Van Hornes herab und segelte dann über das Wasser. Tabby sah sie zum Millpond fliegen.

Natürlich konnte er den kleinen See nicht sehen, denn er lag eine Meile entfernt, und Bäume und Häuser versperrten die Sicht. Aber als Tabby über den Zaun vor der kurzen Einfahrt zum Strand von Gravesend sprang oder darüber hinweggeweht wurde, sah er, daß es an zwei Stellen rot leuchtete, als ob es dort brannte. Die Stellen waren beide gleich weit von ihm entfernt und normalerweise von hier aus nicht sichtbar. Weit rechts schwebte die Fledermaus über dem als »Shrinks' Row« bekannten Landstreifen, der genau wie der Kendall Point in den Long Island Sound hinausragte. Weit links leuchtete es auch auf dem Kendall Point rot auf. Tabby schaute nach rechts und sah, daß die Fledermaus die hübschen Fachwerkhäuser mit den Schwingen berührte und daß unter den Dachkanten Flammen aufstiegen. Er schaute nach links und sah, daß der ganze Kendall Point so rot glühte wie ein Schürhaken.

Dann ging er im Mondschein den Weg zum Strand hinunter. Über den Baumspitzen leuchtete der Himmel rot, aber er sah keine Flammen.

Es kam ihm vor, als habe er sich während der letzten zehn Minuten wie in einem verrückten Traum bewegt. Besorgt schaute er zum Mond hinauf, der nicht mehr wie Gary Starbuck aussah. Er blieb auf dem schmalen Weg zum Strand stehen, und auch die Luft um ihn herum regte sich nicht mehr. Der Boden war wieder fest. Der rote Lichtschein, den er über den Bäumen gesehen hatte, hätte auch von einem Polizeiwagen stammen können, sagte er sich.

Er glaubte nicht, daß diese Häuser brannten, und er glaubte auch nicht, daß die Fledermaus aus Feuer unter der Gedenktafel aus der Erde geflattert war.

Noch einmal schaute Tabby zu dem roten Lichtschein hinüber, um vielleicht richtige Flammen erkennen zu können. Dann setzte er den Weg zum Strand fort. *Moment,* dachte er. *Warum gehe ich überhaupt dorthin? Warum gehe ich nicht einfach nach Hause?*

»Glaubst du wirklich, du würdest schlafen können?« fragte er sich laut. *Bestimmt eine ganze Woche lang nicht mehr. Außerdem muß ich …*

Muß ich was?

… ans Wasser gehen.

Wozu?

Um es zu betrachten.

Er mußte an den Sound gehen, um ins Wasser zu schauen. War das nicht ganz einfach? Und alles, was sonst noch geschehen war, Gary Starbuck und der Teufel und Graham Williams und die Fledermaus aus Feuer, war nur das Vorspiel gewesen und ein Anreiz, so weit zu gehen. Bis zum Strand waren es nur noch ein paar Meter. Dann würde er sich das Meer ansehen können.

Schon von hier aus konnte er das Wasser als langen schwarzen Streifen erkennen. Er wollte nicht näher herangehen.

Aber das Meer schien ihn anlocken zu wollen, und ein erneut aufkommender Wind schob ihn vorwärts. Einerseits wollte er sehen, was dort unten vor sich ging, andererseits interessierte ihn, wie der letzte Akt des Dramas dieser Nacht aussehen würde.

Er ging weiter, und der Wind fuhr ihm durch das Haar und ließ sein Hemd flattern. Sein Magen krampfte sich zusammen, und er dachte schon, daß er sich übergeben mußte. Er machte noch ein paar Schritte und trat an die Mauer, die den Parkplatz vom Strand abtrennte. Kurz entschlossen sprang er über sie hinweg und stand nun im Sand. Jetzt hatte er das Territorium des Drachen erreicht.

Tabby schaute nach oben. Der Mond war verschwunden, und die Welt war wieder in Ordnung. Weit weg zu seiner Rechten sah er immer noch das flammende Rot am Himmel. Links von ihm zog sich der Strand entlang, und dahinter lagen die kleinen Privatstrände, durch Steine voneinander abgegrenzt, die wie Grabsteine aussahen. Der letzte dieser Strände, der sich von einem bewaldeten Hügel bis an das Meer erstreckte, hatte einst seinem Großvater gehört. Kleine dunkle Wellen lösten sich am Strand in Schaum auf.

Das einzige Geräusch war das Rauschen der Wellen. Sanft fuhr ihm der Wind in den Rücken; das Rauschen der Wellen rief ihn an das Wasser. Tabby trat näher an den mit Seetang bedeckten Kiesstreifen heran, der die Hochwassermarke bezeichnete.

»Zeig mir's«, sagte er.

Der Schaum der Wellen, die seine Füße umspülten, wurde rot. Die ganze Wasserfläche, die vor ihm lag, war jetzt rot – ein dunkles zähflüssiges Rot, das zwischen den Wellenbergen fast schwarz aussah. Die Luft roch nach Blut, und dann kamen die ersten Fliegen. Sie waren von dem Geruch von so viel Blut geweckt worden, und schon in wenigen Sekunden, so schien es Tabby, hatten sich alle Fliegen Hampsteads am Strand von Gravesend eingefunden. Die Stille hatte sich in ein einziges lautes Summen verwandelt. Verzweifelt fuchtelte Tabby mit den Händen vor dem Gesicht herum und versuchte, die Fliegen von Augen und Mund fernzuhalten. Jetzt war der ganze Strand ein schwarzglänzender Teppich von Fliegen. Er spürte sie an den Füßen, und das Summen wurde immer lauter und rhythmischer, als Hunderttausende von Fliegen den blutgetränkten Sand bedeckten.

»Zeig mir's«, schrie Tabby.

Angewidert spuckte er die Fliegen aus, die in seinen Mund geraten waren, und sah, wie sich im Licht des Mondes eine riesige Welle auftürmte. Sie wälzte sich auf das Ufer zu und mußte, wie Tabby glaubte, mindestens drei Meter hoch sein. Er ging rückwärts und merkte, wie er die Fliegen unter seinen Füßen zertrat. Wütend summten sie um seinen Kopf herum. Ein halbes Dutzend oder mehr krochen ihm am Kragen unter das Hemd. Die große Welle schwappte über Tabby hinweg, und er sah, daß sie seinen Vater und Berkeley Woodhouse mit sich riß. Sie waren nackt und tot und überschlugen sich im Innern der Welle. Als die rote

Welle sich am Strand brach, rollten sie über den Sand. Sofort fielen Tausende von Fliegen über sie her. Als die nächste Welle sie wieder zurückriß, summten die Fliegen noch lauter und hypnotischer.

»Zeig mir's!« schrie Tabby wieder, und von weit draußen rollte eine neue Welle heran und wuchs immer höher empor. Zuletzt war sie fast fünf Meter hoch, und sie wuchs immer noch, als sie das Ufer erreichte. Tabby rannte durch die Fliegenschwärme weiter zurück und schaute in die aufbrandende Welle.

Zuerst sah er Graham Williams, der seine dünnen Arme und Beine ausbreitete, als das Wasser ihn emportrug. Dann erschien Richard Allbees Leiche, die nicht nur nackt, sondern außerdem zerhackt und verstümmelt war; und dann wurde Patsys nackter toter Körper von den drängenden Wassermassen an Richards Leiche vorbeigetragen.

Nun war die Blutwelle hoch über Tabby, und die Fliegen stürzten sich in sie hinein.

Als sie in sich zusammenfiel, spülte sie die Leichen seiner Freunde an den Strand, und er wurde in den Sand geschleudert. Sofort war Tabby über und über von der dicken trägen Flüssigkeit bedeckt. Als das Blut zurückschwappte, wurde er über den Sand geschleift, und für einen entsetzlichen Augenblick schaute er in die toten Augen Richard Allbees, der an ihm vorbeigerissen wurde. Tabby wühlte die Finger in den blutgetränkten Sand und sah, daß überall, wo seine Finger sich in den Sand gegraben hatten, Blut hervorquoll. Die anderen Leichen sah er nicht mehr. Tabby zog die Hände aus dem blutenden Sand und stand auf. Die nassen Fliegen zappelten in den Blutlachen am Strand, und tausend andere schwirrten um Tabby herum.

Sie setzten sich auf seine Augenlider und in sein Haar und bohrten sich in seine Ohren. Seine Hände waren schwarz von Fliegen.

Tabby klatschte die Hände gegen sein nasses Hemd, verjagte Hunderte und tötete genauso viele.

»Zeig mir's!« kreischte er. *»Es ist nur Wasser, und hier sind gar keine Fliegen! Zeig mir, was du wirklich kannst!«*

Für einen kurzen Augenblick, so kurz, daß er vorüber war, bevor Tabby wußte, wie ihm geschah, stand er in trockener Kleidung am Strand von Gravesend, und weit und breit sah er keine einzige Fliege.

Dann drehte sich die Welt, und er war wieder mit Blut beschmiert, die Luft stank, und Unmengen von Fliegen surrten um ihn herum.

Er stöhnte und taumelte zurück. Dann wußte er, was passiert war, und er lachte. Er hatte ihn für eine Sekunde gestoppt. Er hatte den Drachen erschreckt und das Karussell angehalten, wenn auch nur für kurze Zeit. Er lachte, und die Fliegen krochen ihm in den Mund, aber er lachte weiter. Dann schrie er wieder.

»Ich habe gewonnen! Ich habe gewonnen!«

Der summende Fliegenschwarm löste sich von ihm und suchte sich irgendwo im Sand ein neues Ziel. Schweratmend stand Tabby in seinen blutgetränkten Schuhen da. Wohin er auch schaute, überall im Sand sah er Fliegen, zu gierig summenden Klumpen geballt. »Sie sind nicht tot«, sagte er leise. »Meine Freunde sind nicht tot.«

Noch nicht, zischte es aus dem roten Schaum im Sand. Die Fliegen, die sich entfernt hatten, saßen jetzt auf einer anderen an den Stand gespülten Leiche. Zuerst dachte Tabby, es sei Patsy, und er rannte hinüber, um die Fliegen zu verjagen. Sie summten jetzt wieder lauter und im Rhythmus.

Aber als er näherkam, erschien ihm die Leiche zu groß, als daß es Patsy hätte sein können, und dann bemerkte er, daß sie genauso zerhackt und verstümmelt war wie Richards Leiche ... aber es war die Leiche einer Frau. Ein paar Schritte von der Leiche entfernt blieb Tabby wie angewurzelt stehen. Er hatte gesehen, daß ihr brutal der Bauch aufgeschnitten worden war, und ein kleiner Klumpen Fleisch, der ein ungeborenes Kind gewesen sein mußte, lag neben der Leiche. Auch auf dem Fötus krabbelten die Fliegen. Tabby sah unglaublich winzige zur Faust geballte Finger. Dann wußte er, wer die tote Frau war. Es war Laura Allbee, Richards Frau. Er fing an zu zittern – nach allem was er gesehen hatte, traf ihn der Anblick des ungeborenen Kindes am tiefsten.

Das rote Wasser fing an, immer lauter zu zischen, und eine träge Welle überspülte die beiden Körper. Tabby ging rückwärts, aber er konnte den Blick von Laura und dem Fötus nicht abwenden. Das Wasser tobte und brüllte jetzt wie bei einem Sturm.

Wolken ballten sich zusammen und verdeckten den Mond. Weit hinten zur Rechten sah er immer noch den roten Lichtschein am nächtlichen Himmel – kein Zweifel, dort brannten Häuser. Tabby roch jetzt den Rauch, und noch ein anderer, schwerer Geruch machte sich neben dem durchdringenden Blutgestank bemerkbar. Die Wellen donnerten an den Strand, und der Wind peitschte das Wasser auf. Roter Schaum lag über den Wellen und wurde in die Luft geschleudert wie blutige Lappen.

Eine weitere Leiche wurde angespült. Laura Allbee und der winzige Fötus waren verschwunden. Das Wasser hatte sie in den blutigen Sound zurückgerissen. Eine größere Leiche lag jetzt in der tobenden Brandung. Zwischen ihr und Tabby hingen die Fliegen wie ein summender Schleier. Eine große Welle schob die massige Leiche weiter auf den Strand hinauf. Sie stützte sich auf die Ellenbogen und versuchte aus dem Wasser herauszukriechen.

Ein Blitzstrahl fuhr herab und schlug links von Tabby in den Sand.

Die Leiche am Wasser kniete jetzt. Die rechte Schulter sah aus wie ein Autowrack. Ein blutbeschmierter Knochen ragte aus zerfetztem Fleisch.

Tabby wich bis an die Wand vor dem Parkplatz zurück. Die Leiche versuchte aufzustehen, sie hatte aber Schwierigkeiten, sich aus ihrer geduckten Haltung zu erheben. Auf dem Körper erkannte Tabby Dicky Normans Gesicht. Wieder zischte ein heller Blitzstrahl über den Sound. Endlich stand Dicky auf den Füßen. An seiner Stirn und auf seiner Brust waren die glatten langen Schnitte von der Obduktion zu sehen. Sein Mund war geöffnet, und das Blut aus dem Sound lief ihm am Kinn herab. Dicky bewegte sich auf Tabby zu.

Jetzt trieb der Wind, der Tabby hergeweht hatte, Dicky wieder zum Strand zurück. Aus der Richtung des Feuers stiegen Funken in die Luft und schwebten im wechselnden Luftstrom.

»Nein, Dicky«, sagte Tabby.

Als Dicky Norman Tabbys Stimme hörte, knirschte er mit den Zähnen.

»Du existierst nicht wirklich«, sagte Tabby und drängte sich gegen die Mauer.

Der Wind riß ihm die Worte vom Mund und zerfetzte sie zu Silben, die keinen Sinn hatten. Dicky hatte schon den halben Weg über den Strand zurückgelegt. Er stemmte sich gegen den Wind und streckte die eine Hand aus, die ihm verblieben war. Der blutgetränkte Sand flog und zerstreute sich. Eine weiße McDonald-Tüte wurde vom Parkplatz herübergeweht, hüpfte über den Sand, wobei sie unregelmäßig rot gefärbt wurde, und segelte dann in das aufgewühlte Wasser.

»Dicky, geh zurück«, sagte Tabby tonlos.

Dickys Kiefer mahlten; noch mehr rote Flüssigkeit troff ihm aus den Mundwinkeln. Es schien Tabby fast, als murmelte Dicky Normans zerfetzte Leiche Worte. *Ich bin müde*, schien sie zu sagen.

Tabbys Gedanken riefen *Patsy? Patsy?* Der einzige Grund dafür war eine instinktive Suche nach Sicherheit.

Dicky Norman schob sich noch einen Schritt vorwärts. Er kämpfte mit dem Wind. Tabbys Gedanken versuchten Patsy zu erreichen, aber er fand sie nicht, und sein Entsetzen wuchs. Für eine Weile stürzten Tabbys Gedanken in eine riesige Leere, in ein psychisches schwarzes Loch. Dicky betrachtete seine aufgerissene Schulter und strahlte dann Tabby an wie jemand, der gerade einen guten Witz erzählt hat.

Patsy!

Ganz verschwommen kam eine Reaktion, so schwach wie man einen Sektensender aus Tennessee im Autoradio hört.

Paty! Ich habe Schwierigkeiten!

Patsy schlief. Dicky ging wieder einen Schritt auf ihn zu. Immer noch lächelte er ihn an. Patsy reagierte nicht mehr.

Patsy! Hilf mir!

(oh, lieber Tabby, was …? Tabby …?)

Es war nicht viel, nur ein kurzer Kontakt, aber Dicky Norman sank zwei Meter vor Tabby in die Knie. Wieder suchte Tabby in Gedanken Patsy, aber er spürte nur eine leichte Wärme, die bald verflog. Dicky versuchte umzukehren. Er lag flach auf dem Bauch im blutigen Sand. Der Wind hatte sich gelegt, und die Fliegen kamen zurück. Sie setzten sich auf Dickys Schulter und in die Blutlachen im Sand. Bald war Dickys verletzte Schulter schwarz von Fliegen. Tabby schlug die Fliegen weg, die sich ihm ins Gesicht setzen wollten. Dicky grub die Füße in den Sand, um sich abzustoßen, und seine Hüften bewegten sich hin und her. Wo Dickys Füße den Sand aufwühlten, quoll neues Blut hervor. Wie ein beschädigter Traktor quälte sich Dicky zum Sound zurück.

Tabby hatte nicht gewonnen, das wußte er, aber er hatte wenigstens gleichgezogen. Das hatte er Patsys unbewußter Hilfe zu verdanken. Nur mit ihrer Hilfe hatte er es geschafft. Jetzt konnte Tabby die Feuer riechen, die drüben am Millpond brannten.

Dicky Norman hatte den Kiesstreifen erreicht und kroch in das flache Wasser zurück. Tabby sah, daß der Sound nicht mehr ganz so rot war. Die Farbe hatte sich in ein dunkles Rosa verwandelt und wechselte zu Violett. Schließlich war das Wasser wieder tiefblau.

Er war trocken. Es gab keine Fliegen und keine Blutflecken an seiner Kleidung oder im Sand. Am Strand hinterließen die schwachen Wellen nur weißen Schaum. Tabby rannte die Stufen zu den Umkleideräumen und dem öffentlichen Telefon hinauf.

14

Sehr spät in jener Samstagnacht fanden drei Ereignisse von verschiedener Bedeutung statt, die sehr viel mit Richard Allbees und Tabby Smithfields Ängsten zu tun hatten und die aufzeigten, in welche Richtung die Dinge liefen, nun da die Schwelle überschritten war. In jener Samstagnacht befand sich Hampstead unwiderruflich in der zweiten Phase seiner Zerstörung.

Das erste dieser Ereignisse war, daß Richard Allbee Laura um dreiundzwanzig Uhr dreißig anrief, ungefähr um die Zeit, als Tabby den unerklärlichen Drang verspürte, aufzustehen und das Haus zu verlassen. Nachdem er sich einen ganzen Abend lang mit Morris Stryker unterhalten hatte – Stryker wollte unglaublicherweise ein Bauhaus-Interieur –, sah Richard seine ursprünglichen Pläne für das Haus in der College Street zerstört und war in entsprechender Verfassung. Außerdem war er so betrunken, daß es ihm anzuhören war. Stryker hatte eine Flasche fünfzig Jahre alten Cognac auf den Tisch stellen lassen und Toby Chambers befohlen, für alle einzuschenken. Chambers selbst brauchte nicht mitzutrinken, aber Stryker machte unmißverständlich klar, daß er von Hagen und Richard erwartete, daß sie genauso viel Cognac tranken wie er selbst.

Nach dem achten Klingeln nahm Laura den Hörer ab, und Richard fühlte sich mit einem Schlage sehr viel besser. »Oh, Gott sei Dank«, sagte er. »Ich weiß, es ist sehr spät, aber ich habe mir Sorgen gemacht.«

»Worüber denn?« fragte Laura.

»Ach … weißt du. Der Kunde hat mir gerade erzählt, daß es in Hampstead wieder einen Mord gegeben hat. Er hat es in der Zeitung gelesen. Der Mann ist ein Gangster. Er fand es sehr zum Lachen.«

»Bist du betrunken?« fragte Laura.

»Natürlich bin ich betrunken. Ich war mit Morris Stryker zusammen, und wenn man nicht mittrinkt, wird man bestraft. Man wird über einem Feuer langsam geröstet. Das konnte ich nicht riskieren. Wirklich, Stryker ist ein Gangster. Jeden Abend kommen Männer zu ihm in seine Restaurants und geben gefütterte Umschläge bei ihm ab.«

»Mein Gott«, sagte Laura. »Dann hast du es ja wirklich nicht gut getroffen.«

»Es ist entsetzlich«, sagte Richard. »Verglichen mit dem, was ich hier erlebe, ist geröstet zu werden wahrscheinlich noch ein Vergnügen. Aber sag mir, was ist passiert. Wer wurde ermordet?«

»Wir kennen ihn nicht. Der Gärtner, der hier in der Gegend arbeitet. Ich glaube, ich habe ihn ein paarmal gesehen.«

»Den hast du bestimmt gesehen. Der ist ständig irgendwo beschäftigt. *Der* wurde also ermordet? Wo? Wann?«

»Das weiß ich nicht genau. Die Leiche wurde erst gestern gefunden. Ich glaube, er war schon ein paar Tage tot. Richard, ich bin sehr müde. Du hast mich geweckt, und ich mag jetzt nicht darüber sprechen. Ich möchte, daß du nach Hause kommst.«

»Ich wollte, ich könnte es«, sagte er. »Ich mußte meine ursprünglichen Entwürfe ändern und brauche wahrscheinlich noch ein paar Tage. Paß auf dich auf.«

»Das werde ich schon tun«, sagte sie. »Ruf nächstes Mal bitte zu einer vernünftigen Zeit an. Ich gehe jetzt wieder ins Bett.«

»Ich melde mich morgen wieder«, sagte Richard. »Sobald mich Iwan der Schreckliche aus seinen Klauen läßt.«

»Ich liebe dich.«

»Ich dich auch. Warum kannst du nur nicht bei mir sein?«

»Du bist schließlich weggefahren«, sagte sie.

Wenig später bewegte Patsy McCloud sich im Schlaf. Ihre Schwiegereltern waren am Abend gerade nach Phoenix zurückgefahren, und Patsy hatte nach zehn Uhr die Augen nicht mehr offenhalten können.

Eine Sekunde später fuhr es wie ein Schlag in ihre Träume, und sie schüttelte den Kopf, ohne richtig wachzuwerden. Sie sah Tabby Smithfield vor sich, einen Tabby, der sie brauchte, auf unbestimmte Weise zwar, aber doch dringend. Sie hatte in diesem Augenblick das Gefühl, daß Tabby ihr Kind sei, und dieses mütterliche Gefühl verriet ihr, daß er sie brauchte. Sie sah ihn nicht verletzt, aber er befand sich in schrecklicher Gefahr, etwa, als säße er am Steuer eines schnellen Wagens, nachdem er reichlich Gin getrunken hatte. Eine Sekunde lang bewegten sich ihre Lider. Durch ihr offenes Fenster roch sie Rauch. Bruchstückartig übermittelten ihre Gedanken Tabby ihre Sorge um ihn. Dann lag sie wieder ganz entspannt da, und der Geruch zerschmolz zu einem Traumbild ihrer selbst: sie war eine Hexe und saß am

Rande eines Waldes und kochte etwas in einem großen schwarzen Kessel, und dann verwischte sich auch dieses Bild.

Die Feuerwehr von Hampstead hatte bereits zwei Anrufe im Zusammenhang mit dem Feuer an der Mill Lane (der offizielle Name der Shrinks' Row) erhalten, als Tabby vom Münzfernsprecher oberhalb von Gravesend Beach aus anrief. Von der Feuerwache an der Riverfront Avenue wurden zwei Löschwagen in Marsch gesetzt, und die Hauptwache an der Main Street schickte zwei weitere. Als die Männer, die zuerst am Ort des Geschehens eintrafen, über das Ausmaß des Schadens berichteten, forderte Hampstead in Old Sarum zwei weitere Wagen zur Verstärkung an.

Die Mill Lane war nur über eine schmale Brücke über den Millpond zu erreichen, und die Löschwagen kamen natürlich nicht über die Brücke. Die ersten beiden Wagen trafen am Parkplatz neben dem Millpond ein, als der stellvertretende Feuerwehrchef Harry Yochen gerade mit seinem Wagen vorfuhr. Während Harry über die Brücke ging, um festzustellen, wie viele Häuser betroffen waren, fuhren die Löschwagen aus der Main Street auf den Parkplatz. Eine Minute später kam auch Tony Archer, der Feuerwehrchef an, der den Wagen gefolgt war. Archer sprang aus seinem Wagen und befahl seinen Männern, die Schläuche auszufahren. Über die ganze Brücke und den Anfahrtsweg hinweg spürte er die Hitze, und er erkannte resigniert, daß die meisten der kleinen Häuser verloren waren. Ein wenig später kam Harry Yochen keuchend über die Brücke zurückgelaufen und bestätigte: alle Häuser brannten.

»Alle?« fragte Archer. »Wie zum Teufel konnten denn *alle so* schnell brennen?«

»Da ist noch etwas anderes«, sagte Yochen und wischte sich das Gesicht ab. Archer wußte, was Yochen sagen wollte, und er wußte, warum er zögerte. Sein Stellvertreter war überzeugt, daß es sich hier um Brandstiftung handelte. Yochen blinzelte. »Das Feuer ist überall gleich weit fortgeschritten.«

»Bei allen acht Häusern?«

Yochen nickte. »Alle Häuser haben gleichzeitig angefangen zu brennen.«

»Haben Sie mit jemandem gesprochen?« Die Mannschaften rannten inzwischen mit ihren Schläuchen über die Brücke.

Yochen schüttelte den Kopf. »Die Leute sind alle in den Häusern.« »Oh, mein Gott«, sagte Archer. Dann fing er an, Befehle zu brüllen, während er und der stellvertretende Feuerwehrchef mit der zweiten Mannschaft über die Brücke rannten.

Als sie an dem schmalen Weg auf der anderen Seite der Brücke angekommen waren, erkannte Archer sofort, was Yochen mißtrauisch gemacht hatte. Das Feuer, das auf den Dächern der Fachwerkhäuser ausgebrochen war, hatte bei allen Häusern die gleiche Höhe erreicht. Die Häuser waren bis an die Türrahmen niedergebrannt. Jemand hatte diese Häuser in Brand gesteckt und damit alle Bewohner der Häuser umgebracht. In diesen Häusern lagen die Schlafzimmer im zweiten Stock. Zuerst hatte der Rauch sie erwischt, und als sie dann bewußtlos in ihren Betten lagen, waren sie verbrannt. Während der Rauch aus den sterbenden Gebäuden quoll, setzten die Feuerwehrleute ihre Schläuche auf die beiden nächstgelegenen Häuser an.

Archer, Yochen und die übrigen Männer kniffen vor der unerträglichen Hitze die Augen zu. Die Rasen fingen an zu brennen, und ein Ahornbaum vor dem gelben Haus, das Dr. Harvey Blau gemietet hatte, stand plötzlich in Flammen. Archer dirigierte die Mannschaften aus Old Sarum an das hintere Ende des Weges, um zu verhindern, daß das Feuer auf das baumbestandene Parkgelände übergriff, das zwischen dem Millpond und Gravesend Beach lag. Es roch nach verbranntem Gewebe und versengten Pflanzen, und Archer hörte das Brüllen und Krachen des Feuers, das elementare Geräusch der Zerstörung. Das Feuer sog die Luft ein wie ein Tier, das sich zum Sprung duckt.

Sie sind alle tot, dachte er und sah vor seinem geistigen Auge die Menschen, die in den oberen Räumen geschlafen hatten. *Wer bringt so etwas fertig?* Hampstead, wo Archer seit zwanzig Jahren lebte, schien in diesem Sommer in Barbarei und Wahnsinn zurückgefallen zu sein. Kinder, die sich ertränken ... er hatte den kleinen Sohn der Sherbournes gekannt, und was mit ihm passiert war, ergab einfach keinen Sinn, genauso wenig Sinn, wie daß jemand Paraffin über die Dächer von acht Häusern gießt und sie dann in Brand steckt. Mehr als je zuvor hörte sich das Feuer für ihn wie ein Lebewesen an.

Er schaute zu dem Rauch hinüber, der aus den Dächern der brennenden Häuser drang. Eine Flamme tropfte vom Dach herab und ließ kleine Feuerkugeln wie Wassertropfen auf den Rasen fallen. Die Feuertropfen schlugen auf dem Boden auf und spritzten auseinander. Einen Augenblick lang überlegte der Feuerwehrchef, daß diese sich bewegenden Flammen fast wie Lebewesen wirkten, wenn sie so rasch über das trockene Gras huschten. Und auch der schwarze Rauch schien zu leben, zu zucken und sich zu winden.

Dann glaubte Archer, daß sich in dem Rauch etwas bewegte. In dem schwarzen Qualm schossen noch dunklere Schatten hin und her. Bevor er zu den Männern von der ersten Mannschaft hinüberging, schaute er noch einmal in die sich windende Rauchsäule. Der Rauch kam aus allen acht Häusern und verschmolz dann sechs oder sieben Meter über den Dächern zu einer einzigen Wolke, die in die Dunkelheit aufstieg. *Vögel,* dachte er, *ein paar verdammte Vögel haben sich im Rauch gefangen ...* und dann sah er die Form einer Schwinge und hielt die Vögel für Fledermäuse.

»Chef?« redete Yochen ihn an.

Archer sah ihre Hälse und ihre wütend geöffneten Mäuler; er sah sie im Rauch schweben, wie Fledermäuse es niemals tun würden. Tausende von kleinen Drachen schwebten im Rauch, wirbelten hoch und schossen davon.

Sechs Meter von ihm entfernt explodierten die Männer von der ersten Mannschaft in einer Flammenhölle. Die Schläuche, die sie trugen, platzten, und mehrere Tonnen Wasser verwandelten sich schlagartig in Dampf. Die Männer vom zweiten Wagen ließen ihre Schläuche fallen und rannten auf die andere Seite des Weges, um sich vor dem kochenden Dampf zu retten. Ihre eigenen Schläuche mußten ihnen in den Händen heiß geworden sein, denn sie platzten ebenfalls gleich nachdem sie sie fallengelassen hatten. Die Männer schrien, und acht von ihnen waren in Flammen eingehüllt. Einige wälzten sich in dem versengten Gras und setzten es in Brand, andere rannten wie Wahnsinnige in die größeren Feuer hinein. Flüssige Feuertropfen flossen aus den Häusern und bildeten Pfützen.

»Die Schläuche auf die *Männer* richten!« brüllte Archer zu Yochen hinüber und erlebte gleichzeitig, wie Tausende von kleinen Drachen über Yochens Kopf aus dem Rauch kamen. Archer sah, daß Yochen der Rauch aus den Ärmeln quoll. Dann stand das Uniformhemd seines Stellvertreters in Flammen; Bruchteile von Sekunden später brannten ihm die Haare vom Kopf. Seine Hosen qualmten und loderten. Archer wollte seine Jacke ausziehen, um die Flammen zu ersticken, aber der Ärmel blieb ihm am Handgelenk hängen. Harry Yochen stieß einen erstickten gurgelnden Schrei aus und stürzte völlig in Flammen gehüllt zu Boden. Seine Haut schrumpfte zusammen und wurde schwarz, während Archer sich immer noch vergeblich bemühte, seine Jacke auszuziehen.

Mitten in diesem Inferno stand Tony Archer, dem die Jacke am Handgelenk hing, hörte das Rauschen und Prasseln des Feuers und fragte sich entsetzt, was denn hier so schnell und gründlich falsch gelaufen war, als weißtropfendes Feuer aus den Häusern floß und ihm das Gesicht versengte und die Lungen verbrannte. Er starb, noch bevor seine Kleidung Feuer gefangen hatte.

Das Feuer an der Mill Lane brannte aus, bevor es auf den Park übergriff, aber als der Morgen dämmerte, waren die Häuser der Shrinks' Row nur noch acht ausgebrannte Ruinen. Die Bewohner wurden anhand der Lage ihrer Knochen identifiziert, und ähnlich verfuhr man mit den Feuerwehrleuten, die alle in dem Glutofen umkamen, in den sich die Mill Lane in jener Nacht für einige Minuten verwandelt hatte.

Einer der Löschwagen, der der Brücke am nächsten gestanden hatte, war durch die Hitze explodiert, aber wie hoch die Temperaturen an der Mill Lane in der Nacht zum Sonntag tatsächlich waren, konnte man daran ablesen, so die *Gazette* vom Mittwoch, daß am Kendall Point, der von der Mill Lane durch den Strand von Gravesend und eine halbe Meile Wasser getrennt ist, am nächsten Tag der Boden noch heiß war und die Rinde vieler Bäume noch rauchte.

15

Richard hatte sich fest vorgenommen, Laura an diesem Sonntag anzurufen. Er wollte bis kurz nach dem Frühstück warten, denn dann würde sie bestimmt zu Hause sein; aber um acht Uhr setzte er sich mit dem Zeichenblock an den Schreibtisch in seinem Hotelzimmer und dachte überhaupt nicht mehr an sein Frühstück. Zu Mittag bestellte er sich beim Zimmer-Service ein Sandwich und ein Bier und arbeitete weiter. Ihm war eine Möglichkeit eingefallen, wie man mit Stryker zu einem Kompromiß kommen und Zeitgenössisches in die Georgianischen Strukturen und Abmessungen der Räume integrieren könnte. Wenn er darauf bestand, konnte Stryker seine weißen Wände haben und sogar die Beleuchtung, die ihm vorschwebte, und Richard würde Details der Periode einschmuggeln. Richard erkannte, wie hervorragend sich diese Details in das Ganze einfügten, und das Projekt gewann für ihn wieder an Leben.

Um achtzehn Uhr merkte Richard, daß er am Verhungern war, und er ging in das Hotelrestaurant und bestellte Muscheln mit Spargel und eine halbe Flasche eisgekühlten Puligny-Montrachet. Dazu trank er zwei Tassen Kaffee. Während des Essens machte er sich Notizen. Als er mit dem Kaffee fertig war, gab er ein reichliches Trinkgeld und ging sofort wieder auf sein Zimmer. Erst um dreiundzwanzig Uhr dreißig dachte er wieder daran, zu Hause anzurufen. Es war zu spät – er konnte sie nicht gut zwei Abende hintereinander aus dem Schlaf reißen. Richard fand, daß er heute allerhand geschafft hatte. Er zog sich aus und ging ins Bett.

Am Montag rief er um zehn Uhr morgens zu Hause an, aber Laura nahm nicht ab. Wahrscheinlich war sie zum Einkaufen bei Greenblatt. Er nahm sich vor, sie kurz nach dem Abendessen anzurufen, und wenn er es von einem von Strykers scheußlichen Restaurants aus tun mußte. Den ganzen Montagnachmittag verbrachte Richard im Haus an der College Street. Er überprüfte seine Pläne und vergewisserte sich, ob auch alle Abmessungen stimmten. Vor seinem rituellen Dinner mit Stryker ging er noch einmal ins Hotel zurück. Um siebzehn Uhr dreißig rief er Laura von seinem Zimmer aus an, aber wieder nahm sie nicht ab. Er rief die Zentrale an, aber Laura hatte auch keine Nachricht für ihn hinterlassen.

Stryker meldete sich um sechs Uhr telefonisch und bat ihn in das Restaurant Pickman. Es stellte sich heraus, daß dieses Restaurant etwa zwanzig Minuten entfernt im Norden der City lag, fast schon auf dem Lande. Es war ein umgebautes Viktorianisches Haus und bei weitem das schönste Restaurant, das Stryker besaß. Der Diener fuhr Richards Wagen in die Garage, und Richard ging durch eine Reihe von Räumen, die genauso schön waren wie das Äußere des Hauses. Rote Ledersessel, zarte Blumengebinde, funkelndes Kristall und glänzendes Silber. Richard hatte sich seine Pläne unter den Arm geklemmt. Seit er Stryker kannte, hatte er sich in der Gesellschaft seines Kunden noch nie so wohlgefühlt wie heute.

Stryker, Mike Hagen und Toby Chambers erschienen fünfzehn Minuten später. Stryker nickte Richard nur kurz zu, rief den Ober und beschwerte sich über den für die Besprechung vorbereiteten Tisch. Er stünde zu sehr in der Mitte, hier liefen zu viele Leute herum, und ob denn überhaupt keiner wisse, wie sich Morris Stryker den Tisch vorstelle, an dem er sitzen wolle? Mitten in dieser Tirade zündete Stryker sich eine Zigarre an und blies den Rauch über den Tisch, den er soeben abgelehnt hatte. Der Ober machte Vorschläge, und Stryker wählte einen Tisch, der hinten in einer entfernten Ecke stand. »Bilden Sie sich nicht ein, daß Sie uns schlecht bedienen dürfen, weil wir hier hinten sitzen«, sagte er.

Sehr umständlich nahmen sie an dem hinteren Tisch Platz. Stryker selbst saß mit dem Rücken zur Wand und konnte den ganzen Raum überblicken. »Ach, dieser Laden ist so voll Scheiße, ich kriege Kopfschmerzen, wenn ich herkomme.«

»Warum kommen Sie dann her?« fragte Richard.

»Es ist eine Abwechslung. Toby mag diese Art Scheiße.« Stryker paffte an seiner Zigarre und beugte sich vor. Er sagte zu Toby: »Warum holst du nicht diesen kleinen Schleicher her, diesen Banjospieler, damit ich mit ihm reden kann? Such ihn und bring ihn her.« Toby eilte davon. Mike Hagen lächelte die Decke an.

»Gehen Sie auch manchmal mit Ihrer Frau aus, Morris?« fragte Richard. Mike Hagen wandte seinen Blick von der Decke und starrte Richard an.

»Was, zum Teufel, geht Sie das an?« fragte Stryker mit erhobener Stimme. »Ein Dinner gehört zu meiner Arbeit – teils Arbeit, teils Erholung. Kapiert?«

Der Ober brachte die Getränke. Stryker lehnte sich über den Tisch. Er sah wie ein Wasserbüffel aus. »Was haben Sie bisher getan?« fragte er Richard. »Waren Sie heute im Haus? Ja? Großartig. Was machen Sie am Sonntag? Ich wollte Sie anrufen. Wir könnten zusammen Golf spielen, aber da ist etwas dazwischengekommen. Dieser Banjospieler, der ist dazwischengekommen. Wir werden ihm den Kopf zurechtsetzen.«

»Ich habe den ganzen Sonntag gearbeitet«, sagte Richard und nahm die Papiere auf, die vor ihm auf dem Tisch lagen. »Ich glaube wirklich, daß ich eine Lösung gefunden habe. Ich möchte Ihnen gern zeigen, was wir aus den unteren Räumen machen können.«

»Das können Sie sich sparen«, sagte Stryker. »Ich will von dem Quatsch heute nichts hören. Ich will einfach nicht.«

»Ich möchte aber gern wissen, was Sie davon halten«, sagte Richard. »Ich hatte einen erheblichen Zeitaufwand, und ich muß bald nach Connecticut zurück.«

»Ich habe Ihnen doch *gesagt*, daß ich davon heute nichts hören will«, bellte Stryker. »Haben Sie denn keine Ohren? Es ist mir scheißegal, wie hart Sie gearbeitet haben, und ich gebe einen Rattenarsch darum, wann Sie nach Hause müssen. Ich will von der ganzen Scheiße heute abend nichts wissen. Sie bleiben ganz einfach sitzen und fressen und saufen. Mehr haben Sie heute nicht zu tun.«

In diesem Augenblick war Richard nahe daran, die Sache hinzuschmeißen. Fast hätte er es getan. Wenn er fünf Jahre jünger und Laura nicht schwanger gewesen wäre, hätte er keine Sekunde gezögert. Er dachte noch darüber nach, als Tony Chambers zurückkam und seine schmächtige Figur in den Sessel sinken ließ. »Neun-dreißig«, sagte Chambers.

Stryker grunzte. Er rollte mit den Augen und stieß eine stinkende graue Rauchwolke aus. »Ruf ihn nochmal an. Das ist mir zu früh. Ich will sein schmieriges Gesicht hier nicht sehen, wenn ich mich gerade amüsieren will. Sag ihm, er soll um elf kommen. Dann sind wir immer noch hier.«

Chambers stand wieder auf und strich davon.

Ich brauche diesen Job, sagte sich Richard. *Morris Stryker ist nicht nur ein ungehobelter Tyrann, er wird zehntausend Dollar zur College-Ausbildung meines Sohnes beitragen.* Er trank einen Schluck aus seinem Glas, und seine linke Hand, die er schon zur Faust geballt hatte, entkrampfte sich.

»Trinken Sie noch einen«, sagte Stryker. »Dazu sind Sie hier, stimmt's? Nur gute Sachen.«

An diesem Abend war Richard erst um zehn Minuten nach zwölf wieder in seinem Hotel. Er rief zu Hause an und hörte das Besetztzeichen. Zwischen Mitternacht und ein Uhr wählte Richard noch fünfmal seine Nummer, und jedes Mal kam das Besetztzeichen. Er sprach mit der Vermittlung, und das Mädchen meinte, der Gesprächspartner habe wohl nicht richtig aufgelegt.

Am Dienstagmorgen versuchte Richard gleich nachdem er geduscht hatte, zu Hause anzurufen. Mit einem Handtuch um die Hüften und tropfenden Haaren setzte er sich auf das Bett und wählte seine Nummer. Zuerst hörte er gar nichts. Würde wieder das Besetztzeichen kommen? Oder würde es klingeln? Nichts geschah. Richard wollte schon auflegen und noch einmal wählen, als es in der Leitung zweimal klickte und das Amtszeichen ertönte. Richard versuchte es ein zweites Mal. Das gleiche Ergebnis. Eine längere Pause, ein Klicken und das Amtszeichen. Er rief die Vermittlung an und ließ bei sich zu Hause anrufen. Die junge Dame bekam keine Verbindung und sprach mit der Vermittlung in Connecticut. Dann war sie wieder in der Leitung: »Es tut mir leid, Mr. Allbee, aber der Apparat ist zur Zeit nicht zu erreichen. Die Leitung ist gestört.«

»Aber das ist doch meine Nummer«, sagte Richard.

»Wir bekommen aber keine Verbindung. Der Fehler ist allerdings schon gemeldet worden. Versuchen Sie es doch später.«

Richard legte auf, trocknete sich das Haar mit dem Handtuch und zog sich an. Er bestellte sein Frühstück und machte die Bestellung nach fünf Minuten wieder rückgängig. Er konnte nicht in seinem Zimmer sitzen bleiben. Dazu war er viel zu unruhig. Die Leitung ist gestört? Was hatte das zu bedeuten?

Ein paar Minuten später stand er draußen auf der Straße und wußte nicht recht, wohin. Um elf Uhr dreißig sollte er Stryker und Hagen im Haus an der College Street treffen; bis dahin waren es noch drei Stunden, die er irgendwie totschlagen mußte. Die Luft war warm und klar, und von einem Baugelände in der Nähe waren Geräusche zu hören. Neben Richards Hotel war ein altes Gebäude abgerissen worden, das einen ganzen Block eingenommen hatte. Wie ein Galgen ragte jetzt ein Baugerüst über dem unebenen Gelände empor. Durch Rauch und Staub sah Richard Männer mit entblößtem Oberkörper und Schutzbrillen. Sie schweißten, daß die Funken sprühten, und Hämmer schlugen auf Metall. Ganz schwach hörte Richard einen Vorarbeiter fluchen. Es klang rhythmisch und völlig leidenschaftlos.

Wie hypnotisiert schaute Richard eine Weile zu dem Baugelände hinüber. Ein Mann hob einen Vorschlaghammer und schlug damit zu. Ein anderer betätigte einen Preßluftbohrer, und man sah das Spiel seiner Armmuskeln. In Abständen stieg Staub auf. Hinter den Männern drehte sich langsam ein großer gelber Kran.

Richard hatte plötzlich ein trockenes Gefühl im Mund, wenn er auch nicht wußte, warum. Er zitterte, und er fand auch dafür keinen Grund. Die Funken brannten in dem kochenden Rauch und Staub wie winzige Feuer. Es war der Blick in eine kleine Hölle.

Er schaute zum Kran hinauf und sah Billy Bentley über den Ausleger des Geräts laufen. Er rannte auf dem glatten gelben Metall in einem Winkel von fünfundvierzig Grad nach oben. LORAINE hieß die in Schwarz gehaltene Aufschrift, über der Billy entlanglief. Ohne sich um die Schwerkraft zu kümmern, rannte Billy bis an das Ende des Auslegers und winkte Richard zu.

Richard war sehr verblüfft – er kotzte. Bevor er wußte, wie ihm geschah, hatte sich ihm der Magen umgedreht. Er spürte einen scharfen Schmerz in den Eingeweiden, der aber rasch nachließ. Vor ihm auf dem dreckigen Bürgersteig lag, was er erbrochen hatte. Es sah rosa aus. Er trat einen Schritt zurück und schaute nach oben. An einem Kabel, das vom Kran herabhing, hangelte Billy Bentley sich nach unten.

Richard drehte sich um und rannte. Hinter ihm stank und brüllte die Hölle, und aus ihr heraus sprang Billy Bentley und verfolgte ihn. Richard bog um die nächste Ecke und hastete die Straße hinunter.

Um ihn herum die häßliche Stadt Providence. Hinter sich hörte er immer noch die Geräusche von der Baustelle. Aus einem Hauseingang auf der gegenüberliegenden Straßenseite winkte Billy Bentley ihm zu. Er tat so, als ob er Geld zählte. In der klaren Sommerluft hing ein Geruch von Tod und Fäulnis.

Richard wirbelte herum und rannte in die entgegengesetzte Richtung. Autohupen gellten, und ein Mann schrie. Das Licht der Verkehrsampel hatte noch nicht gewechselt, und Autos rasten auf ihn zu. Richard hatte Angst, mitten auf der Straße bewußtlos umzufallen und von einem Lastwagen überrollt zu werden.

Er schaffte es, die andere Straßenseite zu erreichen. Über ihm am Hügel lag die Brown-Universität. Die Stadt schien voll Sonne, Staub und Rauch zu sein. Altmodische Straßenlaternen säumten den Weg zur Universität hinauf. Die Häuser aus dem achtzehnten Jahrhundert auf beiden Seiten der Straße standen in erhabenem Schweigen in der klaren Luft.

Billy war auf dem Kran LORAINE aus der Hölle gekrochen, und jetzt war die Hölle überall – Richard mußte nach Hampstead zurück, nach Greenbank und zum Beach Trail.

Er suchte sein Hotel auf. Er sah den Beach Trail, sah das alte Sayre-Haus mit hell erleuchteten Fenstern, sah Laura die Tür öffnen ... »Ich reise in ungefähr einer Viertelstunde ab«, sagte er zu dem Angestellten am Empfang. »Machen Sie bitte meine Rechnung fertig.«

Richard warf seine Sachen in den Koffer, schloß ihn, verließ sein Zimmer und drückte auf den Fahrstuhlknopf. Er wartete auf dem dunklen pflaumenfarbenen Korridor und hörte hinter den Metalltüren die Drähte summen. Dann blitzte das Licht über der Fahrstuhltür auf, eine Glocke erklang, und die Türen zu einem geräumigen Sarg öffneten sich. Ein tonnenschwerer Gestank wälzte sich aus dem Fahrstuhl heraus und hätte Richard fast umgeworfen. In einer Ecke des Fahrstuhls saß Billy Bentley mit gekreuzten Beinen. Er hatte eine Gitarre auf dem Schoß und sah Richard aufmunternd an. Jetzt schien ihm das Fleisch von den Knochen zu gleiten, aber Billy wirkte so belebt, daß seine Leiche besonders schön aussah, wie sie da mit gekreuzten Beinen auf dem Teppichboden des Fahrstuhls hockte.

Richard mochte nicht in den fahrenden Sarg steigen. Wenn erst die Türen geschlossen waren, würde allein der Geruch ihn umbringen. Er nahm seinen Koffer auf und wartete, bis sich die Türen wieder schlossen, was sie prompt taten. Dann öffnete er die Tür zur Treppe und trug seinen Koffer aus dem zehnten Stock nach unten.

Um elf Uhr dreißig saß er vor dem Haus an der College Street in seinem Wagen. Er wartete schon zwanzig Minuten. Die Türen waren geschlossen und die Fenster hochgedreht. Aus dem Radio dröhnte die Stimme Ricky Lee Jones'. Stryker war nicht im Haus, und der Cadillac war nirgends zu sehen. In einem der oberen Fenster stützte sich Billy Bentley auf die Ellenbogen und schaute nach unten. Um zwölf Uhr befanden sich Richard und Billy immer noch an derselben Stelle, aber der Sender brachte jetzt den »Poetry Man«, gesungen von Phoebe Snow.

Um ein Uhr hatte Richard Hunger und war ganz verzweifelt. Er mußte nach Connecticut zurückfahren, aber er konnte nicht fahren, ohne vorher mit Morris Stryker zu sprechen – das konnte er sich einfach nicht erlauben. Er schaute zum Fenster hinauf, und Billy sah ihn an und schüttelte den Kopf.

Um ein Uhr dreißig rollte der Cadillac langsam die Straße herauf, und Toby Chambers sprang aus dem Beifahrersitz. Er rannte um den Wagen herum und öffnete für Stryker die Tür. Stryker trug eine schwarze Sonnenbrille, glänzend schwarze Stiefel, eine grauen Anzug aus einem teuren weichen Stoff und ein dunkelgraues Hemd mit eingerolltem Kragen. Dieses eine Mal hatte er keine Zigarre im Mund. Stryker wirkte entspannt und freundlich, als er seinen fetten Bauch über die Straße schob, um Richard zu begrüßen. Richard vermutete, daß er gerade gegessen hatte. »Bin aufgehalten worden«, sagte Stryker. »Aber jetzt habe ich Zeit für Ihre Pläne. Lassen Sie uns hineingehen und uns ansehen, was Sie mitgebracht haben.«

»Ich warte seit über zwei Stunden«, sagte Richard. »Ist Bin aufgehalten worden alles, was Sie dazu zu sagen haben?«

Stryker legte den Kopf schief und sah ihn kalt an. »Ich bin aufgehalten worden. Ich hatte eine Verabredung in dem Restaurant. Statt dessen waren es fünf oder sechs. Das ist manchmal nun einmal so. Wollen Sie, daß ich Ihnen die Hand küsse?«

»Ich will, daß Sie mich am Arsch lecken«, sagte Richard. »Ich habe keine Lust, meine Zeit in Providence zu verschwenden. Ich trete mit sofortiger Wirkung von diesem Job zurück. Ich gebe auf und fahre nach Hause. Ich will Sie nicht mit Erklärungen langweilen, denn Sie würden meine Gründe doch nicht verstehen.« Richard ging wieder zu seinem Wagen, und Stryker sagte: »Sie müssen verrückt geworden sein. Toby! *Toby*!«

Toby Chambers unterbrach sein Gespräch mit Mike Hagen und sprintete über die Straße. Mit gelangweiltem Gesichtsausdruck ging Stryker zu seinem Haus hinüber.

»Ich höre auf, Toby«, sagte Richard. »Ich mache mir Sorgen um meine Frau und muß nach Connecticut zurück. Im übrigen kann ich diesen Kunden nicht mehr ertragen. Er ist einer der übelsten Kerle, die ich je kennengelernt habe, und, so gern ich es täte, ich kann einfach nicht für ihn arbeiten. Ich könnte es keine Woche länger aushalten, mit ihm in diesem Restaurant zu sitzen und seinen Zigarrenqualm einzuatmen. Good-bye.«

»Mr. Stryker kann dafür sorgen, daß Sie nie wieder einen Job bekommen«, sagte Toby. Er sprach sehr langsam. »Mr. Stryker könnte sogar auf den Gedanken kommen, daß Sie diszipliniert werden müssen. Hören Sie zu. Ich will Ihnen doch nur helfen, Mr. Allbee.«

»Ich bin sehr viel disziplinierter als Mr. Stryker«, sagte Richard. »Und jetzt gehen Sie mir aus dem Weg, Toby.«

Richard stieg ein und schlug die Tür zu. Stryker spuckte aus und verschwand – endgültig. Richard sah noch, daß er mit dem Finger eine obszöne Geste machte.

Es war Dienstag, der siebzehnte Juni, und kurz nach zwei Uhr hatte Richard den Interstate Highway erreicht.

16

An diesem Tag saß Patsy McCloud spät abends auf dem abgewetzten Ledersessel in Graham Williams' Wohnzimmer. In der Hand hielt sie ein Glas mit einer wie Wasser aussehenden Flüssigkeit, in der drei Eisstücke schwammen, die schon schmolzen. Graham Williams saß in seinem PAL-T-Shirt und seiner Yankee-Kappe ihr gegenüber auf der Couch. Wie Patsy schwitzte er ein wenig. Zwischen ihnen stand eine Flasche Bombay-Gin auf dem Tisch. Außerdem standen dort ein paar Flaschen Tonic und ein Plastikeimer, der zu einem Viertel mit kaltem Wasser gefüllt war. Patsy wußte es nicht, aber sie trauerte um Les, und zwar auf eine sehr viel angenehmere Art als allein oder wenn sie mit seinen Eltern zusammen war.

»Ich habe seinen Eltern nicht gesagt, daß er mich immer geschlagen hat«, sagte sie. »Da hatte ich nun die letzte Chance, es ihnen zu sagen, aber ich brachte es einfach nicht fertig. Dee hat mich wegen der Einäscherung zwar fürchterlich beschimpft, aber ich konnte es ihr trotzdem nicht sagen. Warum eigentlich nicht?«

»Weil Sie ein anständiger Mensch sind«, sagte Williams. Er nahm einen Schluck aus seinem Glas. »Es hätte ohnehin nichts genützt, denn seine Mutter hätte es Ihnen nicht geglaubt. Und *wenn*, dann hätte sie geglaubt, Sie hätten es verdient gehabt. Und irgendwann ist ein Punkt erreicht, wo man Eltern solche Dinge nicht mehr erzählen darf. Man sollte ihnen das Bild, das sie von ihren Kindern haben, so lassen, wie sie es gern sehen.«

»Sie haben recht, es hätte ohnehin nichts genützt«, sagte Patsy. »Sie haben nie gewußt, wer Les war – ich meine, sie haben nie begriffen, was mit ihm geschah, nachdem er von zu Hause weggegangen war. Sie verstanden seinen Erfolg nicht, und sie haben nie erkannt, was dieser Erfolg seiner Persönlichkeit zugefügt hat. Haben Sie eigentlich Kinder, Graham?«

»Nein«, sagte er und lächelte.

»Warum lächeln Sie denn so? Ach, ich weiß. Ich hatte es nur vergessen. Sie haben es uns allen erzählt. Wir sind die letzten aus unseren Familien. Wenigstens solange Richards Baby noch nicht geboren ist.«

Patsy sah sich im Zimmer um. »Haben Sie keinen Plattenspieler? Ich hätte gern etwas Musik gehört. Mögen Sie keine Musik?«

»Ich habe ein Radio«, sagte er und stand auf. Er ging durch das Zimmer und schaltete das Gerät ein. Er suchte einen Sender, der Musik brachte. Big Bands spielten Standardtitel wie »Rose Room« und »There's a Small Hotel«. Er dämpfte die Lautstärke.

»Oh, das ist aber schön«, sagte Patsy und wippte mit ihrem bestrumpften Fuß. »Warten Sie nur, Graham, gleich werde ich Sie zum Tanz auffordern.« »Es wäre mir eine Ehre.«

»Wissen Sie, wann ich zum ersten Mal merkte, daß Sie zu den Guten gehören? Das war an diesem schrecklichen Abend, als Les mit seiner Pistole herumfuchtelte. Ich sah, daß Sie sich vor Tabby stellten. Sie hätten getötet werden können.«

»Die meisten Leute hätten so gehandelt wie ich«, sagte Graham. Er beugte sich über den Tisch und schenkte ihr noch etwas Gin und etwas Tonic ein. Dann tauchte er mit der Hand in den kleinen Plastikeimer und erwischte ein paar fast geschmolzene Eisstücke, die er in Patsys Glas fallen ließ.

»Das glauben nur Sie, alter Junge«, sagte Patsy. »Aber da liegen Sie völlig verkehrt. Sie glauben das auch nur, weil Sie selbst ein guter Mensch sind. Wissen Sie, was ich später dachte? Ich dachte, hier stehen drei Männer, und meiner ist der schlimmste. Ehrlich, das habe ich gedacht.«

»Mit Sicherheit war er der besoffenste«, sagte Graham.

»Wir müssen die Tatsachen sehen, Graham, alter Freund, er war der schlimmste. Aber als seine Eltern hier waren, erinnerte ich mich an einiges über ihn, wissen Sie, und manchmal wünsche ich mir, es könnte einen neuen Anfang geben.«

Patsy redete noch weiter über Les, emotional und wirr und widersprüchlich, manchmal haßerfüllt und manchmal mit Zuneigung. Dabei trank sie, und wenn ihr Glas leer war, schob sie es neben die Flasche, damit Graham nachschenken konnte, und ein oder zweimal schien sie den Tränen nahe zu sein. Graham Williams machte das alles nichts aus. Er freute sich sogar darüber. Sie sollte ruhig alles sagen, was ihr in den Sinn kam. Er würde ernsthaft und gutgelaunt zuhören. Er wußte, daß jede Frau, besonders eine Frau wie Patsy, manchmal Schwierigkeiten hatte, ernstgenommen zu werden, und darin lag auch der Bruch zwischen ihr und ihrem Mann begründet: Les McCloud hatte sich selbst so ernstgenommen, daß er in seiner Frau nichts Ernsthaftes mehr sehen konnte.

Drei

Die Zivilisation und das Unbehagen an ihr

1

Sechs Wochen nachdem die geheime Telpro-Anlage in Woodville das DRG-16 ausgestoßen hatte, war die Stadt Hampstead nicht mehr das, was sie vor dem siebzehnten Mai gewesen war – die Veränderungen waren nicht so groß, wie sie noch werden sollten, aber nichts war mehr so wie vorher. In Richard Allbees Traumwelt war Billy Bentley schon im Haus: er hatte ein paar Fensterscheiben eingeschlagen und wollte einige Möbel zertrümmern, bevor er größere Dinge in Angriff nahm. In Hampstead war jetzt alles anders. An den Stränden von Gravesend und Sawtell wechselten immer noch die Gezeiten, und auf den privaten Plätzen und im Rakket Club stöhnten und schwitzten immer noch die Tennisspieler. Immer noch zwängten die Leute ihre Wagen auf die überfüllten Parkplätze am Riverfront-Bahnhof, um dann einen der Frühzüge nach New York zu nehmen. An den Sonntagen setzten sich die Leute nach wie vor um elf Uhr morgens auf die Terrasse des Sawtell Country Club, tranken ihre Bloody Marys und beobachteten die Segelboote und die Surfer auf dem Sound, bevor sie ihr Essen einnahmen. Aber viele Eltern sperrten ihre Kinder nachts ein – in den fünf Tagen seit Richard Allbee wieder aus Providence zurück war, hatten sich ein vierzehnjähriger Junge aus Hampstead, ein siebenjähriger Junge aus Hillhaven und ein zwölfjähriges Mädchen aus Old Sarum im Long Island Sound ertränkt.

Und inzwischen hatte es vier Morde gegeben; nach dem Mord an Bobby Fritz noch einen weiteren. Frauen, die allein zu Hause waren, öffneten nur ungern die Tür, und die Postfahrer und die Lieferanten klingelten in Hampstead nicht mehr an den Türen. Sie legten die Pakete einfach vor die Tür, klopften kräftig und machten, daß sie wegkamen. Die Jogger liefen nicht mehr allein, sondern zu zweit oder dritt oder in Gruppen. Manchmal sah man mitten auf der Main Street eine schlanke, wohlhabend wirkende Frau plötzlich aufschluchzen und in Tränen ausbrechen; und man wußte nicht, ob es sich um eine Ehescheidung handelte oder ob eines ihrer Kinder zu einem letzten Bad ins Meer gestiegen war – oder ob ihr Hampsteads Schwierigkeiten ganz einfach über den Kopf wuchsen.

Ja, es gab Tennis-Matches, und die Leute setzten sich sonntags gegen Mittag im Country Club zusammen, um sich zu unterhalten und anschließend zu essen; die Leute gingen zu Greenblatt oder Grand Union, um Bier oder Schweinerippen oder Grillkohle zu kaufen, als ob dies ein ganz gewöhnlicher Sommer sei. Aber bei den Unterhaltungen auf den Tennisplätzen und auf der blitzblanken Terrasse des Country Club redete man mehr über Tod und Selbstmord als über Wimbledon und den Aktienmarkt und die Universitäten, bei denen die Kinder für den Herbst ihre Aufnahme beantragt hatten. Man sprach auch darüber, wie schnell man wohl Hampstead hinter sich lassen könne und ob ein fünfundsechzig Jahre altes Haus im Kolonialstil mit einem zwölftausend Quadratmeter großen baumbestandenen Grundstück noch zu verkaufen sei, noch dazu mit einer Hypothek von fünfundzwanzig Jahren Laufzeit. Und manchmal glitt das Gespräch auch in trübe Gefilde ab, in Unbekanntes, das niemand begriff, noch überhaupt begreifen wollte – Archie Monaghan wies Tom Flynn, seinen Partner in der Kanzlei und beim Golf, darauf hin, daß er kurz nach Les McClouds häßlichem Unfall auf der I-95 aus demselben Busch etwas Seltsames gehört und gerochen habe, über den Les sich so aufgeregt hatte.

Was den Verkauf der schönen alten Häuser im Kolonialstil

auf zwölftausend Quadratmeter großen Grundstücken anbetraf, hätte Ronnie Riggley Auskunft geben können – wenn sie ganz ehrlich gewesen wäre, hätte sie sagen müssen, daß man in Hampstead ein solches Haus noch nicht einmal mehr verschenken konnte. Das wäre allenfalls in Hillhaven oder Old Sarum möglich gewesen. An einen Verkauf war nicht zu denken. Seit der Entdeckung der vierten Leiche und dem Selbstmord der vielen Kinder konnte man ein solches Haus nicht einmal mehr vermieten.

Graham Williams sah ein Schild ZU VERKAUFEN auf Evelyn Hughardts Rasen, aber weder Ronnie Riggley noch andere Immobilienmakler ließen sich blicken. Statt dessen entdeckte er unten am Beach Trail einen Möbelwagen, und Evelyn Hughardt schaute zu, wie ihre Möbel aus dem Haus getragen wurden. »Haben Sie einen Käufer gefunden, Evvy?« fragte er.

Sie schüttelte den Kopf. »Ich gehe auf jeden Fall nach Virginia zurück. Hampstead kommt mir in letzter Zeit sehr sonderbar vor.« Sie schaute zu ihrem Haus hinüber, wo ein Mann sich mit Kartons zu schaffen machte. »Finden Sie das vernünftig, Mr. Williams?«

»Sehr vernünftig«, sagte Graham.

Er wußte, daß sie nicht die einzige war. Wie im Schwarzen Sommer von 1873 gab es viele Leute, die ganz einfach Hampstead verließen. Sie nahmen ihren Urlaub vorzeitig oder ihnen fiel plötzlich ein, daß ihre Kinder schon immer mal die Smoky Mountains sehen wollten oder daß eben diese Kinder ihre Großeltern schon seit anderthalb Jahren nicht mehr besucht hatten. In jedem zweiten Block stand schon ein Haus leer, manchmal mit einem Maklerschild davor, manchmal auch nicht. Graham hätte wetten mögen, daß im August in jedem Block zwei oder drei Häuser leerstehen würden. Und dann würde es den Leuten gleichgültig sein, ob sie ihre Häuser verkaufen konnten oder nicht – sie würden nur noch verschwinden wollen.

Evelyn Hughardt sah ihn scharf an, und unter ihrer Honigbräune erkannte er Blässe. In ihren Augen lag ein undefinierbarer Ausdruck, der zu einer gutaussehenden Frau wie

Evelyn Hughardt nicht paßte. »Ich frage mich, wieviel Sie wissen«, sagte sie.

Er schüttelte den Kopf. »Ich glaube, es handelt sich um nur einen Mörder«, sagte er, als hätte sie nur darauf angespielt. Manche Leute in Hampstead glaubten, Gary Starbuck habe die ersten beiden Morde begangen und ein Nachahmungstäter die beiden anderen.

»Das meine ich nicht, Mr. Williams. Haben Sie schon bemerkt, daß man in Hampstead keine Vögel mehr sieht? Jedenfall keine lebenden. Sie sind alle wie *dieser.*« Sie zeigte auf ein Bündel Federn am Straßenrand; drei Meter weiter lag noch ein toter Vogel. »Und wissen Sie, was es sonst noch in dieser Stadt nicht mehr gibt? Es gibt keine Haustiere mehr. Die Hunde sind alle weggelaufen oder überfahren worden. Die Katzen sind einfach verschwunden ... vielleicht sind sie auch überfahren worden. Was meinen Sie?«

»Es ist mir ein Rätsel, Evvy. Katzen laufen natürlich gelegentlich weg.«

»Und liegt ein Sinn darin, daß ich das einzige Haus verlasse, das ich besitze? Ich sage noch einmal: ich frage mich, wieviel Sie wissen.«

»Eines weiß ich«, sagte Graham. »Diese Dinge haben sich schon einmal ereignet. Vor ungefähr hundert Jahren verringerte sich die Bevölkerung um die Hälfte.«

»Vor hundert Jahren«, sagte sie in angewidertem Tonfall. »Haben die Leute vor hundert Jahren Dinge gehört, die sie nicht hören durften?« Er sah sie erstaunt an, denn er wußte nicht, worauf sie hinauswollte. »Oder Dinge gesehen, die sie nicht sehen durften? Lassen Sie mich erklären, Mr. Williams. In dieser Stadt gibt es Leute, die kompliziertes elektronisches Gerät besitzen. Mit solchem Gerät lassen sich Stimmen aufzeichnen und ferngesteuert abspielen. Das Gerät kann Stimmen *projizieren* und sie so klingen lassen, als kämen sie aus dem Nebenzimmer, Mr. Williams. Nicht nur Stimmen, sondern auch Bilder! *Bewegliche* Bilder. Sie werden einem direkt ins Schlafzimmer projiziert! Könnte es nicht sein, daß unsere Freunde in Moskau so etwas bei uns anwenden, Mr. Williams?«

Ewy Hughardt hatte also die politischen Ansichten ihres Mannes und seine Meinung über den Schriftsteller vom Beach Trail nahtlos übernommen.

»Ich hörte Dr. Hughardt zu mir sprechen«, sagte sie. »Sie probieren ihre Maschinen an mir aus, nicht wahr? Ich bin das Versuchskaninchen für ihre komischen Geräte. Sie senden Strahlen aus. Sind Sie Oberst bei den Leuten? Die in den höheren Rängen sind doch meistens Oberst, nicht wahr?«

Evelyn Hughardt hatte etwas gehört oder glaubte, etwas gehört zu haben, und seitdem kreisten ihre Gedanken wie besessen um diese Wahnvorstellung.

»Sie hätten die Haustiere in Ruhe lassen sollen«, sagte sie, wandte sich ab und lief zu ihrer Haustür zurück.

MORDSERIE IN CONNECTICUT hieß es nach dem vierten Mord in einer Schlagzeile der *New York Post*, und die *New York Times* fragte HAMPSTEAD: DER FLUCH DES REICHTUMS?

Es war dieser zweite Artikel, den Ted Wise und Bill Pierce auf ihren Computer-Schirmen lasen. Sie arbeiteten jetzt an einer Telpro-Anlage weit draußen in Montana. Die Telpro zahlte für den Übertragungsdienst der *Times*, um den beiden die Isolierung ein wenig zu versüßen. »Wir müssen uns äußern«, sagte Pierce, und Wise stimmte zu, bat aber um etwas mehr Zeit. Den Times-Artikel, in dem die Kinder erwähnt wurden, die sich ertränkt hatten, verstand er nicht. Er sah keinen Zusammenhang zwischen diesen Todesfällen und der Wirkung des DRG-16.

Hampstead sah sich unter einem Fluch, und das nicht nur, weil die teuren Immobilien ihren Wert verloren hatten; was der Stadt geschah, kam manchen Leuten fast wie eine biblische Plage vor. Die Unruhe in Hampstead ging weit hinaus über die Sorge um die eigene Sicherheit oder das paranoide Mißtrauen gegenüber Fremden, das die Leute an den Tag zu legen begannen; sie wurde zu einer Unruhe der Seele. Die Stadt schien sich *selbst* zu bestrafen, als ob der Wahnsinnige, der vier Menschen abgeschlachtet hatte, irgendwie aus Hampsteads tiefsten und geheimsten Impulsen entstanden sei – als Urteil über seine Werte. Ja, seine Werte. Die Strafe für falsche und verzerrte *Werte.* Und wenn die dickbäuchigen Herren in den besten Jahren diese alte Karte an jenem Sonntag von den Kanzeln ausspielten, fanden sie die Rechtfertigung dafür schon in der ausgezeichneten und manchmal großartigen *New York Times.*

Diejenigen Einwohner von Hampstead, die am Sonntag, dem zweiundzwanzigsten Juni, nicht in der Kirche waren, hätten ein Kamera-Team langsam die Sawtell Road entlangrollen sehen können, das die auswendig gelernten Worte eines CBS-Reporters an ein Studio in New York übermittelte. Hampstead und seine bizarren Probleme wurden an diesem Sonntag in Charles Kuralts Magazinsendung *Sunday Morning* unter die Lupe genommen. Der Reporter, der eine Brille mit dicken Gläsern trug und dessen Gesichtsausdruck seelenvoll und bekümmert zugleich wirkte, trat auf den Strand von Sawtell hinaus und schaute seelenvoll und bekümmert (und irrtümlich) auf die helle Wasserfläche hinaus. »Hier«, sagte er, »endeten Thomas und Martin O'Hara und neun weitere Kinder – hier an diesem schönen Strand in dieser exklusiven Gegend. Und oben am Hügel in einem Dreihunderttausend-Dollar-Haus keine hundert Meter von hier entfernt endete Hester Goodall, das zweite Opfer der Mordserie in dieser Gemeinde. Der Tod kommt ohne Ansehen der Person und ihrer Stellung in der Welt. Und hier in Hampstead, Connecticut, fragt man sich, wie das alles passieren konnte: wo der Traum zerstört wurde.« Noch ein Blick auf das sanft gegen den Strand plätschernde Wasser. »Und nun gebe ich wieder an Sie zurück, Charles.«

2

Am Tag nachdem der CBS-Reporter angedeutet hatte, daß Hampstead seine Probleme schon wegen seines Reichtums irgendwie verdiene, saß Sarah Spry noch um sechs Uhr in ihrem Büro und versuchte für die *Gazette* einen Artikel zu schreiben. Sarah hätte diesen Artikel ein »Denkstück« genannt, und er sollte auch zeigen, daß sie wirklich nachgedacht hatte. Am Sonntagmorgen hatte sie *Sunday Morning* gesehen – eine Sendung, die sie normalerweise nicht einschaltete. Leider hatte Sarah Mühe, etwas Besseres zu Papier zu bringen als die abgedroschenen Phrasen dieser Sendung. Es fehlte ihr nicht an brauchbaren Ideen, aber die Leichtigkeit, mit der sie solche Ideen sonst zu einem guten Text verarbeitete, wollte sich heute nicht einstellen.

Wenn sie sich einen Satz zurechtgelegt hatte – und das erforderte heute eine ungewöhnliche Konzentration –, griff sie in die Tasten ihrer Schreibmaschine und stellte wenig später fest, daß die Worte aus dem Hirn eines Verrückten stammen mußten. Sie waren alles andere als das, was sie eigentlich hatte schreiben wollen.

Sarah starrte auf die Zeilen und erkannte in ihnen die Sätze, die sie geschrieben zu haben glaubte, aber im nächsten Augenblick sah sie den fürchterlichen Wortsalat, den sie tatsächlich fabriziert hatte. Sarah schüttelte den Kopf – es war, als sei ihr die Sicht verhangen. Sie versuchte es noch einmal und schrieb: *Und jetzt schwimmen wir gegen den Strom eines Schuldgefühls, das* ... Sarah schaute sich den Text an.

Nackte Schwimmer nakt schwimm gegen, was

Sie riß die Finger von den Tasten.

Als Sarah Henderson Spry Journalistin wurde, dachte sie nicht im Traum daran, jemals Klatschspalten zu schreiben. Den meisten Leuten war sie durch ihre Spalte »Was Sarah sah« ein Begriff, aber das war nur ein kleiner Teil ihrer Arbeit für die *Gazette*. Sie stellte den gesamten Lokalteil zusammen, sie berichtete über Kunstausstellungen und besprach jedes Stück, das in Hampsteads Playhouse und im Theater in the Glen aufgeführt wurde, und außerdem machte sie ganz normale Reportagen. Damit hatte ihre Tätigkeit bei der Zeitung angefangen. Damals, als sie ihr zweites und letztes Jahr an der Universität von Patchin beendet hatte, wollte sie eigentlich nur Reportagen machen. Das fand sie aufregend. Sie wollte Zusammenhänge klären.

Die *Gazette* wurde ihr zweites Zuhause, und sie war von ihrer Arbeit ausgefüllt.

Natürlich blieb ihr auch Tragisches nicht erspart. 1952 war sie fünfundzwanzig und immer noch die jüngste Mitarbeiterin der Zeitung. Damals hatte man sie zum Sawtell Country Club beordert, um über John Sayres Selbstmord zu berichten. Sie nahm eine Kamera und einen Notizblock mit, und als sie am Strand hinter dem Country Club ankam, lag John Sayres Leiche noch da. Sarah photographierte den Polizisten, den Kellner, der die Leiche gefunden hatte, Bonnie Sayre und Graham Williams, und zuletzt hatte sie sogar den Nerv, den toten Anwalt zu photographieren. Joey Kletzka, früher als »Nagel« bekannt, weil er zwanzig Jahre lang außer als Polizist auch als Zimmermann gearbeitet hatte, stand ein wenig weiter unten am Strand, die Arme über dem fetten Wanst verschränkt, und erzählte von einem Jungen namens John Ray, der vor vier Tagen genau an dieser Stelle tot angetrieben worden war ... Polizeichef Kletzka war damals dreiundsechzig und sollte in zwei Jahren pensioniert und in drei Jahren selbst zu einem Selbstmordfall werden. John Sayres Gehirn war hinten am Kopf herausgedrungen, und sein Gesicht war schwarz von verbranntem Pulver. Sarah machte die Aufnahme, weil ihr Chefredakteur es verlangt hatte, aber sie hatte keine Lust, sie sich jemals anzusehen. Sie ging um die Leiche herum, um mit Bonnie Sayre zu sprechen, die in diesem Augenblick Graham Williams in die Arme sank. Es war ein heißer feuchter Abend, und Graham Williams' Hemd hatte Schweißflecken unter den Achseln. »Jetzt nicht, Sarah«, sagte er leise und gewann damit ihren Respekt. Ihre Zuneigung gewann er, als er sagte: »Morgen werden wir wahrscheinlich in Johns Büro sein. Vielleicht können Sie uns dort aufsuchen. Bonnie ist jetzt nicht in der Verfassung, etwas zu sagen.« Also war sie am nächsten Tag in das Büro gegangen, und auch sie hatte die auf den Notizblock gekritzelten Namen gesehen. *Prinz Green, Bates Krell.*

Im gleichen Maße, wie sie ihre Stellung bei der Zeitung ausbaute, gewann sie in Patchin County an Ansehen – Sarah war zielstrebig, und das auf vielen Gebieten. Wenn sie ihre

Arbeit bei der *Gazette* erledigt hatte, kamen ihr keine Skrupel, bei Versammlungen von berufsständischen Frauenvereinigungen den Vorsitz zu führen. Sie organisierte Gruppen und Seminare für Frauen, die bei Zeitungen oder Zeitschriften journalistisch tätig waren, und sie nahm an Wohltätigkeitsveranstaltungen teil ... auf diese Weise war Sarah dreißig Jahre nachdem sie versucht hatte, John Sayres Leiche zu photographieren, ohne wirklich hinzuschauen, zu einem unverzichtbaren Bestandteil des gesellschaftlichen und berufsständischen Lebens in Patchin County geworden.

Sarah schob sich mit ihrem Stuhl ein Stück von der Schreibmaschine zurück, schielte auf den Schwachsinn, den sie geschrieben hatte, und schüttelte sich. *Nackte Schwimmer* – diese Worte standen da, als hätten sie sich selbst geschrieben. Sie sah die Brüder O'Hara vor sich, wie sie sie gekannt hatte, den lächelnden Thomas und den mürrischen kleinen Martin, der ernsthaft etwas über eine Erfindung aus *Krieg der Sterne* wissen wollte. Sie stand rasch auf und ging an einen anderen Schreibtisch im Büro der *Gazette.* Aus der obersten Schublade nahm sie einen Notizblock und einen Bleistift.

»Gute Nacht, Mrs. Spry«, sagte Larry, der Drucker, als er vorbeiging. Larry klirrte mit seinem Schlüsselbund. »Sie sind jetzt die letzte – vergessen Sie bitte nicht abzuschließen.«

»Ich werde daran denken, Larry«, sagte sie. »Gute Nacht.«

Larry verließ das Haus durch die Vordertür und ging auf die Main Street hinaus, während Sarah mit dem Bleistift auf den fremden Schreibtisch trommelte. Irgend etwas war mit ihr geschehen – irgend etwas war mit der ganzen Stadt geschehen, aber die Unfähigkeit zu schreiben, von der sie heimgesucht wurde, könnte das Instrument sein, das ihr bei der Definition dessen half, was über Hampstead hereingebrochen war. *Verworrene Schrift* schrieb sie auf den Block. Wenigstens hoffte sie, daß es ihr gelungen war. *Wie Legasthenie. Wodurch verursacht? Weitere Symptome: ein dumpfes Gefühl im Kopf, Ohrensausen – kurzfristig doppeltes Sehen. Müdigkeit. Eine in der ganzen Stadt verbreitete Krankheit, die Gehirnstörungen verursacht?*

Sonnenflecken ?

Nuklearer Abfall – Strahlungskrankheit?

Chemische Gifte?

Ausgelaufene Chemikalien, vielleicht bei einem Verkehrsunfall?

Sie überflog ihre Liste und nickte. Dann zog sie einen dicken Strich darunter und fing eine neue Spalte an.

Frühere Geschichte – Geschichte der Stadt.

Hat es schon früher Mordserien gegeben?

Selbstmorde von Kindern?

Brauche Anknüpfungspunkte. Einzelheiten, die hinsichtlich Mordserien und Kinderselbstmord einen Zusammenhang aufzeigen.

Sarah hielt den Block näher ans Gesicht und prüfte jedes Wort, das sie geschrieben hatte. Sie hatte nur ein einziges Wort falsch geschrieben, das sie jetzt korrigierte. Der Rest stimmte, und das bewies offenbar, daß sie ihre Schreibschwäche dadurch überwinden konnte, daß sie langsam und mit der Hand schrieb.

Sie beschloß, erst einmal über die zuletzt angeführten Dinge nachzudenken, und das war für sie typisch: wenn sie Schwierigkeiten mit dem Schreiben hatte, konzentrierte sie sich zunächst auf etwas anderes, dann regelte sich das mit dem Schreiben von selbst. Sie sah sich die Dinge genauer an; das war schon immer ihr Motto gewesen. Und heute hatte sie Glück. Die Zeitung, bei der sie beschäftigt war, wurde in Hampstead schon seit 1875 veröffentlicht – vorher hatte es nur zwei zusammengefaltete Seiten gegeben und davor einseitig bedruckte Flugschriften. (Während der Jahre 1873 und 1874 hatte es in Hampstead überhaupt keine Zeitung gegeben, aber das wußte Sarah nicht.) Die früheren Ausgaben bis zur Ausgabe vom 3. Januar 1965 waren auf Mikrofilm aufgenommen worden, und im Jahre 1968 hatte ein alter Schriftsetzer namens Bill Bixbee es sich zum privaten Anliegen gemacht, ein riesiges handgeschriebenes Inhaltsverzeichnis zu erstellen, das jede Ausgabe der *Gazette* einbezog. Bixbee hatte nachts, an Wochenenden und während des Urlaubs gearbeitet, und wahrscheinlich hatte dieses Projekt dazu beigetragen, sein Leben zu verlängern – nachdem er als

Schriftsetzer schon in den Ruhestand gegangen war, kam er immer noch jeden Tag ins Büro, um an seinem Inhaltsverzeichnis zu arbeiten. Er war enorm stolz auf seine Leistung. Sarah wußte noch, daß er einmal gesagt hatte, sein Verzeichnis verrate mehr über Hampstead, als sie oder Stan Brockett je wissen würden, ja, mehr als in der *Gazette* selbst gestanden hatte.

Es gab inzwischen zwei Kopien des von Bixbee erstellten Verzeichnisses; die eine befand sich bei der Historischen Gesellschaft von Patchin in Hillhaven, die andere stand im Archiv der Zeitung auf einem Regal über dem Mikrofilmprojektor.

In der Redaktion wurde dieses Verzeichnis der »Bixbee« genannt. Wenn ein Reporter für einen Artikel über die Erhaltung der Moore recherchierte und wissen wollte, wie sich die Einstellung der Einwohner zu diesen Feuchtgebieten verändert hatte, sagte Brockett gewöhnlich: »Schauen Sie doch im Bixbee nach.« Die Arbeit des alten Schriftsetzers trug Früchte.

Sarah ging in das Archiv im hinteren Gebäudeteil, schaltete das Licht an und nahm den schweren »Bixbee« vom Regal. Sie legte den dicken Band auf den Tisch neben dem Projektor und schlug ihn auf. Sie blätterte bis zum Buchstaben M. Dann blätterte sie noch ein paar Seiten weiter und fand die Spalte »Mord«.

Sarah fand unter »Mord« mehr Eintragungen, als sie erwartet hatte, aber sie stellte bald fest, daß diese Eintragungen sich um drei Daten konzentrierten. Das erste Datum war 1898, und auch im Herbst 1924 gab es eine ganze Reihe von Artikeln. Die dritte Häufung von Artikeln war für den September 1952 zu verzeichnen.

Hier mußte es sich um einen von Bill Bixbees berühmten Sonderbeiträgen handeln, denn 1952 hatte es in Hampstead keine Morde gegeben. Manchmal hatte der alte Schriftsetzer anhand seines Verzeichnisses Schlüsse gezogen, die der Zeitung nicht eingefallen waren. Wenn man zum Beispiel unter »Veruntreuung von öffentlichen Geldern« nachschlug, verwies eine Eintragung auf einen sonst unverfänglichen Artikel über die Verbreiterung des Highway 7 und die riesige Summe, die Hampstead für diese Bauarbeiten ausgeben mußte. Eine andere Eintragung verwies auf den Bau der neuen Zuschauertribünen für das Baseballfeld an der Rex Road. In beiden Artikeln tauchte der Name desselben Unternehmers auf, und es wurde erwähnt, daß es sich um den Cousin eines prominenten Stadtverordneten handelte. Eine weitere Eintragung bezog sich auf eine Notiz über den Kauf eines Dreihunderttausend-Dollar-Hauses durch eben diesen Stadtverordneten. Aufgrund dieser indirekten Kommentare konnte man sagen, daß im »Bixbee« tatsächlich mehr über Hampstead stand als in der Zeitung selbst.

Sarah nahm die erste Rolle Mikrofilm und legte sie in den Projektor ein. Dann spulte sie zurück, bis sie die erste Ausgabe der *Hampstead Gazette* auf dem Schirm hatte. Sie stellte die richtige Schärfe ein und ließ die Seiten bis zum Jahr 1898 ablaufen.

MANN AUS HAMPSTEAD DES MORDES VON WOODVILLE ANGEKLAGT, las sie in der Ausgabe, auf die der »Bixbee« verwiesen hatte. Drei Ausgaben später: GREENS DOPPELLEBEN: AUSSCHWEIFUNGEN NACH DEM SEMINAR. Sechs Monate später: GREEN ÜBERFÜHRT. Durchgehend wurde in diesen Artikeln vorausgesetzt, daß Robertson Green für alle Morde an Prostituierten in Norrington und Woodville verantwortlich sei.

Der nächste Artikel betraf einen Farmer an der Grenze nach Old Sarum, der seine Frau mit einer Axt erschlagen hatte. Diesen Fall notierte Sarah sich nicht. Sie legte einen neuen Film ein und ließ ihn ablaufen. Jetzt hatte sie die Ausgaben vom Sommer 1924 vor sich. Die *Gazette* war umfangreicher und leichter zu lesen. Sie hatte immer noch Inserate auf der Titelseite, aber es gab auch Zeichnungen.

In den Ausgaben, auf die Bixbee in seinem Verzeichnis verwiesen hatte, waren auf der Titelseite Photos und Zeichnungen von Frauen abgedruckt – es handelte sich um drei Frauen, die während der ersten Sommerwochen in den Sümpfen westlich des Nowhatan tot aufgefunden worden waren. MORDSERIE SETZT SICH FORT, hieß es in der fetten Schlagzeile der Ausgabe vom 21. Juni 1924. EIN WEITERES OPFER? fragte die *Gazette* vom 10. Juli und brachte dazu das Photo einer Mrs. Dell Claybrock. Mrs. Claybrook war irgendwann am Abend des 8. Juli aus ihrer Wohnung verschwunden. NOCH EIN MORD? hieß die Schlagzeile vom 21.Juli über einer Zeichnung der stupsnasigen Mrs. Arthur Fletcher, die aus ihrer Wohnung verschwunden war, während ihr Mann in New York seinen Börsengeschäften nachging. DAS SECHSTE OPFER? fragte die *Gazette* ihre Leser am 9. August. Mrs. Claybrook und Mrs. Fletcher waren immer noch vermißt, und ein gewisser Mr. Horace West war von einer Geschäftsreise zu den Spinnereien in Fall River zurückgekommen und hatte unerklärlicherweise seine Frau Daisy nicht vorgefunden. Zwei Tage später – Daisy war immer noch nicht da – war Mr. West zur Polizei gegangen und hatte mit Polizeichef Kletzka gesprochen. Kletzka mußte gegen den aufgeregten Mr. West Gewalt anwenden, aber Klage wurde in diesem Zusammenhang von keiner Seite erhoben.

Eine andere Eintragung war höchst verblüffend, denn sie hatte überhaupt nichts mit einem Mord zu tun. Es handelte sich um eine kurze Meldung über die Beschlagnahme eines Fischerbootes, das einem gewissen Mr. Bates Krell gehörte. Mr. Krell hatte Hampstead anscheinend in großer Eile verlassen. Der Artikel deutete an, das habe er getan, um seiner Verhaftung zu entgehen, die seine Gläubiger bereits beantragt hatten.

Bates Krell? dachte Sarah. *Aber wo ...*?

Wollte Bixbee damit sagen, daß Krell das letzte Opfer des unbekannten Mörders des Jahres 1924 war? Das hielt Sarah für möglich, aber sie wußte immer noch nicht, warum ihr der Name des Fischers so bekannt vorkam.

Als Sarah den nächsten Film einlegte, auf dem die Ausgaben von 1952 festgehalten waren, las sie die erste wichtige Geschichte, die sie für die *Gazette* geschrieben hatte. JOHN SAYRE BEGEHT SELBSTMORD. Sie sah zwei von den Photos, die sie an jenem entsetzlichen Tag aufgenommen hatte: Bonnie Sayre, die sich die behandschuhten Hände vor das

Gesicht hielt und weinte. Und die Rückansicht des Country Club mit einem kleinen Streifen des gepflegten Strandes.

Aber wieso eigentlich Mord? Unter »Selbstmord« hatte Bixbee mit Sicherheit eine ganze Anzahl von Eintragungen – warum hatte er diesen offensichtlichen Selbstmordfall unter der Rubrik »Mord« aufgeführt? Es galt doch als ausgemacht, daß John Sayre sich das Leben genommen hatte. Kurz entschlossen schlug sie im Bixbee unter Selbstmord nach, verglich das Datum und fand die Eintragung.

Sarah sah sich ihre Notizen an. Links von den detaillierteren Bemerkungen hatte sie auf dem gelben Papier an den Rand geschrieben:

1898, R. Green
1924, zweite Mordserie
(B. Krell verschwindet)

Jetzt fügte sie hinzu:

1952 J. Sayre (?)

Und darunter schrieb sie:

1980, Friedgood, Goodall und andere.

Und als sie sich diese Notizen anschaute, erinnerte sie sich. Sie erinnerte sich daran, wie sie in John Sayres Büro gestanden hatte, während seine Frau und seine Sekretärin sich in den Armen hielten und weinten. Sie erinnerte sich daran, daß sie mit Graham Williams an den Schreibtisch des Anwalts gegangen war und die auf den Notizblock gekritzelten Namen gesehen hatte: *Prinz Green, Bates Krell.* Hatte sie es damals dem alten Bixbee erzählt und sich bei ihm nach den Namen erkundigt? Sarah wußte es nicht mehr – aber in seinem Verzeichnis hatte Bixbee sie zusammen aufgeführt. Ein Prostituiertenmörder, ein Fischer, der aus der Stadt geflohen oder getötet worden war, ein angesehener Anwalt. Welche Beziehungen bestanden zwischen diesen drei Menschen?

Und welche zwischen ihnen und dem, was 1980 in Hampstead vor sich ging?

Sarah zeichnete Kreise um die Namen und um die Daten und setzte sich dann aufrecht vor den Mikrofilmprojektor. Sie hatte festgestellt, daß zwischen diesen Vorfällen jeweils etwa dreißig Jahre lagen. Mit Ausnahme der Zeit von 1950 bis 1952 hatte es in Hampstead alle dreißig Jahre eine Serie von Morden gegeben. Nein, das stimmte nicht – Robertson Green hatte seine Morde in Norrington verübt. In jeder Generation also einmal eine Serie von Morden in und *um* Hampstead …

Plötzlich erschien Sarah das Büro der *Gazette* dunkel und kalt. Sie schaltete den Projektor aus. Sie wußte schon: wenn sie in den Unterlagen nachsah, würde sie feststellen, daß das Muster sich ständig wiederholte, soweit die Aufzeichnungen zurückreichten … und in der Zeit, für die es keine Aufzeichnungen gab? In einer Zeit, als die Küste von Connecticut noch nicht von Menschen bewohnt war? Haben sich damals die Tiere wie wild angefallen und getötet? Bär gegen Bär, Wolf gegen Wolf, und das alle dreißig Jahre?

Sarah hätte sich am liebsten versteckt. Das war ihre erste instinktive Reaktion auf das, was sie entdeckt zu haben glaubte, Sie hätte am liebsten die Beleuchtung ausgeschaltet und sich in einer Ecke verkrochen, bis es ungefährlich war, wieder zum Vorschein zu kommen. Da sie aber Sarah war, griff sie zum Telefon.

3

Um die gleiche Zeit als Sarah zum Telefon griff – kurz nach sieben Uhr – schlich sich ein Mann aus einem Porno-Kino in der West Fortysecond Street in New York. Er war für die Jahreszeit zu warm gekleidet, denn er trug Mantel und Hut. Er schaute sich nach beiden Seiten um und ging dann in westliche Richtung zur Avenue of the Americas. Er hatte die Hände tief in den Manteltaschen vergraben, aber an dem Weiß unter dem hochgerutschten Ärmel war zu erkennen, daß seine Hände und Arme genau wie sein Gesicht bandagiert waren. Als er glaubte, daß einer der auf der Straße herumlungernden Männer – einer von den gefährlichen Leuten, die den ganzen Tag in der Forty-second Street verbrachten – ihn über Gebühr beobachtete, glitt er an einem Teenager mit wasserstoffsuperoxydblondem Haar und in engen Satinshorts vorbei und betrat das nächste Gebäude. »Wollen Sie mitkommen? Wollen Sie mitkommen?« flüsterte das Mädchen ihm zu, als er im Eingang verschwand. Das Gebäude war ein ehemaliges Kino.

In den meisten Städten hätte ein Mann, der so bandagiert war wie Claude Rains in *The Invisible Man* und noch dazu mitten im Juni einen Mantel trug, einiges Aufsehen erregt. In den meisten Städten hätten die Leute ihn angestarrt, sie hätten Fragen gestellt, sich gewundert und mit dem Finger auf ihn gezeigt. Dies aber war Forty-second Street in New York, und die meisten Leute, die Leo Friedgood bei der Suche nach sexueller Befriedigung beobachteten, hielten ihn lediglich für einen weiteren Verrückten. Ein Mann namens Grover Spelvin, der an einem Hausvorsprung lehnte, sah Leo in das umgebaute Kino eilen und stieß den Mann an, der neben ihm vor sich hindöste, und sagte: »He, Lester, du hast eben die Mumie da verpaßt, Mann.«

»Brrr«, war Lesters Kommentar.

Leo war jetzt das, was die Leute in Patchin County eines Tages einen Triefer nennen würden. Er wußte, daß sein Ausflug in das schlimmste Hurenviertel in New York gefährlich war, aber er hatte mit Recht geglaubt, daß er einigermaßen sicher sein würde, wenn er bei seinem sonderbaren Aussehen wenigstens Zuversicht ausstrahlte. Bei einem solchen Aussehen auch noch schwach zu wirken, würde einen Angriff geradezu herausfordern. Natürlich war er dennoch in Gefahr – die geringste Beschädigung seiner Bandagen würde seinen Tod bedeuten –, und das machte ihn vorsichtiger, als er sonst gewesen wäre, aber Leos Arroganz war immer noch seine beste Waffe. Besonders an diesem Ort galt für ihn, daß er bekommen konnte, was er wollte, wenn er nur in der Lage war, dafür zu bezahlen.

Aber wie dem auch sei, er hätte gar nicht wegbleiben können. Leo Friedgood war schon immer ein Voyeur gewesen. Das intensivste sexuelle Vergnügen erlebte er, wenn er anderen Leuten bei der Liebe zuschaute. Wenn er mit Stony im Bett war, hatte er immer Phantasien über die anderen Männer gehabt, mit denen sich zu treffen er sie ermutigt hatte. Leo hatte nie direkt mit Stony über die anderen Männer gesprochen, und er hatte sie auch nur höchst unaufdringlich zum Umgang mit ihnen ermutigt, aber irgendwie war diese Ermutigung allgegenwärtig gewesen. Nach Stonys Tod hatte Leo auch sein Sexualleben für tot gehalten. Er empfand immer noch die Demütigung, die Turtle Turk ihm zugefügt hatte, und diese Demütigung kam ihm wie der Grabstein auf seinem Sexualleben vor. Die weißen Flecken auf seinem Körper, die sich langsam, aber unaufhörlich ausbreiteten, hätten eigentlich dazu beitragen müssen, Leos Verlangen ersterben zu lassen – aber auf perverse Weise dachte er mit umso größerer Besessenheit an Sex, je mehr sein Körper von diesen weißen Flecken bedeckt war. Selbst konnte er den Akt nicht mehr vollziehen, aber der Vollzug war für Leo schon immer von sekundärer Bedeutung gewesen. Leo hatte sich von der Telpro und General Haugejas völlig abgekapselt – niemand bei Telpro wußte um seinen Zustand –, aber von seinen intimsten Phantasien hatte er sich nicht abkapseln können, und diese Phantasien hatten ihn in die Forty-second Street geführt.

Unbemerkt ging Leo an einer Reihe von Kabinen vorbei, in denen Pornofilme gezeigt wurden. Alle zwei Minuten mußte man ein Fünfundzwanzigcentstück einwerfen, damit der Film weiterlief. Leo hielt dem kahlköpfigen Mann an der Kasse eine Fünfdollarnote hin. Der Mann sah Leos Bandagen und schaute zweimal hin, aber er schob ihm die gewünschten Münzen über den Tresen. Leo verschwand in einer Kabine und gab einen Dollar aus, um vier College-Studentinnen einen mageren dunkelhaarigen Mann vergewaltigen zu sehen, der einen ausgesprochen krummen Penis hatte. Leo verließ die Kabine und ging weiter. Er sah ein Schild mit Leuchtbuchstaben: NACKTSHOW 25 CENTS. Im Halbkreis sah er eine Reihe von Türen vor sich, die wie Schranktüren aussahen. Leo öffnete eine, über der kein rotes Licht brannte, und trat in die Dunkelheit hinein. Er steckte eine Münze in den Schlitz, und eine schwarze Metallplatte hob sich und gab ein kleines Fenster frei.

Leo schaute in einen gut beleuchteten Raum, in dem eine Tigerfellimitation auf dem Fußboden lag. Hinten rechts stand ein schäbiges, mit synthetischem Stoff überzogenes Sofa. Gegenüber sah er eine Reihe weiterer Fenster. Bei etwa der Hälfte hatten sich die Metallplatten gehoben, und Leo sah die Gesichter von Männern. Sie waren in helles Rot getaucht und wirkten wie Bilder aus der Hölle. Sie waren dem Körper einer Frau zugewandt, die mitten auf der runden Fläche zu einem Song von Bruce Springsteen tanzte. Es war ein gutaussehendes junges Mädchen aus Puerto Rico, höchstens siebzehn, wie Leo erkannte, als sie sich im Tanz drehte und ihm ihre Schambehaarung zuwandte. In einem Fenster gegenüber grinste ein Schwarzer albern und steckte dem Mädchen die Zunge raus. Das Mädchen schaute in Leos Fenster und mußte seine Bandagen bemerkt haben, aber der Schwung ihrer Hüften blieb gleichmäßig, und ihr nachdenkliches, fast schmollendes Gesicht zeigte nicht die geringste Reaktion. Keine Falte erschien auf ihrer hübschen Stirn, keine Spur von Interesse in ihren großen ausdrucksvollen Augen. Sie nahm die rechte Schulter zurück und hob die rechte Hand. Ihre kleine braune Brust straffte sich, sie ließ die wohlgeformten Hüften kreisen, und ihr perfekter Körper drehte sich im Takt der Musik. Leo ergötzte sich an ihrem elastischen Rücken, an ihrem hübschen kleinen Hintern und an ihren grazilen Schenkeln. Als die Metallplatte sich wieder senkte, warf er rasch ein Geldstück nach.

Träge bewegte sie sich an den Fenstern vorbei und bog dabei ihren Körper nach hinten. Leo atmete langsam und wie in Trance. Er stellte sich das Mädchen vor – sie war offensichtlich eine Nutte und wahrscheinlich drogensüchtig –, wie sie unter einer Reihe von Männern lag, wie sie einen nach dem anderen mit den Schenkeln umschlang. Das konnte Leo nur so lange ertragen, wie die nächste Münze reichte.

Er sah noch, wie sich das Mädchen einen Bademantel überwarf und wie eine große Rothaarige mit den Fingern schnippte und anfing, sich vor den Fenstern zu bewegen. Leo zog sich den Hut tiefer über die Bandagen, schlug den Mantelkragen hoch und ging an den Kabinen vorbei nach draußen.

»Sex-Show, Sex-Show«, flüsterte ein Schwarzer ihm zu, als er das Gebäude verließ und in westliche Richtung ging.

Genau daran hatte er gedacht, aber es mußte echt sein, keine hastig gemimte Nachahmung. Leo eilte die Straße entlang und hörte gelegentlich hinter seinem Rücken die Stimme eines Schwarzen: *He, Mumie, komm her, du alte Mumie.* Er wollte zu einem Club in der Seventh Avenue, den er kannte. Er hatte den »Club« 1975 endeckt, in dem Jahr, als die Friedgoods in den Osten zogen. Er bestand hauptsächlich aus zwei durch eine Einwegscheibe getrennten Räumen, und hier wurden Leute bedient, die Leos Geschmack teilten.

»Scheiße, das ist gar keine Mumie«, sagte Lester Bangs zu Grover Spelvin, als sie Leo auf der Treppe hinter der Tür des Gebäudes verschwinden sahen, das neben einem Kino lag, in dem jeden Tag vierundzwanzig Stunden lang Horrorfilme gezeigt wurden. »Der Kerl geht in die Sex-Show. Er ist gar keine Mumie – er ist keine richtige Mumie.«

»Wir fangen ihn ab, wenn er seinen Pimmel wieder runterschleppt, Lester«, sagte Grove, steckte die Hände in seine abgewetzten Jeans und richtete sich auf eine gewisse Wartezeit ein.

Leo war im ersten Stock angekommen. Er öffnete eine Tür mit der Aufschrift EZ STUDIOS, und ein schwarzes Mädchen mit einer blonden Perücke lächelte ihn an. »Sind Sie schon mal in unserem Club gewesen?« fragte sie. Leo nickte.

»Haben Sie sich verbrannt?« fragte das Mädchen. »Ich hab 'ne Freundin, bei der war das ganz schlimm. Die mußte diese Bandagen volle zwei Monate tragen. Äh, das macht fünfunddreißig Dollar.«

Leo zog ein paar Scheine aus der Tasche und zählte das Geld auf den Tisch.

»Fein«, sagte das Mädchen. Sie zeigte ihm ihren riesigen

rosa Gaumen, stand auf und führte ihn durch eine Tür. Im Raum saßen sechs oder sieben Männer in mittleren Jahren, einige in Jeans und Sweat-Shirts, andere in Anzügen auf Metallstühlen vor einer großen quadratischen Scheibe. Aus Lautsprechern dröhnte Rockmusik, aber die Männer schienen sie bewußt zu ignorieren. Auf der anderen Seite des Fensters lag ein kleinerer Raum, in dem nur ein Bett mit zerknitterten Laken stand. Das Mädchen drückte auf einen Knopf an der Wand und sagte: »Die Vorstellung beginnt, Gentlemen. Jede Vorstellung dauert eine Viertelstunde. Wenn Sie die nächste Vorstellung auch noch sehen wollen, müssen Sie erneut bezahlen. Wer bleibt, der zahlt.«

Eine junge weiße Frau und ein großer Schwarzer betraten den Raum. Sie stiegen sofort auf das Bett, und Leo war enttäuscht. Als er vor fünf Jahren hier war, hatte das Paar – beide Weiße – ein ausgedehntes Vorspiel geliefert, bevor sie sich auf das Bett legten. Der Schwarze im Schlafzimmer schien gelangweilt und wütend. Er kniff dem Mädchen in den Arsch und rollte sie auf sich. Sie bewegte ihren massigen Körper auf und ab und tat so, als sei sie erregt. Der Mann bekam nicht einmal eine Erektion – er war zu gelangweilt und zu wütend, als daß er sich auch nur die Mühe gab, seinen schlaffen Penis nicht zu zeigen.

Ein paar Minuten später heuchelte das Mädchen einen Orgasmus. Gleich darauf sprang sie vom Bett und verschwand. Vermutlich, dachte Leo, um auf den nächsten Summton zu warten. Nach ein paar Sekunden verschwand auch der Mann.

Leo kochte vor Wut – vor ein paar Jahren war der Akt echt gewesen, nicht vorgetäuscht. Er fühlte sich um sein Geld betrogen.

Ein kleiner rattenhafter Mann mit einem verbeulten Filzhut, der neben ihm saß, schaute ihn seltsam an – ein wenig ängstlich wegen der Bandagen, aber gleichzeitig voller Mitgefühl. »Ich weiß«, sagte der kleine Mann zu Leo. »Es ist nicht mehr echt. Es hat ein paarmal Razzien gegeben, und jetzt machen sie nur noch dies hier. Aber wenn Sie was Echtes sehen wollen, das könnte ich arrangieren. Hundert Dollar.« Er beugte sich zu Leo hinüber, und als das schwarze Mädchen mit dem riesigen Gaumen und der blonden Perücke wieder hereinkam, flüsterte er: »Folgen Sie mir. Haben Sie die hundert Dollar?«

Leo nickte, und der Mann eilte ihm voraus die Treppen hinunter. Als Leo die Straße erreichte, stand der Mann nervös auf dem Bürgersteig, eine Zigarette zwischen den Lippen. Er war in den Sechzigern und sah in seinem dünnen Wollhemd und mit dem verbeulten Filzhut ziemlich heruntergekommen aus. »Eighth Avenue«, sagte der Mann und bewegte sich ruckartig die Straße entlang.

»Die Mumie haut ab«, sagte Grover Spelvin zu Lester Bangs, und die beiden Männer folgten Leo und seinem Begleiter.

»Ja, aber er haut mit Kakerlaken-Al ab«, sagte Lester. »Er ist keine Mumie. Kakerlaken-Al bringt ihn zu dieser lächerlichen kleinen Mona Minnesota und zu Dog, diesem verrückten Arschloch. Mit denen will ich nichts zu tun haben.«

»Die Mumie wird auch wieder rauskommen«, erklärte Grover.

»Ja, aber als armer Mann«, sagte Lester.

Vor ihnen führte Kakerlaken-Al Leo Friedgood über die Eighth Avenue in die Vorhalle eines großen grauen Steinhaufens, der sich Hotel Spellman nannte. Ein Angestellter schaute beflissen weg, und Al brachte Leo die Treppen hinauf in den dritten Stock. »Das Geld«, sagte er und blieb vor einer Tür stehen.

Leo nahm hundert Dollar aus der Manteltasche und reichte sie dem Mann. Als Hände zitterten. »Okay, okay«, sagte er. »Ich klopfe an, wir gehen beide rein, und ich verschwinde wieder. Hier ist es echt. Hier kriegen Sie, was Sie wollen.« Der Mann warf einen nervösen Blick auf Leos bandagiertes Gesicht und klopfte zweimal an die Tür.

Ein Mann mit gewaltigen Oberarmmuskeln und farbenprächtigen Tätowierungen öffnete die Tür. Er trug nur weiße Baumwollunterhosen, und als er sie in den winzigen übelriechenden Raum einließ, sah man auch das Spiel seiner Oberschenkelmuskeln. Wie zu einer Musik, die außer ihm niemand hörte, nickte er dauernd mit dem Kopf. Die blonden Haare des Mannes wirkten stellenweise wie abrasiert, an anderen waren sie zwei Zentimeter lang. Er mußte sich die Haare ohne Spiegel selbst geschnitten haben. »Hat er bezahlt, Al?« fragte er im langsamen Tonfall der Leute aus dem Mittleren Westen.

»Klar, Dog«, sagte Al und nickte ein wenig übertrieben.

Dog schaute Leo an und grinste. »Heiliger Jesus, seht euch den Kerl an. Das ist doch mal was anderes.«

Leo trat zur Seite und sah ein schläfrig wirkendes Mädchen, das auf einem schäbigen Bett lag und ihn lustlos anglotzte. Auch sie war blond, und ihr Haar war genauso ungepflegt wie das Laken, unter dem sie lag.

»Wir sehen uns noch«, sagte Al und machte sich davon.

Dog starrte immer noch Leo an und schüttelte ungläubig den Kopf. Er ging um Leo herum, wobei er einigen Abstand hielt. Leo war schon ganz nervös geworden, als Dog endlich fragte: »Können Sie sprechen? Können Sie durch das Zeug überhaupt sprechen?«

»Ja«, sagte Leo. »Bitte. Ich habe schließlich bezahlt.«

»Okay«, sagte Dog, riß die Hände hoch und ließ die Armmuskeln spielen. »Haben Sie irgendwelche Sonderwünsche? Irgendwas Besonderes? Wir tun was Sie wollen.«

»Gehen Sie nur mit dem Mädchen ins Bett«, sagte Leo.

»Klar, Mann, ich geh mit dem Mädchen ins Bett. Ganz wie Sie wollen, Tourist.« Dog zog sich die Unterhose aus, und Leo sah, daß er unterhalb der Gürtellinie keine Tätowierungen hatte. »Setzen Sie sich da hin«, sagte Dog. »Da können Sie alles am besten sehen.« Er zeigte auf einen Stuhl, der etwa anderthalb Meter vom Bett entfernt stand.

Jetzt fiel Leo endlich ein, woran der Geruch im Zimmer ihn erinnerte – an Hühnersuppe. Er setzte sich auf den Holzstuhl und sah, wie Dog das Laken von dem passiv daliegenden Mädchen wegzog. Dog hatte schon einen geschwollenen Penis. Abgesehen von den großen Brüsten, die zur Seite herabfielen, hatte das Mädchen einen kindlichen Körper. Dog kniete sich zwischen die gespreizten Beine des Mädchens.

Direkt vor sich sah Leo auf dem unteren Laken einen braunen Fleck, der die Umrisse des Staates Kalifornien hatte.

Leo fing an zu stöhnen, als Dog seinem Orgasmus entgegentrieb. Dies war wirklich echt, dies war ihm im Club vorenthalten worden, und als Dog zitternd auf den schlaffen Körper des Mädchens sank, keuchte Leo und zitterte mit.

»Okay, Mann«, sagte Dog, zog seinen Penis heraus und setzte sich auf das Bett. »Dafür haben Sie bezahlt, stimmt's? Sie haben das gekriegt, wofür Sie bezahlt haben, stimmt's?«

Leo nickte und stand auf.

»Wir kriegen meistens ein Trinkgeld, Mann«, sagte Dog und stand vom Bett auf. Das Mädchen starrte immer noch mit offenem Mund Leo an. Dog versperrte Leo den Weg zur Tür. »Verstehen Sie, wir freuen uns über jeden Penny.«

»Natürlich«, sagte Leo durch die Öffnung in seinen Bandagen. Er zog eine Zwanzigdollarnote aus der Tasche und gab sie Dog.

»Sie sind wirklich ganz anders«, sagte Dog. »Wollen Sie jetzt mit Mona? Noch fünfzig Dollar, und Sie können mit ihr machen, was Sie wollen. Mona lutscht Ihnen die Bandagen ab.« Er stieß Leo hart vor die Brust.

Leo stöhnte auf, und Dog trat einen Schritt zurück. Dabei hielt er die Hand hoch, als hätte er sie sich verbrannt. In seinem Gesicht erschienen brutale Falten. »Aus was, zum Teufel, sind Sie gemacht, Mann?« Dogs ganzes Gesicht hatte sich verändert. Es wirkte jetzt bleiern und mißtrauisch. »Mein Gott.« Er schaute zu dem Mädchen hinüber. »Mein Gott, Mona, sieh dir den Mantel an. Sieh dir nur den Mantel an.«

Leo atmete schwer. Er hatte ein seltsam lockeres Gefühl in der Brust, und vorn an seinem Mantel breitete sich ein großer dunkler Fleck aus. »Lassen Sie mich in Ruhe«, sagte Leo ganz außer sich. »Fassen Sie mich nicht an. Ich will nur hier raus.«

Mit verzerrtem Gesicht trat Dog auf ihn zu. Seine Augen hatten sich so verengt, daß er keine Pupillen mehr zu haben schien – Leo riß die Hände hoch. Dog schlug ihm eine kurze Linke ans Kinn und traf ihn dann mit der rechten Faust hart an der Schläfe.

Die Bandagen um Leos Kopf flogen auseinander. Weißer Schaum spritzte durch das Zimmer. Leo stürzte zu Boden, und die schaumige weiße Substanz ergoß sich aus seinen aufgerissenen Bandagen. Nach zehn Minuten war Leo Friedgood nur noch ein Haufen nasser Kleidung, weißer Knochen und ein feuchtes Gewirr von Bandagen, die in einer Schleimpfütze lagen. Er hatte nur Bargeld bei sich, das Dog ihm jetzt aus der Manteltasche zog.

Leo Friedgood hatte sich soeben endgültig aus dieser Welt verabschiedet.

Dreißig Minuten später sahen Grover Spelvin und Lester Bangs Dog und Mona Minnesota aus dem Hotel Spellman kommen. Die beiden Männer standen gegen einen Laternenpfahl gelehnt, und als Dog seinen mächtigen Körper durch die Tür schob, richtete Grover sich auf und stieß Lester in die Seite. »Das sind sie«, sagte er. »Jetzt kommt auch gleich die Mumie.« Mona Minnesota kam hinter Dog die Stufen herunter. Dog und Mona trugen braune Tragetaschen mit seltsamen unregelmäßigen Flecken.

Grover und Lester gingen über die Straße und verfolgten Dog und Mona auf der Eighth Avenue in Richtung Süden. »Wo ist die verdammte Mumie?« fragte Lester. »Wir haben den ganzen Tag gewartet. Wo, zum Teufel, ist der Kerl jetzt?«

Dog stopfte seine Tasche in einen Müllbeutel und wartete, bis auch Mona ihre Tasche im Kübel verstaut hatte. Dann gingen sie weiter und sahen, wie Grover und Lester sofort erkannten, wie ein junges Paar aus, das im Begriff war, eine ansehnliche Menge Rauschgift zu kaufen.

»Scheiße«, sagte Grover.

»Verdammt«, sagte Lester.

»Es gibt keine Mumie mehr«, sagte Grover. »Dog hat ihr den Rest gegeben.«

Die beiden Männer gingen an den Müllkübel, in dem die beiden Tragetaschen lagen. Vorsichtig zupfte Lester Bangs an Monas Tasche und schaute hinein. Er fing an zu kichern. Als Grover ihn erstaunt ansah, fing er laut an zu lachen. »Grover«, sagte er und krümmte sich vor Lachen.

»Dog hat die Mumie ertränkt. Er hat sie in Rasierseife ertränkt. Ha-ha-ha!«

Grover schaute selbst in die Tasche. Dann schüttelte er den Kopf. »Das ist keine Rasierseife«, sagte er. »Das ist die Mumie. Verdammt nochmal. Weißt du was?« Er drehte sich zu Lester um, und in seinem breiten Gesicht lag helles Erstaunen. »Der Kerl war wirklich eine Mumie. Wie in den alten Filmen.«

»Dog ist ein Scheißkerl«, sagte Lester und schüttelte den Kopf.

»Unter den Bandagen bestand er nur aus *Saft und Knochen*«, sagte Grover. »Eine echte Mumie. Verdammt nochmal.«

»Die Mumie«, sagte Lester.

»Ich möchte wissen, wieviel Geld er gehabt hat«, sagte Grover nachdenklich.

4

»Ich bin so froh, daß Sie mir helfen wollen«, sagte Sarah Spry an jenem Abend zu Ulick Byrne. »Wissen Sie, ich habe diese Art Hilfe noch nie nötig gehabt. Ich bin es gewohnt, alles selbst zu machen.«

»Ich weiß, ich weiß«, sagte der Anwalt. »Mir geht es genauso. Aber schließlich sind wir Freunde, Sarah. Und hier handelt es sich wahrscheinlich um etwas, in das sich Brokkett und die anderen Leute von der *Gazette* nicht einschalten dürfen, bevor Sie Ihrer Sache sicher sind.«

»Genau. Ich gehe nur von einem Verdacht aus, Ulick. Brockett würde mich für verrückt halten. Versuchen Sie also bitte festzustellen, ob es hier in der Nähe während der letzten sechs Wochen oder zwei Monate irgendwelche industriellen Unfälle gegeben hat. Wenn nicht, könnten Sie sich vielleicht um die Sonnenfleckentätigkeit während der fraglichen Zeit kümmern. Ich gehe inzwischen einer anderen Sache nach, und natürlich werde ich Sie über den Stand meiner Ermittlungen auf dem laufenden halten. Hier spielt langsam alles verrückt.«

Aber das war Ulick Byrne nicht neu. In den letzten ein oder zwei Wochen schien sich die Hälfte seiner Mandanten in ausgemachte Psychopathen verwandelt zu haben. Es waren tatsächlich so viele verrückte Dinge passiert, daß Ulick Byrne sich schon langsam selbst für verrückt hielt. Die O'Haras hatten natürlich einen Grund für ihre gegenwärtige psychische Instabilität, und vielleicht auch die Johnsons – ihre vier reinrassigen Lhasa-Hunde waren alle zusammen weggelaufen und unter den Rädern eines Lastwagens der Druze Cement Company zerquetscht worden. Aber eine seiner Mandantinnen hatte sich zu Tode gejoggt. Mit vierzig Pfund Übergewicht hatte sie nie etwas Anstrengenderes unternommen, als die Fernbedienung für ihr Fernsehgerät in die Hand zu nehmen. Dann war sie eines Morgens vor dem Frühstück die Sawtell Road entlanggerannt. Sie wollte selbst dann nicht damit aufhören, als ihr Mann sie mit seinem BMW einholte und sie bat, wieder nach Hause zu kommen. Eine halbe Stunde später, nachdem sie drei volle Stunden gejoggt hatte, hatte ihre Beinmuskulatur versagt und gleichzeitig ihr Herz.

Wenn man sich so ansah, dachte Ulick Byrne, was seine Mandanten in letzter Zeit angestellt hatten, bekam man einen besseren Einblick in das, was in Hampstead geschah, als einem lieb sein konnte – denn wer wollte sich diesen Wahnsinn wohl gern aus der Nähe betrachten? Außer Jane Anderson, die sich in einen Herzanfall hineingejoggt hatte, war da noch George Klopnik, der als Buchhalter für eine Firma in Woodville arbeitete. George, das wußte Ulick, war so erfolgreich, wie ein Buchhalter in Woodville nur sein konnte, ohne Mitglied der Geschäftsleitung zu sein. Und doch war George mit einem eigenartigen Glitzern in den Augen in Ulick Byrnes Kanzlei gekommen und hatte den Wunsch geäußert, die Regierung der Vereinigten Staaten zu verklagen, weil sie in ihm falsche Erwartungen geweckt habe. George war überzeugt, daß ihm eine Jury in einem Prozeß *Klopnik gegen die Vereinigten Staaten* zwanzig Millionen Dollar Schadensersatz zusprechen würde. Ulick wurde ihn erst los, als er ihm versprochen hatte, im Zusammenhang mit der Erweckung falscher Erwartungen nach Präzedenzfällen zu forschen. Noch übler als George hatte sich Rogers Thornton verhalten, der höchst vornehme Chef einer großen Möbelimportgesellschaft. Thornton hatte das Silberhaar, die Nadelstreifenanzüge und die hervorragenden Manieren, die zu einem Haus an der Mount Avenue und zum Präsidenten einer gutgehenden Firma passen. Außerdem hatte er am Dienstag, dem siebzehnten Juni nachmittags eine hübsche Schülerin vor Anhalt an der Main Street angesprochen und gesagt: »Ich besitze einen besonders schönen Schwanz. Möchten Sie den vielleicht einmal sehen?« Inzwischen war Thornton gegen Kaution freigelassen, aber die Eltern des Mädchens wollten ihn lebenslänglich eingesperrt wissen, es sei denn, er ließe sich kastrieren. Thornton selbst war die ganze Aufregung höchst gleichgültig. »Sie verstehen einfach nicht, Mr. Byrne«, hatte er zu Ulick gesagt. »Ich besitze wirklich einen besonders schönen Schwanz. Das sollte doch eigentlich zu meinen Gunsten ausgelegt werden.«

Und wir können das Kapitel der Widrigkeiten, mit denen Ulick Byrne geschlagen war, nicht abschließen, ohne Maggie Nelligan vom Revolutionary Circle zu erwähnen, die eines Morgens zusammen mit ihrer Freundin Kathryn Hoskins aus der Gravesend Avenue zu Bloomingdale in Manhattan gegangen war und in der Pelzabteilung für hundertsiebzigtausend Dollar Ware bestellt hatte. Mrs. Nelligan und Mrs. Hoskins waren zu einem Gespräch mit dem Leiter der Pelzabteilung in dessen Büro gebeten worden und hatten freudig zugestimmt. Als der Manager fragte, wie denn die Damen für die Pelze zu bezahlen gedächten, wurden diese böse. Der Manager kenne sie doch, protestierte Mrs. Nelligan. Sicherlich kenne er doch ihren Namen? Der Manager bedauerte und bat sie, sein Gedächtnis aufzufrischen. »Mir gehört dieser Laden«, sagte daraufhin Maggie Nelligan. »Ich hatte angenommen, daß Sie das wissen.« »Und mir gehört er auch«, sagte Kathryn Hoskins. Maggie Nelligan nickte beredt. »Und nun geben Sie uns bitte unsere Pelze«, sagte sie. Am Ende hatte es Geschrei und Handgreiflichkeiten gegeben – die Verletzungen des Managers mußten genäht werden – und die Polizei war gerufen worden. Die sehr verärgerten Frauen waren wegen Körperverletzung und wegen versuchten Diebstahls angezeigt und in eine Zelle gesperrt worden. Am nächsten Tag hatte Paul Nelligan Ulick Byrnes angerufen.

Und dann gab es noch die anderen Zeichen des Wahnsinns, die Byrnes in der Stadt gesehen hatte … die Männer von der Müllabfuhr waren eine Woche lang nicht zu seinem Haus gekommen, und dann kamen sie zweimal an einem einzigen Tag und grinsten wie Verrückte; der Taxifahrer, der ihn vom Bahnhof zu seinem Haus an der Redcoat Grove fahren sollte, verirrte sich, obwohl er ihn vorher schon mindestens zweimal nach Hause gefahren hatte; ein Mädchen an der Kasse bei Greenblatt hatte versucht, ihn sechsmal für denselben Braten zahlen zu lassen, und als er protestierte, war sie schluchzend zusammengebrochen; außerdem hatte er durch sein Bürofenster gesehen, wie eine alte Frau aus einem der großen Pflanzenkübel auf dem Parkplatz des Gebäudes heimlich Gras und Erde aß. Und gab es nicht auch mehr Prügeleien als sonst? Mehr Gewalt? Auf demselben Parkplatz hatte er zwei Tage vorher zwei Schüler gesehen, die sich gegenseitig halb bewußtlos schlugen …

Sarah zu helfen, würde ihn, so hoffte er, von diesen Dingen ablenken.

Zwei Tage später rief er sie an: seine Ermittlungen hatten nur einen einzigen Vorfall zutagegefördert. »Ich weiß nicht, ob er in das Schema paßt, das Sie konstruieren wollten, Sarah. Ich will es Ihnen immerhin erzählen, damit Sie wissen, daß ich an die Ernsthaftigkeit Ihrer Bemühungen glaube – am siebzehnten Mai sind bei einem Unfall in einer chemischen Fabrik in Woodville zwei Männer gestorben. Die Firma heißt Woodville Solvent, um genau zu sein. Alle Berichte weisen darauf hin, daß die Männer an einer Kohlenmonoxydvergiftung gestorben sind.«

»Hmm«, meinte Sarah. »Das hilft mir kaum weiter. Ich hatte gehofft, es seien irgendwo große Mengen von Chemikalien verschüttet worden, vielleicht bei einem Verkehrsunfall … aber warten Sie eine Sekunde. Das war am siebzehnten? Das ist unser Tag. *Das ist unser Tag*. Mrs. Friedgood wurde am siebzehnten Mai ermordet. Und noch etwas anderes geschah an dem Tag. Es gab einen entsetzlichen Unfall auf der I-95, bei dem acht Leute getötet wurden. Kann das alles Zufall sein, Ulick?«

»Mein Gott, habe ich Kopfschmerzen«, sagte Byrne. »Ja, ich bin ganz Ihrer Meinung. Denn –«

»Und schauen Sie sich den *achtzehnten* an«, sagte Sarah und hob die Stimme. »Wissen Sie noch, was am *achtzehnten* geschah, Ulick? Fünf Leute sind tot umgefallen. Es steht alles in der *Gazette*. Wir waren so bestürzt über den entsetzlichen Mord, daß wir gar nicht überlegt haben, ob es da vielleicht Zusammenhänge gibt. Aber noch ist es für mich zu früh, irgendwen mit solchen verrückten Ideen zu belästigen, aber ich könnte mir vorstellen, daß es da ein gewisses Muster gibt.«

»Das paßt zu dem, was ich gerade sagen wollte«, meinte Byrne. »Ich weiß verdammt nicht, was es ist, Sarah, aber es könnte tatsächlich einen Zusammenhang geben. Wegen Leo Friedgood.«

»Der Ehemann«, sagte Sarah.

»Richtig. Leo Friedgood arbeitet für die Telpro Corporation. Sie befassen sich mit Aufträgen des Verteidungsministeriums und mit vielen anderen Dingen. Die Firma Woodville Solvent gehört der Telpro. Als die Telpro sie übernahm, war ich mit der Sache befaßt. Sie wollten keinen Anwalt aus Woodville beschäftigen.«

»Wir sind irgendeiner Sache auf der Spur, wenn ich auch noch nicht weiß, welcher«, sagte Sarah.

»Wir müssen diesen Friedgood finden und mit ihm sprechen.«

»Und dann werde ich einige meiner komischen Ideen an Ihnen ausprobieren«, sagte Sarah.

»Es wäre mir sehr angenehm, mal wieder lachen zu können«, sagte Byrne. »Alle meine angesehenen Mandanten scheinen hinter Gittern enden zu wollen.«

5

Als Richard Allbee am Dienstag nach Hause kam, öffnete Laura ihm die Haustür. Er ließ seine Koffer fallen und umarmte sie, bis sie kaum noch atmen konnte. Dann trat er zurück, wobei er immer noch ihre Schultern hielt, und sah sie an. Ihr Gesicht glühte. Ihr weiches Haar duftete. Ihre Schwangerschaft schien sichtlich fortgeschritten. Ein paar alberne Bemerkungen über griechische Vasen gingen ihm durch den Kopf, aber er sagte nur: »Mein Gott, wie sehr habe ich dich vermißt. Du siehst so schön aus.«

An jenem Abend berichtete er ihr ausführlich über Morris Stryker und das Haus an der College Street. Er erzählte von den endlosen Mahlzeiten in zweitklassigen Restaurants und den unangenehmen Männern, mit denen Stryker sich umgab. Er erzählte, daß Stryker seine Pläne zurückgewiesen hatte und welche Mühe er gehabt habe, ihn endlich loszuwerden. »Das bedeutet, daß sich unser Einkommen auf die Hälfte reduziert«, sagte Richard. »Aber ich will nicht, daß du dir darüber Sorgen machst. Irgend etwas wird sich schon ergeben. Das weiß ich genau.«

»Ich bin davon sogar noch fester überzeugt als du«, sagte Laura. »Ich wette, daß du in zwei oder höchstens drei Jahren so viel Arbeit hast, daß du keine neuen Kunden mehr annehmen kannst. Glaub's mir nur. Ich habe eine Kristallkugel.«

Und es stimmte, daß die Allbees, obwohl sie weniger Geld hatten, die Flut von Rechnungen den Sommer und den Herbst über auffangen konnten. Während dieser Zeit arbeitete Richard ganz in der Nähe in Hillhaven, und sie waren einander näher als je zuvor. Einmal in der Woche fuhren sie trotz Lauras Schwangerschaft nach New York und besuchten Galerien und Museen, und diese Ausflüge nach Manhattan sowie die Tatsache, daß Lauras Baby sich gesund entwickelte, trugen viel dazu bei, daß Laura sich nicht mehr so sehr nach London zurücksehnte wie am Anfang. Sie nahmen sich vor, eine kleine Wohnung an der West Side zu mieten, um dort die Wochenenden zu verbringen. Allerdings mußten sie warten, bis Richards Arbeit genügend Geld dafür einbrachte.

An dem Septemberabend, als das Kind geboren wurde, stand Richard neben dem Bett und sagte die hilflosen, wenn auch gutgemeinten Sätze, die ein werdender Vater zu sagen pflegt: »Großartig, Darling. Das machst du wunderbar. Und jetzt mußt du pressen. So ist es recht. Pressen, immer wieder pressen. Sehr gut, Laura.« Er brabbelte nur, denn er war viel zu aufgeregt und viel zu stolz auf Laura, als daß er noch wußte, was sie im Kursus gelernt hatten. Was Richard am Vorgang der Geburt am meisten bewunderte, war der Mut, den Frauen bei solcher Gelegenheit aufbringen. Wenn Männer die Kinder kriegten, würde es wesentlich weniger Menschen geben.

Nach zehnstündigen Wehen wurde die Kleine am dreißigsten September im Krankenhaus von Norrington geboren. Sie wog knapp sieben Pfund und war achtundfünfzig Zentimeter groß. Richard hatte gewußt, daß es eine Tochter werden würde. Am Tag darauf beschlossen Richard und Laura, sie Philippa zu taufen. Der Name gefiel ihnen ganz einfach »Philippa?« fragte die Säuglingsschwester, eine große gutmütige Schwarze mit dickem drahtigen Kraushaar. »Was ist nur mit den ganz normalen alten Namen wie Mary und Susan? Es scheint, daß niemand sie mehr verwendet.« Vier Tage später nahmen die Allbees ihre Tochter mit nach Hause in das schöne Haus am Beach Trail. Richard hatte den als Kinderzimmer vorgesehenen Raum schon eingerichtet, aber sonst war im Haus noch viel zu tun. Die Wände waren noch kahl, die Leitungen lagen noch nicht unter Putz, und Kabelkästen hingen wie Spinnen in einem riesigen Metallnetz. Es war, wie Richard Laura schon vor Jahren gesagt hatte: das Haus des Restaurators wird immer als letztes restauriert. »Ich bin froh, daß du kein Geburtshelfer bist«, sagte Laura.

Als Philippa heranwuchs, wurde sie Laura immer ähnlicher – ihr Haar hatte die gleiche leicht rötliche Schattierung wie das ihrer Mutter – und hatte nur wenig von Richard, der seine süße kleine Tochter von Anfang an ins Herz geschlossen hatte. Richard und Laura versuchten nie, noch ein Kind zu bekommen. Philippa nahm ihre ganze Liebe in Anspruch und gab sie ihnen reichlich zurück. Die Allbees versuchten nicht ernsthaft eine Leere auszufüllen, die sie nicht empfanden. Als Philippa in die fünfte Klasse ging, bemühte sich Laura bei verschiedenen Zeitschriften und Verlagen um einen Job ... und nach sechs Monaten wurde sie von einem Taschenbuchverlag als Redakteurin eingestellt.

Laura kam in ihrem Job gut voran, aber die Ehe der Allbees war jetzt schlechter, als sie seit ihrer Rückkehr nach Amerika jemals gewesen war. Sie sammelte Erfahrungen im Verlagswesen, und Richard konnte seine Enttäuschung darüber nicht unterdrücken, daß sie so wenig Zeit zu Hause verbrachte und ihn vernachlässigte. Aber er mußte akzeptieren, daß ihre Arbeit ihr fast genauso wichtig war wie ihre Ehe. Achtzehn elende Monate lang stritten sie sich deswegen. Schließlich wurde sie Redakteurin bei einem anderen Taschenbuchverlag, und viele der Autoren, die sie in ihrem alten Verlag veröffentlicht hatte, folgten ihr dorthin. Richard und Laura gewannen wieder ein besseres Verhältnis zueinander.

Als Philippa sich an der Brown-Universität einschreiben lassen wollte, fuhr Richard mit ihr nach Providence. Dort versuchte er im Telefonbuch den Namen Morris Stryker zu finden. Wie erwartet, fand er ihn nicht – entweder verstorben oder nicht verzeichnet. Laura war bei ihrem neuen Verlag zur Chefredakteurin ernannt worden, und Richard war in seinem Beruf erfolgreicher, als er je zu hoffen gewagt hatte. Er reiste um die halbe Welt, um auf Kongressen und Symposien Vorträge zu halten, und er und Laura flogen oft nach London. Außer in Hampstead hatte er jetzt auch in New York ein Büro, und er beschäftigte zwei junge Architekten, die sich leidenschaftlich für Restaurationsarbeiten interessierten (einer von ihnen interessierte sich, wie Richard glaubte, ebenso leidenschaftlich für Philippa). Während Philippas erstem Jahr an der Brown-Universität schrieb ein junger Autor, eine Entdeckung Lauras, ein Buch, von dem gleich zu Anfang wöchentlich über zwanzigtausend Exemplare verkauft wurden. Und das setzte sich fort, bis sie am Ende über zwei Millionen Exemplare gedruckt hatten. Und Richard bekam den bisher wichtigsten Auftrag seines Lebens. Er sollte ein von Sir Charles Barry entworfenes berühmtes viktorianisches Haus in Lincolnshire restaurieren.

Zum Erntedankfest jenes Jahres nahmen Laura, Richard und Philippa in ihrem Haus in Hampstead ein bewußt feierlich gestaltetes Dinner ein. Vor dem Essen tranken die Allbees eine Flasche Dom Perignon und gingen dann in das Eßzimmer, um sich an einer Gans zu laben, die ihre Köchin hervorragend zubereitet hatte. Dazu aßen sie Preiselbeeren, Kartoffeln und Hackfleischpasteten.

Sie hatten gerade zum Essen Platz genommen, als es an der Haustür klingelte. Richard seufzte und sagte, es könnte eine Sendung Pläne aus seinem New Yorker Büro sein. Nein, meinte Laura, es sei wohl eher der Botendienst, der das letzte Manuskript ihres neuen Stars einen Tag zu früh abliefere. Sie stand auf und verließ den Tisch, während Richard die Gans anschnitt.

Als Laura die Tür öffnete, schaute Richard hinüber – ein kühler Windstoß, ein Wind, der so kalt war, daß Richard erschauerte, fuhr in das Eßzimmer. »Was?« sagte Richard und legte das lange Tranchiermesser aus der Hand. In dieser Sekunde sah er Billy Bentley durch die Tür kommen und auf Laura zugehen. Billy kam mit diesem wütenden kalten Windstoß herein, und seine Augen glühten. In der nächsten Sekunde stieß er Laura ein Messer in den Leib und riß es in Richtung auf ihr Herz nach oben. Er tat es heiter und mit unmenschlicher Brutalität.

All diese Dinge hätten geschehen können, und einige geschahen auch, aber nicht auf diese Weise.

Richard wälzte sich im Bett herum und blinzelte zur Decke hinauf. Er hatte das Gefühl, nicht ganz bei Verstand zu sein, aber was er noch an Verstand besaß, hatte diese grausame Wahnvorstellung ausgelöst. Manchmal hatte er fast daran geglaubt; nein, manchmal *hatte* er sie geglaubt, wenn er hier in diesem Schlafzimmer lag. Er war dabeigewesen, als Philippa geboren wurde, und er hatte ihr Gesicht gesehen, als sie das erste Mal auf einem Zweirad fahren konnte. Er hatte sie bei dem Test gesehen, in dem sie als Beste ihrer Klasse abgeschnitten hatte. Und er hatte die Seiten des Telefonbuchs von Providence gesehen, die Reihe von Namen, unter denen er Morris Stryker nicht gefunden hatte. Er hatte Philippas Stimme gehört, als sie fragte: »Wen suchst du denn, Daddy?« Diese erfundenen Dinge, die er gesehen hatte, waren wahrscheinlich der Grund dafür, daß ihm ein Rest Verstand geblieben war. Wahrscheinlich hatten sie ihn sogar am Leben gehalten – denn während der letzten fünf Tage hatte er sich in einem so tiefen Schock befunden, daß er sich manchmal fast sogar zum Atmen hatte zwingen müssen. Wie Leo Friedgood nach dem Tod seiner Frau Zuflucht zum Alkohol genommen hatte, so nahm Richard Allbee Zuflucht zu Phantasievorstellungen.

Am Dienstag, dem siebzehnten Juni, um neun Uhr abends, hatte Richard am Connecticut-Schlagbaum die Interstate verlassen und war in den Sayre Connector eingebogen. Er war über die Brücke gefahren, von der Turtle Turk Bruce Norman hatte werfen wollen, und hatte die Greenbank Road erreicht. Er war an Wren Van Hornes Haus und am Eingang zum Strand vorbeigefahren und von der Mount Avenue in den Beach Trail eingebogen. Er hatte sich schon so viele Möglichkeiten überlegt – es hatte einen Stromausfall gegeben oder einen Einbruch; Laura hatte versucht, *ihn* anzurufen und war jetzt auf der Interstate auf dem Weg nach Providence. Jetzt hatte er nur noch einen Wunsch: seine Frau zu sehen und sich davon zu überzeugen, daß alles in Ordnung war. Er hatte sogar die Möglichkeit eines Feuers einkalkuliert, und deshalb war er erleichtert, als er so weit den Beach Trail entlanggefahren war, daß er die Rückseite seines Hauses sehen konnte.

Als er in die Garage fuhr, bemerkte Richard, daß hinter der Hintertür Licht brannte. Er nahm sein Gepäck aus dem Kofferraum und trug es über die Einfahrt zu den hinteren

Stufen. Er öffnete die Hintertür und rief seine Frau. Er ging ins Haus und stellte gleich hinter der Tür das Gepäck ab.

Richard ging durch den Korridor zum vorderen Teil des Hauses. »Laura?« rief er. Im Wohnzimmer brannte eine Lampe, und Richard sah, daß Laura einige Bilder an die hintere lange Wand gehängt hatte.

Er ging durch das Wohnzimmer und wieder in den Korridor hinaus. Diesmal merkte er, daß die vordere Tür offenstand, und gleichzeitig nahm er einen schweren, ihm nicht vertrauten Geruch wahr, der aus dem Innern des Hauses kam.

Als er im leeren Korridor neben der offenen Vordertür stand, wäre Richard am liebsten durch die Hintertür wieder hinausgerannt, hätte seinen Wagen aus der Garage geholt und wäre ganz nach Rhode Island zurückgefahren – ganz nach Maine, ganz bis an den Polarkreis und, wenn nötig, bis ans Ende der Welt. Sein Herz schlug unregelmäßig, und zum letzten Mal flüsterte er ihren Namen. Er faßte die offene Tür an, schluckte und warf sie ins Schloß. Dann drehte er sich um.

Richard ging ins Eßzimmer und sah, daß der runde antike Tisch poliert war und von den Stühlen die Schutzhüllen entfernt worden waren. Er schaltete das Licht in der Küche an und ging hinein.

Die Küche war leer. Auf den glatten Flächen waren Streifen von einem nassen Wischtuch zu sehen. Neben der Spüle lag – wie eine abgetrennte Hand – der Hörer des roten Telefons. Auf dem kleinen Tisch standen Kartons mit Gläsern. Einer war auf den Boden gefallen, und auf den Fliesen verstreut lag zerbrochenes Glas. Kleine Zeichen von Unordnung.

Am hinteren Ende der Küche befand sich eine Speisekammer, die Richard abreißen wollte. Es war ein kleiner abgeschlossener Raum mit Aluminiumwannen, einer Waschmaschine mit Trockner und selbstgebauten Regalen vom Boden bis an die Decke. Richard mußte sich zwingen, die Tür zur Speisekammer zu öffnen; dann mußte er sich zwingen, an der Kordel zu ziehen, um die Beleuchtung einzuschalten.

Zuerst sah er nur die Waschmaschine mit dem Trockner. Er hielt den Atem an und ging in den kleinen quadratischen Raum. Er prüfte die Regale und sah eine dicke Staubschicht und ein paar alte Arbeitshandschuhe. Spinnweben bildeten Zelte zwischen Obstgläsern mit roten Deckeln.

Als er die Waschmaschine von der Seite sah, bemerkte er einen Blutspritzer.

Sie hatte die Tür geöffnet und war mit ihrem Besucher in die Küche gegangen ... dann hatte sie gemerkt, daß sie sich in Gefahr befand, und zum Telefon gegriffen. Der Mann hatte die Leitung durchgeschnitten. Laura war in die Speisekammer gerannt und hatte sich neben die Waschmaschine gehockt. Sie war schon verletzt.

Was dann?

Was war dann geschehen? Er wußte nicht, ob er die Wahrheit würde ertragen können.

Er hielt sich den Kopf, als er die Küche durch die Hintertür wieder verließ und durch den schmalen hinteren Korridor ging. Unten an der steilen Treppe, die in früheren Zeiten zu den Räumen des Dienstpersonals führte, sah er noch einen Blutspritzer.

Sie hatte also aus der Küche fliehen können und war die hintere Treppe hinaufgerannt. Er stöhnte und setzte den Fuß auf die unterste Stufe. Sein Körper schien paradoxerweise so schwer, daß er die Stufe durchtreten konnte, und gleichzeitig so leicht, daß der leiseste Stoß genügt hätte, ihn nach oben schweben zu lassen. Er stieg ein halbes Dutzend Stufen hoch und atmete stoßweise.

Als er halb oben war, sah er den blutigen Abdruck einer Hand eben über dem Geländer. Auf der obersten Stufe sah er wieder einen Blutspritzer. Er war schon trocken und braun.

Dann ging er sofort zu dem Raum, den sie für die Kleine als Kinderzimmer vorgesehen hatten. Es war das der Treppe am nächsten gelegene Zimmer. Dorthin mußte sie gelaufen sein. Richard blieb vor der Tür zum Kinderzimmer stehen und knetete seine Hände. Wieder stieg ihm dieser unbekannte Geruch in die Nase, aber jetzt wußte er: es roch nach Blut. Vorsichtig öffnete er die Tür.

Etwas Silbrigbraunes lag auf dem alten Teppich. Richard brauchte einen Augenblick, um zu erkennen, daß es menschliches Fleisch war, und einen weiteren, um es zu identifizieren. Laura lehnte starr an der Wand des Kinderzimmers. Ihr Blut war gegen das Fenster über ihr gespritzt, als hätte man einen Eimer Farbe ausgegossen. Richard stöhnte wie ein Tier: wie ein verwundeter Dachs. Er schlug auf den Lichtschalter. Auch die Kleine hatte auf dem Rücken des Drachen geritten, jenes formlose kleine Ding, das seine Philippa geworden wäre.

Lauras Mund war offen, und ihre blicklosen Augen starrten ihn an. Auch der Mund der Kleinen war offen. Richard stand vor ihnen und war so unfähig, sich zu bewegen, daß er nicht einmal zittern konnte. Dann sah er, daß die in den Leib seiner Frau gerissene Öffnung von Fliegen wimmelte, und er schrie so laut, daß allein die Anstrengung ihn aus dem Zimmer auf den Korridor hinaustaumeln ließ.

6

Das Wesen, das einst Dr. Van Horne war, saß in seinem abgedunkelten Wohnzimmer und schaute in den alten Spiegel, den der Arzt gekauft hatte. Was er in dem Spiegel sah, waren Szenen der Zerstörung und des Ruins – rauchende Trümmer und die Reste zerborstener Wände – die zeitlosen Szenen der Vernichtung. Aufgerissene Straßen, die sich zu unpassierbaren Haufen von Betonbrocken getürmt hatten, Brücken, die in das Wasser gesunken waren, das sie hätten überspannen sollen, noch glühende Aschenhaufen, um die herum Flammen züngelten, wenn ein kalter Wind hindurchfuhr, brodelnder Qualm, wenn der Wind sich wieder legte …

Dann rollten im Spiegel andere Bilder ab. Die Gesichter schreiender Kinder, Truppen, die über eine breite Straße marschierten, die Gräben, der Schlamm und die Stacheldrahtverhaue des Ersten Weltkriegs, die ausgemergelten Gestalten von KZ-Häftlingen – bis auf die Knochen abgemagerte Leiber … auch diese Bilder waren zeitlos und repräsentierten Vergangenheit und Zukunft gleichermaßen. Kinder mit aufgetriebenen Bäuchen und den Gesichtern alter Männer, gebückte Männer und Frauen, die am Abhang eines kahlen Hügels ihre Nahrung suchten.

Jetzt sah das Wesen in einer aufsteigenden Welle von Blut die Gesichter all derer, die seit dem siebzehnten Mai gestorben waren. Joe Ricci, Thomas Gay und Harvey Washington, Stony Friedgood und Hester Goodall, Harry und Babe Zimmer und fünfzehn Feuerwehrleute, Bobby Fritz und alle anderen – ihre Gesichter und Leiber trieben in der roten Welle.

Dann sank die Welle wieder in sich zusammen, und das Wesen in Wren Van Hornes Wohnzimmer sah ganze Schwärme von Kindern vom Gravesend Beach ins Meer hinausschwimmen. Sie zwangen sich dazu, an den Markierungen vorbei immer weiter zu schwimmen, bis sie so erschöpft waren, daß sie kaum noch die Arme aus den trägen rosafarbenen Fluten heben konnten … dann sah er sie ans Ufer zurücktreiben, die Leiber dunkel von Schlamm und mit Seetang behangen.

Er drehte sich in seinem Stuhl um und schaute gierig durch das große Panoramafenster auf den Sound hinaus.

Ja.

Auf der zur See hin gelegenen Schutzmauer am Ende seines Rasens stand eine schweigende Menge. Er trat an die Fenster, um sie einzulassen.

Der erste, der durch die geöffneten Fenster hereintrat, war ein kleiner Junge, der die zerrissenen und verblichenen Reste eines blauen T-Shirts trug. Auf dem Hemd war schwach sichtbar noch ein Photo von Yoda zu erkennen.

7

Mit brennenden Eingeweiden und hämmernden Kopfschmerzen bediente Turtle Turk am nächsten Morgen die Verkehrsampeln an der Ecke Riverfront Avenue und Post Road. Er erholte sich gerade vom schlimmsten Grippeanfall seines Lebens, und inzwischen wußte er, daß er noch einen Tag hätte zu Hause bleiben sollen. Ein paar Sekunden lang sah er doppelt und schüttelte den Kopf. Es wühlte in seinen Gedärmen; bald war es wieder Zeit für einen der halbstündlichen Besuche in der dreckigen kleinen Toilette hinten im Abrazzi Liquor – der Schnapsladen lag direkt hinter ihm an der Südwestecke. Es war ein Glück, dachte Turtle, daß er die Grippe so spät bekommen hatte: als er krank wurde, hatten die anderen das Ganze schon so lange hinter sich, daß sie gar nicht mehr wußten, wie elend sie sich dabei gefühlt hatten. Sie brauchten auf seinem Dienstplan nur andere Kollegen einzutragen und seine Krankheitstage entsprechend zu registrieren. Turtle ärgerte sich immer noch darüber, daß keiner seiner Kollegen ihn während seiner Krankheit besucht hatte. (Der Grad seiner Verärgerung hinderte ihn wahrscheinlich daran, einzusehen, daß seine häufigen und lauten Schmähreden über die Arschlöcher, die ihn abends in seiner Bude besuchten, alle anderen davon überzeugt hatten, daß Turtle es haßte, zu Hause gestört zu werden.) Aber heute morgen gab es genug andere Dinge, die Turtle vor Wut kochen ließen, so daß er es gar nicht nötig hatte, sich über die Gleichgültigkeit der jungen Kollegen zu ärgern.

Erstens war da dieser verdammte Knopf und zweitens die Rücksichtslosigkeit der verdammten Zivilisten, wenn sie in ihren Autos saßen. Jeder Polizist hatte im Dienst schon erlebt, daß sanfte kleine Leute, die weinen würden, wenn man sie anschrie, sich im Verkehr wie die Wilden benahmen – sie brüllten aus dem Fenster, hupten unablässig und ließen die Reifen quietschen –, aber so schlimm wie heute war es noch nie gewesen. Turtle wußte, daß die jungen Leute, die eben so dicht an ihm vorbeigefegt waren, daß sie ihn fast überfahren hätten, es absichtlich getan hatten. Die Leute, die an der Ampel an der Post Road warten mußten, hupten heute mehr als gewöhnlich. Teils lag das an diesem verdammten Knopf, aber hauptsächlich lag es an der Ungeduld der Leute. Als ob es da, wo sie hinfahren wollten, schöner wäre als in ihren Autos. Schlimmer noch, es hatte heute morgen zwei Auffahrunfälle gegeben, und das war für diese Ecke ungewöhnlich. Und bei dem zweiten kleinen Unfall war ein großer Kerl in einem karierten Anzug wütend aus seinem Audi gestiegen und zu dem fetten kleinen Fordfahrer gelaufen, der ihn gerammt hatte. Dann hatte er die Tür des Ford aufgerissen und auf den Fetten eingedroschen, bevor Turtle es verhindern konnte. Und dann hatte er den großen Kerl nur durch Schläge mit dem Gummiknüppel stoppen können. All das war nicht leicht für einen Mann mit Kopfschmerzen und einem kranken Magen. Zu allem Überfluß mußte er später im Revier einen komplizierten Bericht schreiben.

Und dann hatte eine Dame mit Haaren von der Farbe einer Chiquita-Banane und einer Zigarette in ihrem großen Maul ihr Fenster aufgerissen und ihn angeschrien: *vier Morde, verdammt nochmal! Und was unternehmt ihr Schwachsinnigen dagegen? Ihr bohrt euch in der Nase!* Natürlich waren Zivilisten dumme Hunde. Sie wußten nicht, daß die Ermittlungen in den Mordfällen jetzt von der State Police durchgeführt wurden. Und wenn sie es wußten, glaubten sie wahrscheinlich, daß jemand wie Turtle sich darüber ärgern würde – aber Turtle gefiel die Situation ganz ausgezeichnet. Sollte doch die State Police die Dreckarbeit machen. Ein junger Kerl wie Bobo Farnsworth fand vielleicht sein Seelenheil in solchen Ermittlungen, aber Turtle wußte, daß einem davon nur die Füße wehtaten. Wenn die Jungs von der State Police den Mörder identifizierten, würde ohnehin die Polizei von Hampstead ihn festnehmen, und dagegen hatte er nicht das geringste.

»Was ich unternehme, Lady? Das will ich Ihnen genau sagen. Ich werde dem Mörder Ihren Namen geben, sobald ich Ihr Kennzeichen durch den Computer gejagt habe«, murmelte Turtle vor sich hin.

Dann klemmte der Knopf wieder. Turtle schüttelte den Kopf und wurde vor Wut purpurrot im Gesicht. Wenn er den Knopf an dem kleinen Metallkasten drückte, den er in der Hand hielt, sollte die Ampel eigentlich umspringen. Und wenn er klemmte, wie es heute morgen jedes zweite Mal der Fall war, mußte er durch den Verkehr über die Straße gehen, die Konsole auf dem Bürgersteig öffnen und im

Schaltkasten einen Schalter betätigen. Dann mußte er wieder über die Straße laufen und sich vergewissern, ob es funktioniert hatte. Manchmal blieb die Ampel auf Rot oder Grün stehen, und Turtle mußte sich in den weißen Kreis stellen und mit Handbewegungen und Trillerpfeife den Verkehr regeln, bis sich die Ampel dazu entschloß, die Arbeit wiederaufzunehmen.

Er hob die Hand und trat auf die Straße. Hupen schmetterten, und auf beiden Straßenseiten stauten sich die Wagen. Turtle trat zwischen zwei Fahrzeuge und stierte einen klapperdürren glatzköpfigen Idioten böse an, der sich mit dem Arm auf seine Hupe lehnte. Die Wagen jenseits des gelben Strichs, die von der Post Road nach rechts abbogen, ließen sich nicht stoppen. Turtle hob wieder den Arm und betätigte seine Trillerpfeife. Zwei weitere Wagen fuhren vorbei, und der dritte, ein von einer Blonden mit kurzgeschnittenem Haar gesteuerter Jaguar, hielt an. Turtle trat vor den Wagen, der noch ein paar Zoll weiterrollte und seine Knie traf. Turtles Pfiff war laut genug, die Windschutzscheibe platzen zu lassen. Er nahm die Pfeife aus dem Mund und brüllte mit rotem Gesicht: »Was, zur Hölle, soll das bedeuten, Lady? Wollen Sie mich etwa –«

Der nächste Abbieger aus der Post Road fuhr auf den Wagen der Frau auf. Turtle spürte einen scharfen Schmerz am Knie, als die Stoßstange des Jaguar ihn traf. »Raus! Raus aus den Wagen!« bellte er. »Alle beide!«

Wild schlug er auf den Schalter im Schaltkasten und hörte durch das gellende Hupkonzert das laute Klicken, als das Licht umsprang.

»Jetzt bewegen Sie Ihre verdammten Fahrzeuge und regeln Sie Ihre Probleme!« brüllte Turtle und wußte nicht mehr genau, warum er den Verkehr aufgehalten hatte, indem er die beiden aussteigen ließ ... in seinem schmerzenden Kopf schwebte der Gedanke, die beiden mit dem Knüppel zu verprügeln, dem Mann das Nasenbein zu brechen und der Frau den Kiefer, bis sie Blut und Zähne spuckte ... Er sah die beiden mit einer so sonderbaren Intensität an, daß sie sich beeilten, wieder einzusteigen und wegzufahren, um auf irgendeinem Parkplatz ihre Versicherungskarten auszutauschen.

Turtle knirschte mit den Zähnen und trat wieder auf die Straße, um zu seinem Posten zurückzugehen. In seinem Darm regte sich etwas, und in wenigen Minuten würde er wieder Abrazzis stinkende Toilette aufsuchen müssen. Er überlegte sich, was wohl passierte, wenn er mit seinem Gummiknüppel die Windschutzscheibe des nächsten teuren Stücks ausländisches Blech einschlug – das Vergnügen würde die Strafe mehr als aufwiegen, wie immer die ausfallen würde.

Nun mußte er sich mit den Linksabbiegern von der anderen Seite der Post Road auseinandersetzen. Er streckte die Hand aus und schob einen Fuß über den gelben Strich. Ein Wagen ignorierte sein Zeichen und rauschte an ihm vorbei, er sah die hintere Scheibe zwanzig Zentimeter vor seinem Gesicht. Turtle hatte nicht gesehen, wer den Wagen fuhr – er hatte nur das unbehagliche Gefühl, daß *niemand* am Steuer saß –, aber er schaute wütend durch die Heckscheibe und sah, daß Dicky Normans zerfetztes und vernarbtes Gesicht ihn anstarrte.

Unmöglich lange schien es vor seinen Augen zu hängen. Dickys Gesicht hatte die fischweiße Farbe toter Haut, nur unterbrochen durch die schwarzen Striche, die das Skalpell des Chirurgen gezogen hatte. Seine Augen waren leicht gelb um die Pupillen und so leblos wie sein Gesicht. Turtle sah, daß Dickys geschwollene Zunge sich bewegte – Dicky versuchte zu sprechen. Dann flog die Erscheinung vorbei. Der Wagen war verschwunden und fuhr weit hinten über die Kreuzung.

Blind stolperte Turtle in den Verkehr hinein und hob die Hand, ohne sich zu vergewissern, ob auch nur ein einziger Wagen hielt. Die Pfeife hing ihm im Mund.

Er erreichte sicher den Bürgersteig, und ohne sich noch um den Verkehr zu kümmern, ging er die Stufen zu Abrazzis Laden hoch. Mike Abrazzi, der alte Mann hinter dem Ladentisch, sagte: »Du hast wohl die Scheißerei, Turtle?«

»Halt dein verdammtes Maul«, knurrte Turtle und sauste

in die kleine Toilette. Er bekam gerade noch rechtzeitig die Hosen runter. Dann versuchte er wieder den Anblick von Dicky Normans Gesicht zu vergessen.

Als er herauskam, wobei ihm der Gestank aus dem kleinen Raum hinter dem Laden noch anhaftete, sah er, daß der Verkehr wieder normal floß, und er schaute die Post Road entlang – hinter der Brücke, auf dem Weg zur Main Street sah er eine kleine Gruppe von Menschen, die ihm dadurch auffielen, daß sie nicht zusammenzupassen schienen. Zuerst erkannte er Graham Williams, einen Mann, für den er nur Verachtung empfand – Williams hatte sein Land verlassen anstatt ihm zu helfen. Dann erkannte er Richard Allbee, den Ehemann des jüngsten Opfers; und neben Richard ging Patsy McCloud. Turtle hatte sie in Hampstead aufwachsen sehen, und er wußte, daß sie Les McCloud, diesen Footballspieler von der J. S. Mill High School, geheiratet hatte. Les McCloud, der sich vor ungefähr einer Woche auf der Interstate in einen Haufen Matsch verwandelt hatte. Patsy war ein hübsches Mädchen mit ihren großen Augen und dem schönen langen Haar. Neben den dreien ging ein Junge, den Turtle nicht kannte. Bevor er sich wieder dem Verkehr zuwandte, beobachtete er die vier noch eine Weile, wie sie im Sonnenschein zur Main Street hinübergingen – und dann passierte Turtle Turk das zweitseltsamste Ding des Tages.

Er beneidete diese Leute. Es durchfuhr ihn mit sonderbarer Schärfe, daß sie eine Art Familie sein mußten, so groß war ihre Zuneigung zueinander. Einen Augenblick lang war er erstaunt, wie klar er diese vier Menschen sah – als seien sie in die Strahlen der Sonne hineingezeichnet. Er wäre gern bei ihnen gewesen, Teil der intimen Nähe, die zwischen ihnen bestand. Und in dieser Sekunde gestattete er sich Neidgefühle.

Aber als sie um die Ecke bogen, sah er Williams' gekrümmten Rücken, und sie waren wieder gewöhnliche Zivilisten. Turtle drückte wieder den Kopf, und wieder klemmte er. Er fluchte, und dann hatte er wieder Dicky Normans Gesicht vor sich, das ihn durch die Heckscheibe aus toten Augen anstarrte. Er schloß die Augen und atmete langsam aus.

Dann drückte er ganz leicht mit dem Zeigefinger auf den Knopf. Mit einem lauten Klicken sprangen die Ampeln um. Turtle öffnete die Augen und war sehr erleichtert. Mein Gott, eine Sekunde lang hätte er fast geglaubt ... Wütend schaute er den Wagen nach, die über die Kreuzung rasten. Für solchen Mist konnte man ihm die Pension streichen.

Richard Allbee würde wohl über das gesprochen haben, was er gesehen zu haben glaubte: und tatsächlich, als Turtle ihn mit seinen Freunden in die Main Street einbiegen sah, ignorierte Richard die Tränen, die ihm über die Wangen liefen, und erzählte den anderen von seinen tagelangen Phantasien über Laura und das Kind, und bevor der Tag zu Ende war, würde er ihnen auch von Billy Bentley erzählen und von dem Traum, in dem aus der Erde Blut hervorgequollen war. Selbst McCloud hätte an Turtles Stelle in irgendeiner Bar jemanden gefunden – nicht gerade Patsy –, den er mit der verrückten Geschichte hätte amüsieren können, er habe durch ein Wagenfenster ein totes Gesicht gesehen. Aber als Turtles acht Stunden vorüber waren, meldete er sich auf dem Revier zurück und tippte sorgfältig den Bericht über den Auffahrunfall. Dann zog er sich um und ging nach Hause. Dort trank er fünf Bier und schlief ein, während er im Fernsehen eine Sportreportage verfolgte.

Um acht Uhr wachte Turtle auf und rief sich zur Ordnung. Er ging in seine winzige Toilette – noch kleiner als die bei Abrazzi, aber nicht viel sauberer –, entleerte seine Blase, rasierte sich und spritzte sich Wasser unter die Achselhöhlen. Dabei murmelte er ständig typische Turtle-Sätze vor sich hin. Anschließend fuhr er die Post Road hinauf zu Billy O's.

Billy O's lag in einem Teil von Bridgeport, der hauptsächlich von Schwarzen bewohnt wurde, aber kein Schwarzer würde jemals Billy O's betreten. Es war eine Polizistenkneipe. Der Inhaber, Billy O'Meara, war zwanzig Jahre lang in Old Sarum Polizist gewesen, bis ein Junge in einem gestohlenen Wagen ihn angefahren und seine Hüfte zu Zahnstochern verarbeitet hatte. Jetzt humpelte er hinter seinem Tresen hin und her und erklärte unaufhörlich, daß alle

Menschen Scheiße seien, besonders Kinder, Juden, Protestanten, Puertoricaner, Dagos, Frauen und ganz besonders Nigger. Wenn ein Schwarzer es gewagt hätte, seine Nase in die Kneipe zu stecken, wäre Billy O'Meara wahrscheinlich auf der Stelle an einem rassistischen Schlaganfall gestorben.

Als Turtle die Kneipe betrat, drehten sich sechs oder sieben Männer am Tresen zu ihm um und brachen sofort ihre Unterhaltung ab. Das bedeutete, wie Turtle wußte, daß sie über Royce Griffen gesprochen hatten. Der einzige Polizist, der sich in diesem Teil des Staates in den letzten zehn Jahren erschossen hatte. Griffen war in Polizeikneipen und in Umkleideräumen sehr häufig Gesprächsthema. Das machte Turtle ganz krank. Wenn sich ein paar besoffene Polizisten über Royce Griffen unterhielten, fand er das noch langweiliger, als wenn Billy O'Meara erzählte, wie viele Schwarze versucht hätten, in seine Lagerräume einzubrechen. »O Gott«, sagte er. »Seid ihr Kerle schon wieder dabei, Roycie auszugraben. Seid doch so nett, den kleinen Bastard ein wenig schlafen zu lassen. Er hat seine Kanone gefressen, er hat seine Kanone gefressen, rattata, rattata, rattata. Laßt ihn in Ruhe.«

Ein Sergeant aus Bridgeport namens Danny Salgo sagte: »Du hast ihn immer ziemlich übel schikaniert. Soviel steht fest, Turtle.«

»Natürlich hab ich das getan«, sagte Turtle. »*Alle* haben das getan. Was zum Teufel willst du damit sagen?«

»Nichts, Turtle«, sagte Salgo schnell.

»Das will ich dir auch geraten haben. Ein Revier kriegt einen Kerl, der ausflippt, und dann dauert die Leichenschau zehn Jahre, und im Umkreis von hundert Meilen können die Leute nicht genug davon kriegen.« Billy O'Meara stellte ein Glas Bier und ein kurzes Glas Jack Daniels mit Eiswürfeln vor Turtle auf den Tresen. Turtle schlürfte den Bourbon und nahm einen kräftigen Schluck von seinem Bier.

»Hast du wenigstens was Vernünftiges zu erzählen, Turtle?« sagte Billy O'Meara. »Von den andern Jungs hört man nur traurige Geschichten. Soundso hat seine Prüfung für die Beförderung zum Captain nicht bestanden. Irgendein anderer Trottel hat Totalschaden. Bla-bla-bla. Johanssen da hinten stinkt die ganze Scheiße schon so sehr, daß er sich nächsten Monat bei der Polizei in Los Angeles bewerben will.«

»Los *Angeles*?« fragte Salgo erstaunt. Johanssen war ein vierundzwanzigjähriger Polizist aus Hampstead. »Nehmen sie da jetzt auch Babys? Warum, zum Teufel, willst du so weit fahren, nur um noch mehr Arschlöcher kennenzulernen. Du bist ein Kleinkind, Johanssen – da unten nehmen sie dich auseinander.«

Johanssen schüttelte seinen blonden Kopf und war schlau genug, sich nicht aufzuregen. »Mir gefällt es hier einfach nicht mehr«, sagte er. »Ich habe gehört, daß sogar Bobo daran denkt, nach Los Angeles zu gehen. Außerdem kriegt man da dreimal soviel Geld wie hier.«

»Bobo Farnsworth, der einzige Polizist der Welt, der nicht säuft«, sagte Salgo. »Dieses Arschloch.« Turtle fühlte sich plötzlich müde. »Bobo ist ein guter Polizist«, sagte er. »Und Johanssen da hinten auch. Er ist noch jung, aber er ist ein guter Mann.« Dann fing Turtle an zu lachen. »Willst du jetzt was Vernünftiges hören, O'Meara? He, Johanssen, kommst du nächste Woche zu den *Chorknaben*?« Johanssen nickte in sein Bierglas.

»Hier hast du deine gute Nachricht, Billy«, sagte Turtle. »Wieder eine Mitternachtsaufführung für die Jungs aus Hampstead und Old Sarum. Da geht es wirklich rund. Du kannst froh sein, wenn deine Kneipe anschließend noch steht.«

O'Meara lachte schon – wie alle wußten, dachte er an die letzte Filmvorführung für die Polizei im Nutmeg Theater hinter der Main Street und an das, was anschließend geschah. Der Film war *Klute* gewesen, und hundertfünfzig Polizeibeamte aus Hampstead und Old Sarum hatten an der Veranstaltung teilgenommen. Für drei Dollar pro Mann hatten sie so viel Bier trinken dürfen, wie sie wollten, und außerdem kriegte jeder sechs Pfund Popcom. Als der Film aus war, lag das ganze Theater voll Popcom und plattgetretenen Bierdosen, und die jüngeren Beamten – die anderthalb Stunden lang geschrien und getobt hatten – wollten sich jetzt ernsthaft amüsieren. Ein paar Leute hatten auf dem Weg zu Billy O's noch einen kleinen Umweg gemacht, und um zwei Uhr schloß Billy ab. Im Lokal saßen neunzehn besoffene Polizisten und drei Mädchen aus dem Ort. Gegen vier Uhr stank der Laden wie der Umkleideraum einer High School. Um fünf hörten die Mädchen auf zu kassieren, denn sie hatten Geld für zwei Monate verdient. Um sechs lagen außer Billy alle flach, die Mädchen waren nackt und die meisten Männer auch. Haufen von Fünf- und Zehndollarnoten lagen auf dem Fußboden, von verschüttetem Bier verklebt. Um sechs Uhr dreißig spendierte Billy eine Runde und warf sämtliche Gäste raus. Zwei oder drei der Männer, unter ihnen Johanssen, waren direkt ins Polizeirevier gefahren, um sich vor Schichtbeginn noch ein wenig im Schießstand frischzumachen.

»He, ich komme mit«, sagte Salgo.

»Feuerwehrleute werden dieses Jahr nicht eingeladen, Danny«, sagte Turtle – ein alter Polizeispruch.

Turtle und die anderen befolgten jetzt die Rituale eines ganz normalen Saufabends; und niemand sagte etwas, was er nicht schon hundertmal gesagt hatte, aber mitten in der Nacht hatte Turtle in der Kneipe das Gefühl, daß er das alles schon hatte, worum er Patsy und Graham Williams und die anderen beiden heute morgen beneidet hatte – er hatte diese intime Nähe zu anderen, er hatte so viel davon, wie er ertragen konnte. Und diese Nähe fand er in der kleinen Polizistenkneipe im Getto von Bridgeport.

»Ich habe genug«, sagte er um zehn Minuten nach eins. »Ich sehe schon Gespenster. Ich muß nach Hause. Bald bin ich wie die alte Josephine Tayler. Ich habe heute morgen ihre Enkelin gesehen. Gutes Argument für Vergewaltigung. Goodbye.«

Um ein Uhr dreißig stieg Turtle aus seinem Wagen und ging über den unkrautbewachsenen flachen Wall, der das Grundstück, auf dem sein Wohnwagen stand, von der Straße trennte. Der Wagen stand auf einem zweitausend Quadratmeter großen gerodeten Grundstück, das Turtle 1941 von der Stadt gekauft hatte. Neben Turtles Grundstück lag ein schäbiger Lebensmittelladen, dessen Inhaber gleichzeitig eine Tankstelle betrieb. Hinter seinem Grundstück gab es ein weiteres Grundstück von zweitausend Quadratmetern, das von Bäumen bestanden war. Als Turtle auf dem Wall stand, hörte er, daß sich hinter seinem Wagen etwas bewegte – laute Schritte irgendwo vor ihm. »Junge«, flüsterte er und fummelte seine Waffe aus dem Hafter. Jemand versucht in den Wohnwagen einzubrechen. Das war sein erster Gedanke.

»Kommt raus, damit ich euch sehen kann«, schrie er und glaubte, daß es sich um ein paar junge Leute handelte, die sofort wegrennen würden.

»Kommt raus, ihr Scheißpack!«

Keuchend stieg er auf der anderen Seite vom Wall. Er duckte sich und watschelte so schnell er konnte an den weißen Zaun, der zwischen seinem Grundstück und dem des Ladenbesitzers lag. Von dort konnte er die Vorderseite seines Wohnwagens sehen. Niemand drückte sich dort an die Metallwand des Wagens, um sich zu verstecken. »Rauskommen!« schrie er noch einmal, aber nichts geschah. Turtle rannte um den Wagen herum. Jetzt schwitzte er und war so außer Atem, daß sein Koppel ihm den Bauch abschnürte. Er hatte zwar etwas gehört, aber um den Wagen herum war niemand zu sehen.

Dann hörte er wieder das Geräusch – ein schwerer Körper bewegte sich. Das Geräusch kam aus der Baumgruppe hinter seinem Grundstück.

Turtle wischte sich mit dem Ärmel die Stirn. Immer noch drangen die Laute von den Bäumen zu ihm herüber. »Was, zum Teufel, ist da drüben los?« schrie er. »Soll das ein Spiel sein?«

Turtle dachte an das, was er am Vormittag gesehen hatte. Dicky Normans entsetzliches Gesicht – aber natürlich hatte er es nicht gesehen.

»Ich bin Polizist, und ich bin bewaffnet!« kreischte er.

Dann sah er die Leiche aus der Baumgruppe herauskommen.

Zu viel Jack Daniels und zu viel Bier. Die Leiche, die jetzt das freie Gelände erreichte, war Dicky Normans Leiche, und sie war nackt und so weiß, daß sie das Mondlicht zu reflektieren schien.

»Ich weiß nicht, wer du bist, aber laß mich in Ruhe«, sagte Turtle und richtete die Pistole auf Dickys Brust.

Als Dicky noch einen Schritt ging, konnte Turtle ihn riechen. Es war der unvergeßliche Geruch, den Turtle als junger Polizist erlebt hatte, als sie in den späten Vierzigern hinter dem Eiskeller von Rinker Brothers einen in seinem Wagen eingeschlossenen Jäger gefunden hatten. Der Jäger war Mitte Januar in einen Schneesturm geraten und in der Kälte in seinem Wagen erfroren. Er wurde erst im April gefunden. Turtle hatte die Wagentür geöffnet und geglaubt, er würde stundenlang kotzen müssen.

Dicky sagte etwas, das im Summen von tausend Fliegen unterging. Er näherte sich Turtle um einen weiteren Schritt.

8

Zwei Stunden nach Turtles Tod träumte Mikki Zaber O'Hara wieder, sie schliefe mit ihrem Sohn Tommy. Sie umarmte seinen mageren neunjährigen Körper, nahm ihm den nassen Seetang von der Stirn und küßte seine kalten nassen Wangen. Sie rieb ihm mit den Händen über den Rücken und versuchte im Schlaf, ihn zu wärmen. Oh, wie liebte sie Tommy! Mit den Händen zog sie seine Schultern an sich, und unter der Hüfte spürte sie etwas Körniges. Ohne darüber nachzudenken, wußte sie, daß es Sand war. Hinter ihr schnarchte ihr Mann, und Mikki streichelte ihrem Sohn liebevoll die Seite. Schlamm verlangsamte ihre Bewegungen, und ihre Handfläche fühlte sich glitschig an. Allmählich, noch halb im Schlaf, merkte Mikki, daß sie nicht träumte. Sie war wach, und wie durch ein Wunder lag Tommy neben ihr. Sie nahm sein Gesicht in ihre Hände, und seine Lider zuckten.

Der Junge hatte ihr die Gelegenheit gegeben, sich mit ihm zu vereinen. Mehr wollte sie nicht.

Tommy neigte ihr sein weißes verletztes Gesicht entgegen.

Am Morgen waren ihre beiden Leichen verschwunden. Hampstead hatte eine weitere Schwelle überschritten und stand nun – wie es Mikki Zaber einen unwirklichen, lyrischen Augenblick lang ergangen war – auf der Grenze zwischen Leben und Tod.

Teil Drei

Herrschaft

Warum verließest du der Menschen ausgetret'nen Pfad zu früh,
Warum mit schwachen Händen, aber starkem Herzen
Reiztest den ungezähmten Drachen du in seiner Höhle?

– Shelley

Eins

Der Bauch des Wals

1

Lyrisch; unwirklich; solche Worte bedeuten nur, daß die Realität selbst durcheinandergeraten ist, und dieses Durcheinander wirkt sich auf die Leute unterschiedlich aus, auf einige überraschend angenehm. Die Realität machte einen Schlenker, und wenn dieser Schlenker zu einem Horror-Theater im Keller eines verlassenen Hauses in der Poor Fox Road führte, dann waren nur drei Leute da, die diesen Horror erlebten: metaphorisch gesprochen waren bei den meisten anderen Leuten in Hampstead die Augen zugenäht, und die sonderbaren Visionen, die hinter ihren Lidern tanzten, bereiteten ihnen manchmal Vergnügen oder lullten sie ein, wie Albernheiten einem Betrunkenen Spaß machen oder ihn beruhigen können. Otto Bruckner hatte vorausgesehen, daß ungefähr acht Wochen nach dem Unfall bei Woodville Solvent die Orte Hampstead und Patchin im Griff seiner Erfindung zappeln würden – daß Schrecken wie die in Bates Krells Keller sich auf die Straßen ergießen würden –, aber er hatte natürlich keine Ahnung, daß seine Erfindung sich mit einem rätselhaften Kolonisten namens Gideon oder Gidyon Winter verbünden würde. Er kannte nur seine denkende Wolke, und das war genug; er brauchte nicht mehr zu wissen, um das Jenseits angenehmer zu finden als das Diesseits. Aber die Leute in Hampstead hatten diese Voraussicht nicht. Sie hatten keine Ahnung, daß sie im Begriff waren, eine Grenze zu überschreiten. Sie wußten, genau wie unsere Freunde, daß es immer schwieriger wurde, die tatsächlichen Ereignisse von dem zu trennen, was im Kopf vorging. Die denkende Wolke hatte sich auch über sie gesenkt. Was Patsy und Tabby gemeinsam sahen, was Graham, Richard und Patsy sahen, als sie im Grunde des Spiegels, im Innern der Welt um Tabbys Leben kämpften, mußte genommen werden, wie es kam. Man mußte ihm zu seinen eigenen Bedingungen gegenübertreten, wie bizarr diese Bedingungen auch sein mochten.

Desmond O'Hara, der von Australien nach Hause geflogen war, um seine Söhne zu beerdigen, fügte sich diesen Bedingungen, als er erwachte und feststellte, daß seine Frau aus dem Ehebett verschwunden war. Er suchte sie im ganzen Haus, und ihn fröstelte bei dem Gedanken, auch sie sei mitten in der Nacht an den Strand von Gravesend gegangen. Er litt noch unter der Zeitverschiebung und war mitten am Tag eingeschlafen, verängstigt wie er war, und er hatte sich eingebildet, daß Mikki mit ihm sprach und ihn fragte, wie teuer Opale in Coober Pedy seien, und dabei hatte sie ihn ausgelacht. Als er um Mitternacht völlig desorientiert aufwachte, bildete er sich ein, immer noch die Stimme seiner Frau zu hören. *Verrückt,* dachte er, und als er das Haus durchsuchte, um zu sehen, ob sie nach Hause gekommen war, hielt er sich für noch verrückter, denn er glaubte, sie hätte ihn aus dem großen Spiegel im Eßzimmer angeschaut.

War das etwa *lyrisch*? War das *unwirklich*? Der lange Flug von Australien und die anschließende Beerdigung seiner Söhne hatten Des O'Hara sehr mitgenommen. Wenn er jetzt seine Frau in diesem Spiegel sah, war es sowohl das eine wie das andere: ohne zu wissen, warum, begriff er, daß er sie nie wiedersehen würde. Sie war ganz klar auf der falschen Seite des Spiegels – sie war in ihm, hinter dem Rahmen, und von dort aus schaute sie ihn an. Die Blumen, die sie auf den Tisch gestellt hatte, glänzten weißlich, und die Tapete dahinter war eine dunkle, von weißen Streifen unterbrochene Ebene. Diese ihm so vertrauten Dinge lagen in seiner Welt, sie waren wirklich. Mikkis breites verstörtes Gesicht erschien ihm groß und undeutlich, wie unter der Eisdecke eines Flusses eingefroren. Es lag so viel Entsetzen darin, daß sie zu lächeln schien. Als er das Licht einschaltete, war sie verschwunden.

Wahrscheinlich haben viele Leute Ähnliches erlebt. Ohne es zu wissen, steckten sie im Bauche des Wales.

Oberflächlich gesehen, hatte sich die Stadt kaum verändert. Wenn man die Anomalien außer acht ließ, war es immer noch das schöne alte Hampstead mit seinen großen Häusern inmitten riesiger Rasenflächen. Aber man übersah leicht, daß viele dieser großen Häuser leerstanden und ihre Fenster wie tote Augen waren und daß die Rasenflächen sich rasch wieder in Wiesen verwandelten. Immer mehr neigten die Leute dazu, nach Einbruch der Dunkelheit zu Hause zu bleiben, und deshalb sahen sie die Feuer nicht, die hier und da in der Stadt auflođerten – vielleicht hörten sie das Geschrei der umherstreifenden Jugendlichen, die die verlassenen Häuser anzündeten, aber allem anderen gegenüber waren sie taub. *Schreie? Gebrüll? Wann, gestern abend? Nichts gehört – natürlich waren wir mit Packen beschäftigt. Die ganzen letzten Tage schon. Wir hätten im Stehen schlafen können. Wir hatten kaum noch die Kraft, ins Bett zu gehen, und dann haben wir immer diese komischen Träume …*

Wenn sie vernünftig waren, hörten sie weg und packten weiter. Wenn sie sahen, daß sich in der Main Street Männer prügelten – gut gekleidete Männer, die ihre Aktentaschen abstellen mußten, wenn es um die blutige Arbeit ging, anderen die Finger in die Augen zu stoßen oder sie in die Nase zu beißen –, zuckten sie die Achseln und rannten nach Hause. Sie wollten ganz einfach für kurze Zeit ihre Zelte abbrechen, genau das wollten sie tun, und das Klima der Gewalt, das sich heutzutage überall in Amerika breitmachte, war wirklich schrecklich. Zum Beispiel gestern in der Phil Donahue Show … aber jeder weiß ja, daß die ganze Welt verrückt geworden ist … Wenn sie vernünftig waren, redeten sie so etwas vor sich hin und packten weiter und hofften, daß die verrückten Schreie auf der Straße – Schreie wie von Schweinen, Hunden und Wölfen – ihren Block verschonten.

Manchmal hörten Patsy und Tabby nachts diese Stimmen der sogenannten Vernünftigen in ihren Köpfen.

Ja, wir haben eine Menge Sachen in der alten Karre unterbringen können. Wir wollen mit den Kindern Johns Söhne besuchen, schließlich haben sie alle denselben Vater, sie sind alle eine Familie ...

Nein, ich habe die alte Mrs. Ellis in der letzten Zeit nicht gesehen, komisch, ich habe nicht einmal an sie gedacht während der letzten Tage, und sonst begrüßen wir uns doch jeden Morgen ...

Ein Mann, ganz in Bandagen gewickelt, sagen Sie? Muß ein übler Fall von Allergie gewesen sein, meinen Sie nicht? ...

Abgebrannt? Das Ellis-Haus? Ich kann mir gar nicht vorstellen, daß ich das nicht gemerkt haben sollte, ich geh doch zweimal am Tag daran vorbei, ich war in Gedanken wohl zu sehr mit dem Packen beschäftigt, damit wir morgen nach Kiowah Island fahren können ...

Aber diese gespielte Gleichgültigkeit und diese dahergeredeten Sätze konnten die durchaus nicht vernünftige wahnsinnige Angst nicht verbergen, von der die Menschen getrieben wurden: *raus, raus, bloß weg hier, hört nicht auf die anderen, VERSCHWINDET BEVOR ES GESCHIEHT ...*

Auch das hörten Patsy und Tabby; in der zweiten Juliwoche hatten sie ein paar Leute mit weißlich schimmernder zerstörter Haut gesehen, und eines Tages beobachtete Patsy einen Haufen Kinder, die »Triefer! Triefer!« schrien und einen bandagierten Mann mit Steinen bewarfen, der sich hinter Greenblatts Laden in Sicherheit zu bringen versuchte; sie wußten nicht, ob sie selbst noch normal waren, aber sie konnten nicht weg, sie konnten nicht VERSCHWINDEN, sie mußten sich allem stellen, was auf sie zukam.

Tabby sah, daß sein Leben und das seines Vaters wieder so zu werden drohte wie in den schlimmsten Tagen damals in Florida. Um die Mittagszeit fing Clark an zu trinken. Tabby mußte ihn oft geradezu zwingen, etwas zu essen. Es war ihm sehr unangenehm, seinen Vater anzuschreien und in kaum gespielter Wut mit der Pfanne auf den Herd zu schlagen – und noch unangenehmer war es ihm, daß Clark es sich gefallen ließ. Manchmal schrie Clark zurück, und manchmal ging er vom Tisch weg, aber meistens senkte er den Kopf wie ein gehorsames Kind und aß, was Tabby für ihn gekocht hatte. Wenn Berkeley Woodhouse da war, schob sie sich mit den Fingern ein paar Brocken in den Mund, lachte die beiden an und setzte sich wieder vor das Fernsehgerät. Fernsehen und das Bett schienen alles zu sein, wofür die Geliebte seines Vaters sich interessierte. Im Laufe des Tages verschmierte ihr helles Lippenrot immer mehr, und bald hatte sie die Spuren im ganzen Gesicht.

Tabby sorgte dafür, daß Patsy nicht in sein Haus kam – es hätte ihm nichts ausgemacht, wenn Graham ihn besucht und Berkeley und seinen Vater gegen Abend einmal erlebt hätte, aber es wäre eine Demütigung für ihn gewesen, wenn Patsy die beiden gesehen hätte.

Es war, als hätte Tabby nur einen Augenblick weggeschaut, und in diesem Augenblick war es seinem Vater gelungen, sich zu ruinieren. In Florida hatte sich Clark wenigstens Arbeit suchen müssen. Er war ständig in Bewegung gewesen, er hatte seine Hemden und seine Unterwäsche gewechselt; aber jetzt, wo er sich auf das Geld seines Vaters stützen konnte, war er so träge geworden wie eine Eidechse in der Sonne. Tabby konnte sich gut vorstellen, daß sogar die Hände und die alten T-Shirts seines Vaters nach Schnaps stanken – der Schnaps drang Clark schon aus allen Poren. Und eines Abends, als er beobachtete, wie sich sein Vater mürrisch eine Gabel voll Kartoffelpürree in den Mund schob, glaubte Tabby hinter Clarks Kopf einen schwachen Lichtschein zu sehen, ein kleines gespenstisches Licht, das jeder seiner Bewegungen folgte. Berkeley machte sich geräuschvoll mit den Eiswürfeln zu schaffen, so daß er sie nicht fragen konnte, aber es schien Tabby, als habe der ganze Alkohol in seinem Vater sichtbare Form angenommen. Eine Fliege flog von irgendwo heran und setzte sich auf Clarks Hand. Clark starrte sie an, als sei sie ein exotischer Vogel. Unbeholfen hob er die Hand und schlug hart auf den Tisch. Die Fliege setzte sich jetzt in Clarks Haar, und auf der Tischplatte – oder eben *unter* der Tischplatte – schien ein Schwall von Blut aus dem Holz aufzusteigen. Tabby sah, wie sich das Blut unter dem Druck der Faust ausbreitete.

Nur ganz kurz- und das war unwirklich und ließ Tabby erschauern – erschien verschwommen Berkeleys schönes Gesicht unter der Faust. Entsetzt starrte sie durch das Blut nach oben. Er drehte sich um, aber sie schlug immer noch den Eiswürfelbehälter gegen die Kante der Spüle. Sie hielt eine Zigarette zwischen den Lippen. Nun schob sie die Hüfte vor, um den Eisbehälter noch härter gegen das Aluminium schlagen zu können. Das war die Wirklichkeit, und das Gesicht, das voll Entsetzen in einer Blutlache gegen die Tischplatte drängte, war nur eine Vision. Als er wieder zu seinem Vater hinüberschaute, sah er den weißlichgrauen Schimmer hinter dessen Kopf dunkler werden. Er verschwand wie die graue Katze, von der Richard gesprochen hatte. Tabby setzte die unzusammenhängende Unterhaltung mit seinem Vater fort und hörte wieder den Lärm, den Berkeley an der Spüle veranstaltete; er hatte nicht bewußt registriert, daß ein anderer Lärm in seinen Ohren ihn taub gemacht hatte. Das Gold an Berkeleys Handgelenk sah rot aus.

Des O'Hara, der alles verloren hatte und nicht wußte, wie, und der schon gar nicht wußte, warum, trug am Mittwoch, dem neunten Juli, um sechs Uhr dreißig, eine volle Flasche Delemain Cognac in seine Garage. Er stieg in seinen Wagen, startete den Motor, schaltete das Radio an, trank Cognac und hörte einen Tenorsaxophonisten namens Scott Hamilton gefühlvoll »I Would Do Anything for You« spielen, als das Kohlenmonoxyd sein Leben beendete. Er steckte im Bauche des Wals, und er wußte es, und er hatte dazu keine Lust mehr.

Auch Richard Allbee, der jeden Morgen durch die Mount Avenue zu dem Haus ging, an dem er arbeitete, dachte, daß entweder er oder die Welt aus den Fugen geraten war – er sah unterwegs so viel Seltsames! John Roehm, der Bauunternehmer, den Richard für den Job in Hillhaven verpflichtet hatte, und der Kunde wußten beide, daß Richards Frau ermordet worden war. Der Kunde hatte ihn gefragt, ob er den Job nicht für ein paar Monate aufschieben wolle, aber Richard, der wußte, daß Roehm selbst Rechnungen bezahlen mußte, war damit nicht einverstanden. Er bestand darauf, mit der Arbeit zum festgesetzten Termin zu beginnen. Und das hatte sich für ihn günstig ausgewirkt. Nach dem ersten schweren Schock hatte er versucht, sich mit seinen seltsamen Phantasien auseinanderzusetzen. Dann hatte er mit Graham und Patsy und Tabby gesprochen, und sie hatten zusammen geweint. Jetzt war Arbeit das beste Mittel, ihn abzulenken. Wenn er John Roehm bei der Arbeit zusah, konnte er sein Elend minutenlang vergessen. Wenn das Zimmermannshandwerk Kunst wäre, müßte man Roehm als den Rembrandt seines Fachs bezeichnen. Er legte die Hand auf ein ungefüges Stück Eichenholz und ließ es singen und tanzen. Er war so gut, daß er die Verandastützen, die sie für das Haus in Hillhaven brauchten, selbst hätte schnitzen können. Und ein alter Kenner wie Roehm wußte auch die Techniken zu würdigen, die Richard für das Interieur des Hauses anwenden wollte. So mußte er Formen bauen, um den zerbrochenen Stuck an der Decke wiederherzustellen, er mußte die Fensterverzierungen nacharbeiten und die ursprünglichen Schnitzereien an den Türen, die jemand vor zwanzig Jahren »wegmodernisiert« hatte, wieder anbringen. Roehm war auch interessiert daran, die Täfelung in der Bibliothek mit Verdünnung zu behandeln, um den ursprünglichen Farbton festzustellen. All dies war ganz in Richards Sinn, und manchmal schossen ihm die Tränen in die Augen, wenn er sah, was der weißbärtige alte Roehm alles mit einer Säge und einem Stück Eichenholz anzufangen wußte. Es ist möglich, daß John Roehm und die Restaurationsarbeiten in Hillhaven Richard das Schicksal Desmond O'Haras ersparten – er mußte viel schleppen und heben, da ihm und Roehm ständig die Mitarbeiter wegliefen, und obwohl er fünf Jahre älter aussah als im Mai, gewann er neue Muskelkraft. Abends sank er todmüde ins Bett, und wenn er sich vorher in der Küche ein Stück Fleisch briet, vermied er es, den Blick auf die Stelle zu richten, wo der abgeschnittene rote Telefonhörer gelegen hatte. Er aß sein Schweineschnitzel oder sein Steak, trank dazu eine Flasche Bier und fing schon vor acht Uhr dreißig an zu gähnen. So verliefen seine

Tage einigermaßen normal, wenn er auch in unbewachten Augenblicken ein Gefühl hatte, als seien ihm am siebzehnten Juni Herz und Magen und wahrscheinlich auch die Lunge weggeblasen worden. Trotzdem schaffte Richard seine Arbeit. Wenn er darauf achtete, daß seine Gedanken nicht in die falsche Richtung liefen, leistete er ausgezeichnete Arbeit. Aber wenn er über die Mount Avenue nach Hillhaven ging, fürchtete er manchmal, daß er den Tag nicht überstehen würde.

Der Spaziergang war angenehm und nützlich, und wenn er in Hillhaven ankam, waren seine Muskeln entspannt, und er freute sich auf seine Arbeit. Zwischen den großen Häusern an der Mount Avenue sah er den Sound aufblitzen, und wenn er um die letzte Ecke bog, nachdem er noch einen Blick auf das massive efeuüberwucherte Haus geworfen hatte, in dem Graham Ende der zwanziger Jahre Droothy Bach besucht hatte, hatte er den flachen Strand von Hillhaven erreicht. Mitten im Sommer wimmelte der Strand den ganzen Tag von Menschen, und von ihnen ging ein Geruch aus, der sich aus Sonne und Salz, Bräunungsmitteln und Schweiß zusammensetzte. Morgens war Hochwasser, und die blauschwarze See reichte bis an die erste Reihe der Sonnenhungrigen, die auf ihren auf dem trockenen Seetang ausgebreiteten Badetüchern lagen. Wenn Richard abends nach Hause ging, war das Wasser abgeflossen und hatte auf dem unebenen Strand glitzernde Salzwasserpfützen und Muscheln hinterlassen, an denen sich große Möwen gütlich taten. Diese Bilder des Normalen, die Bilder einer Welt, die ihre gewohnten Zyklen durchlief, halfen Richard, sich von den sehr viel weniger normalen Visionen zu lösen, die er auf dem Weg zum Strand von Hillhaven schon gehabt hatte.

Gleich zu Beginn seiner Arbeit in Hillhaven – als er zum ersten Mal die zwei Meilen von seinem Haus zu seinem Job zu Fuß ging – hatte Richard sein erstes seltsames Erlebnis. Charlie Antolini hatte sich endlich dazu enschlossen, aus seiner Hängematte zu klettern, und war jetzt damit beschäftigt, sein Haus anzustreichen. An seiner Pinselei waren nur zwei Dinge ungewöhnlich: die überschäumende Heiterkeit des Malers und die Farbe, mit der er sein Haus versah. Als Richard vorbeiging, grinste Charlie Antolini von seinem Gerüst herab und rief: »He, alter Junge, wunderbarer Tag, was? Das ist ja kaum zu *glauben*!« Von dem großen Pinsel in Charlie Antolinis ausgestreckter Hand tropften Fäden von grellem Rosa, einem so grellen Rosa, daß man es förmlich zischen zu hören glaubte, wenn die Farbe auf das Gras und die Büsche unter dem Gerüst tropfte. Am Haus selbst wirkte die Farbe besonders aggressiv. Charlie hatte an jenem ersten Morgen die halbe Seitenwand seines scheunenähnlichen, im Kolonialstil gehaltenen Hauses gestrichen. Richard mußte eine Weile hinschauen, um zu bemerken, daß Charlie auch die Fensterläden, die Simse und die Scheiben mit diesem schreienden Rosa bedeckt hatte.

Im Laufe der nächsten Tage sah Richard, daß Charlie Antolini nicht nur die Fensterscheiben mit der Farbe verkleistert hatte. Er hatte sie auch an die Haustür geklatscht, als handelte es sich um eine Schiffstaufe (»Das alte Ding soll richtig leuchten, was sagen Sie dazu?«). Und jetzt war er auf das Dach geklettert und fing an, die Farbe auf den Schindeln zu verteilen. Richard war stehengeblieben. Er rief Charlie irgendeine Antwort zu und hielt den Atem an, als er sah, daß sein Nachbar die riesige Fernsehantenne erreicht hatte. Würde er einen ganzen Eimer Farbe über die skelettartige Konstruktion auskippen oder würde er mit dem Pinsel an allen Winkeln und Verstrebungen entlangfahren? Er sah, wie Charlie das Problem kurz überdachte und es dann mit der Methode der Punktmalerei löste. Er versah zuerst den Antennenmast mit rosa Tupfern und schwang den Pinsel, bis auch die übrigen Teile gesprenkelt waren. Dann zwinkerte er Richard zu, offensichtlich froh, daß jemand Zeuge seiner Genialität gewesen war.

Ungefähr um die selbe Zeit sah Richard Flo Antolini mit ihrem Wagen den Beach Trail entlangrasen. Sie hatte so viele Koffer geladen, daß die Heckscheibe blockiert war.

Ja, diese Dinge sah Richard wirklich, an ihnen war nicht zu zweifeln. Bei einigen anderen Dingen war das etwas schwieriger.

Sah er zum Beispiel wirklich einen großen spindeldürren Mann in einem schäbigen Gehrock und alten grauen Gamaschen vorbeilaufen, als er zur Arbeit ging? Der Mann sah aus wie irgendein seltsamer Vogel auf Froschjagd oder wie eine traurige Vogelscheuche, der die Vögel alle Saat aus dem Acker gefressen hatten, aber er ähnelte etwas anderem sogar noch mehr. Als Richard ihn unbeholfen vorüberstampfen sah, versuchte er sich zu erinnern. Er sah die vom Frühlicht rötlich durchstrahlten Henkelohren, und dann hatte er es: *Er war groß, aber außerordentlich dürr, mit schmalen Schultern, langen Armen und Beinen, Händen, die weit aus seinen Ärmeln ragten, Füßen, die man als Schaufeln hätte benutzen können, und seine ganze Gestalt schien nur lose zusammenzuhängen. Sein Kopf war klein und oben abgeflacht, und er hatte riesige Ohren, große grüne glasige Augen und eine lange Schnepfennase ...* Es war Ichabod Crane, der Schullehrer in Connecticut aus »The Legend of Sleepy Hollow«. Richard sah ihn die Mount Avenue entlangtapsen, und sein flacher Kopf ruckte im Rhythmus seiner Schritte. Ichabod Crane mit flatternden Händen und Füßen, und als er um die Kurve lief, trat Richard mitten auf die Straße, um ihn noch ein wenig länger zu sehen.

Ichabod Crane. Auf der Mount Avenue. In einer Welt, in der man seine Frau so brutal ermordet hatte, war das genausogut möglich wie alles andere.

Es wurde immer seltsamer. Am Tag nachdem Ichabod Crane an ihm vorbeigejagt war, schaute Richard in ein Auto, das die Mount Avenue entlangfuhr, und sah eine Erscheinung aus den zwanziger Jahren in Berlin – aus dem Berlin Christopher Isherwoods. Am Steuer saß eine blonde Frau in Männerkleidung. Sie trug einen schwarzen Abendanzug und zu ihrem weißen Hemd mit Eckenkragen, an dem schwarze Knöpfe glänzten, eine elegante Fliege. Sie trug ein Monokel und rauchte eine gelbe Zigarette aus einer langen Elfenbeinspitze. Sie hatte einen Männerhaarschnitt, und Richard sah, daß ihre Haut von winzigen Narben bedeckt war. Ihr Blick traf ihn, und er blieb wie angewurzelt stehen: sie war nicht von dieser Welt, sie war bösartig wie ein Tumor, und ihre Blicke fühlten sich auf seiner Haut an wie Messerstiche. Dann raste die Frau die Mount Avenue hinunter, und Richard war überzeugt, daß sich die Erde öffnen und sie mitsamt ihrem Wagen verschlingen würde, sobald sie an Tabbys altem Haus um die Ecke gebogen war.

Am nächsten Tag sah Richard einen Mann, dessen ganzer Körper mit Bandagen umwickelt schien. Als Richard sich ihm näherte, duckte er sich an der Landseite der Mount Avenue hinter einen Torpfosten. Dieser Mann, das wußte Richard, war keine Halluzination. Der Mann war ein »Triefer« – Richard wußte nicht einmal mehr, wo er zuerst diesen entsetzlichen Ausdruck gehört hatte, aber er kannte ihn. Es gab Kinder in Hampstead, die diese armen Sterbenden durch die Straßen jagten, die versuchten, die Schutzhülle der Bandagen zu durchstechen und so das Leben entweichen zu lassen. Kein Wunder, daß der arme Triefer floh, wenn er jemanden kommen sah. Als Richard an dem Mann vorbeiging, hörte er hinter dem dicken Betonpfeiler sein heiseres Atmen. »Es ist schon gut. Ich bin nur auf dem Weg zur Arbeit«, wollte er sagen, aber kaum hatte er das erste Wort ausgesprochen, als der verängstigte Triefer aus seinem Versteck sprang und die Mount Avenue hinunterrannte, um Richard zu entkommen. Richard krampfte sich das Herz zusammen, als er die arme, dem Tode geweihte Kreatur davonlaufen sah – dies war ein viel schrecklicherer Anblick als die Frau im Auto, denn der Triefer, ein Mitmensch in höchster Not, sprach ihn direkt an. Richard sah in ihm sein Ebenbild. Wie er selbst war dieser Ärmste verzweifelt und voller Angst.

Und einige Tage später, als ob die Qualen dieser Augenblicke sich geometrisch steigern sollten, sah er etwas noch viel Schlimmeres. Von diesem Augenblick an fuhr Richard mit dem Wagen über die Mount Avenue nach Hillhaven und hielt die Augen stur geradeaus gerichtet.

Es fing ganz einfach an. Ein unauffälliger schwarzer Wagen holte Richard ein, als er sich gerade auf den Weg gemacht hatte und die Goldene Meile entlangging. Er fuhr an den Straßenrand, und seine Bremslichter leuchteten auf. Wahrscheinlich hatte der Fahrer den Straßenatlas für Patchin County auf dem Schoß, und sobald Richard den Wagen erreicht hatte, würde er ihn fragen: »Ist dies die Mount Avenue?« Oder: »Ist dies der Weg nach Hillhaven?« In der Mount Avenue konnte es jedem Fußgänger passieren, daß er von einem Fahrer angehalten wurde, der in dieser Gegend fremd war, weil es hier keine Beschilderung gab. Der schwarze Wagen – Richard sah, daß es ein Chevrolet war – stand ruhig am Straßenrand und wartete auf Richard. Einmal zitterte er wie ein schlafender Hund.

Der Wagen hatte direkt vor dem alten Smithfield-Haus angehalten.

Hilfsbereit ging Richard auf den Wagen zu, und die Tür an der Fahrerseite öffnete sich. Dann sprang auch die Tür an der Beifahrerseite auf. Richard zögerte einen Augenblick, und dieses kurze Zögern rettete ihm vielleicht das Leben. Jetzt öffnete sich auch eine der hinteren Türen, die an seiner Seite. Richard trat einen Schritt zurück – plötzlich schien der harmlose kleine Wagen von einem unheimlichen Lichtschein umgeben. Der Wagen am Straßenrand an diesem sonnigen Julimorgen sah mit seinen drei geöffneten Türen jetzt wie ein seltsames Insekt aus, wie ein Käfer. Eine Sekunde lang geschah nichts, außer daß Richard plötzlich ein trockenes Gefühl im Mund hatte: er wußte nicht, warum, aber er hatte Angst vor dem, was im Wagen saß, was immer es sein mochte.

Dann stieg Laura an der Beifahrerseite aus dem schwarzen Chevrolet.

Richard stöhnte laut auf: alle die Dinge, die er gesehen hatte, waren dazu bestimmt gewesen, ihn auf diesen unerträglichen Anblick vorzubereiten, auf den Anblick seiner Frau, die mit ihren langen Beinen aus einem unauffälligen schwarzen Wagen stieg, um ihn mit einem Gesichtsausdruck anzuschauen, den man nicht deuten konnte. Ihre Haare bewegten sich in der leichten Brise, die vom Sound herüberstrich.

Ein Mann stieg an der Fahrerseite aus und, wandte sich, wie Laura, Richard zu und starrte ihn an. Er trug ein zerrissenes Madrasjackett; über seinem harten Bauch spannte sich ein schlammbespritztes hellgelbes Polohemd von Lacoste. Ein weiterer Mann, älter als der Fahrer, stieg aus dem Fond.

Sein kahler Kopf hatte die Farbe von Lehm. Stumm standen die drei neben dem schwarzen Chevrolet und schauten Richard an. Ihre Gesichter waren alle gleich, registrierte Richard. Kein Gesichtsausdruck unterschied sich von den anderen, ihre Gesichter hatten gar keinen Ausdruck. Es waren die Gesichter von Toten.

Laura öffnete den Mund, und von Grauen getrieben hielt Richard sich die Ohren zu. Was immer die tote Laura zu sagen hatte, er wollte es nicht hören. Er trat einige Schritte zurück und sah, daß die Männer am Wagen entlang langsam auf ihn zugingen.

Richard trat noch ein paar Schritte zurück und sagte: »Nein, gehen Sie weg, verschwinden Sie«, und als sie immer noch auf ihn zugingen, drehte er sich um und rannte – er rannte die Straße hinunter wie am Vortage der Triefer. Verzweiflung. Angst.

Fünf Meter vor sich sah er eine mit rotem Kies bestreute Einfahrt zwischen zwei gemauerten Pfeilern. Richard rannte hinein und lief zwischen einer Reihe von Ahornbäumen und einem von hohem Maschendraht begrenzten Tennisplatz hindurch. Jetzt erst sah er die große graue Villa am Ende der Einfahrt. Im Erdgeschoß waren die Vorhänge zugezogen, und das Haus wirkte schwermütig und unbewohnt. Richard hatte keine Ahnung, was er sagen sollte, wenn jemand auf sein Klopfen öffnete. Hinter dem Haus sah er das Meer aufblitzen.

Er sprang die Stufen hoch und drückte auf den Klingelknopf. In Gedanken stellte er sich Laura vor, die ihn unerbittlich verfolgte und jetzt in die rote, staubige Einfahrt einbog ... Richard ließ den Finger auf der Klingel.

Hinter der Tür hörte er Schritte. Ein Riegel wurde zurückgeschoben. Dann öffnete die Tür sich einen Spalt, und über einer straffgespannten Kette erschien ein mißtrauisches weißes Gesicht.

»Ich wohne gegenüber«, sagte Richard und spielte damit die Karte aus, die in der Mount Avenue am besten stach. »Draußen auf der Straße sind Leute ... äh, ich glaube, sie wollen mich umbringen.«

»Das sagen Sie«, erwiderte der alte Mann hinter der Tür.

»Ich habe Todesangst«, sagte Richard.

»Das ist gar nicht so dumm«, sagte der Mann und hakte die Kette aus. Er hob die Hand, und Richard sah die flache glatte Pistole. »Das ist gar nicht so dumm. Und jetzt brauchen Sie Hilfe?«

Richard nickte. »Sie hielten neben mir – ihr Wagen steht vor dem alten Smithfield-Haus.«

»Das alte Smithfield-Haus.« Der Mann nickte und ließ die Pistole sinken. »Ja, Monty wohnte früher nebenan – hatte seine ganze Familie bei sich. Glauben Sie, daß die Leute noch da sind?«

Richard nickte.

»Nun, es macht mir nichts aus, Ihnen zu helfen. Ich werde sie mit diesem Ding schon vertreiben. Ich habe ein volles Magazin drin, falls wir schießen müssen.«

Richard war so durcheinander, daß er sich keine Sekunde überlegte, wieso Leute, die schon tot waren, sich vor einer Pistole fürchten sollten.

Er und der kleine weißhaarige Mann gingen die Einfahrt hinunter. Richard mußte sich beeilen, um mit seinem Retter Schritt zu halten. Als sie den Tennisplatz erreichten, erfuhr er, daß der Mann Charles Daisy hieß, ein Witwer mit sechs Enkeln war und sich von seinem Beruf als Anwalt zur Ruhe gesetzt hatte. »Ich habe einen kleinen Schießstand im Keller, deshalb kann ich mit dem Ding ganz gut umgehen. Von November bis Februar schießen wir Tontauben draußen im Wampetaug Country Club. Das schärft den Blick, und wie ...« Sie hatten das Ende der Einfahrt erreicht. »Wo sind sie?« sagte der alte Mann und schaute erst in die eine, dann in die andere Richtung.

Richard sah sie direkt vor sich – seit er weggerannt war, hatten sie sich nicht von der Stelle bewegt. Laura starrte ihn teilnahmslos an; in ihrem Fleisch ruhten tausend vertraute, aber erstickte Gefühle. Er sah ein paar Blutflecken – wie kleine Rostflecken – im Ausschnitt ihrer Bluse.

»Sie sind abgehauen«, krähte Charles Daisy. »Irgendein Pack. Wollten sich wohl irgendwo einnisten. Die werden Ihnen nichts mehr tun.« Daisy sah ihn an, und Richard war ganz erstaunt, daß er plötzlich mit seinen von kleinen Äderchen durchzogenen Augen zwinkerte. »Wissen Sie, ich kenne Sie. Es dauerte eine Weile, aber jetzt weiß ich es. Sie waren der Junge in dieser Serie. Spunky. Sie waren Spunky.«

Richard wußte, daß er jetzt einen schweren Fehler machte, aber er konnte es nicht ändern. »Sehen Sie sie denn nicht?« fragte er.

Daisy legte den Kopf schief.

»Da drüben sind sie. Da waren sie vorhin schon. Zwei Männer und eine Frau. Die Zulassungsnummer des Chevy ist TBC 67 –«

»Sie werden verdammt noch mal von hier verschwinden«, sagte Daisy zu ihm. Sein weißes kleines Gesicht war rosa angelaufen. »Machen Sie, daß Sie wegkommen, Sie Schauspieler, oder ich schieße Ihnen eine Kugel durch den Hals. Das meine ich ernst. Bewegen Sie sich.«

»Ich bin nicht verrückt«, sagte Richard.

»Sie dachten, Sie könnten den alten Daisy auf die Straße locken und überfallen, was? Sie dachten, dann hätten Sie ein schönes Haus an der Mount Avenue. Das dachten Sie doch, nicht wahr? Da kennen Sie den alten Charles Daisy aber schlecht.« Er fuchtelte mit der Pistole in Richards Richtung. Richard hätte Daisy die Waffe leicht entreißen können, wenn er gewollt hätte.

»Ich wollte Sie nur um Hilfe bitten, Mr. Daisy«, sagte er.

Das machte den alten Mann noch wütender. *»Bewegen Sie sich! Weg hier!«* Daisy trat ein paar Schritte zurück und richtete die Pistole auf Richards Brust.

Richard bewegte sich. Er wagte nichts mehr zu sagen. Er kehrte dem Mann den Rücken und ging auf die kleine Gruppe zu, die um den Wagen herumstand. Gequält schaute er Laura ins Gesicht. Mit offenen Augen schien sie zu schlafen. Sie war nicht da. Nur er sah sie. Und sie und die beiden anderen konnten ihm nichts tun, solange der wütende Charles Daisy ihn beobachtete. Aber vielleicht hatte der Drache sich einen neuen Trick für ihn ausgedacht. Er ging so weit nach rechts, daß er mit den Schultern das dichte Gebüsch streifte.

Der alte Charles Daisy stand immer noch hinter ihm und hatte seine flache Pistole auf seinen Rücken gerichtet, aber nicht deshalb zog sich Richard der Magen zusammen. Er schaute zur Seite und nach unten, als er am Wagen vorbeiging, und sah, daß der Fahrer – es war der Mann mit dem Polohemd und dem Madrasjackett – keine Schuhe trug. Er hatte große weiße dreckverkrustete Füße. An einigen Stellen war die Haut abgeschürft, aber die Füße hatten nicht geblutet. Die Haut war aufgerissen, aber es hatte weder Schmerzen noch Blut gegeben.

Erst als er dreißig Meter weitergegangen war, hatte er keine Angst mehr, daß Laura ihn ansprechen würde.

Als er an seiner Arbeitsstätte ankam, saß John Roehm in der Einfahrt des Kunden auf der Heckklappe seines Lieferwagens. Rechts von ihm lag ein Stapel frischgesägte weiße Eichenbretter, die über die Heckklappe hinausragten. Roehm sah wie ein Weihnachtsmann mit Flanellhemd und roten Hosenträgern aus, wie er da neben seinen Schätzen saß. »Ich denke, wenn wir heute die Täfelung untersucht haben, fangen wir mit diesen Regalen an. Ich habe gestern abend sehr schönes Eichenholz gefunden. Um ehrlich zu sein, das beste, was ich je gesehen habe.«

»Wie Sie meinen, John«, sagte Richard.

Roehm legte seinen großen Kopf schief. »Schöner Tag heute, Boß.«

»Das stimmt, John.«

Als Roehm ihn ansah, sah er alles; jedenfalls sah er genug. »Wir lassen es langsam angehen, Boß, ganz langsam.« Richard trug mit ihm zusammen die Eichenbretter ins Haus.

2

Später erfuhr Richard, daß es richtig gewesen war, vor den drei Erscheinungen wegzulaufen, die aus dem unauffälligen schwarzen Chevy gestiegen waren; sie stellten eine Gefahr dar, und sie hatten ihn töten wollen. In dem, was von seiner

Frau übriggeblieben war, lag kein Erbarmen. Die beiden letzten direkten Opfer des Drachen von Hampstead, die fünfte und die sechste Person, die Wren Van Horne zu Tode brachte, hatten nicht so viel Glück wie Richard. Auch ihnen begegneten Erscheinungen, aber sie hatten dabei keine Hilfe; und zusammen mit den Erscheinungen begegnete ihnen Dr. Van Horne, und das war kurz bevor Graham Williams' alter Freund die zweitgrößte Veränderung seines Lebens erfuhr. Dr. Van Horne behandelte sie, wie er seine ersten vier Opfer behandelt hatte, und so erlebten auch sie, oder wenigstens einer von ihnen, das, was wir das »Unwirkliche« genannt haben. Aber inzwischen, wie General Haugejas bald erkennen sollte, konnte man schon einen Hauch des Unwirklichen spüren, wenn man nur durch die Straßen von Hampstead ging.

Die letzten beiden Menschen, die durch die Hand des angesehenen Gynäkologen Hampsteads starben, waren Franz Holland und seine Frau Queenie.

Queenie Holland verdankte ihren Namen ihrem Vater, einem Cockney namens Albert Martin, der als junger Mann von knapp zwanzig Jahren nach Amerika gekommen war und festgestellt hatte, daß sein Dialekt in den Ohren der Amerikaner wie der eines Herzogs klang. Albert bekam einen gutbezahlten Job bei Macy's in New York, heiratete eine Frau aus der Abteilung für Damenbekleidung und fand nebenbei noch die Zeit, jeder attraktiven Frau nachzustellen, die er zu Gesicht bekam. Sein amoralischer, aber praktischer Londoner Witz machte ihn bei allen beliebt, und am Ende hatte er genug gespart, um sich in Hampstead, Connecticut, ein Geschäft für Damenbekleidung zu kaufen.

Queenie war zielstrebig und praktisch veranlagt, aber sie war mit dem Idealbild des Gentleman aufgewachsen. Irrtümlicherweise hielt sie ihren Vater für einen Vertreter dieser Klasse. Franz Holland, der Sohn eines Bestattungsunternehmers, entsprach diesem Bild schon eher. Schon als Teenager war Franz ein wenig fade gewesen, aber unter seiner aufgesetzten Affektiertheit war er gutmütig und freundlich. Und Queenie, die fast so berechnend war wie ihr Vater, wußte, daß er in einer Branche tätig war, bei der die Kunden nie ausblieben. Es sei wie die Herstellung von Toilettenpapier, erklärte er ihr einmal ganz ernsthaft. Sein Produkt würden die Leute immer benötigen. Und wenn Queenie vielleicht auch dachte, *Scheiße und Tod, unser tägliches Brot*, so ließ sie sich das Franz gegenüber nicht anmerken. Sie heirateten zwei Jahre nachdem sie die High School verlassen hatten. Queenie machte sich in der Firma Bornley und Holland schon bald unentbehrlich, denn sie erledigte die Korrespondenz und führte die Bücher. Ihr praktischer Sinn, ein wertvolles Erbteil von Albert Martin, hatte sein lohnendes Betätigungsfeld gefunden.

Sie waren im Jahre 1980 schon über dreißig Jahre verheiratet, und Franz Holland konnte sich die Leitung seines Bestattungsinstituts ohne die tätige Hilfe seiner Frau schon gar nicht mehr vorstellen. Und deshalb machte ihm Queenies Verhalten in letzter Zeit auch mehr Sorgen, als es sonst der Fall gewesen wäre. Er hätte die Bücher auch selbst führen können, wenn er auch doppelt soviel Zeit dafür gebraucht hätte wie seine Frau; aber er hatte keine Ahnung mehr, wie sie die Bestellungen aufgab – er wußte kaum noch, wo die Kataloge aufbewahrt wurden.

Dreizehn Tag lang hatte Queenie nichts anderes mehr getan als vor dem Fernseher zu sitzen. Sie zog sich nicht einmal mehr an. Sie stand aus dem Bett auf, putzte sich die Zähne und schaltete das alte Sylvaniagerät im Schlafzimmer an. Dann setzte sie sich auf den Bettrand und spielte verrückt – so erschien es Franz jedenfalls. Vor dreizehn Tagen hatte sie angefangen, sich mit Tom Brokaw zu unterhalten, sie schmollte, wenn Jane Pauley auf der Mattscheibe erschien, und ihre Miene hellte sich wieder auf, wenn sie Gene Shalit sah. Sie unterhielt sich mit den Leuten, die in den verschiedenen Programmen auftraten – Queenie sprach nicht nur zu Tom Brokaw und Walter Cronkite und Ted Koppel und all den anderen Männern, deren Gesichter von morgens bis abends auf der Mattscheibe zu sehen waren, sie sprach mit ihnen. Wenn der Moderator der *Today-Show* sagte: »Heute geraten viele Leute in finanzielle Schwierigkeiten wegen der hohen Gebühren an den Colleges und Universitäten des Landes«, mischte Queenie sich ein und sagte: »Als ob ich das nicht wüßte, Tom! Es kommt mir langsam so vor, als seien die Universitäten nur für die Reichen da.« Und so trieb sie es den ganzen Tag. Zuerst hatte Franz gedacht, daß sie sich aus irgendeinem Grund über ihn lustig machen wollte – Franz hatte selbst die Angewohnheit, in die Werbesendungen hineinzuschreien und den Leuten zu sagen, daß sie nur Scheiße redeten –, aber als sie den Unfug fortsetzte, wußte er, daß seine Frau den Verstand verloren hatte. Wie sonst konnte man es nennen, wenn jemand glaubte, diese sich bewegenden Gesichter seien wirkliche Menschen?

Queenie wollte nicht einmal mehr essen. Er brachte ihr Sandwiches aus der Küche ihrer Wohnung im ersten Stock des Bestattungsinstituts. Wie abwesend sah sie ihn dann an, sagte »Danke, Liebling« und widmete sich wieder ihrer Unterhaltung mit Robert Reed in *The Brady Bunch* oder Carter Oldfield in *Daddy's Here*. Das Sandwich vertrocknete im Laufe des Tages und bog sich, und wenn er ihr um sechs Uhr die Suppe brachte, nahm er es wieder mit und warf es weg. Sie trank allerdings – Tab oder Mello Yello oder was sonst noch in der Werbung vorkam. Diese widerlichen Limonaden hielten sie wahrscheinlich am Leben, vermutete er.

Queenie saß also wie hypnotisiert und gleichzeitig unruhig vor dem Fernsehgerät, während Franz sich voller Unruhe mit den trauernden Hinterbliebenen beschäftigte – von denen gab es heute mehr als je zuvor – und mit den Vertretern der Lieferanten und mit der Korrespondenz und mit der Buchhaltung. Wenn er sich in den der Öffentlichkeit zugänglichen Räumen aufhielt, die sehr viel schöner waren als ihre eigenen schäbigen Räume im ersten Stock, konnte er die Titelmelodien der verschiedenen Programme hören, in die Queenie sich bald einmischen würde. Wenn eine Swing Band im Stil der vierziger Jahre eine rhythmische Version von »When the Red, Red Robin Goes Bob, Bob, Bobbin' Along« spielte, bedeutete das in sechzig Sekunden ein ernsthaftes Gespräch zwischen Queenie und Carter Oldfield; ein ähnlich vertrautes *da da da, da da DUM di dum* zeigte an, daß es Zeit war für *I Love Lucy* und für Queenies Gedanken über den gegenwärtigen

Zustand Kubas, den sie dann mit Desi Arnaz diskutierte. Er hatte vorher gar nicht gewußt, daß die Geräusche aus ihrer Wohnung hier unten so deutlich zu hören waren. Das hatte er erst gemerkt, als die Fahrer Desmond O'Hara aus dem Leichenschauhaus geholt und bei ihm am Hintereingang abgeliefert hatten – sie hatten die blau angelaufene Leiche im Versorgungsraum auf einen Tisch gelegt. Franz hatte die Papiere unterschrieben und wollte die Leute gerade an der Hintertür verabschieden, als unverkennbar die Melodie »When the Red, Red Robin« über die Treppe nach unten drang. Einer der Fahrer fing an zu lachen, der andere schaute überrascht, aber erfreut auf und sagte: »He, das ist *Daddy's Here*. Haben Sie das auch gesehen?«

Während dieser Periode richtete Queenie nur zwei persönliche Bemerkungen an ihren Mann. Die erste kam am ersten Tag ihrer Verrücktheit. Sie stand vom Bett auf, stellte ihre unberührte Schüssel mit Suppe auf den Fußboden und sagte zu Johnny Carson: »Ich weiß, Johnny, die Leute in Hollywood sind allesamt zum Kotzen.« Dann schaltete sie das Gerät aus, legte sich zu ihrem zitternden Mann ins Bett und sagte: »Oh, Franz, ich habe ja heute so viel *Spaß* gehabt.« Die zweite Bemerkung machte sie am vierten Tag ihrer Verrücktheit, und nachdem Franz einen oder drei Tage darüber nachgedacht hatte, meinte er, das sei vielleicht eine Erklärung für ihren Zusammenbruch. Er hatte ihr das Sandwich gebracht – Thunfischsalat auf Weißbrot – und eine Dose Tab. Sie unterhielt sich mit einem schnauzbärtigen Seriendarsteller, den Franz nicht kannte, angeregt über Feminismus. Queenie nahm einen Schluck von ihrem Tab und sagte: »Ich weiß, daß es Ihnen gleichgültig ist, was ich sage, Amory, denn ich bin ja nur eine Frau.« Das sagte sie zum Fernsehgerät, und dann beunruhigte sie ihren Mann, indem sie ihn scharf ansah. Ihr Gesicht zitterte einen Augenblick lang – es sah aus wie ein Gesicht, das man durch einen Wasserschleier sieht. »Ich bin froh, daß wir keine Kinder haben«, sagte sie mit ihrer richtigen Stimme. »All die armen ertrunkenen Kinder … all diese kleinen Leichen. Ich bin froh, daß wir kinderlos sind.«

Franz Holland fürchtete schon, genauso verrückt zu werden wie seine Frau. Seit Patsy McCloud in seinem Sargausstellungsraum ihren seltsamen Anfall gehabt hatte, schien alles so dunkel geworden zu sein ... die vielen Feuerwehrleute waren gestorben, und dann lief alles irgendwie *verkehrt*, jeden Tag gab es neue Beerdigungen, die geplant werden mußten – es war wie in Jonestown! Genau. Alle Bestattungsunternehmer, die er kannte, und auch er selbst waren fasziniert von Jonestown und den technischen Problemen, die dort zu lösen waren, und hier stand er, Franz Holland, und mußte in Hampstead mit diesen Problemen ganz allein fertig werden.

Er wußte noch genau, wie die hübsche kleine Tayler, Patsy McCloud, plötzlich ganz ängstliche Augen bekam, den Mund aufriß und kreischte: *»Fassen Sie mich nicht an!«* als hätte er sich plötzlich in etwas Ekelhaftes verwandelt. Er war wie erstarrt gewesen. Was sein Aussehen anbetraf, war Franz Holland schon immer empfindlich gewesen, und als Patsy ihn so anschrie – allein ihre Blicke –, hatte es ihn wie ein Messerstich getroffen. Und seit jenem Tage, seit er sich in seinem Sargausstellungsraum hatte verstecken müssen, während sie ihre Freunde anrief, hatte er sich mehr als sonst über Vandalismus und über Einbrüche in die unteren Räume geärgert.

Queenie mochte die Buchhaltung gemacht haben, aber Franz wußte, daß seine hauptsächlichen Investitionen, und das bedeutete fast sein ganzes Geld, unten in den Geschäftsräumen steckten. In der Halle standen antike Tische, die sein Vater vor dem Ersten Weltkrieg gekauft hatte, massive chinesische Vasen, die heute so viel wert waren, daß ihm das Herz stehen blieb, wenn er sie abstaubte, und ein kleiner Orientteppich, der oberhalb jedes Versicherungsrisikos lag, ähnlich wie manche Personen in Kriminalromanen über jeden Verdacht erhaben sind. In dem Raum hinter der Vorhalle lag ein riesiger Kirman-Teppich. All diese teuren Sachen machten Franz große Sorgen, wenn er nachts im Bett lag. Er hörte ein Kratzen an der Tür und leise Schläge gegen die großen Fenster im Erdgeschoß. Seit Patsy Tayler McCloud ihm das Messer seiner Häßlichkeit in die Gedärme gestoßen hatte, wußte Franz, daß irgendein wildgewordener junger

Mann eines Tages bei ihm einbrechen und auf den Kirman pinkeln würde; er würde auf einem der antiken Tische eine Zigarette ausdrücken. Wenn er im Bett lag, *hörte* er sogar schon alles. Dumpfe Geräusche an der Tür, leise splitterndes Glas. Und dann das Plätschern auf dem großen Teppich, dessen leuchtendes Gewebe gierig die Flüssigkeit aufsaugt. In manchen Nächten hörte er sogar, wie der junge Mann seinen Reißverschluß aufzog, bevor er mit seinem Urin den Teppich ruinierte.

Und die Stimmen – er hörte von dort unten auch Stimmen. Er wollte sie nicht hören, aber sie kamen die Treppe hoch, flüsternd und heiß. Während der ersten Nächte war er nach unten gegangen, um nachzuschauen, aber natürlich hatte er nichts gesehen. Niemand hatte an der Tür gekratzt, es hatte kein leises Klirren zerbrochenen Glases gegeben, und niemand war mit unsicheren Schritten über den unersetzlichen Teppich gegangen. Die großen leeren Räume hatten ihn begrüßt, und es war wie ein Vorwurf gewesen. Alle diese Geräusche des Eindringens hatte es nur in seinem Kopf gegeben. Zwei oder drei Nächte hintereinander war Franz immer wieder durch den Warteraum gegangen, durch die Kapelle und durch die Ausstellungsräume, aber er hatte nur sein Inventar gesehen. Und wenn er wieder oben war und sich neben Queenie ausstreckte, die hörbar atmete, fing das mit den Stimmen wieder von vorn an – er hörte die heißen flüsternden Stimmen, die sich über ihn lustig machten. *Franz? Franz? Du hast uns wohl nicht gesehen, was? Versuch es noch einmal – versuch es noch einmal, häßlicher Franz …*

Häßlicher kleiner Franz …

Kurz vor Mitternacht, an dem Tag, als Richard Allbee ungestraft an der Geistererscheinung seiner Frau vorbeigegangen war, hörte Franz alle diese Geräusche noch einmal: das Kratzen an der Tür, das leise Zerbrechen des Glases, die Schritte in der Vorhalle. *Kannst du uns finden, du häßlicher Bengel …?*

Jemand kicherte. Platsch, platsch – der Urin rieselte auf den Teppich.

Franz stöhnte. Er würde es noch einmal versuchen müssen. *Such uns doch, häßlicher kleiner Franz. Such uns doch.* Er hörte immer noch das entsetzliche Geräusch, das entstand, als sein Teppich verunreinigt wurde. Er warf die Decke zurück und stand auf.

»Ach, du bist nichts anderes als ein alter Gauner«, sagte Queenie zu einem weißhaarigen Mann in einer Werbesendung von Peugot.

Franz ging aus dem Zimmer und tastete nach dem Schalter, um die große Vordertreppe zu beleuchten. Wenn unten jemand war, würde das Licht ihn vielleicht vertreiben. Franz war alles andere als ein Held. Er blieb oben an der Treppe stehen und lauschte angestrengt.

Er achtete nicht auf das Flüstern aus den unteren Räumen und beschloß, ganz einfach einen Blick in die einzelnen Zimmer zu werfen. Dazu brauchte er nicht einmal das Licht anzuschalten.

Er wollte unten eine kurze Runde machen und dann wieder nach oben gehen. Franz ging zuerst in den Andachtsraum, durch den er hindurchgehen mußte, um die anderen Räume zu erreichen. Wie geplant, verzichtete er darauf, das Licht anzuschalten, aber dennoch sah er deutlich, daß der große Kirman, dessen komplizierte Ornamente jetzt wie eine einzige schwarze Fläche wirkten, unbeschädigt war, und auch die Samtvorhänge zeigten keine Spuren gewaltsamen Eindringens. Er ging durch eine Tür und stand in einer runden Halle, von der aus man durch überwölbte Eingänge die anderen Räume erreichte. In dieser Halle hatte Patsy McCloud seine Selbstachtung verletzt. Plötzlich verließ ihn der Mut; wenn er in der *Tonight Show* nicht das Brüllen der Zuhörer gehört hätte, die sich aufführten wie ein Zoo voll wilder Tiere, wäre er sofort wieder nach oben gegangen. Aber die Zuhörer kreischten und brüllten, und Franz sah, wie Queenie nickte und irgend etwas sagte – und er ging durch die schwach erleuchtete Halle und schaute in den ersten Raum.

Es war der Raum, in dem auf Sockeln die Särge standen. Er wußte, daß dieser Raum leer sein würde. Da im Andachtsraum niemand war, konnte auch in den übrigen Räumen niemand sein. Seine Überprüfung der Räume war jetzt nur noch Routine. Er schaute hinein und wandte sich ab.

Dann drehte er sich wieder um. Er hatte ein ungutes Gefühl. Der Geruch – er hatte etwas gerochen. Ganz plötzlich merkte er, daß sein Ausstellungsraum nach Urin stank. Es roch wie in einer Latrine. Der Gestank stieg um ihn herum auf, als er wie angewurzelt an der Tür zu dem dunklen Zimmer stand. »Nun gut«, sagte er. »Was um Himmels willen …?«

Franzi, du hast uns gefunden!

Franz hatte das Gefühl, als verließe alle Luft seinen Körper. Mitten in diesem unglaublichen Uringestank, der jetzt so stark war, daß er fast *sehen* konnte, wie sich die Dämpfe in der Luft zusammenballten, erschienen jetzt hinter der zweiten Sargreihe zwei große Gestalten.

Gefunden! Du hast uns gefunden! Du hast den Hauptgewinn, Franzi!

»Hauptgewinn. Welchen Hauptgewinn? Was um Himmels willen …?« Er war so schockiert, daß seine schlimmsten Phantasien Wirklichkeit geworden waren, und er konnte und wollte das nicht begreifen. Zwei Männer, *diese* Männer waren in sein Haus eingedrungen … und hatten auf seine Särge *gepinkelt*! »Raus hier«, sagte er, und aus seiner Angst und seiner Panik entstand Wut.

Mit zitternden Händen fand er den Lichtschalter. Er schlug darauf, und der Ausstellungsraum gewann Leben. Gleißende Helle ließ die vierzig polierten Särge auf ihren Mahagonisockeln aufleuchten. Und dann wußte er plötzlich, daß er verrückter war als sechs Queenies. Die beiden Männer waren Tony Archer, der Chef der Feuerwehr, und sein Stellvertreter, die beide tot waren.

In der rechten Hälfte des Ausstellungsraums sah er etwa eine Million Fliegen. Das konzentrierte Summgeräusch ließ ihn angewidert zurückfahren. Er rannte nach links und stieß dabei zwei der roten Ledersessel um, die gegen die Wand kippten. Ein fauliger Uringeruch stieg um ihn herum auf.

Dann teilte sich der Fliegenschwarm und zerstreute sich im ganzen Raum. In diesem Augenblick stand aus einem der roten Sessel rechts vom Eingang ein grauhaariger Mann in einem verschmutzten weißen Anzug auf. Sein Gesicht glänzte feucht. Als Franz sich den Mann genau ansah, erkannte er zwei Dinge: Der Mann in dem verdreckten Anzug war Dr. Van Horne, und der Arzt war jetzt ein Triefer. Wie Richard Allbee war er nicht ganz sicher, wann er den Ausdruck zum ersten Mal gehört hatte, aber er kannte die Symptome. In spätestens zwei Wochen würde Wren Van Horne bandagiert werden müssen – seine Haut war ständig in Bewegung, sie verrutschte, erstarrte, und dann zerfloß sie wieder.

»Oh, ja, ich bin ganz sicher«, sagte Dr. Van Horne, »daß Sie den Hauptgewinn haben wollen. Oder etwa nicht?«

»Hauptgewinn?« wiederholte Franz wie erstarrt.

»Natürlich. Sie haben uns doch gefunden«, sagte Dr. Van Horne und streckte die Hand aus. In ihr hielt er ein fein gebogenes Skalpell. Der Arzt trat auf Franz zu. Sein Gesicht schien zu tanzen. Mit einem raschen Schnitt der Klinge öffnete er dem Bestattungsuntemehmer die Halsschlagader.

Als er mit Franz Holland fertig war, ging der Arzt langsam nach oben, wo Queenie Jack Nicholson gerade sagte, er solle sich, wie sie, öfter waschen, dann würde er sich auch nicht dauernd so beschissen fühlen.

3

»Sie werden mir nicht glauben, was in meinem Büro los ist. Ich kann es *selbst* nicht glauben.«

Ulick Byrne und Sarah Spry nahmen in einem hübschen kleinen Restaurant namens Sweethaven, das an der Post Road lag, in aller Ruhe ihren Lunch ein. Sarah hatte das Restaurant ausgesucht. Sarah liebte die Farne und den hellen Holzfußboden, und sie hielt die Crepes und die Salate und die Quiches auf der Speisekarte für kräftige Mahlzeiten. Daß in dem Laden nur Wein ausgeschenkt wurde, war für sie unerheblich. Ulick Byme hatte sich damit abgefunden, daß es keinen Gin gab, und er war zu krank, um sich darüber zu beschweren, daß es hier nichts Anständiges zu essen gab.

An den anderen Tischen des Restaurants saßen Frauen, die rauchten und sich unterhielten und sich überlegten, ob sie Crepe mit Krabben und Lauch oder lieber mit Spargel in Weinsauce bestellen sollten, oder gar mit einem, wie es auf der Speisekarte stand, »zarten sahnigen Käse aller Käse aus Frankreich«. Er war der einzige Mann im Restaurant und fühlte sich – krank wie er war – auch noch als stinkender alter Bär, den man in eine Puppenstube eingeladen hatte.

»Ich glaube es Ihnen«, sagte Sarah. »Haben Sie in den letzten Tagen mal eine Zeitung gelesen?«

Ulick stocherte traurig in den Resten seiner Crepe Surprise herum. Er hatte alles gegessen, was Fleisch auch nur entfernt ähnlich sah, und fragte sich, ob er wohl einen Skandal auslösen würde, wenn er sich Ketchup kommen ließe, um den Yoghurtgeschmack zu überdecken, den er in diesem scheußlichen Essen wahrgenommen hatte. »Ich will Ihnen ehrlich sagen, daß ich die *Gazette* nur selten gelesen habe. Natürlich lese ich gern Ihre Spalte, wie jeder andere auch, aber in meinem Beruf muß ich so viel lesen, daß ich morgens selbst für die *Times* kaum fünfzehn Minuten Zeit habe.«

»Nun, die alte *Gazette* ist gar nicht so schlecht, wenn man bedenkt, daß sie nur acht Seiten hat und nur zweimal die Woche erscheint. Unser Lokalteil ist ausgezeichnet, auch wenn ich das selbst sage. Aber – und das bedrückt mich – selbst wenn ich eine Geschichte brächte, die den Pulitzerpreis verdiente, würde niemand sie lesen können. Es gibt so viele Druckfehler, daß man denkt, man ist beim Augenarzt.«

Ulick schaute zu einer Frau an einem anderen Tisch hinüber und beschloß, auf Ketchup zu verzichten. Die Frau war schlank und sah auf beunruhigende Weise Stony Friedgood ähnlich. Sie hatte scharfe Züge, durch eine dunkle Haarflut ein wenig gemildert, und sie hatte sich mit ihrem Lippenstift das Gesicht von der Nase bis zum Kinn beschmiert. Als sie den Mund aufmachte, sah Ulick, daß sie auch ihre Zähne rot angestrichen hatte. Keine ihrer beiden Begleiterinnen schien daran Anstoß zu nehmen, daß ihr Gesicht wie das Resultat eines Verkehrsunfalls aussah.

»Ich fand auch, daß die Zeitung komisch aussah, als ich

sie das letzte Mal las.« Er erinnerte sich an die Schlagzeile, die ihm so komisch vorgekommen war: DIE NEUVERANLAGUNG BEDEUTET EXTRU EASTWOOD UND KEINE ZEIT.

Die dicke blonde Frau, die neben der mit Lippenstift beschmierten Dame saß, knöpfte sich lässig die Bluse auf und zeigte einen sonnengebräunten Busen. Einen Augenblick lang wog sie ihre Brüste in der Hand und ließ sie dann wieder in die Bluse gleiten. Dabei unterhielt sie sich mit ihren Tischnachbarn.

»Sie sieht immer komisch aus«, sagte Sarah. »Mein Chefredakteur liest jeden Morgen die Korrekturabzüge. Er gibt sich jede erdenkliche Mühe, die Fehler zu finden, aber am Ende kommt doch nur Hundefutter heraus. Sie essen ja gar nicht. Fühlen Sie sich nicht wohl?«

»Ich fühle mich wie Hundefutter«, sagte er, ohne hinzuzufügen, daß er gleichzeitig das Gefühl hatte, soeben Hundefutter gegessen zu haben. »Mein Magen ist nicht in Ordnung. Vielleicht habe ich auch Fieber. Ich weiß es nicht. Es ist mir auch egal. Ich habe in der letzten Zeit so oft die Beherrschung verloren. Meine Sekretärin will schon kündigen, weil ich sie immer anschreie.«

Sarah griff unter den Tisch und streichelte sein Knie.

»Was soll das denn?«

»Ich will nur, daß Sie ruhiger werden, Assistent. Zu viele Männer in Hampstead verlieren die Beherrschung. Sie sollen sich nicht streiten, schon gar nicht mit Ihrer Sekretärin.«

»Bei meinem jetzigen Zustand würde sie ohnehin gewinnen. Haben Sie eine Ahnung, was in meinem Büro vor sich geht? Die Leute kommen in mein Büro, Mandanten, die ich seit Jahren kenne. Sie sagen hallo, und plötzlich verziehen sie das Gesicht und brechen in Tränen aus. Ich kann nicht einfach da sitzen und zuschauen, wie die Leute heulen. Das macht mich fertig. Ich will Ihnen noch etwas sagen. In den letzten drei Tagen haben sich zwei meiner Mandanten umgebracht. Es ist nicht zu fassen! Der eine hat sich in den Kopf geschossen, der andere eine Flasche Unkrautvertilgungsmittel ausgetrunken. Dabei hatten sie gute Jobs. Sie hatten sogar ausgezeichnete Jobs, verdammt nochmal. Ich kann diese Scheiße nicht mehr begreifen.«

»Ja, wenn ich nicht etwas Interessantes hätte, was ich Ihnen zeigen möchte, würde ich jetzt selbst anfangen zu heulen, und Sie müßten mich trösten.«

»Mir etwas zeigen?« Ganz in Gedanken schaute er zu der dicken blonden Frau am Nebentisch hinüber.

»Keine Angst, Ulick. Ich will mich nicht ausziehen. Ich will Ihnen nur ein Bild aus dem *Woodville Herald* zeigen. Er gehört zu unserer Zeitungsgruppe, und wir tauschen natürlich Informationen aus. Ich habe die Ausgaben der dritten und der vierten Maiwoche angefordert. Auf der Titelseite der Ausgabe vom neunzehnten Mai sah ich ein Foto, das mich interessierte. Ich bat um eine Vergrößerung auf Hochglanzpapier, und ich denke, das Bild wird auch Sie interessieren.« Sie bückte sich, öffnete ihre Tasche und zog einen Briefumschlag heraus, dem sie das Foto entnahm.

Sie reichte es Ulick. Er hatte keine Ahnung, weshalb das Foto für ihn von Interesse sein könnte. Es zeigte in hartem Schwarzweißkontrast eine Gruppe von Männern, die auf einer Art Parkplatz standen. Die beiden Männer in der Mitte wurden offenbar von den anderen befragt. Byrne kannte keines der Gesichter. »Und?« fragte er.

»Die beiden Männer in der Mitte sind die Wissenschaftler, die die Telpro-Anlage in Woodville leiteten. Theodore Wise und William Pierce. Das Foto zeigt eine improvisierte Pressekonferenz. Es wurde an dem Tag aufgenommen, als zwei Menschen in der Telpro-Anlage starben.«

»Okay«, sagte Byrne. »Aber worum geht es?«

»Um diesen Mann«, sagte Sarah und zeigte mit dem Fingernagel auf einen massigen kraushaarigen Mann in einem Sweat-Shirt, auf dem schwach die Worte KEEP ON TRUKKIN' zu lesen waren. »Wissen Sie, wer das ist?«

»Irgendein Fettwanst.«

Sarah gestattete sich ein leises Lächeln.«Der Fettwanst ist Leo Friedgood. Ich habe einen Freund bei der Polizei, der ihn für mich identifiziert hat.«

Ulick kniff die Augen zusammen und hielt das Foto näher

ans Gesicht. »Friedgood war da? Am siebzehnten Mai? Er war bei Woodville Solvent?«

»Offensichtlich.«

Er legte das Bild auf den Tisch. »Ich will verdammt sein, wenn ich weiß, was das zu bedeuten hat. Wenn Friedgood da war, muß ihn jedenfalls die Telpro hingeschickt haben. Und wenn sie ihn hingeschickt haben, hatte das seine Gründe. Sie müssen das Gefühl gehabt haben …« Er schwieg und dachte eine Weile nach. »Sie müssen das Gefühl gehabt haben, daß dort Dinge passiert sind, mit denen das anwesende Personal nicht fertig wurde. Es fragt sich nur, was aus Leo Friedgood geworden ist. Er ist schon seit Wochen nicht mehr in seinem Haus gewesen.«

»Telpro«, sagte Sarah.

»Sie scheinen sich schon einige Gedanken gemacht zu haben, nicht wahr? Telpro. Die Eiserne Faust Haugejas. Sie haben Leo irgendwo untergebracht – sie halten ihn irgendwo versteckt, denn er ist der einzige, der weiß, was dort wirklich geschehen ist, ohne direkt mit Woodville Solvent zu tun zu haben.«

»Wir wissen nicht, wie weit Telpro für das verantwortlich ist, was jetzt in Hampstead vorgeht.« Sarah schob das Foto in den Umschlag zurück und legte diesen wieder in ihre Tasche. »Wissen Sie, was ich tun werde? Ich werde ein wenig an General Haugejas' Käfig rütteln. Ich finde, es ist Zeit, etwas Drastisches zu unternehmen. Ich werde ihn in seinem Büro aufsuchen und ihn fragen, was er über Leo Friedgood und Woodville Solvent zu sagen hat.«

»In dem Fall nehmen Sie besser einen Anwalt mit.«

»Haben Sie für heute nachmittag schon etwas vor?«

Ulick Bymes wollte es sich nicht eingestehen, aber er war sowohl beruflich als auch persönlich höchst gespannt darauf, was ein Treffen mit General Haugejas ergeben würde. Er war überzeugt – auch wenn sie nur höchst dürftige Beweise hatten –, daß Haugejas und Telpro sich verschworen hatten, geheimzuhalten, was am siebzehnten Mai in Woodville wirklich geschah. Haugejas war mit allen Wassern gewaschen, und Telpro hatte jede Menge Anwälte, aber vielleicht erwischten er und Sarah die Leute mit heruntergelassener Hose. Ulick witterte schon eine Serie von Prozessen, in denen es um Milliarden von Dollar gehen würde. Es wäre ein wesentlich größerer Skandal, als es die Watergate-Affäre gewesen war, und genauso klar umrissen: der wichtigste Anwalt der Bürger von Hampstead würde über Nacht berühmt werden, besonders wenn er persönlich dazu beigetragen hatte, den Skandal aufzudecken.

Als Ulick Byrne auf der I-95 in Richtung Manhattan fuhr, als er über die Triborough-Brücke raste und sich in den dichten Verkehr auf dem Franklin-Delano-Roosevelt-Drive einfädelte, merkte Sarah, daß es ihm schwerfiel, ein Grinsen zu unterdrücken.

Als sie das Telpro-Gebäude an der East Fifty-ninth Street erreicht hatten, ging Sarah rasch mit ihm an den Wachen in der Eingangshalle vorbei und führte ihn zum Fahrstuhl. »Woher wissen Sie denn, wohin wir gehen müssen?« fragte Ulick sie.

Lautlos schloß sich die Fahrstuhltür, und sie standen in einem summenden holzgetäfelten Kasten. »Ich bin Reporterin«, sagte sie. »Und ich bin sehr viel älter als Sie. Als Haugejas sich ins Zivilleben zurückzog, hielt er eine großspurige Rede und erklärte, daß er seine künftigen Schlachten von einem Schreibtisch im zwanzigsten Stock eines Gebäudes in der East Fifty-ninth Street aus schlagen würde.« Sie drückte auf eine der leuchtenden Scheiben. »Eine solche Schlacht werden wir ihm heute liefern.«

Byrne zuckte die Achseln. »Natürlich kann er inzwischen ein dutzendmal das Büro gewechselt haben.«

»Dann wird man uns schon das richtige Stockwerk nennen. Die Hauptsache ist, daß man uns unten nicht aufgehalten hat.«

»Wir müssen allerdings noch an seiner Sekretärin vorbei«, meinte Ulick.

Im zwanzigsten Stock traten sie auf einen breiten Korridor hinaus, der zu einer Glastür führte, auf der in schwarzen

Buchstaben SPECIAL PROJECTS stand. Im Empfang saß eine rothaarige Sekretärin oder Empfangsdame an einem pompösen Schreibtisch. Sie hob den Kopf und lächelte, als die beiden durch die Tür kamen und über den dicken gelbbraunen Teppich auf sie zugingen. Ulick mußte zugeben, daß es Sarah besser als ihm gelang, so aufzutreten, als sei sie ein geladener Gast. »Kann ich etwas für Sie tun?« fragte das Mädchen.

»Wir möchten General Haugejas sprechen«, sagte Sarah energisch. »Aber zuerst hätten wir uns gern mit seiner Sekretärin unterhalten.«

Das Mädchen am Schreibtisch sah sie erstaunt an. »Haben Sie denn eine Verabredung mit dem General?«

»Bitte, wir möchten mit seiner Sekretärin sprechen«, sagte Sarah. Mit einem kurzen Blick bedeutete sie Ulick, sich nicht einzumischen. »Sie können ihr sagen, daß eine Journalistin von der *Hampstead Gazette* und ein Anwalt ihn im Zusammenhang mit den Vorfällen bei Woodville Solvent sprechen möchten.«

»Woodville Solvent? Die *Hampstead Gazette*?« Das Mädchen nahm einen Telefonhörer auf, der dieselbe Farbe wie der Teppich hatte, wählte nur eine Nummer und sprach leise in die Muschel. Sie schaute die beiden mit großen Augen an.

»Geben Sie mir bitte Ihre Namen?«

»Mr. Byrne und Mrs. Spry«, sagte Ulick.

Wieder sprach die Empfangsdame leise in den Apparat. Dann lächelte sie strahlend. »Mrs. Winthrop wird Sie in wenigen Minuten begrüßen.«

Die wenigen Minuten dauerten über eine halbe Stunde. Mrs. Winthrop war eine Chinesin von Ende zwanzig. Ihr Kleid war genauso schwarz wie ihre Haare, und sie trug eine Brille mit großen runden Gläsern, die an den Rändern gelblich getönt waren. Sie lächelte gewinnend, und die Ausstrahlung ihrer Persönlichkeit ließ die Empfangsdame neben ihr verblassen. Sie verwirrte Ulick Byrne mit ihrem Lächeln, und als sie ihn mit seinem Namen ansprach, schüttelte sie ihm die Hand. Ihr Händedruck war fest wie der eines Mannes. Er hatte ein Gefühl, als sei er soeben gewogen, gemessen und zum Waschen hinausgeschickt worden. Dann wandte sie sich Sarah zu. Byrne überlegte, was Mrs. Winthrop wohl für eine Frau sei.

»Würden Sie mich bitte in mein Büro begleiten?« sagte sie, drehte sich mit einer eleganten Bewegung um und führte ihre Besucher durch einen gedämpft beleuchteten Korridor. Nachdem sie um ein paar Ecken herumgegangen waren, öffnete sie eine große helle Eichentür und bat sie in ein Büro mit einem großen schwarzen Schreibtisch und einer langen schwarzen Ledercouch. Helle abstrakte Gemälde dekorierten die Wand. Mrs. Winthrop bewegte sich geschmeidig um ihren Schreibtisch herum und nahm Platz. »Ich muß Sie darauf hinweisen, daß General Haugejas niemanden empfängt, mit dem er nicht verabredet ist. Selbst wenn er heute nachmittag hier wäre, würden Sie also nicht mit ihm sprechen können.«

»Er ist nicht da?« fragte Sarah.

»Wir erwarten ihn erst morgen zurück, Mrs. Spry. Aber zuerst sollte ich mich nach Ihrem Anliegen erkundigen, damit General Haugejas sich mit Ihnen in Verbindung setzen kann. Ich bin gespannt, ob Sie mir erklären können, wieso die Feuilletonistin einer Zeitung in Hampstead und ein Anwalt, der sich hauptsächlich mit der Abwicklung von Immobilientransaktionen beschäftigt, an General Haugejas interessiert sind.«

Und von diesem Punkt an – das müssen wir annehmen, da der General für seine schnelle Reaktion bekannt war – zeichnete Mrs. Winthrop jedes Wort auf, das in diesem Büro gesprochen wurde. Das Tonband würde Ulicks wachsenden Unmut aufzeichnen, Sarahs zunehmende schlechte Laune und die Überzeugung der beiden, daß der General sich in diesem Augenblick jenseits der Tür hinter Mrs. Winthrops Schreibtisch aufhielt. (Hier jedoch irrten sie – der General nahm an diesem Nachmittag an der Vorstandssitzung einer Bank unten in der Wall Street teil.) Bestimmt zeichnete das Gerät auch Ulicks Bemerkung auf, durch die Schuld der Telpro seien in Hampstead, Connecticut, Kinder umgekommen, und seine wiederholten Fragen im Zusammenhang mit der Anwesenheit Leo Friedgoods in der Anlage in Woodville. Feng-chi Winthrop, die ihn dort hingeschickt hatte, nahm nur vage erstaunt die Anschuldigungen zur Kenntnis, die von den beiden dem Tode geweihten Menschen auf ihrer Ledercouch vorgetragen wurden.

4

Am nächsten Tag, am Freitag, dem fünfundzwanzigsten Juli, erschien General Henry Haugejas, von zwei Adjutanten begleitet, feierlich in Hampsteads Straßen – nicht auf dem Vordersitz eines Jeeps mit der amerikanischen Flagge auf der Motorhaube, mit dem er in einige sorgfältig ausgewählte koreanische Dörfer eingefahren war, sondern in einer Limousine.

Friedgoods Haus stand leer und hatte schon längere Zeit leergestanden, wie deutlich zu sehen war. Die Nachbarn waren wenig hilfreich. Sie wußten nicht, was aus ihm geworden war, und sie wußten nicht, warum sie ihre Häuser öffnen sollten, damit drei Fremde sie durchsuchten. Als der General sich auswies und – ohne jede Freundlichkeit – erklärte, daß es für die nationale Sicherheit wichtig sei, den Aufenthaltsort Leo Friedgoods zu erfahren, öffneten die Anwohner von Cannon Road, Charleston Road und Beach Trail gewöhnlich dem General und seinen beiden großen Maskottchen ihre Türen. Aber der Zeitverlust, die vielen Erklärungen und Verzögerungen und die nur halb versteckten Feindseligkeiten waren bei den drei Ex-Soldaten nicht ohne Wirkung geblieben. Nicht nur ihre Erfolglosigkeit und die Erklärungen, die sie immer wieder abgeben mußten, sondern auch die Tatsache, daß sie es hier mit Privilegierten zu tun hatten, fraß an ihnen. Als sie etwa zwanzig Häuser überprüft hatten, waren die Nerven des Generals und seiner Adjutanten gespannt wie Klaviersaiten. Sie sahen sich wieder als die Militärs, die sie einmal waren, und sie hatten die Nase voll von den Problemen mit Zivilisten. Die Adjutanten, deren Krieg später stattgefunden hatte als der des Generals, wünschten sich die Zeit zurück, als sie bis an die Zähne bewaffnet in jedes Dorf einfallen konnten, um zu erleben, daß die Bewohner ihnen zu Füßen lagen, daß sie sich so heftig verneigten und so herzlich lächelten, als wollten sie sich das Rückgrat und die Kinnladen zugleich brechen. Es ist sehr wahrscheinlich, daß sie glaubten, auch die Polizei von Hampstead würde sich so verhalten – wie vietnamesische Bauern.

Und das trug ihnen einigen Ärger ein. General Haugejas und seine Adjutanten setzten voraus, daß die Polizisten in Hampstead ihren Befehlen gehorchen würden – ein Gedanke, bei dem sich jedem Polizisten der Welt die Haare sträuben mußten. Der General und seine Leute glaubten, sie und die Polizisten wären in derselben Armee, in der die Polizisten in der Rangordnung ganz tief unten standen.

Sarah Sprys Freund, der diensthabende Sergeant Dave Marks, war der erste, auf den die drei stießen, und ihr Auftreten mißfiel dem Beamten von Anfang an. Der hochgewachsene alte Mann mit dem eisenfarbenen Haar versuchte Marks schon gleich mit Blicken einzuschüchtern, und seine beiden Begleiter stellten sich rechts und links von seinem Tisch auf, wie es in den Lehrfilmen der Polizeischule die Terroristen taten. Die beiden standen ungefähr drei Meter auseinander, so daß Dave, wenn er den einen anschaute, den anderen nicht sehen konnte. Diese drei Männer bedeuteten Ärger und Zeitverlust, und Marks gefiel weder das eine noch das andere; er wartete darauf, daß die Schicht endlich zu Ende war. Dann wollte er duschen, eine Kleinigkeit essen und gegen Mitternacht die für die Polizei vorgesehene Aufführung des Films *Chorknaben* sehen, die im Nutmeg Theater stattfinden sollte, das gegenüber dem Bahnhof hinter dem städtischen Parkplatz lag. Das wollten die anderen Polizisten, die noch Dienst hatten, an diesem Abend auch. Sie waren auf den Film gespannt und hatten wenig Geduld mit Leuten, die ihnen jetzt noch auf die Pelle rückten.

Der General stand etwa gleich weit von der Tür und dem Schreibtisch entfernt und befahl Dave Marks, den Chef zu rufen.

»Der Chef ist nicht da«, sagte Marks. Der Chef lag zu Hause im Bett, aber er sah keinen Grund, das dem Besucher zu erzählen.

Der General trat an den Tisch heran.

Er schob Dave Marks eine Karte hin. »Ich glaube nicht, daß Ihr Chef etwas dagegen einzuwenden hätte, wenn Sie uns mitteilten, was Sie über Leo Friedgods Aufenthaltsort wissen.«

Marks schürzte die Lippen und las die Karte. »Telpro Corporation«, sagte er. »Dann sind Sie ja sein Boß.«

»Mr. Friedgood ist Angestellter der Telpro Corporation, das ist korrekt. Da Ihr Chef nicht hier ist, fordere ich Sie auf, mir die Akte über Mr. Friedgood zu bringen.«

Marks hob die Brauen. »Die Akte.«

»Es ist kein Routinefall, Officer. Es geht um die nationale Sicherheit.«

»Moment mal.«

Marks beugte sich wieder über die Karte. »Hier steht nirgends, daß Sie noch für die Regierung arbeiten, General. Und selbst wenn es der Fall wäre, müßten Sie ein besonderes Antragsformular ausfüllen, bevor ich Sie Einblick in die Akten nehmen lasse. Aber es ist nicht der Fall, und deshalb gebe ich Ihnen noch nicht einmal ein Antragsformular. Das wär's.«

»Ich will Ihren Chef sprechen.«

»Kommen Sie morgen wieder, General.«

»Und während ich mit Ihrem Chef spreche, soll einer Ihrer Kollegen Mr. Friedgoods gegenwärtige Adresse ermitteln.«

»Darüber müssen Sie mit dem Chef sprechen. Aber, Sir, auch er wird Ihnen kein Material zur Verfügung stellen.«

»Ich werde Ihrem Chef eine Beschwerde über Ihr heutiges Verhalten zukommen lassen, Officer Marks.«

Inzwischen hatten sich drei oder vier weitere Beamte eingefunden. Der General hätte bemerken müssen, daß sie sich sehr gelassen bewegten. Er hätte die Solidarität bemerken müssen, die unter den Kollegen herrschte.

»Das ist mir völlig gleichgültig, General. Ich weiß nur, daß Sie eine Privatperson sind, die sich einbildet, sie habe das Recht, der Polizei Befehle zu erteilen und ihre Akten einzusehen. Da haben Sie offenbar Probleme.«

Das Gesicht des Generals war noch röter geworden, als es normalerweise schon war. Endlich hatte seine Schlacht begonnen. »Ich gebe Ihnen eine Nummer im Verteidigungsministerium. Sie werden diese Nummer anrufen und sich anhören, was man Ihnen sagt. Das ist ein Befehl. Und anschließend werden Sie mir die Akte über Leo Friedgood zeigen.«

»Und ich möchte Sie daran erinnern, wo Sie sich befinden, General. Sie haben mir nichts zu befehlen. Ich will; daß Sie und Ihre Idioten sofort das Revier verlassen.«

»He«, sagte einer der beiden. »Wir wollen doch nur –«

»Raus«, sagte Marks. »Und das meine ich ernst.«

»Sie sind albern und schaden sich nur selbst«, sagte General Haugejas. »Ich habe ein Recht darauf, mich hier aufzuhalten, und ich habe auch ein Recht auf die gewünschte Information. Sie brauchen nur das Verteidigungsministerium anzurufen –«

»Wer, zum Teufel, glauben Sie, daß Sie sind?« fragte ein junger blonder Polizist – auch sein Gesicht war rot. »Denken Sie, wir sind in Ihrer Armee? Sie wurden soeben aus dem Revier gewiesen. Finden Sie nicht, daß Sie sich langsam in Bewegung setzen sollten?«

Greeley, der Adjutant, der wie ein blonder Affe aussah, trat auf Johanssen zu und packte ihn am Arm.

»Hände weg«, sagte Johanssen.

»He, hier will doch keiner Ärger«, sagte Greeley. »Wir haben diesen Fahnenflüchtigen schon den ganzen Tag gesucht. Irgendwann werden wir ihn finden, und ihr werdet uns verdammt dabei helfen.«

Johanssen drehte sich zu den anderen Beamten um. *Ist das denn zu glauben,* stand ihm im Gesicht geschrieben. Als er sich umdrehte, streifte seine Hand die Pistole, die Greeley in einem Halfter unter der Jacke trug. Ohne nachzudenken, aus reiner Wut und in einem Reflex trat er Greeley die Beine weg, kniete sich auf dessen Brust und zog ihm die Pistole aus der Jacke.

»*Lassen Sie meine Leute in Ruhe!*« schrie General Haugejas.

Ein stämmiger junger Polizist namens Wiak ergriff von

hinten die Arme des Generals, und sein Partner trat vor und nahm dem General die Waffe ab, die an seinem Gürtel hing und jetzt sichtbar war. Zwei andere Beamte entwaffneten den zweiten Adjutanten auf ähnliche Weise.

»Ich gebe Ihnen den Befehl, mich freizulassen«, sagte der General. »Mein Name ist Henry Haugejas, *General* Henry Haugejas, und ich befehle Ihnen, mich freizulassen und mir ein Telefon zur Verfügung zu stellen.«

»Sie und Ihre Leute schleppen ja ein ganzes Waffenarsenal mit sich herum, General«, sagte Marks. »Wollten Sie Bären jagen? Wenn ich Leo Friedgood wäre, würde ich Ihnen wirklich aus dem Weg gehen.«

»Ich will ein Telefon!« schrie Haugejas. »Sie *werden* mir gestatten, ein Telefon zu benutzen.«

Greeley versuchte unklugerweise, den jungen Polizisten abzuschütteln. Mit einer geschickten Bewegung rollte Johanssen ihn herum und legte ihm Handschellen an.

»Sie *Idiot*!« brüllte der General. »Lassen Sie den Mann los!«

»Ich sagte Ihnen doch schon, daß ich nicht in Ihrer Armee bin«, sagte Johanssen und trat auf den General zu.

»Sperrt sie in die Zellen«, sagte Marks schnell. »In die Zellen mit ihnen. Sortieren können wir sie morgen früh.«

»Dieser Hundesohn hat mich angegriffen«, sagte Johanssen und riß Greeley hoch. Greeley spuckte ihm auf die Uniformjacke. »Verdammte *Scheiße*!« schrie Johanssen. Er schlug Greeley die Faust in den Magen, und als der Adjutant sich krümmte, versetzte er ihm einen Schlag gegen den Kopf und schleuderte ihn in die erste Zelle. *»Scheiße!«* wiederholte er, als er die Flecken auf seiner Uniform sah. Er zog die Jacke aus und sprang in die Zelle, in der Greeley keuchend unter der Spüle an der Wand lag. Er wischte die Jacke an Greeleys Kinn ab. »Das hättest du fressen müssen, du Scheißkerl«, sagte er und schloß die Zelle ab.

Larry Wiak stieß den General in die nächste Zelle. Das Gesicht des Generals war wutverzerrt. Er konnte es nicht fassen, daß diese Schlacht für ihn mit einer Niederlage geendet hatte. *»Loslassen!«* schrie er. *»Ich lasse euch alle köpfen!«*

»Ich mochte Generäle noch nie«, sagte Johanssen.

Eisenfaust tobte noch eine Weile – aber dann sah er langsam ein, daß in einer Stadt, in der jeder dem DRG-16 ausgesetzt gewesen war, nichts einen Polizisten daran hindern konnte, verrückt zu spielen.

»Diese drei Arschlöcher stören uns heute abend nicht mehr«, sagte Wiak zu Johanssen.

Johanssen hörte den General brüllen und wüste Drohungen ausstoßen. »Außer der alte Furz geht ans Telefon und läßt das Revier mit Atombomben bepflastern.«

»Atombomben!« grölte der General. *»Verglichen mit dem, was auf euch zukommt, ist das ein Klaps auf den Hintern.«*

5

»Du willst gehen. Das weiß ich doch.«

»Ich wollte gehen, ja. Aber jetzt bist du krank. Mein Gott, Ronnie.«

»Alle deine Freunde gehen hin.«

»Die sehe ich ohnehin jeden Tag auf dem Revier. Zu sehen, wie die sich im Kino besaufen, ist wirklich kein Vergnügen.«

»Dabei hat es dir voriges Jahr so gut gefallen.«

»Voriges Jahr warst du nicht krank. Mein Gott, Ronnie, du hast ja überhaupt nichts gegessen.«

»Ich habe deshalb keinen Appetit, weil ich mir Sorgen um dich mache. Ich will nicht, daß du hier den großen Märtyrer spielst. Egal, ob du den Film siehst oder nicht, ich fühle mich so oder so beschissen. Ich finde, du solltest hingehen.«

»Mein Gott, Ronnie, dabei hätte ich kein gutes Gefühl. Es ist doch nur ein Film. Ich will zu Hause bleiben und mich um dich kümmern.«

»Dich um eine kranke alte Dame kümmern«, sagte Ronnie und versteckte ihr Gesicht in den Kissen. Sie sieht auch wirklich wie eine kranke alte Dame aus, dachte Bobo – er sah, wie ihre Haut in den paar Wochen ausgetrocknet war, und ihre eingefallenen Wangen sahen aus wie die einer zahnlosen alten Frau. Um neun Uhr an diesem Abend saß

Bobo im abgedunkelten Zimmer neben Ronnies Bett und schob nervös ihren unberührten Teller auf dem Aluminiumtablett hin und her. Ronnie hatte die Augen geschlossen, und ihre Lider sahen aus wie von Äderchen durchzogene graue Steine. Sie seufzte und wühlte ihr Gesicht noch tiefer in die Kissen. Scharfe Falten hatten sich ihr in die Stirn gegraben, und auch um die Mundwinkel hatte sie Falten. Eine flüchtige Sekunde lang betrachtete Bobo sie mit höchstem Entsetzen und kam sich dabei wie ein Verräter vor. Er war weniger über seine Geliebte als über sich selbst entsetzt. Konnte er sich wirklich für den Rest seines Lebens an eine so viel ältere Frau binden? Mit dieser Frau zusammensein und erleben, wie dieses gespenstische Gesicht das Gesicht, das er kannte, langsam auslöschte? Ein ganzes Gespinst von Falten und Furchen schien unter ihrer Haut zu lauern und ihr Gesicht in sich hineinsaugen zu wollen. Bobo hätte wegrennen mögen. Er kam sich vor wie ein Pfleger in einem Altersheim. Im nächsten Augenblick schlugen seine Gefühle um. Er drückte ihre Hand und schämte sich; aber die Gefühle, die dieses Schuldgefühl ausgelöst hatten, wollten nicht weichen.

»Geh nur«, sagte Ronnie. »Ich will dich nicht zurückhalten.«

»Wir werden sehen«, sagte Bobo, und diese für ihn doppeldeutigen Worte hallten durch den Raum. Er nahm das Tablett und trug es in die Küche. Hinter sich hörte er Ronnie seufzen, wahrscheinlich vor Schmerzen.

Das Problem war – und jetzt mußte Bobo sich beherrschen, um nicht mit der Faust gegen eine der Schranktüren zu schlagen –, das Problem war, daß der Mordfall, alle diese Mordfälle wie Pilze emporschossen und sich auf eine Weise, die er nicht definieren konnte, selbständig machten und die Stadt vergifteten. So kam es Bobo vor; als ob das Widerwärtige dieser Morde sich irgendwie aus den Taten selbst gelöst hätte und an den Wänden und auf den Bürgersteigen seine Blüten trieb. Bobo hatte keine Freude mehr an seinen nächtlichen Streifenfahrten durch Hampstead. Er sah zu viele verrückte Dinge, und er hatte an diesem ganzen Wahnsinn endgültig nicht mehr das geringste Vergnügen. Ein paarmal hatte er mysteriöse Prügeleien schlichten müssen. Wenn er die blutenden Streithähne trennte, konnten sie sich nicht mehr genau erinnern, warum sie sich überhaupt gestritten hatten. Außerdem kam es immer öfter vor, daß ein ganz normaler Mensch – der sich vielleicht in den letzten paar Tagen einige Anzeichen von Depression hatte anmerken lassen, aber das war nicht immer der Fall – plötzlich von einem unerklärlichen Wahnsinn befallen wurde. So viele Leute waren inzwischen der Ansicht, daß das Zertrümmern von Fensterscheiben von der Gesellschaft akzeptiert wurde, daß die Main Street dauernd mit Brettern vernagelt war. Bobo hatte selbst den Anruf entgegengenommen, als Teddy Olson, ein Apotheker aus der Main Street, mit seinem Camaro direkt in eine Gruppe von Schulkindern gefahren war und vier von ihnen getötet hatte – Bobo war nicht ganz sicher, wieso er das wußte, aber er war überzeugt davon, daß Teddy Olson statt im Gefängnis von Bridgeport auf seinen Prozeß zu warten, an seinem Ladentisch immer noch Valium verkaufen würde, wenn der Mörder nicht nach Hampstead gekommen wäre.

Bobo schätzte sogar, daß es mittlerweile in Hampstead ungefähr hundert Leute jeden Alters und Geschlechts gab, die so verrückt aussahen, daß jeder von ihnen der Mörder sein könnte. Einige davon waren sogar Polizisten, und das war ein Teil des Problems, das Bobo um ein Haar dazu veranlaßt hätte, Ronnies Küchenschränke zu zertrümmern. Das ganze Polizeirevier verwandelte sich allmählich in eine Klapsmühle, weil es nicht gelungen war, den Täter zu ermitteln. Auch die Jungs von der State Police waren wütend und verzweifelt, während sie den immer spärlicheren Hinweisen nachgingen. Noch schlimmer fand Bobo die Blicke Mark Johanssens und seines Freundes Larry Wiak – Blicke, die besagten, daß die beiden bereit waren, jeden zusammenzuschlagen, der sich ihnen in den Weg stellte. Aber es war nicht bei den Blicken geblieben. Wiak hatte tatsächlich an jenem Morgen zwei Männer, die sich auf einem Parkplatz an der Main Street stritten, getrennt und dabei brutal verprügelt. Der eine konnte von Glück sagen, daß er keine Gehirnerschütterung erlitt, und der andere verlor drei Zähne. Aber noch wesentlich schlimmer als Wiaks Freude daran, daß er diese Bürger zusammengeschlagen hatte und daß seine Kollegen ihn dafür noch lobten, fand Bobo, daß Wiak die beiden am liebsten erschossen hätte, anstatt sie nur zu verprügeln.

Er kippte Ronnies unberührtes Essen in den Müllschlucker, spülte den Teller ab und stellte ihn in den Geschirrspüler. Mit beiden Armen stützte er sich auf die Spüle und betrachtete sein Gesicht in der Fensterscheibe. Und zum vielleicht ersten Male seit Beginn der Mordserie hatte er ein wenig Angst vor der mitternächtlichen Filmaufführung im Nutmeg Theater: während alle anderen dort herumgrölten und Bier soffen, sollten sich Johanssen und Wiak zusammen mit einigen weiteren Kollegen lieber allein in irgendeine ruhige Bar setzen.

6

Die Polizeibeamten, die die mitternächtliche Filmvorführung überlebten, wußten anschließend nicht mehr zu sagen, wieso die Dinge so schnell außer Kontrolle geraten waren. Wie Bobo kannten sie zwar sehr genau die Gründe, die zu der Katastrophe geführt hatten; sie waren sich ihrer Frustrationen genauso wie er bewußt; aber ihnen war der zeitliche Ablauf der Ereignisse nicht klar, die in weniger als einer halben Stunde hundert gutgelaunte Polizisten in hundert hysterische Männer verwandelten, die mit ihren Pistolen herumfuchtelten. Über gewisse Dinge waren sich alle Überlebenden einig – kurz bevor das Gemetzel begann, hatte Larry Wiak sich nackt ausgezogen und war vor der Leinwand auf die Bühne gesprungen, und ein alter Polizist namens Rod Fratney hatte mit hoher und gellender Stimme geschrien, er habe Dicky Norman gesehen. Und die zweiunddreißig Überlebenden aus dem Nutmeg Theater waren sich auch darüber einig, daß ein Mann, der im Theater ganz rechts saß, laut gekreischt hatte, als Fratney Dickys Namen aussprach. Sie stimmten auch darin überein, daß Larry Wiak als erster starb: aber elf Männer schworen, daß Fratney Wiak getötet habe; sechzehn behaupteten, daß der unbekannte Polizist, der gekreischt hatte, den nackten Larry Wiak erschossen habe; vier waren der Meinung, daß die beiden Wiak gleichzeitig ein paar Kugeln in die Brust geschossen hätten; und ein Mann versicherte Graham Williams, daß Rod Fratney und der unbekannte Polizist zwar ihre Pistolen gezogen und abgefeuert, aber nur die Leinwand getroffen hätten – Wiak dagegen, das nahm der Mann auf seinen Eid, sei durch einen Blitz getötet worden, der unter der Decke entstanden und dann träge, aber sicher in den großen nackten Mann vor der Leinwand gefahren sei. »Als er ihn traf«, erzählte der Polizist Graham, »war das so, wie es noch kein Mensch je gesehen hat. Eine Kugel könnte einem Mann nicht solche Verletzungen zufügen. Der Scheißkerl wurde einfach auseinandergerissen. Und von diesem Augenblick an spielten sie alle verrückt.«

Das fand Graham plausibel, das hörte sich ganz nach dem Drachen an; er fragte noch ein paar andere, ob sie sicher seien, daß die beiden Polizisten Wiak erschossen hätten. In Billy O's, einer Polizeikneipe in Bridgeport, sah ihn ein dreiundvierzigjähriger Sergeant namens Jerry Jerome müde an und sagte: »Sie meinen die Lichter? Hat Ihnen jemand von den Lichtern erzählt?«

»Sagen *Sie* mir doch, was es mit den Lichtern auf sich hatte«, sagte Graham.

»Wir hatten im Saal Platz genommen. Wir hatten jeder ein paar Bier – die Jungs lutschten das Bier direkt aus der Dose. So schnell haben die noch nie gesoffen –, und dann warteten wir auf den Film. Die Leute hörten auf, Lärm zu machen, als das Licht ausging. Johanssen und ein paar andere, Maloney und Will, und ich weiß nicht wer sonst noch, alberten noch im Gang herum, aber die andern saßen schon alle. Man hörte, wie die Leute aufatmeten – denn jetzt ging es endlich los, darauf hatten wir ja die ganze Woche schon gewartet. Als der Vorhang hochging, klatschten einige, aber die meisten – verdammt, das konnte man richtig fühlen! –, die meisten wurden plötzlich hellwach, wenn Sie wissen, was ich damit sagen will.«

Jerry Jerome nahm einen großen Schluck von seinem Jack Daniels, blinzelte Williams zu und fragte: »Kennen Sie ›Spigger‹? Hat man Ihnen schon mal was von ›Spigger‹ erzählt?« Als Graham den Kopf schüttelte, lächelte Jerry Jerome ganz merkwürdig. »Das war ein wenig später«, sagte er, »und deshalb dachte ich auch, daß vielleicht nur ich die Lichter sah. Denn wenn der Kerl, der das schrie, gesehen hätte, was ich sah, hätte er wohl keine Witze gemacht. Ich wußte nicht, ob ich noch normal im Kopf war.«

Er legte den Kopf schief und sah Graham an. »Alter Junge, wenn Sie über das lachen, was ich Ihnen gleich sage, kippe ich Ihnen diesen Drink ins Gesicht, okay? Okay. Ich dachte, es wäre das Nordlicht, wissen Sie? Ganze *Ströme* von Licht kamen von der Decke herunter auf die Leinwand – es sah fast aus wie feurige Kugeln. Blau und gelb und rot ... lauter Funken. Es sah elektrisch aus. Ich habe es selbst gesehen, Mann. Ich hatte plötzlich solche Angst, daß ich mir fast in die Hose gemacht hätte. Ich dachte, das ganze verdammte Theater brannte. Das erinnerte mich an das nächtliche Übungsschießen der Artillerie damals in Fort Sill. Wumm, wumm, wumm, wissen Sie? Die ganze Luft war voll von dem Zeug – und dann lief alles in die Leinwand. Also ...« Er nahm einen Schluck von seinem Getränk und sah Graham scharf an. Es war der typische Blick eines Polizisten, der wissen wollte, wie Graham auf das alles reagierte. »Dann sah ich also Wiak, und als ich sah, daß etwas Verrücktes auf ihn herabfuhr und ihn in Brei verwandelte, glaubte ich, das sei von diesem Feuer gekommen.«

Das mit »Spigger« war einfach. Fast alle Überlebenden erinnerten sich daran, und die meisten glaubten, daß der Mann, der diesen Witz gemacht hatte, im Mittelgang gestanden hatte, als die Lichter ausgingen. Alle waren sich einig, daß es nicht Johanssen gewesen sein konnte – sein Humor war nicht so grob. Sie tippten eher auf Maloney. Artie Maloney war mit einer ganzen Schachtel voll Orden aus Vietnam zurückgekommen, und zu Hause nahm er sie manchmal aus dem Schreibtisch und zeigte sie, wenn er und seine Gäste besoffen genug waren. Wahrscheinlich war es Maloney gewesen, der »Spigger!« geschrien hatte, als der erste Schwarze, der kein Polizist war, auf der Leinwand erschien. »Spigger! Halb Spick und halb Nigger!« Die Jungs grölten vor Lachen. Sie hatten Bier im Mund und spuckten es über die Köpfe ihrer Vorderleute. »Halb Spick und halb ...« Der Satz echote durch das Nutmeg Theater – aber in Wirklichkeit war Maloneys Witz gar nicht so gut. Er war bestenfalls das, was ein angetrunkener irischer Polizist von achtundzwanzig Jahren zu sagen pflegt, wenn er die Füße auf den vorderen Sitz gelegt und das Gefühl hat, ungestraft alles sagen zu können, was ihm gerade einfällt. Beamten wie Jerry Jerome und Rod Fratney konnte ein so dummer Spruch normalerweise noch nicht einmal ein Lächeln entlocken.

Warum fand Maloneys alberne Bemerkung dann ein solches Echo? Graham vermutete, daß sie die Männer ganz einfach aus ihrer außergewöhnlichen Anspannung befreit hatte. Wenn nun außer Jerry Jerome auch andere die Lichtströme gesehen hätten, die wie Leuchtspurmunition in die Leinwand schossen. Wenn jeder Anwesende – jeder außer Artie Maloney – die Lichter gesehen und sich gefragt hätte, ob er im Begriff sei, den Verstand zu verlieren? Dann hätte »Spigger« die Männer vielleicht aus ihrer Bestürzung gerissen, sie zu sich selbst zurückfinden lassen.

Aber vielleicht nicht ganz, und vielleicht war »Bestürzung« nicht das richtige Wort für ihren Zustand. Denn es gab noch etwas, was alle Überlebenden aus dem Nutmeg Theater Graham Williams gestanden; noch etwas, über das sie sich in der ganzen Verwirrung einig waren.

Ein zwanzigjähriger junger Mann deutete es Graham gegenüber als erster an, und er sah dabei genauso verlegen aus wie Jerry Jerome in der Kneipe in Bridgeport. Der junge Mann hieß Mike Minor und mochte in seiner Uniform einen forschen Eindruck gemacht haben, aber jetzt, als er in einem T-Shirt und Jeans in der Küche des Hauses seiner Eltern in einem Schaukelstuhl saß, schien er von den Ereignissen im Nutmeg Theater noch immer sehr angegriffen. Seine Augen waren zu groß für seinen Kopf, und an einem Lid zuckte ständig eine Ader, als wollte sie weglaufen. Er war im September aus dem Polizeidienst ausgeschieden und wollte irgendwo mit einer Computer-Ausbildung anfangen. Graham fand, daß er damit lieber noch ein halbes Jahr warten sollte. Er hatte ungefähr die Konzentrationsfähigkeit eines Vierjährigen. »Ich dachte, ich hätte da oben so etwas wie Spinnweben gesehen, als das Licht herabkam«, sagte er zu Graham. »Eigentlich kein Licht, sondern etwas Schwebendes, eine Art schwebende Linien ... Spinnweben. Mögen Sie eine Cola?« Er ging ruckartig an den Kühlschrank, nahm eine Dose Diät-Pepsi heraus, brachte sie zum Tisch, riß den Verschluß auf und trank.

»Mann, ich hab das gar nicht kapiert, als Larry sich plötzlich auszog. Und ich weiß auch nicht, warum er das getan hat. Er war nichts anderes als ein verdammtes Tier, wenn Sie die Wahrheit über Larry Wiak wissen wollen.«

Nervös trank Mike Minor in zwei gewaltigen Schlucken seine Diät-Pepsi aus. »Als er aus diesen Schatten herauskam, so groß und weiß wie er war, habe ich einen Schreck bekommen, Mann.« Der junge Mann nickte und duckte sich wie ein Hund, der Schläge erwartet. »Und als Rod Fratney dann schrie, was er gesehen hatte, und dieser andere Kerl neben mir kreischte wie ein Mädchen in einem Horrorfilm, hätte ich mir in die Hose pinkeln können. Denn ich wußte, daß er da war, Mann, er war genau da, wo ich war.« Er sah Graham an, der jetzt ebenfalls nickte. »Mann, er hatte es auch gesehen. Genau wie der alte Rod. Und ich.«

»Sie meinen, er hätte Dicky Norman gesehen.« Das hatte Graham erwartet.

»Nun, zwei Tage bevor die *Chorknaben* gezeigt wurden, das sollte ja die größte Party des Jahres werden, also zwei Tag vorher war ich auf Streife. Und ich verirrte mich. Ich war irgendwo in der Nähe der Akademie, aber ich fand mich nicht mehr zurecht. Eine Straße – eine schmale Straße ohne Schilder. Ich wußte nicht einmal, wie ich da hingekommen war. Es war wie ein schlechter Traum, Mann. Eine Zeitlang hatte ich nackte Angst. Wo bin ich, Mann? Ich bin Polizist und weiß nicht, wo ich *bin*! Überall nur diese großen Bäume. Ein paar Sekunden lang wußte ich nicht einmal, in welchem Stadtteil ich war. Ich beschloß also, umzukehren und zurückzufahren, bis ich wieder in eine Gegend kommen würde, die ich kannte. Ich fuhr also zwischen die Bäume und legte den Rückwärtsgang ein. Ich schaute in den Rückspiegel ... und ich sah Dicky Norman. Mann, das ist verrückt, aber er war es. Wegen meiner Rücklichter sah seine Haut rot aus. Er kam gerade zwischen den Bäumen neben der Straße hervor, als ob er da geschlafen hätte, und ein Arm war ganz abgerissen, und sein großes rundes Gesicht sah grau und müde aus ... wie Wachs. Er kam direkt auf mich zu. Junge, ich setzte den Wagen auf die Straße und machte, daß ich wegkam – ich hab mir dabei sogar eine Beule am rechten vorderen Kotflügel geholt.«

»Als Larry Wiak also aus dem Schatten trat und zur Leinwand hinüberging ...« Mehr brauchte Graham nicht zu sagen.

»Ja. Rod Fratney kann man jetzt nicht mehr fragen, aber ich weiß es – ich *weiß* es. Er hat ihn auch gesehen.« Trotzig schaute er über den Tisch hinweg den alten Mann an und konzentrierte sich darauf, mit der Handfläche die Pepsidose plattzudrücken.

»Das glaube ich Ihnen«, sagte Graham, und der Junge sah ihn mißtrauisch an. »Ich habe im Juli und im August selbst eine Menge komische Dinge gesehen.«

»Ja.« Wieder duckte der Junge sich und klopfte die Pepsidose glatt. »Eine Menge komische Dinge.« Als er Graham wieder ansah, wirkten seine Augen entzündet. Und dann ließ er seine Bombe hochgehen. Nicht sofort, denn er war immer noch nicht ganz sicher, ob er Graham trauen konnte. Er traute nicht einmal sich selbst. Aber Mike Minor gab Graham einen guten Einblick in das, was im Nutmeg Theater tatsächlich geschehen war. »Hat Ihnen jemand etwas über den Film erzählt?« fragte er.

Und das war etwas, was keiner der Überlebenden erwähnt hatte. Graham schaute dem Jungen in die schmerzhaft geröteten Augen und sagte: »Erzählen Sie mir etwas über den Film, Mike.« Er hatte ein unangenehmes Gefühl im Magen und faltete die Hände, damit seine Finger nicht zitterten.

»Ich weiß nicht, was ich Ihnen erzählen *kann*«, sagte der junge Mann. Er schwieg eine Weile und kratzte sich den linken Handrücken. »Als ob es ein Film über uns war.« Er legte den Kopf schief und sah Graham scharf an. Dann kratzte er sich wieder die linke Hand. »Der Film änderte sich plötzlich. Er wurde *anders*.« Graham wartete ungeduldig, während der junge Mann mit seinem unzureichenden Wortschatz kämpfte.

»Er wurde anders, sagten Sie.«

»Oh, ja, er wurde anders.« Der Junge richtete sich im Schaukelstuhl auf, und sein Gesicht schien sich in sich selbst zurückzuziehen. Ein kaltes Licht vom Fenster her überzog seine Wange wie mit Rauhreif und ließ sie stumpf erscheinen wie die Seite einer Axt. Graham fand, daß der Junge plötzlich zehn Jahre älter aussah. »Er war plötzlich wie eine 3-D-Show. Ich konnte in den Film *hineinsehen* wie in ein Zimmer.«

Der junge Mann bewegte sich in seinem Stuhl. »Dann sah ich, was für ein Raum es war. Es war nicht mehr das Polizeirevier aus dem Film – ich meine, es war immer noch ein Polizeirevier, aber nicht dasselbe. Wissen Sie, es hört sich dumm an, aber ich brauchte lange Zeit, um es zu erkennen. Es war das Polizeirevier von Hampstead. Das, aus dem die meisten von uns gerade gekommen waren. Mo Chester, der Nachtdienst hatte, saß da. Und sein Partner McCone ... ja, und in diesem Augenblick fingen einige von den Jungs an, Lärm zu machen. Ich kann Ihnen nicht sagen, warum, es kam uns gar nicht komisch vor, daß bei den *Chorknaben* unser Revier und zwei unserer Leute auftauchten. Wir fanden es *großartig*. Dann zeigten sie den Mannschaftsraum, und alle Kollegen waren da, auch die, die den Film nicht sahen. Royce Griffen. Das sah ich zuerst: Royce Griffens Haar, er hatte doch so rotes Haar. Und dann sah ich seinen Hinterkopf.«

Minor schlug die Beine übereinander und legte eine Hand an seine wie gefroren aussehende Wange. »Der sah aus wie Hackfleisch. Einfach entsetzlich. Und ich sah, daß jeder einzelne von den Jungs tot war. Sie hatten solche großen *Wunden*, große matschige Wunden. Und ihre Haut war so grünlich ...« Jetzt zitterte er, und Graham merkte, daß er sich in seinem Stuhl so starr aufgerichtet hatte, damit man es ihm nicht anmerkte. »Das habe ich jedenfalls gesehen.«

»Und sonst haben Sie nichts gesehen?«

»Ich habe noch etwas gesehen – aber nur ganz kurz. Wir haben diese kleinen Zellen. Arrestzellen, in denen wir über Nacht manchmal Betrunkene unterbringen. Oder wo wir Kinder einsperren, bis ihre Eltern sie abholen. Es sind sechs, alle in einer Reihe. Ich wußte nicht, daß Leute in den Zellen waren, weil ich Tagschicht gehabt hatte. Die Kamera fuhr direkt durch die Tür in die Zellen und zeigte uns die ersten drei. In den Zellen sah es wie in einem Schlachterladen aus. Aufgeschlitzte Körper. Der Leib aufgerissen, daß die Eingeweide raushingen, und überall Blut ... die Kleidung und die Eingeweide alles durcheinander.« Mike Minor legte die Arme um die Knie. »Gleich darauf sah ich Dicky Norman auf die Leinwand zustolpern. Und dann geschah es.«

Der Junge zitterte jetzt so unkontrolliert, daß selbst seine Stimme schwankte. »Die Jungs brüllten und schrien. Ich sah den Kerl neben mir, Harry Chester, den Bruder von Mo. Er wurde in den Hals getroffen und sprang auf. Dann wurde ihm der Kopf von einem Ding aufgerissen, das aus einer .357 gekommen sein mußte. Ich warf mich hin und zog meine eigene Waffe. Ich war überzeugt, daß Dicky Norman wieder auf mich zukommen würde, und schoß in Richtung auf die Leinwand. Wahrscheinlich habe ich ein paar Leute getroffen, ich weiß es nicht genau ...«

Graham stand auf und ging zu dem zitternden Jungen. Er zögerte, aber dann klopfte er ihm auf die Schulter und sah sich nach Brandy um. Er fand eine Flasche, schenkte einen Zoll breit in ein Weinglas und reichte es Mike Minor. »Es ist okay, mein Junge. Das ist ja alles vorbei. Wenn Sie einen Mann getroffen haben, dann haben ein Dutzend andere ihn auch getroffen.« Denn zuerst ist er von dem Film getroffen worden.

Als Graham einige der anderen Überlebenden fragte, was sie auf der Leinwand gesehen hätten, wurde ihm Mike Minors Geschichte in einem Dutzend Variationen aufgetischt. Keine zwei Männer hatten dasselbe gesehen, aber nach den ersten paar Minuten hatte kein Mensch mehr die *Chorknaben* gesehen. Einige hatten gesehen, wie ihre Frauen und Töchter andere Polizisten liebten, andere hatten gesehen, wie die Leichen ihrer Kinder am Strand von Gravesend aus der Brandung gefischt wurden. Ein Polizist namens Ron Rice hatte so etwas wie ein Meeresungeheuer gesehen – ein riesiges Unterwasserreptil mit einem breiten furchterregenden Maul –, das durch das Wasser schwamm, Kinder in zwei Hälften biß und dann ihre Leiber zerriß, daß das Wasser sich rot färbte. Die meisten hatten Tote gesehen, die sich bewegten, als ob sie lebten. Zwei oder drei der Männer, mit denen Graham sprach, hatten den rothaarigen Royce Griffen gesehen. Viele hatten die ertrunkenen Kinder gesehen, und ihnen hatte vor den kalten weißen Gesichtern gegraut. Ein Polizist namens Lew Holz erzählte Graham: »Wie sie aussahen! Wissen Sie, ich habe sie nur eine oder zwei Minuten lang gesehen, wenn überhaupt so lange, aber ... sie sahen verdammt komisch aus. Es waren keine Kinder mehr, es war etwas anderes, etwas, das Sie bestimmt in Ihrem ganzen Leben nicht sehen sollten, Mister, und ich auch nicht. Sie sahen aus, als hätten sie Klapperschlangen als Väter, so sahen sie aus.« Holz hatte Jerry Jeromes Blitz nicht gesehen; wie die meisten anderen glaubte er, Larry Wiak sei von Rod Fratney erschossen worden – obwohl Fratney als einer der schlechtesten Schützen der Polizei von Hampstead galt. Aber als Graham mit Lew Holz sprach, glaubte er schon nicht mehr, daß die Frage, wer oder was Larry Wiak umgebracht hatte, die wichtigste Frage war, die hier zu stellen war.

Als er zum zweiten Mal mit Bobo über das sprach, was er an diesem Abend herausgefunden hatte, fragte er ihn deshalb auch: »Sie waren doch zuerst noch im Revier. Als Sie anschließend in das Nutmeg Theater rannten, haben Sie da auf der Leinwand irgend etwas Besonderes gesehen?«

Denn der Film lief noch, als Bobo in das Theater rannte. Der Vorführer war von einer verirrten Kugel getroffen worden. Er lebte, aber er lag hilflos im Vorführraum; die Leinwand hing in Fetzen herab, aber die *Chorknaben* oder was immer der Drache an ihre Stelle gesetzt hatte, wurden auf die lädierte Leinwand und die Wand dahinter projiziert.

Und Bobo stand ganz oben in dem abgedunkelten Raum, in dem die Toten und die Sterbenden lagen, und er hatte es gesehen.

7

Kurz nach zehn Uhr war Ronnie eingeschlafen, aber sie schlief unruhig und bewegte sich im Schlaf. Bobo hockte neben ihrem Bett und wollte sie nicht gern alleinlassen. Von ihrer langen Krankheit ausgezehrt, sah Ronnie fast durchsichtig aus, und Bobo fürchtete schon, daß ihre unruhigen Zuckungen vielleicht sogar in Krämpfe ausarten könnten. Er streichelte ihr die Hand, dann nahm er sie auf. Sie fühlte sich heiß und trocken an und federleicht. Ihre Hand zu halten, während sie schlief, kam ihm irgendwie falsch vor, und er ließ sie sanft wieder auf das Laken sinken.

Dann ging er ins Badezimmer und ließ kaltes Wasser über einen Waschlappen laufen, drückte ihn aus und ging wieder zu Ronnie. Vorsichtig legte er ihr den kalten Lappen auf die Stirn. Ronnie murmelte etwas, aber sie wachte nicht auf. Bobo legte ihr die Hand auf die Stirn und merkte, daß das Fieber zurückgegangen war.

Kranke zu pflegen, das hatte Bobo inzwischen gemerkt, war wesentlich anstrengender als Polizeiarbeit. Er hatte seine Tagschicht angetreten und war anschließend wieder nach Hause gegangen, um Ronnie zu versorgen, und jetzt fühlte er sich, als hätte er sechsunddreißig Stunden nicht geschlafen. Bobo führte seine Erschöpfung hauptsächlich darauf zurück, daß er sich Sorgen um Ronnies Zustand machte. Außerdem taten ihm die Füße und der Rücken weh, wenn er sechs oder sieben Stunden am Tag unaufhörlich für sie da sein mußte. Er wäre gern zu ihr ins Bett gestiegen, aber er wollte nicht riskieren, sie zu wecken. Er setzte sich auf die

Bettkante, nahm ihre Hand und schloß die Augen. Dann ging er durch das Schlafzimmer zu einem alten Stuhl. Er warf die Sachen, die darauf lagen, auf den Fußboden und ließ sich auf den Stuhl fallen.

Einige Stunden später wachte er wieder auf und wußte nicht, wo er war – er war vor Übermüdung so schnell eingeschlafen, daß ihm gar nicht klar war, daß er überhaupt geschlafen *hatte*. Bobo setzte sich auf, und sein Rücken beschwerte sich; er hatte sich die Schuhe so fest zugeschnürt, daß seine Füße jetzt geschwollen waren. Ihm gegenüber fuhr sich Ronnie prüfend mit der Hand über das Gesicht. Dann machte sie die Augen auf und sah ihn.

»Oh, mein Liebling, du bist bei mir geblieben«, sagte sie. »Ach, ich habe solchen Durst.«

»Eine Sekunde«, sagte Bobo, sprang aus dem Stuhl auf und brachte ihr aus dem Badezimmer ein Glas Wasser. »Wie fühlst du dich? Du hast ein paar Stunden geschlafen.«

Ronnie überlegte. »Ja, ich fühle mich auch ein wenig besser. Ich könnte sogar etwas essen. Vielleicht ein wenig Suppe? Bist du so lieb und machst mir welche?«

»Dazu bin ich hier«, sagte er.

Er brachte ihr eine Terrine Pilzsuppe und setzte sich wieder auf die Bettkante. Sie aß die Suppe fast ganz auf. Als sie ihm die leere Terrine reichte, gähnte sie ausgiebig. »Oh, Entschuldigung«, sagte sie. »Bobo, ich fühle mich wie ein alter Lappen. Wahrscheinlich werde ich in den nächsten drei Wochen nur noch schlafen.«

Bobo lächelte sie an.

»Wie spät ist es? Ungefähr halb eins? Bobo, warum gehst du nicht runter und schaust dir den Film an? Er hat wahrscheinlich spät angefangen und du kommt immer noch rechtzeitig – du verpaßt höchstens ein paar Minuten, das schwör ich dir. Ich mach einfach das Licht aus und schlafe weiter. Ich komme schon allein zurecht.«

»Na, vielleicht gehe ich noch hin«, sagte Bobo.

Er ging nicht direkt in das Nutmeg Theater, sondern parkte seinen Wagen vor dem alten Ziegelgebäude, in dem das Revier untergebracht war, und ging hinein. Das Theater war über den leicht abfallenden städtischen Parkplatz in ein paar Minuten zu erreichen, und Bobo wollte gern wissen, was sich während der zweiten Schicht getan hatte. Wieder ein paar Brandstiftungen oder eine unbekannte Leiche, die in irgendeinem Schuppen verrottet aufgefunden worden war? Wieder ein Schüler, der versucht hatte, vom Dach seines Hauses zu fliegen? Mo Chester, der diensthabende Beamte, hatte bestimmt eine komische Bemerkung über die unheimlichen Ereignisse des Nachmittags auf Lager. Mo Chester konnte Bobo wenigstens gelegentlich zum Lachen bringen. Mo ärgerte sich natürlich darüber, daß er den Film nicht sehen und auch nicht an der anschließenden unvermeidlichen Party teilnehmen konnte, zumal sein Bruder hingehen konnte.

Bobo ging die Stufen hoch, öffnete die massive Holztür und freute sich schon auf die Bemerkung, mit der Mo sein unerwartetes Erscheinen quittieren würde.

»Rat mal, wer hier ist?« sagte er und klatschte in die Hände. »Kann ich dir etwas Bier aus dem ...« *Theater holen* hatte er sagen wollen, aber die Abwesenheit jeglicher Zuhörer ließ den Witz sterben. Mo Chester saß nicht an seinem Schreibtisch, den Telefonhörer am Ohr und ein gequältes Lächeln im Gesicht.

Auch Gance McCone, sein Partner, war nicht da, und das war wirklich seltsam. Bobo konnte sich nicht daran erinnern, daß dieser Schreibtisch jemals völlig unbesetzt gewesen wäre.

»He«, rief Bobo. »Was ist denn los, Chester? Kann es sein, daß du und Gance streiken?«

Seine Worte hallten durch das Revier – es kam ihm fast so vor, als könnte er sie sehen. Bobo wußte plötzlich genau, daß er allein war. In diesem Moment hatte er den Geruch noch nicht bemerkt. Reglos stand er im Eingang und instinktiv griff er an die Stelle, wo seine Pistole hätte sein müssen. Und jetzt klingelten bei Bobo alle Alarmglocken. Erst als er sich an den Gürtel griff, merkte er, daß er gar keine Uniform anhatte.

»Ist hier jemand?« schrie er.

Bobo wollte gerade hinter die Schranke schauen, als das Telefon klingelte, und dieses Klingeln löste bei Bobo das Gefühl eines Déjà-Vu-Erlebnisses aus. Er hatte plötzlich das Gefühl, diesen Augenblick schon einmal erlebt zu haben: das leere Revier, das unablässige Klingeln, er selbst in genau derselben Haltung, breitbeinig und ein wenig unsicher.

Dann nahm Bobo den durchdringenden Geruch wahr, der das ganze Revier erfüllte, und zum ersten und einzigen Mal in seinem Leben konnte er die Gründe für ein solches Déjà-Vu-Erlebnis identifizieren und den Augenblick genau festlegen, der dieser Illusion zugrunde lag. Denn er roch Blut – er hatte gerade gemerkt, daß der Blutgeruch so intensiv war, als seien die Wände mit Blut beschmiert – und weil das Telefon nicht aufhörte zu klingeln, fühlte er sich in eine der unglücklichsten Stunden seines Lebens zurückversetzt: damals, als er in Hester Goodalls Küche stand und auf die Kollegen wartete. Mrs. Goodalls Telefon hatte schrill geläutet, aber der schon anwesende Priester hörte es offenbar nicht, und Bobo hatte keine Lust, ein Gespräch entgegenzunehmen. Um Mrs. Goodalls Freunde und um ihre Familie sollte sich die State Police kümmern.

Das Revier stank nach Blut, genau wie die Küche in Hester Goodalls Haus an jenem Mainachmittag gestunken hatte, und Bobo trat vorsichtig an den Schreibtisch. Er stellte sich auf die Zehenspitzen und sah die Stühle der Beamten, ihre Telefone, Notizblöcke und Zigaretten. Aber er sah nicht, was er schon befürchtet hatte: er sah auf dem Fußboden keine ineinander verknoteten Leichen.

»Chester! McCone!« schrie er. »Ist hier denn niemand?«

Er eilte in den Flur, der zu den Büros und zum Mannschaftsraum führte und zu den Räumen, in denen die Verhöre stattfanden, aber es war niemand zu sehen. Hinter ihm läutete immer noch schrill das Telefon. Bevor Bobo die übrigen Räume inspizierte, schaute er noch einmal zum Eingang hinüber. Und jetzt sah Bobo etwas, was er vorher nicht bemerkt hatte. Die Tür zwischen dem Vorraum und dem kleinen Zellentrakt stand einen Spalt offen.

Diese Tür war sonst immer verschlossen, selbst wenn niemand in den Zellen einsaß; das war eine Regel, die starr eingehalten wurde, genauso wie es üblich war, daß sich vorn stets mindestens ein Beamter aufzuhalten hatte.

Langsam ging Bobo über den weißen Fußboden wieder zurück. Er stieß gegen die Stahltür mit den schweren Riegeln; sie drehte sich in den Scharnieren. In den Blutgeruch mischte sich jetzt der Gestank von Exkrementen. Bodo schaute nach unten und sah rote Spritzer auf dem Fußboden.

Er war ganz sicher, daß dort hinten die Leichen von Mo Chester und Gance McCone lagen, vielleicht auch die Leichen anderer Beamter, die sich gerade hier aufgehalten hatten.

Bobo trat in den Gang hinaus und ging rasch an den Zellen vorbei. Er sah, daß hier drei Leichen lagen, aber es war keine Leiche eines Polizeibeamten darunter. Die Zellentüren waren abgeschlossen. Hinter dem Gitter lag in jeder der drei ersten Zellen eine gräßlich verstümmelte Leiche. Bobo atmete nicht mehr; er konnte kaum noch denken. Auf dem Fußboden der ersten drei Zellen lag eine dicke Blutschicht. Das Telefon hinter ihm hatte aufgehört zu klingeln. Einer der drei Männer – es war Greeley – hatte ein so scheußlich zugerichtetes Gesicht, daß es aussah wie ein Bündel nasser zerfetzter Stricke. Bobo betrachtete das zweite Gesicht, das ihm irgendwie bekannt vorkam. Vielleicht hatte er das Photo dieses Mannes in irgendeiner Illustrierten oder Zeitung gesehen.

Es dauerte keine dreißig Sekunden, und Bobo rannte über den Parkplatz zum Theater hinüber. Für diesen Abend hatte der Manager ein großes Schild ausgehängt: SONDERAUFFÜHRUNG. EIN HERZLICHES WILLKOMMEN DER POLIZEI VON HAMPSTEAD. Er rannte auf die großen schwarzen Buchstaben zu.

Das Foyer des Nutmeg war hell erleuchtet und genauso leer wie das Polizeirevier von Hampstead. Laute Geräusche schallten aus den inneren Räumen des Theaters nach draußen – von der Tonspur des Films, wie Bobo vermutete. Er erkannte einen Geruch, der ihm so vertraut war wie der Geruch von Bier.

Es war Kordit – so roch es auf dem Schießstand im Keller des Polizeireviers.

Er rannte an den Kartenschaltern vorbei und durch die Schwingtüren in den Saal. Aus den Lautsprechern klangen Mißtöne: Schreie, Grunzen, laute und unzusammenhängende Musik. In den Lichtstrahlen des Projektionsgeräts wirbelte Rauch.

Die Sitze schienen alle leer zu sein. Unsicher ging Bobo den Gang hinunter. Seine Augen hatten sich noch nicht an die Dunkelheit gewöhnt. »He«, rief er, »wo seid ihr, Jungs?«

Dann sah er über einer Armlehne ein ausgestrecktes Bein. »He, seid ihr denn alle besoffen?« Neben dem Gebrüll und dem Gelächter von der Tonspur hörte er ein leises Stöhnen. Bobo berührte das erhobene Knie und schüttelte es.

»Wo gibt es hier denn Licht?« brüllte er.

Und dann wurde entweder die Leinwand heller oder seine Augen hatten sich an die Dunkelheit gewöhnt, denn er sah überall im Theater Tote und Verwundete in den Sitzen liegen. Es war wie ein gespenstischer Scherz: wo Bobo auch hinschaute, nach vorn oder nach hinten, zur einen oder zur anderen Seite, überall sah er hängende Köpfe und ausgestreckte Arme, Leichen, die in den Sitzen hingen, und auch in den dreckigen, mit Popcorn übersäten Gängen zwischen den Sitzreihen lagen Leichen.

Wahrscheinlich verlor Bobo für ein paar Sekunden den Verstand. Er stieß einen langgezogenen Schrei aus, der von der Decke widerhallte. Er rannte zur ersten Reihe hinunter und sah Mark Johanssens Leiche mit dem Gesicht nach oben unten vor der Bühne im Gang liegen. Johanssens blondes Haar war mit einer Substanz beschmiert, die wie Schokolade aussah, und sein Mund war weit offen. Auf der Bühne, keine zwei Meter von Johanssens Leiche entfernt, sah Bobo dickes Blut und feuchte Organe, und mitten darin lag eine fette abgetrennte Hand wie eine fleischige Spinne.

Bobo hielt sich in diesem Moment für den einzigen noch lebenden Polizisten in Hampstead.

Aber dann gewann der Polizeibeamte in ihm die Oberhand, und er erwachte aus seinem Schock. Aber vorher hatte er noch ein seltsames tonloses Flüstern gehört, das anscheinend aus dem Fußboden aufstieg. Die Geräusche von der Tonspur verstummten wie von einem Messer abgeschnitten. Die flüsternden Geräusche gingen in ein Stöhnen über.

Die Männer waren nicht alle tot.

Bobo rannte den Gang wieder hinauf, wobei er fast auf dem Blut ausgeglitten wäre, und ging an das nächste Telefon, um die State Police und die Unfallwagen in Hampstead, Old Sarum und King George zu verständigen. Aber vorher schaute er sich noch einmal um.

Und die Leinwand nahm ihn gefangen.

»Ich sah etwas ganz Verrücktes«, sagte Bobo Monate später zu Graham Williams. »Es war schwer zu erkennen, weil die ganze Leinwand zerrissen war und daher ein Teil des Bilds auf die Wand projiziert wurde.«

Sie waren in Grahams Haus, und Bobo stand nervös auf und steckte die Hände in die Taschen. »Dieses Mädchen hat eine Zeitlang bei Ihnen gewohnt, nicht wahr? Diese Patsy McCloud?«

»Ja, sie war hier«, sagte Graham.

»Jetzt nicht mehr?«

Graham schüttelte den Kopf.

»Ich will Ihnen sagen, warum ich Sie darauf anspreche – das Ganze wird Ihnen wenig sagen, Graham, aber ich erzähle es Ihnen trotzdem. Als ich nämlich auf die Leinwand schaute, mußte ich plötzlich an sie denken. Ich sah ihr Gesicht. Nein, natürlich *dachte* ich nur an ihr Gesicht. Und ich wollte mit ihr sprechen. Als ob sie uns helfen könnte. Ich wollte wirklich mit ihr sprechen.«

»Das leuchtet mir ein«, sagte Graham. »Sie ahnen gar nicht, wie sehr mir das einleuchtet.«

Bobo sah ihn finster, fast wütend an. »Vielleicht. Ja, ich erinnere mich an den Tag – dieser Tag am Kendall Point. Den Tag werde ich nie vergessen, das schwöre ich Ihnen. Ich dachte, Ronnie sei tot, und was ich da unten in der Felsspalte sah, oder wenigstens zu sehen glaubte ... und dieses Mädchen Patsy und die andern Jungs. Wissen Sie, was? Sie sahen alle so schön aus. *Schön* selbst jetzt noch, Sie buckliger alter Affe.«

»Da Patsy ungefähr zehn oder fünfzehn Jahre älter ist als Sie, sollten Sie sie nicht als Mädchen bezeichnen«, sagte Graham. »Im übrigen habe ich keinen Buckel.«

»Den hatte der Glöckner von Notre Dame auch nicht«, sagte Bobo und sprach die französischen Worte aus, als käme er direkt von der Universität von Indiana.

»Wissen Sie, daß wir bei der Polizei wieder komplett sind? Es hat nicht einmal anderthalb Monate gedauert – von überall her bewerben sich junge Leute für den Dienst in der Polizei. Ich dachte, es würde ein Jahr dauern. Eher länger.« Bobo verschränkte die Arme über der Brust und ging ein paar Schritte auf den Schreibmaschinentisch zu. »Jedenfalls habe ich mich sozusagen in Patsy verliebt, indem ich sie bloß anschaute. Und Sie wissen, welche Sorgen ich mir um Ronnie gemacht hatte. Aber das Mädchen – Verzeihung, die Frau – sie hat mich einfach umgehauen. Ich wäre für sie gestorben.«

»Kommen wir zum Nutmeg Theater zurück«, sagte Graham.

Bobo hörte auf, ziellos zwischen der Couch und dem Schreibmaschinentisch hin und herzuwandern, und setzte sich wieder Graham gegenüber. »Ja. Darüber wollten Sie ja etwas erfahren, nicht wahr? Und das komische ist, ich hatte mir fest vorgenommen, niemandem zu erzählen, was ich auf der zerfetzten Leinwand gesehen habe. Ich wollte nicht den Eindruck erwecken, als sei ich ein Kandidat für die Klapsmühle.«

»Das hatten sich die meisten anderen Männer auch vorgenommen.«

»Aber sie haben sich Ihnen gegenüber nicht daran gehalten«, sagte Bobo.

»Einige nicht, das stimmt.«

Bobo lachte. »Zur Hölle mit Ihnen. Ich hätte Ihnen nie etwas erzählt, wenn ich Sie an jenem Tag nicht am Kendall

Point getroffen hätte. Das ist der einzige Grund – und ich weiß immer noch nicht, was dort wirklich geschah.« Graham schaute Bobo nur schweigend an.

»Okay. Gut. Ich will es Ihnen erzählen. Vergessen Sie nicht, ich stand nur ein paar Sekunden lang an der Tür – und das Ganze dauerte auch nur ein paar Sekunden. Es ging einfach wumm, wumm, wumm, wie ich schon sagte.« Er atmete geräuschvoll ein und öffnete wieder die Augen. »Jedenfalls habe ich Ronnie gesehen.« Er schob die Hände in die Taschen, und Graham sah es seinem Gesicht an, wie erregt er war. Wahrscheinlich hatte er die Hände in den Taschen zu Fäusten geballt, und es kostete ihn sichtlich einige Anstrengung, nicht den Impulsen nachzugeben, die ihm in diesem Augenblick zusetzten – zu weinen, zu schreien oder ganz einfach nur zu zittern. »Es waren nur ein paar Sekunden, wenn überhaupt, aber das hat gereicht.«

»Sie müssen nicht unbedingt –«, fing Graham seinen Satz an, aber Bobo unterbrach ihn schroff.

»Ich will es Ihnen aber erzählen. Ja, Graham, das will ich. Bin ich deshalb nicht hergekommen? Ich sah sie begraben, ich sah Ronnie in ihrem Sarg, und etwas fraß an ihr. Ratten. Große weiße Würmer, so lang wie Schlangen. Sie rissen ganze Fetzen aus ihr heraus. Aber sie war noch nicht tot, und sie kreischte. Graham, sie schrie sich die Lungen aus dem Hals. Und das tat sie so lange, bis sie endlich starb.« Bobo krümmte sich zusammen, als hätte er Magenschmerzen. »Und wissen Sie, was mir klar wurde, als ich mich von diesem Anblick losriß, um draußen im Foyer zu telefonieren? Mir wurde klar, daß ich tief in mein Inneres geschaut hatte. Unbewußt hatte ich mir gewünscht, daß Ronnie sterben würde. Verstehen Sie das, Graham? Ich war es im tiefsten Herzen leid, sie noch länger zu pflegen. Deshalb legte ich sie in einen Sarg und begrub sie. Und weil sie noch lebte, schrie sie und wollte wieder rausgelassen werden.«

Graham öffnete schon den Mund um irgend etwas Albernes zu sagen, aber mit einer Handbewegung schnitt Bobo ihm das Wort ab. »Nein. Sagen Sie nichts. Sie wissen ja noch nicht alles. Ronnie schlief an jenem Abend ein, aber wissen

Sie, wovon sie träumte? Können Sie nicht erraten, wovon sie an jenem Abend träumte? Es wurde aus meinen Gedanken direkt auf die Leinwand oder auf das, was davon noch übrig war, übertragen, und ihre Gedanken haben es aufgefaßt. Und das wäre fast ihr Ende gewesen – denn sie wußte es, sie wußte, woher diese schreckliche Folter kam. Sie hat es nie zugegeben, aber sie wußte es. Und daran wäre sie fast gestorben, Graham. Als ich wieder zu ihr nach Hause kam, war sie auf den Fußboden gestürzt und hatte sich von oben bis unten bekotzt, und ihre Haut war so trocken, daß sie sich wie eine verdammte Wüste anfühlte. Ich wette, daß sie mindestens neununddreißig oder vierzig Grad Fieber hatte. Sie wäre an dem Abend fast gestorben, und wenn sie gestorben wäre, hätte ich sie umgebracht.«

»Nein«, sagte Graham, aber er wußte, daß, was Bobo gesagt hatte, mindestens die halbe Wahrheit war. Und daß auch Ronnie von dieser Wahrheit mindestens die Hälfte wußte, denn Bobo lebte nicht mehr mit ihr zusammen. Gideon Winter war zwischen die beiden getreten mit seinem drachenhaften Einblick in die Zweideutigkeit menschlicher Zuneigung.

8

»Wissen Sie«, sagte Sarah zu ihrem neuen Partner. »Ich habe langsam ein komisches Gefühl.«

»Ich habe schon anderthalb Wochen lang ein komisches Gefühl«, sagte Ulick Byrne. »Ich kann kaum noch essen.«

»Oh, armes kleines Baby.« Sie tätschelte seine Hand. »Ein Ire, der nicht essen kann. Das muß ja eine Qual sein.«

»Mein Magen ist völlig durcheinander. Aber was ist es denn nun für eine *Idee*, die Sie da haben, um das richtige Wort zu benutzen?«

Nachdem er seine Sekretärin eine Stunde früher nach Hause geschickt hatte, war er zur *Gazette* gefahren und hatte Sarah in ihrem Büro aufgesucht. Inzwischen waren alle Mitarbeiter nach Hause gegangen, und Sarah und er saßen hinten im Archiv. Der Bixbee lag geöffnet zwischen ihnen auf dem langen Tisch, und sie hatten die Eintragungen unter Mord aufgeschlagen.

»Nun, Sie kennen die Daten dieser Geschichten. Ungefähr alle dreißig Jahre geschieht in Hampstead etwas Entsetzliches, und wir nehmen an, daß die Telpro für die jüngsten Ereignisse in diesem Zyklus verantwortlich ist.«

»Wir wissen, daß die Telpro dahintersteckt«, sagte Ulick irritiert. »Ich habe Haugejas' Büro heute mindestens fünfmal angerufen, und jedes Mal hörte ich nur die seidige Stimme dieses chinesischen Kraftwerks, die mir erzählte, daß der General noch in einer Konferenz sei. Sie planen irgend etwas. Außerdem haben wir das Bild von Leo Friedgood.«

»Steckte die Telpro etwa hinter dem Mord an Stony Friedgood? Wollen wir das etwa behaupten, Ulick?«

Ulick biß sich auf die Lippen. »Nein, das wollen wir wohl nicht.«

»Aber sie ist für die anderen Todesfälle verantwortlich.«

»Für alle Todesfälle am achtzehnten Mai, ja. Auch für den Tod der Kinder. Aber wir können die gute alte Telpro nicht für alle Morde dieses Sommers verantwortlich machen.«

»Ich glaube, das können wir. Jedenfalls bin ich überzeugt, daß es zwischen allen diesen Vorfällen Zusammenhänge gibt. Alles, was geschieht, ist Teil eines und desselben Zyklus. Die Sache mit Leo Friedgood hat mit Bates Krell und mit Prinz Green zu tun. John Sayre glaubte jedenfalls an einen Zusammenhang zwischen sich und diesen beiden. Ich habe dem alten Bixbee damals erzählt, daß ich die beiden Namen auf Sayres Notizblock gesehen hatte, und deshalb steht auch sein Name in dieser Spalte.«

»Ich weiß nicht recht, wohin diese Überlegungen führen sollen«, sagte Ulick.

»Das weiß ich vielleicht selbst noch nicht, Ulick. Vielleicht müssen wir uns noch ein wenig mehr mit der Sache beschäftigen.«

»Nun machen Sie mich nicht verrückt, Sarah. Zugegeben, in den zwanziger Jahren gab es eine ähnliche Mordserie wie die, die wir gerade erlebt haben. Bates Krell verschwindet, und es geschehen keine Morde mehr. 1980 verschwindet Leo Friedgood, aber das Morden geht weiter. Wir wissen nicht einmal genau, wann Leo verschwand. Glauben Sie, daß Leo Friedgood seine eigene Frau umgebracht hat?«

»Wir wissen, daß er das nicht getan haben kann. Er war den ganzen Tag bei Woodville Solvent«, sagte Sarah.

»Scheiße. Mein Verstand funktioniert genau so schlecht wie mein Magen.«

»Nun, ich meine ja nur, daß wir prüfen sollten, ob es zwischen den Ereignissen von damals und denen von heute vielleicht Parallelen gibt. Wenn es wirklich einen Zyklus von dreißig Jahren gibt, sollten wir uns mehr mit den früheren Ereignissen beschäftigen. Mit den Geschehnissen von 1952 können wir nicht viel anfangen. Damals habe ich ja schon gelebt, und es ist eigentlich nicht viel passiert. Ein Mann hat sich eine Kugel in den Kopf geschossen. Aber er hat uns in die Vergangenheit verwiesen, und ich finde es an der Zeit, daß wir diesem Hinweis nachgehen.«

»Ich sehe immer noch nicht, wie das uns helfen kann, die Telpro festzunageln.«

»Das wird uns wahrscheinlich nicht gelingen«, meinte Sarah. »Aber wir könnten vielleicht ermitteln, wie die Telpro überhaupt in das Bild paßt. Den Zyklus – das *Muster* – gab es natürlich lange bevor an Telpro zu denken war.«

Ulick zuckte die Achseln. »Wir können leider nicht diesen Bates Krell anrufen und ihn fragen, was damals los war. Wir können auch nicht unerwartet Robertson Green besuchen und hoffen, daß er schon vor lauter Überraschung auspackt.«

»Nein«, sagte Sarah. Sie lächelte, und Ulick wußte, daß sie sich mit irgendeinem Plan beschäftigte, den sie ausgebrütet hatte. »Es stimmt, wir können sie nicht anrufen oder besuchen. Aber wir könnten uns dort umschauen, wo sie gewohnt haben. Wir könnten uns ihre Häuser ansehen. Wer weiß, Ulick, vielleicht erfahren wir etwas.«

»Sie haben doch ihre Adressen, nicht wahr?«

»Natürlich. Die *Gazette* hat sie damals abgedruckt.«

»Sie wollen hinfahren und sich die Häuser ansehen. Das wäre mir recht.«

»Nun ...« Sie sah ihn verschmitzt an. »Damit wir keine Zeit verlieren, schlage ich vor, daß ein gewisser junger Anwalt die Adressen nimmt und sich im Rathaus erkundigt, ob heute jemand in diesen Häusern wohnt und ob sie überhaupt noch existieren.«

»Verdammt, geben Sie her!«, sagte Ulick. »Aber wieso bin ich eigentlich Ihr Diener?«

»Sie haben so hübsche Augen«, sagte Sarah.

Sarah blieb über die großformatigen, geheimnisvollen Seiten des »Bixbee« gebeugt sitzen, während Ulick zum Rathaus ging, das nicht sehr weit entfernt lag. Hatte sie dem alten Mann damals wirklich erzählt, daß sie in Sayres Büro die beiden Namen gesehen hatte? Sie erinnerte sich, daß sie dem damaligen Chefredakteur, einem liebenswerten Faulenzer namens Phil Hackley, die Namen genannt hatte, aber der hatte sie nicht für wichtig gehalten. War Bixbee dabei zugegen gewesen? Der Schriftsetzer war ein dürrer grauhaariger alter Mann gewesen, der ständig mit mürrischem Gesicht herumlief. Er hatte immer wie ein müder alter Hund gewirkt, und kaum jemand hatte von ihm Notiz genommen, auch dann nicht, als er nach seiner Pensionierung weiterarbeitete. Sarah hatte etwa fünfzehn Jahre lang mit ihm in einem Büro gearbeitet und sich während der ganzen Zeit nur vier- oder fünfmal mit ihm unterhalten. Von diesen Gesprächen war ihr nur eins noch schwach in Erinnerung – und das auch nur, weil der alte Mann etwas Seltsames gesagt hatte. Er hatte den Raum zu einer Zigarettenpause verlassen und war dann wieder hereingekommen. Sie hatte sich mit Hackley über die offensichtliche Gleichgültigkeit der Stadtverwaltung im Zusammenhang mit der Entwicklung der Post Road und der Riverfront Avenue unterhalten. Damals vor fünfundzwanzig oder mehr Jahren hatten diese beiden großen Straßen schon angefangen, immer häßlicher zu werden – Imbißbuden neben chemischen Reinigungen, Supermärkten und Kneipen, und über dem Ganzen ein Gewirr von Neonreklameschildern. »Nun, Bixbee«, hatte Hackley gefragt und sich mit hinter dem Kopf gefalteten Händen und einem überlegenen Lächeln in seinem Sessel zurückgelehnt. »Wie denken Sie darüber?« Bixbees schmales Gesicht hatte sich verzerrt. Eine Sekunde lang hatte Sarah gefürchtet, daß er dem Chefredakteur auf den Teppich spucken wollte. »Ich denke, daß es ziemlich gleichgültig ist«, hatte Bixbee gesagt, und Hackleys Augen hatten sich vor Vergnügen geweitet – *sehen Sie sich diese alte Yankee-Sumpfratte an*, schien sein strahlender Blick Sarah zu sagen. »Es ist scheißegal. Nichts kann diese Stadt noch retten.«

»Retten?« hatte Hackley gefragt.

»Nichts«, hatte Bixbee gesagt. »Hampstead war schon immer so verrottet wie ein Eimer voll alter Austern. Die Straßen sehen langsam wie Hundefutter aus. Und niemand wird es bemerken. Befassen Sie sich mal mit Hampsteads Geschichte, Mr. Hackley. Dann werden Sie es schon sehen.«

»Ich wußte gar nicht, daß Ihnen so viel daran liegt, Bixbee«, hatte der Chefredakteur gesagt, wobei er Mühe hatte, sich ein Lachen zu verbeißen.

»Sie wissen vieles nicht«, schoß Bixbee zurück. »Sie kennen die Geschichte Ihrer eigenen Stadt nicht, Mr. Hackley.«

Der Chefredakteur hob die Brauen und war nicht mehr ganz so amüsiert.

Dann hatte Bixbee seinen Job gerettet – er hatte ihn dadurch gerettet, daß er sofort bewies, wie verrückt er war. Und er hatte Bates Krell erwähnt! Sarah fuhr vor Aufregung im Archiv von ihrem Sessel hoch. »Ich wette, Sie haben noch nie von einem Mann namens Krell gehört, Mr. Hackley. Bates Krell hieß der Mann. Er hat sich einiges aus dieser Stadt rausgebissen – große Brocken. Er hatte schwarze Schwingen, Mr. Hackley.« Bixbees Mund verzog sich zu einer Art Lächeln. »Und jetzt erzählen Sie mir, Mr. Hackley, ob wir jemals wieder einen Schwarzen Sommer in Hampstead haben werden.«

»Einen Schwarzen Sommer?« Hackley explodierte. »Schwarze Schwingen? Mein Gott, Bixbee, es tut mir leid, daß ich Sie angesprochen habe.«

Bixbee zuckte die Achseln und zog sich in seine normale Persönlichkeit zurück; er versteckte seine Zigarette wieder in der Handfläche und verschwand in der Druckerei.

Schwarzer Sommer. Schwarze Schwingen.

Und da war noch mehr gewesen – Bixbee hatte noch etwas gesagt, was die dazwischenliegenden fünfundzwanzig oder mehr Jahre in ihrem Gedächtnis hatten verblassen lassen. Sie war ganz sicher, daß es etwas mit Bates Krell zu tun hatte …

… vielleicht auch mit seinem Haus?

Ja, das mußte es sein, und deshalb hatte sie sich in diesem Augenblick auch an die Unterhaltung mit Bixbee erinnert; das stellte die Verbindung her zwischen dem, was sie mit Ulick Byrne heute in ihrem Büro besprochen hatte, und dem, was Ulick Byrne gerade im Rathaus erledigte.

Als Ulick nach einer halben Stunde wieder zurückkam, wußte Sarah schon, was sie tun wollte. Sie hatte die Adresse auf einen Bogen mit dem Briefkopf der *Gazette* geschrieben.

»Ich habe die gewünschte Information«, sagte er, »aber es hat doppelt so lange gedauert, wie ich dachte.«

Er setzte sich ihr gegenüber an den Tisch. »Mit dem Green-Haus hatte ich keine Schwierigkeiten. Es ist seit hundert oder mehr Jahren ständig bewohnt. Zur Zeit wohnt dort ein Mann namens John Scully, dem das Haus schon seit fünfundzwanzig Jahren gehört. Er ist Verleger in New York. Ich weiß nicht, Sarah, aber ich glaube nicht, daß wir viel über Prinz Green erfahren werden, wenn wir diesen Scully in seinem Haus aufsuchen.«

»Ich bin ganz Ihrer Meinung«, sagte Sarah. »Aber was ist mit der anderen Adresse?«

»Nun, deshalb hat es ja so lange gedauert. Das Haus liegt an der Poor Fox Road – Sie kennen doch die kleine Straße, die an den Ländereien der Akademie vorbeiführt. Früher gehörte das ganze Land dort der Schule. In diesen Häusern wohnten die Lehrer und einige Internatsschüler. Das war vor zwanzig oder dreißig Jahren. Aber im Krell-Haus hat, seit er starb oder die Stadt verließ, niemand mehr gewohnt. Es wurde gegen die Steuerschulden am Ende von der Stadt übernommen, aber es sieht so aus, als ob sie es nicht wieder loswerden konnten. Es ist seit etwa fünfzig Jahren Eigentum der Stadt. Aus irgendeinem Grund ist es das einzige Gebäude in der Straße, das nie der Akademie gehört hat.«

»Ich möchte hinfahren«, sagte Sarah.

»Ein Gebäude, das seit fünfzig Jahren leersteht? Wahrscheinlich ist es sogar schon ziemlich baufällig. Haben Sie diese Häuser an der Poor Fox Road schon mal gesehen?«

»Bates Krells Haus, so wie er es damals zurückließ? Das können wir uns doch nicht entgehen lassen!« Sarah wurde ungeduldig.

»Wenn Sie wirklich hinfahren wollen, Sarah«, sagte Byrne. »Wenn ich Sie schon nach New York fahre, dann doch sicherlich auch in die Poor Fox Road.«

Sarah war wieder besänftigt. »Unterwegs«, sagte sie, »werde ich Ihnen von einer Unterhaltung erzählen, an die ich mich gerade erinnert habe.«

9

»Ungefähr hier hat der Briefzusteller Bobby Fritz' Leiche gefunden«, sagte Ulick, als sie langsam die Poor Fox Road entlangfuhren. »Sie wissen doch, das war dieser Gärtner. Er lag dort im Graben unter den Büschen.«

»Ach ja«, sagte Sarah. »Mit diesem verrückten Gedicht in der Brust. Wissen Sie, ich habe fast mein ganzes Leben in Hampstead verbracht, aber in dieser Straße war ich noch nie.« Sie schaute durch das Fenster und sah das dichte Gebüsch neben der Straße und die von Schlingpflanzen überwucherten Bäume. Dahinter sah sie einen hohen Maschendrahtzaun. Jenseits dieses Zaunes lag das Gelände der Akademie von Greenbank.

»Hier war noch kaum jemand. Eine einsame Gegend. Sieht wirklich nicht wie das übrige Greenbank aus.«

Sarah war im Begriff, ihm zuzustimmen, denn nichts könnte für Greenbank weniger repräsentativ sein als die Poor Fox Road, aber als sie um eine Biegung fuhren, kamen die Häuser in Sicht, und Sarah hatte keine Lust mehr, sich zu unterhalten. Sie wußte, welches Haus Bates Krell gehört hatte.

»Ich glaube nicht, daß hier überhaupt noch jemand

wohnt«, sagte Byrne, aber das hatte Sarah ohnehin gewußt. »Bobby Fritz' Eltern gaben das Haus nach dem Tod ihres Sohnes auf – ich glaube, der Junge hat mehr oder weniger die Familie zusammengehalten. Es gab noch einen oder zwei Nachbarn, aber die sind ebenfalls ausgezogen. Es wurde ihnen hier unten wohl zu unheimlich.«

»Unheimlich?«

»Eine Dame im Rathaus merkte, was ich suchte, und wir unterhielten uns ein wenig. Sie kannte einen Maler, der in diesem Haus dort wohnte« – Byrne zeigte auf ein zweistöckiges Fachwerkhaus neben einem Grundstück, auf dem zahlreiche schrottreife Autos standen – »und er ist anscheinend in die Stadt gezogen, weil er hier nachts immer seltsame Geräusche hörte. Wahrscheinlich kam er nicht darüber hinweg, daß Bobby Fritz so ganz in der Nähe ermordet wurde.«

»Seltsame Geräusche. Jeder in Hampstead hört nachts seltsame Geräusche.«

Er bog von der Straße ab und hielt vor einem Haus ohne Nummer. Es brauchte auch keine.

»Ich weiß«, sagte Byrne. »Diese verdammte Stadt verwandelt sich in ein Tollhaus. Hier ist es offenbar. Das Haus, das Krell gebaut hat.«

Es war ein kleines zweistöckiges Gebäude, und die früher braunen Schindeln waren zerborsten und sahen wie abgebrochene Zähne aus. Das verwahrloste Haus wirkte in der Tat ein wenig unheimlich. Die zwei kleinen Fenster zu beiden Seiten der Tür waren schon vor langer Zeit eingeschlagen worden, und die Dachkante war eingesunken. Der Rasen vor dem Haus war vergilbt und von Unkraut überwuchert. Das verlassene Haus, das kaum noch zu reparieren war, hätte eigentlich einen traurigen Eindruck machen müssen, zu schäbig selbst für Erinnerungen. Aber Sarah kam es ganz anders vor. Das kleine Haus wirkte gerade deshalb so unheimlich, weil seine Erinnerungen es nie verlassen hatten.

Ulick Byrne mußte Ähnliches empfunden haben, denn er sagte: »Sind Sie sicher, daß der alte Junge sich nicht immer noch dort versteckt? Ungefähr neunzig Jahre alt und vielleicht immer noch, sagen wir mal, aggressiv?«

Sarah mochte den sicheren Asphalt der Straße gar nicht verlassen. Sie traute sich kaum näher an das Haus heran.

»In dem Haus werden wir nicht viel finden«, sagte Ulick. »Außer der wunderbaren Atmosphäre.«

»Lassen Sie uns nachschauen«, sagte Sarah und fragte sich, wieso sie eigentlich immer mutiger war als der Mann, in dessen Begleitung sie sich jeweils befand. »Es ist doch nur ein altes Haus. Wir könnten höchstens die Mäuse erschrecken.«

»Ich kann die Mäuse gut verstehen«, aber er folgte der resoluten kleinen Person bis zum Eingang.

Sie hatte neben der morsch aussehenden Tür auf ihn gewartet. »Und wenn nun abgeschlossen ist?« fragte er, und es klang fast hoffnungsvoll.

»Sie könnten die Tür bestimmt eintreten, Ulick.«

Sie wollte, daß er die Tür öffnete, aber sie merkte, daß er zögerte. Aber dann gab er seinen Widerstand auf und griff nach dem Türdrücker. Er war narbig und abgenutzt, aber aus massiver Bronze. *Mr. Krell wollte seine Tür abschließen können,* dachte sie; *seine Tür abzuschließen und sie verschlossen zu halten war für ihn wichtig.* Dieser Eindruck ging von dem seriösen, aber ungewöhnlichen Türdrücker aus und sprach sie direkt an – ein Eindruck wie von Musik, die in den Rillen einer Schallplatte gefangen ist. Und mit diesem Eindruck empfand sie noch etwas anderes.

Es hing allerdings nicht mit dem Haus zusammen. Sie erinnerte sich daran, daß Bixbee im Büro sehr häufig bei Gemeinschaftswetten gewonnen hatte – mindestens drei Viertel aller Wetten –, so daß die anderen nicht mehr wetten mochten.

Byrnes Hand berührte den Drücker. Er schaute Sarah fragend an, betätigte den Drücker und stieß die Tür auf, die sich knarrend in den Angeln drehte.

»Kommen Sie, edler Ritter«, sagte Sarah und trat über die Schwelle.

Sie stand jetzt in einem kleinen staubigen Raum, in den

durch die beiden zerbrochenen Fenster nur wenig Licht einfiel. Ein Fenster hinten im Raum war mit vergilbtem Zeitungspapier zugeklebt. Der Fußboden aus billigem Fichtenholz hatte sich stellenweise gehoben und war wahrscheinlich nie ganz eben gewesen. Er fiel zur hinteren Wand hin merklich ab, was den Eindruck einer falschen Perspektive, den man bei einem leeren Raum ohnehin schon hat, noch verstärkte. Die Wände und die Decke waren durch Generationen von Wasserflecken gedunkelt.

»Oh, ja«, sagte Sarah. Das Haus war ganz einfach schlecht, und das fühlte man auch. Das Haus wies sie ab, wie es seit fünfzig Jahren alle abgewiesen hatte; es war wie eine Wunde, die sich nur um sich selbst schließen wollte. Es war paradox, aber Sarah war erleichtert. Sie war hier. Sie war in diesem Haus, und damit konnte sie fertigwerden.

»Völlig leer«, sagte Byrne überflüssigerweise.

»Irgendwie schon«, sagte Sarah.

Byrne warf ihr einen mürrischen Blick zu und fing an, sich mit der rechten Hand den Magen zu reiben. »Hier fühle ich mich noch schlechter«, sagte er. »Wie gründlich wollen Sie diesen Schuppen inspizieren? Hier ist doch wirklich nichts zu sehen.« Er trat ein paar Schritte weiter als sie in den Raum hinein, als ob er seinen Mut beweisen wollte.

»Ich will das ganze Haus sehen.«

Wortlos ging Sarah zu einer offenen Tür an der linken Seite. Sie wich den größten Unebenheiten auf dem Fußboden aus. Durch die Tür erreichte sie einen zweiten, kleineren Raum, der ebenfalls völlig leer war. Ein elektrisches Kabel hing von der Decke. Das Fenster hier war genauso mit Papier beklebt wie das Fenster im Wohnzimmer, und eine dicke Staubschicht bedeckte den Fußboden.

»Hier hat Bates vermutlich seine müden Glieder ausgestreckt«, meinte Byrne, der direkt hinter ihr stand.

»Die Küche muß auf der anderen Seite liegen.« Sarah drehte sich um, ging unter Byrnes ausgestrecktem Arm durch ins Wohnzimmer zurück.

Sie hatte schon fast die Tür an der anderen Seite des Zimmers erreicht, als sie von einer seltsamen Empfindung überrascht wurde. Der bucklige Fußboden schien ganz leicht zu schwanken, als ob er sich wieder glätten wollte, und Sarah blieb reglos stehen. In diesem Augenblick hörte das Schwanken auf, und der Fußboden nahm seine ursprüngliche Lage wieder ein. »Ulick«, sagte sie, »haben Sie eben …« Sie sprach den Satz nicht zu Ende. Der kleine Raum schien sich um sie herum auszudehnen, ein Vielfaches seiner Größe anzunehmen. Eine Sekunde lang hatte sie das Gefühl, in einer riesigen gewölbten Höhle zu stehen.

»Ob ich was habe?« fragte Ulick.

Sie erkannte, daß Bates Krells Haus seine Tücken hatte. Etwas einst Mächtiges konzentrierte sich hier; es waren die Destillate der Erinnerungen, die sie schon geahnt hatte, als sie das Haus zum ersten Mal sah. Es war nur gut, daß Byme mitgekommen war. Die Tücken mochten viel von ihrer Macht verloren haben, aber Sarah wußte, daß diese drei Räume und ein Keller sich zu einem Irrgarten auswachsen könnten, wenn sie allein hergekommen wäre.

»Ob ich eben was habe?« wiederholte Ulick.

Das Zimmer zog sich wieder zusammen, und Sarah fühlte sich nicht mehr als winziger Punkt in einem riesigen schrecklichen Raum.

Welche Rolle die Telpro auch immer gespielt haben mochte, es war Sarah klar, daß dieses Haus für alles, was in Hampstead geschah, von entscheidender Bedeutung war; sie begriff zwar noch nicht, wie die Teile zusammenpaßten, aber Bates Krells unheimliches kleines Haus war eines der wichtigsten in diesem Puzzle; irgendwann würde sie es verstehen. Der alte Bixbee, der ein Talent dafür hatte, die Gewinnzahlen zu ziehen, hatte es vor ihr verstanden, und sie würde sein Verzeichnis durchgehen wie Billy Graham die Bibel.

»Sarah?«

»Entschuldigung, Ulick. Ich hatte eben ein ganz seltsames Gefühl. Ich wollte wissen, ob Sie irgendwas gespürt haben.«

»Nur ein intensives Verlangen, dieses Haus zu verlassen.«

»Nur noch ein Zimmer und dann der Keller. Ich finde, wir sollten uns wirklich alles ansehen.« Sie machte sich auf den Weg zu Bates Krells Küche.

Hier waren die Fenster nicht mit Papier verkleidet, und das grelle Licht ließ die gezackten Risse in dem verkrusteten Linoleum erkennen und die Mischung von Staub und Haaren, die hochgeweht wurde, als sie den Raum betraten. Eine graue Stahlspüle von der Größe eines Waschzubers war an der Außenwand angeschraubt. Auf dem Fußboden darunter verliefen rostige Rohre.

»Hier hat Krell seine berühmten Krellburger hergestellt«, sagte Byrne. »Wir dürfen nur nicht fragen, woraus.«

Er ging vorwärts und schaute aus dem Fenster. Zwei verrostete Autos, mit zertrümmerten Windschutzscheiben standen in dem hohen Unkraut. »Dieses Haus könnten wir bestimmt billig kaufen«, sagte er. »Glauben Sie, daß diese Rohre noch funktionieren?«

Sarah schüttelte den Kopf, aber Byrne drehte schon an einem der Hähne über der Metallspüle. Ein Leitungsrohr schlug gegen die Wand, und eine Staubwolke schoß aus dem Hahn, die in der Spüle verpuffte. Wieder schlug das Rohr gegen die Wand. »Ich glaube, daß es hier tatsächlich noch Wasser gibt«, sagte Byrne erstaunt.

Der Hahn über der Spüle geriet in Bewegung. Er vibrierte mit zunehmender Intensität. Es war wie ein Trommeln.

»Drehen Sie den Hahn wieder zu«, sagte Sarah, aber Byrne schaute sie nur an. Im nächsten Augenblick flog der Hahn explosionsartig auseinander. Eine gelbliche Flüssigkeit sprühte in den Raum und bespritzte sie beide. »He!« schrie Byrne und sprang zurück. Ein dicker Strahl dieser Flüssigkeit spritzte immer noch durch den Raum, aber in wenigen Sekunden floß die Brühe nur noch träge in die Spüle. Die Flüssigkeit stank – Sarah fand, daß sie nach Krankheit roch, nach etwas, das ein Sterbender ausscheidet. Wo die Flüssigkeit auf den Boden gespritzt war, bildete sie Lachen, die rasch erstarrten. Der Gestank erfüllte die ganze Küche.

»Man kann das Ding nicht wieder zudrehen«, sagte Ulick ängstlich. »Mein Gott, was *ist* das für ein Zeug. Es wird jeden Moment auf den Fußboden laufen.«

»Ich denke, es ist eine geheime Zutat für die Krellburger«, sagte Sarah ein wenig boshaft. Sie inspizierte einen Klumpen von dem Zeug, der an ihrem Rock klebte, nahm ein Tuch aus ihrer Handtasche und wischte ihn ab.

Die Leitungsrohre dröhnten immer noch. Sarah sah, wie sie sich unter der Spüle bewegten und aneinanderschlugen. Das ganze Haus schien von dieser Bewegung ergriffen zu sein und zitterte im gleichen Rhythmus.

»Lassen Sie uns hier verschwinden, Sarah«, sagte Byrne. »Ich bin voll von dieser stinkigen Brühe, und ich finde wirklich, wir können uns den Keller schenken.«

Die kleine Küche hatte noch eine Tür, und Sarah zog sie auf. Die Angeln quietschten. Hinter der Tür lag muffige Dunkelheit. »Schnaps«, sagte Sarah.

»Ich finde, wir sollten gehen.«

»Dann gehen Sie doch. Ich schaue mir den Keller an.«

Sie drehte sich zu den morschen Stufen um, die in Dunkelheit hinabführten, und wie sie vermutet hatte, sagte Ulick: »Dann lassen Sie mich lieber vorangehen.« Er wischte sich die Jacke mit einem nicht mehr ganz sauberen Taschentuch ab. Dann knüllte er es zusammen, steckte es in die Tasche und ging an ihr vorbei, um als erster den Keller zu betreten.

»Unten ist etwas Licht«, rief er zu ihr hinauf, und als sie auf der festgestampften Erde des Kellerfußbodens standen, erkannte sie, warum. Die Treppe endete vor einer Steinmauer, und als sie neben die Treppe trat, sah sie die Glasziegel, die im Keller ganz oben angebracht waren, an jeder Seite zwei. Sie waren nicht so durchsichtig wie normale Kellerfenster, aber wenigstens ließen sie ein wenig Licht durch.

Sarahs Kopfhaut und die Haut an Rücken und Händen zogen sich zusammen. Sobald sie mitten im Keller standen, fühlte Sarah sich äußerst unbehaglich – der Keller sah wie ein ganz normaler Keller aus, wenn das Haus selbst auch nicht sehr normal wirkte. Allerdings war es kein normaler Keller. Hier waren die Erinnerungen am stärksten und am konzentriertesten. Wenn das Böse in diesem Haus Wurzeln geschlagen hatte, dann war es hier zuerst gewachsen.

Ulick Byrne mußte etwas Ähnliches empfunden haben, denn er sagte: »Mein Gott, Sarah, was für ein entsetzlicher Ort.«

Sie schaute ihm neugierig ins Gesicht, und dann sah sie sich im Keller um. Er bestand lediglich aus einer von unregelmäßigen Wänden eingefaßten freien Fläche. Der Boden war dreckig. Im trüben Licht sahen sie am entfernten Ende einen langen Tisch, der als Werkbank gedient haben mochte. Selbst von ihrem Standort aus konnte Sarah die Kerben und Schrammen daran erkennen. Ihre Nerven sträubten sich gegen alles in diesem Keller.

»Wissen Sie«, sagte Byrne, »bevor ich mich auf Immobilien spezialisierte, war ich sehr oft in Gerichtssälen, und ich habe eine Menge Gefängnisse gesehen. Ich weiß, wann Leute Angst haben und sich elend fühlen. Ich weiß, wie eingeengt sie sich im Gefängnis vorkommen. Aber, mein Gott, Sarah, dies ist der schlimmste Ort, den ich je gesehen habe. Ich will lieber nicht wissen, was hier passiert ist.«

»Ich auch nicht«, sagte sie. »Ich habe genug gesehen. Lassen Sie uns gehen.«

Byrne seufzte vor Erleichterung, und die beiden wandten sich der Treppe zu.

Oben knallte eine Tür ins Schloß.

Sarah und Ulick erstarrten. Schritte durchquerten das Wohnzimmer und dann die Küche. In wilder Angst sahen sie einander an. Vielleicht malten sie sich beide aus, Bates Krell sei zurückgekehrt und wolle sie abschlachten – ein unter diesen Umständen fast unvermeidlicher Gedanke –, aber Sarah erholte sich Bruchteile von Sekunden früher von ihrem Schrecken als Byrne und sagte: »Das ist irgendein Kind. Das muß ein Kind sein.«

Ulick nickte ohne rechte Überzeugung. Als die Tür oben an der Treppe sich knarrend öffnete, nahm er Sarahs Arm und zog sie in eine Ecke, von wo aus sie sehen konnten, was die Treppe herunterkam, bevor sie selbst gesehen wurden.

Er zog sie zu sich heran und lehnte sich gegen die Wand. Sofort fuhr er zurück. Die Wand war pelzig gewesen und hatte sich bewegt. Ulick stöhnte und drehte sich zu der heimtückischen Wand um. Fast hätte er laut gekreischt. Die Wand war von Tausenden, vielleicht Millionen kleinen roten Spinnen bedeckt. Er spürte einen scharfen Schmerz an der Hand und sah, daß eine der Spinnen ihn eben gebissen hatte. Er verbiß sich den Schmerz und schüttelte sie ab.

Die Person, die dic Treppe herunterkam, war kein Kind. Die Schritte waren langsam und vorsichtig, und das Gewicht war das eines Erwachsenen.

Der Kopf kam in Sicht. Silbernes Haar. Sarah und Byrne waren unbewußt ein wenig erleichtert. Als der Mann ihnen sein Gesicht zuwandte, war es mit der Erleichterung vorbei. Das Gesicht des Mannes war die groteske Parodie eines menschlichen Gesichts. Es war weiß wie der Tod und aufgeschwollen. Überall hing wucherndes Fleisch. Die Stirn erschien knollenförmig verdickt, der Hals war zu einer Art Wamme ausgebildet.

Wieder war Sarah schneller: sie wußte als erste, daß der Mann das war, was die Kinder einen »Triefer« nannten, und er hatte sich dieses verlassene Haus vermutlich als Versteck gewählt. Seine Krankheit war schon so weit fortgeschritten, daß er sich in spätestens zwei Wochen würde bandagieren lassen müssen, und in dem Zustand würde er ein sicheres Versteck benötigen, um der tödlichen Zerstörung seiner Bandagen zu entgehen. Ein Klumpen Fleisch an der Wange des Mannes glitt bis an das wammenartige Kinn, und Sarah empfand tiefes Mitleid mit ihm.

»Triefer«, flüsterte Ulick ihr ins Ohr, und sie warf ihm einen wütenden Blick zu. Und gerade als sie sah, daß sich in Ulicks dichtem krausen Haar eine kleine Kolonie Spinnen niedergelassen hatte, wurde ihr klar, wer der Triefer war.

Der Mann, der eben in Bates Krells fürchterlichen Keller hinuntergestiegen war, konnte niemand anders sein als ihr Gynäkologe.

»Ihre Haare!« zischte sie Byrne zu. *»Ihre Haare – Spinnen!«* Dann trat sie aus der Ecke hervor und sagte in fast normalem Ton: »Dr. Van Horne. Bitte erschrecken Sie nicht. Ich bin es. Sarah Spry.«

Der Arzt drehte sich mit grauenhafter Langsamkeit nach der Stimme um.

Jetzt sah sie das ganze Ausmaß seiner Verstümmelung – wie sie es nennen würde –, die er durch die Krankheit erlitten hatte. Sein Gesicht war kaum noch zu erkennen und glänzte von einer glatten weißen Flüssigkeit. Hautfetzen hatten sich über seinen Augen zusammengeschoben und sackten jetzt wieder nach unten. Er schien erschrocken zu sein. Hinter sich hörte sie Ulick, der zischende Laute ausstieß und sich wie wild kratzte. Die Spinnen auf seinem Kopf fingen an, ihn zu beißen.

»Keine Sorge, Doktor«, sagte sie. »Erinnern Sie sich nicht an mich? Ich bin eine Ihrer Patientinnen. Sarah Spry?«

Es ist entsetzlich, dachte sie, daß ein so wunderbarer Mann wie Wren Van Horne sich diese widerliche Krankheit zugezogen hat.

Van Horne schien sie anzulächeln, und sie trat auf ihn zu, bereit, ihn auf jede erdenkliche Weise zu trösten. Ihr Schuh versank in einer kalten Pfütze, und sie schaute überrascht nach unten. Sarah sah, daß sie in einer kleinen Blutlache stand.

»Sie alte Spionin«, sagte der grinsende Mann am Fuß der Treppe.

Sie glaubte fast, daß die Handfläche eines Kindes von unten gegen die blutigen Sohlen ihrer Schuhe drückte. Eine Sekunde lang spürte sie diesen Druck, und das dadurch hervorgerufene unmögliche und schreckliche Bild stand ihr lebhaft vor Augen. Sie bewegte sich rückwärts und hatte Angst davor, auf den Fußboden zu schauen. »Was?« sagte sie zu dem Arzt. Sein Gesicht schien sich zu verändern, es schien länger zu werden. Die Augen schwammen unter den sich bewegenden Hautlappen hervor …

(*Spionin*, flüsterte der Arzt)

… und als sie noch ein Geräusch von der Treppe hörte und wußte, daß sie beide gerettet waren, rannte sie auf das Geräusch zu und blieb stehen. Sie ging wieder in die Ecke zurück, in die der Anwalt sie gezerrt hatte – es war der letzte Ort, an dem sie sich sicher gefühlt hatte, und instinktiv kehrte sie dorthin zurück. Denn oben auf den Stufen der Treppe zu Bates Krells Küche hatte sie den kleinen toten Martin O'Hara gesehen. Sein Bruder Thomas stand hinter ihm und schaute mit demselben gleichgültigen Blick über Martins Schulter.

Zwei

Die Fledermaus aus Feuer

1

Den ganzen nächsten Tag tranken Clark und seine Geliebte mit so hemmungsloser Hingabe, als hätten sie einen Preis zu gewinnen. Mit Bier fingen sie an – kalte Flaschen Molsons Ale aus dem Eisschrank –, während Berkeley eine Packung Speck aufschnitt und den ganzen Inhalt in eine schwarzverkrustete Pfanne knallte. Am späten Vormittag gingen sie zu harten Getränken über (Jameson für Clark, für Berkeley Stolichnaya Wodka, der so kalt war, daß er wie Öl aus der Flasche rann). Zum Lunch öffneten sie eine Flasche Wein, dazu aßen sie Leberwurst auf Roggenbrot – Berkeley Woodhouse hielt Kochen, selbst wenn sie nüchtern war, für eine Tätigkeit, die man besser Dienstboten überließ –, aber der Wein war ein Napa Valley Chardonnay. Bis ein paar Stunden nach dem Lunch glaubte Tabby, daß sein Vater und Berkeley heute mit dem Alkohol ein bißchen besser als sonst zurechtkommen und einfach abends beim Fernsehen einschlafen würden. Das passierte alle paar Tage. Tabby knipste dann die Lichter aus, stieg über ihre Beine hinweg und ging ins Bett. Er fand, daß sie heute weniger gehetzt wirkten als sonst. Berkeley strich ihm ein- oder zweimal übers Haar, und sein Vater machte zum ersten Mal nach Sherri Stillwells Abreise wieder einen Witz.

»Mein Gott, Clark«, rief Berkeley, »mir fällt gerade ein, daß du zweimal verheiratet warst, und ich möchte wetten, daß du mit keiner von beiden länger als sechs Monate glücklich warst.«

»Für Glück kann man sich nichts kaufen«, sagte Clark.

Berkeley lachte schallend, und Tabby sah erstaunt auf. Der Witz war eine Lüge, aber es war trotzdem ein Witz, wenn auch ein bitterer.

Nach dem Lunch verflog auch dieser Anschein einer guten Stimmung.

Clark und Berkeley gingen ins Schlafzimmer. »Wir wollen ein kleines Nickerchen machen«, sagte Berkeley. Diese Beschönigung mißfiel Clark, und er sagte: »Das heißt, wir wollen bumsen, verstanden?« Er schubste sie zur Tür.

Tabby kannte die Töne, die aus dem Schlafzimmer seines Vaters drangen, wenn er sich mit einer Frau beschäftigte, und da er keine Lust verspürte, sich diese Aneinanderreihung von Stöhn – und Grunzlauten ein weiteres Mal anzuhören, ging er in sein Zimmer. Er war erstaunt, als er zwanzig Minuten später Geräusche aus Clarks Schlafzimmer hörte – gewöhnlich war in seinem Zimmer nichts davon zu hören. Und die Töne selbst waren nicht die üblichen Bauernhof-Geräusche. Tabby glaubte, seinen Vater weinen zu hören.

Ungefähr um zwei fanden Clark und Berkeley sich wieder in der Küche ein, wo Tabby am Tisch saß und einen Roman von H. P. Lovecraft las, den er in der Bibliothek gefunden hatte. Das Haar seines Vaters war zerwühlt, und Berkeley hatte große schwarze Flecke unter den Augen. Clarks Mund war verkniffen.

Berkeley ging sofort zum Kühlschrank und nahm die Stolichnaya-Flasche aus dem Eisfach. Sie goß das Glas, aus dem sie am Vormittag getrunken hatte, gut halb voll und warf eine Handvoll Eiswürfel hinein. »Clark?« fragte sie mit verführerischer Stimme. »Willst du etwas Whisky?«

»Was sonst sollte ich wollen?« knurrte er.

Schweigend gab sie ihm seinen Drink.

Mit finsterem Gesichtsausdruck nahm er einen Schluck, zog eine Grimasse.

»Du brauchst mir nicht gleich den Kopf abzureißen«, sagte Berkeley.

»Nenn mir zwei triftige Gründe, die dagegen sprechen«, brummte Clark.

Tabby verschwand aus der Küche – er hatte das Gefühl, daß diese beiden unglücklichen Menschen es kaum bemerkten. Als er die Treppe hochging, meinte er seinen Vater wieder weinen zu hören, dann hörte er ihn laut schimpfen. Er schloß seine Tür und hielt sich die Ohren zu. Als das laute Geschrei aufhörte, legte Tabby eine Platte auf – *The Doctor Is In*, Ben Sidran – und versuchte, alles zu übertönen, indem er die Lautstärke so weit aufdrehte, wie er sich gerade noch traute.

Um vier ging er wieder in die Küche hinunter, um sich eine Cola zu holen. Clark und Berkeley hatten die Tür vom Kühlschrank und vom Eisfach offengelassen, und Tabby machte sie zu, als er seine Flasche herausgenommen hatte. In der Spüle türmte sich das schmutzige Geschirr von einigen Tagen. Tabby trank ein wenig von seiner Cola, dann spritzte er Spülmittel ins Becken und drehte das heiße Wasser auf. Vom Saubermachen hielt Berkeley genauso wenig wie vom Kochen, und wenn sein Vater Geschirr spülte, sorgte er immer dafür, daß es reichlich Scherben gab. Tabby spülte schnell das ganze Geschirr, trocknete seine Hände und ging in die Bibliothek. Das war eins der vier Zimmer, die einen Kamin hatten. Tabby sah, daß ein kleines Feuer auf dem Rost schwelte, aber es waren nur glimmende Zeitungen. Der Fernsehapparat plärrte eine Zahnpastareklame in den leeren Raum. Tabby roch brennendes Papier, Whisky und ein schwelendes, bitteres Gefühl – er glaubte immer noch, außer ihm sei niemand im Zimmer, aber die Bitterkeit der Gefühle, die hier in der Luft lag, war genauso stark zu spüren wie der Geruch von Whisky.

Für einen Moment sah er die Wände schwanken und wogen. Er hatte das Gefühl, daß sie sich auf ihn zu bewegten. Er sprang zur Seite, weil er daran dachte, was ihm in der öffentlichen Bibliothek passiert war … ein Mann mit teefarbenen Augen richtete ein Gewehr auf ihn, während über ihnen ein Sturm tobte …

Du hättest nach Fairlie Hill gehen sollen, Junge. Mit den anderen.

Sein Mund war trocken, sein Herz hämmerte.

Hätte er in diesem Augenblick nicht das feuchte Rülpsen seines Vaters gehört, wäre er wahrscheinlich in Ohnmacht gefallen.

Tabby fuhr herum und sah Clark, der ihn gegen die braunen Fenstervorhänge gelehnt böse anstarrte. In seiner Hand schwankte ein Glas mit brauner Flüssigkeit. Sein Haar hing ihm in die Stirn. Seine Umrisse verschmolzen fast mit dem dunklen Hintergrund. Er war kaum noch zu sehen. Ein paar Fliegen schossen an seinem Gesicht vorbei. Dann sah Tabby, daß Berkeley Woodhouse auf der Couch lag, die an der hinteren Wand des Zimmers stand. Ihr Rock war zerknautscht, und das Haar hing ihr ins Gesicht. Auch sie wirkte fast gespenstisch – als hätte der russische Wodka die Hälfte ihrer Substanz gestohlen.

»Geh«, sagte sein Vater. Seine Stimme war rauh, wütend und von Emotionen zerrissen.

Tabby schlich aus dem Zimmer.

Eine Zeitlang saß er auf der Treppe. Er begriff nicht, was mit ihm und seinem Vater vorging, und wußte nicht, was er tun sollte. Als er dort saß, die Arme um die Knie geschlungen, kam sein Vater zweimal an ihm vorbei. Er stolperte in die Küche und kam mit frischen Drinks zurück, die er unsicher vor sich herbalancierte. Das kleine Feuer im Kamin qualmte. Tabby stieg der beißende Geruch in die Nase, und die Stimmen aus dem Fernsehapparat in der Bibliothek wetteiferten mit Clarks besoffenem Gelaber.

»Gosse«, hörte er seinen Vater sagen. »Gosse.«

Und »Nicht mein Fehler.«

Er roch den scharfen Atem des Kamins und fragte sich zum ersten Mal, warum sein Vater sich die Mühe machte, an einem warmen Augusttag ein Feuer anzuzünden.

Clark warf noch einen Stoß Zeitungen in die stinkende Glut, und Tabby hörte Berkeley stöhnen. Das Haus schien von Nacht erfüllt; von schattenhaften Absichten, die die Finsternis der Nacht und die Leere der Trunkenheit erforderten. Tabby verstand nur eins: sein Vater litt furchtbare Qualen und würde jeden angreifen, der den Versuch machte, ihm zu helfen oder ihn abzulenken. Tabby schlich in sein Zimmer zurück, stülpte sich die Kopfhörer auf die Ohren, schloß die Augen und versuchte, alles zu vergessen.

Als er nach einer Stunde wieder auf den Flur trat, schlug ihm Hitze entgegen. Die Luft war so trocken wie nach einem Sandsturm in der Wüste. Es roch nach Feuer und Asche. Tabby ging bis an die Treppe.

»Dad?«

Immer noch klang die versoffene, gequälte Stimme aus dem Wohnzimmer zu ihm herauf. Clarks Zunge war schwer, aber er redete ununterbrochen. Tabby hörte, wie der Schirm vor den Kamin geschoben wurde.

»Dad? Was ist los?«

»Huh«, hörte er Clark sagen, dann Schritte, die sich der Treppe näherten, schließlich erschien sein Vater am Fuß der Treppe. Seine schwarze Hand umklammerte den grünen Hals der Whiskyflasche, schwarze Rußstreifen teilten sein Gesicht. »Ich mache Feuer, das ist los. Feuer in allen Kaminen. Damit dieses Haus endlich wieder warm wird. Hilfst du mir?«

»Wie kann ich helfen?« fragte Tabby.

»Geh und hol Holz von draußen – viel Holz. Berkeley schmeißt immer nur Papier auf das verdammte Feuer. Das ist Scheiße. Du mußt rausgehen und Holz reinholen.«

»Frierst du denn?«

»Jetzt nicht mehr«, sagte Clark.

»Ich krieg' das schon hin.«

Seine Augen waren glasig – sie sahen aus wie bemalte Muscheln. Die Rußstreifen schienen sich auf seinem Gesicht zu verhärten genau wie die Gefühle, die in ihm tobten. »Fühlst du dich krank, Daddy?« fragte Tabby.

»Gehst du jetzt Holz holen, oder muß ich dir Beine machen?« Sein Vater starrte ihn aus seinen versteinerten Augen an.

Tabby lief die Treppe hinunter und an seinem Vater vorbei. Er wagte nicht, ihn anzusehen.

Der umsichtige Monty Smithfield hatte jeden Herbst drei Klafter Holz gekauft und jeden Winter höchstens zwei Klafter in den Kaminen seines Hauses verbrannt. Die kaminfertigen Scheite – genug für mindestens drei Winter – lagen an dem langen Zaun, der das Grundstück nach hinten begrenzte, aufgeschichtet. Sie waren zum Teil so ausgetrocknet, daß die Borke sich von dem grauen Holz abschälte. Tabby nahm den zu einer Schlinge geknoteten Strick von dem Haken an der Hintertür und ging über das struppige Gras. Er roch den Qualm aus den Schornsteinen und sah ihn über dem Haus aufsteigen. Schwarze Fetzen von verbranntem Zeitungspapier segelten durch die Luft. Tabby legte die Schlinge auf den Boden und stapelte so viele Scheite von dem ältesten und trockensten Holz hinein, wie er tragen konnte. Als er seine schwere Last durch die Hintertür zerrte, knallte das Holz gegen den Pfosten.

»Gut«, sagte sein Vater. »Pack das Zeug auf das Feuer in der Bibliothek.«

»Alles?«

»Dann geh raus und hol mehr. Noch einmal so viel, und pack es in den Wohnzimmerkamin.«

»Dad ...«

»Es muß sein, Tabby«, sagte Clark. Er nahm einen Zug aus der Flasche. Tabby hob die Schlinge mit dem Holz wieder auf und trug sie mühsam mit beiden Armen vor sich her in die Bibliothek.

Das Zimmer war so heiß wie eine Sauna. Er setzte die Schlinge ab, machte die Kamintür auf und fing an, Scheite auf das schwelende Feuer zu schichten. Eine schmale Flamme züngelte nach oben, dann folgte eine armdicke, rot und kraftvoll. Das alte Holz brannte wie ein Haufen trockenes Laub. Die plötzlich entstehende intensive Hitze trieb Tabby zurück, und er stieß sich schmerzhaft den Rücken an der Messingkante eines Tisches. Er rieb sich die schmerzende Stelle.

Hinter ihm auf der Couch stöhnte Berkeley Woodhouse. Tabby fuhr herum. Er hatte fast vergessen, daß sie auch noch im Zimmer war. Sie hielt ihm ein mit Lippenstift verschmiertes Glas entgegen, und Tabby beeilte sich, es ihr abzunehmen.

»Bringst du mir bitte noch eins, Schatz?« fragte sie. Einen Augenblick glaubte Tabby, sie hielt ihn für seinen Vater.

Aber dann schlurfte Clark hinter seinem Rücken heran, und Berkeleys Gesichtsausdruck veränderte sich und erstarrte: sie hatte Tabby also doch erkannt.

»Laß den Jungen zufrieden. Er hat zu tun«, sagte Clark und riß Tabby das Glas aus der Hand. »Ich hole dir noch einen Drink, wenn du glaubst, daß du noch einen brauchst.«

»Warum bist du ...? Warum ...?« Berkeley kämpfte kurze Zeit mit dem Satz, aber dann ließ sie sich auf die Couch zurückfallen und ließ ihn unvollendet.

»Beweg dich«, bellte Clark. »Holz, verstehst du? Du bist hier nicht der Mundschenk.« Immer noch ging Hilflosigkeit von Clark aus, aber jetzt war es aggressive Hilflosigkeit.

»Du willst mehr Holz«, sagte Tabby tonlos. »Für den Kamin im Wohnzimmer, dann für die Küche. Dann für dein Schlafzimmer.«

Clark starrte seinen Sohn wortlos an.

»Okay«, meinte Tabby. »Wenn du es unbedingt willst.«

»Weil *ich* es will«, sagte Clark. »Das ist der Punkt, den ihr euch merken müßt. Du und diese dämliche Schlampe.« Er grinste Tabby wütend an und versuchte dann mit der Hand, die die Whiskyflasche hielt, ein paar Fliegen zu verscheuchen, die vor seinem Gesicht herumschwirrten.

Gegen Abend waren die Zimmer rot vom Feuerschein der vier Kamine. Tabby pendelte immer noch zwischen dem Holzstapel hinter dem Haus und den Feuerstellen hin und her. Als es dunkler wurde, veränderten sich die Räume im Erdgeschoß und das Schlafzimmer seines Vaters fast bis zur Unkenntlichkeit. Die zuckenden Flammen färbten die Wände und verschoben die Dimensionen. Wo vorher eine dunkle Wand gestanden hatte, stand jetzt eine rote. Im ganzen Haus hörte man das saugende Geräusch der Luft, die durch die Schornsteine nach oben flog. Tabby hatte noch nie so geschwitzt, und sein Gesicht war inzwischen genauso mit Ruß und Asche verschmiert wie das seines Vaters. Er hatte aufgehört, darüber nachzudenken, warum sein Vater darauf bestand, das Haus in einem Backofen zu verwandeln. Es war wohl nur eine weitere von seinen üblen Schnapsideeen, die morgen vergessen sein würde, und ihm blieb nichts anderes übrig, als das verrückte Spiel mitzuspielen. Seine Arme schmerzten, und in seinem Kopf hämmerte es. Nach der stundenlangen Schufterei in der Hitze wußte Tabby kaum noch, wie er hieß. Fast unbewußt nahm er wahr, daß Berkeley Woodhouse – von seinem Vater ignoriert – durch das Haus geisterte. Und als er wieder einmal mit seiner achtzig Pfund schweren Holzladung auf das Haus zustolperte, glaubte er seinen Vater wieder weinen zu hören. Schluchzend fragte er »Jean? Jean?« als ob ihm der Geist seiner verstorbenen Frau erschienen sei. Aber das war unmöglich. Außerdem war Tabby inzwischen so erschöpft, daß er kaum noch den Namen seiner Mutter erkannte.

Berkeley hatte im Kühlschrank ein altes Stück Dauerwurst gefunden und fing an, darauf herumzukauen. Tabby war zu erschöpft, um essen zu können. Er ging nach oben und wusch sich das Gesicht und die Hände – zu müde, um sich gründlicher zu reinigen –, während unten sein Vater in die lodernden Flammen grinste.

An der Wand des Zimmers, das er für seines hielt, sah er einen ihm unbekannten Wimpel – einen College- oder Schul-Wimpel. Er starrte ihn an, als er auf sein Bett zusteuerte. ARHOOLIE. *Arhoolie*? Das war ihm schleierhaft. Als er in die Kissen sank, schien sich der Raum um ihn wellenförmig auszudehnen. Seine Haut kam ihm vor, als sei sie unter einem Grill geröstet worden.

»Hier hast du einen ganzen Teller voll Feuer!« hörte er Clark kreischen, kurz bevor er einschlief.

Tabby träumte, er wanderte auf einen großen Wald zu. Riesige Bäume auf einer Ebene. Ihre Schatten verdunkelten das Land. Ihre dichtbelaubten Kronen beugten sich Tabby entgegen, schüttelten sich. Er wußte, er sollte weglaufen – sich umdrehen und rennen so schnell er konnte – die Bäume sagten es ihm. Von dem großen Wald ging eine Welle der Bitterkeit aus, eine Welle des Bösen, und das Böse war aus der Bitterkeit entstanden. Er hätte wegrennen sollen, aber er mußte näher heran, er mußte *sehen*, was zwischen den Bäumen versteckt war. Je näher er kam, um so deutlicher hörte er die Stimmen von Tieren – von Tieren, die Schmerzen litten, von Tieren, die vor Angst und Schmerzen schrien oder wimmerten. Begleitet wurden diese gräßlichen Angst- und Schmerzensschreie von den Geräuschen eines heftigen Kampfes: Körper wurden gegen Bäume geschleudert, die Erde von Klauen und Hufen aufgewühlt und erschüttert. Ein Tier schrie mit der Stimme einer Frau – schrill und angstvoll. In diesem Wald bekämpften sich die Tiere, und wenn Tabby sich hineinwagte, würden sie ihn anspringen und ihm das Herz herausreißen. Dieser Schrei, der wie der einer Frau geklungen hatte, wollte nicht verstummen.

Als er die Augen öffnete und die warme Bettdecke unter seinen Händen fühlte, sah er mitten in seinem dunklen Zimmer einen schimmernden, wabernden Fleck weißen Lichts. Das hatte er schon einmal gesehen, er wußte nur nicht, wo. Dann erinnerte er sich: vor ein paar Tagen, als sein Vater betrunken am Küchentisch saß, war ein solcher Fleck hinter seinem Kopf erschienen.

In Tabbys Schlafzimmer war es erstickend heiß geworden. Es roch nach Holzfeuer, rauchig, aber angenehm.

Der unruhige Lichtfleck am Fußende seines Bettes zog sich zusammen. Alle diese verrückten Tiere im Wald … Tabby verkroch sich unter seine Laken und fühlte, wie verschwitzt sie waren.

Der weiße Fleck verwandelte sich in ein Gesicht. Tabbys Körper verkrampfte sich auf dem feuchten Bettzeug, und er nahm einen tiefen Atemzug von der rauchigen Luft. Das weiße, wabernde Gesicht vor ihm war ausdruckslos und babyhaft: aber die Stirn floh zurück, und über den Augen erschienen Wülste, das Kinn schob sich vor wie ein Spaten, die Ohren wuchsen. Das Gesicht war fertig und grinste Tabby an.

Es war Gideon Winters Gesicht. Sein wahres Gesicht, das er der Welt nicht gezeigt hatte.

Gideon Winters Gesicht kam Tabby entgegen wie die Bäume in seinem Traum. Er hatte einen schwachen Eindruck von schwarzer, holzrauchdurchtränkter Kleidung. Der riesige Mund öffnete sich, spitze Reißzähne wurden sichtbar. Obszön schoß eine schlangenartige Zunge auf Tabby zu.

Vor seinem Fenster ertönte wieder der Schrei des verwundeten Tieres. Aber er erkannte jetzt, daß es kein Tier war: es war der Schrei einer Frau.

Das Gesicht vor ihm schrumpfte zusammen bis auf einen kleinen flackernden Punkt, der sich dann in Nichts auflöste und nur einen bitteren Geruch in der Luft zurückließ.

Zitternd verließ Tabby sein Bett – er bemerkte erst jetzt, daß sein Zimmer schwarz von Qualm war. Gerade als er das Fenster öffnen wollte, drang wieder ein kläglicher Schrei durch die Nacht zu ihm. Auf dem Rasen vor dem Haus sah er in der Dunkelheit zwei Menschen kämpfen. In den letzten Wochen hatte er viele solcher Szenen gesehen. Jeder in Hampstead kannte diese obskuren, aber leidenschaftlichen Auseinandersetzungen, und vielleicht lag es daran, daß Tabby ein paar Augenblicke brauchte, um die beiden Kämpfenden zu erkennen.

Aber als ihm einiges an den beiden bekannt vorkam, sträubte er sich dagegen, die Wahrheit zu erkennen: Es waren sein Vater und Berkeley Woodhouse.

Clark schien vor Fröhlichkeit bersten zu wollen und sah aus, als könnte er eine Eiche mit der flachen Hand fällen, deshalb konnte Tabby auch nicht glauben, daß es sein Vater war, obwohl er ihn erkannt hatte. Soviel Energie und soviel Vertrauen in seine körperliche Kraft und Geschicklichkeit hatte Clark seit seinen fast vergessenen Siegen auf dem Tennisplatz nicht mehr gezeigt. Tabbys erster Eindruck war, daß sein Vater sich seit Jahren nicht mehr so gut amüsiert hatte.

Und dann sah er, daß das Rote in Berkeleys symmetrischem Gesicht nicht verschmierter Lippenstift war, sondern Blut.

Clarks Rückenmuskeln lachten wieder, und seine Faust zerschmetterte ihre Nase. Als Berkeley die Hände hob, trat Clark ihr die Beine unter dem Körper weg. Sobald seine Geliebte auf den Boden aufschlug, versetzte er ihr fröhlich einen gutgezielten Tritt in die Rippen. Wieder schrie sie jämmerlich auf. Der nächste Tritt traf ihren Kopf. Berkeley stöhnte, und Clark wandte sich wieder ihrer Mitte zu. Ihre langen Beine zitterten, ihre Fersen schlugen rhythmisch auf den Boden. Clark holte besonders gründlich aus, um ihr in den Bauch zu treten. Der Stoß ließ ihren Körper ein Stück über den Rasen rutschen.

Berkeley krümmte sich zusammen, und eine Spirale weißen Rauchs verdeckte vorübergehend ihr Gesicht. Clark nutzte die Gelegenheit, ihr ins Gesicht zu treten, ohne auch nur den Standort wechseln zu müssen. Sein Fuß schnellte zweimal vor, wie der Kolben einer Dampfmaschine. Dann färbte sich das Gras zu seinen Füßen dunkel. Seine Hose hatte rote Flecken. Der weiße Rauch verzog sich langsam, so daß Tabby sehen konnte, was aus Berkeleys Gesicht geworden war. Dann löste sich Tabbys Starre.

Er riß das Fenster auf, lehnte sich hinaus und schrie »Dad! Aufhören! Aufhören!«

Clark drehte sich um und sah zu seinem Sohn auf. Sein Gesicht war so fröhlich, wie Tabby befürchtet hatte. Clark strahlte.

»Dreh dich um, Tabby«, sagte er. »Jetzt bist du dran.«

»Dad«, flüsterte Tabby.

»Ich rufe einen Krankenwagen.«

»Sieh dich um, Tabby«, sagte sein Vater und lächelte ihn an – dieses Lächeln war nicht Clarks Lächeln – viel zu süß und freundlich. Er ging zum Haus zurück, ohne sich noch einmal nach Berkeley umzusehen.

Clark verschwand im Hauseingang. Tabby hörte die Tür zuschlagen. Verzweifelt betrachtete er den reglosen Körper von Berkeley Woodhouse und hoffte auf eine Bewegung oder ein Stöhnen ... aber er wußte, daß sie tot war.

Eine Tür im Haus schlug zu – es war die Tür zur Bibliothek.

Tabby drehte sich um, und ihm war, als ob das ganze Haus ihn auslachte.

Dies war nicht sein Zimmer. Es war kleiner und vollgestopft mit *Sachen:* Er sah ein Paar Ski an der Schranktür lehnen, einen Posaunenkasten neben dem Bett, und am gegenüberliegenden Fenster einen Notenständer. Tabby konnte weder skilaufen noch Posaune blasen oder Noten lesen; und in der gegenüberliegenden Wand war überhaupt kein Fenster. Der ARHOOLIE-Wimpel, den er schon vorher gesehen hatte, der Vorbote all dieser Veränderungen, glänzte an seinem Platz über dem Bett.

Der durchdringende Geruch von verbranntem Holz lag noch in der Luft, es war aber kein Rauch mehr zu sehen.

Tabby ging vorsichtig durch das ihm fremde Zimmer zum Fenster. Was er sah, als er hinausschaute, war nicht Greenbank. Er sah eine größere Rasenfläche, die nicht in einer Böschung zur Straße abfiel, sondern an einem weißen Zaun endete. Auf der anderen Straßenseite standen einfache Holzhäuser viel näher zusammen als die Häuser in Hampstead. Die Bäume waren anders – sie erinnerten Tabby an die Bäume, die er aus dem nördlichen Florida kannte. Die Straße war ein breiter nasser Teerstreifen. Unten an einer Ecke – einer Ecke, die nicht existierte – war an einer Stange ein Straßenschild zu sehen. Tabby kniff die Augen zusammen, um es lesen zu können. MAPLE LANE.

Wie die Einrichtung des Zimmers war auch dieser Straßenname Tabby nicht vertraut. Dennoch kam er ihm irgendwie bekannt vor, als sei er ihm schon im Traum begegnet.

Unten brüllte sein Vater wie ein wildes Tier. Tabby bekam einen Schreck, als er das laute Geräusch als Lachen erkannte.

Maple Lane. Ein Zimmer mit einer efeugemusterten Tapete und ein Paar Ski, die an der Schranktür lehnten. Arhoolie. Er glaubte *fast* zu wissen, was er hinter dieser Tür vorfinden würde. Was würde wohl geschehen, wenn er an das Telefon ginge? Würde sich das Polizeirevier von Hampstead melden? Oder die Polizei dieser erfundenen Welt?

Draußen auf dem Flur hing dichter unsichtbarer Rauch. Er rieb wie Sandpapier an Tabbys Augen, warf ihm Salz in die Lungen. »Hilfe!« rief er. »Dad!«

»Hast du Schwierigkeiten?« fragte hinter ihm ganz ruhig die Stimme seines Vaters. Tabby fuhr herum. Er war so erschrocken, daß er sich fast in die Hose gemacht hätte.

Es war die Stimme seines Vaters, aber nicht sein Vater. Ein schlanker, viel jüngerer Mann löste sich aus der Wand. Sein Gesicht war mit kleinen Aknenarben übersät. Tabby fand, daß er gut zu den Norman-Zwillingen gepaßt hätte – er sah kriminell aus. Er trug eine Mütze und einen grauen Tweedanzug, der seinem Vater gehörte. Tabby trat ein paar Schritte zurück.

»Geh zurück in dein Zimmer, Spunks«, sagte die Kreatur, »da steht ein ganzer Teller Kekse für dich.« Das Wesen lächelte Tabby an, und dieses Lächeln jagte Tabby einen Kälteschauer über den Rücken. »Ein ganzer Teller voll, mein kleiner Freund.«

»Dad«, sagte Tabby.

»Daddy ist hier«, sagte das Wesen mit der Stimme seines Vaters, und glitt auf ihn zu.

Tabby machte kehrt und rannte. Komischerweise wußte er genau, daß hinter ihm am Ende des Korridors die Treppe war. Das Wesen mit der Stimme seines Vaters fing laut an zu lachen.

Je weiter er nach unten kam, um so stärker wurde die Hitze. Er hörte das Feuer im Wohnzimmer und in der Bibliothek ... das Geräusch gieriger Flammen, die alles fraßen, was sie erreichen konnten. Er nahm die letzten drei Stufen auf einmal und rannte ins Wohnzimmer. Dort stand eine Chintzcouch, und an den Fenstern hingen Rüschengardinen. Neben dem Kamin sah er eine Standuhr auf einem selbstgeknüpften Teppich. Die Hitze im Zimmer schien Tabby groß genug, um das ganze Inventar in Flammen aufgehen zu lassen. Große Schwingtüren aus Holz trennten diesen Raum von der Küche, und Tabby rannte hindurch. Er wollte nur raus. In ein wirkliches Draußen. Nach Greenbank.

Eine Frau, die an der Spüle gestanden hatte, drehte sich um und lächelte ihn an. Und jetzt begriff er endlich, wo er war. In einem schlichten braunen Kleid mit weißem Peter Pan-Kragen begrüßte ihn Grace Jameson – Grace Jameson mit dem Gesicht seiner Mutter – in der Küche von *Daddy's Here,* wo so viele Probleme diskutiert und gelöst worden waren. In den einfachen, primitiven Geruch des Feuers mischte sich jetzt der Duft eines Bratens auf dem Herd. Er blieb stehen. Hielt den Atem an.

»Oh, Liebling«, sagte seine Mutter. »Hier bist du. Wir haben schon so lange auf dich gewartet. Das Essen ist gleich fertig. Solltest du nicht raufgehen und dich waschen? Du weißt doch, daß dein Vater auf dich wartet.«

»Billy Bentley«, flüsterte Tabby. Gebannt sah er Jean Smithfield an. Sie sah genauso aus wie an ihrem Todestag vor zehn Jahren, aber anders als er sie von den Bildern kannte, die Clark ihm manchmal gezeigt hatte. Auf den Photos wirkte sie immer etwas verschlossen. Mit ihren neunundzwanzig Jahren war seine Mutter kleiner, als Tabby sie in Erinnerung hatte, zarter, fast zerbrechlich.

»Nun sei nicht albern«, sagte sie. »Schnell nach oben mit dir, junger Mann.«

»Mom«, sagte er.

Jane Smithfield ging auf Tabby zu. Ihr Gesichtsausdruck zeigte sowohl tiefe Liebe als auch strafende Strenge. Dann lächelte sie und griff spielerisch nach seiner Schulter.

Tabby schaute sie an und wäre am liebsten in ihre Arme gelaufen. Aber eine Welle heißer Luft wie von einem Hochofen – Luft so heiß, daß sie Eisen schmelzen konnte – kam auf ihn zu, und er sprang entsetzt zurück.

Seine Mutter lächelte ihn immer noch an, aber ihre Hände brannten. Einen Augenblick später züngelten die Flammen an ihren Armen hoch und erfaßten ihr Haar. Hinter der Haut ihres lächelnden Gesichts sah Tabby weiß glühende Knochen. Er sprang noch einen Schritt zurück, und seine Mutter wankte auf ihn zu. Die Flammen breiteten sich über ihr Gesicht und ihre Brust aus.

Ohne hinzusehen streckte Tabby eine Hand zur Seite aus und berührte die intensive Hitze eines unsichtbaren Feuers. Er schrie auf vor Schmerz, und sein Verstand blockierte wie ein heißgelaufener Motor. Das Haus um ihn herum brannte, und er konnte keine Flammen sehen.

Seine Mutter fiel auf die Knie und streckte immer noch die Arme nach ihm aus. Tabby versuchte, von der Stelle, wo er sich verbrannt hatte, abzurücken, aber er konnte den Blick nicht von seiner Mutter wenden. Sie war nur noch ein flackerndes Feuer, aus dem zwei ausgestreckte Arme herausragten.

Seine verbrannte Hand schmerzte unerträglich.

Ohne hinzusehen wußte er, daß sie stark gerötet und mit Blasen übersät sein mußte.

Hinter sich hörte er seinen Vater lachen und fuhr herum, darauf gefaßt, Billy Bentley zu sehen. Aber es war sein Vater. Er trug den grauen Anzug und hielt ein Glas irischen Whisky in der Hand. Als Clark etwas davon verschüttete, saugten kleine Flammen den Whisky auf, sobald er den Boden berührte.

»Ist das nicht herrlich?« rief Clark. »Zum allerletzten Mal sind wir wieder beisammen – und das auch noch im Fernsehen!« Clark schwankte und wischte sich den Schweiß vom Gesicht. Er grinste geistlos wie ein Hund. »Rauf mit dir – hast du nicht gehört, was deine Mutter gesagt hat, Bürschchen? Und dann kommst du gewaschen und umgezogen zum Essen, und zwar sehr schnell!«

An seinem linken Jackenärmel zeigten sich dunkle Flekken, von denen Rauch aufstieg.

In dem zuckenden Feuerhügel, der Jean Smithfield verzehrt hatte, entstand ein Wesen, das Tabby schon zweimal gesehen hatte. Es streckte sich – fand seine Schwingen. Neue Hitze schlug Tabby entgegen.

»Ein ganzer Teller voll Feuer«, sagte Clark nachdenklich. »Das war es doch, stimmts? ›Ein ganzer Teller voll Feuer‹. Wie oft hast du das gesagt. Hier in dieser Küche.«

Richard: es ging um Richard Allbee, nicht um ihn. Der Drache wollte ihm sagen, daß auch Richard heute nacht sterben würde.

»Warte, ich helfe dir die Treppe rauf, Spunky«, sagte sein Vater und stolperte auf ihn zu. Tabby entfernte sich noch einen Schritt vom heißesten Teil des Zimmers und schaute wieder in die lodernden Flammen mitten auf dem Küchenfußboden. Er glaubte zu sehen, wie sich der Kopf mit den riesigen leeren Augen – Augen voller Nacht – aus der Glut erhob. Dann erregte eine andere Bewegung seine Aufmerksamkeit.

Er hob den Blick und sah Billy Bentley, der ihn, mit verschränkten Armen an eine glühende Wand gelehnt, aus seinem pickelnarbigen Gesicht anlächelte. Billy nahm die Arme auseinander, ließ eine Hand nach unten gleiten, und zeigte ihm seinen ausgestreckten Mittelfinger wie ein Zauberkünstler dem erstaunten Publikum das Kaninchen aus dem Hut.

»Wir müssen etwas tun«, sagte Clark unruhig. »Zeit ... wir haben nicht viel Zeit.«

Tabby zog sich zurück. Er wußte nicht, wohin, er wollte nur weg von diesem lebenden Scheiterhaufen in der Mitte der Küche. Seine Augenbrauen waren schon geröstet, die Härchen in seiner Nase konnten jeden Augenblick anfangen zu brennen. Billy Bentley lehnte immer noch an der brennenden Wand und zeigte ihm den Finger.

»Ist dies das Ende der Serie?« fragte Clark. Billy öffnete den Mund zu einem lautlosen Gelächter.

Er würde sterben. Das Haus brannte, und er und sein Vater waren so in ihrer Halluzination von *Daddy's Here* gefangen, daß sie den Weg hinaus nicht finden konnten. Tabby zog sich noch weiter zurück. Jetzt sah er, wie sich der Kopf der Fledermaus aus Feuer über den Scheiterhaufen erhob, sich mit seinen leeren Augenhöhlen suchend umsah. Sobald ihr Blick ihn traf, würde er sterben. Die ganze Küche, das ganze Haus würde explodieren – wie der Todesstern in *Krieg der Sterne*.

»Heh, Junge«, fragte Clark, »Was, zum Teufel, ist mit Berkeley passiert? Verdammt, warum ist dieser Drink so heiß?«

»Dad«, sagte Tabby. »Lauf! Nur raus aus dem Haus!«

Die Augen der Fledermaus aus Feuer richteten sich gierig auf Clark. Ein riesiger Flügel erhob sich knisternd aus den Flammen, entfaltete sich und füllte fast die ganze Küche. Clark wurde gegen die Spüle geschleudert und war sofort in Flammen eingehüllt. Auch der Drink in seiner Hand brannte. Tabby sah, wie ihm die Kleider in Fetzen vom Körper flogen. Sein Vater kreischte vor Schmerz, als seine Haut anfing zu brennen.

»Nein!« schrie Tabby und sah hilflos zu, wie sein Vater starb.

Eine zweite riesige Schwinge erhob sich aus den Flammen.

In hoffnungsloser Verzweiflung drehte Tabby sich um sich selbst, schluchzte und rannte weg von der Hitze – er wußte nicht, wohin. Das wirkliche Haus lag versteckt unter dieser Vision von *Daddy's Here*, aber er spürte, aus welcher Richtung etwas kühlere Luft kam.

Seine Finger berührten eine heiße Wand. Hinter sich hörte er das Knistern der riesigen Feuerschwingen. Er tastete sich an der Wand entlang und spürte, daß etwas nachgab – er konnte es kaum glauben, aber als er stärker drückte, kam ihm ein kühler Luftzug entgegen – er hatte die Tür gefunden und rannte hindurch.

Er spürte eine sengende Hitze im Rücken, als ob ein Flammenschwert ihn gestreift hätte, und stürzte ins Dunkel. Sein Kopf, seine Arme, sein Rücken prallten auf hartes Holz. Er überschlug sich und lag auf ebenem Boden. Sein Gesicht war naß und kalt. Er glaubte zu bluten. Sein Kopf schmerzte an einem Dutzend Stellen, wo er sich gestoßen hatte. Eine Lippe schwoll an. Die Luft kam ihm eisig vor. Vorsichtig öffnete er die Augen und sah nur Finsternis.

Langsam begriff er, wo er war: im Keller. Die Nässe in seinem Gesicht war Schweiß – kein Blut. Nach der unerträglichen Hitze im Haus war der Keller wie eine Kühltruhe. Tabby wollte von der Treppe wegkommen. Er hatte Angst, das Feuermonster könnte ihm noch Flammen nachsenden. Seine Arme und Beine schmerzten, ließen sich aber bewegen. Er hatte sich bei seinem Sturz über die Treppe nichts gebrochen. Tabby stand auf und blieb einen Augenblick einfach stehen, atmete tief durch und bewegte seine verbrannte Hand langsam in der kühlen Luft hin und her. Er ging zur nächsten Wand und lehnte sich dagegen. Daß er weinte, fühlte er mehr, als daß er es wußte. Tabby versuchte, die dunkelste Ecke des Kellers zu erreichen. Die Schultern fest gegen den Beton gepreßt, schob er sich an der Wand entlang. Über ihm ging das Kampfgetöse weiter. Er hörte, daß das Feuer stärker wurde und sich immer weiter ausbreitete. Und mitten in dem Lärm hörte er einen Chor von Stimmen etwas Unverständliches rufen: das mußte sein Name sein.

Er atmete tief ein und hielt die Luft an, weil er mit dem sinnlosen Schluchzen aufhören wollte. Mit seiner gesunden Hand wischte er sich den Schweiß und die Tränen vom Gesicht.

Jemand rief: »Komm rauf zu mir, mein Sohn.« Es war die Stimme seines Vaters. Tabby sah, wie Clark auf dem Rasen herumtanzte und Berkeley mit Fußtritten umbrachte. »Du kommst sofort rauf.«

Tabby drehte sich um und drückte sein zerschundenes Gesicht gegen die harte kühle Betonmauer. Sie war rauh und stach in seine Haut, aber Tabby drängte sich zitternd nur noch näher an die Wand.

Eine Feuerwolke wälzte sich brüllend die Kellertreppe hinunter. Tabby wandte das Gesicht ab und preßte sich noch fester gegen die Mauer.

Die Treppe loderte auf, und das Feuer breitete sich auch auf dem Boden aus.

Tabby schaute nach oben und sah den Widerschein der Flammen in einem der kleinen Kellerfenster.

2

Neun Stunden früher stand Graham Williams in einem eleganten Georgianischen Gebäude mit Bogenfenstern in der Old Post Road in Hillhaven. Er sah wütend auf einen jungen Mann herab, der in einem rotgestreiften Hemd mit Fliege und einem blauen Blazer an einem antiken Schreibtisch saß. Das Gebäude beherbergte die Abteilung Hampstead der Historischen Gesellschaft, und der junge Mann – außer ihm und Graham befand sich im Moment niemand im ganzen Haus – war einer der graduierten Studenten, die hier arbeiteten. Obwohl er im Augenblick etwas nervös war, schien der junge Mann sich in der Historischen Gesellschaft ganz wie zu Hause zu fühlen. Und das war es, was Graham besonders ärgerte – dieser kleine Wichtigtuer benahm sich, als wäre er im Archiv dieser Gesellschaft zur Welt gekommen.

»Du hast mehr Schwierigkeiten, als du denkst, Junge«,

sagte Graham und schob die Fäuste tief in die Taschen seiner formlosen Hose. Er lehnte sich noch ein bißchen weiter vor, um den Jungen mit einem finsteren Blick einzuschüchtern. »Vergiß diese neuen sogenannten Bestimmungen, die du gerade erfunden hast. Vergiß …«

»Ich habe Ihnen doch *gesagt*: Der Direktor besteht darauf. Wir können den Besuchern nicht mehr erlauben, das Archiv zu betreten. Wir hatten in diesem Sommer zu viele Schwierigkeiten – Sie würden nicht glauben, was ich Ihnen …«

»Und unterbrich mich nicht, Kleiner. Du hast *ein wirkliches* Problem, wenn du dich Historiker nennen willst: du hast keine Ahnung von Geschichte. Du hast noch nicht mal was vom ›Schwarzen Sommer‹ gehört. Das ist eine der wichtigsten Perioden in der Geschichte dieser Region – und für dich ist es nur ein leeres Blatt.«

Der Junge seufzte und lehnte sich in seinem eleganten Ledersessel etwas zur Seite, als ob er versuchen wollte, Grahams finsterem Blick zu entkommen. »Ich habe europäische Geschichte studiert – Sie reden von regionalen Ereignissen. Und überhaupt weiß ich nicht, was Sie qualifiziert, mich als Historiker anzugreifen.«

»Ich hab' mehr Geschichte *gesehen*, als du gelesen hast!«

»Mr. Williams. So kommen wir nicht weiter. Ich habe in der Tat von dem sogenannten Schwarzen Sommer gehört, wenn ich auch zugeben muß, daß ich nicht genau weiß, was es damit auf sich hat, und wenn Sie so freundlich sein wollen, an einem der Tische dort Platz zu nehmen, werde ich ins Archiv gehen und Ihnen alles ausgraben, was auch nur im entferntesten damit zu tun haben könnte. Ist Ihnen das recht?«

»Ganz und gar nicht«, brummte Graham. »Aber ich muß mich wohl damit abfinden.« Er trat einen Schritt zurück und hörte auf, den Jungen mit finsteren Blicken zu traktieren.

»So ist es schon besser.« Der Junge stand auf und knöpfte seinen Blazer zu. Er sah adrett aus, fand Graham, vielleicht ein bißchen zu geschniegelt. Als er um seinen Schreibtisch herum nach vorn kam, spielte ein kaum wahrnehmliches Lächeln der Selbstzufriedenheit um seine Lippen. »Wenn Sie sich bitte in den Leseraum setzen wollen, Mr. Williams …?«

Graham runzelte wieder die Stirn. »Du hast davon gehört, sagst du? Was hast du davon gehört?«

Der Junge warf den Kopf zurück. »Ich werde versuchen, mich daran zu erinnern, während ich Ihre Bücher heraussuche.«

Graham wandte ihm angewidert den Rücken zu und ging steifbeinig aus dem mahagonigetäfelten Vorraum in den Lesesaal, in dem lange Lesetische aufgestellt waren. Gerahmte Landkarten und Porträts von Menschen und Häusern hingen an den Wänden. In an den Wänden aufgereihten Kästen standen gebundene Manuskripte und Bücher mit Zeichnungen und Skizzen. Graham ließ seine Schreibutensilien so lärmend wie möglich auf einen der ersten Tische fallen. Dann steckte er die Hände wieder in die Taschen und sah sich in einem Eilrundgang die Bilder an. Er hatte sie alle schon viele Male gesehen. Das letzte Bild war eine handgemalte Landkarte der Küste von Hampstead und Patchin. Sümpfe und Feuchtgebiete waren eingezeichnet. Wo das Massaker von 1645 stattgefunden hatte, stand ein Indianer mit Pfeil und Bogen, am Kendall Point hielt ein Soldat in roter Uniform Wache. Der Kartograph hatte unter das Produkt seiner wilden Vermutungen über die Form der Küstenlinie und die Entfernungen zwischen den verschiedenen eingetragenen Punkten in die rechte untere Ecke eine Jahreszahl gesetzt: 1803. Graham hatte sich schon oft eine Begegnung mit dem anonymen Kartographen vorgestellt. Er hätte ihn dann überredet, acht Jahre mit der Fertigstellung der Karte zu warten. Graham war sicher, daß der Maler im Jahre 1811 eine interessantere Figur auf den Kendall Point zu setzen gehabt hätte.

»Mr. Williams? Mr. Williams?«

Ruckartig, fast krampfhaft löste sich Graham von der Landkarte und seinen Überlegungen. Der junge Mann stand vor einem Haufen von Büchern und Papieren und strahlte noch mehr Selbstzufriedenheit aus als vorher.

»Ich habe eine Menge Material gefunden«, sagte er. »Kopien von Zeitungen und Nachrichtenblättern, gedruckt in New Haven im Sommer 1873, Ausgaben der Zeitung von Patchin, alle Bücher, die auch nur entfernt mit der Sache zu tun haben könnten – und ich hab auch noch an etwas anderes gedacht.« Mit dem Zeigefinger schob er ein schmales Bändchen in grauem Bibliothekseinband über den Tisch. »Haben Sie jemals etwas von Stephen Pollock gehört?«

Graham schüttelte ungeduldig den Kopf.

»Man sagt, Pollock habe Washington Irving beeinflußt. Wie dem auch sei, Pollock schrieb ein Buch mit dem Titel *Seltsame Reisen*. Er war 1873 in Connecticut und fuhr in der Kutsche von New York nach New Haven.« Er lächelte strahlend und zeigte mit seinem goldenen Kugelschreiber zur Eingangstür. »Das bedeutet: er ist an diesem Haus vorbeigefahren, denn die Reise ging über die Old Post Road.«

Graham legte das Pollock-Buch zur Seite in der Absicht, es sich später anzusehen, und verbrachte einige Stunden mit der Durchsicht der kopierten Zeitungen aus dem Sommer 1873. Am erschreckendsten fand er die tödliche Gleichgültigkeit – die Ruhe –, mit der man den Schwarzen Sommer betrachtete. Hin und wieder gab es einen Hinweis auf Änderungen in den Kutschenfahrplänen oder im Schiffsverkehr, und in der Zeitung von Patchin las er eine scherzhafte Anspielung auf den plötzlichen Wohlstand unter den Bestattungsunternehmern der Gegend und auf die in den Taschen der Totengräber reichlich vorhandenen Münzen. Was noch erschreckender war: niemand schien erschrocken zu sein – die halbe Stadt war gestorben, und in den Nachbarstädten schauten die Leute weg und machten Witze über reiche Totengräber. Sie hatten jahrelang so getan, als existierte Hampstead nicht mehr.

Graham beschäftigte sich immer noch nicht mit dem Pollock. Er schickte den jungen Mann wieder in das Archiv. Er sollte ihm Material über den Brand von Patchin im Jahre 1779 heranschaffen – er wollte verschiedene Ereignisse dieses Dreißig-Jahre-Zyklus in Gedanken noch einmal durchspielen. Die Landung General Tyrons am Kendall Point: die Engländer und die deutschen Söldner, die Jäger, die über das bewaldete steinige Land ausschwärmten und bei starkem Sturm die Häuser und Farmen mit der Fackel in Brand setzten.

Die Soldaten waren über Gideon Winters Grab hinweggetrampelt, um die Stadt zu plündern.

Kendall Point. Kendall Point schien nach Hampstead zu greifen, es packen zu wollen ... als ob er Hampstead fressen wollte.

Graham durchfuhr ein Schauer, und er sah sich so, wie er war, als gebückten alten Mann, nicht mehr sehr kräftig – das Kräftigste an ihm war jetzt seine Stimme. Und die wollte er gegen Kendall Point und Gideon Winter setzen; wegen der Ideen, denen er seit fünfzig Jahren nachgejagt war und weil er auf einem Boot mit einem Verrückten gekämpft und dabei geglaubt hatte, er bekämpfe etwas viel Schlimmeres.

Wie lange hatte er Kendall Point schon nicht mehr gesehen? Graham fiel ein, daß er nicht mehr dort draußen gewesen war, seit er angefangen hatte, sich ernsthaft mit der Geschichte Hampsteads zu beschäftigen – damals, fast noch ein Junge, war er hinausgegangen, sich den Ort einmal anzuschauen. Was hatte er gesehen? ... Nichts. Er hatte sich die Bäume angeschaut, die Felsen und das Wasser. Er war in die Schlucht hineingestiegen, die das Ereignis von 1811 hinterlassen hatte. Und auch dort hatte er nur die Felsbrocken gesehen, die aufgerissene Erde, die von der Erosion ausgewaschenen Höhlen, zähes Unkraut, das über allem wuchs; nichts. Er hatte hingeschaut, aber nichts gesehen. Er hatte an Tyrons Soldaten gedacht und daran, wie sie gelandet waren; er hatte Kendall Point selbst nicht genug beachtet; er hatte das Innere dessen, was er vorgefunden hatte, nicht erforscht.

Ohne es zu merken, schob er seinen Stuhl vom Tisch zurück und stand auf.

Er trat wieder an die Landkarte. In ihrem hellen Holzrahmen und mit den Pastellfarben war sie sehr dekorativ. Sie sah aus wie etwas, das man im Zimmer eines kleinen Kindes vermuten würde. Graham betrachtete diese unschuldige und ungenaue Karte.

Dort, wo Greenbank lag, hatte der Kartograph zwei kleine Farmen eingezeichnet und ein großes Sumpfgebiet angedeutet. Graham sah das mit Mißvergnügen und wandte sich wieder dem Kendall Point zu. Er war viel größer und imponierender dargestellt, als er in Wirklichkeit war. Der britische Rotrock stand mitten auf dem verzerrt wiedergegebenen Point und trug seine Muskete auf der Schulter. Graham kniff die Augen zusammen und trat näher an die eingerahmte Karte heran. Er hatte sich das Gesicht des kleinen Rotrocks noch nie genau angesehen.

Und dann blieb Graham ganz still stehen und brachte sein Gesicht nahe an die Scheibe, die über der Karte angebracht war, denn er hatte gesehen, daß sich die kleine Figur bewegte. Der Rotrock nahm seine Muskete von der Schulter und stellte sich breitbeinig hin.

Der Mund der kleinen Figur öffnete sich zu einem breiten Grinsen: ER WAR KEINE ZEICHNUNG MEHR, ER WAR GROTESK, ABER ER LEBTE, UND ER NAHM SEINE MUSKETE VON DER SCHULTER. Graham war sehr erstaunt, und undeutlich nahm er wahr, daß sich die Linien auf der Karte veränderten und daß um die kleine Figur herum bizarre Muster entstanden. Der Rotrock zwinkerte Graham zu, hob sein Gewehr und zielte. Als er abdrückte, hörte Graham einen Knall, als sei ein Luftballon geplatzt.

In der nächsten Sekunde erschien ein winziger, sternförmiger Sprung in dem Glas, das über der Landkarte angebracht war.

Graham sprang zurück. Er fürchtete eine Sekunde lang, daß das Geschoß ihn getroffen hatte. Dann sah er es im zerbrochenen Glas – einen schwarzen Metallfleck, so groß wie eine Mücke. Eine winzige Flamme erschien auf der Brust des Rotrocks.

Kurz bevor der junge Mann mit der Frackschleife in den Lesesaal eilte, bemerkte Graham endlich, wie sich auf der Landkarte die Konturen verändert hatten. Die Küste von New Haven bis zur Grenze nach Norrington zeigte das gehörnte Profil und das Maul eines Drachen. Er stöhnte – er hatte ein Gefühl, als hätte er tatsächlich eine Kugel in den Bauch bekommen. Ein stechender Schmerz durchfuhr ihn.

»Mr. Williams? Ist etwas passiert?« fragte der junge Mann. Er war so schnell von seinem Stuhl aufgesprungen, daß er nicht einmal sein Jackett zugeknöpft hatte. Dann sah er die Landkarte.

»Was haben Sie *getan*?« Er glotzte Graham an und schaute dann auf die Landkarte an der Wand. Unter dem Glas schlugen Flammen hoch und wälzten sich über die verzerrte Darstellung des Kendall Point. Der Soldat in der roten Uniform war zusammengeschrumpft und verkohlt. »Mein Gott«, sagte der Junge. Er rannte zur Landkarte und faßte den Rahmen an, um sie von der Wand zu nehmen. Mit einem Schrei riß er die Hände zurück. »Es brennt!« jammerte er entsetzt. Er zog seinen Blazer aus und benutzte ihn, um den Rahmen anzufassen. Ungeschickt nahm er die Karte von der Wand und ließ sie fallen. Das Glas splitterte. »Was …?« sagte der Junge und schaute Graham verstört an.

»Feuerlöscher«, sagte Graham. »Du brauchst einen Feuerlöscher.«

»Sie warten hier, Mr. Williams«, sagte der junge Mann. »Das ist mein Ernst. Sie rühren sich nicht vom Fleck.«

»Du solltest dich beeilen«, sagte Graham.

Der Junge starrte verzweifelt in die kleinen Flammen, die von der Karte aufstiegen. Dann drehte er sich um und rannte aus dem Lesesaal.

Graham ging näher an die Karte heran. Dann trat er die Flammen aus. Weit hinten im Gebäude schlug eine Tür zu. Langsam ging Graham an den langen Tisch und nahm seine Schreibutensilien auf. Stephen Pollocks *Seltsame Reisen* steckte er ebenfalls ein. Bevor die Tür hinten im Gebäude noch einmal zuschlug, war er schon draußen und auf dem Weg zu seinem alten Wagen.

Schweratmend drehte er den Zündschlüssel um. Bevor er wegfuhr, schaute er noch einmal zu den Bogenfenstern der Historischen Gesellschaft hinüber und sah in einem das Gesicht des jungen Mannes, der ihm etwas zuschrie. Graham legte den Gang ein und trat auf das Gaspedal. So schnell war er noch nie gestartet.

Er fuhr von Hampstead weg in Richtung Patchin und ließ den Blinker aufleuchten, als er um den Block fuhr. Aber als er zum Meer hin abgebogen war, fuhr er direkt in die Harbor Road, anstatt zur Mount Avenue und nach Greenbank zurückzukehren. Er wollte zum Kendall Point.

Die Straße endete an einem Kiesstreifen vor einer verfallenen Mauer. Graham parkte seinen Wagen und ging langsam über den aufgerissenen Asphalt und den Kies zu der niedrigen Mauer. Er stellte den Fuß darauf und konnte seine Erregung kaum unterdrücken. Er hatte den Ton des Drachen vorher nicht begriffen, seine hektische Heiterkeit.

Als Graham zum Kendall Point hinüberschaute, fielen zwanzig Jahre von ihm ab – dreißig Jahre. Er hatte diese lächerlichen Schmerzen in der Brust, sein rechtes Knie machte ihm Schwierigkeiten, und im Rücken hatte er ein regelrechtes Reißen, aber er stand vor einer Entdeckung: vor einem Durchbruch. Das wußte er. Und auch der Drache wußte es. Wie der einsame Tabby Smithfield am Strand von Gravesend hätte Graham schreien können: »Zeig es mir!«

Vor Graham lag eine vielleicht sechs Meter tiefe mit Büschen bewachsene Senke mit sanft abfallenden Hängen, in der riesige Felsbrocken lagen, die eine Überquerung erleichterten. Jenseits dieser Senke lag flaches Grasland mit alten Eichen und einer Gruppe weißer Fichten, weiter hinten ging es in Sumpf über, der am steinigen Strand vor dem Wasser endete. Vom Ende der Straße, wo Graham stand, bis zur Spitze der Landzunge waren es etwa zweihundert Meter.

Die bewohnte Gegend jenseits der Harbor Road – das Gebiet, das jetzt hinter Graham lag – sah zu Grahams Erstaunen noch fast genauso aus wie damals, als er zum letzten Mal hier war. Die Depression hatte in diesem entlegenen Winkel von Hillhaven zehn Jahre früher zugeschlagen und war nie gewichen.

Wie Graham jetzt sah, hatte der Drache auch diese Gegend korrumpiert. Direkt an der Straßenbiegung stand ein weißes Gebäude mit einer betonierten Terrasse hinter einem hohen Zaun. Zum Sound hin hatte das Haus ein großes Panoramafenster, und im ersten Stock gab es eine Reihe kleinerer Fenster. Hinter einem hing ein Trikot an einer Wäscheleine, in einem anderen sah Graham Reklame für Budweiser Bier.

Graham hatte dieses Gebäude immer für eine Kneipe gehalten, aber an dem Haus war weder ein Name noch ein Zeichen zu sehen. Deshalb und wegen der kleinen Fenster dachte er schließlich an ein Bordell. Das Haus *sah aus* wie ein Bordell; wie ein schäbiges Bordell, eines, in dem man vielleicht ausgeraubt wurde. Jenseits des weißen Gebäudes standen in dieser verkommenen Straße noch einige andere Häuser – dies war Hillhavens Poor Fox Road. Genau wie die Häuser in der Poor Fox Road schienen auch diese verlassen und leer. Es war eine tückische Leere, eine Leere, die Tragödien heraufbeschwören mußte. Als Graham diese verfallenen und bösartigen Häuser sah, wußte er, daß sie auf ihre Opfer warteten.

Graham trat auf die niedrige Mauer und schaute zu seinem Wagen und zu den gedrängt stehenden Häusern zurück. Dann sprang er von der Mauer in das Land des Drachen.

Zuerst mußte er die Schlucht überwinden und über die Felsbrocken klettern, um den gegenüberliegenden Abhang zu erreichen. Von dort aus konnte er dann zum Kendall Point selbst gelangen. Der Hang schien leicht zu bewältigen. Wäre er Kind gewesen, hätte er versucht, auf den Sohlen bis nach unten zu rutschen. Die wilden Rhododendronbüsche am Hang hätten als Halt oder Bremse dienen können.

Vorsichtig begann Graham den Abstieg. Die rechte Seite dem Hang zugewandt, arbeitete er sich nach unten. Mit seinen Basketballschuhen konnte er nicht so leicht ausrutschen. Er streckte den linken Arm aus, um die Balance zu halten. Bald würde er die Rhododendren erreichen und sich an ihnen festhalten können, aber nach ein paar Schritten taten ihm die Knöchel weh. Graham griff in das Gras. Er mußte sich abstützen.

Mit dem linken Fuß tastete er sich weiter und zog den rechten nach, wobei er fast gestolpert wäre. Graham atmete tief durch. Es war anstrengender, als er erwartet hatte. Mit dem linken Fuß glitt er über Moos und wäre fast abgestürzt. Er wühlte seine Finger in das Gras, und seine Beine rutschten unter ihm weg. Aber seine Füße fanden wieder Halt.

Mein Gott, warum tue ich das? dachte er und hatte alle Mühe, sich an Wurzeln und Grasbüscheln festzuhalten. *Warum bin ich überhaupt hergekommen?* Er schaute zum Rand der Schlucht hinauf und sah, daß sich der Himmel schwarz darüberwölbte. Das Land über ihm sah aus wie die Spur einer Berg – und Talbahn. Graham stöhnte laut. Der Abhang, an den er sich klammerte, hob sich, als würde eine Leiter mit einem Ruck senkrecht aufgerichtet. Alles Licht war verschwunden. Graham war sich plötzlich auf verrückte Weise bewußt, daß er die Leuchtziffern seiner Armbanduhr erkennen konnte, und er hörte ein pfeifendes asthmatisches Geräusch. Lachten die alten Häuser ihn aus? Nein, diese Laute kamen aus seiner eigenen Brust.

Sein Kopf sank zurück, seine Füße verloren den Halt, und plötzlich war um ihn Nacht. Wo er sich in die Erde gekrallt hatte, wurde es siedend heiß. Eine Wurzel, an der er sich festhielt, verbrannte ihm die Handfläche.

Graham schlug wild mit den Händen um sich, aber er fand keinen Halt und rutschte den Abhang hinunter. Sein Bauch und sein Gesicht schleiften über die harten Steine. Dann war es, als wollten die Rhododendronbüsche ihn retten, seinen Sturz aufhalten. Sie wickelten ihre Zweige um seine Hände. Graham griff zu, und seine Füße gewannen wieder Halt. Für einen kurzen Augenblick war er in Sicherheit.

»Hilfe!« rief er und dachte, daß die Mädchen in der Kneipe oder dem Bordell ihn vielleicht hörten. *»Hilfe!«*

Er wußte, wenn er auch wünschte, daß es anders wäre, daß die Mädchen schon viele Schreie vom Kendall Point gehört und ignoriert hatten. *»Hiiillfe! Hiiill ...«*

Der Busch oder der steile Hang oder beide wölbten sich und warfen ihn ab. Er spürte, wie die Muskeln der Erde sich zusammenzogen, und die Zweige und Blätter des Busches, an den er sich klammerte, rollten sich in sich selbst zusammen, um sich dann monströs wieder auszudehnen, und ihm blieb der Atem weg, und sein Magen stürzte schneller als er selbst.

Als er auf die Felsbrocken aufprallte, empfand er nichts mehr.

Nach einer Ewigkeit öffnete Graham die Augen. Er hatte unerträgliche Schmerzen. Stöhnend leckte er sich die Lippen und versuchte, die Beine zu bewegen. Die Schmerzen waren so umfassend, daß er keine bestimmte Verletzung registrierte. Aber nach ein paar Minuten meldeten sich einzelne Körperteile: Sein Kopf war in dumpfe Schmerzen gehüllt und seine rechte Wange zur doppelten Größe geschwollen; sein rechter Arm schrie vor Schmerzen, als er ihn heben wollte. In den Hüften hatte er ein taubes Gefühl.

Er zwinkerte ein paarmal mit den Augen. Dann hob er vorsichtig den linken Arm und betastete sein Gesicht. Er wischte sich die Augen. Über ihm nahm die Welt wieder Gestalt an.

Der obere Rand der Schlucht lag wie ein schwarzer Strich unter dem dunklen Blau des Sternenhimmels. Graham wußte zuerst gar nicht mehr, warum er hier draußen war, und er rätselte über die seltsame vertikale Landschaft, die er über sich sah. Er wußte noch, daß er sich in der Historischen Gesellschaft die Landkarte angesehen hatte ... was danach geschah, versank in Dunkelheit.

Er erinnerte sich daran, daß die Glasscheibe plötzlich sternförmig zersprungen war. Wodurch war das verursacht worden?

Graham stützte sich auf seinen linken Arm, um sich aufzurichten. Die Welt um ihn herum wurde rot und drehte sich in schwindelnden Kreisen. Er bewegte den rechten Arm, und der Ellenbogen reagierte, als sei er getreten worden. Ächzend vor Schmerz öffnete Graham die Augen. Er wollte sehen, wie weit er vom oberen Rand entfernt war.

Die Schmerzen in seinem Ellenbogen ließen allmählich nach, als er ihn mit der Hand festhielt. Graham fand, daß er jetzt versuchen sollte, sich zu bewegen. Vorsichtig ließ er den rechten Arm sinken und legte die flache Hand auf den glatten Felsen, um sich zu stützen. Seine Hüften bereiteten ihm Qualen, aber gebrochen schien nichts zu sein. Graham vermutete Prellungen an Knochen oder Bändern. Graham konnte sich dazu gratulieren, daß er den Sturz mit so geringfügigen Verletzungen überstanden hatte. Als er nach oben schaute, sah er dunkle Stellen, die von seinen Tritten herrührten. Sie endeten drei Meter über dem Felsen, und auf halber Höhe zwischen dem letzten Fußabdruck und dem Felsen waren Moos und Gras abgescheuert. Dort war Graham mit der Hüfte entlanggerutscht. Er hatte Glück, daß er noch lebte und sich sogar noch bewegen konnte. Er versuchte, auf die Beine zu kommen.

Seine Hand griff in etwas Klebriges und Nasses. Eher neugierig als überrascht schaute Graham hin. Die Flüssigkeit war schwarz – im Sternenschein sah sie schwarz aus. Erst als er sie roch, identifizierte Graham die Flüssigkeit als Blut, und er schüttelte langsam den Kopf. War er im Gesicht vielleicht doch ernsthafter verletzt, als er gedacht hatte? Verwirrt griff er zur Seite und fühlte eine Gestalt. Sie war kleiner als die eines Erwachsenen. Graham stöhnte wieder, aber diesmal zwang er sich aufzustehen. Mit schmerzenden Hüften bückte er sich, um das Gesicht zu sehen. Herz und Magen krampften sich ihm zusammen; es war Tabbys Gesicht.

Tabbys Kehle war so brutal aufgeschlitzt worden, daß der Junge fast geköpft worden wäre. Er war oben am Rand des Abhangs getötet und dann hinuntergeschleudert worden, so daß er neben Graham zu liegen kam. Sein Körper lag so schlaff da wie ein weggeworfenes Spielzeug.

»Oh, Gott«, sagte Graham. »Oh, mein Gott.« Er fing an zu weinen, und in Gedanken hob er die Hand an die Nase. Sein Ellenbogen kreischte. Graham zog scharf die Luft ein, packte mit der Linken sein rechtes Handgelenk und hielt es fest, während er sich mit dem Ärmel die Nase wischte. »Oh, mein Gott«, wiederholte er, und erneut flossen die Tränen. »Tabby.«

Tabby öffnete die Augen, und Graham stand wie erstarrt. »Ich bin tot. Ich bin tot, und es ist Ihre Schuld.«

Graham wäre fast vom Felsen gestürzt. Tabby sah ihn mitleidslos an.

»Sie sollten tot sein«, sagte Tabby. »Er will, daß Sie es erfahren.«

Der alte Mann sah, wie sich in Tabbys Augen als winzige Lichtpunkte die Sterne spiegelten.

»Er hat mich getötet – er hat mich getötet, weil Sie sich eingemischt haben – er hat mich getötet, weil Sie uns zu der Gedenktafel geführt und uns seinen Namen vorgelesen haben – *Gott soll Sie verfluchen! Er soll Sie verfluchen!*« Der Kopf des Jungen sank auf den Felsen zurück. Aus der zerfetzten Wunde, die wie eine zweite Mundöffnung aussah, quoll Blut.

»Sie haben es so gewollt, und ich verfluche Ihre Seele in die tiefste Hölle!«

»Tabby«, sagte Graham, »wenn du Tabby bist, dann weißt du, daß ich niemals –«

Der Junge hob wieder leicht den Kopf. »Sie wissen doch, was im Schwarzen Sommer geschah, nicht wahr? Nicht wahr? *Nicht wahr*?«

Graham schüttelte den Kopf. »Nicht alles, Tabby –«

»Sie wissen es nicht – Sie wissen überhaupt nichts. Denn *dies* geschah. *Dies.*« Sein Kopf rollte wieder auf die Seite, und er sah Graham mit idiotischer Heiterkeit an. »Ich. Ich geschah. Ich. Und so wie Sie mich vor sich sehen, sehe ich gar nicht aus – das wissen Sie auch nicht. Wollen Sie es sehen? Wollen Sie sehen, wie ich jetzt aussehe? Sie sollen das, was Sie suchen, ruhig kennenlernen.«

»Was ich suche?«

»Die ›Four Hearths‹ sind jetzt ein einziger Feuerofen, Graham.« Er öffnete den Mund zu einem Lachen, und der ganze Körper schrumpfte in diesem Augenblick zusammen, wurde schwarz und verwandelte sich in eine zwergenhafte Mumie. Die trockene kleine Hülle raschelte auf dem glatten Felsen. Kleine Aschenstücke bröckelten ab.

Voll Entsetzen starrte Graham auf Tabbys geschwärzte Überreste. Zitternd und ohne Rücksicht auf die Schmerzen in Ellenbogen und Hüften bückte er sich und legte die Fingerspitzen auf die schwarze Kruste. Sobald er sie berührte, löste sich die kleine Hülle in unzählige einzelne Stücke auf – grauer Staub, leichter als Luft, stieg aus den Bruchstellen auf. Die Tausende von Aschefetzen zerbrachen in Teile von der Größe einer Fliege, die wild auseinanderstoben.

Immer noch zitternd und unter Schmerzen richtete Graham sich auf. Für ein paar Sekunden wurde die Welt wieder rot und stellte sich auf wie die Planken eines Schiffs auf See – er griff sich an den rechten Ellenbogen, und sein Gesicht verzerrte sich zur Fratze. Tabby war tot. Die »Four Hearths« waren abgebrannt, und Tabby war dabei umgekommen. Der Drache hatte den hübschen kleinen Tabby in einen geschwärzten Kokon verwandelt. Den schmerzenden Ellenbogen an die Rippen gepreßt, weinte er um Tabby – und er weinte wegen seiner eigenen Schwäche.

Endlich ging er über den Felsen zum Abhang der Schlucht zurück. Ich verfluche Sie, hatte Tabbys blutverschmierter Mund gesagt. Ich verfluche Ihre Seele in die tiefste Hölle. Seitwärts trugen Grahams müde Füße ihn den moosbewachsenen Hang hinauf. Aus nassen Augen sah er den Busch, von dem er ein Stück abgerissen hatte, als er sich festhalten wollte. Ich verfluche Ihre Seele in die tiefste Hölle. Ich verfluche Sie. Als er den oberen Rand der kleinen Schlucht erreicht hatte, trafen die Lichter aus den Fenstern der Bar seine Augen wie Nadelstiche. Hinter dem Glas bewegten sich Männer und Frauen, auch sie verflucht, wie bei Unterwasserbeleuchtung hin und her. Fische in einem Aquarium, dachte Graham, Fische in einem Faß. Einmal stürzte er auf dem Weg zu seinem Wagen.

3

Drei Tage vorher hatte Richard wieder angefangen, zu Fuß zur Arbeit nach Hillhaven zu gehen. John Roehm, der nicht wußte, was Richard beim letzten Mal passiert war, hatte ihn recht aufdringlich dazu ermutigt – Roehm glaubte offenbar, daß ein vom Pferd geworfener Reiter sofort wieder aufsteigt. »Das beste Training der Welt«, sagte Roehm, als ihm das Sägemehl von seiner Brettsäge in den Bart flog und wie goldene Schuppen auf sein rotes Hemd fiel. »Sie bleiben Ihr ganzes Leben lang gesund, wenn Sie nur jeden Tag ein paar Meilen zu Fuß gehen.« Richard hatte nachgegeben, und das war vielleicht ganz gut gewesen, denn seine Ängste hatten sich nicht bestätigt: es gab keine besonderen Vorfälle.

An den ersten zwei Tagen hatte John Roehm ihm aus seinem bärtigen Gesicht gütig und zustimmend zugelächelt. Es war Richard fast wie eine Belohnung erschienen. Am dritten Tag – dem Tag, an dem das Feuer in den »Four Hearths« ausbrach – lächelte er ebenfalls, aber Richard war nicht mehr ganz so sicher, ob es weise sei, Metaphern aus dem Reitunterricht auf Patchin County anzuwenden.

Er hatte die Stelle auf seinem Spaziergang erreicht, an der fast immer Gefahr zu drohen schien, an der das emotionale Unheil, das er fürchtete, sich bei seiner Annäherung mit Pauken und Trompeten ankündigte. Es war der Teil der Mount Avenue, der, dreißig Meter vor dem Haus, in dem Tabby seine Kindheit verbracht hatte, von einer Steinpforte zu einer zweiten führte. Wenn Richard an der grauen Villa vorbeiging, zog er die Schultern ein und beschleunigte seine Schritte. Er geriet ins Schwitzen und hatte nur den Wunsch, dieses Stück unbelästigt hinter sich zu bringen.

An dem Tag, an dem die »Four Hearths« bis auf die Grundmauern niederbrennen und alle Bewohner ums Leben kommen sollten, hatte Richard kaum die halbe Strecke zwischen den beiden Steintoren zurückgelegt, als er erkannte, daß ihm der nervöse kleine Charles Daisy jetzt wieder sehr willkommen wäre. Eine Frau in einem langen Kleid, das ihm bekannt vorkam, trat hinter einem Baum hervor und wartete auf ihn. Mit nackten blassen Füßen stand sie in den dunklen Myrten, die zwischen den Zaunpfählen und der Straße wuchsen. Die Frau war Laura. Sobald er sie gesehen hatte, kam sie auf ihn zu.

Sofort brach ihm der Schweiß aus und durchnäßte sein Hemd. Er umklammerte den Griff seiner Aktentasche und klemmte sich die zusammengerollten Pläne fester unter den Arm. Ebenso fest hielt er den Blick auf die Straße gerichtet. Wie vergrößert tauchten Steinchen, Risse im Asphalt und eine Taubenfeder, zerrupft wie eine alte Zahnbürste, vor seinen Augen auf und verschwanden wieder, wenn er über sie hinwegschritt. Sie wollte, daß er sie anschaute, aber das würde er nicht tun. Er konnte es nicht.

Er *fühlte*, daß sie ihn darum bat, und schüttelte den Kopf.

Sein Körper gestattete ihm nicht, zu sehen, wie entsetzlich der ihre behandelt worden war. Wenn er sie so gräßlich verstümmelt sah – wenn er sie nur noch ein einziges Mal sah –, wäre das sein Ende. Er hörte ihre Füße durch die Myrten rascheln. Ihr Schweigen war schlimmer, als Sprache es gewesen wäre – er hörte auch, wie ihr Kleid um ihre Hüften glitt und an den kleinen Pflanzen entlangfegte. Er schaute zur Seite, knirschte mit den Zähnen und hastete weiter. Sie war wie eine riesige Motte, so traurig und so unruhig. Wenn er einfach weiterging, wenn er so tat, als fühlte er nicht, wie sie mit seinen eigenen Emotionen auf ihn einschlug, konnte sie ihn nicht aufhalten. Ein paarmal sah er den weißen Stoff ihres Kleides sich bewegen und schüttelte den Kopf wie ein Pferd, das sich der Fliegen erwehrt.

Er ging an dem zweiten Tor vorbei, dem anderen Ende der Auffahrt zu Monty Smithfields früherem Haus, und stöhnte laut, als Lauras Erscheinung nicht verschwand. Er schaute sie immer noch nicht an. Der Myrtenbewuchs hatte aufgehört, und Lauras Füße gingen über Kies und machten ein Geräusch, als würden Würfel geworfen.

Sie verließ ihn erst, als er die Biegung vor dem langen weißen Strand von Hillhaven erreicht hatte. Dort waren keine Kinder zu sehen – die verängstigten Eltern ließen ihre Kinder nicht mehr in die Nähe des Wassers – aber ein paar unerschrockene Frauen im Bikini lagen am Strand, lasen die Romane der Saison und vertieften ihre Bräune. Richards Augen waren jetzt fast geschlossen. Er kniff sie so zusammen, daß er gerade noch genug sah, um nicht in ein Auto zu laufen. Er fühlte, daß er sich dem Strand näherte, und dann sah er ihn verschwommen. Ein wenig später wußte er, daß sie verschwunden war. Er hörte nur die Wellen leise an den Strand plätschern, und er hörte das Zischen des Schaums auf den Steinen. Ihr Verschwinden registrierte er als warmen Lufthauch an seinen Rippen.

Bei der Arbeit sah John Roehm ihn nur kurz an und ließ ihn den ganzen Morgen in Ruhe – ein Akt der Selbstaufopferung, denn der alte Mann redete gern. Richard wußte, daß er einige der Dielenbretter, die sie im Eßzimmer geschnitten hatten, mit kochendem Leinöl behandeln und vorher diskutieren wollte, wieviel Farbe dem Öl beizugeben sei. John Roehm konnte sich dreißig Minuten lang über ein solches Thema unterhalten. Aber Richard besprach sich mit dem Kunden, dem an ihm nichts Ungewöhnliches aufzufallen schien, und beschäftigte sich dann mit seinen Plänen. Anschließend arbeitete er zwei Stunden auf dem Dach, wo er ein Sims mauerte. Im übrigen tat er nicht viel; er hörte immer noch nackte Füße durch grüne Myrten rascheln.

Laura erschien Richard wieder, als Graham Williams bewußtlos auf einem Felsen lag; als Tabby Smithfield sich an die Kellerwand drückte und versuchte, die Stimme nicht zu hören, die Stimme seines Vaters, die von einem Wesen kam, das nicht sein Vater war. Sie kam abends, und Richard hatte es fast erwartet.

Er war früh ins Bett gegangen und hatte sich vorgenommen, auch am nächsten Tag zu Fuß durch die Mount Avenue zu gehen und auch am übernächsten Tag. Er würde so lange zu Fuß gehen, bis Laura nicht mehr erschien. Er würde nicht einmal auf die andere Straßenseite ausweichen. Er würde es so machen wie heute, blind weiterlaufen und sich weigern, sie anzuschauen oder mit ihr zu sprechen. Richard öffnete das Buch, das er gerade las, *Die Weiße Frau*, und versuchte, sich in die Misere der Marian Halcombe zu vertiefen. Immer wieder verschwammen die Buchstaben vor seinen Augen, und oft las er einen Absatz zweimal, ohne es zu merken. Richard hatte angenommen, daß er Schwierigkeiten mit dem Einschlafen haben würde, wie es in letzter Zeit gewöhnlich der Fall war, und diese Annahme hinderte ihn daran, zu erkennen, daß er schon fast schlief. Eine Zeitlang mühte er sich so hartnäckig mit Wilkie Collins' Prosa ab, daß er das Buch zweimal wieder aufnahm, als es ihm aus der Hand gefallen war. Als ihm das Buch zum dritten Mal auf die Brust fiel, schob er ein Lesezeichen zwischen die Seiten und legte den Roman auf den Nachttisch. Gerade als er das tat, fiel ihm ein, daß er nicht nur angenommen hatte, daß er die halbe Nacht wachliegen würde, er hatte wach bleiben wollen; Wachsein bedeutete Schutz. Als ihm dieser Gedanke bewußt wurde, kam er ihm albern vor. Richard schaltete das Licht aus und ließ sich in die Kissen sinken. Das Haus war dunkel.

Einen Augenblick später ging draußen in der Halle das Licht an, und Helle flutete in den Raum. Richards Herz überschlug sich vor Schreck. Er setzte sich auf und schaute durch die offene Tür. Die Halle war hell erleuchtet, und auch die Tür zum Kinderzimmer stand auf. Nachdem der letzte Polizist das Haus verlassen hatte, war sie nicht mehr geöffnet worden. Richard hatte das Kinderzimmer nie wieder betreten wollen. Wenn er den Schlüssel gefunden hätte, wäre das Zimmer abgeschlossen worden und abgeschlossen geblieben. »Wer ist da?« rief er und hoffte, daß das Licht sich durch einen Defekt in den alten Leitungen selbst eingeschaltet hatte. »Wer ist da draußen?«

Laura trat aus dem Kinderzimmer in die hellerleuchtete Halle. Einen Augenblick blieb sie vor Richards Zimmer stehen. Sie rührte sich nicht. Ihr Gesicht und ihre Brust waren blutbeschmiert, und auch ihre Haare waren blutverklebt. Unter dem Brustkorb hatte sie eine klaffende Wunde.

Diesmal mußte er hinschauen. Er wagte den Blick nicht von ihr abzuwenden. Sie wollte, daß er erfuhr, was mit ihr geschehen war. Oder der Drache wollte es.

Er sah den verstümmelten Leib seiner Frau und stand aus dem Bett auf. Der Drache hatte sie geschickt; oder sie selbst war der Drache. Er erinnerte sich an den Abend, als sie von der fürchterlichen Dinner-Party bei den McClouds zurückgekommen waren. Laura und er hatten sich gemeinsam ausgezogen und sich dann in ihrem gemieteten Haus geliebt. Wasserbettliebe, Liebe mit einem bauchigen Ofen. Sie hatte wie ein Totem ausgesehen, und nie hatte er sie so schön gefunden. *Ich will dich nicht verlieren, Richard.* Er zitterte, ob aus Angst, Ekel oder Wut, vermochte er nicht zu sagen. Statt dessen hatte er sie verloren.

Laura trat näher an ihn heran, und Richard wich bis an das Badezimmer zurück, wobei er das Bett zwischen sich und Laura hatte. Sie trat langsam aus dem Licht in das dunkle Schlafzimmer – einen Augenblick lang war sie nur ein Schatten, Lauras Umrisse gegen das Licht, und Richard verschmolz fast mit dem Fußboden. Dann roch er den Gestank, den eine andere Geistererscheinung, Billy Bentley, über ihn ausgeschüttet hatte, als sich die Fahrstuhltür in einem Hotel in Providence öffnete: Fäulnis, Abwässer, üble Sumpfgase, Fäkalien, Tod.

»Raus hier«, sagte er.

Sie bewegte sich auf ihn zu und ging dabei um das Fußende des Bettes herum. Ihre Augen glänzten weiß. Die Hautlappen um ihre Wunde herum flatterten wie Hemdschöße.

»Du bist nicht Laura«, sagte er.

Ihr Mund verzog sich zu einem spöttischen Lächeln.

»Willst du mich töten?« sagte er. »Gut, dann töte mich. Ich kann dies nicht mehr ertragen. Ich wäre fast verrückt geworden, als du starbst. Glaubst du, ich will hier allein wohnen?«

Sie schritt durch einen scharfen Schatten, und als sie wieder in das Licht trat, das von der Halle hereinfiel, war ihre Haut unversehrt. Das Blut und die Wunden waren nicht mehr zu sehen – als hätte Richards Erinnerung sie neu erschaffen. Jetzt war sie wieder seine Frau, und im Halbdunkel des Schlafzimmers trat sie immer näher auf ihn zu.

Ihm stockte der Atem; seine Haut prickelte und fühlte sich plötzlich ganz kalt an.

Laura trat direkt vor ihn hin, und um ihre Lippen spielte immer noch dieses spöttische Lächeln. Sie streckte ihre Hand nach ihm aus, und er sprang zurück. Ihre Finger hatten nur leicht seine Brust gestreift.

Wo sie ihn berührt hatte, wölbte sich seine Haut und warf Blasen. Die Schmerzen waren wie Messerstiche – Laura oder nicht Laura, sie war wirklich genug, um in der Lage zu sein, ihn zu töten. Lächelnd streckte sie wieder die Hände nach ihm aus.

»Nein«, sagte er und bewegte sich weiter auf die Badezimmertür zu. »Geh fort. Ich kann nicht mit dir kämpfen.«

Sie zwang ihn, sich in das Badezimmer zurückzuziehen, und er wich weiter zurück. Das Weiße in ihren Augen glänzte in der Dunkelheit des Badezimmers, und seine Haut regierte so heftig, daß sie in Bewegung zu geraten schien.

Noch war er nicht endgültig in die Enge getrieben. Er konnte immer noch durch die Tür zur Halle fliehen. Das ganze Haus stand ihm zur Verfügung.

»Geh«, sagte er. »Raus hier.«

Sie schlich näher an ihn heran, und seine Hand berührte den Türgriff. Mit einem Ruck stieß er die Tür auf und trat rückwärts in die Halle.

Hier ließ das Licht über der Treppe, das Lauras Erscheinen angekündigt hatte, alles banal erscheinen. Sie waren nicht mehr im Helldunkel des Schlafzimmers, sondern oben an der Haupttreppe, und hier war es wirklich hell. Ausgelassen trat seine nackte Frau jetzt aus der Badezimmertür in die Halle hinaus, und das wirkliche Licht fiel auf ihr wirkliches Fleisch und fing sich in ihren Haaren. Sie lächelte ihr typisches Lauralächeln. Langsam wich Richard vor ihr zurück und erreichte das Treppengeländer. Hier draußen im Licht wirkte Lauras Anwesenheit ganz alltäglich. Sie neigte den Kopf und machte eine spielerische Bewegung auf ihn zu. Er fuhr zurück.

Reglos standen sie einen Augenblick oben an der Treppe. Richard wußte, daß sie ihn töten wollte, und hier in diesem banalen und ganz gewöhnlichen Licht erschien es ihm unmöglich, daß er je hatte sterben wollen. Sie war nicht Laura, sie war eine Kreatur des Drachen. Laura hatte zu seiner Welt der Liebe, der Freundschaft und der Arbeit gehört. Dieses so perfekte Ding, das er vor sich sah, war ein Verrat an Laura.

Richard, der jeden Zoll seines neuen Hauses kannte, wußte, daß einer der Pfosten, die das Treppengeländer trugen, wie ein loser Zahn war. Er hatte oft daran gerüttelt und sich vorgenommen, ihn endlich zu reparieren. Während er Laura aufmerksam beobachtete, trat Richard noch einen Schritt zurück, und er griff zur Seite und nach unten: seine Hand griff an geschnitztes Holz. Der Pfosten wackelte in seinem Fundament. Er zog daran, so kräftig er konnte, und der nur noch von einem Nagel gehaltene Pfahl riß aus seiner Verankerung. Bevor er das Stück Holz fest in der Hand hielt, stürzte Laura sich auf ihn.

Er hatte gerade noch Zeit, aus dem Weg zu springen und

auf sie einzuschlagen. Sie griff nach ihm, aber er sprang zur Seite und schlug zu. Er traf das glatte Fleisch ihrer Schulter, und sie sank gegen das Geländer. Wo das Holz ihre Haut berührt hatte, wurde es dunkel und ließ eine kleine Rauchwolke aufsteigen.

Laura richtete sich auf und berührte das Geländer mit dem Zeigefinger. Eine orangefarbene Flamme, so groß wie ein Streichholz, schoß aus dem gedrechselten Geländer hoch und ließ die Farbe schmelzen. Richard dachte an die Schmerzen, die er bei ihrer Berührung empfunden hatte. Die kleine Flamme erlosch. Laura fuhr auf ihn zu, und wieder schlug er mit aller Gewalt zu und traf ihren Arm. Eine winzige Flamme stieg vom Holz auf und verschwand, als Richard erneut ausholte.

Der scheußliche Gestank von Fäulnis und Tod drang ihm wieder in die Nase. Er sah, daß der Teppich schwarz und versengt war, wo Laura hingetreten hatte. Wieder warf sie sich auf ihn und trieb ihn durch die offene Tür des Kinderzimmers.

Als sie ihm folgte, holte er aus, um ihren Kopf zu treffen, und sie riß die Arme zu spät hoch, als daß sie den Schlag hätte ablenken können. Sie wurde zur Seite geschleudert und sank zu Boden. Der Lack wurde schwarz. Richard sprang vor und ließ das Holz noch einmal niedersausen. Er zertrümmerte ihr die Stirn. Was er tat, erschien ihm fast wie Geometrie, eine Serie von Schritten, die in perfekter Ordnung ablaufen mußten, ohne daß er auch nur die geringste Gefühlsregung zeigte. An Lauras Haut sah er schon große blutunterlaufene Stellen. Ihr rechter Arm hing schlaff herab. Wieder schlug er ihr mit aller Gewalt auf den Kopf, und sie packte ihn mit der linken Hand am Knöchel.

Ein brennender Schmerz warf ihn zu Boden. Sie grinste ihn an, und ein Alligator hatte seine Zähne in seinen Knöchel gegraben. Wütend stieß Richard ihr das zerfetzte Ende des Pfahls ins Gesicht. Der Pfahl fing an zu brennen, und sie ließ seinen Knöchel los.

Richard kam auf die Knie und drosch auf sie ein, als sie auf ihn zukroch.

Dann geschah etwas, was er nicht begriff, und bevor Graham Williams spät am Abend mit ihnen allen sprach, wußte er nicht einmal genau, ob es überhaupt geschehen war. Der Pfahl, der jetzt wie eine Fackel brannte, schien in seiner Hand zu zittern, er schien zu leben. Wuchtig schlug er dieser Laura-Kreatur auf den Kopf, und einen Augenblick lang schien das Holz von innen golden zu leuchten. Er riß es hoch und schlug noch einmal zu, und wie ein Vogel zappelte es in seiner Hand. »Du bist nicht Laura«, ächzte er und versetzte ihr einen weiteren Schlag auf den Kopf. Sie bewegte sich nicht mehr. Er schob sich über den Fußboden von ihr weg.

Blaue Flammen liefen über ihren nackten Körper und huschten über ihre gespreizten Beine hinweg. Richard richtete sich auf und beobachtete die Flammen, die jetzt eine rote Farbe annahmen und größer wurden. Er war nicht geometrisch vorgegangen. Er hatte dieses Wesen so lange geschlagen, bis er es besiegt hatte, und das hatte er in demselben Raum getan, in dem seine Frau ermordet wurde. Jetzt war er von seinen Wut- und Triumphgefühlen völlig erschöpft.

Eine Gestalt regte sich und dehnte sich in dem Feuer über Lauras Körper aus, wenn Richard auch noch nichts Bestimmtes erkennen konnte. Laura rollte sich in den Flammen zusammen und war bald verbrannt. Dann konzentrierten sich die Flammen, und Richard sah, daß sich mitten im Feuer große Schwingen entfalteten. Er fuhr vor der plötzlich intensiven Hitze zurück, und eine Fledermaus aus Feuer erhob sich von dem verkohlten Fußboden. Die Hitze fuhr über Richard hinweg und war von solcher Gewalt, daß sie ihn gegen die Wand schleuderte – als hätte eine Riesenfaust ihn weggestoßen.

Einen Augenblick lang schien der ganze Raum aufzuleuchten – blaue Feuerstreifen jagten wild über Fußboden und Wände – und dann explodierte das Fenster nach draußen, und die Fledermaus aus Feuer explodierte mit.

Richard löste sich von der Wand. Sein Gesicht fühlte sich wund und trocken an. Das Kinderzimmer war voll schwebender Asche und dem Geruch von brennendem Holz. Auf dem Fußboden sah er einen großen Brandfleck, neben dem sein Pfosten lag oder was davon noch übrig war. Der Stumpf des Pfostens war ebenfalls schwarz, und das Holz glühte noch. Endlich gelang es Richard aufzustehen. Langsam ging er über den geschwärzten Fußboden zu dem Loch, wo das Fenster gewesen war. Ein wütend rasendes Feuer ritt auf seinen eigenen Schwingen in den schwarzen Himmel. Als er nach unten schaute, sah er Tabby auf dem vorderen Rasen stehen, und sein Gesicht leuchtete wie ein weißer Fleck.

»Und ich schaute nach unten«, sagte Tabby mit zitternder Stimme, »und sah ein Bleirohr – es lag auf dem Kellerfußboden. Ich hob es auf und schlug das Fenster ein, schlug es einfach ein ... und da standen alte Sachen herum, Koffer und andere Sachen, die meinem Großvater gehört hatten. Ich stapelte alles aufeinander und stieg darauf. Und dann kletterte ich aus dem Fenster. Ich schnitt mich dabei, aber es war nicht so schlimm. Jedenfalls schaffte ich es, nach draußen zu kommen ... ich sah, wie mein Haus abbrannte. Das ganze Haus war eine einzige Flammenwand ... und ich wußte, daß mein Vater tot war. Und dann bin ich hierher gerannt.«

»Und du hast die Fledermaus aus Feuer gesehen. So nennst du sie doch?«

Tabby nickte.

»Wo hast du sie vorher schon mal gesehen?«

»An einem Abend, als ich am Strand war – es war die Nacht, in der alle Häuser in der Mill Lane abbrannten und die vielen Feuerwehrleute getötet wurden.«

»Mein Gott«, sagte Richard.

»Und auch heute – in unserem Haus. Aber es war wie das Haus aus *Daddy's Here*.«

»Oh, mein Gott«, sagte Richard. Er erinnerte sich an den Alptraum aus seinen ersten Tagen in Hampstead. »Billy Bentley.«

»Er war da. Sollten wir nicht Mr. Williams und Patsy rufen? Sollten wir uns nicht vergewissern, ob es ihnen gutgeht?«

Richard wollte dem Jungen nicht sagen, daß er schon versucht hatte, Graham und Patsy anzurufen; während Tabby sich unten im Badezimmer das Gesicht gewaschen hatte, war er an das Telefon gegangen und hatte beide Nummern gewählt. Weder Graham noch Patsy hatten sich gemeldet. »Hör zu«, sagte Richard, »es ist fast elf Uhr. Graham schläft bestimmt und Patsy wahrscheinlich auch. Wir werden versuchen, sie morgen früh anzurufen. Vorläufig ist dies dein Zuhause, wenn es dir recht ist. Mir wäre es ganz angenehm, wenn ich Gesellschaft hätte.«

Tabby hatte sich tief in Richards Gästebett hineingewühlt, und nun warf er sich herum und drückte das Gesicht in die Kissen. Seine Schultern zitterten. Richard war zu müde, um noch viel wahrzunehmen, aber er merkte, daß der Junge weinte. Er tätschelte Tabby den Rücken und blieb noch eine Weile bei ihm sitzen. Endlich sagte er: »Dein Vater und meine Frau. Vielleicht sollten wir uns gegenseitig trösten anstatt uns selbst zu bedauern. Wollen wir das versuchen?« Tabby nickte in die Kissen hinein. Richard streichelte seinen Rükken und sagte: »Außerdem brauchst du jemanden wie mich, und ich brauche jemanden wie dich. Morgen kaufen wir für dich was zum Anziehen und was du sonst noch brauchst. Okay?« Wieder nickte Tabby in die Kissen hinein. Er weinte immer noch und wollte nicht, daß Richard sein Gesicht sah. »Ich gehe ins Bett«, sagte Richard. »Mein Zimmer liegt gleich dort hinten, für den Fall, daß du etwas brauchst.«

Richard fürchtete, nicht schlafen zu können. Er war erschöpft, aber sein Puls raste. Bei ausgeschaltetem Licht lag er in seinem Bett und versuchte, diesen inneren Aufruhr in ruhigere Bahnen zu lenken, der ihn veranlassen wollte, aufzustehen, sich anzuziehen und Graham und Patsy zu suchen – er hätte es getan, wenn er auch nur eine winzige Ahnung gehabt hätte, wo sie sich aufhielten. Er und Tabby waren dem Drachen entkommen; ob das Patsy und Graham auch gelingen würde? Er dachte nicht nur besorgt an die anderen beiden, er machte sich auch Sorgen um den Jungen, der drüben in dem anderen Zimmer schlief. Irgend etwas in Richard wußte schon, daß er Tabby zu einem Teil seines Lebens machen wollte, aber würde der Junge ihn als Ersatzvater akzeptieren? Und konnte er die Rolle eines Ersatzvaters überhaupt ausfüllen? Würde Tabby nicht etwas dagegen haben, wenn er versuchte, ihm den Vater zu ersetzen? Und hatte der Junge nicht Verwandte? Hatte er nicht Familie, deren Aufgabe es sein würde, ihn bei sich aufzunehmen? Aber wenn Richard Allbee an Tabby Smithfields Familie dachte, dann sah er sich und Patsy McCloud und Graham Williams. Und wo waren sie jetzt? Hatte die Fledermaus aus Feuer auch sie besucht? Lebten sie? Mitten in diesen einander jagenden Gedanken schlief Richard ein. Und sofort fing er an zu träumen …

Er trug ein langes, schweres Schwert. Es war so groß, daß er es auf beiden Unterarmen vor sich hertragen mußte, so schwer, daß die Muskeln in seinen Armen schrien. Aber er konnte nicht stehenbleiben, und er konnte sich nicht ausruhen. Um ihn herum lag der reine ursprüngliche Ort des Bösen: eine dunkle Landschaft mit Kratern und entlaubten Bäumen, mit niedergebrannten Farmhäusern und stinkenden Teichen. Richard schleppte sich vorwärts, auf einen gelben Horizont zu, und seine Arme zitterten vor Schmerzen. Als es Zeit war und er die richtige Stelle erreicht hatte, blieb er stehen. Die niedergebrannten Farmhäuser lagen weit hinter ihm; von der Wasserfläche des kleinen Sees, der sechs Meter vor ihm lag, stieg in Spiralen Rauch oder Nebel auf. Er stand fest auf dem feuchten Boden, und das Schwert in seinen Armen wurde immer leichter; hatte angefangen zu glühen. Er packte den Knauf mit beiden Händen und hob es so hoch er konnte in die Luft. Dann – das Schwert fuhr schon herab – sah er Laura direkt vor sich stehen. Richard schrie auf, aber er konnte den Schwung nicht mehr stoppen. Das Schwert durchschlug Lauras ganzen Körper und fuhr dann in den Boden. Aus beiden Wunden schoß ein Blutstrahl empor, der die ganze Landschaft durchtränkte und sich auch über Richard ergoß. Richard stöhnte, riß die Augen auf und erwartete, eine rote Welt zu sehen – statt dessen sah er Tabbys Gesicht, das so bekümmert aussah, daß es verkniffen wirkte.

»Es geht um Patsy«, sagte Tabby. »Sie wird sterben.«

4

Patsy hatte sich einsam gefühlt und Graham Williams angerufen; als Graham sich nicht meldete, wählte sie Richards erste vier Ziffern, aber dann zögerte sie – sie wußte nicht, ob es gut war, sich jetzt in Richard Allbees Nähe zu begeben. Besonders so spät am Abend und in ihrer augenblicklichen Stimmung. Patsy hatte sich schon den ganzen Tag unruhig gefühlt, sogar ein wenig leichtsinnig, aber außer Fernsehen und Lesen hatte sie wenig zu tun gehabt. Sie hatte in einer Buchhandlung eins von Grahams Büchern aufgetrieben, *Twisted Hearts,* und sie hatte es schon halb durch, aber sie wollte es nicht oberflächlich lesen, denn dafür fand sie es zu gut. Sie war ein wenig überrascht, daß ihr Grahams Roman so gut gefiel. Aber heute mochte sie nicht mehr lesen; und im Fernsehen gab es den üblichen Blödsinn. Sie hätte gern ein paar Stunden bei Richard verbracht, nur um zu sehen, was passieren würde, wenn sie zusammen in einem Raum allein waren. Aber Richard, das wußte sie, würde mit ihr nie etwas anfangen – er war aus der Übung, er war zu lange verheiratet gewesen. Er war unsicher. Und Patsy war sich auch nicht sicher, ob sie mit Richard etwas anfangen würde oder ob das überhaupt richtig wäre. Richard war noch immer in tiefer Trauer, seine Gefühle waren völlig durcheinander. Wenn sie etwas mit ihm anfing, würde er es zu ernst nehmen – es würde ihn zu tief berühren. Und wäre es nicht geschmacklos – die Witwe mit dem Witwer? Nein, das wäre unästhetisch. Leise legte sie den Hörer wieder auf. Eigentlich könnte sie ein Bad nehmen. Wenn sie morgen immer noch diese Gefühle hatte, würde sie in die Stadt fahren und viel Geld für Kleidung ausgeben. Wenn sie dann ihre Kreditkarte zückte, würde nur sie wissen, wie tugendhaft sie sich verhielt.

Sie war etwa sechs Schritte vom Telefon weggegangen, als sie beschloß, Richard dennoch anzurufen – sie brauchte kein Bad, und sie ging auch nicht gern zum Einkaufen. Patsy drehte sich um, und in diesem Augenblick klingelte das Telefon. Sie hätte hundert Dollar gewettet, daß die Person am anderen Ede der Leitung Richard Allbee war.

Aber diese Wette hätte sie verloren. »Patsy«, sagte der Anrufer, »ich bin wirklich froh, daß Sie zu Hause sind. Hier ist Graham.«

»Ich habe Sie gerade angerufen«, rief sie. »Aber Sie waren nicht zu Hause.«

»Ich bin eben zurückgekommen, Patsy. Ich habe etwas entdeckt, und es könnte ein wichtiger Hinweis auf alles andere sein. Ich glaube, ich weiß, wo er ist. Und wer er ist.«

»Sagen Sie es mir«, sagte sie. »Können Sie es mir am Telefon sagen? Warum kommen Sie nicht zu mir? Dann können wir uns darüber unterhalten. Wir müssen uns etwas einfallen lassen, und dann müssen wir uns mit Richard und Tabby in Verbindung setzen.«

»Jetzt nicht«, sagte Graham. »Im Augenblick geht es nur Sie etwas an. Sie können mir vertrauen, Patsy, ich habe meine Gründe. Ich möchte Sie an einem bestimmten Ort treffen.«

»Aber natürlich, okay«, sagte sie erfreut und ein wenig geschmeichelt. »Nennen Sie den Ort.«

»Kennen Sie die Poor Fox Road? In Greenbank?«

»Nie davon gehört«, sagte Patsy.

»Sie ist ein wenig abgelegen, aber sie ist …«

»Oh, ich weiß. Da wurde doch dieser Fritz ermordet. Ich erinnere mich. Der Gärtner.«

»Werden Sie sie finden? Sie geht gegenüber dem Eingang zum Strand von Gravesend von der Mount Avenue ab. Man muß schon genau hinsehen, um sie zu finden. Sie ist nicht beschildert und sieht eher wie eine Durchfahrt aus als wie eine richtige Straße.«

»Ich glaube, die Straße kenne ich«, sagte Patsy.

»Gut. Am Ende der Straße stehen drei oder vier Häuser. Sie sind alle unbewohnt. Ich möchte, daß wir uns bei dem kleinen braunen Schindelhaus treffen. Es liegt neben dem Haus, vor dem die vielen Schrottautos stehen.«

»Hat es eine Hausnummer?«

»Es hat keine Nummer, aber Sie können es nicht verfehlen. Braune Schindeln. Eingesunkenes Dach. So ein Haus würden Sie sich aussuchen, wenn Sie irgendwo Ihre Schrumpfkopfsammlung unterbringen wollen. Gehen Sie einfach rein. Wenn ich nicht da sein sollte, komme ich in ein paar Minuten. Ich muß ein paar Sachen zusammensuchen – Sachen, die ich Ihnen zeigen will.«

»Braune Schindeln, eingesunkenes Dach, Schrumpfkopfsammlung. Sie kommen mir ziemlich aufgeregt vor, Graham.«

»Sie werden erfahren, warum. Wir sehen uns also in der Poor Fox Road, sobald ich da sein kann.« Er legte auf.

Patsy griff sofort zu ihrer Handtasche, die offen auf dem Küchentisch stand, und suchte ihre Wagenschlüssel.

Nur fünf oder sechs Minuten später trat sie auf die Bremse und schaute durch die Windschutzscheibe auf das, was eigentlich die Poor Fox Road sein müßte.

Ihre Scheinwerfer beleuchteten einen schmalen Weg, gegen den sich Bäume und bambusähnliches Sumpfgras zu lehnen schienen. Der Mond am Himmel, den sie zwischen zwei hohen Ahornbäumen sah, bot einen beunruhigenden Anblick, und sie erkannte erst nach einiger Zeit, daß sie deshalb beunruhigt war, weil der Mond ihr zu groß vorgekommen war. Er hatte fast das Doppelte seiner normalen Größe.

Sie fuhr sehr langsam und war sich noch nicht ganz sicher, daß sie auf dem richtigen Weg war, und als sie um die Biegung fuhr, hinter der Bobby Fritz so fröhlich Dr. Wren Van Horne begrüßt hatte, hörte sie ein Geräusch wie von Maschinen – ein Stampfen und Dröhnen. Patsy nahm an, daß die Geräusche von der Akademie ausgingen, ohne diesen Gedanken bewußt zu registrieren. Dann erfaßten ihre Scheinwerfer das erste Haus, dann das zweite, das in einem Meer von Schrottautos stand; dann das dritte. Und der Mut verließ sie.

Es war braun oder von ähnlicher Farbe, und es hatte Schindeln. Das Dach war deutlich eingesunken. Schwarze Fenster funkelten sie an, als sie ihren Wagen vor dem Haus zum Stehen brachte. Aber sie sah sofort, daß sie sich geirrt hatte, das Glas war schon vor langer Zeit zerbrochen. Einen solchen Irrtum schien das Haus ganz einfach zu provozieren. Was sie verzweifeln ließ, war nicht die Schäbigkeit des

Hauses, sie hatte nichts anderes erwartet; es war die Atmosphäre, die das Haus umgab, eine Atmosphäre des vollständigen Abgetrenntseins und der Selbstsucht.

Sie hatte keine Lust, in das Haus hineinzugehen. Die Lichtkegel ihrer Scheinwerfer hoben das kleine Gebäude aus dem Hintergrund hervor und unterstrichen seine Isoliertheit und seine Starre. Patsy schaltete die Zündung aus und löschte die Scheinwerfer.

Nachdenklich betrachtete sie das Haus. Sie schaute zu den scharf umrissenen Massen hinüber, die Bäume waren, und zu den Schrottwagen, die im Mondlicht fast schön aussahen. Ohne Interesse streifte ihr Blick auch die anderen Häuser, und sie sah, daß keines von ihnen bewohnt war. Die Poor Fox Road war eine kleine Geisterstadt. Sie betrachtete wieder das kleine braune Gebäude und stellte fest, daß es jede Besonderheit verloren hatte, die es einmal gehabt haben mochte. Jetzt war es ganz einfach ein leeres Gebäude unter vielen. Es gab wirklich keinen Grund, es sich nicht einmal näher anzusehen. Und Graham war so aufgeregt gewesen.

Patsy öffnete die Wagentür und stieg aus. Der Maschinenlärm, ein Stampfen, als ob tief in der Erde Dampfhämmer arbeiteten, verstummte plötzlich. Sie schaute erschrocken über die Schulter zum Schulgrundstück hinüber, aber sie sah nur den Maschendrahtzaun und im Mondlicht glänzende Blätter.

Vor dem Haus zögerte sie und hoffte, bald Grahams altes Auto heranschnaufen zu hören. Einen richtigen Weg zur Haustür gab es nicht mehr, nur dichtes Unkraut. Wieder schaute Patsy den schmalen Weg entlang und glaubte ernsthaft, Grahams Scheinwerfer zwischen den Bäumen aufblitzen zu sehen. *Er wird nicht kommen,* dachte Patsy eine Sekunde lang, aber dann schüttelte sie den Kopf über diesen närrischen Gedanken.

Sie ging durch das dichte Unkraut und fühlte die Reste des Weges unter den Füßen. »Komm endlich, Graham«, sagte sie laut. Das Haus, so überlegte sie, mußte auf irgendeine Weise mit dem in Verbindung stehen, was Graham in den zwanziger Jahren widerfuhr. Als sie die Hand auf den Messingknauf der Tür legte, begriff Patsy, daß dieses verfallene Haus einen wichtigen Teil der Geschichte bilden mußte, in die sie alle verwickelt waren. Patsy beschloß, Befehle auszuführen. Sie stieß die Tür auf, und eine quiekende Fledermaus huschte aus dem Haus und klammerte sich an ihrem Gesicht fest. Vor Schreck unfähig zu schreien, versuchte Patsy die Kreatur von ihrem Gesicht zu reißen, und sie spürte, wie ihr das Tier seine winzigen Krallen in die Haare und in die Wange grub. Das schrille Quieken der Fledermaus bohrte sich ihr in die Ohren. Sie merkte, daß sie den Kopf bewegte und in ihr Haar steckte. Mit geschlossenen Augen tanzte sie wie wild hin und her und wäre dabei fast über eine Schwelle gestolpert.

Die Tür schlug zu, aber in ihrem Entsetzen hatte Patsy es kaum gehört. Sie ekelte sich vor dem pelzigen Körper der Fledermaus, aber sie mußte ihn nicht nur anfassen, sondern ihn auch mit den Fingern umschließen. Sie schlug das Tier mit der Hand, aber das verstärkte nur das schrille haßerfüllte Geschrei in ihren Ohren. Sie spürte, wie das Tier seine winzigen Zähne in ihre Kopfhaut grub. Patsys Atem ging in schnellen Stößen, und sie hörte, wie sie einen unheimlichen Klagelaut von sich gab, der gar nicht zu Patsy McCloud passen wollte. Dann glaubte sie, die Fledermaus fest genug gepackt zu haben – das Herz des Tiers pulsierte wie das eines Vogels –, und riß sie sich vom Kopf.

Sobald sie die Fledermaus losließ, segelte das Tier davon, und als Patsy die Augen öffnete, streckte sie Arme aus und bewegte sich aufgeregt im Kreis. Ihre Augen sagten ihr nichts, denn sie stand in völliger Dunkelheit auf einer ebenen Fläche. Sie hob die Arme über den Kopf, und noch immer keuchend bewegte sie sich rasch durch den Raum. Das Dröhnen der Dampfhämmer schien sie wieder einzuhüllen, schien überall um sie herum aufzusteigen. Patsy konnte den Fußboden nicht sehen, aber vage kam er ihr wie ein Muster aus helleren und dunkleren Stellen vor. Sie hatte keine Zeit, sich zu überlegen, was das sein könnte. Ihr graute genauso vor dem gewaltigen Lärm wie vor der Möglichkeit, daß die Fledermaus sie erneut angriff, und sie ging direkt zur Tür.

Der Lärm schien aus den Wänden zu quellen. Patsy machte noch ein paar ungeschickte und hastige Schritte, als der Fußboden sich zu heben schien und sie zu Fall brachte.

Ächzend schlug sie mit der Seite auf. Jetzt erkannte sie, weshalb sie gestürzt war. Vor sich sah sie im Mondschein ein abgebrochenes Dielenbrett aufragen. Ihr Kopf war nur wenige Zoll vom Fußboden entfernt. Sie merkte plötzlich, daß über ihr mehr als ein Wesen auf schwarzen Schwingen durch den Raum schoß. Patsy kroch um das Loch im Fußboden herum. Die Bretter bogen sich unter ihr. Das stampfende Geräusch stieg direkt aus dem Fußboden auf. Sie kroch über den tückischen Fußboden und scheuerte sich die Hände an den zerbrochenen Dielenbrettern auf. Sie hätte eigentlich schon die doppelte Entfernung bis zur Tür zurückgelegt haben müssen. Über sich hörte sie die Fledermäuse, wenn sie auch nicht wußte, wie viele es waren. Als sie mit der Hand ein klebriges Metallrohr berührte, schrie sie auf – sie war tiefer in das Haus hineingekrochen. Hatte sich nur noch weiter vom Eingang entfernt.

Patsy benutzte das Metallrohr und dann das Metallbassin darüber, um wieder auf die Füße zu kommen. Etwas Ekelerregendes und Schleimiges bedeckte ihre Hände, und sie fühlte es auch an den Beinen. Dann sah sie zwei Fledermäuse vor dem Fensterviereck vorbeiwirbeln – waren es nicht *zwei* gewesen? *zwei* Fenster? – und zuckte in dem Augenblick zurück, als sie merkte, daß sie weiße Gesichter hatten. Wütend quiekend fegten die beiden Fledermäuse an ihr vorbei, und Patsy sah, daß eine der Fledermäuse wehendes rotes Haar und das Gesicht einer Frau hatte.

Die Tür ihr gegenüber flog auf, und eine Wand von Fliegen quoll aus ihr hervor, die sich sofort in Millionen summende Teile auflöste. Sie fielen über sie her, setzten sich auf die Spüle und hingen als dichter schwarzer Schwarm in der Luft. Patsy hob die Hände und versuchte sie abzuwehren, als sie plötzlich eine Vision hatte: sie hörte Les McCloud in den letzten Sekunden seines Lebens laut schreien und hart auf das Gaspedal treten.

Durch den Fliegenschleier sah sie ein rötliches Licht aufleuchten, das von ihrem alles übertönenden Summen zu pulsieren schien. Die Kellertür, die Quelle dieses Lichts, drehte sich in ihren Angeln, bis sie ganz geöffnet war.

Patsy stand wie angewurzelt, und das rote Licht wusch über sie hinweg. Die Fliegen verteilten sich explosionsartig oben in der Luft. Unten an den Kellerstufen schwappte eine rote Flüssigkeit und umspülte das Holz der Treppe. Diese Flüssigkeit bedeckte den ganzen Fußboden – sie schien mindestens einen Meter tief zu sein. Im Schein des pulsierenden roten Lichts stieg sie an und überspülte die nächsthöhere Stufe. Dann sah Patsy eine rote Hand die Oberfläche dieses turbulenten Sees durchstoßen. Noch eine Hand reckte sich hoch. Ein Kopf folgte – klein und wohlgeformt, der Kopf eines jungen Menschen.

Der in der Flüssigkeit treibende Körper fand auf der untersten Stufe Halt. Hinter ihm stieß wieder eine Hand durch die Oberfläche, dann noch eine. Patsy sah, daß die erste Gestalt ein Junge oder ein junger Mann war. Mit einer Hand ergriff er das Geländer und zog sich vorwärts und nach oben. Sie sah, daß die trüben Augen sich blicklos und unter Schmerzen bewegten. Der Kopf eines weiteren Schwimmers durchbrach hinten in diesem Gewölbe von Röte die Oberfläche, den Mund zu einem stummen Schrei des Triumphes geöffnet.

Tabby? dachte Patsy unbewußt. *Tabby? Wo bist du, Tabby? Tabby? Tabby?*

Patsy, dachte Tabby und wachte aus einem elenden Halbschlaf auf, in dem die Bilder des mit rotem Schaum und Blut bedeckten Strandes von Gravesend ihn gequält hatten. Er hatte das Gefühl, einen elektrischen Schlag bekommen zu haben – als sei eine starke elektrische Stromwelle durch ihn hindurchgefahren.

Patsy war in Gefahr: in tödlicher Gefahr. Tabby warf die Decke zur Seite und richtete sich im Bett auf. Er war so erschrocken, wie er es in seinem eigenen Haus noch nie gewesen war.

Patsy, ist mit Ihnen alles in Ordnung? Patsy, ist alles in Ordnung?

Er empfand nichts anderes mehr als Angst vor einer tödlichen Gefahr, von deren Existenz er überzeugt war.

Tabby sprang aus dem Bett. Er fühlte sich hilflos und war maßlos aufgeregt. Wo war Richards Zimmer? *Patsy*, dachte er verzweifelt, und plötzlich sah er einen leeren Raum mit einer Spüle, aus der etwas heraussickerte, und mit einem aufgerissenen Fußboden. Blind rannte Tabby in die Halle hinaus und ging durch die Dunkelheit zur Haupttreppe. Er hörte tiefes rhythmisches Atmen, von gelegentlichem Schnarchen unterbrochen, und wandte sich in die Richtung, aus der das Geräusch kam. Er wimmerte, weil die Zeit weglief, und tastete sich an der Wand entlang, bis er einen Türrahmen erreichte. Er schlüpfte in das Zimmer und fuhr mit der Hand an der Wand auf und ab. Endlich fand er den Lichtschalter. Tabby ließ das Licht aufflammen.

Richard Allbee lag mit offenem Mund und schnaufend auf seinem Bett. Die plötzliche Helligkeit weckte ihn nicht auf.

Tabby rannte an das Bett. Richard schnarchte laut, aber er wurde nicht wach. Tabby schüttelte Richard kräftig an den Schultern. »Wachen Sie auf!« sagte er. »Sie müssen aufwachen, Richard!«

Richards Lider zuckten, und mit dem Mund machte er ein schmatzendes Geräusch. Er stöhnte kaum hörbar. »He«, sagte er.

»Es geht um Patsy«, sagte Tabby. »Sie wird sterben.«

»Was?«

»Sie wird *sterben*«, sagte Tabby, und seine Stimme brach. »Sie ist in einem schrecklichen alten Haus, und irgend etwas wird sie umbringen, Richard. Wir müssen ihr helfen.«

»Wie sollen wir ihr denn helfen? Und woher weißt du das überhaupt? Was können wir tun?« Richaard war jetzt wach, aber er hatte sich noch nicht ganz in der Gewalt.

»Rufen Sie Graham an«, sagte der Junge. »Er wird wissen, wo das Haus ist – er *muß* es wissen.«

»Bist du sicher?« sagte Richard, wischte sich das Gesicht ab und sah den Jungen an. »Natürlich bist du sicher. Ich rufe ihn sofort an. Ich hoffe nur, daß er nach Hause gekommen ist.«

Richard nahm das Telefon, das neben dem Bett stand, auf den Schoß und wählte.

Für Tabby ging das alles quälend langsam. Er wandte Richard den Rücken zu und hörte ungeduldig die Wählgeräusche. Er schloß die Augen.

O Patsy Patsy Sie müssen durchhalten
wir werden Sie finden Patsy – bei Gott das werden wir
bitte nicht sterben ich liebe Sie

Hinter ihm sprach Richard mit Graham, und seine Stimme klang erstaunt, als Tabby ihn sagen hörte: »Sie glauben, Sie kennen das Haus?« Tabby konnte sich nicht länger konzentrieren. »Sie glauben, Sie haben sich den Arm gebrochen?« hörte er Richard sagen, und mit seiner Konzentration war es endgültig vorbei.

»Zieh deine Schuhe an«, sagte Richard. »Graham kommt sofort her. Ich werfe mir rasch einen Bademantel über, und dann fahren wir mit meinem Wagen. Er glaubt, er weiß, wo sie ist.«

So viel sie Tabby auch in ihren Gedanken sprechen hörte – und sie hörte ihn nur schwach –, irgendwie schien die Luft um Patsy mit Tabby aufgeladen, mit der Essenz seiner Persönlichkeit, die von Tabby als Person auf seltsame Weise losgelöst war; das Wesentliche ohne die Form, die dem Wesentlichen den Sinn gab.

Sofort schienen die Fliegen, die die Luft mit ihrem Gesumm erfüllten, weniger zu werden.

Dort unten verschwanden die Röte und das pulsierende Licht Sekunde um Sekunde. Das blutgetränkte Wesen auf den Kellerstufen zog sich zurück. Dabei streckte es Patsy immer noch einen Arm entgegen, als erwarte es von ihr Hilfe bei seiner Flucht. Selbst als sein Kopf in der roten Flut verschwunden war, hielt es immer noch flehend den Arm ausgestreckt. Patsy fing an zu weinen, als sie sah, wie der Arm langsam in der roten Flüssigkeit versank, erst bis zum Ellenbogen, dann bis zum Handgelenk, die Finger immer noch verzweifelt erhoben. Irgendwie hatte diese Verbindung mit Tabby sie gerettet. Der Blutsee im Keller schwappte von den

Stufen zurück und sank langsam, aufgesogen von irgendeinem unsichtbaren kosmischen Abfluß.

Sie schaute zur fleckigen Decke auf. Hunderte von Fliegen summten dort in Kreisen, warfen sich gegen den bröckelnden Putz und versuchten hinauszugelangen.

Patsy stolperte und stürzte dann blind aus der Küche hinaus. Sie trat über die Löcher im Fußboden hinweg und vermied das Brett, das sie zu Fall gebracht hatte. Nun sah sie in dem vom Mondlicht schwach erleuchteten Raum auch deutlich die Tür – sie war sogar einen Spalt geöffnet, und ein schmaler Lichtstreifen fiel hindurch. Jenseits der Poor Fox Road flüsterten und bewegten sich schwarze und weiße Blätter.

Sie wartete mitten auf der Straße und beschäftigte sich damit, die inzwischen trocknenden widerlichen gelblichen Flocken von ihrer Kleidung zu entfernen. Wenn sie mit der Handfläche ihre Waden rieb, löste sich das meiste von dem pastenartigen gelben Zeug. Patsy ging über die Straße zu ihrem Wagen. Ein paar Sekunden später tauchten aus dem schmalen überwucherten Weg Scheinwerfer auf.

Sie sah ihre Gesichter durch das geöffnete Seitenfenster von Richards Wagen – drei weiße Ovale, die sich ihr entgegenreckten, Patsy sah, daß Grahams Arm in einer improvisierten Schlinge aus buntem Wollstoff steckte. Seine rechte Wange wies eine riesige purpurrote Quetschung auf.

Sie empfand die innige und unkomplizierte Zuneigung, die von Tabby ausging, und spürte, wie sehr er sich um sie gesorgt hatte.

»Können Sie ihren Wagen fahren, Patsy?« brummte Graham. »Wir sollten ihn lieber nicht die ganze Nacht hier stehenlassen.«

Patsy nickte.

»Sind Sie sicher?« fragte Richard und lehnte sich über Tabby hinweg, um sie besser sehen zu können. »Warum lassen Sie mich nicht mit Ihnen fahren?«

»Ja. Okay. Das wäre mir sehr recht.«

»Dann fahren Sie zu meinem Haus zurück«, sagte Graham. »Keiner von uns wird heute nacht noch Schlaf bekommen.«

5

Patsy und Richard hatten auf Grahams alter Couch Platz genommen. Graham saß rittlings auf seinem Schreibmaschinenstuhl ihnen gegenüber am Kaffeetisch. Er runzelte die Stirn. Tabby hockte mit gekreuzten Beinen vor Richard auf dem Fußboden und wußte, daß das Stirnrunzeln hauptsächlich ihm galt. Er wußte auch, daß Graham auf sich selbst genauso wütend war wie auf ihn. Nun wußten sie alle, was jedem an diesem Tag passiert war, und Tabby vermutete, daß jeder von ihnen fürchtete, daß das Glück ihn eines Tages verlassen mußte.

»Ich habe dich etwas gefragt, Tabby«, sagte Graham. »Wie konntest du wissen, daß Patsy in Gefahr war? Und wieso konntest du die Örtlichkeit so genau beschreiben, daß ich sie identifizieren konnte? Was geht hier vor, Tabby?«

»Ich wußte es einfach«, sagte Tabby.

»Du wußtest es einfach. Pah! Begreifst du denn nicht, mein Junge, daß *alles,* was uns passiert, wichtig ist und zum Muster gehört? Und daß wir unsere Aufgabe nicht erledigen können, wenn wir nicht imstande sind, das Muster zu erkennen? Du darfst nichts vor mir verbergen, wenn du uns ernsthaft helfen willst.«

»Damit ist es mir ernst«, sagte Tabby. Es machte ihm nichts aus, Graham und Richard über die Verbindung zwischen Patsy und sich zu berichten, wenn Patsy nichts dagegen hatte, aber er konnte Graham Williams und Richard Allbee *nicht* erzählen, was er an dem Abend getan hatte, als er und Patsy diese Verbindung erkannt hatten, obwohl die beiden ihm näherstanden als jeder andere außer Patsy. Sie würden es nicht verstehen – Tabby selbst verstand kaum noch, wie er sich dazu hatte überreden lassen können, sich mit den Norman-Zwillingen herumzutreiben. Es *war* Tabby ernst. Wie ernst, würden Graham und Richard erst wissen, wenn sie erfuhren, daß er den Drachen vernichtet hatte.

»Dann beweise es mir«, sagte Graham.

Darauf kannst du dich verlassen, dachte Tabby und sagte: »Okay. Soll ich, Patsy?« Er schaute zu ihr auf, und sie nickte.

»Okay. Ich weiß nicht genau, wie man es nennt, aber Patsy und ich, wir, äh, wir können …«

»Telepathie«, sagte Patsy. »Wir können einander Botschaften schicken.«

Hinter Tabby atmete Richard Allbee hörbar ein.

»Aha«, sagte Graham. Er lächelte. »Natürlich, das mußte es sein. Als ich euch beide zum ersten Mal zusammen sah, wußte ich sofort, daß ihr von der gleichen Art seid. Gut. Danke, daß du mir das erzählt hast. Wann hast du zum ersten Mal gemerkt, daß du diese Fähigkeit hast?«

Diese Frage führte in eine Richtung, die Tabby nicht gern einschlagen wollte. »Es passierte einfach«, sagte er.

»Nichts ›passiert einfach‹, Patsy?«

»Es war am ersten Abend, an dem wir alle vier zusammen waren«, sagte Patsy. »An dem Abend, als ich den Anfall hatte und den Drachenkopf aus dem Buch aufsteigen sah.«

Graham richtete sich auf und rückte sich die Schlinge zurecht. »So lange ist das also schon her«, sagte er. »Aber es paßt zusammen. Wissen Sie, es paßt sogar sehr gut zusammen. Weil *wir* zusammenkamen und weil *wir* zusammenpassen. Und wir passen zusammen, weil wir es mußten; und wir mußten es deshalb, weil unser Feind zu der Zeit gerade seine wahre Stärke erlangte. Er und wir vier haben gemeinsam einen gewissen Punkt überschritten. Tabby! Hast du uns noch etwas zu sagen? Etwas hinzuzufügen?«

Tabby schüttelte den Kopf.

»Nun, ich will euch erzählen, was uns bevorsteht – ich will euch über den Schwarzen Sommer erzählen, und es könnte sein, daß ihr es euch dann anders überlegt. Natürlich ahnt ihr inzwischen schon, was damals vor sich ging. Wenigstens einen Teil davon. Denn das gleiche geschieht heute um uns herum – ich denke, Gideon Winter versucht, den Sommer des Jahres 1873 neu zu inszenieren, und ich finde, bisher tut er es recht geschickt. Wir haben Leute, die die Stadt verlassen, wir haben die Feuer und die vielen Toten …« Er verzog das Gesicht vor Schmerz und rückte wieder seine improvisierte Schlinge zurecht. »Ziemlich bald werden die Züge an den Bahnhöfen hier vorbeifahren – an

Greenbank und Hampstead. Die Lokführer werden eines Tages einfach ›vergessen‹, anzuhalten, und schon sehr bald werden sie es noch einmal ›vergessen‹ und eines Tages werden sie diese Bahnhöfe nicht einmal mehr sehen, wenn sie durchfahren. Irgendwann einmal werden sie vielleicht hinschauen und das große rote HAMPSTEAD-Schild sehen, und sie werden sich den Kopf kratzen und sich fragen, warum sie davon Magenschmerzen kriegen. Und es wird auch völlig gleichgültig sein – es wird ohnehin niemand auf diesen Zug warten, und die Bahnsteige werden leer sein. Wir werden von der Welt abgeschnitten sein, und die Stadt wird das akzeptieren – sie hat diesen Punkt schon halb erreicht. Und Hampstead könnte für die nächsten zwei Jahre ein einziger großer Friedhof sein, für die nächsten fünf Jahre, die nächsten zehn …«

Graham starrte einen nach dem anderen an. Dann rieb er sich mit der linken Hand den Hals. »Trocken. Ich muß ihn etwas schmieren. Tabby, gehst du bitte zum Kühlschrank und holst mir eine Flasche Bier? Patsy, möchten Sie auch etwas? Vielleicht einen Gin? Richard? Wir sollten es uns bequem machen, denn es wird ein langer Vortrag. Ich werde euch über den Sommer des Jahres 1873 erzählen, aber ich werde euch auch berichten, was zwischen mir und Bates Krell geschah, dessen Haus wir heute gesehen haben. Es wird langsam Zeit, daß ich mir das alles von der Seele rede.«

Tabby holte auch für sich selbst ein Bier.

Drei

Der brennende Fluß

1

»Ich war zwanzig«, fing Graham an. »Eher in Tabbys Alter als in eurem. Das solltet ihr im Verlauf unserer Geschichte nicht vergessen. Ich schrieb an meinem ersten Roman – den ich acht Jahre später veröffentlichte. Ich glaubte, ein gutes Thema für einen Roman gefunden zu haben. Es ging um Ereignisse, die sich ganz in meiner Nähe abspielten – es ging um das Verschwinden von Frauen aus Hampstead. Eine dieser Frauen hatten meine Eltern gekannt: Daisy West. Und ich wußte, daß Daisys Mann, Horace, den seine Nachbarn als verträglichen Menschen kannten, nach Daisys Verschwinden völlig außer sich geraten war. Er ging zum Polizeirevier und warf Nails Kletzka, dem Chef, einen Locher an den Kopf, und Nail steckte ihn für eine Nacht in die Zelle. Über solche Dinge wollte ich schreiben: Wie reagieren die Menschen, wenn jemand verschwindet? Wie wird ihr Leben dadurch verändert?

Ich hatte also ein kleines Notizbuch, in das ich meine Ideen eintrug, ich machte lange Spaziergänge, um allein zu sein, ich dachte nach und schrieb auf, was ich dachte. Meine Spaziergänge machte ich meist über die Rex Road, die Straße, die am Fluß entlang von der Greenbank Road bis in die Stadt führt. Damals war fast die ganze linke Seite der Rex Road bis hinunter zum Fluß unbebaut. Man konnte zwei, drei Meilen wandern und hatte immer einen ungehinderten Blick über das Wasser. Ich beobachtete den Verkehr auf dem

Nowhatan, machte mir eine Notiz und schlenderte weiter. Wenn ich hungrig wurde, setzte ich mich hin und holte ein Sandwich aus meinem Rucksack, in dem auch immer ein paar Bücher steckten – vielleicht ein kleiner Band von John Donne oder Rupert Brooke. Ich war ein intelligenter Jüngling, wenn auch vielleicht nicht immer so scharfsinnig, wie ich dachte. Eher hochgestochen. Naiv – und ungefähr so befähigt, mein Buch zu schreiben, wie ein Hamster. Ich und mein Donne und Rupert Brooke – das waren nicht die Waffen, mit denen ich diesen Sommer überleben konnte.

Eines Tages saß ich also an der Rex Road im Gras, aß mein Sandwich und beobachtete die Boote auf dem Nowhatan. Ein kleines Hummerboot kam vorbei. Es war auf dem Weg zum Sound. Der Fischer war ein großer bärtiger Kerl mit einer derben blauen Jacke und einer Mütze, die schief auf seinem Kopf saß. Irgend etwas störte mich an dem Mann, ich wurde unruhig, aber es war mehr als das. Es war eine wirkliche *Störung*, ein Hindernis, irgendwie ein Fehler im Gefüge der Dinge: als ob ich zwei Monde am Himmel gesehen hätte. Ich empfand plötzlich eine Verkehrtheit; vielleicht ist das der beste Ausdruck dafür. Das Boot nahm Kurs auf das Meer, legte sich in die Strömung, und der Mann mit der Mütze stand an der Reling neben seiner Kabine und hob den Kopf. Er schaute direkt zu mir herüber, als hätte er schon die ganze Zeit gewußt, daß ich dort saß.«

Graham unterbrach seinen Bericht – Patsy war ganz weiß im Gesicht geworden und wirkte höchst beunruhigt. Ihre Augen waren weit geöffnet, und er wußte: was sie jetzt sah, waren nicht die Leute in diesem Zimmer.

Dann sagte Tabby: »Sie wußten es«, und Graham schaute den Jungen an, der jetzt wieder diese Seelenverwandschaft mit Patsy ausstrahlte, die Graham schon aufgefallen war, als er die beiden kennenlernte – auch Tabbys Gesicht war weiß und wie gefroren.

»Sie wußten es«, kam Patsys Echo.

Sie sahen es genau wie er – sie sahen es besser als er, denn er sah es nur in der Erinnerung, und sie sahen es frisch und direkt.

»Ja, ich wußte es«, sagte er. »Ich wußte, daß ich einen Teufel gesehen hatte. So wie ihr ihn jetzt seht.«

»Mein Gott«, sagte Richard. »Seht ihr ihn wirklich? Patsy? Tabby?«

Sie nickten fast gleichzeitig.

»Mein Gott«, wiederholte Richard. »Ich nehme an, wir sollten uns an diese Dinge langsam gewöhnen, aber …«

»Graham sah, wie die Welt verrückt wurde«, sagte Tabby.

»Einmal im Leben war ich wie ihr zwei«, sagte Graham. »Ich hatte eine Art Vision, und sie hat mich *erschüttert.* Ich sah die Welt schwarz werden, oder vielleicht wurde es mir auch nur für ein paar Sekunden schwarz vor Augen, und dann sah ich, wie Rauch vom Boden aufstieg, und ich sah, daß Flammen das Wasser des Nowhatan bedeckten. Der Fluß war eine einzige Flamme. Es stank wie auf einer Müllkippe. Dann verschwand die Vision. Ich sah wieder den guten alten grauen Nowhatan, und ein kleines Hummerboot tuckerte auf den Sound hinaus. Der Mann an Deck beachtete mich genausowenig, wie er einen Hund beachtet hätte.

»Sie hatten also das Gefühl, daß Sie dem Mann folgen mußten«, sagte Patsy, und Tabby rief dazwischen: »Um zu erfahren, wer er war.«

»Ich war am nächsten Tag wieder da und hatte mein Notizbuch und mein Frühstück mitgebracht, aber ich hatte keinen Hunger, und ich hatte auch nichts geschrieben. Ich war gespannt wie ein Windhund vor dem Hunderennen. Ihr müßt wissen, ich erwartete, daß diese schreckliche Vision sich wiederholen würde – ich war ganz sicher, daß das der Fall sein würde. Das war die Bestätigung, die ich suchte – die Bestätigung, daß es Bereiche der Existenz gab, Bereiche des Seins, die jenseits dessen lagen, was ich kannte. Ich konnte meinen Blick nicht von dem kleinen Boot abwenden, das stromabwärts vertäut lag. Nun, der Mann erschien, startete seinen Motor und fuhr an mir vorüber. Und wie am Vortage hob er den Kopf und sah mich am Ufer stehen – sein Blick glitt einfach über mich hinweg. Er war ein untersetzter kräftiger Mann, und ich spürte immer noch den Blick, mit dem er mich am Vortag angesehen hatte. Das Boot knatterte dabei. Nichts geschah. Ich stand da wie ein abgewiesener Freier und sah es verschwinden. Ich fühlte mich leer und fade. Das Boot zog davon, ein ganz gewöhnliches Hummerboot, und war bald hinter einer Biegung des Flusses verschwunden … und ich stand da mit offenem Mund.«

»Ihr habt recht«, fuhr Graham fort. »Ich mußte herausfinden, wer er war. Später an jenem Nachmittag war ich am anderen Ufer des Flusses und tat so, als hätte ich eine Botschaft für einen der Hummerfischer und wüßte seinen Namen nicht. ›Ein kräftiger Mann‹, sagte ich. ›Mit einem Bart. Er trägt eine Mütze. Hier liegt immer sein Boot.‹ Ein hagerer kleiner Mann grinste die anderen an. ›Das ist Krell. Er meint Bates Krell.‹ Er wandte sich wieder mir zu, und in seinen Augen glitzerte nackte Bosheit. ›Du hast eine Botschaft für Bates Krell, was? Er hat eine für dich und alle andern, Junge.‹ Die Männer lachten, und ein anderer Fischer sagte: ›Er wird mehr als eine Botschaft haben, Sonny.‹ Natürlich wußte ich nicht, was sie meinten, aber eines begriff ich – sie hatten Angst vor dem Mann.

Ich wartete also darauf, daß er mit seinem Boot wieder zurückkam. Ich hatte keine Ahnung, was meine Vision zu bedeuten hatte, aber ich *glaubte*, begriffen zu haben, daß dieser Krell irgendwie für das verantwortlich war, was dazu geführt hatte, daß ich ihn zum ersten Mal sah – das Verschwinden Daisy Wests und der anderen Frauen. Kurz vor Sonnenuntergang kam Krell mit seinem Boot zurück. Es war eine kleine Ketsch, und ich hielt mich im Hintergrund und beobachtete ihn, als er mit den Fischhändlern, die zu diesem Zweck hergekommen waren, einen Preis für seine Hummer aushandelte. Er kam mir mürrisch und aggressiv, aber nicht dumm vor – er wirkte wie ein gewöhnlicher Mann, aber ich wußte, daß er das nicht war. Ich wollte wissen, wo er wohnte. Ich wollte alles über sein Leben wissen. Die Aura meiner seltsamen Vision hatte sich an ihn geheftet, und ich empfand im Zusammenhang mit diesem Mann eine Art Besessenheit.

Als er nach Hause ging, folgte ich ihm. Ich glaubte nicht, daß er mich gesehen hat. Er ging die zwei oder drei Meilen die Greenbank Road hinauf und schaute dabei nur geradeaus. Er marschierte in seinen Gummistiefeln und mit seiner Mütze auf dem Kopf die Straße entlang, als ob ihm die ganze Welt gehörte. Es war dunkel geworden, und damals gab es zu beiden Seiten der Greenbank Road nur Felder und Moore. Es gab keine Straßenbeleuchtung. Ich ging über die Felder durch Disteln und Kletten und ruinierte meine Schuhe und meine Hosen.

Auf diese Weise erfuhr ich, wo er wohnte, und als ich sein Haus sah, wußte ich, daß es genauso ungewöhnlich war wie sein Besitzer. Es gehörte zu ihm oder er zu dem Haus. Ich versteckte mich in den Bäumen an der Poor Fox Road und beobachtete, wie er nach vorn gebeugt den Weg zu seinem Haus hinaufschritt, die Tür öffnete und hineinging. Das schreckliche kleine Haus schloß sich um ihn wie eine Faust. Ich schlich mich davon und hatte dabei fast das Gefühl, daß das Haus selbst mich mit Krells Augen ansah – die Situation wurde plötzlich gespenstisch, alles um mich herum schien mich zu bedrohen, und ich eilte nach Hause. Nachdem ich mir die Vorwürfe meiner Eltern angehört hatte, denen es natürlich gar nicht gefiel, daß ich so spät und in solchem Zustand zu Hause ankam, überlegte ich mir, was als nächstes zu tun sei – denn da ich das, was ich wußte, ziemlich sicher zu wissen glaubte, mußte ich etwas unternehmen. Ich konnte nicht einfach nur ein Buch über einen Fischer schreiben, der Menschen umbrachte. Ich mußte handeln. Ich glaube, ich hatte in dieser Nacht die schlimmsten Alpträume meines Lebens.

Aber am nächsten Morgen wußte ich, was ich zu tun hatte. Ich mußte Beweise finden, die Bates Krell ins Gefängnis bringen würden. Und zu dem Zweck würde ich mich mitten in der Nacht auf sein Boot schleichen und versuchen, irgend etwas zu finden, was vielleicht eine der Frauen dort verloren hatte. Als Fischer, das wußte ich, hatte Krell das größte Versteck der Welt, wenn er etwas loswerden wollte. Den Nowhatan; Long Island Sound; den Atlantik. Er hätte die Hälfte der Frauen von Hampstead über Bord werfen können. Wenn er sie nur mit Gewichten beschwerte, würde niemand sie je finden.«

Graham, der jetzt auf seine Geschichte ganz versessen war, sah den seltsamen Ausdruck in Tabbys Gesicht nicht, der halb Furcht und halb wilde Entschlossenheit widerspiegelte.

2

»Am übernächsten Abend«, fuhr Graham fort, »tat ich es. Ich ging an Bord von Krells Kutter. Ich fand auch etwas, aber es war nicht das, was ich zu finden erwartet hatte.

Ich mußte mich gedulden, bis meine Eltern schliefen, und dann mußte ich darauf achten, daß sie nicht wieder wach wurden. Ihr wißt ja, wie Eltern sind – sie werden von *allem* wach. Ich konnte also erst nach Mitternacht aufbrechen. Ich zog mich leise an und schlich wie ein Gespenst die Treppen hinunter. Ich hatte schreckliche Angst, daß mein alter Herr plötzlich anfangen würde, Krach zu schlagen. Ich gelangte unbeobachtet nach draußen und schloß die Tür so leise, daß nicht einmal *ich* das Klicken hörte. Ich ging auf Zehenspitzen bis auf die Straße, entfernte mich lautlos etwa fünfzig Schritte vom Haus – und dann rannte ich wie der Teufel.

Und ich hörte nicht auf zu laufen, bis ich die Brücke erreicht hatte. Ich hatte auf dem ganzen Weg keinen einzigen Menschen gesehen – nicht einmal ein Auto. Hampstead war damals wirklich nur eine kleine Stadt, und in kleinen Städten geht man früh ins Bett. Ich flog. Ich hätte nicht langsam gehen können, selbst wenn ich es gewollt hätte. Mein Körper hätte es nicht zugelassen. Ich nehme an, daß meine Schritte den einen oder anderen Bürger gestört haben, aber was ich zu finden gedachte, würde noch viel störender sein – Beweise für den Mord an Daisy West und den anderen Frauen vor ihnen seit Anfang 1924. Als ich die Brücke erreichte, war ich ungefähr zweieinhalb Meilen gelaufen, und meine Beine schmerzten. Aber ich glaube, ich habe nicht einmal schwer geatmet, so aufgeregt war ich! Ich lehnte mich an das Eisengeländer der Brücke und schaute auf den Fluß hinab. Ich sah es. Krells Boot, die *Fancy*, lag an derselben Stelle wie gestern. Kein Mensch war zu sehen.

Den Rest des Weges legte ich langsam zurück. Dort unten gab es schon damals ein paar Kneipen, es waren Spelunken, und in der Riverfront Avenue kamen mir ein paar späte Zecher entgegen. Ich wandte den Kopf ab und denke, daß sie dasselbe taten. Sobald ich konnte, tauchte ich zwischen den Gebäuden unter und näherte mich dem Fluß.

Das Wasser klatschte gegen die Pfähle. Mir schien, das Wasser roch intensiver als während des Tages, aber vielleicht lag das daran, daß meine Sinne so ... so *verfeinert* waren. Jedes Detail durchfuhr mich wie ein Messer – ich erinnere mich, daß die Maserung in den Planken des Docks sich zu kräuseln und vom Dock herabzufließen schien ...

Bates Krells Boot hob und senkte sich mit der Bewegung des Wassers und rieb sich an den Pfählen wie ein großer alter Hund. Alles, was ich noch zu tun brauchte, war, an Bord zu springen. Kein Mensch war zu sehen. Fast schien mich das Boot willkommenzuheißen und an Bord einzuladen, so wirkten jedenfalls die kleinen Stöße und das leise Ächzen, mit dem es sich bei der Auf- und Abbewegung am Dock scheuerte. Aber ich zögerte – sollte ich es wirklich tun? Ein Verbrechen begehen? Ich legte meine Hand auf das rauhe Holz des Boots – auf und ab, auf und ab ... und dann sagte ich mir im stillen *zur Hölle damit* und sprang auf das Deck der *Fancy*.

Meine Schuhe ließen eine Staubwolke aufwirbeln. Es roch nach Fisch und Moder. Als ich meine Hand von der Reling löste, war sie schwarz – Krells Boot war eines der dreckigsten, das ich je gesehen habe. Ich duckte mich hinter die Reeling für den Fall, daß jemand in meine Richtung schaute, und in einer Art Entengang schlich ich über das Deck. Ich wußte nicht genau, was ich suchte, aber ich denke, ich hatte die Vorstellung, daß Krell sich Erinnerungsstücke von seinen Taten aufbewahrte. In meiner Phantasie stellte ich mir vor, daß ich irgendwo auf der *Fancy* eine Schublade öffnen und eine Sammlung von Schuhen oder Damenhandtaschen vorfinden würde.

Das Schlimme war, dieser Schrank mit den Schubladen war auf dem Deck nirgends zu finden. Geduckt machte ich eine Runde über das ganze Deck, und alles, was mir das eintrug, waren Rückenschmerzen und Schmutzflecken an meiner Kleidung. Auch im Ruderhaus fand ich nichts. Jetzt konnte ich nur noch im Laderaum nachschauen, und es gab zwei Gründe, warum ich dort nur ungern hineinging – ich würde tagelang nach Fisch und Hummern stinken, und wenn ich einmal dort unten war, würde ich es nicht merken, wenn jemand kommt. An Bord der *Fancy* erwischt zu werden war das letzte, was ich mir wünschte! Dann, fast zufällig, sah ich etwas, was mir vorher entgangen war.

Im Mondschein blitzte ein wenig weiter unten auf dem Deck ein Messinggriff auf. Er saß vielleicht fünfzehn Zentimeter unterhalb der Reling. Ich glaubte neben dem Griff eine Art Schattenlinie zu sehen. Es sah genau wie ein Geheimschrank aus, den Krell in die Seite des Boots eingebaut hatte. Dies mußte es sein! Ich wußte, was geschehen würde: ich würde die Tür aufschieben, und alle Arten von Halsketten und Ringen würden sich auf das Deck ergießen. Ich würde einen Schatz finden, einen *richtigen* Schatz, und um Bates Krell loszuwerden, brauchte ich nur Kletzka ein paar von den Sachen zu bringen – der Mörder würde eingesalzen, bevor die Sonne aufging.

Ich rannte zu dem blitzenden Griff hinüber und schob ihn seitwärts – die Schiebetür bewegte sich wie geschmiert. Meine Augen müssen groß wie Suppenteller gewesen sein. Inzwischen war ich überzeugt, nicht nur einen Haufen Damenschuhe, sondern ein Vermögen in Juwelen vorzufinden.

Aber der kleine Schrank, den Krell in die Seite der *Fancy* eingebaut hatte, war fast leer. Eine schmutzige alte Kaffeetasse stand darin und daneben ein Weinglas. Das war alles. Eine Tasse und ein Weinglas. Das verstand ich überhaupt nicht. Ich nahm das Weinglas heraus und betrachtete es. Das Kristall war mit Blättern und Blüten verziert. Das Glas funkelte im Mondlicht. Dieses verdammte Glas kam mir ein wenig unheimlich vor. Es paßte nicht zu dem Dreck überall an Bord. Es war, als hielte ich eine Taschenlampe in der Hand. Ich stellte es in den Geheimschrank zurück und schloß die

Tür. Jetzt blieb nur noch der Laderaum. Ich beschloß, von oben hineinzuschauen, anstatt hinunterzusteigen.

Den Laderaum der *Fancy* konnte man mit Hilfe einer etwa zwanzig Zentimeter langen Holzstange öffnen. Man schob sie in eine Öffnung und hebelte dann mit dem Holz eine der schweren Türen auf. Darauf kam ich, als ich das Holz an einem Lederriemen neben den Türen hängen sah. Ich nahm den Hebel vom Haken und schob ihn in die vorgesehene Öffnung. Nach einiger Anstrengung ging die Tür auf. Ich wäre fast in Ohnmacht gefallen und hineingestürzt.

Was ich dort unten sah, war ein See von Blut – ganz recht, genau das, was ihr anderen auch alle gesehen habt. Er sah aus, als stiege er an. Er kam immer höher, bis an die Türen. Die Flüssigkeit *kochte*. Bevor mir schwarz vor Augen wurde und ich hineinfiel, schaffte ich es gerade noch, die Tür fallen zu lassen.

Dann wollte ich mich vergewissern, ob ich richtig gesehen hatte. Sobald ich mich ein wenig beruhigt hatte, öffnete ich die Tür einen Spalt – aber diesmal gab es keinen Blutgeruch. Ich roch nur den Gestank von alten Fischen. Ich zog die Tür weiter auf und sah einen leeren Laderaum. Das war's für mich. Ich stieg so schnell ich konnte vom Boot und atmete erst wieder normal, als ich die Brücke erreicht hatte und mich auf den Heimweg machte.

Am nächsten Tag arbeitete ich eine andere Strategie aus. Zwei verdammt sonderbare Dinge waren mir passiert, und ich wollte nicht aufgeben – ich war mir jetzt noch sicherer, daß Krell alle diese Frauen umgebracht hatte. Und aus irgendeinem Grund war es mir bestimmt, ihn zur Strecke zu bringen. Es war mein Job, ganz allein mein Job. Ich arbeitete also einen anderen Plan aus.

Ich war davon überzeugt, daß er Helfer gehabt hatte – das hatten alle diese Hummerfischer. Kein Mann konnte diese Arbeit allein schaffen, und wenn er noch so stark war. Den meisten halfen die Söhne, und andere heuerten die jungen Leute an, die sich in den Docks herumtrieben. Jetzt sieht man diese jungen Leute oft an Tankstellen, wo sie auf einen

Job hoffen, aber damals gingen solche jungen Leute in diesem Teil der Welt immer in die Docks. Ich war überzeugt, daß ich etwas erfahren würde, wenn es mir gelang, einen von Bates Krells alten Decksgehilfen zu finden. Nun, das sollte sich als viel schwieriger herausstellen, als ich gedacht hatte.

Ich fragte in den Docks, und ich fragte in den kleinen Spelunken unten am Fluß. *The Blue Tern* – das war eine von ihnen, und sie existiert heute noch. Ich legte mir eine ausgeklügelte Geschichte zurecht; vielleicht fiel niemand darauf herein. Vielleicht wollten sie auch ganz einfach nicht über Bates Krell reden. Eine alte Flußratte, die ich im *Blue Tern* gestellt hatte, erzählte mir mehr. Nachdem ich dem Kerl eine Gallone Rye durch seine dürre Kehle gekippt hatte, erzählte er mir, daß Krell seine Decksleute mißhandelt. ›Sie laufen ihm weg‹, sagte er. ›Sie hauen mitten in der Nacht ab, und das würde ich auch tun. Du kannst streng sein, und der Junge respektiert dich, aber kein Junge bleibt, wenn er halb totgeschlagen wird.‹

Ich fragte ihn, ob er wisse, wo sich einige dieser Jungen jetzt aufhielten, und er meinte, sie seien wohl ins Hinterland gezogen, so weit wie möglich von Krell weg.

›Alle?‹ fragte ich. ›Ist denn nicht *einer* von seinen alten Decksleuten noch hier?‹

Er kaute eine Weile daran, und ich schenkte ihm noch mehr Rye in sein Glas. Sie nannten es jedenfalls Rye – ich glaube, das Zeug war gerade lange genug im Faß gewesen, um den chemischen Geruch zu verlieren. ›Da könnte einer sein‹, sagte er. ›Der Junge heißt Burgess. Pitt Burgess hat er sich genannt. Ein komischer Kauz. Er ist Krell weggelaufen. Hat sich seitdem nicht mehr in den Docks sehen lassen, und keiner hat ihn vermißt. Mochten ihn nicht. Keiner von uns mochte ihn.‹

›Und wo wohnt dieser Burgess?‹ fragte ich.

›Im Moor‹, sagte er mit einem bösen Glitzern in den Augen.

Heute gibt es im Moor diese Schuppen nicht mehr, aber in den Zwanzigern – und später, während der Depression –

gab es Leute, die auf dem sumpfigen Boden von Gravesend Beach landeinwärts in Häusern aus Teerpappe lebten. Meistens alleinstehende Männer, die sich hauptsächlich von Muscheln und Krebsen ernährten, die sie bei Niedrigwasser fingen. Ich wußte also, wo ich suchen mußte, wenn ich darüber auch nicht sehr glücklich war. Das bedeutete wieder ein paar ruinierte Schuhe. Und dann diese Schuppen im Moor ... kein Mensch mit normalem Verstand würde dort gern hingehen. Aber ich sagte mir, daß dieser Burgess vielleicht meine letzte Chance war, etwas über Krell zu erfahren. Am nächsten Nachmittag ging ich also durch die Greenbank Road zum Strandeingang hinunter und sprang über den kleinen Wasserlauf dort. Dann patschte ich durch das Moor und ging zu den Schuppen hinüber – es waren sechs oder sieben, die von der Wasserlinie in Richtung Millpond in einer Reihe standen.

Ich hätte nicht gewußt, zu welchem Haus ich zuerst gehen sollte, aber ich sah einen großen schlanken jungen Mann mit schmutzigblondem Haar, der sich vor einem der am entferntesten liegenden Schuppen zu schaffen machte. Er sah mich und überlegte keine Sekunde – er tauchte in seine Tür weg. *Freundchen*, dachte ich. Ich stapfte über den nassen Boden zu der elenden Hütte hinüber und klopfte an die Tür ...

3

... und ein verängstigt wirkender Junge zog die Tür auf und blinzelte Graham an. Er war nicht älter als siebzehn, und seine Augen erinnerten an die eines Frosches: endlich sah Graham, daß er absolut keine Wimpern hatte. »Verschwinden Sie«, sagte er. »Sie haben hier nichts zu suchen.«

»Ich brauche Hilfe«, sagte Graham rasch. »Ich werde Sie dafür bezahlen. Sehen Sie mal, ich habe was zum Essen mitgebracht.« Er drückte dem Jungen das eingewickelte Paket in die Hand: es enthielt ein paar Dosen Bohnen, einige Scheiben Fleisch und drei Dosen Bier. Widerwillig nahm der Junge das Paket entgegen und drückte und streichelte es. Seine

Hände starrten vor Dreck, was man auch von seinem verkniffenen Gesicht sagen konnte. »Sie sind doch Pitt Burgess, nicht wahr?«

Der Junge schaute zu ihm auf wie ein Sträfling zu seinem Wärter. Dann nickte er. »Is' das was zum Essen?«

»Ich habe mir überlegt, was Sie vielleicht brauchen können.«

Wieder nickte der Junge und wirkte fast verblüfft. Graham erkannte enttäuscht, daß der Mann geistig zurückgeblieben war. Er mußte sich an der oberen Schwachsinnsgrenze befinden.

»Auch etwas Bier«, sagte Graham.

Burgess leckte sich die Lippen und lächelte Graham an. »Sie sagten, Sie brauchen Hilfe. Was für eine Hilfe?«

»Nur ein paar Fragen.«

»Sie kriegen aber nichts von dem Bier.«

»Es ist für Sie.«

Burgess trat nervös von der Tür zurück, und Graham betrat den kleinen schmuddeligen Raum. Er war erstickend heiß und so dreckig wie der Junge selbst. Während Burgess das Paket aufriß und eine Dose Bier öffnete, bemerkte Graham die Wassertropfen an den Wänden und am Geflecht der beiden Korbstühle. Auch an der Bierdose des Jungen schlug sich sofort Feuchtigkeit nieder. Der Sperrholzfußboden war von Schimmel befallen. Das aus einer Illustrierten gerissene Bild eines Marmon Coupé hing an einer der Wände. »Das Bier ist gut«, sagte Burness. »Sie können sich setzen, wenn Sie wollen.«

»Danke«, sagte Graham. Er wollte Burgess nicht erschrecken. Der Junge schien noch immer so nervös wie ein Reh, das im nächsten Moment im Wald verschwindet. »Macht es Ihnen was aus, ein paar Fragen zu beantworten?«

»Fragen Sie, dann werde ich sehen.«

Er verfolgte, wie der Junge noch einen Schluck Bier trank.

»Wann haben Sie zuletzt gearbeitet?«

Burgess schielte ihn an und ließ das Bier im Mund kreisen. »Wer hat Sie überhaupt geschickt?«

»Mich hat niemand geschickt, Pitt. Ich habe Ihnen doch

gesagt: Ich brauche etwas Hilfe, die Sie mir geben können.«

Mißtrauisch legte er den Kopf schief. »Okay. Ich habe vor vier oder fünf Monaten gearbeitet. Das war das letzte Mal.«

»Was war das für ein Job?«

»Decksmann auf einem Fischerboot.«

»Hat man Sie gefeuert?«

»He, Mister – ich bin abgehauen. Niemand hat mich gefeuert. Ich bin gegangen. Haben Sie gehört, daß ich gefeuert wurde? Haben Sie das gehört?«

»Warum sind Sie denn gegangen?«

Jetzt schien der Junge noch nervöser als sonst. Seine Augen waren ständig in Bewegung. »Wurde nicht richtig behandelt«, murmelte er.

»Hat er Sie geschlagen? Hat Krell Sie geschlagen?«

Im Zimmer hatte sich zwar nichts geändert, aber jetzt war alles anders. Unter der grauen Dreckschicht hatte das Gesicht des Jungen die Farbe von geronnener Milch angenommen. Selbst die langsam die Wände herabrollenden Wassertropfen schienen zitternd stehenzubleiben.

»Ich habe nichts mit ihm zu tun«, sagte Graham. »Ich habe ihn nur ein oder zweimal gesehen.«

»Er hat mich geschlagen«, sagte Pitt Burgess leise. Tief in seinem Innern schien er zur Ruhe zu kommen. »Ja, deshalb bin ich gegangen.«

Immer noch sah er Graham nicht an, und deshalb schwieg Graham – ein geschicktes Verhalten – er gewann das Vertrauen des Jungen wie man das Vertrauen eines Hundes gewinnt. Er schaute zu dem Bild mit dem Marmon hinüber und rührte sich nicht.

»Er hat mich oft geschlagen«, sagte der Junge endlich.

Wieder eine lange Pause. Graham fürchtete vor reiner Muskelanspannung zu explodieren.

Dann sagte Pitt Burgess leise: »Und dann fing er an, jünger auszusehen, einfach jünger. Das tat er. Hübsch.«

»Fanden Sie ihn hübsch, Pitt?« flüsterte Graham.

Der Junge nickte, und der Adamsapfel zuckte in seiner Kehle. Dann wandten sich seine Augen zum ersten Mal in einer halben Stunde Graham zu. »Er war es. Er war *schrecklich* hübsch. Manchmal machen einem gewisse Dinge nicht so viel aus, wissen Sie, wenn ...«

Eine Ader in Grahams Kopf fing an zu pochen. Er bekam Kopfschmerzen. »Ich verstehe«, sagte er.

»Es ist nett, daß Sie mir was zum Essen bringen«, sagte der Junge. Er machte eine Pause, als ob er Graham Gelegenheit geben wollte, etwas auszudrücken, was er sich in dieser Situation nicht auszudrücken traute.

»Das ist schon in Ordnung«, sagte Graham, der jetzt entsetzlich verlegen war.

»Ich hatte Angst vor ihm, als er hübsch wurde«, sagte Burgess nach einer weiteren Pause. »Ich dachte an das, was er getan hat.«

»Jünger auszusehen?« fragte Graham.

»Was er getan hat, *bevor* er anfing, jünger auszusehen. Er hatte schon vor mir Jungs, Mister.« Pitt Burgess starrte Graham an, und in seinen Augen lag ein völlig neuer Ausdruck – Berechnung war dabei, Scham und Herausforderung und etwas Mysteriöses, das in Graham den Wunsch auslöste, aus dem Schuppen zu rennen.

»Und diese Jungen hat er auch geschlagen? Wie viele waren es denn? Drei oder vier?«

Der Junge räusperte sich. »Ungefähr so viele. Drei. Vier. Er hat sie mit zu sich nach Hause genommen. Ich ließ mich nicht von ihm mit nach Hause nehmen. Ich hatte Angst vor ihm.«

»Pitt«, sagte Graham, »ich weiß nicht einmal genau, was ich frage, aber haben Sie jemals etwas Seltsames an Bord der *Fancy* gesehen?«

Der Junge hatte sich wieder in sich selbst verkrochen, und seine Augen waren wie die eines Reptils.

»Hören Sie zu«, sagte Graham, »es hört sich verdammt seltsam an, aber haben Sie dort jemals so etwas wie Blut gesehen? Und zwar eine Menge davon.«

Pitt schüttelte den Kopf.

»Haben Sie überhaupt jemals *irgend etwas* gesehen, was nicht normal war?«

Aus dem seltsam intelligenten (weil ironischen) Gesichtsausdruck des Jungen schloß Graham, daß nichts an Bord der *Fancy* völlig normal gewesen war. »Vielleicht stelle ich die Frage nicht richtig«, sagte er kläglich.

»Ich weiß«, sagte der Junge. »Ich weiß, was Sie wollen. Es würde ihm nicht recht sein, wenn ich es sage. Aber ich will darüber reden – mit Ihnen. Einmal hörte ich dieses schreckliche Geräusch. Ich schaute in das Ruderhaus. Ich konnte es nicht glauben. Das ganze Ruderhaus war voll von Fliegen. Vielleicht eine Million Fliegen. Aber ich wußte etwas – ich wußte, daß sie nicht wirklich da waren. Er schlug mich aber, weil er wußte, daß ich sie gesehen hatte. Er schlug mich gern.« Dieser letzte Satz hörte sich fast kokett an.

»Oh«, sagte Graham.

»Er hat die andern Jungs mit zu sich nach Hause genommen«, sagte Burgess. »Ich weiß nicht, was er sonst noch getan hat, aber er hat die Jungs mit zu sich nach Hause genommen. Und niemand hat es bemerkt.«

»Bemerkt?«

»Ich denke, die Jungs sind weggezogen. Haben wahrscheinlich Jobs in den Docks von New Haven gesucht. Niemand hat sie je wiedergesehen.«

»Oh, mein Gott«, sagte Graham, der endlich begriff.

»Niemand«, sagte Pit Burgess und lächelte ein wenig. »Und niemand hat sich darum gekümmert. Sie waren nur Niemande von Nirgendwo. Da bin ich weggegangen und in das Moor gekommen, und ich hab meinen hübschen Mr. Krell seit dem Tage nie wiedergesehen.«

Ein Flirt – dies war ein Flirt.

Graham stand auf. Er hatte weniger und zugleich mehr erfahren, als er hatte erfahren wollen. Er war entsetzt und verabschiedete sich eilig und unpassend konventionell. Dann verließ er den Jungen so schnell er konnte. Als er durch das Moor stapfte, wußte er genau, daß Pitt Burgess in der Tür seiner verwahrlosten Hütte stand und ihm nachschaute. Mit welchen Emotionen, hätte Graham nicht sagen können.

4

Zu Hause nahm Graham ein ausgedehntes Bad – er hatte das Gefühl, daß die schmierige feuchte Atmosphäre in Pitt Burgess' Schuppen sich auf seine Haut gelegt hatte, und er schrubbte sich mit dem Luffaschwamm, bis er glaubte, Blasen zu bekommen. Nie zuvor hatte er einen solchen moralischen Ekel verspürt, und nie zuvor hatte er jemanden kennengelernt, den er für heruntergekommen hielt, aber Pitt Burgess war heruntergekommen, und Bates Krell war daran schuld. Graham hatte das Gefühl, in eine tiefe Grube hineingeschaut zu haben und mit dem Leben davongekommen zu sein – ein Schritt mehr, noch eine einzige Sekunde, und er wäre hineingestürzt.

Sehr wahrscheinlich war das der Grund für seine Alpträume. Drei Nächte hintereinander hatte er unruhig und fiebrig geschlafen. Er träumte, er schliefe in einem Sarg in einem mit schwarzem Samt ausgekleideten Raum. Seine Hände, sein Mund waren blutbeschmiert. Er wollte fliegen, sich aus dem Sarg erheben und durch den Nachthimmel segeln. In den nächsten beiden Nächten änderte sich der Traum: er schlief neben einer Grube im tiefen Wald. Er stöhnte im Schlaf und schlug wild um sich. Unten in der Grube war etwas Furchterregendes und Mächtiges, ein Objekt oder eine Reihe von Objekten, die ihn immer wieder riefen. Er konnte nicht nachschauen, denn er würde es nicht ertragen, an den Rand der Grube zu kriechen und nach unten zu starren.

An den beiden zweiten Tagen wachte Graham morgens mit dem sicheren Gefühl auf, in der Zeit nach rückwärts geschaut zu haben. Er war nicht in der Lage, mit seinen Eltern zu sprechen. Wenn er in die freundlichen, erfolgreichen und mit Scheuklappen versehenen Gesichter seiner Eltern blickte, kam er sich wie ein Ausgestoßener vor: er wollte weinen oder weglaufen. Er rannte. Er schloß sich in seinem Zimmer ein. Er war höflich, wenn sie an die Tür kamen, aber er war nicht bereit, sein Zimmer zu verlassen. Wenn sie ihm draußen vor der Tür Essen hinstellten, aß er. Wenn nicht, ließ er es bleiben. Schon nach kurzer Zeit fühlte er, wie das Elend seiner Eltern an ihm nagte, wie ihre Fragen an seiner verschlossenen Tür kratzten. Diese Periode tatsächlichen Wahnsinns, Grahams Mini-Zusammenbruch, dauerte vier Tage. Am fünften Tag wachte er zwar geschwächt auf, aber er war wieder er selbst. Er hatte schon zwei Nächte lang keine Alpträume mehr gehabt. Er hatte nicht mehr das Empfinden, daß sich unter seiner eigenen Haut ein monströses Selbst regte.

Er ging zum Frühstück nach unten und entschuldigte sich bei seinen Eltern für sein Benehmen. Er ließ durchblicken, daß er zu hart an seinem Buch gearbeitet habe. Und sobald er mit dem Frühstück fertig war, gab er seiner Besessenheit nach und ging durch die Greenbank Road und über die Brücke und bog in die Riverfront Avenue ein. Dann suchte er die Docks auf.

Die *Fancy* lag an ihrem Liegeplatz – das hatte Graham eigentlich nicht erwartet. Im Overall und einer blauen Strickmütze wankte Bates Krell immer wieder zu einem unordentlichen Haufen Hummerreusen, die er auf das Deck seines Bootes warf. Als Graham ihn diesmal sah, sprang ihn aus seinem eigenen Herzen eine instinktive, von keiner Vernunft geleitete Angst an. Er dachte an die drei oder vier Jungen, die Krell mit sich nach Hause genommen und die man nie wiedergesehen hatte. Graham konnte den Blick nicht von Krell wenden, aber er wollte nicht, daß der Mann ihn bemerkte. Er ging langsam rückwärts, bis er eine schmale Durchfahrt zwischen dem Fischmarkt und dem Blue Tern erreichte. Und dort wartete er und beobachtete stumm, wie Krell seine Reusen auf das Schiff lud.

Die Welt schwankte nicht; der Fluß brach nicht in Flammen aus. Es gab keines dieser erschreckenden übernatürlichen Zeichen. Ein Mann wie ein Bulle mit einer blauen Strickmütze warf kastenähnliche Reusen auf das Deck eines Schiffs. Graham beobachtete ihn, als stünde er unter Hypnose. Krells Gesicht war ausdruckslos und seine Augenbrauen so dicht und schwarz wie sein Bart. Ein Mann mit unberechenbarem Temperament, der zu plötzlichen Wutausbrüchen neigte, könnte man vielleicht sagen; aber nicht mehr.

Graham merkte plötzlich, daß er keuchte und in kurzen schnellen Stößen atmete.

Ein kleiner schmächtiger Mann kam aus der Tür des Blue Tern herausgeschossen und warf Graham einen erschrockenen Blick des Wiedererkennens zu. Es war der Ex-Fischer, der Graham Pitt Burgess' Namen genannt hatte. Jetzt ging er zu den Docks hinüber. Graham hatte ein flaues Gefühl im Magen, als sich der Mann dem schon kleiner gewordenen Haufen Hummerreusen näherte. Dann riß der schmächtige Mann den Kopf ruckartig zur Seite, und Krell blieb stehen; der kleine Mann hatte ihm etwas erzählt.

Jetzt verschwand der dünne Mann irgendwo in den Docks. Krell hatte seine Arbeit unterbrochen und stand mit gesenktem Kopf da, so daß sein Kinn seine Brust berührte. Die Hände hatte er in den Taschen seines Overalls.

Bloß weg, bloß weg, dachte Graham: *er weiß es*!

Krell drehte sich um, hob den Kopf und nagelte Graham mit seinem Blick an die Seitenwand des Blue Tern.

Graham richtete sich auf; über seiner panischen Angst schwebte der Gedanke, daß das theatralische Gehabe dieses Menschenschinders ihm unter normalen Umständen allenfalls ein Lächeln entlockt hätte.

Krell zeigte die Andeutung eines Lächelns und ging auf Graham zu, der aus der engen Durchfahrt herauskam und ihm entgegentrat.

Der Mann stand wenige Zoll entfernt direkt vor ihm. Er roch nach Fisch und altem Schweiß, aber hauptsächlich nach Fisch. Er war ungefähr so groß wie Graham und sah diesen jetzt aus trüben Augen an. Als Graham seinem Blick ein paar Sekunden standgehalten hatte, fragte er sich, wieso er diese Augen für *trübe* gehalten hatte. In ihnen steckte eine erstaunliche Portion unterdrückter Heiterkeit.

Zuerst empfand Graham die Bedrohung, die von dem Mann ausging, aber eine Sekunde später empfand er etwas, das er nur als Charme bezeichnen konnte.

»Wissen Sie«, sagte Krell mit heiserer hoher Stimme, »ich kann mir nicht helfen, aber ich bin interessiert.«

»Ja?« sagte Graham.

»Interessiert.« Krell nickte. »Ich kann mir einfach nicht vorstellen, warum Sie herkommen und sich über mich erkundigen sollten. Ich habe Sie übrigens schon gesehen. Sie standen am Ufer.«

»Ja«, sagte Graham. »Das stimmt.«

»Nun, dann verraten Sie mir Ihr Geheimnis. Ich nehme nicht an, daß Sie in ein Hummerboot investieren wollen.«

Millionen einander widersprechender Eindrücke stürzten auf Graham ein. Er spürte das Gewalttätige an Krell, aber gleichzeitig hatte er den Eindruck einer starken und stark in sich ruhenden Persönlichkeit. Krell war ein verderbtes Wesen mit dem angeborenen Charme derer, die ganz sie selbst sind. Jeder, den Graham kannte, hätte Bates Krell abscheulich gefunden, aber der Mann hatte seine Abscheulichkeit so gründlich akzeptiert, daß es ihm fast gelungen war, aus ihr eine positive Eigenschaft zu machen.

Dann wurde Graham noch etwas anderes klar: dieser Mann mußte auf Frauen wirken.

Er gab so viel von der Wahrheit preis, wie er für ungefährlich hielt. »Nein, nein, natürlich nicht. Ich bin Schriftsteller – ich fange natürlich erst an. Mein Name ist Graham Williams, Mr. Krell.«

»Sie schreiben Bücher?«

»Ich versuche, ein Buch zu schreiben. Als ich Sie sah, hielt ich Sie für einen interessanten Charakter.«

»War das am ersten Tag, an dem Sie mich sahen, oder am zweiten?« Seine Augen funkelten jetzt geradezu.

»An beiden.«

Krell trat einen Schritt zurück und lächelte immer noch. Er schaute zu seinem Schiff Fancy hinüber, dann sah er wieder Williams an. »Ein Charakter in einem Buch, was? Das ist mal etwas Neues. Ein Buch von Graham Williams. Ich mache Ihnen einen Vorschlag. Ich fahre für ein paar Stunden raus, sobald ich die neuen Reusen alle an Bord habe. Warum fahren Sie nicht mit? Dann können Sie feststellen, ob Sie wirklich einen Hummerfischer in Ihrem Buch gebrauchen können, Graham Williams.« Plötzlich ließ er Graham stehen und ging wieder zu den Reusen. Er warf die nächste auf das

Deck, während Graham zuschaute. Dann drehte Krell sich um und sah Graham abschätzend an. Er strich sich den hübschen Bart. »Ich werde Ihnen sogar ein Glas Wein geben, während Sie mich bei der Arbeit beobachten. Ich nehme an, ihr Schriftsteller habt gegen einen gelegentlichen Schluck nichts einzuwenden.«

Graham dachte an das funkelnde Weinglas in dem staubigen Schrank. Die Erinnerung war von dem Gefühl einer Drohung überschattet, und er sagte sich: *dieser Mann hat Menschen ermordet*. Aber wenn die Geschichte, die er Krell erzählt hatte, stimmte, würde er die Einladung dann nicht akzeptieren? Und wenn Krell seinen Motiven mißtraute, würde man ihm das nicht deutlicher anmerken? Der Mann war alles andere als ein Schauspieler. Wenn er auf dem Boot mit hinausfuhr und die Augen offenhielt, überlegte Graham, würde er vielleicht etwas erfahren, das ihm helfen konnte, Krell zu überführen.

Graham trat vor und nahm die beiden letzten Reusen auf. »Gut, fahren wir«, sagte er.

Krell hob die dichten Brauen und nickte lächelnd. Mit einer gespielt höflichen Geste bat er Graham auf sein Boot.

Wenig später tuckerte das Fahrzeug auf dem Nowhatan dem Sound entgegen. »Wie wissen Sie, wo Sie Ihre Reusen ausgelegt haben?« fragte Graham. Er schaute zu der Stelle am Ufer hinüber, wo er gestanden hatte, als er Bates Krell zum ersten Mal sah.

»Markierungszeichen«, sagte der Hummerfischer. »Wenn wir dort sind, werden Sie sie schon sehen.«

»Die Stadt sieht vom Fluß aus ganz anders aus«, sagte Graham. »So habe ich sie noch nie gesehen. Sie sieht aus ...«

»Wild und verworren«, schrie Krell vom Ruderhaus herüber. Graham hätte es anders formuliert, aber die Beschreibung traf zu. Von der Mitte des Nowhatan aus wirkte Hampstead roh und unfertig; eine Neugründung in unbewohntem Land. Die Rückseiten der Häuser schienen zum Fluß hin abzufallen. Als sie die letzten Gebäude passiert hatten und auch die Docks schon weit hinter ihnen lagen, sahen die Flußufer aus, als lägen hinter ihnen nur ausgedehnte Sümpfe und weite Flächen mit wehendem Bartgras.

Das Bild änderte sich, als die *Fancy* die Landspitze an der Mündung des Flusses umrundete und den Long Island Sound erreichte. Auf den Klippen über ihren Privatstränden hingen die Häuser der Mount Avenue, die sich weit an der Küste entlangzog, wie bunte Laternen zwischen den Bäumen; weiter vorn leuchtete der Strand über dem Wasser. »Wie weit fahren wir hinaus?« rief Graham Krell zu, der nur eine Handbewegung nach vorn machte.

Ein leichter bläulicher Dunst ließ die Umrisse von Long Island verschwimmen.

Die *Fancy* schob sich durch das Wasser und entfernte sich immer weiter vom Land. Bald hatten die Häuser an der Mount Avenue nur noch die Größe von Streichholzheftchen. Über ihnen wölbten sich Zwergbäume. Der Strand von Hillhaven, rechts von den winzigen Häusern, hing wie leichter Nebel über dem Wasser. Graham sah etwas Gelbes im Wasser aufblitzen, das im Wellenspiel verschwand und wieder auftauchte. Sehr viel weiter voraus sah er noch etwas Gelbes in den Wellen tanzen. Krells Markierungszeichen. Er wollte sich gerade zum Ruderhaus umdrehen und fragen, aber dann ließ er es bleiben, denn die ersten Markierungen, die jetzt als zwei kreuzweise zusammengenagelte bunte Stäbe zu erkennen waren, trieben schon am Bug vorbei nach hinten, und Krell hatte den Motor nicht gedrosselt. Es waren also die Markierungen anderer Fischer. Graham lehnte an der Reling.

Und dann rettete ihm seine Intuition das Leben – oder die Fähigkeit, die er für einen Moment mit Patsy und Tabby teilte, Jahre bevor sie geboren waren. Er fing plötzlich einen intensiven Blutgeruch auf, als sei hinter ihm auf dem Deck ein Ochse geschlachtet worden.

Und ein Tier war hinter ihm – ein groteskes Ding, ein Monster. Er wußte eines: Dieses Ding war so schrecklich, daß der Anblick seine Muskeln in Gummi verwandeln würde. Aber es würde ihn auf der Stelle töten, wenn er sich nicht umdrehte. Er stellte sich eine Spinne von der Größe des Ruderhauses vor, und er drehte sich um.

Bates Krell war schon halb über das Deck auf ihn zugegangen. Die Tür zum Ruderhaus stand offen. Krell hielt einen langen Holzstab mit einer scharfen Metallspitze in der Hand. Als er sich Graham näherte, um ihn mit seinem Fischhaken zu durchbohren, lächelte der Hummerfischer. Seine Augen glühten unter den dunklen Wülsten der Brauen. Krells ganzes Gesicht war eine Maske von Freude, Macht und Entschlossenheit ... *ich hatte Angst vor ihm, als er hübsch wurde,* erinnerte sich Graham.

Krell lachte laut und kam näher.

5

»Da stand ich also«, sagte Graham, »ohne eine Waffe – und dieser Wahnsinnige ging mit einem Fischhaken auf mich los. Er wollte mir den Wanst aufschlitzen, das erkannte ich ganz klar. Er wollte mich von der Kehle bis zum Bauch aufreißen und mich dann an die Fische verfüttern. Bates Krell. Er hätte nicht glücklicher aussehen können, wenn jemand ihn zu einem Steak eingeladen hätte.« Graham schloß die Augen. Für einen Augenblick lehnte er sich auf seinem Schreibmaschinenstuhl zurück und ließ den Kopf hängen. Ein paar einsame weiße Haare standen von seiner Kopfhaut hoch. Als er den Kopf wieder hob, schienen seine Augen sehr groß. »Und so hätte es enden müssen. Nie hätte ich Bates Krell in einem Kampf besiegen können.« Er blinzelte und kam Tabby – nur ganz kurz – sehr jung vor, so jung und ängstlich, wie er gewesen sein mußte, als er auf dem Deck der *Fancy* dem mordlüsternen Bates Krell gegenüberstand. »Aber ich habe ihn doch besiegt. Tabby weiß es. Tabby sah es in dem Augenblick, als wir uns kennenlernten, aber ich glaube, du hast es nicht begriffen, Tabby.«

»Ich weiß es nicht«, sagte Tabby und sah zu ihm auf. »Was habe ich gesehen? Ich habe gesehen, daß Sie etwas aufsammelten – das haben Sie doch getan? War da nicht etwas?«

»Ja, was war das?« fragte Patsy. »Eine Keule? Ich habe eine Idee ... es muß so etwas wie eine Keule gewesen sein, nicht wahr?«

»Nein, keine Keule«, sagte Graham. »Aber es war die einzige Waffe, an die ich in dem Augenblick dachte – dieses glattpolierte Stück Holz, das ich dazu benutzt hatte, die Türen zum Laderaum zu öffnen. Ich schaute zur Seite, und da war es. Es hing noch an seiner Lederschlaufe. Krell ging mit seinem Fischhaken auf mich los, aber ich wich aus, und er verfehlte mich. Es war ihm gleichgültig. Er wußte, daß er mich schließlich doch erwischen würde. So etwas Lächerliches wie mein Holzknüppel konnte ihn nicht aufhalten. Wieder stieß er zu, und ich rannte schon. Ich riß das Stück Holz vom Haken und drehte mich zu ihm um, als ob ich wüßte, was ich tat. Als ob ich auch nur die geringste Chance hätte.«

Graham schaute von einem seiner Zuhörer zum anderen, denn er war jetzt beim schlimmsten Teil seiner Geschichte angelangt. »Und Krell stürzte sich auf mich und wollte mir mit einem Ruck den tödlichen Fischhaken in die Gedärme stoßen. Er sagte: ›Sie wissen nichts, Williams. *Sie wissen nichts.*‹ Ich wäre fast zusammengebrochen – mich ergriff Panik. In diesem Augenblick glaubte ich Millionen Fliegen summen zu hören – ich stand mit dem Rücken zum Ruderhaus, und ich wußte noch, was Pitt Burgess mir erzählt hatte, und ich glaubte, daß Millionen Fliegen im Ruderhaus seien und in schwarzen Klumpen vor den Fenstern hingen. Und dann ...« Er betrachtete ihre Gesichter und sah, daß sie alle wie gebannt seiner Geschichte lauschten.

»Dies ist am schwersten zu erzählen«, sagte er, »irgendwie ...« Patsys Gesichtsausdruck ließ ihn verstummen.

Patsy glühte wie eine Kerze. Sie hatte es gesehen. Sie schaute jetzt in den Triumph hinein, zu dem jener Tag für ihn geworden war, und sie empfand den Triumph, als ob es ihr eigener gewesen wäre – und als er all das in ihrem Gesicht las, hätte er vor Liebe zu ihr zerschmelzen können. Er griff über den Tisch und nahm ihre Hand, die sie ihm nicht entzog.

»Oh, Sie hatten ein Schwert«, sagte sie, und ihre Augen glänzten und schauten dabei über fünfzig Jahre in die Vergangenheit zurück. »Oh, Graham, Sie hatten ein Schwert. Sie hatten ein Schwert, und Sie waren wunderbar.«

Sie hatten ihm über seine Schwierigkeiten hinweggeholfen. *Sie* war wunderbar.

»Und so geschah es«, sagte er.

»Ich fühlte mich ungefähr zwei Meter fünfzig groß, und ich fühlte mich so stark wie Gott. Und das verdammt kleine glänzende Stück Holz in meiner Hand ... es war ein Schwert, wie Patsy schon sagte.« Graham hielt sich die freie Hand vor die Augen und schwieg eine Weile. »Ein *Schwert*.« Seine Stimme zitterte, und er schüttelte den Kopf. »Ich werde nicht weinen, nein das werde ich nicht tun. Aber, wißt ihr, ich durchlebe das alles jetzt noch einmal ...« Er schüttelte energisch den Kopf. Er nahm die Hand von den nassen Augen und legte auch diese Hand auf Patsys Hände.

»Der Tag hatte sich verändert«, sagte er – »alles um mich herum schien zu strahlen. Krell kreischte laut. Seine Augen sahen jetzt anders aus. Sie waren *groß*: groß wie Golfbälle. Und in ihnen war kein Weißes mehr, und sie hatten keine Pupillen. Seine Augen waren schwarz, pechschwarz, und über dem Schwarz hatten sie eine Art goldenes Muster – sie sahen wie Steine aus. Wertvolle Steine. Er sprang auf mich zu, und wieder kreischte er, und ich wußte, was er empfand – denselben wilden Triumph, der in mir raste. Aber ich wußte, daß ich gewinnen würde. Alles hatte sich von innen nach außen gekehrt, und ich war im Begriff, Bates Krell zu vernichten. Ich schwang das Schwert durch die Luft, und es schnitt Krells Fischhaken in zwei Teile. Wieder kreischte Krell laut und stürzte sich auf mich.«

Graham richtete sich auf seinem Stuhl auf. Mit beiden Händen hielt er immer noch Patsys Hände. »Und wieder schwang ich das Schwert und wußte genau, was passieren würde. Oder das Schwert schwang sich selbst. Ich hatte Krells Gesicht direkt vor mir, als das Schwert in ihn hineinfuhr, und ich glaubte, zwei Gesichter zu sehen – beide verrückt vor Bosheit und wilder Freude. Ich fühlte das Schwert bis zur Mitte in seinen Körper gleiten und spannte die Muskeln an. Krells Gesicht schien sich zu vergrößern, es schwoll an wie ein Ballon: und dann fühlte ich, wie das Schwert sein Rückgrat durchtrennte, und ich verstärkte den Druck, und das Schwert kam auf der anderen Seite wieder heraus. Das Blut schoß aus ihm heraus wie aus einem Schlauch. Die Wucht des Schwerthiebs und das Gewicht des Schwertes selbst hätten mich fast über Bord gerissen. Wieder veränderte sich Krells Gesicht – es verlor jeden Ausdruck – sein Oberkörper kippte um und klatschte auf das Deck. Seine Beine blieben noch eine Weile aufrecht stehen, dann rutschten sie unter ihm weg. Ich hätte jauchzen mögen. Es war ein Augenblick reinster Erfüllung. Der stärkste Augenblick in meinem Leben. Oh, mein Gott.

Und dann verblaßte alles. Der Tag war wieder ein ganz normaler Tag. Der goldene Schimmer verschwand aus der Luft; das Boot tuckerte im Kreis herum; und mein Schwert war nur noch ein Stück Holz. Immer noch floß Blut aus Krells Leiche, und ich sah es in den Fugen zwischen den Planken versickern.«

Sanft ließ Graham Patsys Hände los. »Kinder, als ich in den fünfziger Jahren in Schwierigkeiten kam, half mir die Kraft dieser Erinnerung, nicht den Mut zu verlieren. Ich hatte mit einem Teufel gekämpft, und irgendeine Macht hatte mich gerettet. Dann verließ mich alle Kraft, und ich fühlte mich so schwach, daß ich mich fast hätte setzen müssen. Dieser seltsame, wunderbare Augenblick wurde schon zu einem Mythos, er wurde vage. Die zwei Hälften des Mannes lagen vor mir auf dem dreckigen Deck, und das Blut sickerte aus ihnen heraus. Mir wurde ganz schlecht, aber ich mußte sie loswerden. Das war der vorherrschende Gedanke. Zu keiner Sekunde dachte ich an die Konsequenzen. Es fiel mir nicht im Traum ein, daß niemand mir glauben würde.

Ich kniff die Augen zusammen und hob seinen Rumpf an, indem ich ihn unter den Armen packte. Den oberen Teil seines Körpers schob ich über die Reling und hörte ihn in das Wasser des Sound klatschen. Wie ein treuer alter Hund verharrte das Boot an der Stelle, wo sein Kopf und sein Oberkörper untergingen, als ob es auf seine Rückkehr wartete. Ich packte mit beiden Händen seine Knöchel und warf den

Rest über Bord. Ich beugte mich über die Reling und sah seine Stiefel im Wasser verschwinden. Sie versanken wie Steine. Dann wandte ich mich ab. Das Stück Holz, das ich in der Hand gehabt hatte, rollte über das Deck, und ich riß es hoch, bevor es in das Blut rollte. Dann warf ich es ebenfalls über Bord.

Ich ging in das Ruderhaus und brachte das Boot wieder auf geraden Kurs. Ganz kurz dachte ich daran, durch den Sound in den Atlantik hinauszufahren und nie wieder zurückzukehren. Aber ich wendete und fuhr zur Mündung des Nowhatan zurück.

»Natürlich hatte ich keine Ahnung, wie man mit einem Boot wie der *Fancy* am Dock anlegt. Auf Segelboote verstand ich mich schon eher, aber diesen Kutter an seinen Liegeplatz zu lotsen, war für mich problematisch. Sobald ich die hinteren Fenster des Blue Tern sah, gab ich Ruder rechts und steuerte die Pier an. Gleichzeitig stellte ich den Motor ab und hoffte auf mein Glück. Nun, die *Fancy* rammte das Dock und beschädigte öffentliches Eigentum. Wahrscheinlich fielen im Blue Tern sogar einige Gläser aus dem Regal. Die ganze Seite des Boots war eingedrückt. Ich sprang an Land, band den Kahn an den nächsten Pfeiler und rannte zur Polizei.

Das magische Gefühl, daß alles seine Ordnung habe, war verschwunden. Ich saß in Nails Kletzkas Büro und erzählte ihm alles – von dem Augenblick, als ich Krell zum ersten Mal sah, bis zu meinem Aufprall an den Docks hinter dem Blue Tern. Und er dachte nur, daß er jemandem zuhörte, der vom vielen Bücherlesen den Verstand verloren hatte. Nails Kletzka war ein guter Polizeichef und mit allen Wassern gewaschen. Er verstand sogar so viel von Politik, daß er seinen Job über dreißig Jahre lang innehatte. Aber was ich ihm erzählte, war zuviel für ihn – und das hätte ich natürlich wissen müssen. Ich hätte so schlau sein müssen, die Geschichte ein wenig abzumildern, damit ein polnisches Rauhbein in seinem ersten Jahr als Polizeichef sie akzeptieren konnte. Ich hätte mich der Tradition des Realismus beugen müssen. Aber ich saß da und sprudelte meine phantastische Geschichte hervor, und ich beobachtete, wie Nails zuerst immer unruhiger, dann ausgesprochen nervös und schließlich wütend wurde. Als Krells Tod zur Sprache kam, behauptete ich, daß ich ihm den Fischhaken entrissen und ihn damit erstochen und über Bord geworfen hätte. So viel Verstand hatte ich wenigstens.

›Du hast dir also gesagt, daß dieser Krell alle diese Frauen ermordet hat. Und dieser Schwachsinnige im Moor hat dir dann noch eingeredet, daß er auch seine Decksjungen ermordet hat. Drei oder vier.‹ Nails sah mich an, und ich merkte, daß er mich am liebsten eingesperrt hätte, weil ich ihm mit einer solchen Geschichte die Zeit stahl.

Ich gab zu, daß es sich so verhielt.

›Wie viele Bürger hat denn dieser Krell nach deiner Ansicht umgebracht? Sieben‹? Acht? Zehn?

›Ungefähr zehn‹, sagte ich.

›Und wo sind die Leichen?‹ schrie Kletzka mich an. ›Ich meine, wo sind diese toten Jungen? Wo sind ihre Mütter – warum hat niemand sie als vermißt gemeldet? Und wo sind deine Beweise dafür, daß Krell mit diesen Frauen, die verschwunden sind, überhaupt etwas zu tun gehabt hat. Oder mit den Frauen, die tot aufgefunden wurden? Gibt es überhaupt irgendeinen verdammten Beweis?‹

Ich schüttelte den Kopf.

›Wir wissen nicht einmal, ob du den Mann wirklich in Notwehr getötet und über Bord geworfen hast.‹

›Ich habe es aber getan‹, sagte ich. ›Sie können sich das Blut auf dem Bootsdeck ansehen. Das ist doch eine Art Beweis.‹

›Ein Beweis für gar nichts.‹

Ich muß euch noch sagen, daß ich den ganzen Tag in seinem Büro verbracht habe. Kletzka schickte einen Beamten in die Docks, der mit der Auskunft zurückkam, die *Fancy* sei tatsächlich offenbar von einem Amateur an den Anliegeplatz gesteuert worden, aber niemand habe sie einlaufen sehen. Niemand habe mich mit Krell die Docks verlassen sehen. Es sei etwas Blut an Deck, aber das beweise gar nichts. 1924 hatten wir noch nicht die ausgeklügelten Blut-Tests, die es heute gibt.

Endlich kam mir ein Gedanke, und ich begann, seine Wut zu verstehen. Kletzka sagte es zwar nicht direkt, aber einige Männer in der Stadt hatten sich über Bates Krell beschwert; er habe hier am Ort Frauen belästigt: Ihre Töchter – oder ihre Ehefrauen. Jemand hatte gesehen, wie er nachts eine Frau mit an Bord nahm. Und ich merkte, daß ich Nails bei seinen Ermittlungen in die Quere gekommen war, um es milde auszudrücken. Er hatte noch gar nicht recht beginnen können, denn alles, was gegen Krell vorlag, war der Verdacht eines Mannes, der glaubte, seine Frau habe ihn betrogen.

Am Ende dieses Tages begriff ich noch etwas. Kletzka war fast geneigt, mir zu glauben, daß ich Bates Krell getötet hatte: aber er war nicht bereit, mich deshalb zu verhaften. Er würde seinen Kollegen erzählen, ich sei ein junger Möchtegern-Schriftsteller, und meine Phantasie sei mit mir durchgegangen. Er wollte abwarten, ob das Verschwinden von Leuten und die Morde aufhörten. Das war eine sehr grobe Gerechtigkeit, aber sie war besser als keine, und das wußte Kletzka. Als ich an jenem Abend nach Hause ging, war keine Anklage gegen mich erhoben worden, und ich verbrannte alle meine Notizen. Es gab keine Morde mehr, und was ich weit draußen im Long Island Sound erlebt hatte, erschien immer mehr als Fiebertraum, als etwas, das ich mir nur eingebildet hatte.

Ich sah Polizeichef Kletzka erst 1952 wieder, achtundzwanzig Jahre später, als ich ziemlich unten war. Damals soff ich wie ein Loch und kannte nicht einmal mehr meinen rechtlichen Status. Die meisten Leute hier glaubten, ich sei eine Bedrohung für den American Way of Life, und wenn auch nur, weil Senator Joe McCarthy das dachte, von Martin Dies ganz zu schweigen. Ich war im Begriff, nach England zurückzugehen; ich wollte verschwinden, so lange ich noch einen Paß hatte. Ein Mann in der Stadt hielt zu mir: John Sayre. Er wußte, daß ich kein Kommunist war – John Sayre wußte, daß die Leute von der Linken für mich ganz einfach bessere Gesellschaft waren, bessere Gesprächspartner, und verdammt! ganz einfach interessanter als die üblichen Republikaner der fünfziger Jahre in Patchin County mit ihren dreiteiligen Anzügen und ihren unfehlbaren Cocktail-Rezepten. Deshalb bestand er darauf, mich gelegentlich zum Dinner in den Country Club einzuladen, wo jeder ihn mit mir und mich mit ihm sehen mußte. An seinem Geburtstag wollten wir uns in London treffen. Er und seine Frau wollten in ein paar Tagen abreisen, und ich sollte wenig später nachkommen – aber Johnny wollte, daß Hampstead erfuhr, was er von mir hielt. Und am Ende jenes Abends sprach ich zum ersten Mal seit achtundzwanzig Jahren mit Nails Kletzka.

Inzwischen war so viel Zeit vergangen, daß nur ein Old-Timer wie ich ihn noch Nails nannte. Sein Zimmermannshandwerk hatte er schon vor dem Zweiten Weltkrieg aufgegeben. Er war jetzt nur noch Polizeichef. Inzwischen war er fett geworden, und sein Gesicht hatte viele Falten. Aber er kannte mich noch – ich sah es seinen Augen an, daß er sich an jenen Tag in seinem Büro erinnerte und an die vielen Frauen, die gestorben waren, und jetzt standen wir über der Leiche eines der besten Männer, die je in dieser Stadt gelebt haben. *Und was halten Sie davon*? schien er zu fragen. Inzwischen glaubte ich das zu wissen, wenn ich ihm auch nicht mehr hätte sagen können als damals im Jahre 1924.

Am nächsten Tag gingen wir mit ein paar Leuten in Johns Büro – ich, Johns Witwe, Polizeichef Kletzka und Sarah Spry, die kleine rothaarige Reporterin von der *Gazette*, die für ihre Zeitung die Klatschspalte schreibt. Ich war nur mitgekommen, um Bonnie Sayre beizustehen, und Nails war über meine Anwesenheit nicht sehr glücklich, aber er konnte sich den Bitten der Witwe nicht gut verschließen. Sarah Spry, die Frau von der Zeitung, war es, die zuerst einen Blick auf Johns Notizblock neben dem Telefon warf. ›Weiß jemand, wer diese Männer sind?‹ fragte sie. Nails und ich beugten uns über den Notizblock und lasen gleichzeitig den Namen. Bates Krell. Es war, als hätte eine Keule mich getroffen. Nails sagte kein Wort. Er verließ einfach den Raum. Ich konnte ihn nicht einmal mehr fragen, ob er den anderen Namen auf dem Notizblock kannte. Sarah Spry fragte immer wieder: ›Hat das was zu bedeuten? Hat das was zu bedeuten?‹ und ihre Stimme knirschte wie ein Fingernagel, der über eine Wandtafel fährt.

Ich konnte es ihr nicht übelnehmen. Es war die Frage einer Reporterin, und sie war eine der ersten gewesen, die Johns Leiche sahen. *Ich* konnte es ihr nicht sagen. Ich ging nach unten, um mit Nails zu sprechen, aber er war schon gegangen.«

6

»Nach dieser Episode zwischen mir und Mr. Krell fing ich an, mich mit der Geschichte dieser Stadt zu beschäftigen«, erzählte Graham seinen Zuhörern. »Ich hatte keine Ahnung, was mir geschehen war – nach ein paar Wochen war ich nicht mehr sicher, ob *überhaupt* etwas geschehen war. Mehr und mehr kam es mir wie ein Traum vor. Ich ging in die Docks und betrachtete immer wieder die *Fancy* und versuchte, mir einzureden, daß ich nicht so verrückt sei, wie Nails Kletzka dachte – wenn es überhaupt einen Beweis dafür gab, daß ich geistig noch normal war, dann die Tatsache, daß Bates Krell endgültig verschwunden war. Das Boot lag da und verrottete, und sechs Monate später wurde es von der Stadt Hampstead verkauft, um einen Teil der Steuerschulden abzudecken.

Noch etwas anderes veranlaßte mich, die Geschichte dieser Gegend zu studieren. Als Daisy West verschwunden war, hörte ich einmal, wie mein Vater meiner Mutter irgend etwas über einen schwarzen Sommer erzählte – als er merkte, daß ich zuhörte, hielt er ganz schnell den Mund, aber der Satz blieb bei mir haften. Schwarzer Sommer. Ich hatte inzwischen ja meinen eigenen Schwarzen Sommer gehabt, wie ihr wißt. Und dann hatte ich ein Gefühl – eines dieser Gefühle, die man nicht begründen kann, die aber trotzdem stimmen können. Ich hatte das Gefühl, daß es in Hampstead schon immer komisch zugegangen war: daß Hampstead Schwarze Sommer geradezu einlud.«

»Ich fing also an, in alten Zeitungen und in der *Geschichte Patchins* zu lesen, und so geriet ich schließlich an Dorothy Bach selbst – und an meine weiteren Recherchen im Zusammenhang mit den Ereignissen des Schwarzen Sommers. Und ich weiß immer noch nicht alles. Ein widerlicher junger Snob in der Historischen Gesellschaft hat mir heute mittag einen weiteren Hinweis gegeben.«

Richard konnte sich eine Frage nicht verkneifen: »Was ist denn nun eigentlich passiert, Graham? Nach dem, was Sie uns vorher sagten, wurde die Stadt irgendwie abgeschnitten ...«

»Langsam, aber sicher«, sagte Graham. »Und deswegen wäre Hampstead fast ganz zugrunde gegangen – die Postkutschen hielten nicht mehr, und kein Schiff legte mehr an. Es gab nicht mehr den Handel und die Kontakte, die eine Stadt am Leben erhalten. Natürlich war das nicht von Anfang an so. Wie in diesem Sommer fing es mit einer Serie brutaler Morde an. Dann wurde der Drache stärker, wie es offensichtlich auch in diesem Sommer der Fall ist. Es gab ein entsetzliches Feuer an der Mill Lane. Genau da, wo in diesem Sommer ein Feuer den größten Teil der Feuerwehrleute aus drei Städten umbrachte. Überlegt euch doch! Etwa hundert Jahre vor dem Schwarzen Sommer brannten General Tyrons Leute, unterstützt von einem hiesigen Gentleman, den größten Teil von Greenbank und Hillhaven nieder. Das sind drei große Brandkatastrophen in Zeitabständen von jeweils etwa hundert Jahren ... 1779 starben ein Williams und ein Smyth. Im Schwarzen Sommer hatten unsere Familien mindestens je einen Angehörigen zu beklagen, und auch in diesem Sommer hat es ernsthafte Anschläge auf unser Leben gegeben. Es scheint, als sei der Drache etwa alle hundert Jahre am stärksten und am hungrigsten.«

Sie schauten ihn an, aber einen Augenblick lang schienen ihre Blicke durch ihn hindurchzugehen. Jeder dachte an das, was der Drache ihm heute angetan hatte. Seltsamerweise war Tabby Smithfield, den die Ereignisse des Tages zur Waise gemacht hatten, besonders konzentriert. Er hatte seine Flasche Bier erst halb ausgetrunken und saß immer noch mit gekreuzten Beinen da. Er saß vornüber gebeugt, und seine Kiefermuskeln waren ständig in Bewegung.

»Was stand denn 1873 an der Mill Lane?« fragte Richard. »Häuser?«

»Eine Baumwollspinnerei«, sagte Graham leise. »Die Spinnerei der Royal Cotton nahm die ganze Halbinsel ein. Die Royal Cotton war nicht der größte Betrieb dieser Art, und das Baumwollgeschäft lief in Hampstead nie so recht, aber dennoch war Royal Cotton für die Stadt wichtig. Hier waren Hunderte von Leuten beschäftigt. Wenn die Firma erfolgreicher gearbeitet hätte, wäre das nicht ohne Einfluß auf Hampstead geblieben – Hampstead hätte heute einen völlig neuen Charakter. Sind wir denn etwas anderes als New Yorks reiches Schlafzimmer? Wir hätten eine Stadt sein können, die aus *eigener* Kraft existiert, die ihr Schicksal *selbst* bestimmt … versteht ihr, was ich meine? Als die Royal Cotton im Juni 1873 bis auf die Grundmauern abbrannte, verlor Hampstead seine Bedeutung.«

Er stand auf, griff sich ans Kreuz und reckte sich. Unsicher ging er an seinen Schreibtisch und wandte sich dann wieder seinen Gästen zu. »Niemand hat je festgestellt, wie das Feuer entstand und warum es sich so schnell ausbreitete. Das bleibt für immer ein Geheimnis, meine Freunde. Royal Cotton hatte keine Öfen. In den Büros der Manager gab es Kamine, aber im Juni müssen sie kalt gewesen sein. War es Brandstiftung? Niemand weiß es.«

Er berührte seine verletzte Wange. Graham sah jetzt unnatürlich weiß aus, als hätte er sich beim Sprechen so angestrengt, daß er keine Kraft und keine Energie mehr hatte. Selbst seine sonst so volltönende Stimme klang jetzt zerschlissen und müde. »Royal Cotton hätte Wohlstand nach Hampstead bringen sollen, aber es brachte Zerstörung. Das Feuer breitete sich von der Spinnerei über das Moor aus, sprang über den kleinen Wasserlauf neben der Poor Fox Road und verschlang ein Haus nach dem anderen von Greenbank bis Hillhaven. Die Gegend muß so ausgesehen haben wie damals, als Tyrons Männer zu ihrem Schiff zurückliefen. Und es breitete sich auch in die andere Richtung aus und verbrannte die Ernten und die Häuser bis zu der Stelle, wo heute der Country Club liegt. Die Stadt war ruiniert. Ihr war die Kehle durchgeschnitten worden. Hunderte waren gestorben.« Graham trat an das Fenster, als wollte er dort den Geist beschwören, der höhnisch lachte. »Aber es sollte Hampstead noch schlimmer treffen.«

Er kam zum Tisch zurück und nahm ein kleines graues Buch auf. »Die meisten Leute packten ihre Sachen und verschwanden. Einige hatten es so eilig, daß sie ihre ganze Habe zurückließen. Ich glaube, sie müssen etwas *gespürt* haben – sie hatten nackte Angst, und sie wollten weg ...« Graham stieß einen langen verzweifelten Seufzer aus. »Sie wußten, daß noch viel Schlimmeres auf sie zukommen würde.

Und dieses Schlimmere kennen wir; wir haben es gesehen. Richard hat es gesehen – ich habe es unten in einer Schlucht gesehen. Tabby hörte, wie es ihn rief. Patsy ...« Sein Gesicht verriet seine Erregung. »Patsy sah es auf sich zukommen, und nur Tabby konnte sie retten.« Er schüttelte den Kopf. »Diejenigen, die die Stadt verließen, taten das Richtige. Den Fehler machten die Leute, die blieben. Ich will euch etwas über dieses Buch erzählen.«

Er hielt es hoch. *»Seltsame Reisen* von Stephen Pollock. Heute erinnert man sich an ihn, wie ich erfahren habe, hauptsächlich wegen einer einzigen Geschichte: ›Angst‹. Sie taucht hin und wieder in Anthologien auf. Aber Washington Irving lernte Pollock kennen und schrieb ›Die Legende von Sleepy Hollow‹ nachdem Pollock mit ihm gesprochen hatte. ›Die Legende von Sleepy Hollow‹ spielt in Wirklichkeit nicht in Tarrytown, New York, oder in den anderen Dörfern, die gelegentlich erwähnt werden – der eigentliche Schauplatz ist Connecticut. Wo, laut Irving, Ichabod Crane geboren wurde und aufwuchs.«

Richard Allbee hob die Brauen. Einen Augenblick lang sah es fast so aus, als lächelte er.

»Ja, Richard. Ichabod Crane. Eine der Visionen von der Mount Avenue. Er wurde Ihnen gezeigt, weil Sie der einzige unter uns sind, der ihn erkannt hätte. Der Drache hat sich einen Scherz erlaubt.«

Graham drehte seinen Stuhl um und setzte sich. »In einem Kapitel dieses Buches beschreibt Pollock eine Reise mit der Postkutsche von New York nach New Haven, die er im

Sommer 1873 unternahm. Ich will euch ein paar Absätze daraus vorlesen. Es dauert nicht lange.«

Er öffnete das Buch und fing an zu lesen. »*Die Mitreisenden in der Kutsche wurden immer nervöser, als wir uns Hampstead näherten. Hampstead war früher ein hübsches Dorf, sehr schön an der Küste von Connecticut gelegen, aber vor einigen Monaten wurden hier durch ein Feuer große Verheerungen angerichtet.*

Diese armen heimgesuchten Bürger Amerikas, jeder so dick wie ein Bierfaß, gesegnet mit strotzender Gesundheit, guten Zähnen und dem für Republikaner typischen Fehlen übertriebener Bescheidenheit, konnten die Erwähnung des Namens Hampstead nicht ertragen – und schon gar nicht den Anblick! Sie bestanden darauf, die Vorhänge fest zuzuziehen.

Bald hatten wir den Ort selbst erreicht, das unglückliche Hampstead. Die anderen in der Kutsche unterbrachen ihre Unterhaltung. Die beiden Frauen schlossen die Augen, und ihre Männer richteten den Blick fest auf nicht vorhandene Horizonte. Alle vier waren blaß geworden. Allmählich merkte ich, daß meine Begleiter starr vor Angst waren.

Mit ihrem Entsetzen wuchs meine Neugierde. Was in aller Welt konnte diese abergläubische Angst vor einem unbedeutenden Dorf an der Küste hervorgerufen haben? Ich war entschlossen, durch den Vorhang zu schauen und mir den Ort selbst anzusehen. Die Kutsche fuhr doppelt so schnell wie sonst, und wir fünf wurden im Innern arg durcheinandergeschüttelt. Als ich gegen das Fenster neben mir gedrückt wurde, packte ich den Vorhang und schaute nach draußen. Eine der Frauen kreischte, und ihr Mann hätte mir am liebsten die Hand abgeschnitten. Ich ließ den Vorhang wieder fallen und hoffte, die Geschwindigkeit der Kutsche möge sich noch einmal verdoppeln und dann noch einmal. Wir konnten erst wieder richtig atmen, als wir die Grenze nach Patchin überquert hatten.

Am übernächsten Abend saß ich in meinem Quartier in der Universitätsstadt New Haven und sagte schriftlich ein paar Verabredungen ab, die ich getroffen hatte, und schrieb eine Geschichte. In wenigen aufgeregten Stunden brachte ich sie zu Papier. Ich wählte den Titel ›Angst‹.«

Graham schloß das Buch. »Er warf einen Blick auf Hampstead, und zwei Tage später schrieb er ›Angst‹. Kennt ihr die Geschichte?«

»Ich kenne sie«, sagte Richard. »Ich habe sie in der High School gelesen. Sie handelt von einem Mann, der fürchtet, daß er in einer Stadt lebt, die nur von Toten bewohnt ist. Einer meiner Lehrer am College sagte, die Geschichte habe in gewisser Weise James Joyce beeinflußt.«

»Was sah Pollock in diesen paar Sekunden? Ich glaube, ich weiß es – und ich glaube, ihr wißt es auch.«

Graham sah nacheinander jeden einzelnen fest an.

»Ich glaube, er sah oder meinte zu sehen, daß Leichen durch die Straßen gingen. Denn das ist in Hampstead damals geschehen. Und das geschieht auch jetzt. Zweifeln Sie daran, Richard?«

Richard schüttelte den Kopf. »Nach dem, was heute passiert ist, kann ich es nicht mehr.«

»Und Sie, Patsy? Du, Tabby?«

Patsy sagte: »Ich glaube nicht ... ich glaube nicht, daß ich daran zweifle.« Und Tabby nickte nur.

»Das ist der Drache, wenn er am stärksten ist«, sagte Graham und stand wieder auf. »Wie spät ist es denn jetzt, verdammt nochmal. Vier Uhr dreißig. Zu spät, als daß ein alter Mann wie ich noch was Vernünftiges reden könnte. Ihr werdet mich bald ins Bett gehen lassen müssen. Allerdings sollten wir uns darüber unterhalten, ob wir unser Leben nicht anders einrichten müssen. Wir können es uns nicht mehr leisten, so verstreut zu leben. Wir müssen uns etwas einfallen lassen.«

»Ich habe eine Frage«, sagte Tabby.

Graham nickte ihm aufmunternd zu.

»Wie kommt es, daß der Drache in bestimmten Jahren mächtiger ist? Wie jetzt.«

»Ich glaube, die Frage kann ich beantworten«, sagte Graham. Er ging an seinen Schreibtisch und schaltete die Lampe aus, die dort gebrannt hatte. Sofort füllte sich der Raum mit Schatten und bedrohlich aufgeblähten Schemen. »Von unseren Familien arbeitete jeweils mindestens ein Angehöriger bei Royal Cotton. Und mindestens jeweils eine Person aus unseren vier Familien blieb während des Schwarzen Sommers in Hampstead. Sie blieben, um gegen den Drachen zu kämpfen. Und ich glaube, sie haben ihn am Ende gefunden und getötet.« Er verschränkte die Arme vor der Brust. »Aber er ist nie so stark gewesen wie heute.«

»Ist der Drache immer ein Mann?« fragte Patsy.

»In Dorothy Bachs Buch findet sich ein Hinweis auf eine Frau namens Hester Poole, die 1812 am Kendall Point begraben wurde. ›Wegen schwerer Verfehlungen‹, wie es hieß. Nein, ich glaube nicht, daß der Drache immer ein Mann ist. Ich glaube nur, daß er uns so lange heimsucht, wie wir es ihm gestatten.« Er hob die Arme in einer fast verzweifelten Geste.

Die anderen standen auf. Tabby trat an Richards Seite, während Patsy sich an Grahams Schreibtisch stellte.

Graham öffnete die Tür und ließ Richard und Tabby hinaus. Einen Augenblick schaute er ihnen nach, wie sie in der Dunkelheit über die Straße gingen. Dann drehte er sich zu Patsy um.

»Halten Sie mich bitte nicht für aufdringlich«, sagte sie, »aber ich möchte heute nacht gern hierbleiben.« Sie lächelte, und man sah es ihrem Gesicht an, wie erschöpft sie war. »Gibt es in dieser Bibliothek nicht irgendwo ein Notbett?«

Auch Graham lächelte jetzt. »Drüben auf der anderen Seite der Halle steht eins unter einem Haufen Büchern versteckt. Sie haben sogar ein eigenes Badezimmer. Ich hole Laken und einen Kissenbezug. Sie sind mir zuvorgekommen. Ich wollte Sie gerade einladen.«

»Ich glaube nicht, daß ich es heute ertragen könnte, allein in meiner Wohnung zu sein«, sagte Patsy. »Nicht nach dem, was heute passiert ist.«

»Sie sollten nirgends mehr allein sein«, sagte Graham. »Das sollte übrigens keiner von uns. Es ist zu gefährlich. Ich hätte schon am ersten Abend wissen müssen, daß es so kommen würde – an dem Abend, als wir zu der Gedenktafel gingen. Und ich wußte es auch. Ich habe es nur nicht geglaubt.«

Patsy gähnte plötzlich.

»Mein Gott«, sagte Graham. »Ich bringe Sie nach oben. Ich will Ihnen nur noch einen kleinen Rat geben. Okay?«

Sie legte den Kopf schief. »Nur zu.«

»Wenn Sie heute nacht jemanden an Ihre Tür klopfen hören, lassen Sie ihn nicht ein.«

Patsy lachte laut und legte Graham die Arme um den Hals.

Vier

Auf dem Grunde des Spiegels

1

In der zweiten Augustwoche, als Tabby beschloß, Graham Williams nachzueifern und dem Drachen allein entgegenzutreten, gab es zwei anscheinend voneinander unabhängige Ereignisse, die eigentlich die Menschen in Hampstead, Hillhaven und Patchin hätten beunruhigen müssen. Aber natürlich war nichts so, wie es schien, und die zwei Ereignisse – Dr. Chaneys erste Erwähnung des »Dobbin Syndroms« und die Pressekonferenz mit Dr. Theodore Wise und Dr. William Pierce in einem Motel in Butte City – standen in einem engen Zusammenhang. Aber in Hampstead und den anderen Städten ging das Leben weiter, als sei nichts passiert. Das war eine Bestätigung ihrer Verrücktheit, wenn es noch einer bedurft hätte. Nach der Pressekonferenz war sie überflüssig.

Die noch lebenden Triefer, etwa ein Dutzend, die um ihr Leben fürchteten und es leid waren, sich in verlassenen Häusern zu verstecken, hatten sich in die Sicherheit des Yale Medical Center geflüchtet. Dort überwachte Dr. Chaney die Entwicklung ihrer Krankheit und entwickelte eine Serie von immer komplizierteren lebenserhaltenden Apparaturen für sie.

Zuletzt hatte er eine Konstruktion aus Schaumstoff und Glaswolle entworfen, die den sich ändernden Bedürfnissen des Patienten angepaßt werden konnte – im letzten Stadium der Krankheit steckten die Patienten in einer Art Hautskelett, einem Behälter aus einer haltbaren, aber schmiegsamen Substanz, die stark an einen Eierbehälter erinnerte. Dr. Chaney dachte daran, das Erscheinen von »Dobbins Syndrom« in Patchin County in einem weniger konservativen Forum als *The Lancet* anzukündigen, denn die Herren von *The Lancet* saßen schon seit über einem Monat auf seinem Artikel – »Dobbins Syndrom«, wenn nicht gar Dobbin selbst, war zu seinem Fall geworden. Er hatte einen Reporter von der *New York Times* nach New Haven eingeladen und war selbst zum Bahnhof gefahren, um den Mann abzuholen. In der schwarzen Ledermappe, die er unter dem Arm hielt, als er auf dem Bahnsteig wartete, waren zwölf große Farbphotos, die den jungen Reporter auf das vorbereiten sollten, was er im Medical Center zu sehen bekommen würde. Man wird ohne Übertreibung sagen können, daß der Journalist nie etwas Ähnliches wie Chaneys Photographien gesehen hatte, und in seiner ganzen beruflichen Laufbahn war ihm nichts so Erschütterndes begegnet wie der Anblick dessen, was von Pat Dobbin übriggeblieben war – zu diesem Zeitpunkt wurde der Illustrator in einem Container aufbewahrt, der aussah wie eine kleine rosa Badewanne.

Ted Wise und Bill Pierce lasen den Artikel des Reporters auf ihren Computerschirmen in Montana. Seit dem Verschwinden und angenommenen Tod von General Haugejas war das Personal ihrer Abteilung auf sie beide und eine Sekretärin zusammengestrichen worden. Vor sechzehn Tagen hatte man ihr Laboratorium ausgeräumt und die übrigen Wissenschaftler auf diverse Telpro-Niederlassungen im ganzen Land verteilt. Einige waren an Universitäten untergekommen. Wise und Pierce hatten die faktische Auflösung des Projekts, das sie fast zwei Jahre lang geleitet hatten, überwacht, den Rest der Belegschaft verabschiedet und ihren gesamten Bestand an DRG 16 sorgfältig isoliert und auf Flaschen gezogen. Sie wußten, daß sie niemals ein DRG 17 entwickeln würden. Am Nachmittag des achten Tages ihrer Existenz in einer absolut beschäftigungslosen Vorhölle kam ein Army Spec 4 in Zivil in einem Lastwagen der Telpro und holte die gepolsterte Kiste mit den großen Metallflaschen ab.

Wies und Pierce luden die Kisten selbst auf. Der Spec 4 sprang auf die Ladefläche des Fahrzeugs und klatschte einen Aufkleber an die Kiste: MASCHINENERSATZTEILE.

»Was, glauben Sie, werden die mit dem Zeug jetzt machen?« fragte Bill Pierce seinen Boß, als sie am Tor standen und zusahen, wie der Lastwagen über die staubige Straße in Richtung Osten davonfuhr. Der Wagen sah schon jetzt sehr klein aus, geschrumpft in der weiten Öde der Landschaft.

Wise wußte es. »Sie werden es versenken«, sagte er. »Sie werden es in einen zweiten Container stecken, den werden sie von einem Schiff ins Meer kippen und hoffen, daß er für immer auf dem Meeresgrund sitzen bleibt. Es wird darüber keinerlei Aufzeichnungen geben.«

»Glauben Sie, daß wir ein anderes Projekt bekommen?« fragte Pierce. Der Lastwagen war immer noch zu sehen – in der Größe einer Streichholzschachtel.

»Was glauben Sie?« fragte Wise. Seine Lippen waren trocken und rissig, und die vorstehenden Zähne sahen schmutzig aus.

»Ich denke, daß wir eine Chance haben.«

»Sicher, aber nur, wenn sich herausstellt, daß Haugejas unsterblich ist.« Er fuhr mit der Zunge über seine Schneidezähne. »Erinnern Sie sich an Leo Friedgood?« fragte er plötzlich. »Ich hoffe nur, daß dieser Hundesohn kriegt, was er verdient.«

Nach weiteren acht Tagen in ihrer Vorhölle stieß Pierce beim Lesen von Auszügen aus der *New York Times* am Bildschirm einen sonderbaren Schrei aus. Wise sah triefäugig von der Bettstelle in seinem Büro auf. »Haben Sie Haugejas gefunden?« fragte er.

»O Gott«, sagte Pierce. »Kommen Sie her und sehen Sie sich das an.«

Wise torkelte zum Terminal hinüber. Nachdem er die ersten beiden Absätze des Artikels von dem jungen Reporter über Pat Dobbin und die anderen gelesen hatte, war er nicht mehr müde. »Das ist es«, sagte er. Ein Bild, das er nicht vergessen konnte – Tom Gay schreiend hinter einer Glaswand –, löschte für einen Augenblick den Text vom Bildschirm.

»Es ist also passiert.« Er rieb sich die Augen und beugte sich näher an den Schirm, als ob das die Worte ändern könnte.

»Was machen wir jetzt?« fragte Pierce. »Ich glaube, ich weiß, was ich tun möchte. Und ich glaube, ich werde es auch tun, selbst wenn Sie nicht einverstanden sind.«

In Wises Augen stand pure Angst zu lesen. »Sie kennen die Konsequenzen, oder nicht?«

»Nein. Die kennen Sie auch nicht. Aber ich meine, wir haben schon zu lange geschwiegen. Wir sollten diesen Reporter anrufen und seinen Redakteur und noch ein paar Leute und ihnen die Wahrheit erzählen.«

Wise fuhr sich mit der Zunge über die Schneidezähne. Dann sah er wieder auf den Terminal. »Das meine ich auch.«

Zwei der Konsequenzen, die Dr. Theodore Wise vorausgesehen hatte, traten sofort nach der improvisierten Pressekonferenz ein, die sie im Best Western in der Nähe von Butte gaben: Er und Dr. William Pierce wurden gefeuert, und eine halbe Stunde später hatte die State Police von Montana sie auf Grund eines Fernschreibens von der State Police von Connecticut zum Verhör festgenommen. Die Pressekonferenz war schlimmer gewesen, als er befürchtet hatte: Fernsehkameras waren von allen Seiten auf ihn gerichtet worden, Reporter hatten ihm Fragen entgegengeschrien, und dauernd kam jemand mit Kopfhörern über den Ohren ins Zimmer gerannt, der noch lautere Fragen schrie.

»Wie fühlt man sich, wenn man weiß, daß man all diese Kinder umgebracht hat?« fragte eine Frau mit Sonnenbrille, die eine Wildlederjacke mit Fransen trug.

Wise schluckte. Er schmeckte Zigarettenrauch, obwohl er nicht rauchte.

»Nun, gerade diese Sache ...«, fing er an und versuchte, die Frage ehrlich zu beantworten. »Gerade diese Sache war ja der Grund, weshalb Dr. Pierce und ich annehmen, daß unsere Arbeit nichts mit den Tragödien in Connecticut zu tun hat. Unsere Resultate bewegten sich in bestimmten Parametern, die solche Folgen völlig ausschlossen. Ich meine, daß

Kinder sich das Leben nehmen.« Er wurde rot. »Ich kann immer noch nicht glauben, daß unser Produkt dafür verantwortlich ist. Natürlich sind das schockierende Vorfälle, aber unsere Probanden haben niemals Neigung zum Selbstmord gezeigt, weder zum individuellen noch zum Massenselbstmord.«

»Ihre Probanden waren Affen!« brüllte ein Mann in einem karierten Hemd vom anderen Ende des Raumes.

»Menschenaffen«, sagte Wise. »Es gab in allen Kategorien von DRG häufige Fälle von sofortigem Exitus in einer Größenordnung von fünf bis acht Prozent.«

Der Tumult ging weiter, und aus dem Wirrwarr von Fragen beantwortete Wise die einzige, die er verstanden hatte: »Ja, ich nehme an, daß DRG für einen Teil der Todesfälle in Patchin County am Tage des Unfalls verantwortlich ist.«

Bill Pierce stand auf. Er hatte gesehen, daß zwei Polizisten den Raum betraten.

»Was sollen die Leute in Hampstead denn machen?« schrie ein Mann in das Durcheinander, das Wises Antwort hervorgerufen hatte.

»Ziehen Sie doch einen Zaun um die Stadt«, sagte Pierce.

Das war nur die erste von Dutzenden von Pressekonferenzen, die sich mit Hampstead und DRG befaßten. Der Presse-Chef der Telpro hielt eine, dann noch eine und noch eine. Bei all diesen Auftritten verwahrte er sich gegen »die Behauptungen«, wie er es nannte. Er verteidigte den General Henry Haugejas und seine Taten, er versprach eine gründliche Untersuchung des Falles. Er sagte nichts. Der Presseattache des Pentagon sagte auch nicht mehr, aber er sagte es nur zweimal. Die Eltern von Harvey Washington, einem der drei jungen Männer, die bei dem Unfall umgekommen waren, hielten eine Pressekonferenz in ihrem Wohnzimmer ab, um die Wissenschaftler der Telpro des Rassismus anzuklagen. Der Verteidigungsminister, der über den Aufruhr in Hampstead befragt wurde, sagte: »Glücklicherweise sind wir in der Lage, in dieser Angelegenheit jeden Vorwurf zurückzuweisen.« Vor dem Telpro-Gebäude erschienen jeden Tag so viele Demonstranten, daß die New Yorker Polizei an der East Fifty-ninth Street den Bürgersteig absperren mußte, um einen fließenden Fußgängerverkehr zu gewährleisten. Ein Unterausschuß des Senats wurde gebildet; der Unterausschuß ließ sich eine ganze Wagenladung Akten und Dokumente der Telpro vorlegen, in denen er sich prompt hoffnungslos verhedderte. Zwei Filmverträge waren schon abgeschlossen, bevor Dr. Wise und Dr. Pierce ebenso viele Wochen lang ihre Geschichte wiederholt hatten. In *Time* erschien ein Bericht mit dem Titel »Die seltsame Geschichte von Patchin County.« *Newsweek* fragte: »Was ist in Hampstead los?« *Newsday* wollte wissen: »Hat DRG einen Mörder geschaffen?«

Wie Graham Williams vorausgesagt hatte, hielten die Pendlerzüge nicht mehr an den Bahnhöfen von Hampstead, Greenbank und Hill Haven – früher hatte Pat Dobbins die Männer bedauert, die so gehetzt waren, daß sie sogar an Samstagen die Bahnsteige bevölkerten, aber wenn Dobbin noch Mitleid genug empfinden könnte, um auch andere damit zu bedenken, hätte er es nicht an den Mann bringen können. Die Züge sausten an leeren Bahnsteigen vorbei. Hin und wieder tauchte ein Mann auf, nicht immer derselbe Mann, und ging auf den Bahnsteig, von dem sonst immer sein Zug nach Grand Central abgefahren war. Sein Anzug war sehr wahrscheinlich falsch geknöpft und sein Haar ungekämmt; seine Aktentasche war leer; er hätte nicht erklären können, was er tat. Auf jeden Fall war er zur falschen Zeit gekommen. Dieser Mann fuhr sich mit der Hand über eine Schwellung im Gesicht oder betastete mit der Zunge einen losen Zahn – er hatte eine verschwommene, aber angenehme Erinnerung an eine Schlägerei auf dem Parkplatz vor Kiddietown (oder an der Bar des Chez Normand oder vor der Kasse des Grand Union), aber er wußte nicht mehr genau, warum er sich geprügelt hatte oder warum die Erinnerung daran so angenehm war. Schließlich ging der Mann davon, oder er legte die Kleidung ab oder lächelte oder warf seine Aktentasche durch ein Bahnhofsfenster oder ... aber was immer er tat, wenn der nächste Zug vorbeirauschte, und er war noch da, machte ihm der Lärm dieses hastigen Besuchs der Conrail wahrscheinlich Angst.

Graham Williams hatte nicht vorausgesehen, daß die State Police an den Zufahrtsstraßen nach Hampstead und Patchin Straßensperren errichten würde, aber er hätte gewußt, daß solche Sperren, mit denen die Städte von der Außenwelt abgeschlossen wurden, jedenfalls für die Bewohner der Städte selbst ohne jede Bedeutung waren. Die Leute in Hampstead konnten nicht mehr nach New York fahren, außer sie fuhren auf der Route 1 an das andere Ende Patchins und überredeten die Polizeiposten, sie durchzulassen. Aber die Leute in Hampstead hatten nur noch selten Lust, ihre Häuser zu verlassen. Als Wise seine Pressekonferenz gab, waren alle, die die Stadt verlassen wollten, schon verschwunden. Diejenigen, die blieben, hatten andere Sorgen, als zu Bloomingdale's zum Einkaufen zu fahren.

Selbst für die Wahnsinnigsten und Gewalttätigsten, selbst für den Fünfzehnjährigen, der seine Freude daran hatte, Benzin gegen Holzhäuser zu schütten und dann ein brennendes Streichholz hineinzuwerfen, war Hampstead zu einem Ort der Angst und des Entsetzens geworden, als seien sie selbst insgeheim »Triefer« und schwebten in Gefahr, verfolgt und umgebracht zu werden. Nachts hörten die Leute in Hampstead Stimmen von der Bodentreppe oder ein Heulen vor ihren Schlafzimmerfenstern. Die Stimmen waren fast, aber nicht ganz zu erkennen ... vielleicht *wehrte* der Verstand sich dagegen, sie zu erkennen. Selbst die Verrücktesten und Gewalttätigsten schlossen nachts ihre Haustüren und auch die Schlafzimmertüren ab. Wenn sie die mit Bäumen bestandenen Straßen entlanggingen, hielten die Menschen den Blick nach vorn gerichtet; wenn sie Golf spielten, mieden sie gewisse Stellen – es gab Stellen, an denen man ein komisches Gefühl hatte, und von ihnen blieb man weg.

Mehr und mehr taten sich im täglichen Leben Lücken auf, Lücken, die vorher von Menschen besetzt waren. Archie Monaghan und sein Partner, der fette Tom Flynn, gingen seit der letzten Juliwoche einfach nicht mehr ins Büro. Ihre Sekretärinnen gingen weiter zur Arbeit, bis sie den letzten

Vertrag über einen Grundstückskauf geschrieben, das letzte Testament kopiert und die letzte Niederschrift zu den Akten gelegt hatten. Dann gingen sie zu einer anderen Anwaltsfirma im Hause, Shobin Schuyler Mink Fine – McFeeley, deren Sekretärinnen ein Fernsehgerät aufgestellt hatten, und verbrachten Tage damit, sich Serien oder Quizsendungen anzusehen. Das Lunch ließen sie sich aus dem nächsten Imbiß holen. Shobin und Fine hatten Anfang Juni die Stadt verlassen, Schuyler eine Woche später. Mink war vor dem Framboise Restaurant bei einem Unfall mit Fahrerflucht zu Tode gekommen, und McFeeleys Leiche wurde später an derselben Stelle auf dem Golfplatz gefunden, wo vorher die Leichen Archie Monaghans und Tom Flynns gelegen hatten. Die Frauen fühlten sich besser, wenn sie zusammenwaren. Jede brauchte die Gesellschaft der anderen.

Um das Krell-Haus an der Poor Fox Road begannen die Pflanzen abzusterben. Niemand sah es, und deshalb fragte auch niemand nach dem Grund, aber das Fingergras und der Löwenzahn und das Wiesenlieschgras schrumpften und wurden schwarz an den Rändern. Auch am Kendall Point starben die Pflanzen, und manchmal schien grauer und schmutziger Rauch vom Boden aufzusteigen – aber das mußte Nebel gewesen ein.

2

Drei Tage nach der langen Nacht in Grahams Wohnzimmer ging Tabby in der Sonne des späten Nachmittags den Beach Trail entlang. Tabby machte sich Sorgen. In diesen drei Tagen hatte Tabby immer wieder über ein schwieriges Problem nachgedacht. Er wußte, daß er zu einer Entscheidung kommen mußte, aber bisher war es ihm nur gelungen, in immer größere Verwirrung zu geraten. Tabby hatte sich ein wenig von den drei andern zurückgezogen, denn er fürchtete, daß seine Unsicherheit ihn dazu veranlassen könnte, ihnen zu viel zu erzählen. Er wollte erst dann diskutieren, was ihn bewegte, wenn er sich über seine Gefühle im klaren war.

Und selbst dann wollte er mit Patsy sprechen, bevor er die beiden Männer einbezog. Tabby wußte, daß Richard und Graham es niemals billigen würden, daß er auf eigene Faust gegen den Drachen vorging.

Als Tabby das Ende des Beach Trails erreicht hatte, bog er nach links ab. Er schaute über die Schulter zurück und rannte dann die Mount Avenue entlang. Die körperliche Entspannung, die es für ihn bedeutete, sich mit den Füßen vom bröckelnden Asphalt abzustoßen, ließ ihn sein Problem für eine Weile vergessen. Ein paar Sekunden lang fühlte er sich verhältnismäßig wohl. Dann hörte er auf zu laufen. Wieder schaute er über die Schulter zurück. Aber er sah nur die Mount Avenue, die in sanften Kurven unter den alten Eichen zum Strand von Gravesend hinunterführte. Tabby blieb stehen und steckte die Hände in die Taschen seiner gelbbraunen Kordjeans. Er vergewisserte sich, ob sich auch niemand hinter einem der großen alten Bäume versteckt hatte. Dann zuckte er die Achseln und ging wieder auf das Haus zu, in dem er geboren war.

Immer noch hatte er das unangenehme Gefühl, daß ihm jemand folgte.

Als er sich wieder umdrehte, sah er nur den bröckelnden Asphalt, die massiven alten Bäume und die grünen Myrten vor den Ziegelmauern. Die Sonne zeichnete ein Blättermuster auf die vor Hitze flimmernde Straße. Tabby hob sich auf den Fußballen und ging weiter.

Aber das unangenehme Gefühl blieb.

Seit jener langen Nacht mit den vielen Gesprächen hatten die vier ihre Mahlzeiten gemeinsam eingenommen; Richard und Graham verbrachten den größten Teil ihrer Zeit damit, herauszufinden, ob es hinsichtlich der von dem Drachen ausgewählten Personen ein bestimmtes System gab oder ob aus den Morden irgend etwas zu erkennen war, was sie vielleicht übersehen hatten. Patsy, die an diesen Diskussionen teilnahm, tat immer so, als dächte sie genauso konzentriert nach wie die Männer, aber Tabby hatte immer das Gefühl, daß ihre Gedanken abschweiften und daß sie kleine fragende Pfeile auf ihn abschoß. Er hatte sich gegen diese Fragen gewehrt, aber der Gedanke, irgend etwas zurückzuweisen, was von Patsy McCloud kam, widersprach so sehr seinen Empfindungen für sie, daß er ihm half, sich wieder auf sich selbst zu besinnen. Bei den Mahlzeiten aß er wenig und sagte fast überhaupt nichts.

Er könnte es tun: daran zweifelte er keine Sekunde. Graham hatte seine Geschichte über Bates Krell in einer Art Kode erzählt, den nur er verstanden und entschlüsselt hatte. Der Kode besagte, daß von den vier Leuten nur Tabby Smithfield den Drachen vernichten konnte. Aber bedeutete er auch, daß er genau wie Graham auf eigene Faust handeln mußte? Tabby wollte es am liebsten allein tun, um sich den anderen gegenüber zu beweisen und das Geheimnis des versuchten Einbruchs nicht preisgeben zu müssen. Tabby schämte sich all dieser Dinge. Er konnte sich gar nicht mehr vorstellen, daß er sich dazu bereitgefunden hatte, sich in Gary Starbucks Lieferwagen zu hocken. Die Ereignisse, die dazu geführt hatten, waren wie ein Strudel gewesen, in den er gegen seinen Willen hineingezogen worden war.

Graham hatte Wert darauf gelegt, festzustellen, daß er, als er auf Bates Krell stieß, eher in Tabbys Alter als in Richards oder Patsys Alter gewesen sei. Und es war Tabby vorgekommen, als hätte Graham betonen wollen, daß er es *allein* mit Krell aufgenommen hatte. Graham hatte es sich allein zugetraut, und als er Hilfe brauchte, hatte er sie bekommen. Man konnte sich nicht auf so vielen Schulhöfen herumgetrieben haben wie Tabby, ohne zu erfahren, daß die größten Geschenke im Leben an diejenigen gehen, die sie als selbstverständlich erwarten.

Wenn er an die große Feuerschwinge dachte, die ausgeholt hatte, um seinen Vater zu ermorden, wußte Tabby, daß er den Drachen töten mußte. Nur wenn er tatsächlich daran dachte, es zu tun, wurde er mit seiner Angst konfrontiert.

Wenn er daran dachte, noch einmal in Dr. Van Hornes Haus zu gehen, legte sich ihm eine eisige Faust um den Magen.

Jetzt stand Tabby an dem Eisenzaun vor dem Grundstück seines Großvaters und schaute über den verdorrten Rasen. Wahrscheinlich hatte Monty Smithfield angenommen, daß das Haus eines Tages auf Tabby übergehen würde. Auf diesem Land hatte Gideon Winter vor dreihundert Jahren die Serie von Ereignissen ausgelöst, die Tabbys Leben unwiderruflich verändern sollten. Für Tabby war dies der beste Beweis dafür, daß es ihm bestimmt war, den alten Mann in dem Haus über dem Strand von Gravesend umzubringen. Auch die Tatsache, daß er in diesem Haus geboren wurde, war einer der Gründe dafür, daß die Wahl auf ihn fiel.

Ja, sagte Tabby zu sich selbst. Wren Van Horne umzubringen, ist meine Aufgabe.

Ein Schatten fiel auf das welke Gras vor ihm, und Tabby fuhr zusammen – er war tief in seiner eigenen Welt gewesen. Er wirbelte herum und war überzeugt, daß Wren Van Horne ihm durch die Mount Avenue gefolgt war und jetzt versuchen würde, ihn zu töten. Aber statt des Arztes war es der einzige Mensch, den er in diesem Augenblick wirklich sehen wollte.

»Es tut mir leid«, sagte Patsy. »Ich bin wohl zu leise geschlichen – ich wollte dich wirklich nicht erschrecken, Tabby.«

»Mein Gott«, sagte Tabby. »Ich habe mich wirklich erschrocken. Wahrscheinlich bin ich richtig hoch gesprungen.«

Sie lächelten sich an, und Tabby spürte, wie ihre Gedanken die seinen berührten. Er verschloß sich absichtlich gegen sie und empfand die Schroffheit, die darin lag: wenn Patsy ihn auf diese Weise ausgeschlossen hätte, wäre es ihm vorgekommen, als hätte er sich die Finger in einer Tür geklemmt.

»Verzeihung«, sagte Patsy. »Das hätte ich nicht tun sollen.«

Tabby schüttelte den Kopf. »Nein, es lag an mir. Ich bin wohl ein bißchen nervös. Was machen Richard und Graham?«

»Genau das, was sie machten, als du fortgingst. Reden, Reden, Reden. Trotz ihrer Schwierigkeiten scheinen sie sich dabei köstlich zu amüsieren.«

»Und Sie haben beschlossen, mir zu folgen. Oder hat Graham Sie darum gebeten? Ich glaube, sie denken alle, ich verheimliche ihnen etwas.«

Patsy schüttelte energisch den Kopf. »Natürlich hat Graham mich nicht hinter dir hergeschickt, Tabby, und wenn er es getan hätte, hätte ich ihm gesagt, er soll zur Hölle fahren. Niemand hat mich geschickt. Ich spioniere nicht hinter dir her. Ich bin hergekommen, weil *ich* mit dir reden wollte, und ich dachte, daß ich dich hier finden würde.«

»Ja, ich glaube Ihnen schon.« Er lächelte sie an.

glaubst du mir wirklich? es ist wichtig.

Sie wissen doch, daß ich Ihnen glaube

aber du verheimlichst uns immer noch etwas

Patsyyy …

ich glaube, du willst es mir sagen – ich glaube, du brauchst Hilfe

ja ja ja okay

»Okay«, wiederholte Tabby. »Sie haben recht. Es stimmt. Ich brauche Hilfe, aber nur Ihre.«

meine ist die einzige Hilfe, die ich anbieten kann

»Sie wissen, was ich meine.«

Sie nickte. »Ich weiß nur nicht, warum.«

»Haben Sie nie etwas getan, was Ihnen hinterher peinlich war? Können Sie das nicht verstehen?«

Patsy errötete ein wenig.

wegen einer Peinlichkeit *würdest du unser aller Leben riskieren? Ist das alles, was dich …*

»Nein, das ist nicht alles«, sagte Tabby schnell. »Vielleicht ist ›Peinlichkeit‹ auch nicht das richtige Wort.«

»Ich möchte wetten, daß es gar nicht so verkehrt ist«, sagte sie und wagte es jetzt, eine Hand auf seine Schulter zu legen. »Was immer du getan haben magst, Tabby, meinst du nicht, daß wir Verständnis dafür haben würden?«

Tabby schwieg.

»Außerdem weißt du selbst, daß du nicht mehr länger schweigen kannst. Wenn du etwas weißt …«

Er sah sie an. »Ich weiß«, sagte er. »Ich habe gerade darüber nachgedacht.«

»Ich habe dich beobachtet, als Graham uns über Bates Krell erzählte. Ich weiß, was du tun willst. Du willst den Drachen allein töten, genau wie er. Es stand dir im Gesicht geschrieben.«

Er nickte. Wenn sie schon so viel erkannt hatte, wußte sie auch das Wichtigste.

»Ich könnte ihn töten«, sagte er. »Wenn Graham es tun konnte, als er erst zwanzig war, dann könnte ich es heute auch.«

»Du weißt, wer er ist«, sagte Patsy und kam damit zur Sache. »Das ahnte ich schon die ganze Zeit.«

»Ich möchte Ihnen seinen Kopf auf einem Teller präsentieren«, sagte Tabby und lächelte grimmig.

»Das möchte ich wirklich gern.«

Einen Augenblick lang herschte zwischen ihnen ein elektrisiertes Schweigen, und dann, bevor Tabby etwas sagen konnte, sagte Patsy: »Ich möchte lieber mitkommen. Wir legen gemeinsam seinen Kopf auf einen Teller.«

Genau daran hatte er auch selbst schon gedacht, denn inzwischen war er in seiner Logik einen Schritt weitergekommen. Er atmete tief durch: jetzt würde sie ihn ohnehin nicht mehr in Ruhe lassen. Patsy hatte ihm die Entscheidung abgenommen, die ihm vorschwebte, zu der er aber noch nicht gelangt war: Er und Patsy würden gemeinsam den Drachen töten.

»Er hat meinen Vater getötet«, sagte Tabby. »Er ist an allem schuld. Ich habe sein Gesicht gesehen, als ich fünf Jahre alt war. Ich war ein kleiner Junge, und ich habe gesehen, wie er jemanden *ermordete.*« Tabby kochte vor Wut über diese Greuel, aber dann beruhigte er sich. »Ich will es heute abend tun«, sagte er. »Lassen Sie es uns heute abend tun.«

»Wir zwei haben eine bessere Chance als du allein«, sagte Patsy. »Und bisher haben wir uns gegenseitig doch nur Glück gebracht, nicht wahr?«

Er sah es ihrem Gesicht an, daß sie Angst hatte, genauso viel Angst wie er; aber sie war stark genug, mit ihm gemeinsam die Sache durchzustehen. Tabby zögerte nicht länger.

»Sag mir seinen Namen«, bat sie.

»Es ist der Arzt, der in dem großen Haus über dem Strand wohnt«, sagte Tabby. »Dr. Van Horne.«

»Wenn du ganz sicher bist – ich will nicht wissen, woher du es weißt, ich will sicher sein, *daß* du es weißt.«

Tabby nickte. Die Angst war aus ihrem Gesicht verschwunden. Er sah nur noch Überraschung und Verwunderung, und er sah, daß sie ihm vertraute. »Ich weiß es wirklich«, sagte er. »Er muß es sein. Aber Sie müssen mir versprechen – daß Sie Richard und Graham nichts erzählen.«

»Eigentlich müßte ich es.« Sie sah seine Entschlossenheit. »Aber ich werde es nicht tun. Ich verspreche es.«

»Heute abend«, sagte Tabby.

»Um sechs oder halb sieben? Um diese Zeit mache ich gewöhnlich einen Spaziergang. Graham soll keinen Verdacht schöpfen. Außerdem muß ich noch etwas aus meiner Wohnung holen.«

»Wir treffen uns draußen auf der Straße. Richard und Graham haben so viel zu besprechen, daß es ihnen gar nicht auffallen wird, wenn wir fort sind.«

Patsy lächelte nervös. Sie mußte ihm recht geben.

»Und Sie werden es wirklich nicht den anderen erzählen?«

»Das habe ich dir versprochen.«

»Sie sind etwas ganz Besonderes«, sagte Tabby. Plötzlich und zum ersten Mal sah er sie nicht als einen Menschen, der sich durch Alter und Geschlecht von ihm unterschied, sondern als seinesgleichen. Ein Rotkehlchen fing an zu singen. Und vor dem alten Haus seines Großvaters stand Tabby in den durch Wolkendunst einfallenden Sonnenstrahlen Patsy McCloud gegenüber und betrachtete diese kleine Frau mit den vorstehenden Backenknochen und den kleinen Falten um den großen braunen Augen –

du auch, Kleiner

– und war schon der Mann, der er eines Tages sein würde, und schaute eine Frau an, die er so lange mit so viel Zuneigung gekannt hatte –

??? was??? Tabby?

– daß seine Phantasie der ihren instinktiv folgte. Wild schwankte die Welt um Tabby herum, und er war zwanzig Jahre älter und Patsy McClouds wahrer Partner, und so viele Informationen über ihn und Patsy strömten von ihr aus, daß er in dieser schwankenden Welt unbeweglich stand. Um sie herum lagen von Regen glitzernde Blumenfelder. Unbeholfen trat er einen Schritt zurück, und das brach den Bann. Die Welt schwankte nicht mehr, und Patsys Geschichte, die auf wunderbare Weise auch seine Geschichte war, strömte nicht mehr von ihr in ihn über. Die seltsame Vision vom Gesang eines Vogels war gewichen; das Rotkehlchen war verstummt.

was, zum Teufel???

Patsy, ich, Patsy, ich ... wie?

»Was war denn *das*?« sagte sie – und Erregung stand in ihrem Gesicht. Sie trat auf ihn zu und umarmte ihn. »Mein Gott«, sagte sie.

»Ich kann nicht ...«, sagte er. »Ich kann nicht ...« Er blinzelte. Dann trat er einen Schritt zurück und hielt immer noch ihre Arme fest. »Um Gottes willen.«

Dann ließen sie beide die Arme sinken und lösten sich voneinander.

»Okay«, sagte Tabby. »Okay. Sechs Uhr.«

Er schaute ihr nach – sie drehte sich um und winkte, bevor sie den Beach Trail wieder hinaufging.

Tabby beschloß, zu den geschwärzten Trümmern hinüberzugehen, die vor drei Tagen noch die »Four Hearths« gewesen waren. Das einzige Grab seines Vaters.

Als er den Hügel hinaufging, hatte er wieder das unheimliche Gefühl, daß ihm jemand folgte, aber er schaute sich nicht einmal um. Das Gefühl war ein Teil der Schwäche, die von Patsy McCloud und den »Four Hearths« geheilt werden konnte.

3

»Wie spät ist es, Richard? Sollten wir nicht lieber hineingehen?«

Richard Allbee räkelte sich in seinem Liegestuhl. Er hob den Arm und schielte auf seine Uhr. »Ungefähr fünf vor sechs. Warum sollten wir ins Haus gehen? Hier draußen ist es doch ganz angenehm. Allerdings müßte ich langsam das Dinner vorbereiten.«

Graham nahm einen tiefen Zug aus seiner Zigarre und blies eine gewaltige Rauchwolke in die Luft. »Wahrscheinlich assoziiere ich Gedankenarbeit nicht ausgerechnet mit meinem Hof«, sagte er. »Denken findet im Hause statt. Aber wenn Sie noch draußen bleiben wollen, ist es mir recht. Wo ist übrigens Patsy?«

»Keine Ahnung«, sagte Richard. »Vielleicht wollte sie mit Tabby sprechen.«

»Ja«, sagte Graham. Er trug keine Schlinge mehr; er hatte sich den Ellenbogen nicht gebrochen, sondern es war nur eine Prellung. Auch er hatte sich in seinem altersschwachen Liegestuhl zurückgelehnt. »Die beiden stehen sich sehr nahe«, sagte Graham. »Kein Wunder, wenn man bedenkt, was sie miteinander gemeinsam haben. Es ist schade, daß Sie nicht dabei waren, als sie sich kennenlernten.«

Richard drehte sich um und sah Graham direkt an. Der alte Mann war heute besonders farbenprächtig gekleidet. Er trug ein rotes Sweat-Shirt und gelblichbraune Tweedhosen, die zu einem etwa vierzig Jahre alten Anzug gehört haben mußten. Hinter ihm erstreckte sich der ungepflegte Hof mit seinem Wildwuchs von Unkraut und kniehohem Gras etwa vierzig Meter weit bis an eine undurchdringliche Barriere von Laubwerk.

»Als Tabby und Patsy sich zum ersten Mal sahen«, sagte Graham, »schien Patsy auf der Stelle zehn Jahre jünger zu werden. Sie haben etwas gemeinsam, was wir wahrscheinlich nie so recht verstehen werden – genauso wenig wie ein von Geburt an blinder Mensch den Begriff Farbe versteht. Aber dennoch werden die Fähigkeiten der beiden uns helfen. Sie gehören zu unserem Arsenal.«

»Graham«, fragte Richard, »was, meinen Sie, wird aus uns werden? Glauben Sie mir, wenn Tabby und Patsy hier wären, hätte ich Sie das nicht gefragt. Haben wir überhaupt noch eine Chance?«

»Ja«, sagte Graham. »Natürlich haben wir noch eine Chance. Selbst nach dem Schwarzen Sommer haben unsere Leute den Drachen vernichtet. Für uns ist es natürlich schwerer – denn die Verhältnisse haben sich geändert. Vor hundert Jahren spielte es keine große Rolle, wenn Hampstead von der Außenwelt abgeschnitten war. Was wir zum Leben brauchten, bauten wir selbst an. Hier war fast nur landwirtschaftlich genutzter Boden – das Land konnte uns ernähren. Heute ist das anders. Bald werden die Lebensmittelläden verdammt leer sein, und dann wird die Sache ernst. Die Leute werden sich um Lebensmittel prügeln. Sie werden sich wegen Fleisch und Mehl und Zucker gegenseitig umbringen.« Er zog an seiner Zigarre und hielt sie hoch, als er den Rauch ausblies. »Auch Zigarren wird es dann natürlich nicht mehr geben. Ich weiß nicht, ob die Regierung es so weit kommen lassen wird. Mord und Totschlag wegen Lebensmitteln? Man wird so viel herbeischaffen, daß wir nicht verhungern müssen.«

»Sie denken an den Bericht über Telpro in den Nachrichten«, sagte Richard. »Alle Welt glaubt, *das* sei die Ursache unserer Schwierigkeiten – die Leute glauben, daß das Zeug uns alle verrückt macht. Und ich glaube es auch. DRG.«

»Ein Witz der Geschichte«, sagte Graham. »Ich meine den Namen. Vielleicht hat unser Feind Millionen Waffen gegen uns aufgefahren ... oder – verstehen Sie, Richard, vielleicht ist tatsächlich alles auf das DRG zurückzuführen. Vielleicht sind wir wirklich alle total verrückt.«

»Glauben Sie das wirklich?«

»Nein«, sagte Graham und wollte weitersprechen, als jenseits des dichten Gebüschs Bewegung entstand. Die Männer fuhren aus ihren Stühlen hoch.

»Was, zum Teufel ...«, sagte Graham und schaute zu Richard hinüber, der schon aufgesprungen war. Das Geräusch, das von den dichten Bäumen herkam, hatte seine Lautstärke verdoppelt. Es war so laut wie eine Rock-Band und zweimal so mißtönend, und es erfüllte die ganze Luft.

»Aufstehen!« schrie Richard, aber er wußte, daß er seine Worte verschwendete – Graham schien völlig hilflos, in seinem Gesicht arbeitete es, und seine großen Hände fuhren auf und ab. Richard sah, daß Graham nicht aufstehen konn-

te. Er packte seine Unterarme und zog ihn hoch. Ein heißer Wind von irgendwoher klatschte dem alten Mann das Sweat-Shirt gegen die Brust und zerrte an Richards Haaren.

In das Geräusch von rotglühendem Metall, das in kaltes Wasser getaucht wird – dies Bild stand Richard vor Augen –, mischte sich jetzt deutlich erkennbar das Geräusch von Feuer. Graham stand gerade, als plötzlich die Bäume in der Nähe in Flammen standen. Richard hielt Graham immer noch an den Handgelenken fest, denn was er sah, raubte ihm die Fähigkeit, sich zu bewegen. Der heiße Wind dörrte seine Haut aus; die Spitzen des Unkrauts in der Nähe der Grundstücksgrenze flammten auf wie kleine Kerzen. Eine Feuerkugel brach zischend zwischen den Bäumen hervor und ließ ein qualmendes schwarzes Loch zurück. Richard stand mit offenem Mund da, bis die riesige Feuerkugel in den Boden schlug.

In der Mitte eines brennenden Kreises stand ein gewaltiger schwarzer Hund. Er drehte den Kopf und schnappte mit dem Maul.

Richard und Graham bewegten sich schon rückwärts auf das Haus zu, und in der plötzlichen Stille hörten sie die Zähne des Hundes aufeinanderschlagen. Sein Knurren schien tief aus der Erde zu kommen – das tiefe grollende Geräusch ließ Richards Leib vibrieren. Undeutlich registrierte er, daß Graham seinen Liegestuhl mit sich zog. Der Hund wandte ihnen seinen mächtigen Kopf zu. Richard schätzte, daß sie vielleicht noch vier Meter von der Hintertür entfernt waren – drei oder vier Sekunden. Graham bewegte sich, so rasch er konnte, und mühte sich immer noch mit seinem Stuhl ab. Keiner von ihnen wollte dem Hund den Rücken zudrehen, der jetzt mit gesträubtem Nackenhaar und geduckt vor ihnen stand. Steil standen die Haare zwischen seinem zum Sprung angespannten Schultern hoch.

Die Lefzen des Hundes zitterten über den langen weißen Zähnen, und Speichelfäden hingen heraus und tropften in das Gras.

Wenn er sie ansprang, konnte er sie in Stücke reißen, ohne daß sie die Chance hatten, die Tür zu erreichen.

Der große schwarze Kopf wandte sich erst Richard, dann Graham zu. Dann sah das Tier wieder Richard an, dann Graham.

Langsam bewegte der Hund sich auf sie zu, wobei er sich immer noch duckte. Richard spürte, wie ihm der Schweiß ausbrach und in die Augen lief, so daß er kaum noch sehen konnte. Er wagte nicht einmal zu blinzeln.

Zitternd kroch der riesige Hund näher, und immer noch floß ihm der Speichel aus dem Maul.

Richard wollte unbedingt wissen, wie weit es noch bis zur Haustür war, und er drehte sich um und stellte sofort fest, daß sich der ganze Raum um ihn herum verschoben hatte. Das Haus schien zu fliegen. Das tiefe grollende Knurren hing hinter ihm in der Luft, und Grahams zum Lüften geöffnete Tür lag direkt vor ihm. Er packte Graham, dessen Gesicht sich sonderbar verfärbt hatte. Der alte Mann wand sich in Zuckungen.

Er schlug wild mit den Armen um sich, aber Richard faßte ihn um die Brust und riß ihm die Arme auf den Rücken. Erst jetzt merkte er, daß Graham seinen Liegestuhl gegen den riesigen Hund geschleudert hatte. Jetzt waren sie im Haus und stürzten hart auf den Küchenfußboden. Die Schnauze des Hundes fuhr durch die Tür auf sie zu, aber die Schultern des Tieres wurden vom Türrahmen aufgehalten. »Tür zu!« brüllte Graham und rollte sich zur Seite. Richard warf sich zur Seite, um den gefletschten Zähnen des Hundes zu entgehen, und drückte sich gegen die Wand. Der Hund knurrte. Aus schwarzen Augen, so groß wie Fußbälle, starrte er ihn an. Richard kroch zur Tür und schlug sie mit aller Gewalt zu. Er merkte, daß sich der Rahmen verbog, als er auf Knochen traf. Der Hund wich zurück und warf sich dann wieder gegen die Tür, daß Grahams ganzes Haus erzitterte. Richard hört es hinten im Haus klatschen, als Bücher aus den Regalen fielen. Mit aller Gewalt schmetterte er die Tür wieder gegen den Kopf des Hundes. Der schüttelte sich wütend und schleuderte Richard zu Boden. *Wenn er noch einmal angreift, reißt er die Wand ein,* dachte Richard und kam wieder auf die Füße.

Wutschnaubend richtete der Hund sein schwarzes fußballgroßes Auge auf ihn. Richard stemmte die Schulter gegen die Tür und schlug sie dem Hund erneut gegen das Maul.

Der kläffte und zog sich ein Stück zurück. Sein Speichel zog eine breite Spur über den Fußboden. Richard sah, daß ihm Blut aus der Nase lief und sich in den Haaren an seinem Maul verteilte. Das Tier zog sich noch weiter zurück und winselte kläglich.

»Ich hab' ihn erwischt!« brüllte Graham. »Ich hab' das Schwein erwischt!«

Das Ungetüm senkte den Kopf und hielt sich die Pfote vor das Maul. Richard schlug die äußere Tür zu und drehte den Schlüssel um. Der Hund draußen schrie immer noch, er schrie so laut, als hätte er ein Mikrophon in der Kehle. Dann drehte Richard sich um und schaute zu Graham hinüber.

Der alte Mann tanzte auf und ab, und sein weißes Haar wehte ihm um den Kopf. »Haben Sie das gesehen? Haben Sie das gesehen? Ich hab' das Mistvieh erwischt.« Er tanzte ein paar Schritte zurück und wieder vor und ließ ein langes Schnitzmesser durch die Luft saußen. »Ich hab' ihm dieses Ding in seine gottverdammte Nase gestoßen. Ha-ha!«

»Gut gemacht«, sagte Richard. »Ich dachte schon, er wollte gerade die Wand zu Ihrer Küche einreißen.«

»Was macht er jetzt? Leckt er noch seine Wunden?«

Graham stürzte ans Fenster, und Richard folgte ihm. Der Hund lag im Gras. Als er merkte, daß die Männer ihn beobachteten, bellte er zweimal. Dann riß er den Kopf herum, und Blut spritzte über den Rasen. Er sah sich nach einem Gegner um. Endlich entdeckte er den umgestürzten Liegestuhl, den Graham ihm entgegengeschleudert hatte. Er packte ihn mit seinen langen Zähnen und zerrte ihn hin und her, bis er nur noch ein Bündel zerbrochenes Holz und Plastikfetzen war.

»Sollen wir versuchen, durch die Vordertür zu verschwinden?« fragte Richard.

»Und wohin?« fragte Graham zurück. Die Frage schien ihn zu ernüchtern. Er legte das Messer in die Spüle und fuhr sich mit zitternden Händen über das Gesicht. »Wie weit würden wir wohl kommen? Wir schaffen es nicht einmal bis über die Straße.«

Obwohl er noch blutete, lief der riesige Hund auf Grahams Rasen auf und ab und beobachtete die Tür und das Fenster. »Lassen Sie uns einen Versuch machen«, sagte Graham. »Sie gehen zur Vordertür und schauen nach draußen. Wir wollen mal sehen, was dann passiert.«

Sobald Richard die Küche verließ, blieb der Hund kurz stehen und lief dann um das Haus herum. Graham folgte Richard durch das Haus und brauchte gar nicht erst aus dem Fenster zu sehen. Der Hund kläffte und winselte und bellte so laut, daß Graham hätte schreien müssen, um sich mit Richard zu verständigen. Er tippte Richard auf die Schulter und zeigte mit dem Daumen zur Küche.

Aber als sie aus dem Küchenfester sahen, lief der Hund schon wieder hinter dem Haus auf und ab.

»Wir sitzen in der Falle«, sagte Richard.

»Genau das ist es«, sagte Graham. Für einen Augenblick schien alle Kraft ihn verlassen zu haben, und er sah aus wie ein müder, schlecht geschminkter alter Clown. »Haben Sie eine Ahnung, wo Patsy und Tabby sind?«

Richard schüttelte den Kopf. Er begriff den Zusammenhang nicht.

»Dieses Wesen da draußen hält uns von ihnen fern. Wenn es in der Lage gewesen wäre, uns umzubringen, gut und schön, aber es hindert uns daran, Patsy und Tabby zu helfen. Gideon Winter ist hinter ihnen her.« Graham sah Richard unglücklich an. »Er weiß, wo sie sind, und er will sie holen. Ich wette, Tabby hat sich bei meiner Geschichte von Bates Krell so aufgeregt, daß er glaubt, er könne den Drachen auf eigene Faust erledigen.«

»Und Patsy hat darauf bestanden, ihn zu begleiten. Denn sie muß es gewußt haben.«

»Dieser *verdammte* Junge«, sagte Graham. »Ich habe es gewußt, gewußt, gewußt. Tabby hat uns nicht die Wahrheit gesagt.«

»Da bin ich nicht ganz sicher«, sagte Richard. Er schaute

nach draußen, wo der riesige Hund unablässig auf und ab lief.

»Eines weiß ich genau«, sagte Graham. »Wir müssen aus diesem Haus verschwinden.«

»Sie haben nicht zufällig ein Gewehr?«

Graham überlegte und rieb sich dabei die Hände an seinem roten Sweatshirt ab, denn seine Handflächen waren feucht. »Ein Gewehr? Ja, so etwas muß hier irgendwo liegen. Eine Schrotflinte. Ich habe auch Munition. Das Ding hab ich seit zwanzig Jahren nicht mehr gesehen. Ich habe die Flinte in London gekauft. Moment, ich muß sie suchen.« Graham ging an Richard vorbei aus der Küche und kratzte sich den Kopf.

Richard sah den Hund über den Rasen trotten und hörte Graham durch das Haus gehen. »Gefunden!« rief Graham nach ein paar Minuten von oben herunter. Mit Staubflecken an den Knien kam er in die Küche und hielt eine lange doppelläufige Schrotflinte in der Hand. »Oben auf dem Boden. Gut verpackt. Nicht einmal verstaubt.«

Er reichte Richard die Flinte. »Versuchen Sie es. Ich war noch nie ein guter Schütze.« Er warf eine Schachtel Patronen auf den Tisch.

Richard wog die Flinte in der Hand. Der Schaft glänzte, und die Läufe waren reich verziert. »Eine Purdy«, sagte er. »Als Sie sagten, Sie hätten eine Schrotflinte, haben Sie nicht zu viel versprochen. Ein sehr schönes Stück.« Er knickte die Flinte auf und schaute durch die Läufe. Zufrieden schob er zwei Patronen ein und steckte sich eine Handvoll in die Tasche. »Ich bin ein so schlechter Schütze, daß ich nicht einmal mit Schrot treffe«, sagte Graham. »Aber damals war ich jung, und ich dachte, wenn man etwas kauft, muß es vom Besten sein.«

Richard schob das Küchenfenster gerade so weit hoch, daß die Läufe der Purdy durch den Spalt paßten. Jetzt wartete er darauf, daß der Hund in seinem Schußfeld auftauchte.

4

Am selben Abend um sechs Uhr dreißig, als Richard Allbee gerade zum zweiten Mal vergebens auf einen riesigen Hund schoß, standen Tabby Smithfield und Patsy McCloud direkt innerhalb des Tores am Eingang zu Wren Van Hornes Grundstück. Hier gab es keine Blumenrabatten. Die Bäume, unter denen Gary Starbuck seinen Lieferwagen geparkt hatte, schützten sie davor, vom Haus aus gesehen zu werden – einen Augenblick lang erschienen Tabby die Fenster in der langgestreckten weißen Fassade wie Augen, und er hatte Angst, sich zu blamieren, weil er sich vor Entsetzen kaum rühren konnte. Tabby dachte an seinen Vater, der völlig verwirrt in der Küche gestanden hatte, als eine lange Flammenschwinge auf ihn zuschoß. Dann dachte er an die Schreie seines Vaters. Tabby bückte sich und hob einen knorrigen, etwa einen halben Meter langen Stock auf, der auf der mit Tannennadeln übersäten Erde unter einer Fichte lag. Dann drehte er sich zu Patsy um und lächelte ihr so beruhigend zu, wie er nur konnte.

»Wie wollen wir es nun eigentlich machen?« fragte Patsy.

»Denken Sie doch an Grahams Geschichte«, sagte er. »Wenn wir Hilfe brauchen, dann wird irgendwie …«

»Ja«, sagte Patsy. »So einfach ist das. Wir klopfen an seine Tür, und wenn Dr. Van Horne öffnet, schneidest du ihn mit dem Schwert, das du dann plötzlich in der Hand hast, in zwei Teile.«

»So ähnlich«, sagte Tabby. »Aber ich glaube, wir werden nicht anklopfen. Es muß eine Möglichkeit geben, sich in dieses Haus einzuschleichen.« Er sah, wie sich die feinen Falten um ihren Mund leicht vertieften. »Wollen Sie sich über mich lustig machen? Sie sind wirklich eine seltsame Frau.«

»Von der du noch nicht einmal die Hälfte kennst, mein Lieber.«

»Ich kann einfach nicht glauben, daß wir hier stehen und Witze machen, wo wir in zwanzig Minuten schon tot sein können.«

Jetzt lächelte Patsy wirklich. »Wir tun es aber, und ich habe eine höllische Angst. Glaubst du, daß uns noch zwanzig Minuten bleiben?«

»Vielleicht neunzehn«, sagte Tabby.

»Du mit deinem albernen Stock«, sagte sie. »Ich weiß. Ich klingle, und du springst aus dem Gebüsch und sägst ihn mit deinem Stock in zwei Teile.«

»Sehr merkwürdig«, sagte Tabby.

»Oder vielleicht schieß' ich ihm ins Herz.«

»Schießen?«

Patsy nickte und schob die rechte Hand in ihren Hosenbund. Als sie die Hand unter ihrem weiten Hemd wieder hervorzog – ein Hemd ihres Mannes, dachte Tabby ganz nebenbei –, lag eine kleine Pistole darin.

»Vielleicht sind Sie doch gar nicht so seltsam«, sagte er. »Gehen wir?« »Haben wir nicht noch dreißig Sekunden Zeit?«

»Wir wollen doch seinen Kopf auf einen Teller legen, wissen Sie das nicht mehr?«

Sie blickten einander an, und jeder sah die Angst im Gesicht des anderen.

Sie verließen den Schutz der Bäume, und wie auf Verabredung gingen sie langsam zur linken Seite des Hauses hinüber, wo sie von den vorderen Fenstern aus nicht gesehen werden konnten. Tabby machte sich nicht mehr die Mühe, sich hinter den Bäumen zu verstecken, an denen sie vorbeigingen, und er ging auch nicht geduckt. Patsy war einen Schritt hinter ihm. Er spürte ihre Anwesenheit, spürte die Gefühlswärme, die von ihr ausging. Patsy half ihm.

Als Tabby den letzten kleinen Anstieg hinter sich gebracht hatte, duckte er sich doch wieder und hockte sich gegen die langen weißen Bretter der Seitenwand. Patsy hockte sich neben ihn. Sie atmete schnell und hielt immer noch die Pistole in der Hand.

wohin jetzt?

hinten herum

Patsy war halb aufgestanden und bückte sich, um unter den Fenstern im Erdgeschoß um das Gebäude herumzukriechen. Dann schaute sie sich nach Tabby um und nickte. Er kroch auf sie zu und sah, wie der Sound größer wurde, je mehr er sich dem Abhang näherte. Patsy sah ihn fragend an, und als er sie erreicht hatte, zeigte sie auf die Tür zu einem grünen Vorbau.

Er nickte. Wenn jemand aus dem Haus sie bei diesem Einbruch beobachten wollte, mußte er schon genau auf diese Tür achten.

schön
abgeschlossen?
wir werden sehen

Tabby glitt an Patsy vorbei und verschwand im Gebüsch neben dem Vorbau. Dieses Gebüsch zog sich hinter dem Haus bis zu der langen Fensterwand hin. Er kniete sich vor die Tür. Aus dem dichten Dornengebüsch stieg der Geruch von Pflanzensaft und grünen Nüssen auf. Tabby faßte den Türgriff an. Er ließ sich bewegen. Knarrend öffnete sich die grüne Tür. Tabby sprang hoch und riß sie ganz auf. Er wollte sich gerade triumphierend zu Patsy umdrehen, als sich etwas Riesiges hinter ihm aus dem Gebüsch erhob und sein Handgelenk packte. Eine große dreckige Hand hielt ihn fest. Tabby wurde blaß vor Schreck. Er drehte sich um und sah Dicky Normans totes Gesicht, das ihn finster anstarrte.

5

Richard ging am Fenster in Schußposition, als der riesige Hund seine Runde beendet hatte und sich ihm wieder zuwandte. »Versuchen Sie, den Kopf zu treffen«, sagte Graham. »Treffen Sie ihn, wo Sie den größten Schaden anrichten können.«

»Haben Sie schon an die Möglichkeit gedacht, daß es diesen Hund in Wirklichkeit gar nicht gibt?« fragte Richard. Er legte vorsichtig den Finger an den Abzug. Er hatte einen jungen Baum im Visier.

»Mir erscheint das Vieh wirklich genug«, sagte Graham, »wenn man den Schaden am Haus bedenkt.«

»Da muß ich Ihnen recht geben«, sagte Richard. »Aber ich hätte gern gewußt, ob jemand außer uns ihn sehen kann.«

»Da kommt er«, sagte Graham. »Spannen Sie beide Hähne, mein Junge. Jetzt wird es ernst.«

Richard spannte auch den zweiten Hahn und legte den Finger auf beide Abzüge. Der schwarze Kopf tauchte im Visier auf, und Richard sah, daß der Hund seine Flinte registrierte.

»Er will die Flinte, Richard! Er will die Flinte! Schießen!«

Richard drückte schon ab.

Der Knall war so laut, als sei eine Bombe in der Küche explodiert, und Richard wurde in einen Stuhl geschleudert. Es war, als hätte man ihm in die Schulter getreten. Richard brachte die Flinte in Sicherheit und schaute nach draußen. Er hoffte, daß der Hund umgefallen war.

Das wütende Tier warf sich gegen das Fenster, und Richard hörte Holz splittern – der Hund hatte den Rahmen zerbrochen. Jetzt zog er sich zurück, und Richard sah, wo er getroffen hatte. Am Halsansatz des Tieres stieg grauer Rauch aus einer zischenden Wunde.

»Er blutet nicht einmal«, sagte Richard und schaute Graham an. »Ich glaube nicht, daß die Purdy uns helfen kann.«

»Versuchen Sie, die Augen zu treffen«, sagte Graham.

Wieder warf sich der Hund gegen das Fenster, und auch die untere Scheibe zersplitterte. Beide Männer sahen, daß die Wand sich bog, als der schwere Körper auftraf.

»Um Gottes willen, laden Sie nach!« schrie Graham. »Aus beiden Läufen in die Augen.«

6

Das riesige Gesicht fuhr auf Tabby zu, tote, gummiartige Haut und Augen mit der Farbe von Sumpfwasser. Eine zweite Hand legte sich auf seine Schulter. Eine schreckliche Sekunde lang dachte Tabby, daß Dicky Norman ihm ein Stück aus dem Gesicht beißen wollte. Er spürte, daß Patsy genauso schockiert und entsetzt war wie er, aber er konnte sie nicht einmal bitten wegzulaufen. Sein Verstand war wie eingefroren.

»Du bist ein nettes kleines Arschloch, Tabby«, sagte Dicky. »Ich wußte, daß du herkommen würdest. Ich wußte, du würdest mir helfen.«

»Helfen«, stieß Tabby hervor und merkte, daß dieses Ungeheuer ihn mit *beiden* Händen festhielt. Dicky hatte an seinem Todestag einen Arm verloren. Das geschwollene Gesicht vor ihm atmete ein und blies dann stinkende Luft aus. Tote atmen nicht. »Bruce?« fragte Tabby.

»Ja, natürlich«, sagte das riesige Gesicht.

Patsy nicht schießen nicht schießen übermittelte Tabby ihr so laut er konnte.

»Wer ist das?« fragte Patsy und ließ die Pistole sinken, als sie hinter Bruces gewaltigem Arm zum Vorschein kam. Eine Sekunde später hätte sie Bruce eine Kugel in den Hinterkopf geschossen, und sie sah immer noch so aus, als ob sie das für eine gute Idee hielt.

»Es ist Bruce Norman«, sagte Tabby. »Der Drache hat seinen Bruder umgebracht.«

Ohne jede Neugier schaute Bruce zu Patsy hinüber, die immer noch ihre Pistole auf ihn gerichtet hielt. Er ließ Tabbys Handgelenk los und schloß seine Finger um die Waffe. Patsy wich vor seiner Berührung zurück. Bruce schien von Patsy kaum Notiz zu nehmen und wandte sich jetzt wieder Tabby zu. »Nettes kleines Arschloch«, sagte er.

Tabby machte eine Geste mit dem Kopf. »Wir müssen seitlich an das Haus heran, Bruce. Wo er uns nicht sehen kann.«

Die Hand immer noch auf Tabbys Schulter, ließ Bruce sich an die Seite des Hauses führen. Die drei knieten sich in das trockene Gras. »Bist du gekommen, Dr. Van Horne zu töten?« fragte Tabby.

»Ich bin dir gefolgt«, sagte Bruce. »Und du hast mich kein einziges Mal gesehen, nicht wahr? Nicht ein einziges Mal. Ich wußte, daß du wieder herkommen würdest, Tabs. Wir müssen ihn umbringen.«

»Dr. Van Horne hat Ihren Bruder getötet?« fragte Patsy. Bruce antwortete nicht.

Sein riesiges Mondgesicht war grau vor Erschöpfung und hatte dreckige Streifen und Spritzer. Aus Bruces offenem

Mund ragten wie Zaunpfähle gelbe Zähne hervor. In seinem langen Indianerhaar hingen Erdbrocken und vermodertes Laub. »Ich höre ihn immer, Tabs«, sagte Bruce. »Weißt du, manchmal ist es, als hockte Dicky bei mir im Wohnwagen. Ich hörte, wie er sich im Wohnzimmer bewegte. Zuletzt war es so schlimm, daß ich draußen schlafen mußte –, das tue ich schon seit Wochen. Und ich habe seltsame Dinge gesehen, Tabs, ich habe wirklich seltsame Dinge gesehen ...« Bruce fing an zu schielen. »Ich habe eine Schlange gesehen. Sie war so groß wie ein Haus und verschlang einen kleinen Jungen. Tabs, sie machte einfach ihr riesiges Maul auf und nahm das Kind und schluckte es runter ... Als ich am Strand schlief, sah ich tote Kinder aus dem Wasser kommen ... und, Tabs, diese ganze Scheiße kommt von ihm. Er läßt diese Dinge geschehen.« Bruces Augen wurden dunkel. »Zuletzt hab ich auf Dickys Grab geschlafen, direkt auf dem Friedhof. Dorthin gehe ich nachts jetzt immer. Nur, um auf Dickys Grab zu schlafen.«

»Hat Dicky ...?« sagte Tabby, aber dann schwieg er. Er wollte nicht wissen, ob Dicky sich in den Nächten auf dem Friedhof von Gravesend mit seinem Bruder unterhielt. Fast widerwillig erkannte Tabby, daß Graham Williams, als er Bates Krell tötete, wie Bruce Norman gewesen sein mußte.

Seine Erlebnisse hatten Bruce Norman eine unbestreitbare, wenn auch nicht normale Autorität verliehen. Die erdrückende Wirklichkeit hatte jeden gesunden Verstand weit hinter sich gelassen.

»Dann wollen wir es tun«, sagte Tabby, und das große verträumte Gesicht vor ihm quittierte seine Bereitschaft mit einem Lächeln.

Bruce ging ihnen über die Treppe des Vorbaus in den Keller voran, und leise schloß Tabby hinter ihnen die Metalltür. Im Halbdunkel folgte er den anderen. Van Hornes Keller bestand aus einem Gewirr von kleinen Räumen und Kammern, in denen zum Teil Holz aufgestapelt war. In anderen Räumen standen noch die Betten der Bediensteten, die früher dort gewohnt hatten. Verwirrt bewegte Bruce sich durch die Gänge, und Tabby schob ihn um eine Ecke herum. »Tabs, wir müssen die Treppe finden«, flüsterte Bruce.

»Die ist gleich hier«, sagte Patsy leise, und Bruce und Tabby gingen in die Richtung, aus der sie ihre Stimme gehört hatten.

In der Mitte des riesigen Kellerraums stand auf einem Ziegelrund ein unverhältnismäßig kleiner Ölofen. Früher mußte hier ein vielarmiger Riese gestanden haben. Unter der Decke führten Kupferleitungen entlang, und in einem Gewirr von elektrischen Kabeln waren Luftschächte zu sehen. Patsy stand neben einer breiten geraden Treppe, die gut einen Meter vor dem kleinen Ölofen endete.

Bruce stieß einen grunzenden Laut aus, und sie gingen an dem Ofen vorbei zur Treppe.

Plötzlich blieb Bruce stehen, so daß Tabby gegen ihn lief. Es war, als sei er nicht mit menschlichem Fleisch, sondern mit einer Konstruktion aus Beton und Winkeleisen kollidiert. »Was ist denn?« rief er.

»Tabby«, sagte Patsy, die vor Bruce stand. »Sieh dir die Pistole an. Genau wie damals bei Graham – ich glaube, hier passiert genau das, was Graham uns erzählt hat.«

Tabby trat neben Bruce und sah sofort den hellen Lichtschein in seiner Handfläche. Von Patsys kleiner Pistole ging ein silbriger Strahlenglanz aus, der sich dann in einen breiten grellen Strahl verwandelte, der wie der Lichtkegel einer Taschenlampe bis zur Decke reichte. »Mein Gott«, sagte Patsy.

Tabby konnte nichts sagen. Er schwankte zwischen Furcht und Freude, aber auch zwischen Eifersucht und Ungeduld. Er sah den Ausdruck vergnügter Zielstrebigkeit in Bruces Gesicht. »Es wird funktionieren«, sagte er, als hätte er Grahams Bericht bis zu diesem Augenblick nicht geglaubt. Der grelle Lichtstrahl schien eine Sekunde lang alle Farben des Regenbogens zu reflektieren, und gleichzeitig wurde Bruce Norman in einen golden glänzenden Schimmer getaucht.

Dann war die Erscheinung verschwunden. Die kleine Pistole schien alles Licht in sich aufzusaugen, bis nur noch am Lauf ein letzter schwacher Glanz zu sehen war.

»Ich werde ihn *töten*«, sagte Bruce, und Patsy sprang ihm aus dem Weg, als er zur Treppe wankte.

Die drei erreichten oben eine leere Halle und blieben unentschlossen vor der offenen Tür stehen. Jeder schaute in eine andere Richtung, und Tabby merkte plötzlich, daß er immer noch den knorrigen Ast in der Hand hielt, den er unter der Fichte gefunden hatte. Er packte ihn fester. Bruce Norman starrte durch die Halle zu dem großen Raum hinüber, der am anderen Ende lag. Patsy wirkte plötzlich unsicher. Tabby sah, daß sie nervös die Umgebung beobachtete.

Er wandte den Blick von Patsy ab und bemerkte die seltsamen schleimigen Streifen an den Wänden – sie sahen wie die Spuren von Riesenschnecken aus, es konnte aber auch eine wiederholt auf die Wand aufgetragene verfaulende Substanz sein. Tabby konnte gerade noch den Hefegeruch registrieren, der das ganze Haus erfüllte, als Bruce ihn bei der Hand packte. »Er ist hier«, sagte Bruce und lächelte das Lächeln eines Irren. Er zerrte Tabby mit sich in das Wohnzimmer. In der anderen Hand hielt er die Pistole.

Geräuschvoll stürzten sie in das lange Zimmer mit den breiten Fenstern, und Patsy rannte hinter ihnen her. Tabby riß sich von Bruce los und dachte verwirrt: *hier stimmt etwas nicht, hier muß eingebrochen worden sein* – ein Stuhl war umgeworfen worden, eine Lampe lag zersplittert auf dem Fußboden. Dann sah er auf dem Holzfußboden einen großen eingetrockneten Blutfleck, der schon wie Rost aussah. *»Dicky!«* brüllte Bruce, und Tabby fuhr herum.

Im Spiegel mit dem schön verzierten ovalen Rahmen geschah etwas Unmögliches. Bruce Norman hatte in den Spiegel gesehen, als er losbrüllte, aber Dicky war im Spiegel nicht zu erkennen, und der Spiegel reflektierte auch nicht das Bild des Zimmers und der Fenster mit den Schleimspuren. Der Spiegel hatte sich mit Rauch gefüllt, und wie von Blitzen leuchtete es hell in ihm auf. Tabby hatte den Eindruck von Tiefe, so als könne er seine Hand in dieses seltsame Gewitter hineinstecken.

»Diiicky!« kreischte Bruce, und alles veränderte sich.

Plötzlich hörte Tabby das monströse rhythmische Summen von Millionen Fliegen, das er zuerst am Strand von Gravesend gehört hatte. Und über dem Summen hörte er Stimmengewirr, als stünde draußen vor der Tür eine große Menschenmenge. Die Luft verdunkelte sich, oder vielleicht waren es auch nur Tabbys Augen, und er begriff nur noch, daß alles außer Kontrolle geraten war und daß er und Bruce Norman und Patsy McCloud gegen Dr. Van Horne keine Chance hatten ... in Gedanken setzte er sich mit Patsy in Verbindung, aber seine verzweifelten Bemühungen trafen auf etwas Hartes und Kaltes.

Die Luft war voll von Fliegen und greifenden Händen und offenen Mündern, und er hatte Patsy verloren. Wahnsinnige unmenschliche Geräusche dröhnten ihm in den Ohren: Tabby schrie ihren Namen und konnte seine eigene Stimme nicht hören.

Jemand betrat durch dieselbe Tür das Zimmer, die sie eben benutzt hatten. Tabby sprang zurück und stieß dabei einen kleinen Glastisch um. Die kleine Statuette einer Tänzerin fiel zu Boden. Undeutlich sah er in der ganzen Verwirrung, daß Patsy am Fenster lehnte, und er taumelte auf sie zu.

Sie sind also endlich gekommen, Mr. Smithfield, sagte jemand oder dachte es in seine Gedanken hinein. *Gefällt es Ihnen hier?*

Etwa einen Meter von Patsy entfernt drehte er sich zu dem Mann um, der ihn angesprochen hatte. Wieder hörte er Bruce Norman den Namen seines Bruders schreien. Die Luft war wieder klar, und die Geräusche und die greifenden Hände waren verschwunden.

»Sie haben Dicky getötet!« kreischte Bruce und hob die Pistole.

Jetzt sah Tabby erst, daß Wren Van Horne ein »Triefer« geworden war. Die Krankheit war bei dem Arzt schon weit fortgeschritten. Seine zerstörte Haut glänzte und bewegte sich, und er trug schon Handschuhe an beiden Händen.

»Irgendwie stimmt das«, sagte der Arzt. »Und dies ist wohl ein kleiner Überfall, nicht wahr?« Er ließ die gespenstische Karikatur eines Lächelns aufblitzen. »Die Zeit ist ausgezeichnet gewählt, Mr. Smithfield. Ich bin heute abend zum letzten Mal hier.«

»Sie müssen sterben«, sagte Tabby, wenn er auch immer noch nicht recht glaubte, daß Van Hornes Schicksal besiegelt war, ganz gleich, mit welchen Tricks er ihnen noch die Sinne verwirren würde.

»Zur Hölle damit, Sie sind schon tot«, sagte Bruce und richtete die Pistole auf die Brust des Arztes. Er drückte ab.

Der Knall war leiser, als Tabby erwartet hatte, fast wie das Brechen eines Zweiges. Aus der Pistole kräuselte sich ein wenig Rauch. Dr. Van Horne riß die Hände vor die Brust und trat fast tänzerisch einen Schritt zurück. Als Bruce noch einmal schoß, brach der Arzt wenig anmutig zusammen.

Bruce blieb reglos stehen. Sein Wille hatte ihn bis hierher geführt und fiel damit in sich zusammen. Er keuchte leise; er öffnete die Hand und starrte gedankenlos und ohne Neugier auf die Pistole. Dann ließ er sie auf den blutbeschmierten Teppich fallen.

Tabby sah Patsy kommen, um sie aufzuheben. Dann schaute er, immer noch verblüfft über die Leichtigkeit und Schnelligkeit, mit der Van Horne getötet worden war, zur Leiche des Arztes hinüber. Seine rechte Hand krallte sich in den Teppich. Tabby fühlte sich fast betrogen: so leicht durften Ungeheuer nicht sterben. Er trat einen Schritt näher an den Arzt heran und sah die Grimasse in seinem zerschmolzenen Gesicht. Der Arzt war noch nicht tot, aber ganz sicher lag er im Sterben.

Nun ist es endlich vorbei, dachte er und bewegte sich vorsichtig näher an den Körper des Arztes heran. Vielleicht war der Drache jetzt endgültig tot … vielleicht hatte sich der Kreis geschlossen. Er trat näher heran und hörte kaum Patsys geflüsterte Warnung. Er schaute auf den Sterbenden herab, der seine Finger immer noch in die Fasern des Teppichs wühlte. Dr. Van Horne wandte Tabby sein Gesicht zu, um ihn ansehen zu können, und der Junge erschrak über den Ausdruck boshaften Vergnügens in dem zerstörten Gesicht – der Ausdruck sprang ihn geradezu an. Und dann, wie durch den Blick des Arztes herbeigerufen, füllte der ganze

Raum sich wieder mit mißtönendem Lärm, und Tabby hörte wieder Millionen von Fliegen um sich herumschwirren, und er hörte die klagenden und jubelnden Stimmen, und er sah die Arme, die sich nach ihm ausstreckten. *»Nein!«* schrie Tabby und ging durch die von Lärm und Stimmengewirr erfüllte Luft, bis er direkt vor Dr. Van Horne stand. Er sah sein weißes, fächerförmig über den Teppich gebreitetes Haar; das zerfließende Gesicht eines »Triefers«, das so seltsam dem eines Neandertalers glich; die funkelnden durchdringend blickenden Augen.

Vor Wut und Ekel schrie Tabby etwas – das im Lärm der Stimmen um ihn herum unterging –, und in bewußter Rache für den Tod seines Vaters trat er Van Horne so hart er konnte vor die Brust. Sein Fuß versank tief im Körper des Arztes. Es war, als hätte er in einen Sandhaufen getreten. Tabby fühlte eine lockere weiche Substanz unter seinem Tritt zerbröckeln. Bevor er seinen Fuß aus dem Körper des Arztes wieder herausziehen konnte, ergoß sich eine weiße Flüssigkeit über seinen Knöchel.

Ein paar Sekunden lang herrschte in dem durcheinandergeratenen Raum völlige Stille. Die eingebildeten Geräusche waren aus Tabbys Ohren verschwunden. Er stand jetzt über dem inzwischen wirklich toten Dr. Van Horne, und eine warme weiße Flüssigkeit sickerte ihm in die Schuhe. Dann sah er Patsys fragenden Blick.

Durch die großen Fenster mit den schmierigen Streifen fielen Sonnenstrahlen.

Dann erschütterte eine Explosion den Raum, viel lauter und hallender als die Schüsse aus Patsys Pistole. Tabby hielt sich die Hände vor die Ohren, als er von der Leiche des Arztes zurücksprang. Sein ganzer Kopf vibrierte von der Wucht der Explosion. Jemand kreischte, und der Raum füllte sich mit Rauch. Vor ihm zeigte Patsy auf den Spiegel.

Tabby wandte den Kopf. Seine Augen brannten von dem Rauch, und ungläubig sah er, daß der Rauch aus dem Spiegel quoll – fetter schwarzer Rauch brodelte zwischen den gezackten Splittern, die noch im Rahmen steckten, und in den Rauchwolken war eine Gestalt zu erkennen. Das Geschrei hinter Tabby wurde immer schriller und erstickte dann. Tabby war noch benommen von der Plötzlichkeit, mit der sein Triumphgefühl sich in nichts aufgelöst hatte. Er drehte sich wieder um und sah, was mit Bruce Norman geschehen war.

Als der Spiegel explodiert war, hatten die durch die Luft sausenden Glassplitter Bruce das Gesicht zerfetzt. Wie Federn ragten lange Splitter aus seiner Brust und aus seinem Magen, und sein großes Mondgesicht war bis zur Unkenntlichkeit verstümmelt. Blut spritzte aus dem zerschlitzten und aufgerissenen Gewebe. Seine Gesichtszüge waren ihm weggeschnitten worden. Als Tabby das erkannte, sank Bruce in sich zusammen und schlug mit einem schwammigen Laut auf dem Fußboden auf.

Ein großer hagerer Mann mit einem langen blassen Gesicht trat in den Raum, und der Rauch hing um ihn herum wie ein schwarzer Anzug.

»Er ... er ist aus dem Spiegel gekommen«, hörte Tabby Patsy ungläubig sagen.

Zwischen den Leichen Wren Van Hornes und Bruce Normans hindurch glitt Gideon Winter auf Tabby zu. Tabby war unfähig, sich zu bewegen, als er die erhobenen schwarzen Arme über sich sah. Dann platzte ihm das Herz, und ihm platzte der Kopf, und sein Leben war woanders. Gideon Winter schlang die Arme um ihn.

7

Richard feuerte beide Läufe auf den Kopf des Hundes ab, und diesmal konnte er die Schrotkugeln fliegen sehen – ein Hornissenschwarm –, und er sah auch, wie sie den Kopf des Hundes trafen. Ein Dutzend weitere rauchende Löcher erschienen, die sich alle um die Augen herum konzentrierten, und dann stürzte sich das Tier wieder von hinten gegen Grahams Haus. Der Fensterrahmen rutschte ein paar Zentimeter aus der Wand, und der Putz rieselte auf den Fußboden. In der Wand selbst sprangen lange gezackte Risse auf.

Der Hund war abgedreht und an das hintere Ende des Hofes gelaufen und setzte nun wieder zum Sprung an. Als Richard die Hülsen auswarf und neue Patronen einführte, sah er an Kopf und Maul des Hundes überall Funken und Flammen aufzucken.

»Wenn er noch einmal springt, haben wir ihn in der Wohnung«, sagte Graham, und seine Stimme klang bewundernswert ruhig. »Versuchen Sie, ihm seine verdammte Nase abzuschießen. Ich weiß nicht, was ihn sonst noch aufhalten könnte.«

»Ich glaube, daß ihn überhaupt nichts mehr aufhalten kann«, sagte Richard. »Wollen wir versuchen wegzulaufen?«

Er schaute sich um, aber Graham schüttelte schon den Kopf. »Versuchen Sie, seine Nase zu treffen. Wissen Sie noch, wie er schrie, als ich ihn mit dem Messer erwischte?«

»Wie Sie wünschen, Boß«, sagte Richard und legte an. Der Hund drehte sich um, senkte den Kopf und setzte zu einem erneuten Sprung gegen das Fenster an.

Dann schoß der Hund auf ihn los, und Richard versuchte, in dieser fliegenden schwarzen Masse die schwarze Nase auszumachen. Dann glaubte er sie im Visier zu haben, krümmte langsam den Finger und blinzelte erstaunt. Die schwarze Masse, die fast die Wand erreicht hatte, verlor in der Farbe an Intensität. Blitzschnell war sie nicht mehr schwarz sondern grau, und ebenso schnell war sie plötzlich hellgrau ... bevor Richard abgedrückt hatte, sah er noch das rauchende Loch im Laubwerk durch den Kopf des Hundes hindurch.

Richard hob den Kopf und nahm den Finger vom Abzug. »He«, sagte Graham hinter ihm. Wie Billy Bentleys Katze wurde der Hund noch während seines letzten Angriffs auf das Fenster unsichtbar. Eine Sekunde lang sah man noch seine Umrisse als riesigen Schatten über dem Rasen. Dann war er verschwunden. Ein fast nicht spürbarer warmer Lufthauch wehte gegen das Fenster.

Richard ließ sich nach hinten fallen. Er konnte kaum atmen.

»Das bedeutet, daß er jetzt drüben bei Patsy und Tabby ist«, sagte Graham heiser. »Was immer hier vorgegangen ist, es ist vorbei. Wir sollten nach draußen gehen und nachschauen.«

»Nach was? Und wohin?« Richard wagte noch immer nicht, sich zu bewegen.

»Ach, fragen Sie mich was Leichteres«, sagte Graham und klopfte ihm mit einer zitternden Hand auf die Schulter.

Richard stand auf und sah Graham an. Der alte Mann war ganz übermütig vor Erleichterung. »Meinen Sie wirklich, ich hätte ihm die Nase abschießen können?« fragte er und war erstaunt, daß er selbst lächelte.

»Das ist eine leichte Frage, aber ich will sie nicht beantworten«, sagte Graham. »Lassen Sie uns hinausgehen und den Schaden inspizieren.«

Als sie hinten im Garten waren, spürten sie den Rauchgeruch. Richard vermutete, daß er von den verbrannten Stellen im Fell des Hundes stammte. Er sah sich die äußere Wand der Küche an. Der Fensterrahmen war nicht mehr zu reparieren, und die ganze Wand hatte sich verschoben. Richard schätzte den Schaden auf ungefähr fünfzehntausend Dollar.

»Machen Sie sich darüber jetzt keine Sorgen«, sagte Graham. »Kommen Sie mit um das Haus herum und schauen Sie zum Strand hinüber.«

Richard ging mit, und als sie neben dem Haus standen, brauchte Graham ihm die Richtung nicht erst zu zeigen. Eine riesige Rauch- und Feuersäule stieg über dem Sound wohl fünfzehn Meter in die Luft, bevor sie sich in herabsinkende brennende Trümmer und vom Wind auseinandergewehten Qualm auflöste.

»Was, um Gottes willen, ist das?« fragte Richard.

Graham sah ihn unglücklich an.

»Ich denke, es ist das Haus meines alten Freundes Wren Van Horne. Es ist das einzige Haus, das dort unten steht. Es sei denn, das Feuer ist direkt am Strand.«

»Das Haus des Arztes? Direkt unten an …« Richard wußte noch, daß er nach dem Preis des Hauses gefragt hatte, als er es das erste Mal sah – er hatte mit Laura zusammen in Ronnie Riggleys Wagen gesessen. Dann erinnerte er sich an etwas anderes. Wren Van Horne war Lauras Arzt gewesen.

»Ich denke, unsere Freunde sind auf Drachenjagd gegangen«, sagte Graham. Er ging schon zu seinem Wagen hinüber, und Richard eilte hinterher. Als Richard in den Beifahrersitz glitt, fuhr Graham schon an und rollte rückwärts auf den Beach Trail hinaus. Er riß das Steuer herum, schaltete, und der Wagen schoß davon. An der Mount Avenue hielt Graham nicht an, er schaute nicht einmal nach links und rechts. Er trat auf das Gaspedal und bog rechts ab. »Ich nehme an, Wren war Lauras Arzt«, sagte er.

»Ja«, sagte Richard.

»Ich denke gerade laut«, sagte der alte Mann und wußte noch nicht, daß er im Begriff war, etwas zu sagen, was Bobo Farnsworth eines Abends vor dem Pennywhistle Café eingefallen war, was dieser aber wieder vergessen hatte. »Aber wissen Sie, die einzigen Leute, die unseren Mörder erkannt haben, waren die Frauen, die ihm ihre Türen öffneten. Wie viele Männer wissen, wie die Ärzte ihrer Frauen aussehen? Wenn sie dem betreffenden Mann bei Franco begegneten, würden sie ihn dann erkennen?«

»Mein Gott«, sagte Richard, aber nicht einmal er selbst wußte, ob er damit Grahams Worte oder die gewaltige Feuersäule über dem Hang kommentierte, die direkt vor ihnen aufstieg, als sie durch eines von Dr. Van Hornes Toren fuhren. Fast in seiner ganzen Länge lag das weiße Haus hinter einer Wand von Flammen und dichtem Rauch. Vom Fuße der sanft ansteigenden Einfahrt aus bot das Feuer einen noch überwältigenderen Anblick als von Grahams Garten aus.

»Der arme Wren«, sagte Graham. »Er hatte nicht die Stärke Johnny Sayres.«

»Mein Gott«, sagte Richard noch einmal.

Als sie sich dem riesigen Feuer noch weiter näherten, sah Richard endlich Patsy McCloud auf dem vorderen Rasen stehen – Patsy zitterte am ganzen Körper, sie schüttelte sich wie in einem Fieberanfall, und als er aus dem Wagen sprang und auf sie zurannte, sah er, daß sie weinte.

Fünf

Graham im Spiegelreich

1

Jetzt will ich mit meiner eigenen Stimme zu Ihnen sprechen, denn was geschah, nachdem Richard Allbee und ich aus meiner alten Schrottkiste gesprungen und zu Patsy hinübergerannt waren, läßt sich anders nicht erzählen: mein Glaube an die festgefügten Beziehungen zwischen mir und dem Rest der Welt wurde auf den Kopf gestellt. Wir drei – Patsy, Richard und ich – gingen in das Spiegelland, und nichts war mehr wirklich, aber alles hätte uns auf der Stelle umbringen können. Mir scheint, diese Ereignisse gleichen dem Auftreten des riesigen Hundes, und als Richard Allbee mich fragte, ob ich denn wirklich dächte, das DRG habe uns alle verrückt gemacht, sagte ich »nein«, aber so einfach war es zu keiner Zeit.

Ich kann Ihnen nur erzählen, was ich mit eigenen Augen gesehen oder zu sehen geglaubt habe. So bleibe ich ehrlich, und wenn Sie über die »Wirklichkeit« nachdenken wollen, dann tun Sie es, wann es Ihnen beliebt.

Während Richard Patsy tröstete und von ihr zu erfahren versuchte, ob es Tabby gelungen war, rechtzeitig das Haus zu verlassen, schaute ich zu dem Haus hinüber und versuchte mich mit dem Gedanken vertraut zu machen, daß mein alter Freund und Leidensgenosse – er war Witwer wie ich – unser Feind gewesen war. Wren Van Horne – das war ein Schlag, mit dem ich nicht so leicht fertig werden konnte. Noch mehr als ich war er ein Teil Hampsteads gewesen, einer der Männer, die ihre Pflicht mit jenem sorglosen Charme erledigen, der alles erhellt, was er berührt. Er hatte sich die Lebhaftigkeit seiner Jugend bewahrt, und das Alter hat mich gelehrt, daß es sich dabei um eine geistige Qualität handelt – man braucht Geist, wenn man mit über zwanzig noch lebhaft sein will. Seine Patienten hatten ihn verehrt und geliebt, und er hatte zu den Leuten gehört, die instinktiv wissen, wie man gut lebt, aber, wichtiger noch, Wren Van Horne war ein Mann meines Schlages gewesen.

Und der Drache hatte ihn in Unrat verwandelt. Ich stellte mir vor, wie mein bewunderter alter Freund in der Stadt an die Türen von Frauen klopfte, wie er bei ›Franco‹ Stony Friedgood auflas. Ich dachte an all die Dinge, zu denen der Drache ihn veranlaßt hatte, und in mir entstand eine entsetzliche Verwirrung der Gefühle.

Richard versuchte immer noch, Patsy aus ihrer Gelähmtheit herauszureißen. Ich ging zu den beiden und legte ihr eine Hand auf die Schulter. Das Haus vor mir sank in nichts zusammen, es verzehrte sich selbst mit grauenhafter Unerbittlichkeit. Genauso mußten die Häuser an der Mill Lane gebrannt haben – und die Spinnerei der Royal Cotton. Ich erschrak bei dem Gedanken. Das Feuer hatte die ganze Fassade des Hauses ergriffen, und das Gebäude selbst war kaum noch zu erkennen. Die Flammen schlugen hoch in die Luft, und durch die Fenster sah ich, daß die unteren Räume ein loderndes Inferno waren. Dann schaute ich nach oben, und gerade als Patsy anfing zu sprechen, sah ich etwas, das ich Ihnen schon einige Male beschrieben habe, bis zu diesem Augenblick aber selbst noch nie gesehen hatte. Es war eine riesige Fledermaus aus Feuer, die hoch über dem Rauch und den Flammen ihre gewaltigen Schwingen ausbreitete. Patsy McClouds Schulter zuckte unter meiner Berührung, und ich spürte, wie das Blut unter ihrer Haut pulsierte. Ich merkte, daß auch meine Hand zitterte. »Ich glaube, Tabby ist tot«, schluchzte Patsy. »Gideon Winter hat ihn mitgenommen. Und jetzt kann ich ihn überhaupt nicht mehr erreichen …«

Sie wandte den Kopf, um mich über Richards Schulter hinweg ansehen zu können. »Das konnte ich sonst immer«, sagte sie. »Immer. Aber jetzt ... jetzt gibt es, wo Tabby sein müßte, nur schreckliche Kälte.«

Als ich wieder nach oben sah, war die Fledermaus aus Feuer verschwunden.

»Es ist alles kalt«, sagte Patsy, und Richard und ich hörten die Verzweiflung in ihrer Stimme. Ihre Schulter zitterte nicht mehr, dafür aber meine Hand um so heftiger. Ich ließ ihre Schulter los. »Es ist alles leer ... es gibt keinen Tabby ...«

Richard und ich sahen einander an, und wir zogen Patsy über den Rasen ein Stück vom Feuer weg. Wir mußten damit rechnen, daß Tabby Smithfield tot war, und dieser Gedanke brachte Richard genauso aus der Fassung wie mich.

»Sie sagen, daß Gideon Winter Tabby mitgenommen hat«, sagte ich zu Patsy. Ihre Augen sahen so glasig aus, daß ich hätte schreien mögen. »Heißt das, daß Tabby das Haus verlassen hat?«

Sie nickte, und ich war schon ein wenig optimistischer – ich hatte an die verkohlte Hülle gedacht, die ich auf dem flachen Felsen am Kendall Point hatte liegen sehen. »Erzählen Sie uns genau, was geschehen ist, Patsy«, sagte ich. »Wir werden Tabby nie wiedersehen, wenn Sie uns jetzt nicht helfen.«

»Tabby ist tot«, sagte sie tonlos.

»Dann will ich ihn beerdigen. Aber ich muß es genau wissen. Und ich will den Drachen töten, Patsy. Ich will ihn in Millionen Stücke schlagen.«

Diese Worte schienen sie ein wenig aus ihrer Lethargie aufzurütteln. Sie hob den Kopf, und ihre Augen wurden ganz groß. Dann erzählte sie uns, wie sie Tabby vor dem alten Haus seines Großvaters getroffen hatte, und sie erzählte auch, was anschließend geschah. Zuletzt sagte sie: »Tabby schrumpfte einfach zusammen, als ... als dieses *Ding* ihn berührte. Er wurde ganz weiß. Dann waren sie verschwunden ... ich versuchte, Tabby zu finden, aber es gelang mir nicht ... ich fand nur Kälte, Kälte, Kälte ...«

»Sie waren verschwunden?« fragte Richard.

»Sie waren ganz einfach nicht mehr da. Dann fing es überall um mich herum an zu brennen. Ich rannte nach draußen, und dann kamen Sie.«

»Sie waren ganz einfach nicht mehr da?« fragte Richard und sah zuerst Patsy und dann mich an. »Was hat das zu bedeuten, Graham? Haben sie ihn nun umgebracht oder nicht? Ich dachte immer, wenn jemand *unseren* Drachen vernichtet, wie Sie Bates Krell vernichtet haben, wäre alles vorbei. Was, zum Teufel, geht hier vor?«

»Ich glaube, es war immer so«, sagte ich und überlegte mir, was wir als nächstes tun sollten. »Es sieht so aus, als wollte Gideon Winter immer noch nicht aufgeben.«

»Glauben Sie denn, es war Gideon Winter?«

»So unangenehm es ist, aber ich bin ganz sicher«, sagte ich. »Er ist jetzt stärker als je zuvor. Er ist sogar stark genug, den Tod des Körpers zu überleben, den er ausgewählt hat.« Zitternd holte ich tief Luft. »Die Vergangenheit ist aufgestanden. Darum geht es. Er hat Tabby mitgenommen, weil er will, daß wir ihn verfolgen. Diesmal will er uns alle zusammen erwischen.« Die beiden Menschen, die die einzige wirkliche Familie waren, die ich noch hatte, rückten enger zusammen. »Sonst hätte er Patsy getötet«, sagte ich. »Er wollte, daß wir ihre Geschichte hören, und er wollte und will, daß wir ihn verfolgen.«

»Wenn wir nur wüßten, wohin wir gehen müssen«, sagte Richard.

»Nun, ich denke, ich weiß, wohin wir gehen müssen«, antwortete ich. »Und das wird Patsy überhaupt nicht gefallen.«

Sie erstarrte und warf mir einen raschen Blick zu – sie begriff, und ich hatte recht gehabt. Sie reagierte instinktiv.

»Oh«, sagte Richard und legte den Arm noch fester um sie. »Ich verstehe.« Er nickte.

»Wo mehrere Jungen ermordet wurden. Und er und ich wissen es. Bates Krells Haus.«

Ich konnte Patsys verzweifeltes Gesicht nicht mehr sehen und schaute auf den Sound hinaus. Die See, die ruhig hätte sein müssen, kochte, und die Wellen spülten auf eine Weise an den Strand, die mit den normalen Gezeiten nichts mehr zu tun hatte.

Ich wandte mich Richard und Patsy wieder zu. »Es ist anders, als ob Sie allein gingen«, sagte ich, obwohl ich mir darüber plötzlich eben so wenig sicher war wie über alles andere. »Ich gehe auf jeden Fall«, sagte ich. »Ich muß es. Ich glaube, daß Tabby noch lebt. Er ist der Köder.«

Ich ging den sanft abfallenden Rasen hinunter und dachte im ersten Augenblick überhaupt nicht an meinen Wagen. Zur Hölle mit dem Wagen, dachte ich dann. Ich wollte nicht mit dem Wagen zu diesem Haus fahren. Ich wollte zu Fuß gehen. Wie 1924. Sie konnten mitkommen oder es bleiben lassen. Ich gab mir den Anschein der Entschlossenheit, als ich weiterging, aber ich wußte genau, daß nichts auf der Welt mich retten konnte, wenn ich allein in dieses Haus ging. Wir schrieben nicht mehr 1924, und die Spielregeln hatten sich geändert. Ich ging noch einen Schritt und sah in Gedanken die Wellen des Long Island Sound sich am Ufer brechen.

Dann hörte ich leise Schritte hinter mir, und links und rechts hakte mich jemand ein.

Ich schaute Richard an und dann Patsy. »Es wird ein interessanter Ausflug werden«, sagte ich.

2

Erst als wir durch das Tor wieder auf die Mount Avenue hinaustraten, sah ich, daß Richard nach den Patronen in seiner Jackentasche griff, und merkte, daß er immer noch meine Schrotflinte bei sich hatte. Wie gewöhnlich – wenn er nicht gerade Steine aus einem Sims brach oder Farbe abkratzte – war er gut gekleidet. Das heißt, er war gekleidet, wie früher sogar ich gekleidet war: er trug ein Jackett und richtige Hosen – keine Jeans. Und trug richtige Schuhe und nicht die lächerlichen Turnschuhe, in denen die Leute in Hampstead selbst dann herumliefen, wenn sie nicht weiter rannten als bis an das Ende ihrer Einfahrt. Als ich sah, daß er meine Schrotflinte in der Hand hatte, kam sie mir wie ein Teil von ihm vor – Richard und die alte Purdy und diese elegante Kleidung schienen irgendwie zusammenzugehören. Ihn an meiner Seite zu sehen, als wir die Mount Avenue entlanggingen, gab mir ein wenig mehr Zuversicht. Mindestens aber war ich jetzt bereit, den Faden aufzunehmen und mich allem, was auf uns zukam, zu stellen. Richard Allbee in seiner guten Kleidung und mit der Purdy in der Hand vermittelte uns dreien die Illusion, daß er uns irgendwie beschützen könne. Richard Allbee strahlte so viel Autorität aus, daß ich in diesem Augenblick das Gefühl hatte, jünger als er zu sein.

Vielleicht sage ich damit, daß ich das Gefühl hatte, daß die Führung von mir auf Richard übergegangen war, oder daß ich begriff, daß er sie schon die ganze Zeit gehabt hatte.

Der Rauch und die Flammen vom Haus des Dr. Van Horne hatten Gaffer angelockt, die jetzt auf der Mount Avenue auf uns zukamen. Sie gingen langsam und reckten die Köpfe hoch, als beobachteten sie einen Drahtseilakt.

Ich fragte mich, ob mein Mut für das, was auf uns zukam, reichen würde. Ich fragte mich, ob Tabby noch lebte. Wir hatten inzwischen die Poor Fox Road erreicht.

Der Himmel veränderte sich – ohne Übergang verschwand das diesige Blau und verwandelte sich in ein kochendes, gasiges Rot. Patsy blieb stehen, und auch ich hielt an. Über uns hing etwas, das aussah wie der Ausdruck höchster Wut. Rasender Zorn, zur äußersten Grenze getrieben. Lautlose, aber bösartige Explosionen zerrissen den Himmel und schickten Wellen aus, die einander bekämpften. Wenig später war der Himmel grellgelb; dann veränderte sich die Farbe zu einem harten gleichförmigen Blau. Nie hatte ein Himmel solche Farbe. Dann erschien dunkles Violett, und zuletzt war der Himmel schwarz. Zwei Monde schwebten über uns, einer glühend rot, der andere weiß und tot.

Die kalten Strahlen dieses Mondes erhellten die ganze Poor Fox Road. Patsy packte meinen Arm so fest, daß es schmerzte.

»Okay«, sagte Richard, und wir setzten unseren Weg zu Bates Krells Haus fort.

Als wir die Wegbiegung erreichten, sah ich an einem der großen Bäume neben dem Zaun der Akademie eine Gestalt hängen. Sie drehte und bog sich langsam, als wir näherkamen, ein länglicher schwarzer Kokon. Auch Richard und Patsy hatten es gesehen, und ich spürte, wie Patsys Griff an meinem Arm sich verstärkte. Eine Sekunde später erkannte ich, daß es eine menschliche Gestalt war, die mit dem Kopf nach unten aus dem Zweiggewirr herabhing. Jetzt sahen wir im Silberlicht des Mondes die Vorderseite der Gestalt. Die Brust war aufgeschlitzt und die Rippen gebrochen, und die Körpermitte war ein einziges schwarzes Loch. Unter den Schnitten und Wunden erkannte ich das Gesicht von Bobby Fritz. Das schreckliche Gesicht lachte uns an, der Mund verzerrte sich zu einem scheußlichen Grinsen. Bobbys Leiche kreischte: *»Ihr seid tot! Ihr seid tot!«*

Patsy stöhnte und hielt sich an mir fest. Bobbys herabhängende Arme fingen an zu brennen. Seine Haare krümmten sich und schrumpften, und mit einem leisen Zischen fingen sie ebenfalls Feuer.

Richard griff nach hinten und zerrte mich weiter, und ich zog Patsy mit mir.

Unsicher gingen wir ein paar Schritte, und dann schien Patsy ihren Rhythmus wiedergefunden zu haben. »Es ist schon in Ordnung, Graham«, sagte sie. »Sie brauchen mich nicht zu schleppen.« Sie entzog mir ihren Arm und schaute sich um. Instinktiv schaute auch ich mich um. Bobby Fritz' brennende Leiche drehte sich wie ein mechanisches Spielzeug, und unter den Flammen sahen wir sein verstümmeltes Gesicht.

Patsy McCloud riß den Kopf wieder nach vorn, und unsere Blicke trafen sich. »Ich sagte doch schon, daß alles in Ordnung ist«, rief sie mir zu und marschierte an mir vorbei.

Ein paar Minuten später kam in einer mit Schrottwagen vollgestellten Einöde Krells Haus in Sicht, und wir verlangsamten unsere Schritte, als glaubten wir, uns anschleichen zu können. Die Fenster oder die schwarzen Löcher, wo die Fenster hätten sein müssen, leuchteten rot. Aber wir wußten, daß Krells Haus nicht brannte. Und wir wußten auch, daß wir uns nicht anschleichen konnten. Wir gingen langsamer, weil wir es plötzlich nicht mehr eilig hatten, das zu tun, was wir tun mußten.

Schon als ich zwanzig war, nicht so krumm wie heute und ziemlich muskulös, war mir das Haus unheimlich vorgekommen. Heute wußte ich sehr viel mehr darüber.

Richard eilte uns voraus und ging über den verdorrten Rasen direkt an die Tür. Er hielt die Flinte im Arm und schaute sich zu uns um. Ich sah, wie sich seine Gesichtsmuskeln strafften. Patsy ging zu ihm hinüber, und ich folgte ihr. »Hier ist nichts los«, sagte Richard und drehte am Türgriff. Mit dem Flintenlauf stieß er die Tür auf. Patsy legte sich die Hände flach auf den Kopf, und rotes Licht ergoß sich über uns.

Sie wissen schon, daß Patsy sich vor den Fledermäusen schützen wollte, aber ich merkte es erst, als wir das Haus betreten hatten. Richard hielt die Flinte so, als gebe es hier etwas, auf das er schießen müßte. Etwa ein halbes Dutzend Fledermäuse flatterten aus den Ecken des Raumes auf uns zu. Richard versuchte, sie mit den Flintenläufen abzuwehren, aber zwei der Tiere drehten nur kurz ab und flogen dann wieder auf uns zu.

Dann sah ich, daß einer der Fledermäuse, die jetzt wieder an Richard vorbeischossen, lange rote Haare um den Kopf wehten, und daß beide weiße Gesichter hatten. Ich wollte ihre Gesichter nicht sehen – ich wußte, daß ich sie erkannt hätte, und das wäre schlimmer gewesen als der Anblick der an den Füßen im Baum aufgehängten Leiche von Bobby Fritz.

Richard stöhnte auf und ließ die Flinte sinken. Er hatte eines der winzigen Gesichter erkannt.

Mein Temperament raste in mir wie ein wildes Tier. Tabbys Gesicht stand mir vor Augen. Ich packte Richards Arm, wie er es vor Minuten mit mir gemacht hatte, und zerrte ihn in das Haus. »Es ist Tag!« brüllte ich. »*Heller Tag!*«

Eine Sekunde lang, vielleicht auch länger, sahen wir Sonnenstrahlen in den Raum fallen und erkannten, wie öde dieses Haus war. Aufgerissene Dielenbretter, geborstene Wände, dicker Staub. Es gab keine Fledermäuse. Auch Patsy rannte jetzt in das Haus und stellte sich neben mich, und ich fühlte mich stark genug, es mit drei Bates Krells aufzunehmen. Immer noch kochte mein Temperament. Riesige Hunde und Fledermäuse mit Menschengesichtern! Zwei Monde! Mir drehte sich der Magen um.

Ich sah aus den Augenwinkeln, wie sich etwas bewegte. Ich drehte mich um und bewegte mich gleichzeitig vorwärts. In der Tür zu einem anderen Zimmer stand Les McCloud. Er hatte einen gestreiften Pyjama an und einen offenen Bademantel. Er hielt den Finger am Abzug einer kleinen Pistole. Aus dem kleinen Lauf der Pistole schoß eine lange Flamme, die an Patsy und mir vorbeifuhr und in einem Raum rechts von uns verschwand.

Sofort war wieder schwarze Nacht, und als Richard die Flinte abfeuerte, sah ich, daß Les sich in nichts auflöste. Die Schrotkugeln trafen die Wand. »Er ist weg«, sagte ich, aber ich hatte keine Lust mehr, die Dunkelheit herauszufordern.

Ich hörte Richard laut atmen, als die verschossenen Patronen klirrten.

Jetzt sahen wir, daß die Quelle des roten Lichts, das die Dunkelheit erhellte, in dem Raum lag, vor dessen Tür Les McClouds Geist erschienen war. Es ging von diesem Raum aus und drang als roter Dunst durch die offene Tür.

»Ich weiß, wohin wir gehen müssen«, sagte Patsy und sah mich kurz von der Seite an. Im fahlen Licht erschien ihr Gesicht knochig und langgestreckt, weder männlich noch weiblich.

»Patsy«, sagte ich, »niemand wird Sie zwingen, dort hinunterzugehen.«

»Er hat recht«, sagte Richard. »Nicht nach dem, was Sie beim letzten Mal erlebt haben. Sie könnten draußen warten – Sie sind bis hier mitgekommen, und das reicht. Wenn Tabby dort unten ist, werden wir ihn schon finden.«

»Tabby ist tot«, sagte sie mit der gleichen Bestimmtheit wie schon einmal. »Aber ich gehe trotzdem mit. Wir müssen doch zusammenbleiben, nicht wahr? Das haben Sie doch selbst gesagt, Graham.« Sie warf mir einen Blick zu, aus dem mehr Mut sprach, als sie vorher zu erkennen gegeben hatte.

»Ich weiß überhaupt nicht mehr, was ich gesagt habe«, antwortete ich, und das kam der Wahrheit nahe.

»Ich denke, ich will die Sache beenden«, sagte sie, und wir waren überrascht, als sie ihre Pistole aus dem Hosenbund zog – Richard und ich hatten gedacht, sie hätte sie in Wren Van Hornes Haus zurückgelassen. »Wenn es sein muß, werde ich sie gebrauchen. Ich habe noch einen Schuß. Wenn ihr wollt, könnt ihr ja draußen warten.« Sie steckte ihre Pistole wieder weg und sah uns erwartungsvoll an. Diese mutige kleine Frau war nicht mehr die Frau, die an jenem Abend, als die ersten Vögel vom Himmel fielen, um die Ecke gelaufen war und drei Männer und einen Jungen getroffen hatte. Patsy war weit mehr als wir über sich selbst hinausgewachsen.

»Gut«, sagte Richard. »Gehen wir.« Er klemmte sich die Flinte unter den Arm. »Wir alle wollen doch diese Sache beenden.« Er sah mich an, und ich wußte, obwohl er ganz ruhig sprach, daß er von Patsys Verhalten tief berührt war.

Abrupt drehte sie sich um und ging in Bates Krells Küche. Richard und ich folgten ihr. Die Kellertür stand weit offen, und wir sahen, daß Patsy rechtgehabt hatte. Der rote Lichtschein kam aus dem Keller. Als wir drei hinunterschauten, sahen wir, wie stark und wie dunkel es war und wie es pulsierte. Dort hinunterzugehen, würde bedeuten, ein riesiges Herz zu betreten.

Ich ging als erster. Falls etwas passieren sollte – falls auf dieser Treppe eine Falle eingebaut war –, dann sollte es mir passieren und nicht den andern beiden. Sechsundsiebzig Jahre alt zu sein, hat seine Vorteile, und einer davon ist, daß ein vorzeitiger Tod nicht mehr möglich ist. Dennoch ging ich unbeschwert, wenn auch langsam, die Treppe hinunter und hielt die Augen offen. Je weiter ich hinunterging, umso mehr stimmte das Bild – ein riesiges Herz. Ich war in Röte gebadet, und das pulsierende rote Licht vibrierte sogar in den Stufen und in dem wackligen Geländer.

Schon stand Richard neben mir. Auch er wollte Patsy vor dem abschirmen, was uns vielleicht im Keller erwartete. Unten gingen wir um die Treppe herum.

Ich weiß nicht, was wir erwartet hatten. Alpträume von Hieronymus Bosch, Unholde, die Tabbys Leiche fraßen, Gideon Winter, der sich auf uns stürzte. Wir hatten alles Mögliche erwartet, nur nicht den leeren Raum, den wir jetzt sahen. Die oben an allen vier Wänden eingebauten Glasziegel glühten genauso rot wie der übrige Keller. Ganz hinten stand eine alte Werkbank an der Wand. Das war alles.

»Tabby ist nicht hier«, sagte Richard erstaunt. Die Enttäuschung, einen leeren Raum vorzufinden, in dem nur eine alte Werkbank stand und in dem ein unerklärliches rotes Licht leuchtete, ließ ihn mitten im Keller stehenbleiben. Patsy ging zur Seite, und ich trat an die Werkbank. Ich war sicher, daß wir hier am richtigen Ort waren, und hoffte, irgend etwas zu finden, das uns zu Tabby führen könnte.

Die Luft um mich herum schien sich zu verdichten – als hätte die pulsierende Röte die Luft gerinnen lassen. Wir erlebten die allmähliche Intensivierung eines Zustands, der schon geherrscht hatte, als wir ankamen. Wir mußten den Schock überwinden, nicht schockiert zu sein, um es einmal so auszudrücken, und endlich offenbarte sich der wahre Charakter unserer Umgebung.

Krells Keller war nicht leer. Er war voller Emotionen, die hier freigesetzt worden waren. In der Luft um uns herum kochte die ganze Suppe menschlichen Elends. Entsetzen und Verzweiflung. Bis zum Sommer 1980 hätte ich geglaubt, eine solche Erfahrung hätte nur von einem empfindsamen Beobachter in die Umgebung hineinprojiziert sein können. Aber in Krells Keller war das bei mir nicht der Fall. Das wußte ich. Mein Magen krampfte sich zusammen. Die *Verkehrtheit* des Ortes, die Ungeheuerlichkeit, daß jemand bei Folter Vergnügen empfinden konnte, machten mich krank. Ich wollte so schnell wie möglich wieder nach draußen. Das große Herz des Kellers schlug fast hörbar, und einen Augenblick lang sah ich, daß die Wände von Spinnen wimmelten. Widerliche schwarze Gestalten krochen auf mich zu. Auf der Werkbank ein Mensch, der sich in Todesqualen wand. Bilder aus Büchern, die ich in meiner Kindheit gelesen hatte. Wir mußten wieder nach draußen.

Ich ging zu Patsy hinüber und sah ihrem Gesicht an, daß dieser Ort auch sie schon vergiftet hatte. Die festgestampfte Erde bebte unter meinen Füßen, so daß es mich fast zu Boden warf. Eine Hand fuhr aus dem Fußboden hoch. Dann noch eine. Gleich darauf reckten sich direkt neben mir zwei Hände aus der Erde.

»Um Gottes willen, raus hier!« schrie Richard, und ein Schlag mit dem Kolben ließ die ersten beiden Hände verschwinden.

»Ich weiß nicht, ob wir es bis zur Treppe schaffen«, sagte Patsy, und ich sah, was sie meinte. Die Erde zwischen uns und der Treppe schien sich in körnigen braunen Zucker verwandelt zu haben.

»Ihr werdet es nicht glauben«, sagte Richard, »aber da drüben ist eine Tür.« Er zeigte auf die Wand. In den Beton war eine Holztür mit großen eisernen Angeln und breiten eisernen Querverstrebungen eingelassen. Sie war ganz bestimmt vorher nicht dagewesen, und sie sah so unheimlich und so bedrohlich aus wie alles andere in Bates Krells hübscher kleiner Puppenstube.

Richard und ich überlegten, ob es sich lohnte, zur Treppe zu rennen. Richard schob Patsy in eine freie Ecke, und in diesem Augenblick stiegen Kopf und Oberkörper eines etwa zwölfjährigen Jungen aus der zerbröckelten Erde.

Ich erinnerte mich an eine Vision oder Halluzination, die Richard uns in langen Gesprächen beschrieben hatte – ein Friedhof riß auf und spuckte seine Toten aus. Richards Vision war unsere Wirklichkeit. Das erkannte ich, und ich dachte: *natürlich, so arbeitet der Drache*.

»Graham?« sagte Richard. »Die Tür?«

Er dachte, daß wir vielleicht noch die Treppe erreichen könnten, wenn wir wie die Verrückten liefen – aber er wäre der einzige gewesen, der es geschafft hätte. Ich konnte mich nicht so schnell bewegen, und Patsy war einer Ohnmacht nahe.

Ich trat einen Schritt zurück, und Richard legte seinen Arm um Patsy und schob sie vorwärts. Ich beobachtete die beiden und erkannte, daß Patsy sich gefangen hatte. Sie war bereit, durch die Tür zu gehen, und sollte sie zu einer weiteren Folterkammer führen.

Richard riß die Tür auf, und wir eilten hindurch. Ich mußte mich bücken, um mir nicht den Kopf zu stoßen.

3

Sie erkennen wohl, warum ich diese Ereignisse in der ersten Person erzählen wollte. Sie wissen, warum ein objektiver Erzähler hier nicht verfinge. Damit hätte ich mich selbst und Sie belogen. Die schwere Tür existierte gar nicht. Ich ging hindurch, und wenn ich mich nicht gebückt hätte, wäre ich mit dem Kopf gegen den oberen Balken gestoßen, aber ich wußte, daß es in Krells Keller eine solche Tür nie gegeben hatte. Und Richard Allbee und Patsy McCloud wußten das genauso gut wie ich. Die Tür war nur geträumt; unser Traum; der Traum des Drachen, der uns dahin führte, wo er uns haben wollte.

Und außerdem wußten wir, daß hinter der Tür nicht weniger Gefahr lauerte als in Bates Krells Zauberkabinett. Diese Tür war kein Fluchtweg – aber wenn wir einmal hindurchgegangen waren, gab es kein Zurück mehr.

Wir standen in einem übelriechenden Tunnel, der so schmal war, daß wir hintereinander gehen mußten. Richard ging voran. Dann Patsy und zuletzt ich. Ich strich mit der Hand über die gewölbte Wand des Tunnels und fuhr zurück. Sie war feucht und schwammig und elastisch wie Gummi. Sie fühlte sich an wie lebendes Gewebe. Weit vor uns sahen wir Licht, und wir hofften, irgendwo in der Poor Fox Road oder in dem sumpfigen Gelände neben der Straße wieder ans Tageslicht zu kommen. Als wir uns auf das Licht zu bewegten, wurde der Tunnel allmählich breiter, und schließlich konnten wir nebeneinander gehen.

»Hoffentlich kommen wir bald hier raus«, sagte Patsy. »Ob wir überhaupt wieder nach oben kommen?«

Ich zuckte die Achseln.

»Dieser Gestank«, sagte Patsy. »Wie in einer Kloake.«

»Wenn wir nur von diesem Haus wegkommen«, sagte Richard, »ist es mir egal, wie es hier stinkt. Ihr habt doch die Frauen gesehen. Krell hat sie nicht alle über Bord geworfen. Und er hat mehr Leute umgebracht, als man vermutet hat.«

Das hatte ich mir auch schon gedacht. Als wir durch die Tür gingen, waren mindestens dreizehn oder vierzehn Frauen und junge Männer aus ihren flachen Gräbern aufgestanden. Krells Keller hatte nicht umsonst dieses mächtige Echo und diesen Widerhall.

Wir erreichten eine Stelle, wo der Tunnel abbog, und standen plötzlich in gleißendem Licht, das es uns unmöglich machte, Einzelheiten zu erkennen. Eine Weile war ich geblendet, und meine Augen brannten. Ich mußte sie mit den Händen schützen. Wir waren stehengeblieben. Als ich die Hände von den Augen nahm und in das helle Licht blinzelte, sah ich vor uns an der Tunnelwand eine Gestalt stehen. Es war nur ein schwarzer Schatten, geschlechtslos. »Okay?« fragte Patsy, und ich nickte.

»Wer sind Sie?« rief Richard und hob seine Waffe.

In diesem Augenblick dämmerte es mir, wo wir waren und was es mit dem Tunnel auf sich hatte.

Als wir nahe genug herangekommen waren, sahen wir, daß es eine Frau war, und bevor wir ihr Gesicht oder ihre Kleidung erkennen konnten, sahen wir, daß sie weinte.

»Patsy?« sagte die Frau.

Patsy antwortete nicht. Mit der Linken nahm sie meinen und mit der Rechten Richards Arm.

Das nichtssagende Gesicht der Frau verschwand aus dem Licht. Sie trug eine strenge dunkle Brille und hatte dünnes Haar. Die Frau trug ein rostfarbenes Tweedkostüm, das ihre Gestalt in eine Art Röhre verwandelte. Sie sah nicht wie jemand aus, der oft weinte.

»Oh, mein Gott«, sagte Patsy. »Marilyn Foreman.«

»Raus hier. Raus hier. Du bist schon tot, genau wie der Junge. Je weiter es geht, umso schlimmer wird es.«

Patsy stöhnte und senkte den Kopf und zog Richard und mich praktisch mit sich. »Laß mich in Ruhe«, rief sie.

Als wir an der Frau vorbeigingen, verschränkte sie die

Hände und drückte sich an die Tunnelwand, um uns durchzulassen. Dabei stieß sie einen zischenden Laut aus. Mein Arm berührte ihre Hände, und ich spürte brennende Kälte.

Aber wir waren schon an ihr vorbei, und Patsy zerrte uns weiter. Ihr Gesicht war eine starre Maske. Wieder stieß die Frau hinter uns einen zischenden Laut aus.

Patsy blieb stehen, und ihr Griff an meinem Arm lockerte sich.

Ich schaute mich um, und Richard tat es mir gleich. Der Tunnel war leer.

»Haben wir eben eine häßliche Frau gesehen, die wie eine Lehrerin aussah?« fragte Patsy. »Und hat sie uns nicht geraten umzukehren?«

»Wir haben eine häßliche kleine Frau gesehen«, sagte Richard, »und sie hat uns geraten umzukehren.«

Wir gingen weiter.

»Gott sei Dank«, sagte Patsy. »Wenn wir schon verrückt werden, dann alle gemeinsam.«

Wir gingen noch ein paar Schritte, und plötzlich blendete uns gleißendes Licht. Meine Augen zogen sich so schmerzhaft zusammen, als hätte ich sie mir verbrüht. Patsy wandte sich ab, und ich stolperte weiter und war plötzlich allein. Als ich meine brennenden Augen wieder öffnen konnte, war ich froh, in meinen Wahnvorstellungen Gesellschaft zu haben.

Wir schienen den Tunnel verlassen zu haben und einen langen mit Bücherregalen versehenen Raum erreicht zu haben. Aber in diesem Raum herrschte der gleiche Kloakengestank wie im Tunnel. Patsy und Richard kamen näher. Ich glaube, sie erkannten den Raum früher als ich. Ich schaute zur Seite und sah eine Reihe von ungebundenen Büchern, die mir bekannt vorkamen. Wie in Krells Keller empfand man auch hier das Echo unendlichen Elends und widerlicher Phantasien. Auch dies war ein Ort des Bösen. Eine teerige Flüssigkeit tropfte von den Rücken zweier nebeneinanderstehender Bücher, und noch mehr von dieser Flüssigkeit sickerte aus den anderen Regalen und lief auf den Fußboden.

In diesem Raum war es sehr heiß. Von allen Gegenständen ging ein schwacher Brandgeruch aus, als ob irgendwo etwas schwelte. Wo *sind* wir? fragte ich mich. *Was ist dies für ein grauenhafter Ort*? Dann sah ich einen mir vertrauten Schreibmaschinentisch am hinteren Ende des Raumes, und ich sah ein mir vertrautes Fenster. Es schien weit entfernt. Das Fenster war schwarz. Ich wandte mich Richard zu und erwartete fast, daß er leugnete, was ich schon wußte. Ich schaute an seinem besorgten Gesicht vorbei und sah das *Glenda*-Poster am Bücherregal lehnen. Es war zur dreifachen Länge verzerrt. Dieser Ort des Bösen war mein Wohnzimmer.

»He, Graham«, sagte Richard, »Sie dürfen nicht –«

»Was tun?« kreischte eine Stimme vom anderen Ende des Raumes. Auch die Stimme glaubte ich zu kennen. Ich drehte mich um und sah einen untersetzten Mann in einem Zweireiher und mit einem Anflug von Bart hinter meinem Schreibtisch aufstehen. Die Stoppeln sahen aus wie auf die Haut tätowiert. Er war es. »Wollen Sie nicht, daß Ihr rot angehauchter Freund begreift, was mit ihm passiert, Williams?« Der Senator streckte mir einen Finger entgegen. »Sie sind ein dreckiger Kommunist. Wissen Ihre Freunde das?«

»Ich war in meinem ganzen Leben noch nicht einmal ein halbwegs anständiger Kommunist, geschweige denn ein dreckiger«, sagte ich.

»Sie waren *schwach*!« brüllte er mich an. »Sie sind ein *Säufer*! Ein schäbiger *Alkoholiker*. Ein haltloser *Schnapstrinker*. Sie haben zwei Frauen im Stich gelassen – kennen Ihre Freunde Ihre erbärmliche Vergangenheit? Wissen sie, daß Sie gelogen und betrogen haben? Daß Sie sich zweimal eine Ehe erschlichen haben, um anschließend Ihre Frauen auf das gemeinste zu hintergehen? Ich habe hier, Mr. Williams, eine Liste, in der nicht nur Ihre kommunistischen Kontakte aus den Jahren zwischen 1938 und 1952 aufgeführt sind, sondern auch Ihre Sexualpartner in der fraglichen Zeit.« Er schwenkte etwas, das so aussah wie die Quittung eines Lebensmittelhändlers. »Dies ist eine ekelhafte Bilanz, Williams, der Beweis für Ihre moralische Verkommenheit. Sie sind widerlich, denn Sie sind schwach. *Schwach*! Sie sind ein Kommunistenschwein und ein verdammter Säufer.«

»Ich war ein Säufer«, sagte ich. »Ich habe auch meine Frauen betrogen. Aber ich habe nie jemanden im Stich gelassen.« Ich fing vor Wut an zu zittern.

Das unruhige, tätowiert wirkende Gesicht tauchte plötzlich direkt vor mir auf. »Sie sind schwach, und Sie sind ein Verräter.« Sein Atem roch nach Schnaps und Zwiebeln. »Sagen Sie mir, Williams. Wissen Sie eigentlich nicht, daß Tabby Smithfield noch leben würde, wenn Sie ihn nicht mit Ihren kranken Phantasien infiziert hätten?«

Ich wollte auf das hämische Gesicht einschlagen, aber bevor meine Faust es traf, hatte es sich in einen tanzenden roten Teufel verwandelt. Er war jetzt mindestens einen halben Meter größer als ich. Er beugte sich grinsend zu mir herab, und eine gespaltene Zunge fuhr aus seinem Mund. Sengende Hitze ging von ihm aus. Ich spürte, wie Richard mich zurückriß, und dachte nicht mehr daran, irgendwen zu schlagen. Ich dachte nur noch an Rückzug. Wenn ich nicht die Füße bewegt hätte, wäre ich auf den Arsch gefallen.

Der brennende Teufel griff nach mir; seine Hand kam mir so nahe, daß ich die Millionen kleinen Flammen sah, aus denen sie zusammengesetzt war, kleine Feuerstrahlen, die so dicht aneinanderlagen, daß sie ein Ganzes bildeten, festes Fleisch. Wenn er mich mit der Hand erreicht hätte, wäre es um mein Gesicht geschehen gewesen. Mit der Wucht einer Sturmflut oder eines Wirbelsturms riß Richard mich zurück, aber ich blieb auf den Füßen, und die rote Hand verfehlte mich um Zentimeter.

Sie verfehlte mich nicht ganz. Sie versengte mir die Hand, mit der ich ihn hatte schlagen wollen. Hundert Dolche durchbohrten meine Haut, und Säure spritzte über die Wunden. Ich schrie etwas Unzusammenhängendes, und alles wurde schwarz. Aber vorher hörte ich noch ein böses Kichern.

Wir waren wieder im Tunnel, und der Gestank war schlimmer als vorher. Wieder sahen wir vor uns trübes Licht, das uns den Weg durch den Tunnel schwach erhellte. »Alles in Ordnung, Graham?« fragte Richard.

Ich konnte ihm nicht in die Augen schauen. Dann hätte er die Wahrheit gewußt. »Ja, natürlich«, sagte ich. Was diese Stinktierimitation gesagt hatte, verstörte mich genauso wie das, was gleich darauf geschehen war. Und ich wußte, daß ich dem Tode viel näher gewesen war als am Kendall Point. Ich sah immer noch das riesige grinsende Gesicht über mir schweben, und ich wußte, welche entsetzliche Angst ich gehabt hatte. Ich hätte mich vor Angst nicht bewegen können. Wenn Richard nicht gewesen wäre ... Die Hand hatte mich nur leicht berührt, aber es war, als sei ein Panzer über mich hinweggerollt.

»Ist wirklich alles in Ordnung?« fragte Patsy.

»Ich habe nie jemanden im Stich gelassen«, sagte ich. »Mein Gott, das habe ich nie getan. Und eines Tages erzähle ich euch die Geschichte meiner beiden Ehen.« Aber schon als ich das sagte, sah ich das groteske rote Gesicht wieder vor mir und empfand wieder dieses primitive Entsetzen. Ein Teufel! Aber Teufel existieren nur als Metaphern.

Dann erinnerte ich mich an Dinge, die ich in London gesagt hatte. *Dieser Teufel betreibt Brunnenvergiftung in ganz Amerika.*

Oh, ja, ich begriff. Ich hatte das Gefühl, mich wieder bewegen zu können.

»Was, zum Teufel, mag uns da vorn erwarten?« fragte ich die beiden.

»Ich wünschte, wir müßten das nicht feststellen«, sagte Richard. Wir gingen weiter. Im Halbdunkel des Tunnels ließ ich meine rechte Hand kreisen und merkte, daß sie völlig unversehrt war.

Als wir um die nächste Biegung herumgingen, wurden wir von keiner Lichtflut geblendet. Das hatten wir eigentlich erwartet. Statt dessen wurde der Tunnel allmählich breiter und das Licht ein wenig heller. Es schien, als hätte der Tunnel eine leichte Neigung nach unten. Nach einiger Zeit fiel er so steil ab, daß wir uns nur noch mit größter Vorsicht vorwärtsbewegen konnten. Dann befanden wir uns wieder auf ebenem Boden, und die Wände und die Decke traten zurück. Als ich gerade dachte, daß der Tunnel jetzt wie ein großes Gewölbe wirkte, sahen wir die ersten Toten.

Sie waren fett und nackt und standen an den Wänden des jetzt riesigen Tunnels. Ein alter Mann und eine alte Frau, reglos wie Schaufensterpuppen, die Augen geschlossen, die Haut kreideweiß. Sie waren nur ungefüge Fleischsäcke. Dann sah ich, daß es meine alten Freunde vom Strand waren, Harry und Babe Zimmer. Ich schaute schnell weg. Als ich an ihnen vorbeiging, merkte ich, daß sie sich ganz langsam nach uns umdrehten.

»Oh, nein«, rief ich, als ich sah, was vor uns lag. Die Tunnelwände traten noch weiter zurück, und der Tunnel war so breit und hoch wie eine Kathedrale. Dr. Norm Hughardt, so weiß und tot wie die Zimmers, stand am Eingang dieser riesigen Kammer. Sein kleiner Leninbart war unmäßig gewachsen und sah jetzt wollig und ungepflegt aus. Wie die Zimmers bewegte er sich, als stünde er in einem Kübel Leim. Ein dicker weißer Wurm fraß sich durch Norms fetten Wanst. Norm hob die Hand in einer fast einfältigen Geste der Beschwörung.

Hinter ihm bewegten sich Hunderte von Leichen mit der gleichen schrecklichen Langsamkeit.

Wir gingen an Norm Hughardt vorbei in diesen trostlosen Aufenthaltsraum für Tote. Ich war mit den Nerven am Ende. Ich wollte niemanden sehen, ich wollte ihre Gesichter nicht sehen. Ich wollte nur diesen grauenhaften Ort so schnell wie möglich verlassen. Ich spürte, wie das dumpfe Elend all dieser Toten uns bedrängte, das jämmerliche Flehen, das von ihnen ausging.

Aber wenigstens schienen wir uns nicht in unmittelbarer Gefahr zu befinden. Die Toten bewegten sich so langsam und so vorsichtig, daß selbst ich ihnen ausweichen konnte. Ich hielt dies für eine Vorstellung, die uns den Mut nehmen, uns weichmachen sollte. Die Hunderte von Toten flehten uns an, sie zu retten, sie mit nach oben zu nehmen; und dieses Drängen empfanden wir sehr deutlich. Gideon Winter wollte uns zu Mitleid bewegen und dadurch schwächen –

auf jeden Fall wollte er Richard und Patsy schwächen, denn mich hatte er schon fast geschafft –, und dann wollte er den letzten Schlag führen. Gewiß mußten wir diese armen Kreaturen bedauern. So viele Leute streckten die Hände aus, daß sich ihre Arme ineinander verwoben.

Und dann meinte ich den Beweis für diese Theorie zu erkennen. Mitten in dieser riesigen Kammer brodelte eine graue schaumige Flüssigkeit. Ätzende Dämpfe stiegen aus ihr auf. Richard führte uns am Rande dieses schwefligen Teichs vorbei und achtete darauf, daß keiner der Toten uns so nahe kam, daß er uns berühren konnte. Ich versuchte nur noch, auf den Beinen zu bleiben. Am liebsten hätte ich mich hingelegt und aufgegeben. Patsy an meiner Seite war plötzlich wie elektrisiert, und Richard Allbee blieb stehen.

»Nein, nein, nein«, sagte Richard. »Das ist nicht wahr.« Er sagte es in einem Ton, als wollte er ein Argument zurückweisen.

Widerwillig schaute ich zu dem brodelnden Teich hinüber. Eine Gestalt mühte sich mit jener langsamen geduldigen Hoffnungslosigkeit, aus dem Teich herauszukriechen. Es war eine schlanke, junge, knabenhafte Gestalt. Unter dem grauen Schaum der Flüssigkeit war der Körper kreideweiß wie alle anderen. Als es dem Jungen gelungen war, den festen Boden zu erreichen, tauchte noch ein Kopf aus der Flüssigkeit auf. Die Leiche eines Mannes versuchte, aus dem Teich zu kriechen. Als sie es halb geschafft hatte, erkannte ich sie. Ich hatte Les McCloud in Bates Krells Küchentür stehen sehen, und deshalb konnte ich ihn leicht identifizieren. Dann schaute ich wieder zu dem Jungen hinüber, dessen Gesicht ich für Sekundenbruchteile gesehen hatte – mit dem Herzen und mit den Augen.

Der tote Junge war Tabby Smithfield. Die großen Würmer hatten auch ihn schon gefunden und glitten über seine Beine.

Er konnte uns erledigen, einen nach dem anderen. Ich glaubte nicht, daß wir noch den Mut hatten, gegen ihn zu kämpfen. Wir konnten uns genauso gut in diese Halle der Toten legen und uns an den Ort gewöhnen.

Um Tabbys Hals summte ein Fliegenschwarm.

Endlich akzeptierte ich die Möglichkeit – nein, die Wahrscheinlichkeit –, daß Tabby tot war. Die schlanke kleine Leiche rollte entsetzlich langsam auf die Seite.

Ich stöhnte auf, und das Licht, das die riesige Halle erfüllte, ging in Rot über. Die Würmer an den Leichen, die auf uns zuhinkten, fingen an zu schwellen und sahen im roten Licht jetzt selbst rot aus. Überall um uns herum fingen die Toten an zu jammern.

Zwei von ihnen stellten sich vor die flehende Menge. Ich sah strähniges rotes Haar und erkannte das Gesicht der Reporterin, die mit mir über John Sayres Leiche gestanden hatte. Sarah Spry. Sie hatte es fertiggebracht, eines ihrer Augen zu öffnen, was ihr das Aussehen eines Piraten gab. »Gebt auf«, sagte sie. Ihre Stimme war ein rostiges Flüstern. »Ihr seid verloren. Ihr müßt aufgeben. Graham, Sie sind tot.«

Der Mann, der neben ihr stand, riß beide Augen auf und kreischte: »*Tot! Tot!*«

Etwas Fettes und Weißes fiel von oben auf Patsy, so daß sie zu Boden stürzte. Richard und ich waren über diesen plötzlichen Angriff so erschrocken, daß wir wie angewurzelt stehenblieben. Es schien Minuten zu dauern.

In diesem Augenblick merkte ich, daß nicht etwa einer der riesigen weißen Würmer, sondern die Leiche eines Mannes auf Patsy gefallen war. Patsy fing an zu schreien. Sie versuchte aufzustehen, aber der tote Mann, der auf ihr lag, hob die Fäuste und hieb auf sie ein. Sein Körper war in der Mitte zernagt und zerfressen, und seine Gesäßbacken waren nur noch Fetzen von weißem Gewebe. Ich versuchte, ihn an den Schultern zurückzureißen, aber ebenso gut hätte ich versuchen können, eine Statue aus Beton zu bewegen. Er drehte sich um und grinste, und ich erkannte Archie Monaghan, einen Anwalt, der früher gut Golf spielen konnte. Er versuchte, Patsy umzubringen, und ich konnte ihn nicht daran hindern. Ich packte ihn an den Ohren und versuchte, ihn wegzuziehen. Dann schlug ich mit beiden Fäusten auf seinen Kopf ein. Patsy wandt sich am Boden.

»Weg, Graham!« schrie Richard. »Wie oft soll ich Ihnen das noch sagen?«

»He?« Endlich sah ich, daß Graham die Flinte auf irgendeinen Punkt an Archie Monaghans Kopf richtete, den ich eben noch zu Brei schlagen wollte.

»Weg!« schrie er, und ich sprang zurück.

Richard hielt die Purdy direkt an Archies Schläfe und feuerte beide Läufe ab.

Archies Kopf flog auseinander. Graues Gewebe und weiße Knochensplitter spritzten auf die brodelnde Flüssigkeit des Teiches. Monaghans Überreste blieben nicht einmal so lange aufrecht, wie das Echo der Schüsse hallte. Dann fiel er wie ein toter Krebs neben Patsy zu Boden. Die Schrotflinte in Richards Hand zitterte leicht.

Wir sprangen beide vor, um Patsy aufzuhelfen, und sie ergriff unsere ausgestreckten Hände. Das Licht um uns herum wurde trüber, und bald herrschte rote Dunkelheit.

Patsy war aufgestanden und nahm uns beide in die Arme.

»Wir müssen laufen«, sagte Richard.

Nach wenigen Minuten erreichten wir eine schmalere Stelle des Tunnels, und bald rückten die Wände noch enger zusammen. Patsy und Richard gingen voraus. Patsy ging mit schnellen und festen Schritten, aber ich sah, daß ihre Hände zitterten. Jetzt stank der Tunnel noch schlimmer als vorher, und hier und da sahen wir kleine Feuer, die von Gasen gespeist wurden. Wir hatten von Bates Krells Keller aus die Eingeweide der Welt betreten – und gleichzeitig das Innere des Spiegels. Ich wußte, daß dieser Weg uns zu Gideon Winter führen mußte; und wir alle drei müssen gewußt haben, daß jetzt Richard an der Reihe war.

Sechs

Kendall Point

1

Richard Allbees immer zuverlässiger Orientierungssinn hatte zur Überraschung seines Besitzers auch unter der Erde funktioniert. Sie hatten Bates Krells Keller durch die Nordwand verlassen und waren im schrägen Winkel nach Osten gegangen, und sie gingen immer noch in nordöstlicher Richtung. Er glaubte, daß ihr Weg sie zum Kendall Point führen würde: Gideon Winters Begräbnisplatz schien unvermeidlich der Ort für ihre letzte Auseinandersetzung zu sein. Richard wollte es nicht zeigen, aber er war nicht sicher, ob seine Freunde zu dieser Begegnung bereit waren, und er machte sich Sorgen darüber.

Sowohl Graham als auch Patsy waren noch halb betäubt von dem, was sie erlebt hatten. Und ein großer Teil ihrer Betäubung rührte daher, daß sie Tabby – ganz offensichtlich tot – aus diesem stinkenden Teich hatten aufsteigen sehen. Ohne das Eingreifen Richards hätten weder Graham noch Patsy den Tunnel überlebt. Als dieser ekelhafte Leichnam über Patsy herfiel, war Graham nichts Besseres eingefallen, als ihn auf den Kopf zu schlagen. Wahrscheinlich hatte Winter für ihn eine besondere Folter reserviert, dachte Richard, irgendeine Episode, die noch viel schlimmer war als die große Leichenschau, der sie eben entkommen waren, und er fragte sich, ob Patsy in der Lage sein würde, in einem solchen Falle schnell und richtig zu reagieren. Wie sie jetzt neben ihm herging, Schritt zu halten versuchte, kam es Richard vor, als brauchte sie den größten Teil ihrer Energie, nur um sich aufrecht zu halten.

Was auch immer geschieht, dachte Richard: Ich muß aufpassen, daß mir selbst nichts passiert. Gleichzeitig mußte er Patsy und Graham beschützen.

In einiger Entfernung sah Richard einen schwachen Lichtschein, und er fühlte, wie alle seine Muskeln sich unwillkürlich spannten. Dort wartete seine Prüfung, was immer es sein mochte, auf ihn, und Richard war hin- und hergerissen zwischen dem Impuls, kehrt zu machen und zurückzurennen, oder die Flucht nach vorn anzutreten, um die Sache hinter sich zu bringen – so schnell wie möglich. Er ging weiter, und das Licht wich spielerisch zurück.

Richard fror. Er hatte das Gefühl, daß seine Hoden nur noch so groß waren wie die eines Babys. Patsy schob ihre Hand unter seinen Arm.

Mit jedem Schritt, den Richard tat, zog sich das Licht ein wenig zurück, so daß seine Leuchtkraft sich nicht änderte. Es war nicht heller als das Schlaflicht in einem Kinderzimmer. Richard drückte Patsys Arm fest an sich; sein Herzschlag jagte.

Er tat noch einen Schritt, und der schwache Lichtschein zog sich wieder ein Stück zurück. Er überlegte sich, was passieren würde, wenn er auf das Licht schösse. Er und Patsy machten noch einen gemeinsamen Schritt, und der trübe Lichtschein wich wieder zurück.

Dann, mit einem Mal, kam ihm das Licht bekannt vor, obwohl es nicht nähergekommen war. Er kannte es. Er hatte es irgendwo gesehen, ohne besondere Notiz davon zu nehmen. Es war irgendeine häusliche Szene, ein Bühnenbild.

Genau.

Jetzt wußte er, was es war, und als er und Patsy weiter daraufzugingen, blieb das Licht an seinem Platz. Graham folgte ihnen in eine Umgebung, die sich kaum merklich verändert hatte. *Ein Bühnenbild,* dachte Richard. Was *sonst*? Der Tunnel hatte sich geweitet, die Wände waren zurückgetreten. Langsam nahmen die schattenhaften Objekte, die überall um sie herumstanden, Gestalt an. Etwa einen Meter von der schwachen Lichtquelle, die tatsächlich die Nachtbeleuchtung eines Kinderzimmers war, jubelte ein dreieckiges Schulfähnchen ARHOOLIE.

Seine Ski standen neben dem Schrank an die Wand gelehnt.

Licht sickerte in den Raum und ließ die Sachen unbestreitbare Wirklichkeit werden. Wenn er gegen jenen Stuhl trat, würde er sich den Zeh verstauchen. Wenn er die Ski aus dem Fenster schmisse, würden sie in einen tatsächlich existierenden Vorgarten fallen. Aus dem Stockwerk unter dem Kinderzimmer kamen Geräusche: Bühnenarbeiter und Kameraleute bei der Arbeit. Diese Menschen waren damals seine Familie gewesen. Seine wahre Familie. Irgendwo in der Nähe summten ein paar Fliegen. Es klang nach Sommer.

Ein paar Augenblicke früher als die anderen sah Richard die Leichen auf Spunky Jamesons Bett. Die Fliegen, die er summen gehört hatte, liefen geschäftig darauf hin und her, flogen auf und setzten sich wieder. Tabby und Laura waren kaum noch zu erkennen. Sie waren nackt und lagen wie Liebhaber einander zugewandt. Beider Körper sahen aus, als habe jemand mit einem Schlachterbeil kreuz und quer auf sie eingeschlagen und sie dann fast zu Brei getrampelt. Würden Graham und Patsy es ertragen können, Tabby in diesem Zustand zu sehen? Richard drehte sich um und hätte den beiden am liebsten die Augen zugehalten – aber sie hatten es gesehen und machten sich Sorgen um ihn.

»Oh, Richard«, sagte Patsy, und er sah, daß sie mehr an ihn dachte als an sich selbst.

Dann kam eine graue Katze ihnen über den Teppich entgegen, und Richard fühlte wieder, wie seine Muskeln sich verkrampften. Einen knappen Meter vor Richard und Patsy setzte die Katze sich und sah sie aus großen Augen an. Aus demselben Nichts erschien eine Sekunde später Billy Bentley und schlenderte auf sie zu.

2

Richard trat auf Billy zu und sah herausfordernd in sein höhnisch grinsendes pickelnarbiges Gesicht. »Du bist Gideon Winter«, sagte er.

Billy schien sehr amüsiert. »Noch nicht, Bruder. Aber wart's nur ab.«

»Gib uns Tabby Smithfield heraus«, sagte Richard. »Es ist mir egal, wer oder was du bist, aber ich verlange von dir, daß du Tabby aus dem stinkenden Loch, in dem du ihn versteckt hältst, herausholst und uns bringst.«

Billy zog die Augenbrauen hoch.

»Tot oder lebendig«, sagte Richard. »Aber gib ihn uns.«

»In der Art, wie ich dir dein sinnliches Weib zurückgegeben habe?« fragte Billy. »Ich schätze, das gefällt dir.« Seine Katze öffnete den Mund und lachte mit der Stimme einer Frau.

Etwas polterte zu Boden, direkt vor Billys Füßen. Die Katze sprang auf und schoß davon. Ein Modellflugzeug überschlug sich noch einmal und blieb dann liegen. Graham war neben Richard getreten. Seine Augen funkelten. Das alte Schießeisen in Richards Hand zuckte.

Billy Bentley warf in komischer Verzweiflung die Arme in die Luft und rief: »Erbarmen! Man tut mir Gewalt an!«

»Wir verlangen Tabbys Körper«, sagte Richard.

»Nimm ihn dir doch. Du kannst sie alle beide haben für den gleichen Preis, Spunks, das Geschäft des Tages.« Er warf den Kopf zurück und machte eine großzügige Handbewegung in Richtung auf das Bett mit den verstümmelten Leichen. »Aber bevor du gehst, mußt du noch jemand begrüßen – jemand, den du sehen *willst* – glaub mir, Mann. Wirklich.«

»Ich will ...«, sagte Richard, aber seine Umgebung fing wieder an, sich zu verwandeln, sich auf eine Art, die ihm nun schon fast vertraut war, zu öffnen und auszudehnen, und er begriff, daß, was er wollte oder nicht wollte, jetzt ohne jede Bedeutung war.

Von einem Scheinwerfer angestrahlt saßen in einiger Entfernung ein Mann und eine Frau am Eßzimmertisch der Jamesons. Beide sahen ihn freundlich an. Richard spürte, daß die Freundlichkeit echt war, und, obwohl er sich dagegen sträubte, fühlte er sich angenehm berührt. Das Gefühl war echt, mochte alles andere auch falsch sein. Ruth Branden, die Frau, die dort saß, hatte ihn wirklich geliebt. Richard sah sie an – er war vierzehn oder fünfzehn gewesen, als er sie das letzte Mal sah. Ihr früher Tod hatte ihn der Möglichkeit beraubt, seine »Mutter« als erwachsener Mann zu sehen. Mit vierzehn war Richard in Ruth Branden verliebt gewesen, und jetzt sah er auch, warum. Sie war eine schöne Frau, und die Intelligenz und Warmherzigkeit, die sie ausstrahlte, machten einen großen Teil dieser Schönheit aus. Es war eine Schönheit der Seele, die durch nichts verdorben werden konnte. Der Drache hatte seine Hausaufgaben gemacht.

Auch der Mann, der Ruth Branden gegenübersaß, war dafür ein Beweis – nur noch überzeugender. Richard kannte diesen kleinen untersetzten Mann mit dem dicken grauen Haar nicht, aber trotzdem war er für ihn kein Fremder. Er spürte instinktiv – in seinen Knochen, im Magen, in allen seinen Zellen –, daß dies Michael Allbee war, der Mann, der ihn gezeugt hatte. Michael Allbee hatte freundliche, wenn auch etwas verschwommene Gesichtszüge und sah aus wie ein Seemann von der Handelsmarine oder ein versoffener Dichter.

Er betrachtete Richard mit exakt der richtigen Mischung von Neugier, Sympathie, Belustigung und Vorsicht. Oh, ja, der Drache hatte seine Hausaufgaben vorzüglich erledigt. So vorzüglich, daß diese Figur im Scheinwerferlicht sofort eine unvernünftige Macht über Richards Gefühle gewann.

Richard wehrte sich. Er wußte genau, was das bedeutete, aber der Anblick dieses verkommenen grauhaarigen Mannes, der Ruth Branden gegenübersaß, traf ihn wie ein Schlag.

Er wußte auch, was der Mann als erstes sagen würde. Die Worte standen längst fest. Aber auch sie erschütterten ihn.

Sein Vater stand auf und kam um den Tisch herum. Richard sah, daß der Mann genau seine Größe hatte. »Daddy ist hier, Richard«, sagte er. »Jetzt ist Daddy hier, und alles ist gut. Leg doch die alberne Flinte weg. Ist sie nicht ohnehin leer?«

Eine ungeheure Wut stieg in Richard hoch, und bevor er überhaupt merkte, daß er wütend war oder irgend etwas sagen wollte, waren die Worte schon heraus: *»Du hast mich im Stich gelassen!«* schrie er. »Du bist einfach abgehaun! *Das verzeihe ich dir nicht*!« Und als die Worte heraus waren, fühlte er kein Bedauern. Seine Wut war zu groß.

Sein Vater lächelte und sagte: »Du hast meine Gene, Junge. Fast alles, was in dir steckt, ist von mir. Das ist es, was zählt.« Seine Augen funkelten. »Und überhaupt – jetzt sind wir ja wieder zusammen.«

Richard wandte den Blick von seinem Vater und sah, daß Ruth Branden immer noch aufrecht in ihrem Stuhl saß und ihn anlächelte, aber sie war nur noch ein Skelett in einer Rüschenschürze über einem Hauskleid. Ihr glänzendes dunkles Haar war auf ihre Schultern und in ihren Schoß gefallen. Strähnen davon lagen wie Interpunktionszeichen auf dem Fußboden – Kommas und Gedankenstriche aus dunkelbraunem Haar.

Sein Vater und Billy Bentley kamen langsam auf ihn zu – auf den zehnjährigen Richard. Seine Arme und Beine waren dünn wie Stöcke, und er mußte aufblicken, wenn er in das Gesicht seines Vaters sehen wollte.

»Leg das schwere Ding weg, Spunks«, sagte Billy. »He, Kleiner, begreifst du denn nicht? Wir sind wieder da – *wir sind wieder da,* verdammt nochmal! Jetzt kann uns keiner mehr absetzen.«

Richard fühlte, daß Graham und Patsy an ihm zerrten. Sie wollten ihn zurückreißen ... ihn aufwecken. »Ich will Tabby«, sagte er, aber der Satz kam in der hohen Kinderstimme eines Zehnjährigen heraus und war ohne Gewicht.

Er versuchte, die Flinte in Anschlag zu bringen, aber sie war zu schwer für ihn – die Läufe schwankten hin und her. War wirklich kein Schuß mehr drin? Sein Vater kam auf ihn zu und strahlte ihn an, als sei er plötzlich stolz auf seinen kleinen Jungen.

»Sei doch vernünftig, Spunks«, flüsterte Billy. »Du weißt

doch, was mit dem Jungen passiert ist. Du hast ihn doch auf dem Bett gesehen.«

Richard spürte: Tabby war verloren – alles war verloren. Seine Arme waren zu kurz, um die Flinte richtig zu halten, und der Rückstoß würde ihm die Schulter zerschmettern.

»Und weißt du was, Spunks«, sagte Billy. »Was du da gesehen hast, das sollte eigentlich dir passieren, damals in Providence. Aber du bist mir entwischt, und ich mußte mich an deiner Frau schadlos halten. Ist das nicht eine Schande, Spunks?«

Das Zimmer wirbelte schlingernd herum, und der kleine Junge, der Richard Allbee war, hatte Mühe, sich auf den Beinen zu halten. Das Gewicht in seinen Händen verdoppelte sich. Die Achse, die es zu seinem Körper bildete, der Widerstand, den es seinen Muskeln bot, seine Dichte, alles das war unmerklich in eine neue Dimension übergegangen, und als das Zimmer um ihn herumwirbelte, wäre er fast gestürzt.

»Was sagst du dazu, Spunks?« flüsterte Billy Bentley und beugte sich mit seinem schlauen Gesicht über Richard.

Richard versuchte, sein Schwert durch Billys narbige Wange zu stoßen, aber Billy duckte sich zur Seite.

Es *war* ein Schwert: Er hielt ein glänzendes, zweischneidiges Schwert in seinen Händen, das doppelt so schwer war wie die Flinte, und er hatte es irgendwie geahnt, bevor er es wußte.

»Oh, das brauchst du nicht«, sagte sein Vater mit ruhiger freundlicher Stimme, »doch nicht dieses schwere, alte Ding.« Michael Allbees Gesicht und Brust schienen länger und schmäler zu werden, als er sich über ihn beugte. »Viel zu schwer für einen Jungen, das alte Ding.«

Das schwere Metall war wie Eis in Richards Hand – so kalt, daß es seine Finger verbrannte, die Haut versengte, die es berührte. Richard stöhnte, als das Schwert aus seinen Händen fiel und auf dem Boden aufschlug. Mitten in einer freudigen Verwandlung streckte Michael Allbee die Hände nach ihm aus.

Richard stieß einen unartikulierten Schrei aus, und Patsy McClouds kleine .2 Pistole erschien in Patsy McClouds

Hand neben seinem Kopf. Richard begriff, als sähe er es in Zeitlupe, daß Patsy seinen Vater erschießen wollte. Konnte das wirklich gelingen? Richard sah, wie sie mit dem Zeigefinger langsam den Abzug betätigte.

Die Explosion schien in Richards Kopf stattgefunden zu haben.

Plötzlich hatte Michael Allbee ein Loch mitten in der Brust. Patsy hatte ihn gerettet. Und als er eine kleine Flamme und etwas Rauch aus dem Loch kommen sah, wußte er auch, daß er wieder erwachsen war. Er hatte wieder seine normale Größe. Ein Schwarm wütender Fliegen wurde aus seines Vaters Brust ausgestoßen, eine weitere kleine Rauchwolke folgte ihnen.

Sein Vater kreischte vor Wut und Schmerz. Richard bückte sich, um das Schwert aufzuheben. Als seine Hand den Griff umschloß, sah er, daß Michael Allbee zu einer riesigen Blutsäule geworden war, die für einen Augenblick über ihnen in der Luft stand und dann zusammenbrach. Das Blut durchnäßte ihre Kleider bis auf die Haut, lief in ihre Kragen, brannte sauer in ihren Augen und Mündern …

3

… Empfindungen, die schon vergingen, kaum daß sie entstanden waren. Als Richard die Augen öffnete, sah er Patsy McCloud, die gerade die Hand von den Augen nahm und ihn wild anstarrte. Hinter Patsy schwankten lange, wie gefiedert wirkende Zweige von einem Dutzend Silberfichten in grauer Luft.

Hinter den Bäumen lief zischend die See auf einen steinigen Strand: hereinkommende Flut. Richard stand halb auf einem riesigen grauen Felsen, halb auf Resten von verdorrten Pflanzen.

Er trat von dem Felsen herunter. Patsy blickte dumpf auf die Pistole in ihrer Hand, dann warf sie sie mit einer schnellen Bewegung auf einen flachen steinigen Erdbuckel, und die kleine .22 fiel in ein dichtes Gewirr von Nesseln und

Kletten. Richard drehte sich um. Er genoß dankbar den erfrischenden Wind, der nach Salzwasser und grünen Kräutern roch. An seinen Hosenbeinen klebten Kletten und feuchtes Gras, und abgebrochene kleine Äste hatten sich in seinen Schnürsenkeln verfangen.

Er sah, daß hinter ihm eine tiefe Erdspalte lag. Sie war so tief, daß er auf ihrem Boden nichts erkennen konnte. So weit hinten, daß es auf dem Land liegen mußte, das zu dieser Landzunge führte, sahen sie ein langes weißes Gebäude mit einem großen Barfenster. In einem Fenster im Obergeschoß leuchtete eine Bierreklame.

Graham Williams saß auf dem Boden und lehnte sich mit dem Rücken gegen eine Wurzel, die ein Stück über der Erde verlief und dann wieder untertauchte. Der oberirdische Teil der Wurzel hatte ungefähr die Größe eines Taxis. Grahams ohnehin schon aufsehenerregende Kleidung war dreckverschmiert, und der untere Teil seiner Hosenbeine war dunkel von Nässe.

Richard schaute an Patsy vorbei zu den Silberfichten hinüber, die ihre Zweige sanft zur Erde neigten, als hätten sie sich ihr ergeben. Zwischen ihnen sah er das Wasser des Sounds glitzernd an den steinigen Strand schlagen.

»Wir sind am Kendall Point«, sagte er.

»Das ist gut«, sagte Graham heiser. »Und er ist hier. *Fühlt* ihr das nicht? Gideon Winter hat Tabby, und er ist hier und wartet auf uns.«

»Tabby ist tot«, flüsterte Patsy.

»Das kann ich nicht glauben«, sagte Graham. »Winter will, daß wir alle vier zusammen sterben. Ich glaube, dann hätte er sein Ziel erreicht. Und deshalb sind wir ja auch hier, stimmt's?«

»Ja«, sagte Richard, »das glaube ich auch.«

Graham rückte seine Schultern an der monströsen Wurzel zurecht. »Also, mir wäre es lieb, wenn er jetzt rauskäme und seinen Vers aufsagte.« Er schaute nach links und rechts, als ob er erwartete, daß Gideon Winter aus dem Sound auf ihn zukommen würde. »Ich habe nicht mehr soviel Respekt vor ihm wie früher. Was er macht, hat er von uns, habt ihr das schon gemerkt? Er weiß nur das, was wir ihm sagen. Patsy sieht tote Menschen, also zeigt er ihr eine Art Waldorf Astoria der Leichen. Für Richard gibt es *Daddy's Here.* Trotz all seiner Macht scheint er doch irgendwie beschränkt zu sein, findet ihr nicht?«

»Beschränkt? Ist das dein Ernst?« Die Stimme kam unter den hohen Fichten hervor, vor denen Patsy stand. Das war keine menschliche Stimme, dachte Richard, auf keinen Fall. Zu dick, zu ölig und so hallend, als käme sie aus einem Lautsprecher. »Meine lieben Kinder. Die Begegnung mit dem wahren Gideon Winter steht euch noch bevor.«

Als er die ersten Worte hörte, war Graham aufgesprungen, und er und Patsy und Richard sahen zu der großen dunklen Gestalt hinüber, die im Schatten der größten Fichte stand. Dann bewegte sich die Gestalt, und sie sahen, was für ein Wesen es war, das zu ihnen gesprochen hatte.

War das Wirklichkeit? Konnte so etwas wirklich passieren? Dies war so unmöglich wie alles andere, was ihnen schon passiert war. Aber die drei waren jetzt in einer wirklichen Landschaft, mitten an einem wirklichen Tag. Zuerst sahen sie sein Gesicht. Es war mindestens doppelt so groß wie ein menschliches Gesicht und zeigte grotesk übertriebene Züge. Auf menschliche Größe reduziert, wäre es vielleicht nicht einmal häßlich gewesen, aber so sah es aus wie eine Landkarte aller Laster. Die Ohren waren lang und hingen schlaff herunter, die schwarzen Augen funkelten. Das Wesen hatte eine große Hakennase und ein kräftiges Kinn, das spitz zulief. Eine lange fleischige Zunge bewegte sich zwischen verächtlich gekräuselten Lippen.

Es bewegte sich auf sie zu und schickte eine Welle von Gestank vor sich her: es roch nach Kot, Schweiß und verdreckter Haut. Das Monster hatte die Beine und das Hinterteil eines Ziegenbocks. Tabby Smithfield hing leblos über seiner Schulter. Es lachte über die entsetzten Gesichter der drei, stellte ein Bein etwas seitlich und ließ einen Strahl dampfender Flüssigkeit auf den Boden schießen, die in kleinen Bächen durch das verdorrte Gras rann. In dem Urin schwamm eine Menge lebendiges Zeug, aber Richard mochte nicht hinsehen – er hätte ohnehin nicht den Blick von Tabbys Körper abwenden können.

Neben Richard stand Patsy McCloud. Verzweifelt sandte sie Signale aus *(Tabby? Tabby?)* und fand nur tote, kalte Leere, die sie erwartet und befürchtet hatte.

Plötzlich brüllte Graham: *»Gib ihn uns!«*

Das Teufelswesen schielte Graham tückisch an, hob Tabby von seiner Schulter und brauchte nur eine Hand, um den schlaffen Körper auf einen braunen kleinen Hügel zu ihrer Seite zu werfen. »Wie Sie wünschen.« Der Teufel grinste und kam auf sie zu.

Plötzlich war es wieder dunkel, genau wie in dem Moment, als sie die Poor Fox Road betraten. Das Monster kam kichernd näher, und Graham, Patsy und Richard stolperten in die Richtung, wo Tabbys lebloser Körper lag. Die See erhob sich zu hohen Wogen und Brechern und warf sich gegen Kendall Points felsige Küste. Der Teufel ging an ihnen vorbei: ein riesiger unförmiger Schatten im Mondlicht. Richard suchte in den Taschen seines Jacketts nach Patronen, fand aber keine: er mußte sie irgendwo im Tunnel verloren haben. Auf ein Wunder hoffend – oder was immer das gewesen sein mochte, was im Tunnel in der Szene mit Billy Bentley passiert war – hob er die Waffe. Aber die Flinte weigerte sich eigensinnig, sich in ein Fahrtenmesser zu verwandeln, geschweige denn in ein Schwert.

Patsy und Graham knieten neben Tabby. Vorsichtig drehte Graham den Jungen auf den Rücken.

Als Patsy wieder versuchte, Kontakt mit Tabbys Gedanken aufzunehmen, spürte sie eine schwache Reaktion.

(. . . . .)

»Oh, mein Gott, er lebt«, sagte Patsy so schnell, daß es klang wie ein einziges langes Wort. Dann schluchzte sie hemmungslos.

»Natürlich lebt er«, sagte Graham, aber auch seine Augen waren naß.

»Schaut doch mal her«, sagte Richard aufgeregt. »Seht euch an, was hier passiert.«

Die plumpe Silhouette der Kreatur verwandelte sich im

Mondlicht. Der ziegenbockartige Körper wuchs und dehnte sich aus. Ein massiger Schwanz peitschte das dunkle Gestrüpp. Sogar Patsy, die gerade ein weiteres schwaches Lebenszeichen von Tabby empfangen hatte, blickte auf und konnte gerade noch sehen, wie die Kreatur im hellen Mondlicht langsam in der Erdspalte verschwand: Ein Kopf mit langen todbringenden Kiefern, die ganze Länge der Schnauze des Reptils mit spitzen Zähnen gespickt, boshafte, von Knochenwülsten geschützte Augen … genau diesen Kopf hatte sie in Grahams Wohnzimmer aus Dorothy Bachs *History of Patchin* aufsteigen sehen.

Drache? Was … Drache? Patsy.

Tabbys Brust weitete sich, als er einatmete, und er öffnete die Augen einen so winzigen Spalt, daß nur Patsy es bemerkte.

Waswas?

»Ein Drache«, sagte Richard, als hätte er die Botschaften, die Patsy McCloud empfing, auch gehört. »Was, zum Teufel …«

Eine der großen Fichten hinter ihnen stürzte um – der Stamm splitterte, als hätte die Hand eines unsichtbaren Riesen ihn zerbrochen. Als der Baum auf den Boden krachte, schien die Erde zu wanken.

»Laßt uns hier verschwinden«, sagte Richard. Die Erde bebte, als noch eine Fichte zu Boden krachte. Er kniete sich hin, schob seine Arme unter Tabby und hob den Jungen auf.

»Uh«, machte Tabby.

Ein Riß ging durch das Land. Man hörte das flüsternde Geräusch abrutschender Erdmassen, dann das Zerreißen von Wurzeln. In etwa fünf Meter Entfernung sah Richard einen großen wilden Rhododendronbusch umkippen und einen steilen Abhang hinunterstürzen … »Spring!« bellte Graham ihn an. Kurz bevor die Erde sich auch dicht neben ihm öffnete, begriff Richard, was los war. Er ging in die Knie und machte mit Tabby auf seinen Armen den größten Sprung seines Lebens.

Seine Füße erreichten festen Boden, aber er verlor das Gleichgewicht und fiel mit Tabby nach vorn über. Er wandte den Kopf und sah, wie die beiden umgestürzten Fichten in dem frisch aufgerissenen Abgrund verschwanden. Ein riesiger Wurzelballen folgte den abgetrennten Stämmen.

Tabby flüsterte: »Wollen Sie mich umbringen, Richard?«

Richard drückte ihn fester an sich.

Aus der tiefen Erdspalte vor ihnen schoß ein langer Flammenpfeil durch das hohe Gras und steckte alles in Brand, was er berührte. Tabby hielt die Augen wieder geschlossen, aber er hatte den Oberkörper etwas aufgerichtet und lehnte seinen Kopf an Richards Brust.

Er hörte Geräusche auf sich zukommen. Dann sah er Patsy und Graham aus der Dunkelheit auftauchen. Sie versuchten, die vielen kleinen Feuer zu umgehen, die der Atem des Drachen entzündet hatte. Graham setzte sich neben ihn, und Patsy nahm Tabby aus seinen Armen in ihre eigenen. Richard fühlte etwas Kaltes und Hartes in seiner Hand. Er wandte den Blick von Tabbys schlaffem Gesicht und sah, daß Graham ihm die Flinte zurückgegeben hatte.

»Ich weiß nicht, was ich Ihnen sagen soll«, sagte der alte Mann. »Aber Sie wissen, was wir zu tun haben, wenn wir jemals hier herauskommen wollen.«

»Ja, ich weiß«, sagte Richard ziemlich unsicher. »Wir müssen dieses Ding töten. Wir müssen in dieses Tal hinuntergehen und es vernichten. Aber wie, zum Teufel, können wir das?«

»Ach, fragen Sie mich doch was Leichteres.«

Richard dachte: wenn ich zu dem Drachen hinuntersteige und meine Flinte gegen ihn schwinge, bin ich in fünf Sekunden erledigt. Der Drache wird mich anfauchen, und meine Haut wird zuerst rot und dann schwarz werden. Mein Haar wird verbrennen, und meine Augen werden zerplatzen. Und dann wird der Drache heraufsteigen und dasselbe mit Patsy und Graham und Tabby machen. Eine fabelhafte Gelegenheit für die Herren von der *New York Times*, interessante Nachrufe zu schreiben, dachte Richard. Nur leider würde kein Mensch von der *Times* etwas von dieser Tragödie erfahren.

»Ich würde es ja gern tun«, sagte Richard. »Ich möchte nur gern wissen, wie.«

Graham nickte.

»Verdammt!« sagte Richard. Schließlich fragte er: »Wie geht es Tabby?«

Patsy wiegte Tabby in ihren Armen. »Es geht ihm schon besser.« Richard sah, wie ein Lächeln ihr Gesicht aufhellte, und für einen Augenblick war er eifersüchtig auf Tabby Smithfield. Er hätte nicht ungern selbst in diesen Armen gelegen oder dieses Lächeln hervorgerufen. Patsy blitzte ihn an mit einer komplizierten Mischung von Belustigung, Ärger und Freude, und Richard fragte sich, ob sie womöglich seine Gedanken gehört haben könnte, so wie sie die des Jungen hörte. Endlich wandte Patsy den Blick von Richard ab und sah wieder Tabby an.

»Was wollen wir also tun«, fragte Richard. Über ihnen zog die Fledermaus aus Feuer ihre Kreise und setzte eine der Fichten in Brand.

»Ich finde es nicht gut, wenn Tabby schläft«, sagte Richard.

»Ich möchte etwas versuchen«, sagte Patsy. »Ich werde ihn bitten zu singen.«

»Singen?« fragte Graham. »Was?«

»Was ihm gerade einfällt.«

Knatternd und knisternd brannte hinter ihnen die große Fichte. Ihm war fast, als hörte er ein vertrautes Lied.

»Warum nicht?« sagte Richard und spürte für einen Augenblick das Gewicht des großen Schwertes an seinen Muskeln zerren.

»Ja, versuch es«, sagte er. »Versuch es, Patsy.«

Patsy flüsterte Tabbys ins Ohr: »Sing uns etwas vor, Tabby. Sing das erste Lied, das dir einfällt, und wir werden dir singen helfen.«

»Gott mag uns beistehen, wenn es irgend so ein Rock'n-Roll-Song ist«, sagte Graham.

»Das würde nichts ausmachen«, sagte Richard. Die Idee, gemeinsam ein Lied zu singen, gefiel ihm und kam ihm irgendwie gut und richtig vor. Graham sah ihn sonderbar an, sagte aber nichts.

»Sing uns ein Lied, Tabby«, flüsterte Patsy wieder.

Dann versetzte Tabby sich – wie er ihnen später erzählte – in seine Kindheit zurück und fand etwas: ein altes Kinderlied aus dem Haus an der Mount Avenue. Ein Lied, das seine Mutter ihm oft vorgesungen hatte, damals, als noch nichts passiert war und Tabby Smithfield ein kleiner Junge war mit einer hübschen Mutter und einem Vater, der Tennis spielte, und einem Großvater, der ihn liebte. Daß das Lied auch für Richard Allbee eine Bedeutung hatte, fiel ihm nicht ein. Er war wieder im Haus seiner Kindheit. Sehr schwach zuerst, aber dann mit etwas kräftigerer Stimme sang Tabby:

»When the red red robin goes bob, bob, bobbin' along, along …«

Richard starrte den Jungen an: das war unerhört:

»There'll be no more sobbin' when he starts throbbin' his old sweet song.« Das war Graham Williams' Bass – laut und in der falschen Tonart.

Die Flinte in Richards Hand zitterte plötzlich wie ein verfolgtes Tier, das zum Sprung ansetzt. Er schloß seine Finger fester um den Griff. Zu den beiden anderen gesellte sich jetzt Patsys Stimme: *»Wake up, wake up, you sleepyhead.«*

Während der ganzen Zeit der Aufnahmen zu *Daddy's Here* hatte Richard nie den Text des Liedes gehört. So fiel er ein mit *»Cheer up, cheer up, cheer up, the sun is red«*, mit einer unbewußten Anspielung auf die Poor Fox Road. Die Flinte leuchtete plötzlich auf.

»Sie sind ein Genie«, sagte Richard. »Wie sind Sie nur darauf …«

»Es hätte auch etwas anderes sein können«, sagte Graham. »*Irgend etwas.* Das Entscheidende ist, daß wir es zusammen tun. Wir alle vier.«

»Wir müssen weitermachen«, sagte Patsy. »Tabby! Noch einmal, und lauter.«

Die vier rückten noch näher zusammen und sangen den ganzen Vers noch einmal, dieses Mal komplett:

When the red, red robin goes bob, bob, bobbin' along,
along;
There'll be no more sobbin' when he starts throbbin'
his old sweet song.

Wake up, wake up, you sleepyhead,
Get up, get up, get out of bed
Cheer up, cheer up, cheer up, the sun is red …

Die Worte klangen noch in ihm nach, als Richard aufstand. In seinen Händen hielt er ein langes, zweischneidiges Schwert. Er hatte die Verwandlung nicht bemerkt und hätte auch nicht sagen können, wann das Objekt in seinen Händen aufgehört hatte, eine Flinte zu sein. Sein Mund war sehr trocken. »Sleepyhead«, sagte er laut, aber nur zu sich selbst. Warum, wußte er nicht. Die drei anderen fingen an, das Lied noch einmal zu singen. Aber sie waren unsicher, verhedderten sich und gaben auf.

In der Tiefe hörten sie einen großen schweren Körper rumoren. Er war in rastloser Bewegung wie der riesige schwarze Hund in Grahams Hof … Richard ging darauf zu und sah viel mutiger aus, als er in Wirklichkeit war.

Hinter ihm sang Patsy: »*Dum da dum de dum, Now I'm walking through, Field of Flowers: Rain may glisten, But still I listen, For hours and hours …*«

Das kleine Tal hatte sich verändert. Das Versteck des Drachen ähnelte jetzt einem Gewölbe in der Erde, einer belaubten Höhle. Richard hoffte, daß ein paar von ihnen Kendall Point lebend verlassen würden.

»*I'm just a kid again*«, sangen Patsy und Tabby, »*Doin' what I did again, Singin' a song.*«

4

Singend stand Patsy auf und beobachtete, wie Richard sich der Erdspalte näherte, die jetzt die Höhle des Drachen war. Er ging mit einer Art nüchterner Selbstsicherheit, die Patsy rührend fand – wie einer, der in den Garten geht, um im Vogelhäuschen Futter nachzufüllen. Wenn Richard Allbee an den Galgen zu gehen hätte, würde er dabei die gleiche unbewußte Zuversicht ausstrahlen. Sie wußte, daß er nicht zurückschauen würde, wenn er die beiden großen Felsblöcke passierte, die am Rande der Schlucht standen und den Eingang zur Höhle zu markieren schienen. Er tat es auch nicht. Richard ging zwischen den beiden mannshohen Steinen hindurch, als sähe er sie nicht, und begann den Abstieg. Unerwartet *hörte* Patsy Richards Gedanken in ihrem Kopf. Schon vorher, als sie Tabby in den Armen hielt, war es ihr so vorgekommen, als hörte sie seine Gedanken. Jetzt hörte sie, daß er den Wunsch hatte, sich umzudrehen und sie noch einmal anzusehen. Wenn Tabby nicht neben ihr gestanden hätte, wäre Patsy jetzt in Tränen ausgebrochen.

Sie konzentrierte sich auf das Lied: Patsy hatte so viel Angst um Richard, so viel Angst um sie alle, daß Singen jetzt eine notwendige Therapie war. Ihren Wunsch zu weinen hatte sie unterdrücken können, aber ihr Zittern konnte sie nicht unterdrücken. Auch mit ihrem Verstand schien etwas nicht in Ordnung zu sein. Seit ihrer Begegnung mit Richards Gedanken hatte sich etwas verändert – es war, als hätte ihr Denken eine neue Farbe angenommen. Patsy fand das sehr beunruhigend.

Sie legte ihren Arm um Tabbys Schulter. Das Schwert in Richards Hand leuchtete in der Dunkelheit, in die er hinabschritt. Sie hörte Graham Williams' rauhe Stimme »*Get up, get up, get out of bed*«. Es war nur ein Flüstern, fast nur Gedanke. Patsy zitterte heftig und bekam Gänsehaut an den Armen.

... the sun is red ...

(the sun is red)

»Das halte ich nicht aus«, sagte Tabby.

Patsy schaute nach oben und sah, daß das, was sie für zwei Monde gehalten hatte, in Wirklichkeit Sonne und Mond waren – rot und weiß. Ein großes, rotes offenes Maul, das sie verschlingen

(Lebe, liebe, lache und sei glücklich!)

und für immer der Welt entreißen wollte.

»Ich werde mit ihm gehen«, sagte Tabby. »Ich kann nicht einfach hier herumstehen.«

»Kind, du bist noch sehr schwach«, sagte Graham.

»Das geht schon«, sagte Tabby und trat unter Patsys Arm

hervor. »Ich werde mit Richard hinuntergehen.« Er ging noch ein paar Schritte und drehte sich dann nach ihr um.

ich muß

o Tabby

Tabby fing an, auf die Felsblöcke zuzugehen. Aus der Höhle klang wütendes Schnauben und Brüllen zu ihnen herauf. Hatte der Drache sie nicht – in jener ersten Nacht in Grahams Haus – davor gewarnt, es so weit zu treiben? Patsy sah Graham gequält an. »Ich muß mit ihm gehen«, sagte sie. Sie öffnete den Mund, um noch etwas zu sagen, schloß ihn aber sofort wieder: jedes weitere Wort wäre jetzt nur noch Wiederholung. Es fiel ihr schwer, sich aus Grahams schützendem Schatten zu lösen. Aber schon nach dem ersten Schritt brachte sie es fertig zu laufen.

»Verdammt«, sagte Graham. »Dann will ich auch an der Party teilnehmen. Aber erwartet nicht, daß ich jogge.«

Tabby blieb stehen, steckte die Hände in die Taschen und wartete auf sie. Patsy hörte auf zu rennen, und als Graham sie eingeholt hatte, gingen sie gemeinsam auf den in der Dunkelheit wartenden Tabby zu. »Gut«, sagte Tabby.

Hitze schlug ihnen entgegen, als sie die Felsblöcke erreichten. Auch der Felsen selbst, auf den Patsy sich mit der Hand stützte, um den Abhang hinunterzuschauen, strahlte Hitze aus. Die Böschung, die zu dem schwarzen Eingang der Höhle hinunterführte, brannte an vielen Stellen. Die kleinen Büsche standen in Flammen, und stellenweise glimmte auch die Erde. Ziemlich weit unten am Abhang war undeutlich Richard Allbee zu sehen, der sich zwischen den Feuern seinen Weg suchte.

Blasser Rauch stieg aus der Höhle auf. Patsy sah Richard eine Sekunde lang zögern, dann ging er weiter auf die flachen Felsbrocken zu.

Tabby sprang über den Rand auf die Böschung und schlitterte fast zwei Meter abwärts. Eine Kaskade von Sand und kleinen Steinen rollte nach unten in die Flammen. Graham folgte dem Jungen sofort, aber viel langsamer. Er tat keinen Schritt, bevor er nicht sicher war, einen festen Stand zu haben.

Auch Patsy drehte sich seitlich und machte ihren ersten vorsichtigen Schritt über die Kante. Sie streckte balancierend die Arme aus, grub ihren linken Fuß in die Böschung und ließ den rechten folgen. Sie schwankte, weil sich ein paar Steine unter ihrem Schuh lösten. Dann bemerkte sie, daß die Rauchwolke, die aus der Höhle aufgestiegen war, weder fortzog noch sich auflöste – es sah aus, als bewegte sie sich zielbewußt nach oben, gelenkt von einem eigenen Willen. Als Patsy den nächsten halben Schritt nach unten machte, zitterte sie, als stände sie im kalten Wind.

(verdammt!) hörte sie von Graham, der die Kontrolle über seine Füße verloren hatte und in einer Staubwolke abwärts sauste.

In der Rauchwolke, die immer noch nicht weitergezogen war, regte sich etwas Großes, Vielarmiges, wodurch sich ihre Form ständig änderte. Das Ding in der Wolke schwirrte und zuckte, als wollte es sich aus ihr befreien. Gerade als Patsy den Mund öffnete, um den anderen etwas zuzurufen, brach die Wolke auseinander, und an ihrer Stelle hing eine andere, dunklere Wolke, die sofort in heftige Bewegung geriet. Einzelne Teile, jedes so groß wie ein kleiner Vogel, wirbelten herum, fanden sich wieder und stoben erneut auseinander. Nicht *eine* Kreatur, sondern *viele* waren in der Wolke gefangen gewesen. Patsy sah lederartige Flügel und duckte sich, weil sie glaubte, es seien Fledermäuse. Ein Schwarm von ihnen schwirrte über einen flachen Felsblock von der Größe eines Schäferhundes. Sofort ergoß sich flüssiges Feuer über den Stein, das an den Seiten heruntertröpfelte.

Als die Tiere wieder nach oben schwirrten, sah Patsy ihre winzigen Schnauzen und ihre langen Reptilienhälse. Babydrachen! Es waren Babydrachen, keine Fledermäuse.

Wir schaffen es schon ließ Tabby sie wissen.

Stirb mir nicht zum zweiten Mal, Kleiner

Patsy wußte jetzt, daß der Grund für ihr Zittern nicht nur Angst war, es war auch eine Folge ihrer Erleichterung darüber, daß Tabby die Entführung durch Gideon Winter überlebt hatte. Ohne es recht zu wissen, hatte sie, seit er in ihren Armen zu sich gekommen war, an seinen Gedanken teilgenommen. Sie hatte nicht nur seine Botschaften gehört, sondern alle seine Gedanken, jede Kleinigkeit, die ihm einfiel. Diese kleinen Gedankenvögel hatten sie froh gemacht und erleichtert – ihr Singen hatte sie Tabby näher gebracht, obwohl es sehr leise gewesen war und eigentlich fast unhörbar.

Anstatt eine Warnung auszustoßen, fing sie an zu singen. Tabbys Gedanken regten sich in ihrem Kopf, und es schien ihr, als wäre zu der ersten Farbe noch eine zweite in ihr Denken eingezogen. Zuerst sang sie leise. Sie war nicht sicher, ob es nicht vielleicht doch albern war, laut zu singen, während man über einen brennenden Abhang zu einer Drachenhöhle – einer nicht existenten Höhle mit einem nicht existenten Drachen – hinabstieg.

Und war es nicht überhaupt üblich, daß Frauen in einer solchen Situation den Mund hielten und darauf warteten, gerettet zu werden?

War es nicht genau das, was sie während der längsten Zeit ihrer Ehe getan hatte – Monat um Monat, nachdem Les sauer und unsicher geworden war, vergiftet von seinem eigenen Erfolg? Den Mund halten und auf Rettung warten?

Ein mürrischer, angstvoller, aber trotzdem beharrlicher Gedankensplitter kam auf Patsy zu. Sie erkannte in ihm die Struktur, die Farbe und den Geschmack von Graham Williams. Entweder war er ohne Worte, oder sie konnte sie nicht hören. Aber das brauchte sie auch nicht, um den Absender zu erkennen.

»*When the red, red robin goes bob, bob, bobbin' along, along …*«

Ihre hohe, reine Stimme stieg aus ihr auf und wurde mit jedem Wort kräftiger. Anderthalb Meter unter ihr sah Graham Williams von dem Versuch, keinen Spagat zu machen, erstaunt zu ihr auf. Zuerst war er sogar wütend. Er hatte sich Mühe gegeben, so wenig Lärm wie möglich zu machen, weil er meinte, daß, abgesehen von dem Schwert, Überraschung ihre einzige Waffe war. Patsys Singen mußte für Gideon Winter die Ankündigung sein, daß sie alle vier vor der Höhle auf ihn warteten. »*There'll be no more sobbin' when he starts throbbin' his old sweet song.*« Als Patsys Stimme wuchs und stärker wurde, fühlte er, daß sie ihm Halt gab; fast als sei er in sie eingewickelt. Ohne Schwierigkeiten stieg er weitere anderthalb Meter nach unten, wobei seine Beine funktionierten, als sei er zwanzig. Graham fing an, mit dem Mund die Worte zu formen, die Patsy sang. Er war plötzlich sicher, daß sie ihn hören würde, auch wenn er nur in Gedanken sang.

Denn in dem Augenblick fühlte er sie neben sich: er fühlte die Barrieren von Alter und Geschlecht, von Häßlichkeit und Schönheit und allen Erfahrungen, die er im Leben gemacht hatte, zusammenbrechen.

Graham wußte früher als Patsy selbst, daß sie es war, die sie retten konnte, egal was Richard mit dem Schwert machte. Er fühlte sich gestärkt – er hatte scheußliche Angst, aber was immer Patsy ihm sandte, was immer sie für ihn tat, es gab ihm Kraft. Obwohl er die Worte des Liedes weiterhin nur flüsterte, hörte er seine rostige, rauhe Stimme in seinem Kopf singen.

Und Patsy, hoch über ihm, wußte alles, was Graham gerade erlebt hatte.

Sing, Tabby, sing! übermittelte sie ihm und hörte sofort seine beiden Stimmen das Lied aufnehmen: seine körperliche und seine geistige Stimme.

Sie hörte sie jetzt alle drei: Grahams unmusikalisches Gebrumm, Richards unruhige und besorgte Gedanken, die den Rhythmus des Liedes angenommen hatten, und Tabby. Tabbys Gefühle waren mit den ihren in vollkommener Harmonie.

Das gleiche Gefühl von Kraft und Größe, das sie in Graham angetroffen hatte, war auch in Tabby.

Eine Formation der Babydrachen schoß auf sie zu und steckte einen fast zwei Meter langen Streifen des Abhangs in Brand, bevor sie davonflog.

Das Lied spielte keine Rolle, dachte sie. Das Lied ist lächerlich. Was uns Kraft gibt, ist die Tatsache, daß wir singen, und sie sang die absolut unpassenden Worte »*Lebe, liebe, lache, und sei glücklich.*« Erstaunlich schnell schaffte sie den Abstieg bis zur Hälfte des Abhangs. Von dort beobachtete sie, wie Richard sich dem Eingang der Höhle näherte, und spürte für eine Sekunde, daß sie anfing zu begreifen, worauf ihre Energien und Fähigkeiten sie zutrieben. Patsy fühlte fast körperlich, wie ihre Persönlichkeit sich weitete. Ihr Herz schlug stärker, ihr Blut kreiste schneller. Was immer Graham Williams in ihr gesehen hatte, was immer ihm jenes Gefühl von Größe und Kraft gegeben haben mochte – sie war dabei, es zu erkennen.

Für einen Augenblick sah Patsy sich unter ihren Freunden als Netz ausgespannt: eine Riesin, die unter ihnen schwebte, um sie aufzufangen, wenn sie stürzten. Ihre drei Stimmen klangen in ihrem Kopf. Sie fühlte ihr Blut noch stärker rauschen. Dann – wo vorher der Geruch von verbrannten Pflanzen, brennender Erde (die so riecht, wie Ginseng schmeckt) und Rauch gewesen war – roch sie plötzlich Fisch. Die unerbittliche Bewegung in ihrem Innern brach ab, erschreckend, als ob während der Geburt plötzlich die Wehen aussetzen.

Neben ihr stand ein vierschrötiger Mann, nackt, mit schwarzem Bart. Er lächelte unangenehm. Patsy sah die lange Narbe, die von einer Hüfte zur anderen quer über seinen Bauch verlief. Der konzentrierte Fischgeruch stieg von seiner Haut auf, troff aus seinen Poren. Er trat auf Patsy zu. Sie fühlte eine Welle krankhafter Leidenschaft von ihm ausgehen, die noch stärker war als der Fischgeruch. Schwarze, verdorbene Leidenschaft, durch ihre Krankhaftigkeit noch gesteigert.

Hinter Bates Krells bedrohlicher Erscheinung sah Patsy den gehörnten Kopf des Drachen aus seiner Höhle auftauchen.

Krells Lächeln wurde echter und noch unangenehmer. Seine schwarzen, von irisierenden grünen Adern durchzogenen Augen funkelten. Es waren dieselben Augen, die sie durch die Seiten eines Buches hatte aufsteigen sehen.

Irgend etwas verursachte plötzlich eine starke Luftbewegung. Ein Feuerstrahl, der fast einen Meter breit war, schoß vor ihr über den Boden. Der Drache hatte sich in seiner Höhle herumgeworfen, und sein Kopf zeigte jetzt in ihre Richtung. Bates Krell hatte sich in Rauch aufgelöst, und der Drache schob sich aus seiner Höhle hervor und sah Patsy mit den Augen des Fischers an.

»When the ...« Patsy konnte nicht singen. Ihre Angst war zu groß. Auch die anderen Stimmen in ihrem Kopf, die wie die verschiedenen Erscheinungsformen einer einzigen Stimme waren, verstummten. Der Drache kroch weiter auf Patsy zu. Plötzlich sah er viel größer aus.

»Red!« schrie Tabby. »Red red robbin!«

Dann erscholl Grahams dröhnender Baß: *»goes bob, bob, bobbin' along – ALONG!«*

Sie hörte, daß auch Richard es sang – mit dem Mut der Verzweiflung.

Der Kopf des Drachen schwang in eine andere Richtung – weg von Patsy, und ein kleiner, geflügelter Körper fiel aus dem Himmel vor Patsys Füße. Das Drachenjunge krabbelte betäubt ein paar Zentimeter den Hang hinunter. Es war nicht größer als eine Maus. Voller Ekel trat Patsy auf das mit den Flügeln schlagende Tier. Dann hob sie den Fuß und trat noch einmal mit aller Kraft zu. Sie fühlte es aufplatzen wie einen Käfer.

»There'll be no more *sobbin'*!« kreischte Tabby, »when he starts *throbbin'*!«

Alle ihre Stimmen fluteten wieder in Patsy hinein, und sie sah sich und Tabby auf der Straße vor dem alten Smithfield-Haus – die Vision war überhaupt nicht rätselhaft. Patsy fühlte Kraft in sich aufsteigen und wußte, daß es dasselbe Gefühl war, das schon vorher von ihr Besitz ergreifen wollte – bevor sie über Bates Krells Erscheinung zu Tode erschrak. Sie ahnte, daß jetzt einer der anderen in Gefahr war, in derselben Gefahr, aus der sie eben von den anderen gerettet worden war. Als sie sich nach Richard Allbee umsah, stand er nur sechs Meter von dem Drachen entfernt. »Sweet song!« schrie er ...

... und das ließ Patsy alle Hemmungen über Bord werfen. Sie öffnete sich für alle drei: Sie breitete ihre Schwingen aus, die weiter reichten als die der Fledermaus aus Feuer. Es war, als ob ihr Körper sich geöffnet und ihr innerstes Wesen über die drei ausgeschüttet hätte. Für einen Augenblick war ihre

Empfindsamkeit so gesteigert, daß sie glaubte, den Verlauf ihrer Venen und Arterien wie eine Landkarte auf ihrer Haut zu sehen. Einmal, als sie ziemlich verzweifelt gewesen war, hatte sie eine Liste der Männer geschrieben, mit denen sie gerne ins Bett gehen würde. Aber jetzt, wo sie Tabby Smithfield und Graham Williams und Richard Allbee in sich aufnahm, ihre Flügel über sie ausbreitete, waren sie die einzigen Männer auf dem ganzen Planeten. Sie verschmolzen mit ihr. Das war überwältigend sinnlich, und die Kraft, die diesen Vorgang auslöste, kam von ihr.

Um Patsy herum fielen die Babydrachen aus dem Himmel. Sie zertrat so viele sie konnte, aber es fielen immer mehr, wie die Vögel Ende Mai aus dem Himmel gefallen waren.

Sie brauchte sie jetzt nur noch mit dem Fuß zu berühren, dann zerplatzten sie, und Rauch und Funken stiegen aus ihnen auf.

Wieder stieß sie mit der Fußspitze an einen dieser krabbelnden mausgroßen Drachen, und schon platzte er entlang der Wirbelsäule auf. Eine kleine Feuerpfütze quoll aus der Öffnung, und die Flügel der Kreatur zischten und schmolzen zu schwarzen Klumpen.

5

Richard stand sechs Meter vom Eingang der Höhle entfernt und hörte Patsy in seinem Kopf singen. Jetzt noch stärker als vorher. Ihre Stimme war nicht mehr nur Stimme. Es war der Gesang seines eigenen Körpers: das Rauschen des Blutes durch seine Adern, das Hämmern seines Herzens. Der riesige grün-schwarze Kopf des Drachen nickte fast verwirrt, während er hörte – und fühlte –, wie seine Kinder auf die Felsen klatschten. Richard wußte, daß er nahe genug an den Nacken des Drachen herankommen mußte, bevor der sich erholte. Er glaubte, eine Chance von fünfzig zu fünfzig zu haben, und hob sein Schwert.

Richardrichard

Dann fühlte er Patsy McCloud in sich hineinbranden – in seinen Kopf und seinen Körper, sein Herz und seine Rippen, seine Lungen, Augen und Hände, und zwar mit solcher Gewalt, daß es ihn fast umwarf. Dann glaubte er zu schweben. Es war als hätte Patsys Anwesenheit in seinem Körper ihn von der Schwerkraft befreit.

Richard blickte auf und sah zwei der kleinen Drachen wie sterbende Fledermäuse aus dem Himmel zur Erde taumeln.

Er wußte nicht, ob er mit seinen oder mit Patsys Augen sah.

Seine Gedanken flossen hilflos den ihren entgegen. Es kam ihm vor, als wären seine und ihre Gedanken zwei flüssige Substanzen, die in einem Gefäß verquirlt wurden. Mit einem Schlag hatten sie die Grenze normaler Intimität weit überschritten und befanden sich in einem Reich totalen Sich-Kennens und totaler Akzeptanz. Sie steckten in einer pulsierenden rosa Kammer, wo sie nichts voreinander verbergen konnten. Es war, als seien er und Patsy McCloud seit vierzig Jahren verheiratet und jeder wüßte vom anderen, welche Zahnpasta er bevorzugt, wie er sein Frühstücksei am liebsten ißt, welche Witze, welche Romane, welche Filme er mag und welche er ablehnt, welche Menschen er liebt und welche er haßt. Dieses ganze Wissen war irgendwie erotisch gefärbt. Es entsprang Patsys Sexualität. Es war, als hätte sie ihr Innerstes nach außen gekehrt und ihre Nerven und ihren Blutstrom mit seinem vermischt.

Ein Babydrachen von der Größe eines Eichhörnchens fiel mit dem Geräusch einer zerknüllten Papiertüte vor seine Füße. Sekunden nach dem Aufschlag stieg Rauch aus der ledrigen Haut auf.

Graham Williams und Tabby Smithfield standen am Fuße des Abhangs, dem Drachen ausgeliefert. Patsy befand sich auf halber Höhe der Böschung, isoliert, wie es schien, durch ihren geistigen Akt, den Richard noch nicht einmal angefangen hatte zu begreifen. Er hörte Graham und Tabby dieses verrückte Lied singen. Der kleine Drache zu seinen Füßen war jetzt vollkommen in einen dichten Rauchkokon eingehüllt. Zischende und brutzelnde Geräusche stiegen von dem kleinen Qualmpaket auf. Auch Patsy sang, aber ihr Mund war geschlossen.

Das Schwert in Richards Hand nahm eine etwas dunklere Färbung an und strebte vorwärts wie eine Wünschelrute. Es glühte jetzt wie rotes Gold, und der Griff wärmte ihm den halben Arm. Patsys Atemzüge weiteten seine Lungen. Tabby und Graham waren von flackerndem, rötlich-goldenem Licht umgeben, das dieselbe Farbe hatte wie das Schwert.

Noch ein kleiner Drache fiel auf einen Felsbrocken und zersprang in zwei brennende Hälften.

Richard nahm sich die Zeit zu denken: *Das ist unmöglich.*

Und der massige alte Drache, der sich noch immer im Eingang seiner Höhle herumdrückte, wandte den Kopf und fixierte Richard mit seinem pupillenlosen Blick. Er riß das Maul auf. Richard sprang zur Seite, wobei sein Fuß etwas Glitschiges und Heißes berührte, aber der Blick des Drachen folgte ihm. Für einen Moment lähmte Richard blankes Entsetzen. Dann regte sich wieder Patsys Atem in seinen Lungen, und er schrie: »RED RED ROBIN! JUST KEEP SOBBIN'!« Er achtete nicht mehr auf die Worte oder ihre Reihenfolge, aber er *sah* Patsy in seinen Gedanken, sah sie nackt in jener rosa Kammer stehen, in der sie immer noch unauflöslich miteinander verbunden schienen, und hinter ihr stand Laura, nackt mit ihrem runden, schönen Bauch.

Frauengelächter fiel über ihn her – aus allen Richtungen, von überall her, von der Welt selbst.

Richard bellte: »SLEEPYHEAD!« und hob sein glühendes Schwert.

Dann wurde sein Traum – ihr Traum – Wirklichkeit. Er wußte nicht, ob er wach war oder schlief, und er schrie noch einmal: »SLEEPYHEAD!« und schritt voran.

Die Erde bebte. Schwarze Flüssigkeit quoll zwischen den Felsblöcken hervor, und Geröll prasselte die Abhänge herunter. Richard ging direkt auf den wartenden Drachen zu und hörte jemand schreien: »SLEEPYHEAD! SLEEPYHEAD!« Stinkende schwarze Flüssigkeit klatschte auf die flachen Felsblöcke, aber Richard hörte Frauengelächter und wußte, daß dieses Zeug ihm nichts tun konnte – es würde ihn nicht einmal berühren. Er glaubte zu wissen, was es war: das schwarze Zeug, das aus Emma Bovarys Sarg tropfte. Er und Laura hatten das Buch nicht zu Ende gelesen. Sie hatten so vieles nicht zu Ende gemacht. Eine dichte Flammenwand schoß auf ihn zu und hüllte ihn ein, aber er wußte, daß er einfach durch die Flammen gehen konnte. Auch sie hatten keine Macht, ihn zu verletzen.

Die anderen drei sahen Richard Allbee auf den Drachen zuschreiten, mitten durch die Flammen, als ob sie nicht existierten. Er schien eine seidig glänzende stählerne Rüstung zu tragen. Sie sahen, wie er mitten in den Flammen sein Schwert hob, hörten ihn schreien: »WAKE UP!« als er zuschlug.

Richard hörte nicht, was er schrie, es war ihm gar nicht bewußt, daß er irgend etwas schrie. Er hörte nur das betäubende Brüllen der Flammen, die aus dem Drachenmaul schossen. Er sah die spitzen Zähne, die die Größe von Zaunpfählen hatten. Zusammen mit den harmlosen Flammen fuhr ein Geruch von Tod und Verwesung, der Gestank des Tunnels, auf ihn zu.

Richard sprang vorwärts und hieb mit dem Schwert auf die lange Schnauze des Untiers. Die Klinge drang in das Fleisch des Drachen, glitt dann ab und schnitt ein grünlichschwarzes Stück heraus. Flüssiges Feuer quoll aus der kleinen Wunde, und der Drache zog sich brüllend ein wenig zurück. Als Richard wieder angriff, stieß der Drache vor und hätte ihn fast mit seinen Zähnen erwischt. Richard holte aus und traf sein Maul. Beim nächsten Vorstoß des Ungeheuers sprang Richard zur Seite, und dieses Mal gelang es ihm, sein Schwert in den Unterkiefer des Drachen zu treiben.

Eine Feuerfontäne schoß aus der Wunde, und der Drache schrie vor Schmerz und warf sich nach vorn. Der lange Kopf schnellte Richard entgegen, und dieses Mal sprang er nicht zur Seite, sondern hob sein Schwert, wie er es in seinem Traum getan hatte, und schlug mit aller Kraft zu. Das Schwert versank im vorderen Teil der Schnauze, und ein Feuerstrom ergoß sich in das Maul des Drachen.

Kreischend vor Wut und Schmerz bäumte das Ungetüm sich auf. Das Schwert in Richards Hand pulsierte. Er brachte sich in die Nähe des mächtigen Nackens, ergriff sein Schwert mit beiden Händen, spannte seine Arm- und Schultermuskulatur und schlug den gewaltigsten Schlag seines Lebens. Die Klinge glitt durch die dicke Haut und biß auf Knochen. Richard nahm seine ganze Kraft zusammen und sägte das Hindernis einfach durch. Flüssiges Feuer rann über seine Hände: dann explodierte der Drache.

Richard trat schwankend von diesem Berg aus Feuer zurück. Er sah Fetzen von Flammen über die Felsblöcke flattern. Das Schwert fiel aus seinen Händen. Es war kein Schwert mehr. Er sagte: »Wake up«, und fiel auf seine Knie.

6

Mit zitternden Knien kamen Graham und Tabby über die Felsblöcke auf ihn zu. Richard war ganz vorübergesunken. Sein Kopf berührte fast den Felsen. »Richard?« sagte Graham mit rauher Stimme. Ein Zittern ging durch Richards Körper. Er konnte oder wollte sie nicht ansehen. »Ist alles in Ordnung?« fragte Tabby. »Nein«, antwortete Richard. »Du hast es getan«, sagte Graham leise. »Sag mir, was ich getan habe«, sagte Richard zu dem Stein. »Ich werde den Teufel tun«, brummte Graham. »Ich werde es dir *zeigen*. Du brauchst nur den Kopf zu heben, dann kannst du es sehen.«

Richard hob langsam den Kopf, und was die anderen auf seinem eingefallenen Gesicht sahen, war völlige Desorientierung. Er sah fünfzehn Jahre älter aus. Tiefe Falten hatten sich in seine Wangen eingegraben. Er zitterte und war sehr blaß. »Es ist wieder Tag geworden«, sagte er. Graham und Tabby hatten kaum bemerkt, daß die Sonne wieder schien. Richard sah in ihre Gesichter und sagte: »Hoffentlich sehe ich nicht schlimmer aus als ihr zwei.« Er rieb sich mit zitternden Händen die Stirn. »Was wolltet ihr mir zeigen?«

»Hier kommt, ah, hier kommt sie«, verkündete Graham. Seine Stimme klang plötzlich nervös und verlegen. »Patsy.«

Tabby wirbelte herum wie hypnotisiert, und Richard ergriff Grahams Hand und ließ sich auf die Füße helfen. Patsy vollendete ihren Abstieg in einer kleinen Geröllawine. Sie errötete, aber als sie auf sie zukam, ging von dieser kleinen Frau die Aura einer großen Tat aus – es war eine Ausstrahlung von fast epischer Kraft, die so selbstverständlich zu ihr gehörte wie ihre Kleidung. Wenn einer von ihnen jetzt mit ihr allein gewesen wäre, hätte er sie weinend umarmt, so aber scheuten sie sich, ihre Gefühle zu zeigen.

»Oh, Patsy«, sagte Tabby, »wie haben Sie ...«

Sie schüttelte den Kopf, während sie auf sie zuging. Ihre Wangen glühten.

Tabby versuchte, sie mit seinen Gedanken zu erreichen, aber es gelang nicht – er sandte seine Botschaft und wußte, daß sie ihr Ziel nicht erreichen würde. Diese Fähigkeit hatten sie verloren.

Der Boden, auf dem sie standen, erbebte, aber sie merkten es kaum.

»Ich möchte, daß Sie ...«, fiel Graham an, und seine Stimme bebte auch.

»Fangt mich auf«, rief Patsy und lief mit ausgebreiteten Armen auf sie zu. So umarmten sie sich alle drei und standen in einem Kreis – und keiner der Männer konnte sich dem Gefühl entziehen, daß er zu Patsy McCloud gehörte, daß er ein Teil von ihr war.

Schließlich trat Patsy einen Schritt zurück, und sie lösten ihre Umarmung.

»Sie wollten mir etwas zeigen, mein lieber Graham«, sagte Patsy.

Jetzt wurde Graham rot. Er wies auf das felsige Stück Abhang, wo die Höhle des Drachen gewesen war. Sie war genau so verschwunden wie alle die kleinen Drachen. Dort lag ein kleines Skelett. Sie sahen alle, daß seine Beine leicht deformiert waren – etwas verdreht. Der Schädel – von fast arroganter Größe und Länge – schien für einen anderen Körper gedacht gewesen zu sein und wies vier ausgezackte Löcher auf, die ungefähr so groß waren wie Fünfcentstücke.

Die Felsblöcke unter ihren Füßen bewegten sich merklich nach links, dann wieder zurück.

»Sie haben ihn alle erwischt – unsere Vorfahren. Sie haben ihn gemeinsam getötet. Oder nacheinander. Oder wie immer. Aber sie haben ihn alle getötet.« Graham schob die Hände in die Taschen und sah die anderen mit etwas wie seiner alten Leidenschaft an. »Und wir haben sie alle übertroffen. Verdammt nochmal, ich glaube, daß wir das Monster für immer los sind.«

Die Felsen, auf denen sie standen, bewegten sich wieder, und vom äußersten Ende von Kendall Point hörten sie lautlos Krachen und das Geräusch von schweren Objekten, die ins Meer stürzten. Um sie herum rollten lose Steine die Abhänge herunter.

Patsy sah erschrocken auf. Richard nahm ihren Arm und machte sich mit ihr auf den Weg den Abhang hinauf, und zwar nach der Landseite hin. Er hoffte, daß die anderen beiden ihnen folgen würden. Richard brachte Patsy nach oben und fast bis an die Straße. »Warten Sie hier«, sagte er und ging zurück, um Graham zu helfen. Als er zur Spitze der Landzunge blickte, sah er, daß ein großes Stück von ihr einfach abgebrochen und ins Wasser gefallen war. Ungefähr zwei Meter hinter der ausgezackten Kante tat sich eine riesige Spalte auf, und ein weiteres Stück von der Landzunge versank im Long Island Sound. Richard rutschte den Abhang hinunter, bis er fast mit Tabby Smithfield zusammenstieß, der Graham hinter sich herzog. Richard packte den anderen Arm des alten Mannes, und gemeinsam zerrten sie ihn über die Kante. »Besten Dank«, sagte Graham.

Sie gesellten sich an der niedrigen Mauer zu Patsy und beobachteten, wie Kendall Point sich selbst zerriß. Der Boden schwankte und bebte. Risse sprangen auf und weiteten sich, trafen auf andere Risse und Spalten. Die Felsen, auf denen sie dem Drachen gegenüber gestanden hatten, hoben sich in einer neuen Verschiebung, die weitere zwei Meter von der Landzunge ins Meer stürzte. Die noch übriggebliebenen Fichten schwankten und taumelten durcheinander – Sekunden später waren sie verschwunden. Für einen Augenblick hob sich Gideon Winters Skelett in ihr Blickfeld – seine Arme und Beine bewegten sich, als ob er lebte – und rollte über die Kante ins Wasser. Ein nachstürzender Felsbrocken begrub ihn unter sich.

Dann lief ein immer breiter werdender Riß auf sie zu, und sie beeilten sich, über die Mauer auf die Straße zu kommen. »Oh, mein Gott!« rief Tabby und zeigte auf das lange weiße Gebäude am Anfang der Landzunge, das sie für eine Bar hielten. Die Verwüstung nahm zu und verlangte nach mehr Land. Eine riesige Spalte öffnete sich in Richtung auf das Gebäude. Sie bewegte sich so zielsicher auf die Bar los, als hätte sie einen eigenen Willen und wollte sie unbedingt verschlingen. Der kleine Hof unter dem langen Fenster an der Rückseite des Gebäudes versank mit großem Getöse. Die dicken Betonmauern und Fußböden brachen wie trockenes Brot. Das ganze Gebäude rutschte ein paar Meter nach vorn. Es gab noch mehr Lärm: Reißen, Zersplittern und Bersten von Wänden und Rohren. Sie hörten Schreie, und eine Tür flog auf. Drei junge Frauen und vier oder fünf etwas ältere Männer kamen heraus. Zwei der Männer hatten Bierflaschen in der Hand. Die verängstigten Leute rannten auf die Straße und schauten zu, wie die Bar weitertanzte, mit den Hüften wackelte und in der Spalte versank. Die Seitenwand des Gebäudes löste sich und stürzte in die Tiefe. Jetzt waren ein Fliesenfußboden und eine halbrunde Bar zu sehen. In einem der oberen Räume pendelte ein kugelförmiger Lampenschirm wild hin und her, als hätte ein Kind mit einem Stock dagegengeschlagen. Dann schien das Gebäude aufzustöhnen, tausend Bretter rissen los, und die ganze Konstruktion fiel in sich zusammen und verschwand in der Spalte.

Die Leute, die davongekommen waren, gingen wie betäubt auf die vier Freunde zu. Eine der Frauen und zwei der Männer näherten sich nur zögernd. Zum ersten Mal sahen Patsy, Richard, Graham und Tabby den Ausdruck dümmlichen Erstaunens, der ihnen später so vertraut werden sollte. Sie hatten kein gutes Gefühl dabei. »Verdammte Scheiße«, sagte einer der Männer, und alle wandten sich ab. Graham war überzeugt, daß die drei Leute, die jetzt beobachteten, wie eine ganze Häuserreihe im Sound versank, sie am liebsten gestreichelt hätten.

Die verfallenen Häuser in der Nähe der verwüsteten Bar zitterten wie mechanische Spielzeuge und fielen eins nach dem anderen in sich zusammen, als die sich erweiternde Spalte sie erbarmungslos über einen Sandstreifen trieb, der einmal ein Strand gewesen war, und sie dann im Wasser versinken ließ. Endlich versank auch der Sandstreifen.

Von der anderen Seite der Landzunge, aus Richtung Greenbank und Mount Avenue, kam eine weitere Serie gequälter Geräusche, die ankündigten, daß wieder ein großes Gebäude sein vorzeitiges Ende fand. Steine, Holz und Glas kreischten, als sie auseinanderrissen und zusammenstürzten. Das Mauerwerk, das noch weitere hundert Jahre hätte halten sollen, zerbarst, und Holz und Ziegel und Eisen und Blei und Porzellan wurden zertrümmert.

Danach gab es keine Zerstörungen mehr. Um sie herum herrschte völlige Stille. Nur eine Eidechse huschte durch den Sand, und ein letzter Felsbrocken stürzte polternd in die Tiefe.

Die Leute aus der Bar starrten Richard und die anderen unverhohlen an. Die kleine Gruppe von Männern betrachtete Patsy mit offener Bewunderung. Auch sie hatten die Aura gespürt, die sie umgab.

»Laßt uns nach Hause gehen«, sagte Graham.

Tabby fragte ihn, ob er glaube, daß auch Greenbank zerstört worden sei.

»Das werden wir noch früh genug feststellen. Aber laßt uns dicht zusammenbleiben, wenn wir an den Leuten vorbeigehen.«

Die drei nahmen Patsy in die Mitte und gingen langsam die Straße hinauf. Sie schauten die Leute aus der Bar nicht an, die ein Stück zurücktraten, um sie durchzulassen. Niemand bewegte sich oder sagte etwas, aber Richard und die anderen merkten den Leuten ihre Erregung an.

Als Bobo Farnsworth keuchend aus dem Wald herausgelaufen kam – er hatte offenbar eine Abkürzung gewählt –, blieben unsere Freunde stehen. Die Leute hinter ihnen liefen schon auseinander.

7

Bobo blieb zwei Meter neben der Straße stehen. Seine blaue Uniform war verschmutzt, und ein Hosenbein klebte ihm naß auf der Haut. Er schien von einer für ihn ungewöhnlichen Schüchternheit befallen zu sein, als sei er nicht sicher, ob er die vier ansprechen dürfe. Bobo sah Patsy an, dann Richard und dann wieder Patsy. »Ah«, sagte er dann, »Sie wollte ich sprechen.«

Man sah seinem Gesicht irgendeinen Kummer an. Unbeholfen blieb er an der Straße stehen. Genauso unbeholfen ging er dann einen Schritt vorwärts. Dann gestattete er sich wieder einen Blick auf Patsy McCloud und ging die restlichen Schritte, als müsse er sich für irgend etwas rechtfertigen.

»Was ist passiert, Bobo?« fragte Richard.

Es ist eine Tatsache, wenn auch vielleicht keine angenehme, daß alle vier sich wünschten, der sprachlose Bobo möge sagen, was er zu sagen hatte, und dann wieder verschwinden. Sie alle mochten den großen Polizisten, und bei jeder anderen Gelegenheit hätten sie sich über seine Gesellschaft gefreut. Natürlich waren sie erschöpft, wie sehr, war ihnen noch gar nicht recht bewußt. Und sie konnten sich genau so wenig von dem, was sie erlebt hatten, lösen, wie sie Bobo hätten packen und von dem Felsen werfen können, der früher Kendall Point gewesen war. Aber der eigentliche Grund dafür, daß Bobo störte, war, daß sie ein Zusammengehörigkeitsgefühl wie Liebende entwickelt hatten. Sie brauchten einander ohne jeden Vorbehalt, und sie brauchten Zeit, um festzustellen, was das bedeutete und welche Dimensionen hier berührt waren. Bobo störte, und deshalb war Richards Frage ein Akt reiner Nächstenliebe.

»Mein Wagen hat keinen Sprit mehr«, sagte er wenig hilfreich. »Man kann in der ganzen Stadt kein Benzin kriegen. Die Nadel war so weit unten, daß sie fast nicht mehr zu sehen war. Ich dachte, ich würde es noch bis hierher schaffen, aber ich mußte die halbe Mount Avenue und ganz nach Hillhaven laufen.« Er schaute wieder Patsy an. Dabei war er immer noch außer Atem. Man sah seinem Mund und seinen Augen deutlich an, daß er Kummer hatte. »Fragen Sie nicht, wie, aber ich wußte, daß Sie alle hier oben sein würden – ich mußte Sie ganz einfach finden. Die Dinge sind nicht ... sie sind nicht.« Wie ein Kind, das sich schämt, schlug er die Hände vors Gesicht. »Ich glaube, Ronnie stirbt. Vielleicht ist sie sogar schon tot. Ich weiß genau, daß sie gestern abend fast gestorben wäre.« Die Worte klangen erstickt, und er ließ die Hände wieder sinken. Bobo starrte auf den Kies am Straßenrand. Er kämpfte mit seinem Elend und den Gefühlen, die er hatte, als er darüber sprach. »Sie hat mich rausgeworfen. Sie will mich nicht mehr in ihrer Wohnung haben. Ich habe Angst, zu ihrem Haus zurückzugehen. Ich könnte es nicht ertragen, wenn ich hinginge und sie wäre tot.«

»Sie werden feststellen, daß es ihr besser geht«, sagte Graham. »Ich bin sogar ganz sicher. Und ich wette, sie wird sich freuen, Sie zu sehen.« Es sollte sich ergeben, daß dies nur zu fünfzig Prozent stimmte.

»Sie sind sicher?« sagte Bobo.

»Das sagte ich doch.«

Der Polizist nickte. »Danke«, sagte er ganz ernsthaft. »Ich meine, vielen Dank für alles.«

Niemand antwortete etwas darauf, und Bobo trat von einem Fuß auf den anderen. »Nun, ich denke, wir gehen zusammen zurück.«

»Wenn Sie wollen«, sagte Richard freundlich, wenn auch nicht mehr ganz so freundlich wie zuerst.

Schweigend gingen sie zum Hillhaven-Ende der Mount Avenue. Bobo ging schneller als die anderen und drehte sich dann um und wartete, bis die andern ihn eingeholt hatten. »Gehen Sie ruhig voraus, Bobo«, sagte Graham. »Wir verstehen, daß Sie es eilig haben, zu Ronnie zu kommen.«

»Ich möchte lieber mit Ihnen gehen«, sagte Bobo tonlos.

Als sie den Strand von Hillhaven passierten, waren Richard und Tabby zurückgefallen. Graham hatte den Arm um Patsy gelegt, und die beiden marschierten mit mechanischer Entschlossenheit auf den Beach Trail zu. »Wir sind bald da, Patsy«, sagte Graham. »Ja, natürlich«, mischte sich

Bobo ein. Endlich erreichten sie den Streifenwagen, der an der Straßenseite parkte. *»Diese Scheißkarre!«* sagte Bobo und schlug mit der flachen Hand auf das Dach. In peinlichem Schweigen gingen sie noch zwanzig Meter, als Bobo plötzlich rief: »Oh, mein Gott. Sehen Sie sich das an!«

Monty Smithfields Haus war den Hügel hinabgestürzt, auf dem es stand, und hatte ein seltsames Loch in der Landschaft hinterlassen. Wasser floß aus abgebrochenen Röhren, und aus dem Fundament ragten steinerne Pfeiler empor. Dicht wie Rauch hing immer noch der Staub in der Luft.

»Oh, mein Gott«, wiederholte Bobo. »Das wunderbare Haus. Es liegt wohl jetzt im Wasser, oder? Diese Erdbeben, oder was immer es war, haben es direkt vom Hügel geschüttelt. Ich hätte nie gedacht, daß ein so solides Gebäude jemals ...« Er trat an den Zaun. »Hoffentlich sind nicht noch mehr solche Häuser zusammengebrochen.«

»Dies dürfte das einzige sein«, sagte Graham.

»Ich muß wirklich sehen, was da unten passiert ist«, sagte Bobo. »Vielleicht braucht jemand Hilfe.« Unentschlossen blieb er am Zaun stehen. Offenbar ließ er die andern nicht gern allein. »Sie werden doch gut nach Hause kommen?« fragte er.

»Höchstwahrscheinlich«, sagte Graham, und die vier gingen auf die Straße zurück, um das kurze Stück zum Beach Trail hinter sich zu bringen.

»Good-bye, Bobo«, sagte Graham. »Sie sind ein guter Junge. Alles wird gut werden.«

»Ich habe Sie – ich habe Sie am Kendall Point gesehen«, stieß Bobo hervor. Diese Enthüllung hatte er schon die ganze Zeit loswerden wollen. Selbst Patsy und Tabby sahen ihn jetzt an.

»Ich stand so hoch, daß ich ganz in diese Spalte hineinsehen konnte.« Bobo tat so verschämt, als könnten sie ihm vorwerfen, er habe spioniert. »Was war das Ding da unten. Sie haben mit ihm gekämpft, nicht wahr? Was war es.«

»Was haben Sie denn gesehen?« fragte Richard. Graham, Patsy und Tabby waren instinktiv näher an ihn herangerückt.

»Eine Art Tier, nehme ich an«, sagte Bobo. »Ziemlich groß. Ich sage es ungern, aber sah es nicht so aus, als hätte es ein menschliches Gesicht?«

»Ich wollte, ich könnte Ihnen das sagen«, meinte Richard. »Wirklich, Bobo, ich wollte, ich wüßte es.«

»Ja«, sagte Bobo. »Ich wüßte es auch gern.« Er schwieg eine Weile. »Ich werde mir mal ansehen, was von dem Haus übriggeblieben ist«, sagte er dann. Er blieb immer noch am Zaun stehen. »Passen Sie gut auf sich auf.«

»Bis später«, sagte Graham und zog Patsy an sich. Als sie an der Ecke zum Beach Trail ankamen, hatten sie Bobo immer noch nicht vom Zaun weggehen hören.

Graham stieß seine Tür auf und ließ die anderen ein. Patsy lehnte sich gleich hinter der Tür an die Wand. Sie ließ den Kopf sinken. »Es tut mir leid«, sagte sie. »Ich habe keine Energie mehr. Nicht die geringste.«

Richard und Tabby drängten sich in den schmalen mit Büchern vollgestellten Gang, um ihr zu helfen, aber es war Graham, der sie stützte und in das Wohnzimmer führte. »Ich muß mich nur einen Augenblick hinlegen«, sagte Patsy.

Graham half ihr zur Couch, wo sie sich auf die Seite legte. Patsy schloß gleich die Augen. Er rückte ihre Beine auf der Couch zurecht und holte eine Decke, die neben seinem Schreibtisch lag. Er schüttelte sie aus und breitete sie über Patsy. Selbst im Schlaf war ihr Gesicht noch angespannt – schmal, fast kantig. Straff lag die Haut über den Knochen. »Du kannst dich setzen, Tabby«, sagte Graham. »In den nächsten paar Stunden geht sie bestimmt nicht weg.«

»Ich auch nicht«, sagte Tabby und ging zu Grahams Schreibtischstuhl hinüber, aber bevor er ihn erreichte, blieb er stehen und ging an das Kopfende der Couch zurück. Auch Richard hatte sich nicht sehr weit von Patsy entfernen mögen. Er stand auf der anderen Seite des Tisches und schaute Patsy an.

»Ihr beiden seid wie die Löwen vor der Bibliothek«, sagte Graham. »Tut mir einen Gefallen und setzt euch. Wir werden eine ganze Weile das Haus nicht verlassen – darin stimme ich Tabby zu.«

»Gut«, sagte Richard, ging aber nur zu dem alten Ledersessel.

Tabby setzte sich neben die Couch.

Er war ihr nahe genug, um hinüberzureichen und ihr über das Haar zu streichen.

»Ich glaube, so geht es«, sagte Graham. »Ich werde mir einen Drink holen. Und irgendwann gehe ich ins Bett. Ich habe das Gefühl, drei Tage nicht geschlafen zu haben. Aber ich denke, ihr werdet alle hier bleiben bis uns etwas anderes einfällt.«

»Ich brauche keine anderen Einfälle«, sagte Richard.

»Okay«, sagte Graham und lächelte. »Hier ist viel Platz. Es gibt oben Zimmer, die ich schon fünfzehn Jahre lang nicht mehr gesehen habe. Okay. Ich bin sehr froh.«

»Soll ich auch bleiben?« fragte Tabby und sah plötzlich ganz gekränkt aus.

»Wenn du versuchst, woanders hinzugehen, kette ich dich an meinen Schreibtisch«, sagte Graham. »Gut, das wäre geregelt. Möchte jemand etwas trinken. Ich habe immer noch von dem Gin, den Patsy so gern mochte.«

Die drei schauten zur Couch hinüber, wo Patsy unter ihrer Decke leise atmete.

»Gern«, sagte Richard.

»Ich möchte auch ein wenig«, sagte Tabby. »Natürlich nur, wenn …«

»Heute bekommst du, was du willst«, sagte Graham. Er ging langsam in die Küche und ließ Eiswürfel in die Gläser fallen.

Tabby dachte an Berkeley Woodhouse, wie sie den Eisbehälter in den »Four Hearths« gegen die Spüle geschlagen hatte, und er zog die Knie an und schlang die Arme darum. »Richard?«

»Ja.«

»Ist es richtig, daß wir hier eine Weile bleiben?«

»Ja.«

»Alle zusammen?«

»Alle zusammen.«

»Ich möchte auch gar nicht woanders sein.«

»Ich weiß. Wir empfinden ähnlich, Tabby.«

»Glauben Sie, daß dieser Polizist Bobo wirklich ein Tier mit einem menschlichen Gesicht gesehen hat?«

Richard sank in seinen Stuhl zurück. »Wir werden wahrscheinlich für den Rest unseres Lebens über Kendall Point reden. Jetzt ist es aber noch zu früh, Tabby. Ich weiß nicht einmal, was ich denken soll.«

Graham brachte drei halb mit Eis und halb mit einer klaren Flüssigkeit gefüllte Gläser. »Das stimmt, Tabby, es ist noch zu früh. In dein Glas habe ich übrigens etwas Wasser getan.« Er gab jedem ein Glas und stellte sein eigenes auf den Tisch. »Ich bin gleich wieder da«, sagte er. »Ich muß etwas erledigen, solange ich noch den Mut dazu habe.«

Tabby nippte an seinem Drink. »Findet ihr beiden das Zeug gut?«

»Wir halten es für eins der besseren Gifte.«

Graham ging mit schweren Schritten langsam die Treppe hoch.

»Was hat er vor?« fragte Tabby.

»Wir fragen ihn, wenn er wiederkommt.«

»Ich glaube nicht, daß ich Patsy jemals verlassen könnte«, sagte der Junge.

»Ja«, sagte Richard. »Ich glaube nicht einmal, daß ich jemals diesen Stuhl verlassen kann.«

Geräuschvoll kam Graham wieder die Treppe herunter und erschien mit einem acht Zoll dicken Stoß Papier im Zimmer. Wortlos ging er an den anderen vorbei in die Küche. Sekunden später hörten Richard und Tabby etwas in den Abfalleimer aus Plastik fallen.

Graham kam ins Wohnzimmer zurück und wirkte sehr gelöst. Er humpelte an den Tisch, nahm seinen Drink und trank ein Drittel davon aus. Dann humpelte er zu seinem Schreibtischstuhl hinüber. »Ich habe mir Blasen gelaufen«, sagte er. Er betrachtete lächelnd sein Glas und dann die schlafende Patsy. »Ich habe mich eben befreit. Ich habe so viel Zeit mit diesem Buch verbracht, daß ich nicht zugeben konnte, daß es vor etwa einem Jahr schon für mich gestorben war. Heute mag ich es nicht einmal mehr sehen.«

»Sie haben Ihr *Buch* weggeworfen?« fragte Tabby erstaunt.

»Ich habe dreizehn Romane geschrieben«, sagte Graham ruhig. »Ich werde noch einen vierzehnten schaffen, bevor ich mich verabschiede.« Er nahm noch einen großen Schluck Gin und behielt ihn eine Weile im Mund. »Im übrigen werde ich wohl eine Weile nichts anderes tun als euch zu helfen, auf Patsy aufzupassen.«

Dann sagten sie lange Zeit nichts – die Stille dehnte sich endlos und füllte sich mit ihren Gedanken. Alle drei beobachteten Patsy, wie sie unter ihrer Decke ein- und ausatmete.

Tabby legte den Kopf auf die Knie. Sein Mund fing an zu zucken, und plötzlich brannten ihm die Augen.

»Okay«, sagte Graham. »Nur zu.«

Tabby hob den Kopf und mußte sie wieder anschauen. »Sie ...«, fing er an und konnte nicht weitersprechen. »Sie, ach ...« Er konnte es nicht sagen.

»Ich weiß«, sagte Richard. »Sie hat uns geheiratet.«

Impulsiv kniete Tabby sich hin und küßte Patsy McCloud auf die Wange. »Ja«, sagte Richard, stellte sein Glas auf den Fußboden, ging um den niedrigen Tisch herum und legte ihr seine Lippen an die Stirn. Graham humpelte durch das Zimmer und küßte Patsy irgendwo in der Nähe der linken Augenbraue. Es war wie ein Ritual; es war wie die Besiegelung eines Sakraments und hätte eine wichtige und sofortige Verwandlung bedeuten müssen. Aber sie standen wortlos über ihr, und Patsy schlief weiter.

Graham knurrte etwas und ging zu seinem Stuhl zurück. Tabby setzte sich wieder auf den Fußboden. Richard lehnte sich in dem alten Ledersessel zurück. Graham trank sein Glas aus, drehte das geprungene alte Ding in der Hand und empfand ungetrübte Freude. Seine Brust schmerzte, seine Füße brannten, er hatte eben viele Jahre Arbeit in den Abfall geworfen (und selbst jetzt überlegte er, ob man nicht einen Teil jener Seiten aus dem Abfall retten solle), er stand am Rande der völligen Erschöpfung, aber eine Zeitlang war er restlos glücklich. Jeder der drei Menschen in seinem Wohnzimmer war von etwas Einzigartigem und Wesentlichem durchglüht – so wie am Kendall Point das Schwert in Richards Hand geglüht hatte. Hatte die Szene sich tatsächlich an jenem Ort und auf diese Weise abgespielt? Es spielte keine Rolle, jedenfalls diese paar Sekunden lang nicht. Er war glücklicher als zu irgendeiner Zeit in seinem Leben. Er war über bloßes Glück weit hinausgelangt, und er fand, daß sich ihm Regionen erschlossen, sonnenüberflutete Welten, in denen die Götter lebten. Richard und Tabby schliefen beide genauso unschuldig wie Patsy McCloud. Graham stand von seinem Stuhl auf, brachte sein Glas in die Küche und holte die wichtigsten Kapitel wieder aus dem großen Abfalleimer heraus. Er ließ seine leise atmenden Freunde im Wohnzimmer allein und ging nach oben.

Nachdem der Mond …

Nachdem der Mond ein paarmal auf- und untergegangen war, fing Hampstead an, sich von seinen Fieberträumen zu erholen. Die Visionen, die in Schränken gelauert, an Türen geklopft und schließlich in den Straßen der Stadt getobt hatten, zogen sich in geheime und fest verschlossene Winkel der Erinnerung zurück. Hampstead fing an, seine Verluste aufzurechnen und seine Toten zu betrauern – es wollte wieder leben. Und die Welt war nicht nur willens, Hampstead wieder aufzunehmen, sondern brachte der Stadt verwirrende, aufdringliche Anteilnahme entgegen. Wie alle betroffenen Städte war Hampstead blaß und abgemagert, aber es konnte wieder gehen: es war nicht mehr verrückt. Es war keine Bedrohung mehr, sondern ein mutiges Opfer. Die Straßensperren wurden abgerissen, und Reporter und Journalisten und die Leute vom Fernsehen mit ihren Kameras strömten in die Stadt.

Es dauerte nicht lange, und fast jeder Einwohner Hampsteads hatte mehr oder weniger aktiv an einem Interview teilgenommen. Die vier in Graham William's Haus machten davon keine Ausnahme. Das Leben hatte sich noch nicht wirklich normalisiert, es schien eher Normalität zu imitieren. Patsy und Richard und der alte Mann und der Junge fanden, daß das, was jetzt geschah, genauso unbegreiflich war wie das, was sie vorher erlebt hatten.

Zuerst war da ihre »Berühmtheit«, wie Richard es nannte. Etwa eine Woche lang konnten sie Grahams Haus nicht verlassen, ohne eine kleine Gefolgschaft auf sich zu ziehen. Meistens war die kleine Gefolgschaft schweigend und passiv:

Wenn Richard an der Main Street auf grün wartete, sahen sich die anderen Passanten nach ihm um. Je nach Temperament beobachteten sie ihn heimlich oder mit unverhohlener Neugier.

Sie hätten ihn gern angesprochen, aber sie taten es nicht. Sie wußten nicht recht, was sie sagen sollten. Einige verfolgten ihn die Main Street hinunter, wobei sie vorgaben, einen Schaufensterbummel zu machen.

Einmal, als Patsy in Greenblatts noch ziemlich leerem Laden einkaufte, strich ihr eine mit schwerem Goldschmuck behängte ältere Frau zitternd über den Arm – angeblich, weil ihr Patsys Bluse gefiel. Eine andere, jüngere Frau war auf dem öffentlichen Parkplatz hinter Anhalts auf Tabby zugegangen und hatte ihn umarmt und gestreichelt. Richard sagte: »Ich fange an, Frank Sinatra zu verstehen.« Aber er glaubte, daß diese Leute etwas von Patsys und Tabbys Talent hatten. Jedenfalls genug davon, um die vier in eine Art Scheinwerferlicht zu stellen. Auch die Leute von der Presse hatten es besonders auf sie abgesehen.

Sie blieben am liebsten zu Haus. Sie wollten zusammen sein. Aber wenn sie das Haus verlassen mußten, konnten sie sicher sein, daß jemand mit Notizblock und Kugelschreiber oder mit einem Mikrophon auftauchte und ihnen Fragen stellte. Die Schwierigkeit bestand darin, die Fragen so zu beantworten, daß man sie nicht für hoffnungslos verrückt hielt. Über ihre Beziehungen zu Gideon Winter – das Thema, das sie in diesen Tagen am meisten beschäftigte – konnten sie nicht sprechen, und so versuchten sie, sich mit nichtssagenden Antworten aus der Affaire zu ziehen. Das Hauptgesprächsthema in der Stadt waren jetzt die Anklagen und Gerichtsverfahren gegen die Telpro Corporation und die Vorwürfe gegen das Verteidigungsministerium, aber Richard und die anderen waren noch zu sehr mit sich selbst beschäftigt, um sich schon damit zu befassen.

»Oh, ich glaube, diese Stadt erholt sich schon wieder«, sagte Richard bei einem Interview mit CBS. »Es ist komisch, aber die meisten von uns können sich kaum noch an das erinnern, was hier in diesem Sommer passiert ist.«

»Ich war zu sehr mit persönlichen Angelegenheiten beschäftigt«, ließ Patsy *Newsweek* wissen. »Nein, ich habe nicht die Absicht, irgend jemand zu verklagen.«

»Wir sind ein ziemlich munterer Haufen«, sagte Graham

zu NBC. »Eine Gaswolke kann uns so leicht nicht umbringen.«

»Hatten wir einen Sommer in diesem Jahr?« fragte Tabby *Eyewitness News*. Nach einer Woche bemerkten sie, daß die neugierigen Blicke und Fragen weniger wurden, und nach vierzehn Tagen waren sie wieder einfache anonyme Bürger – und darüber waren sie sehr froh.

Die Züge der Conrail hielten wieder an den Bahnhöfen von Hillhaven, Greenbank und Hampstead. Greenblatt und die anderen Supermärkte füllten sich langsam wieder mit Lebensmitteln und frischem Fleisch, weil die Großhändler und Fuhrunternehmer gehört hatten, daß ihren Lastwagen in Hampstead keine Gefahr mehr drohte. Bis zur dritten Septemberwoche waren in der Main Street alle Fenster neu verglast, und eine Woche später sah Graham einen Spatzen aus einem der Bäume am Ende seines Grundstücks auffliegen, als er und Richard dabei waren, den zerbrochenen Fensterrahmen zu reparieren. Kurz darauf schienen alle Vögel nach Hampstead zurückzukehren: Möven, Kardinale, Rotkehlchen, Finken, Drosseln und die großen, räuberischen Krähen.

Alle Vögel kamen zurück. Eines Morgens trafen Graham und Patsy auf dem Weg zum Strand Evelyn Hughardt. Sie stieg gerade aus ihrem Auto, und als Graham ihr zurief: »Hallo, Evvy, nett, Sie mal wieder zu sehen«, sah sie auf ihre Armbanduhr, warf Graham einen schnellen Blick zu und sagte: »Wirklich?«, worauf sie eilig in ihrem Haus verschwand. »Jetzt *weiß* ich, daß hier bald alles wieder normal ist«, sagte Graham.

Charlie Antolini ließ einen Maler kommen und trug alle seine Möbel, die er rosa angestrichen hatte, aus dem Haus. An der Bordsteinkante stapelte er sie aufeinander: den Fernsehapparat, zwei Couches, ein paar Stühle, einen großen Eßzimmertisch – alles mit Charlies fröhlichem Rosa bepinselt. Dieses klägliche, aber irgendwie doch auch wieder hoffnungsfrohe Mobiliar brachte Graham die Gefühle dieses Sommers zurück. Er roch Norm Hughardts Mundwasser wie damals, als er seine Leiche auf den Rücken drehte, er spürte den salzigen Geschmack von Patsys Haut wie damals, als er die Schlafende auf die Schläfe küßte. Zwanzig Minuten später kam ein Lastwagen von Goodwill und holte die Möbel ab.

Der Anblick eines Druckfehlers in der *Hampstead Gazette* weckte in Graham noch lange die Erinnerung daran, was es heißt, in einer Zeit zu leben, in der alle Regeln und Konventionen außer Kraft gesetzt sind. Tatsache war allerdings, daß es jetzt nicht mehr Druckfehler gab als früher. Der einzige Unterschied zwischen der *Gazette* im September und der gleichen Zeitung von April oder Mai in diesem Jahr, war, daß es keine Klatschspalte mehr gab. Sarah Spry war keine große Schriftstellerin gewesen, aber es hatte sich herausgestellt, daß sie unersetzlich war.

Die traurigsten Opfer dieses Sommers, Dr. Chaneys Patienten, waren bis Mitte Oktober alle gestorben – sie hatten zuletzt keine Ähnlichkeit mehr mit menschlichen Wesen gehabt. Und als sie endlich, einer nach dem anderen, aufhörten, Lebenszeichen von sich zu geben, war selbst Chaney erleichtert. Er hatte ein Buch zu schreiben.

Fünf Wochen nach der Nacht, in der Graham Williams seine Freunde schlafend in seinem Wohnzimmer zurückgelassen hatte, als er ins Bett ging, zogen Richard und Tabby über die Straße in Richards Haus. Einer der Gründe für diese Trennung, die sie fast so sehr bedauerten, wie sie ihre Notwendigkeit einsahen, war, daß Grahams Haus für drei oder vier erwachsene Bewohner nicht ausreichte. Die unbenutzten Zimmer im Obergeschoß waren im Sommer Backöfen, im Winter Eisschränke. Patsy verbrachte jede Nacht auf der Couch, und Tabby schlief in einem winzigen Raum neben der Küche. Wenn Graham bereit gewesen wäre, sein Haus zu verlassen, wären sie wahrscheinlich alle zusammen über die Straße gegangen, um ein paar weitere gemeinsame Wochen in wachsender Unbehaglichkeit zu verbringen. Graham vermißte seine Einsamkeit. Richard wollte sich um sein Haus kümmern. Er wollte es entweder verkaufen oder weiter instandsetzen. Sie hatten nicht mehr das Gefühl, unbedingt zusammen sein zu müssen. Die Wirklichkeit, die Welt rief sie, und sie wollten diesem Ruf folgen. Tabby ging wieder zur Schule, und Richard brannte darauf, sein Studierzimmer auszuprobieren, außerdem wollte er sich um Aufträge kummern, um nicht mehr von John Roehm abhängig zu sein. Graham kehrte manchmal den Diktator heraus; Richard war manchmal etwas ungeduldig. Väter; Söhne.

Der alte Mann hatte nicht erwartet, daß Richard sein Haus verkaufen würde, und war deshalb auch nicht überrascht, als er ihm sagte, er habe beschlossen, es zu behalten. »Willst du Tabby adoptieren?« fragte Graham. »Ich möchte es sehr gerne«, sagte Richard, der sich jetzt zum ersten Mal bewußt mit der Frage befaßte. »Das ist gut.« Graham sah keinen Grund, den jüngeren Mann nach Patsy zu fragen. Sie liebten sie alle, aber gerade das ließ auf rätselhafte Art die körperliche Liebe zu ihr ganz und gar unmöglich erscheinen. Graham wußte nicht, warum, aber was Patsy am Kendall Point für sie getan hatte, verschloß diese Tür für immer.

Wie eine exzentrische Parodie auf Kleinstadtgeselligkeit aßen die beiden Haushalte oft zusammen, gingen spazieren, unterhielten sich bei einem Drink oder gingen sogar ins Kino. Richard stellte fest, daß einer Adoption Tabbys nichts im Wege stand, und leitete die juristischen Schritte dazu Ende Oktober ein. Graham und Patsy lebten zusammen wie Vater und Tochter.

Aber eines Tages wurde Graham klar, daß ein Rollentausch stattgefunden hatte: Nicht er beschützte sie, sondern sie sorgte für ihn, verwöhnte ihn, man konnte es fast Pflege nennen! Das gefiel Graham überhaupt nicht. Er wollte nicht das Leben eines alten Mannes führen. Er wollte, genau wie Richard, wieder an seine Arbeit. Und auch Patsy kam schließlich zu einer Entscheidung.

Richard Allbee half Graham, neu anzufangen. In Grahams Wohnzimmer nahmen sie kurz vor Weihnachten zusammen einen Drink. Ein dreißig Zentimeter hohes Plastikbäumchen auf einem der Bücherregale war die einzige Festdekoration.

Graham lebte jetzt wieder allein. Daß die Frau, die er mehr als alles in der Welt liebte, nun nicht mehr versuchte, ihn jeden Morgen zum Frühstücken zu überreden, war für ihn eine kleine, heimliche Erleichterung. Auch Richard war allein: Tabby hatte ihn überredet, ihn mit der Familie eines Schulfreundes nach Aspen gehen zu lassen. So feierten die beiden Männer ihr eigenes kleines Weihnachtsfest. Richard war dabei, eine Ente zu braten, und hatte dazu zwei Flaschen guten Margaux mitgebracht. »He, ich bin Ex-Alkoholiker«, protestierte Graham. »Ich kann unmöglich eine ganze Flasche von diesem Zeug trinken.« Er hatte sich für dieses Dinner mächtig herausgeputzt – mit einem grünen Samtsmoking mit schwarzen Satinaufschlägen, den er aus der Kleiderkiste auf dem Boden ausgegraben hatte, und dieses wunderbare Kleidungsstück bedeckte ein ordentlich gebügeltes blaues Wollhemd und umrahmte einen gestrickten Schlips mit breiten unregelmäßigen Querstreifen. Auf den schweren schwarzen Schuhen, die er dazu trug, lag noch Staub.

»Dann hör auf, diesen Gin zu trinken«, sagte Richard.

»Wann trinke ich denn schon mal Gin? Doch höchstens zu ganz besonderen Gelegenheiten.«

Als hätte die Anspielung ihr Erscheinen bewirkt, schien es den beiden plötzlich, als sei Patsy McCloud bei ihnen im Zimmer.

Graham brach das Schweigen: »Haben Sie etwas von Tabby gehört?«

»Er ruft mich jeden zweiten Tag an. Ich habe gerade mit ihm gesprochen kurz bevor ich zu Ihnen rüber kam. Er ist ganz begeistert. Ich vermisse ihn, aber ich bin froh, daß ich es ihm erlaubt habe.«

Jeder von den beiden wußte, daß der andere noch an Patsy dachte.

»Graham«, sagte Richard, »ich weiß immer noch nicht, was wirklich passiert ist.«

»Nein«, sagte der alte Mann.

»Ich dachte, ich würde es verstehen, jetzt, wo ich etwas Abstand von der Sache gewonnen habe. Ich dachte, ich würde vielleicht zu der Überzeugung kommen, daß diese Telpro-Geschichte doch eine größere Rolle gespielt hat, als wir damals glaubten.«

»Das Telpro-Experiment war ein Faktum«, sagte Graham, »und es könnte sein, daß Gideon Winter es für seine Zwecke nutzen konnte. Oder der Unfall war wirklich ein Unfall, aber er kam Winter sehr gelegen für seinen Auftritt. Es gibt noch eine Möglichkeit, die mir aber gar nicht gefällt.«

»Daß wir nicht ganz unschuldig sind an dem sogenannten Unfall«, sagte Richard.

»Daß wir dazu beigetragen haben, daß das Gift sich über Patchin County ausbreitete. Ich glaube nicht, daß der Drache sein Glück gar nicht fassen konnte, als er merkte, was geschehen war. Alles, was passierte, machte ihn stärker. Er hätte jederzeit einen weiteren Schwarzen Sommer verursachen können. Verdammt, und das hat er getan.«

Graham sah Richard mit fast heiterem Gesichtsausdruck an. »Jedenfalls wissen wir jetzt, wer die Baumwollspinnerei der Royal Cotton angezündet hat.«

»Glauben Sie wirklich, daß es ein Drache war?«

»Sie haben ihn getötet, oder etwa nicht?«

»Ich glaube, Patsy hat den Drachen getötet«, sagte Richard, »oder was es sonst gewesen ist.«

Er schwieg einen Augenblick. »Sie sollten die ganze Geschichte aufschreiben, Graham. Einfach so, wie wir es erlebt haben – und dann können wir es vergessen.«

»Das wäre eine schreckliche Versuchung für mich, etwas dazuzudichten. Ich würde Dialoge erfinden, mir Gedanken darüber machen, was den einzelnen Leuten zugestoßen ist, und schon schreibe ich einen Roman.«

»Und warum nicht?« fragte Richard. »Das wäre doch nicht verkehrt.«

Graham nickte. »Aber es geht trotzdem nicht. Wir haben zwar sehr viel miteinander geredet, aber trotzdem weiß ich nicht genug darüber, was Sie und Patsy im Mai und Juni getan haben. Ich müßte das alles erfinden, und ich weiß nicht, ob Ihnen das gefallen würde.«

»Ich gebe Ihnen meine Tagebücher«, sagte Richard.

»Ich werde darüber nachdenken.«

»Patsy führt auch Tagebuch.« Er grinste.

»Ich *weiß*. Ich werde darüber nachdenken.«

Am nächsten Morgen rief Graham Richard an und fragte ihn, ob es ihm etwas ausmachen würde, ihm die Tagebücher herüberzubringen.

Zwei Jahre später, kurz bevor Graham Williams sein ausgezeichnetes Buch »Der Hauch des Drachen« fertigstellte, reiste Richard mit einer neuen Frau, einem neuen Baby und Tabby Smithfield zu einem kurzen Urlaub nach Frankreich. Er hatte zwei große Restaurationsaufträge in New England erledigt und wollte bald mit einer neuen Arbeit in Virginia beginnen. Eine französische Gesellschaft für Architektur hatte ihn eingeladen, auf ihrem Kongreß zu sprechen, und Richard hatte begeistert die Gelegenheit ergriffen, seine neue Familie nach Paris zu bringen. Seine Frau, die zehn Jahre jünger war als er und für das Museum of Modern Art arbeitete, sprach fast perfekt Französisch. Zwei Tage vor Tabbys Immatrikulation an der University of Connecticut mußten sie zurück sein. Das Baby war drei Monate alt, durch keinerlei Termine gebunden und außerordentlich transportabel.

Richard führte sie alle aus. Sie besuchten Museen, Parks, Restaurants. Seinen Vortrag hielt er in einem Französisch, das seine Frau ihm eingetrichtert hatte. Er schob das gurgelnde Baby kreuz und quer durch Paris, und Tabby und seine Frau gingen neben ihm. Er war unglaublich zufrieden: Wenn eine böse Macht ihn mit dem Sommer von 1980 geschlagen hatte, so hatten andere Kräfte ihm dies gegeben.

Zwei Tage vor ihrer Abreise schob er den Kinderwagen allein durch die pompöse Eingangshalle des Intercontinental und wandte sich ohne besonderen Grund der Place Vendôme zu. Seine Frau war mit Tabby einkaufen gegangen, und Richard wollte seinen kleinen Sohn an die Luft führen. Da nicht mehr viel von seinem Urlaub übrig war, wollte er die Zeit nicht ungenutzt verstreichen lassen. Er schlenderte über die Place Vendôme, sah sich die Auslagen an und bewegte sich ohne besondere Absicht auf die Oper zu. Nach fünf oder sechs Blocks bekam er Appetit auf ein Glas Bier und fing an, nach einem Straßencafé Ausschau zu halten.

Richard bog in eine Straße ein, die er nicht kannte, und sah an der nächsten Ecke eine kleine Gruppe von Tischen. Er schob seinen Kinderwagen bis zu dem Café und setzte sich an einen der Tische. Das Baby krähte und strampelte vergnügt vor sich hin. Der Kellner kam, und Richard bestellte mit einem Akzent, den seine Frau als »serbo-französisch« bezeichnet hätte. An den anderen Tischen saßen noch neun oder zehn andere Gäste, und Richard hoffte nur, daß keine kinderliebe Frau dabei war, die sich für seinen Sohn interessieren und ihn in die Verlegenheit bringen würde, noch mehr Serbo-Französisch von sich zu geben. *Oui, madame, il est très beau.* Viel mehr würde er nicht zustande bringen. Dann sah er den grauhaarigen Mann, der ihm ein paar Tische weiter gegenüber saß, und er glaubte verrückt zu werden. Der Sommer von 1980 mit seiner Angst vor dem Wahnsinn fiel wieder über ihn her. Er kannte das Gesicht und war für einen Augenblick wie gelähmt. Der Drache hatte ihm dieses Gesicht in einem endlosen Tunnel gezeigt, und er hatte versucht, ihn damit zu ermorden.

Ein paar eisige Sekunden später begriff er, daß der Mann, dem das Gesicht gehörte, keine derartigen Absichten hegte. Der Mann war so harmlos, wie er aussah – kein tödliches Spielzeug von Gideon Winter. Richard sah die Eigenschaften, die er auch im Tunnel gesehen hatte. Dieser Mann konnte ebensogut ein Seemann von der Handelsmarine wie ein versoffener Dichter sein – aber auf jeden Fall war er absolut normal. Er war ein Mann, der es genoß, daß er aussah, wie sich der Durchschnittsbürger einen Dichter vorstellt. Sein Vater war wohl gesellig, trinkfreudig und fleißig. Zu unverantwortlichen Handlungen neigte er wahrscheinlich nur unter Streß. Er hatte sicher viele Freunde. Richard sah sogar seine eigene Ähnlichkeit mit dem Mann. Fünfundzwanzig Jahre weiter würde er nicht viel anders aussehen.

Richard hob seinen Sohn aus dem Kinderwagen und trug ihn zwischen den Tischen hindurch zur anderen Seite des Cafés. Er hielt den winzigen Jungen im Arm und sagte mit klopfendem Herzen: »Michael Allbee begrüßt Michael Allbee.«

Der Fremde sah Richard erstaunt an. Es war nicht sein Vater. Er hatte nicht mehr die geringste Ähnlichkeit mit dem Mann im Tunnel. Dieser Mann war ein Pariser aus besseren Kreisen – er fühlte sich ganz offensichtlich belästigt. Richard zog sich mit seinem Sohn zurück. Das Kind fing an zu weinen.

Rätsel über Rätsel. Richard schob hastig seinen Kinderwagen in die Richtung, in der er das Intercontinental vermutete, und hatte sich bald hoffnungslos verlaufen. Das erste Mal in seinem Leben hatte sein Orientierungssinn ihn im Stich gelassen. Er gab auf und winkte einem Taxi, als das Baby, das noch gestillt wurde, anfing, in herrischem Ton nach Milch zu schreien. Er erzählte seiner attraktiven, tüchtigen und aggressiven zweiten Frau nichts von dieser absurden Begegnung mit seinem »Vater« – er hatte sie in dem Glauben gelassen, seine Eltern seien beide tot. Richard fühlte sich erst wieder richtig wohl, als er und seine Familie in dem großen Air France Jet saßen und Richtung John-F.-Kennedy Air Port flogen.

Rätsel über Rätsel.

Patsy McCloud war aus dem Leben der anderen drei verschwunden, obwohl keiner von ihnen das wahrhaben wollte. Noch während ihrer Wochen mit Graham hatte Patsy angefangen, abends allein auszugehen. Graham Williams ging gewöhnlich vor zehn Uhr schlafen, und er konnte gegen ihr häufiges Verschwinden kaum Einwände haben, zumal er es nur deshalb merkte, weil ihn morgens gegen drei das Zuschlagen der Garagentür weckte. Wann immer das geschah, begrüßte Patsy ihn sechs Stunden später mit frischem Kaffee und Anweisungen für das Frühstück. Sie erschien immer ausgeruht und bestand darauf, daß er sich über Eier Gedanken machte. Unmengen von Eiern.

Endlich vertraute sie Graham an, daß sie einen Mann kennengelernt habe, der ihr gefalle. Der Mann sei Anwalt in Chappaqua, New York, und Witwer. Er habe Patsy vor Jahren im Club Med in Martinique kennengelernt, wo sie mit Les zusammen mit vier anderen aus der Firma einmal zehn

Tage verbracht hatte. Der Mann hatte ihr Bild in Newsweek gesehen und sich ihre Telefonnummer verschafft. Bei einem ihrer seltenen Besuche in dem Haus an der Charleston Road hatte er sie dann erreicht. Er hieß Arthur Powers. Er hatte sich an sie erinnert, und was Patsy an ihm am besten gefiel, war, daß er sie nicht über die Ereignisse des letzten Sommers ausfragte.

Patsy verkaufte ihr Haus über Ronnie Riggley – Hampstead war immer noch ein bequemes Schlafzimmer für New York, und ein häßlicher Chemieunfall konnte die Leute nicht lange fernhalten, besonders weil die Immobilienpreise so stark gefallen waren. Les hatte eine Hypothekenversicherung und eine hohe Lebensversicherung abgeschlossen. Wenn sie auch am Verkauf des Hauses verlor, so blieb ihr doch fast so viel Geld übrig, wie Clark Smithfield zu seinem eigenen Schaden geerbt hatte.

Patsy verbrachte 1980 das Weihnachtsfest in Chappaqua bei Arthur Powers.

Inzwischen war sie schon ganz ausgezogen. Nachdem sie fünf Wochen bei Graham gewohnt hatte, war sie nach Manhattan gegangen – um bei einer Freundin zu wohnen, wie sie sagte, ohne daß sie weitere Einzelheiten erwähnte. »Ich liebe Sie so sehr«, hatte sie ihm am Telefon gesagt. »Ich liebe Sie, weil ich Sie lieben muß.« Und bei diesen Worten hatte er sie sich sehnlichst zurückgewünscht, um sich von ihr beim Frühstück Vorschriften machen zu lassen.

Zwölf Tage später erhielt er eine Postkarte von irgendeiner Insel. Der Stempel hatte die Anschrift überdeckt, und wie lange er auch auf diese schwarzen Linien starrte, sie gaben die Anschrift nicht preis. Auf der Karte stand: *AP ein Glückstreffer. Ich vermisse euch alle sehr. Weißer Sand. Heiße Sonne. Herrlich. Trinken Sie einen Bombay Martini und denken Sie an mich. Liebe Grüße, P.* Das Bild auf der Karte zeigte einen Sonnenuntergang, Palmen und blaues Meer. Unter dem brutalen Stempel konnte er gerade noch erkennen, daß es eine britische Briefmarke war. Britisch? Bermuda? Oder sah das, was er von der Briefmarke erkennen konnte, nur britisch aus?

Patsy rief ihn von New York aus an, von Chappaqua. Sie war immer sehr nett, und sie hatte es immer sehr eilig. Sie und Arthur Powers dachten daran, gemeinsam ein Haus zu kaufen. »Sein Haus ist Ihrem zu ähnlich, Graham. Ich bin verwöhnt. Ich brauche eine bessere Isolierung.«

Sie schickte eine Karte mit einer Adresse: The Birches, 28 Woodland Glen, Chappaqua, New York. *Wieder verheiratet, aber immer noch Patsy McCloud. Ich liebe euch alle,* lautete die Botschaft.

Sie war weg; endgültig weg. Richard lernte die Frau, die er später heiratete, auf einer Party in New York kennen und fragte, ob sie jemals Hampstead gesehen habe. »London? Aber gewiß.« »Connecticut.« »Leben in Connecticut immer noch Leute?« Ihre Beziehungen überlebten diesen Gedankenaustausch. Tabby verliebte sich in ein Mädchen aus seiner Klasse, wurde abgewiesen und verliebte sich erneut. Graham arbeitete an seinem Buch. Richard traf sich immer öfter mit der Frau, die er kennengelernt hatte, und brachte sie eines Tages mit nach Hause und machte sie mit Tabby bekannt. Patsy war verschwunden.

Sie war mit einem Anwalt namens Arthur Powers verheiratet, und sie lebte in Chappaqua. Vielleicht war sie auch nicht verheiratet und wohnte nicht dort. Eines Abends versuchte Graham bei der Auskunft von Westchester Country ihre Telefonnummer zu erfragen, und erhielt die Antwort, daß weder ein Arthur Powers noch eine Patricia McCloud im Telefonverzeichnis stünden. Richard schickte einen Brief an 28 Woodland Glen, in dem er ihr schrieb, daß er wieder heiraten wolle, aber der Brief kam mit dem Vermerk EMPFÄNGER UNBEKANNT wieder zurück.

Sie alle träumten von ihr: Richard träumte, Patsy McCloud stünde in der Nacht vor seiner Hochzeit an einem Hügel und lächelte ihn an. Da wußte er, daß sie es gut mit ihm meinte.

In der Nacht, als sein Sohn geboren wurde, klingelte sein Telefon um vier Uhr morgens. Er war gerade vom Krankenhaus nach Hause gekommen. »Ist Ihnen heute nacht etwas Schönes passiert?« fragte ihre liebe Stimme ihn.

»Oh, Patsy«, sagte er. »Etwas Wunderbares ist passiert. Ich habe eben einen Sohn bekommen. Wie konnten Sie das nur wissen?«

»Wir Tayler-Frauen haben unsere kleinen Geheimnisse. Ich bin jetzt glücklich. Sie auch?«

»Jetzt? Ich könnte platzen, so glücklich bin ich.«

»Gut«, sagte sie. »Wenn es so ist, freue ich mich ebenfalls.«

»Ich habe Ihnen einen Brief geschickt.« Aber Patsy redete wieder, und weil er selbst sprach, gingen ihre Worte unter.

Hatte sie gesagt, sie sei umgezogen?

»Entschuldigung«, sagten sie beide.

»Ich muß jetzt gehen«, sagte Patsys klare Stimme zu ihm. »Ich freue mich, daß Sie endlich Vater geworden sind.«

»Patsy, wie ist Ihre Telefonnummer? Wir haben versucht, Sie zu erreichen ...«

»Wir kriegen eine neue Nummer. Sobald ich sie weiß, schicke ich sie Ihnen.«

»Bitte, vergessen Sie es nicht. Ich möchte Sie gern wiedersehen, und auch Graham hat Sehnsucht nach Ihnen. Und Tabby will Ihnen von seiner Freundin erzählen.«

Sie lachte. »Sie haben etwas Großes getan!«

»*Wir* haben einmal etwas Großes getan«, sagte er, aber die Leitung war schon tot.

Und er griff den Drachen, die alte Schlange, welche ist der Teufel und Satan, und band ihn tausend Jahre.

– Offenbarung 20, 2